LE CLUB AEGOLIUS

"Exofictions"

Titre original :
*The Quick*
Éditeur original :
Penguin Random House, Londres

ISBN 978-2-330-15141-6

LAUREN OWEN

# *Le Club Aegolius*

traduit de l'anglais
par Emmanuelle Ertel

*ACTES SUD*

*pour mes parents*

## EXTRAIT DE *CLUBS DE LONDRES* DU COMMANDANT SAMUEL HOBBS (1890)

Quelques mots à propos de l'Aegolius, qui a le douteux honneur d'être le club le plus mystérieux de Londres. La nature et les affaires de l'Aegolius, connues de ses seuls initiés, font l'objet d'un profond secret. Les fenêtres du club sont à jamais obscurcies ; on ne voit que rarement ses membres pénétrer ou quitter les lieux et – parmi les faits les plus étranges – il semble dépourvu du moindre domestique.

Les bulletins de l'Aegolius remontent à l'an 1705, même si son existence date probablement de bien plus longtemps. Le club ne s'est jamais distingué par aucune inclination artistique, littéraire ou politique particulière. Il n'a jamais atteint non plus les sommets de la mode, à la différence de White ou de Boodle. Nonobstant, et ce malgré son caractère confidentiel, l'Aegolius a toujours joui d'une grande réputation pour sa respectabilité. Il est de notoriété publique que ni le jeu ni la consommation de stupéfiants ne se sont jamais vus autorisés en son sein, et que ses membres originels n'ont jamais été accusés des excès déplorables attribués aux "Hawkabites", "Mohocks", et autres gens de leur acabit.

L'adhésion requiert un abonnement annuel de trente guinées, une somme exubérante versée avec une parfaite équanimité par les hommes de l'Aegolius (qui, jusqu'environ la moitié du siècle présent, venaient exclusivement des familles les plus anciennes et les plus illustres du pays).

Depuis 1830 à peu près, l'enceinte du club se situe dans Ormond Yard, à proximité du parc de St James. Le processus d'élection pour devenir adhérent est d'une difficulté extraordinaire, et le nombre de membres du club limité à cinquante-deux (aujourd'hui, celui-ci est significativement plus bas). Le club n'a jamais dérogé à cette restriction, pas même pour les candidats les plus augustes.

On raconte qu'en 1785 le prince de Galles insista pour se joindre aux rangs de l'Aegolius, bien qu'à cette époque il n'y eût aucune place libre. Après une conversation avec le président du club, le prince (au grand étonnement de ceux qui le connaissaient) condescendit à accepter une simple adhésion honorifique. Certains affirment que la découverte de l'absence d'une cave à vin constitue l'explication secrète à l'origine de la capitulation du prince. D'autres maintiennent que c'est le menu du club qui le persuada. Quelle que soit la vérité en la matière, il est certain que la décevante cuisine servie au club est proverbiale. "Je préférerais dîner à l'Aegolius" relève, aujourd'hui encore, de l'une des critiques les plus sévères que l'on puisse adresser à n'importe quel club, café ou restaurant.

L'Aegolius n'autorise que rarement, sinon jamais, la visite d'invités, et c'est principalement à cause de la stricte application de cette règle qu'il s'avère impossible de glaner ne fût-ce qu'un peu d'information sur les activités du club – quelles que ces dernières puissent être. Un plaisantin a suggéré que l'organisation ne possède aucun mystère, et que ses membres sont simplement des hommes se complaisant en d'inutiles dissimulations et camouflages. Peut-être s'agit-il là de la véritable réponse à l'énigme.

# *Première partie*

# 1

Il y avait des chouettes dans la nursery quand James était enfant. La chambre était tapissée d'un papier peint dont le motif consistait en des branches entrelacées, sur lesquelles perchaient à intervalles réguliers de majestueux couples de parents chouettes au plumage vert en train de se courtiser. Sous chaque paire se tenait un trio de jeunes chouettes blotties les unes contre les autres, entrouvrant légèrement leurs becs pointus, au milieu de grandes plantes vertes dotées d'épines et de minuscules fleurs blanches qui rappelaient à James des boutons de nacre, semblables à ceux ornant la robe dominicale de Charlotte. Seul dans la nursery, James croyait entendre les chouettes converser entre elles à voix basse, tels de petits singes, leurs serres ne cessant de racler les interminables branches vertes. Mais lorsque Charlotte s'y trouvait, elles se taisaient, parce qu'elle leur avait signifié que si elles ne se tenaient pas tranquilles, elle irait chercher sa boîte de peinture à l'eau et leur enlèverait les yeux.

La nuit, James entendait les vraies chouettes hululer à l'extérieur et les imaginait planer dans la pénombre. Parfois, on percevait le cri perçant et soudain d'un renard. D'autres fois, le bruit provenait de la maison elle-même, un son étouffé de craquement, comme si les murs soupiraient.

Souvent, il se glissait hors de son lit et empruntait le couloir pour se rendre dans la chambre de Charlotte. Celle-ci dormait toujours profondément : le visage enfoui dans l'oreiller, même si Mrs Rowley, l'intendante, répétait que c'était anormal et que Charlotte finirait morte étouffée l'un de ces jours.

James se faufilait sous les couvertures et s'allongeait à l'envers, la tête vers le bas du sommier, les pieds près du haut. Charlotte murmurait parfois et lui donnait des coups de pied sans conviction, puis se rendormait, et James faisait de même, les pieds appuyés contre le dos de Charlotte pour les réchauffer. Ils restaient dans cette position toute la nuit, serrés douillettement à l'instar de la paire de pistolets dans son étui molletonné de bleu que Papa gardait dans son bureau.

Lorsqu'arrivait le matin, James aimait se lever de bonne heure, ouvrir la fenêtre de la chambre de Charlotte et admirer le domaine du manoir d'Aiskew, qui s'étendait à perte de vue. De vastes pelouses côtoyaient des jardins bordés de sentiers et de vieux arbres imposants et enchanteurs – chênes, marronniers d'Inde, hêtres pourpres et bouleaux argentés. Entre les arbres se trouvaient deux buttes herbeuses. Il s'agissait des glacières, qui contenaient maintenant des outils de jardinage et un assortiment de différents objets.

De loin, les jardins conservaient l'illusion d'être soignés et bien entretenus, comme ils l'avaient été avant la naissance de James et de Charlotte. Longtemps auparavant, aux jours prospères, il y avait eu des employés pour veiller aux choses : des jardiniers et des assistants jardiniers, deux gardes-chasses et un charpentier. Une pompe à incendie, aussi, tirée par des chevaux. Aujourd'hui il ne restait plus que le vieux Griswold âgé de soixante-trois ans, au visage étrange et sombre. Il existait autrefois un jeune Griswold : le fils du jardinier, censé succéder à son père, mais qui à la place était parti dans des contrées lointaines et avait péri (en se battant contre les Ashanti, disait Ann, la femme de chambre. James pensait qu'il s'agissait peut-être des habitants du Sidh).

Après le départ de son fils, le vieux Griswold s'était retrouvé seul à mener un combat acharné mais vain contre les jardins. Il chassait les lapins à la carabine, mais ils revenaient, broutant les pelouses à loisir. Les énormes buissons de rhododendrons se mirent à prospérer sans frein, et dans le verger les arbres s'ensauvagèrent et les pommes devinrent la nourriture des merles.

*

À l'extrémité des jardins de la propriété, le terrain déclinait en pente abrupte, donnant une impression de bout du monde. En contrebas se trouvait un fossé rempli d'orties que l'on appelait le saut-de-loup. Au-delà s'étendaient des kilomètres de larges champs plats, verts et dorés au printemps, rouge-brun de terre en hiver. Il y avait des chênes, des moutons noirs qui paissaient et les ruines d'un petit temple grec, où autrefois les dames du domaine s'asseyaient pour apprécier leurs livres et leurs travaux d'aiguille. Une partie du toit s'était effondrée et les piliers paraissaient légèrement de travers. On ne pouvait plus s'y asseoir en sécurité.

Charlotte avait entendu Mrs Rowley dire que les villageois d'Aiskew considéraient comme un scandale le fait de négliger la propriété de la sorte. Auparavant, les habitants du domaine avaient toujours contribué à la vie du village : les enfants du catéchisme recevaient des bonbons ; parfois les dames du manoir apportaient des paniers aux villageois pauvres ou malades. Plus encore, il y avait toujours quantité de travail à la propriété : des bouches à nourrir, du linge à laver, des fenêtres à nettoyer, des chevaux à rentrer à l'écurie. C'était un lieu prestigieux, à l'époque. Aujourd'hui, il n'en restait quasiment rien. Tout le monde se demandait pourquoi le père de Charlotte et de James prenait même la peine de conserver la maison, puisqu'il ne s'en servait pas.

Charlotte pensait que si Maman avait toujours été en vie, alors Papa aurait habité avec eux, au moins une partie du temps, quand son travail le lui aurait permis, et les habitants du village se seraient montrés plus aimables. Dans l'état des choses, personne n'affectionnait beaucoup ni elle ni James. Même Mrs Rowley semblait préférer qu'ils soient ailleurs : dehors dans les jardins, à leurs leçons ou dans la nursery, n'importe où du moment qu'ils ne dérangeaient pas.

Lorsque Papa avait laissé Charlotte et James à Aiskew après la mort de Maman, il avait déclaré qu'il prendrait tous les arrangements nécessaires. Puis ils n'eurent plus de nouvelles de lui pendant longtemps. Finalement, il écrivit pour annoncer à

Mrs Rowley qu'il avait engagé une gouvernante. Il ajoutait qu'il contacterait Mrs Chickering, sa tante, qui se trouverait peut-être en mesure de séjourner un moment à Aiskew pour aider Mrs Rowley à mettre de l'ordre et rendre de nouveau les lieux confortables. Une fois tout cela accompli, peut-être serait-il lui-même en mesure de s'absenter de son travail assez longtemps pour revenir dans le Yorkshire et les voir.

Au début, tous – Charlotte et James, Mrs Rowley et Ann, et Mrs Scholes, la cuisinière – avaient l'habitude de parler comme si Mrs Chickering pouvait arriver d'un jour à l'autre. Mais des mois passèrent et elle n'apparut pas. C'était sa santé, disait Mrs Rowley, avec un certain mépris. Mrs Chickering ne semblait jamais assez forte pour voyager. Une année passa, puis une autre.

Avec Mrs Rowley, Ann et Mrs Scholes étaient les seules domestiques à Aiskew – à part Mr Griswold, qui comptait à peine. Toutes deux venaient de York et passaient une grande partie du temps blotties au chaud dans la cuisine, se plaignant de l'isolement de la maison, des bruines constantes et de la solitude de leur situation. Parfois il y avait une gouvernante pour Charlotte et James, mais ces dames ne restaient jamais très longtemps.

Aussi Charlotte faisait-elle de son mieux : il fallait se montrer courageux, expliquait-elle à James, et elle imaginait des épreuves qu'ils devaient surmonter – emprunter l'un des longs couloirs seul après la tombée de la nuit, ou maintenir la tête sous l'eau du bain pendant une minute. Ou encore – c'était la pire épreuve de toutes – s'enfermer dans le cabinet secret de la bibliothèque.

La bibliothèque regorgeait de trésors. Le cousin – le cousin très éloigné qui avait possédé le manoir avant eux – avait acquis des livres à une allure effrayante, ajoutant à une collection déjà étendue. Il n'y avait personne pour empêcher Charlotte et James de prendre ce qu'ils désiraient, de choisir et consulter n'importe quel vieux volume à la délicieuse odeur.

C'était également une très belle pièce : décorée d'un tapis rouge et d'un papier peint rouge et or sur les murs, ainsi que d'une magnifique cheminée de marbre gravée sur tout le tour d'un motif de vignes.

Le cabinet secret avait été ajouté à la demeure par le cousin. Celui-ci possédait de nombreuses idées romantiques et avait dépensé abondamment sur des vétilles. Une grande partie de la propriété et des terres arables avaient été vendues pour solder les dettes qui en avaient découlé, et le domaine s'en était retrouvé largement réduit, puis le cousin était mort en Italie, de chagrin ou d'autre chose.

Le cousin avait imaginé que le cabinet secret conférerait un air plus ancien à la maison, mais la raison qui l'avait motivé demeurait un mystère pour Charlotte et James. C'était effrayant à l'intérieur, l'air y manquait et l'endroit exhalait une odeur de bois et de vernis. Ann y laissait parfois des plumeaux et des balais, si bien que dans le noir, si l'on n'y prenait garde, il arrivait de les faire chuter. La porte du cabinet secret était dissimulée, ingénieusement placée derrière l'une des bibliothèques. Elle s'ouvrait grâce à un ressort caché au dos d'un faux livre – *Les Champignons des îles Britanniques, vol. II*. Le dos factice était en cuir délabré de couleur bordeaux, abîmé par le toucher d'innombrables mains. Si l'on ne savait pas de quel volume il s'agissait, on aurait pu ne jamais le trouver. De l'intérieur du cabinet secret, il n'y avait aucun moyen de ressortir.

L'épreuve était remportée si l'on ne criait pas à l'aide. Lorsque la porte était fermée, elle se trouvait si près de votre visage qu'il paraissait difficile de respirer. Il n'y avait pas de lumière. On avait l'impression que tout le monde à l'extérieur s'était volatilisé et que personne ne viendrait jamais vous libérer.

Ils ne se soumettaient pas souvent à cette épreuve, seulement lorsque la fascination de la porte devenait trop forte. C'était la meilleure épreuve de toutes, celle qui nous rendrait le plus courageux, disait Charlotte. Et c'était une bonne chose, parce qu'en surmontant suffisamment d'épreuves, on devenait adulte.

*

Un matin de juin, quand Charlotte avait neuf ans et demi et James cinq, celle-ci apporta une boîte de craies de couleur sur la terrasse et entreprit d'apprendre l'alphabet à son frère. Il le fallait parce que Miss Prince, leur dernière préceptrice en date, était rentrée chez elle dans le Shropshire deux semaines plus tôt sans être parvenue à enseigner correctement à James aucune lettre de l'alphabet, hormis le S (qui, pour des raisons inexpliquées, exerçait sur lui une étrange fascination).

La terrasse était pavée de grandes dalles qui chauffaient au soleil, si bien que les jours d'été les plus ensoleillés on avait plaisir à marcher dessus pieds nus. Charlotte prit un morceau de craie blanche et dessina un grand A sur l'une d'elles. Puis elle se déplaça légèrement, se baissa de nouveau, et dessina un B.

— Qu'est-ce que tu fais ? demanda James.

Charlotte leva la tête et écarta ses cheveux de devant ses yeux d'une main crayeuse. Celle-ci laissa une poudre blanche sur le haut de sa tête, lui donnant l'air de porter une perruque poudrée, comme une dame du siècle précédent.

— Il faut que tu apprennes l'alphabet, répondit-elle.

— Pourquoi ? demanda James en fixant le A d'un regard qui exprimait un vague souvenir de défiance.

Charlotte leva les yeux du F avec une grimace.

— Parce qu'il le faut. Qu'est-ce que tu ferais si, adulte, tu ne savais pas lire ? Les gens penseraient que tu es inculte.

Elle prononça *inculte* d'une manière désagréable qu'elle avait apprise de Miss Prince – appuyant sur le *culte* de sorte qu'il résonnait comme un coup de coude entre les côtes.

James se renfrogna.

— Je m'en fiche.

— Eh bien, Papa pense sans doute que tu sais déjà lire, dit Charlotte, puis elle dessina un N, plus grand qu'elle ne l'avait envisagé, tout en angles pointus, évoquant pour James un portail verrouillé.

Il l'observa en silence et cessa d'argumenter. Au bout d'un moment, il s'approcha de l'endroit où elle était agenouillée, sur la vingt-sixième dalle, et inspecta son dessin. Il était composé d'un trait angulaire courroucé, diagonale dont les coudes pointaient dans des directions opposées d'une manière hostile.

— Qu'est-ce que c'est ? demanda James, en désignant la lettre du bout du pied.

— C'est Z, répondit Charlotte.

— On dirait la moitié d'un sablier.

— Eh bien, ce n'est pas cela.

Charlotte se releva et s'épousseta les mains.

— Et maintenant va te placer près de la fontaine.

James obéit. La fontaine, au centre de la terrasse, consistait en une vasque de pierre supportée par trois chérubins nus aux jambes couvertes de mousse, dont les visages affichaient un air de malveillance perplexe. L'un d'eux avait perdu son nez, et cette infortune, qui aurait dû éveiller en James de la pitié, le rendait à ses yeux encore plus détestable que les deux autres.

Charlotte était montée sur le muret de la terrasse et allait et venait.

— Quand je dis la lettre, tu dois aller te mettre dessus.

— Je ne peux pas. Je ne les connais pas.

— Il faut que tu les trouves. Quand tu les connaîtras toutes, tu auras gagné.

— Gagné quoi ?

— Une récompense.

— Quelle récompense ?

— Tu la découvriras quand tu auras gagné, répondit Charlotte, puis elle prit une inspiration et hurla : R !

C'était un cri formidable – ERRR ! –, comme celui d'un pirate à l'haleine pleine de rhum, des allumettes enflammées dans la barbe. (Ils avaient un livre sur les pirates que Charlotte lisait parfois à voix haute, mais pas le dimanche.)

James hésita. Les lignes de craie semblaient se confondre et se dérober quand il les regardait.

— Allez, dit Charlotte, et James s'avança à contrecœur en quête de la bonne lettre.

Ils restèrent dehors jusqu'à l'heure du déjeuner, puis de nouveau jusqu'au coucher du soleil, quand l'ombre des grands arbres du domaine s'étendait sur la pelouse en direction du manoir. James mit longtemps à apprendre, mais, même si Charlotte était souvent énervée, elle ne se mettait jamais en colère.

Elle ne mentait jamais non plus ; c'était l'une des choses plaisantes chez elle. Elle avait dit que James y arriverait, et au bout d'un certain temps sa prédiction s'avéra juste, les lettres s'étaient gravées dans l'esprit de James, comme les jours de la semaine ou le son de son propre nom. Et il y eut une récompense, exactement comme elle l'avait dit : une souris en sucre, d'un blanc immaculé, avec un morceau de ficelle en guise de queue. James décida qu'elle s'appelait Aljijohn.

— Tu veux dire Algernon, déclara Charlotte.

Mais James secoua la tête.

— Aljijohn, répéta-t-il, et il emporta Aljijohn en haut et lui prépara un lit sur la commode, à l'aide d'une boîte d'allumettes vide et d'un mouchoir.

— Tu devrais la manger, suggéra Charlotte quand elle vit le lit d'Aljijohn. Sinon elle va se gâter.

James se renfrogna.

— C'est mon amie, répliqua-t-il.

Mais ce soir-là, il y avait du foie pour le dîner, et James alla se coucher plus affamé que d'habitude, si bien qu'au matin il ne restait plus rien d'Aljijohn, sinon un lugubre bout de ficelle et une boîte d'allumettes vide.

— Elle aurait voulu que tu la manges, lui dit Charlotte plus tard. C'était l'idée.

— Tu es sûre ? demanda James.

Elle acquiesça d'un signe de tête.

— Mais je me sens terrible à l'intérieur, c'est comme une douleur. Je regrette d'avoir imaginé qu'elle était Aljijohn.

— Mais ce n'était qu'une invention, répliqua Charlotte.

L'année précédente, elle lui avait lu des passages d'un livre très ancien intitulé *Les Aventures du baron de Münchhausen*, et les illustrations avaient tellement effrayé James que Mrs Rowley l'avait confisqué. Il eut par la suite des cauchemars pendant trois nuits d'affilée. Charlotte savait déjà qu'une idée pouvait être pour lui aussi douloureuse qu'un hématome. Il avait des yeux gris qui laissaient entrevoir chacune de ses pensées, et parfois Charlotte s'inquiétait en songeant qu'un jour peut-être il souffrirait d'un mal qu'elle ne saurait empêcher.

*

Ainsi se déroulait leur vie, et à l'époque il semblait que rien ne devrait jamais changer. Tout ce qu'ils pouvaient voir était qu'ils grandissaient. James avait alors six ans et savait grimper plus haut qu'avant ; il pouvait suivre Charlotte lorsqu'elle escaladait des murs ou des palissades. Mrs Rowley se mit à dire que l'on devrait l'envoyer à l'école, mais rien ne s'ensuivit.

Certains soirs, alors qu'ils étaient assis devant le feu de cheminée de la nursery, Charlotte apprenait à James à lire des mots de la même façon qu'on le lui avait appris dans son souvenir : à l'aide de petites phrases, prononçant chaque lettre au fur et à mesure, comme si elle testait du bout du pied des planches de bois pourri qui pourraient céder sous son poids. James aimait les rimes, aussi utilisaient-ils "la chatte assise sur la natte" et "la louve assise dans la douve". Au bout d'un certain temps, ils passèrent à "le poussin assis sur le coussin" et "le bélier assis dans le cellier", et, de là, James se mit à écrire pour lui-même – de petites histoires et des comptines, qui n'étaient souvent pas très bonnes. Mais il était encore jeune, et Charlotte essayait de se montrer encourageante.

— Tu pourrais écrire tout un livre, lui dit-elle. Quand tu seras grand. Et avoir une maison à Londres.

James répondit :

— Je veux vivre ici quand nous serons grands. Mais juste nous deux.

Le domaine devait appartenir à James quand ils seraient adultes. Ils l'avaient toujours su.

— Lis, ordonna-t-elle, désignant du doigt l'ardoise posée par terre entre eux.

Aiskew représentait toujours tout leur univers, bien sûr. Plus tard, elle ne se rappellerait pas avoir éprouvé d'insatisfaction à cet âge-là, même si elle savait, à l'époque déjà, qu'un jour elle aurait envie d'être ailleurs. Parfois, elle rêvait d'une vue qu'elle avait aperçue fugitivement d'une fenêtre de train – un paysage de landes sous un ciel gris.

Peu de temps après, une chose inattendue se produisit. Papa écrivit pour annoncer qu'au lieu d'envoyer une nouvelle préceptrice pour succéder à Miss Prince – comme tout le monde s'y attendait – il serait bientôt lui-même de retour dans le Yorkshire.

— Pourquoi revient-il ? demanda James, quand Mrs Rowley leur apprit la nouvelle au petit-déjeuner.

— Pourquoi pas ? rétorqua Mrs Rowley. Mange ton porridge.

— A-t-il envie de nous voir ? demanda Charlotte.

— Bien sûr, répondit Mrs Rowley d'un air courroucé, comme si la question de Charlotte était d'une certaine manière impertinente. Et il écrit qu'il a besoin de repos. Son médecin dit que sa santé n'est pas aussi bonne qu'elle le devrait.

— Qu'est-ce qui ne va pas ? interrogea Charlotte. Est-ce qu'il est malade ?

— Il y a du hérisson dans le porridge, annonça soudain James, laissant tomber sa cuillère sur la table. Regardez !

Il pointa du doigt une glumelle d'avoine de couleur foncée.

— Arrête tes cochonneries, James, dit Mrs Rowley, ignorant l'accusation qu'il avait déjà formulée de nombreuses fois.

Elle rangea la lettre de Papa, empêchant toute occasion de poser d'autres questions.

L'après-midi où Papa était attendu, on envoya James et Charlotte au jardin pour qu'ils ne dérangent pas. Il y avait assez à faire pour préparer la maison sans avoir aussi à s'inquiéter d'eux, déclara Mrs Rowley. Ils devaient être de retour à quatre heures précises, pour se laver et s'habiller à temps et accueillir leur père.

Chassés de la maison comme des poules, ils déambulèrent sans but véritable dans les terres. D'une certaine manière, il était toujours moins amusant d'être dehors et de jouer quand on vous l'ordonnait.

Ils dépassèrent la roseraie (où Griswold leva les yeux de son travail et les dévisagea), puis le lac et le verger, pour parvenir aux massifs touffus de rhododendrons qui encerclaient les statues secrètes : une belle dame vêtue d'un simple foulard, un faon, un centurion (il devenait un peu moussu par endroits) et un gentilhomme d'un bleu métallique, revêtu d'un chapeau ressemblant à un saladier retourné, assis à califourchon sur une vache. Les statues étaient également des ajouts du cousin. De merveilleuses fêtes estivales étaient organisées dans les jardins à son époque ; ils accrochaient des lanternes de couleur dans les arbres et dansaient dehors tandis que la pénombre s'installait. Parfois Charlotte et James trouvaient différentes reliques de ce temps-là : la moitié d'une coupe à champagne brisée, une carte à jouer que la pluie avait effacée.

Ils s'amusèrent au milieu des statues pendant un moment et, lorsqu'ils se sentirent fatigués, ils s'assirent pour se reposer sur les marches à l'extérieur de la pergola, au bout de l'allée d'ifs. À l'intérieur, la pergola était envahie de chèvrefeuille et abritait une famille nombreuse d'araignées qui prenaient plaisir à tomber du plafond sans prévenir. Sur la marche la plus élevée, Charlotte avait essayé de graver son nom, mais, parvenue à *Cha*, elle avait renoncé, épuisée par l'effort.

Il devait être quatre heures et demie maintenant, pensa Charlotte, peut-être même plus. Papa était sans doute arrivé.

— Peut-être viendra-t-il nous chercher, dit-elle.

Elle se rappela un Noël très ancien, un jeu de cache-cache. Papa riait, la cherchant dans les endroits les plus loufoques, comme dans le secrétaire de Maman ou à l'intérieur d'un dé à coudre.

— Quelqu'un vient, annonça James en pointant du doigt droit devant, vers le bout du chemin d'ifs. Là.

C'était Mrs Rowley. Elle marchait d'un pas rapide, soulevant ses jupes pour éviter qu'elles ne touchent l'herbe humide.

— Vous voilà, dit-elle lorsqu'elle se trouva assez près pour être entendue. Je vous avais demandé d'être de retour à quatre heures.

— Pardon, répondit Charlotte. Nous avons oublié. Papa est-il arrivé ?

— Oui. Il est… Il est monté à l'étage.

— Pouvons-nous le voir ?

— Demain, peut-être, dit Mrs Rowley. Le médecin est avec lui pour le moment.

Elle avait l'air soucieux, songea Charlotte. Les sourcils froncés, mais sans colère.

— Est-ce qu'il va bien ? demanda-t-elle.

— Il a besoin de repos, répondit Mrs Rowley. Vous devrez être très silencieux quand vous serez à l'intérieur, les enfants, de sorte à ne pas le déranger.

Elle jeta un œil alentour, observant la pergola avec une mine évidente de désapprobation.

— Vous feriez bien de continuer à jouer dehors encore un petit moment, ajouta-t-elle. Rentrez avant la tombée de la nuit.

Elle leur jeta un dernier regard, plus sévère, puis fit volte-face et repartit en direction du manoir.

Ils ne virent pas Papa le lendemain, parce qu'il était trop malade pour recevoir des visites. Ils apprirent de la bouche de Mrs Rowley qu'il n'allait pas mieux. Il y avait un autre médecin avec lui maintenant – pas d'Aiskew, ni même venu de York, mais ayant parcouru toute la route depuis Londres. Cela devait être intéressant d'avoir une telle importance, pensa Charlotte – à l'instar d'un roi dans une pièce de théâtre. Elle entendit Mrs Rowley dire à Ann que, tout de même, Mrs Chickering devrait être présente, que quelqu'un de la famille devrait être là.

Le médecin ne partit pas et Papa ne descendit pas non plus. Mrs Rowley était de plus mauvaise humeur que d'habitude, et Ann se mit à regarder Charlotte et James d'un air étrange. Le temps se dégrada. Certains jours, il faisait trop froid et humide pour s'aventurer à l'extérieur. Dans la demeure, seules quelques pièces étaient autorisées : leurs chambres à coucher et la nursery, où ils mangeaient aussi la plupart de leurs repas désormais. Ils ne devaient pas courir ni élever la voix.

Au début, ils firent de leur mieux pour bien se comporter. Mais alors que la maison demeurait silencieuse et que Papa restait à l'étage, ils se mirent à enfreindre quelques interdits : descendre dans la salle de bal (complètement fermée à présent), sortir pour se rendre dans les étables. Personne ne sembla s'en apercevoir. Charlotte songea qu'il serait peut-être bien d'emmagasiner un peu plus de courage – de la même façon qu'il était possible de conserver un peu d'appétit si l'on savait qu'il y aurait plus tard du gâteau. Aussi organisèrent-ils de nouvelles épreuves.

Dans le verger, ils grimpèrent sur des branches plus élevées, marchèrent en équilibre sur l'étroit mur de briques rouges en bordure. Puis, sur les terrains plus vastes, ils retournèrent des pierres et se forcèrent à attraper des araignées – et un jour, un crapaud qui s'était aventuré sur la terrasse.

Plus tard, ce serait l'un des souvenirs que Charlotte garderait clairement en mémoire : la peau marron, froide et verruqueuse de la créature, la sensation rugueuse de ses pattes palmées contre sa paume. Il était plus petit qu'elle ne se l'était imaginé, avec de grands yeux jaunes. Elle craignait qu'il ne la morde (est-ce que les crapauds étaient capables de mordre ?) mais il ne le fit pas. Il resta assis calmement, immobile et apeuré entre ses mains fermées tandis qu'elle le rapportait vers le lac. Lorsqu'elle le posa, il lui fallut plusieurs secondes pour comprendre qu'il était libre et s'éloigner d'un bond.

Il pleuvait depuis trois jours quand ils retournèrent dans la bibliothèque. Personne ne les aperçut – les domestiques étaient occupés ailleurs, le médecin veillait Papa, Mrs Rowley s'était retirée dans sa chambre. Elle leur avait dit ce matin-là que Mrs Chickering arriverait finalement aujourd'hui, et même si l'un comme l'autre avaient du mal à la croire, la nouvelle eut pour effet d'inquiéter Charlotte et de la mettre mal à l'aise.

— Organisons une épreuve, dit-elle à James.

Même s'il n'y avait pas vraiment besoin de se cacher, ils s'introduisirent dans la bibliothèque comme des cambrioleurs, prenant plaisir au côté furtif de la chose. Seul résonnait le tic-tac de l'horloge au-dessus du manteau de la cheminée, un son faible et amical, à peine perceptible au bout d'un moment. Hormis cela, le silence régnait.

Charlotte songea à dire à James que descendre sans être vu constituait une épreuve suffisante, et qu'ils feraient peut-être mieux de remonter. Mais James s'était déjà dirigé vers le cabinet secret et, la main sur *Les Champignons des îles Britanniques, vol. II*, s'efforçait d'ouvrir la porte. Il pouvait se débrouiller tout seul, en règle générale, même si parfois il se perchait sur une pile de livres pour atteindre le ressort plus facilement.

Charlotte le poussa sur le côté, sans grande brutalité.

— Laisse-moi faire.

Ils ne se lassaient jamais d'observer une partie de la bibliothèque se détacher dans un soudain soubresaut puis s'ouvrir en grand. Une fois, Charlotte avait appuyé sur le ressort avec trop de force et deux étagères de livres s'étaient effondrées. Ce jour-là, elle se montra très prudente.

— Tu veux y aller en premier, demanda-t-elle, ou est-ce que j'y vais ?

— Je peux ? dit James.

Il valait mieux y aller en premier – cela impliquait qu'on en aurait fini plus tôt.

Elle acquiesça d'un signe de tête.

— Je refermerai la porte et compterai jusqu'à cent.

La porte était lourde et Charlotte avait beau être grande et forte pour son âge – Mrs Rowley s'était mise à la qualifier de “fille imposante”, d'un ton très peu flatteur –, elle eut du mal à la fermer.

Une fois la chose faite, elle s'appuya contre la porte et appela James :

— Tout va bien ?

— Oui, répondit James avant d'éternuer. Vas-y, compte.

Elle comptait toujours d'une voix forte pour qu'il puisse savoir combien de temps il lui restait à attendre.

Elle en était à vingt lorsqu'elle entendit les pas. C'était Mrs Rowley – Charlotte connaissait suffisamment sa démarche. Elle était à l'extérieur et se hâtait. Tout en approchant, elle appela :

— Charlotte ? James ? Vous êtes là ?

Charlotte chercha des yeux un endroit pour se cacher, mais le temps pressait, Mrs Rowley avait déjà ouvert la porte de la bibliothèque.

Charlotte pensait qu'elle serait fâchée, mais à la place elle demanda seulement d'un ton brusque :

— Où est ton frère ?

— Je ne sais pas.

Mrs Rowley soupira puis saisit Charlotte par le poignet et dit :

— Bon, viens avec moi.

— Où…

— Ton père veut te voir.

Avant que Charlotte puisse dire un mot, Mrs Rowley la faisait sortir avec empressement de la bibliothèque.

La chambre de Papa était sombre et il en émanait une drôle d'odeur. Le médecin de Londres se tenait à côté du lit – il était assez jeune, avait les cheveux blonds et un visage osseux.

Papa était allongé et immobile. Charlotte avait le souvenir de quelqu'un de grand, aux épaules larges, infiniment fort. Mais à ce moment-là, il lui apparut maigre et brisé, et ses yeux – foncés comme les siens – étaient injectés de sang et fixaient le vide. Il respirait en haletant.

Il n'était pas en mesure de parler, expliqua Mrs Rowley, mais Charlotte pouvait lui prendre la main et lui parler, si elle n'élevait pas la voix.

Elle ne savait que dire. Finalement elle marmonna qu'elle lui souhaitait un prompt rétablissement, ainsi que James. Elle crut le voir tourner légèrement la tête à la mention du nom de James.

— Cela suffit, déclara Mrs Rowley. Ton père doit être fatigué. Tu peux l'embrasser.

Elle aurait préféré ne pas avoir à s'exécuter, mais il ne semblait pas y avoir d'autre choix. Il était brûlant et exhalait un mélange de sueur, de fièvre et d'aigreur. Elle aurait voulu se frotter la bouche après coup, la nettoyer de la maladie.

— Allez, maintenant, dit Mrs Rowley. Elle regarda le médecin qui haussa les épaules. Tu pourras peut-être le revoir demain…

Alors le médecin déclara soudain d'un ton tranchant :

— Emmenez l'enfant.

Le visage de Papa avait changé. Quelque chose de néfaste s'était produit, peut-être au moment où elle l'embrassait.

Le médecin se pencha au-dessus de Papa en fronçant les sourcils, et Mrs Rowley attrapa Charlotte par la main et la fit sortir. Elle referma la porte.

Charlotte fit volte-face et se mit à courir – le long du couloir, dans l'escalier, jusqu'à la bibliothèque. Mais elle marqua une pause à la porte : elle entendit des voix qui venaient de l'intérieur. C'était Ann, qui parlait à quelqu'un.

— … essayer de l'épargner, disait-elle, et l'autre personne murmura une réponse.

L'étrangère avait une voix de vieille dame – il devait s'agir de Mrs Chickering, enfin arrivée.

Charlotte eut à peine le temps de s'esquiver avant qu'Ann ne sorte de la bibliothèque et se dirige vers la chambre de Papa. Charlotte espérait que Mrs Chickering suivrait Ann et monterait voir Papa, mais il n'en fut rien. À la place, Mrs Rowley entra à son tour dans la bibliothèque – suivie, peu de temps après, par le médecin. Il s'essuyait les mains. Elle pensa par la suite qu'elle avait peut-être imaginé ce détail, mais il était ancré dans sa mémoire – un homme grand, au visage fin, s'essuyant soigneusement les doigts à l'aide d'un mouchoir. Il entra et referma la porte derrière lui.

Les trois restèrent dans la bibliothèque presque une heure. Charlotte percevait des sons mais pas de mots. Elle attendit, dans le froid du couloir lambrissé et venteux.

Ils finirent par émerger et remontèrent ensemble à l'étage. Charlotte se précipita aussitôt à l'intérieur, se souciant à peine de savoir s'ils étaient ou non encore à portée de voix. La pièce n'avait pas changé. Elle courut en direction du cabinet secret et ouvrit la porte. James était assis là, le dos appuyé contre le mur, les yeux fermés.

— Tu vas bien ? demanda-t-elle.

James ouvrit les yeux.

— Tu l'as vu ?

— Oui, répondit-elle.

Elle se rendit compte du mal qu'elle avait causé. Elle essaya de penser à des mots de réconfort.

— Il a prononcé ton nom.

Il la regarda sans parler.

— Je suis désolée.

Elle s'agenouilla, tenta de l'aider à se relever, mais il refusa son aide.

Ses doigts saignaient – il avait dû se débattre avec la porte, lutter contre le bois grossier et plein d'échardes.

— Nous aurions eu des ennuis s'ils t'avaient découvert ici, dit Charlotte.

Il leva la tête et la dévisagea tout en repliant les genoux contre sa poitrine, de sorte qu'il se retrouva recroquevillé, rappelant à Charlotte les cloportes qui vivaient dans les coins ombragés du jardin et se roulaient en boule quand on les délogeait de leur bout de bois pourri.

— Je suis désolée, répéta-t-elle.
— Je te hais.
Elle ne savait pas quoi faire.
— Eh bien, finit-elle par dire, ce n'est pas la peine de réagir comme un bébé, en tout cas.

Elle se détesta d'avoir dit cela, et elle le détestait d'avoir réagi de la sorte, si bien qu'elle partit crânement en direction de sa chambre et s'allongea sur le lit, tremblante.

Ce fut plus tard qu'elle découvrit ce dont les adultes avaient parlé dans la bibliothèque. Dissimulé derrière les étagères, James avait dû entendre le médecin annoncer aux autres que Papa était mort.

Une souris mourut quelque part sous le plancher peu de jours avant l'enterrement. Rien ne sentait comme une souris morte, rien n'approchait cette odeur si insistante de pourriture. On alla chercher Griswold pour essayer de localiser le cadavre, mais en vain. Mrs Rowley avait déclaré qu'ils devraient simplement attendre que la puanteur parte d'elle-même. Les relents étaient particulièrement terribles dans la pièce où Papa reposait, mais ils ne voulaient pas déplacer ce dernier.

Mrs Chickering fut celle qui apprit à Charlotte et James la nouvelle de la mort de Papa. Quelques heures après son arrivée, on les accompagna dans la bibliothèque et on les présenta. Elle était mince, avait les cheveux blancs et gardait les lèvres pincées dans une position qui devait être très inconfortable. Peut-être n'en avait-elle plus conscience. Elle les inspecta tous deux en silence pendant un petit moment, puis elle leur dit que Papa était parti et qu'ils devraient dorénavant se montrer très sages.

Mrs Chickering avait peur d'un tas de choses, comme Charlotte le découvrit bientôt : peur du feu et des rats, peur que les domestiques ne soient malhonnêtes, peur que le dîner n'ait pas été correctement cuit. Elle craignait que l'on ait gâté les enfants, qu'ils soient tous deux très ignorants et que Charlotte ne soit devenue un garçon manqué. Elle ne mangeait jamais beaucoup aux repas, mais elle consommait des pastilles à la lavande presque constamment ; les effluves la suivaient partout.

Mrs Chickering déclara qu'il était hors de question que les enfants assistent aux funérailles. Si bien qu'ils restèrent dans la nursery le jour où Papa fut enterré – James devant le feu de cheminée, Charlotte l'observant, blottie dans un fauteuil. Elle avait envie de le rejoindre et de s'asseoir à côté de lui, mais craignait qu'il ne lui ordonne de partir. Aussi demeura-t-elle tranquillement installée, comme si tout allait toujours bien entre eux.

Dans les jours qui suivirent l'enterrement, les choses se mirent rapidement à changer. On allait envoyer James à l'école. L'argent deviendrait une question plus délicate désormais, apprit Charlotte. Ils devraient économiser. La propriété serait entièrement fermée. Charlotte irait habiter avec Mrs Chickering (et James, quand il ne serait pas à l'école) à East Lodge, dans le cottage qui se trouvait près du saut-de-loup, presque à l'extrémité du domaine. Tout cela était déjà de mauvais augure ; mais le pire était la froideur que James lui opposait toujours. Un après-midi où il pleuvait, la veille de son départ pour l'école, Charlotte le trouva dans la bibliothèque, en train d'écrire. La bibliothèque était la seule pièce qui n'ait pratiquement pas changé – dans toutes les autres, le mobilier avait déjà été emballé. Les meubles avaient laissé si peu de traces sur la poussière et le calme de la maison, songea Charlotte. Dans quelques jours, lorsqu'ils seraient tous partis, eux, les domestiques et Mrs Rowley, il ne demeurerait presque aucun signe de leur existence ici.

— Qu'est-ce que c'est ? demanda-t-elle en regardant ce qu'écrivait James.

— Un récit.

Son écriture était toujours aussi terrible. Elle jeta un œil par-dessus son épaule et ne put déchiffrer aucun mot. Il garda la tête penchée sur son œuvre.

Quelque chose le peinait, le faisait souffrir intérieurement. C'était sa faute à elle, évidemment. Il devait être anxieux à l'idée de partir à l'école, mais il refusait d'en parler.

Elle aurait voulu encore lui dire qu'elle était désolée, mais elle le lui avait dit déjà tant de fois, et le moment était passé depuis longtemps.

Au lieu de quoi, elle dit :
— J'aurais aimé que tu ne partes pas.
Il garda le silence, ce qui était devenu typique. Au bout d'un moment, elle remonta pour finir de préparer ses affaires.

Le séjour de James à l'école sembla durer très longtemps. Pour des raisons d'économie et aussi de tradition, on l'envoya dans l'ancien établissement de Papa, une petite institution sans grande réputation académique. Il écrivait régulièrement à Mrs Chickering et Charlotte – des lettres consciencieuses, qu'il adressait aux deux.

Lorsqu'il se trouva enfin libéré pour les vacances, on envoya la calèche pour l'amener de la gare de York et Charlotte sortit de la maison pour l'accueillir. Elle traversa à pas lents le petit jardin d'East Lodge, puis suivit le sentier qui menait aux terres du domaine. Aucune lumière au loin ne parvenait du manoir. Toutes les pièces étaient désormais fermées. Certains des meubles, parmi les plus précieux, avaient été vendus. C'était comme si leur vie avait formé une ligne tracée au crayon sur une feuille de papier et qu'on les avait suivis avec une gomme, effaçant la ligne au fur et à mesure derrière eux. Charlotte avait toujours la clef des portes-fenêtres qui séparaient la terrasse de la bibliothèque. Parfois elle se rendait dans la demeure, mais seulement de jour et uniquement dans cette pièce. Peu à peu, ses pas commencèrent à se voir dans la poussière. Mrs Chickering disait qu'elle ne pourrait pas continuer longtemps à y aller ; tôt ou tard, ils devraient abandonner les lieux.

Il se mit à pleuvoir tandis que Charlotte avançait entre les arbres, longeant l'allée d'ifs et les statues, qui disparaîtraient bientôt entièrement dans les buissons. Elle appréciait l'air frais et le silence. Elle n'était pas certaine de ce que James lui dirait et, s'il ne pouvait pas lui pardonner maintenant, elle ne savait pas comment elle serait capable de supporter les mois et les années à venir, avec Mrs Chickering pour seule compagnie.

À la lisière des arbres, elle l'aperçut, un peu lointain, vêtu d'une écharpe contre l'humidité du soir. Le visage dissimulé par le brouillard, il ressemblait à quelqu'un d'autre, et pendant une seconde elle eut peur. Mais c'était bien lui, et ils s'enlacèrent sans un mot sous les arbres sombres aux branches lourdes de pluie.

Elle avait craint qu'il ne soit devenu un étranger, mais c'était toujours lui – plus âgé et plus sérieux au bout de ces quelques mois seulement, arborant un air nouveau, comme sur ses gardes, mais il demeurait le même. Tandis qu'ils s'étreignaient, elle se rendit compte qu'il avait grandi. Elle ne le dépasserait plus longtemps en taille.

Elle décida que tout irait bien. Elle le rendrait heureux, et le souvenir de ce qu'elle lui avait fait l'aiderait à se montrer plus vigilante et aimante, de sorte que rien de mal ne lui arrive de nouveau.

Il regardait le manoir derrière lui, les fenêtres éteintes et dépourvues de rideaux. Elle n'aimait plus les lieux à la tombée de la nuit. Ils lui paraissaient trop lugubres.

— Nous ferions mieux de rentrer, suggéra-t-elle.

Elle fit demi-tour et, ensemble, ils marchèrent entre les arbres en direction d'East Lodge, le long des sentiers que tous deux connaissaient bien.

## 2

Était-ce ou n'était-ce pas Shakespeare ? James marqua une pause, plume à la main, et réfléchit. Il avait écrit un bon moment sans s'interrompre, mais le souvenir distant de mots dont il n'était pas l'auteur ne le laissait pas en paix. Il s'agissait probablement de Shakespeare. Lorsqu'une phrase évoquait Shakespeare, c'était en général de lui. Des mots qui venaient de *Jules César* – non, cela se passait en Angleterre, s'il se souvenait bien. Il y avait un bouffon, et quelqu'un avait été trahi ou assassiné, ou peut-être les deux. Ou bien s'agissait-il de *Timon d'Athènes*, après tout ?

C'était l'ultime semaine du dernier trimestre de James à Oxford, et presque l'été. Sa chambre à l'université se situait à un étage élevé, suffisamment haut pour pouvoir observer au crépuscule l'Isis en contrebas et apercevoir les canards, formes noires dérivant sur le miroitement sombre de l'eau. Malgré les avertissements de Mrs Chickering concernant les papillons de nuit, il avait pris l'habitude de dormir la fenêtre ouverte. Les nuits étaient délicieuses depuis quelques semaines, les cieux d'un bleu indigo limpide, et il appréciait l'air frais et agréable.

Les journées étaient moins plaisantes, pensait James. Trop chaudes pour se concentrer, suffisamment lourdes pour vous faire aimer l'automne. Il faisait inconfortablement chaud dans la galerie supérieure de la Radcliffe Camera ce jour-là.

Il regarda de nouveau sa feuille et continua de relire ce qu'il venait d'écrire. Un soudain dégoût l'envahit, une forme particulière de haine de soi qu'il n'éprouvait que lorsqu'il se confrontait à sa propre prose. C'était faible, tout ce qu'il avait écrit. À ce rythme-là, l'article ne serait jamais fini. Il biffa le dernier paragraphe et se leva. Il se sentirait peut-être mieux avec un changement d'air.

En bas, à la porte de la bibliothèque, il hésita. L'endroit paraissait inexplicablement calme ce jour-là, personne ne semblait être présent, ni bibliothécaire ni gardien. Il aurait pu se diriger vers la sortie ou bien descendre l'escalier pour rejoindre l'étage inférieur de la Camera. Il avait passé la majorité de ses trois ans à Oxford à ne pas se sentir à sa place dans les grandes bibliothèques, craignant toujours de se montrer trop bruyant, de déranger les autres lecteurs, ou encore de s'égarer dans des endroits interdits, provoquant l'ire de l'un des bibliothécaires. Il n'avait jamais osé explorer les lieux librement. Ce jour-là, hardiment – c'était la fin du trimestre, après tout, la fin de tout –, il considéra qu'il pouvait s'y aventurer.

L'étage inférieur de la Camera était désert, pas un son, pas une voix humaine, rien que James et les livres. La lumière qui parvenait des fenêtres en arc suffisait pour permettre à James de déambuler entre les étagères, tout en appréciant l'odeur, le silence et la procession ordonnée de noms, certains connus, d'autres étranges, tous classés selon une disposition réfléchie.

Puis il s'arrêta. Cela n'avait rien à faire ici, certainement ? Un livre avait négligemment été posé sur le dessus d'une rangée de volumes, absolument pas à sa place : *Le Martyre de l'homme*, de William Winwood Reade. Il ne s'agissait même pas d'un volume de bibliothèque, mais d'une édition toute neuve, le titre doré toujours brillant sur la reliure en étoffe verte. Ce fut alors qu'il entendit, brisant le silence de la bibliothèque et le cours de ses pensées, un rire de femme.

Évidemment, James avait vu des femmes assister à des leçons de temps à autre. Il s'était rendu à Somerville College une fois pour prendre le thé avec la sœur d'une connaissance, une véritable Nouvelle Femme vêtue de vert eau de Nil, dont le grec surpassait le sien. Il n'y avait véritablement aucune raison d'être surpris d'entendre une voix de femme. Son rire, en outre, était plutôt charmant. Mais la douceur de ce rire lui conférait une qualité d'ordre assez privé, d'une sorte que James n'avait jamais entendue jusqu'alors. Il lui semblait qu'une femme ne rirait de cette manière que seule – presque seule.

De nouveau des murmures – une autre voix maintenant, celle d'un homme –, encore des rires étouffés. Ils devaient se tenir très près l'un de l'autre pour s'entendre alors qu'ils parlaient si bas. Puis il perçut le son d'un baiser rapide. Ils se trouvaient de l'autre côté des étagères. S'ensuivit un bruit qui ressemblait à un froissement de plumes.

James entendit la femme avertir son compagnon :

— Mon chapeau.

Le rire persistait dans sa voix, et il imagina la femme assez nettement : blonde, très jeune, trop innocente pour se soucier des apparences.

— Ce serait vraiment dommage de l'abîmer, déclara l'homme – et alors il y eut un bruissement, comme si l'on dénouait des rubans.

— Voilà, dit l'homme.

— Vous êtes un expert, constata-t-elle sur un ton amusé. Peut-être devriez-vous renoncer à l'idée du droit et devenir la femme de chambre d'une dame à la place.

— Eh bien, si je pouvais être votre femme de chambre…

Un autre baiser. Il devait également être blond, pensa James, à peine plus âgé qu'elle, tous deux innocents, Daphnis et Chloé au milieu d'une austère forêt verdoyante de livres. Les amants, tels qu'il les avait vus sous différents noms et apparences, dans d'innombrables récits et chansons. Alors, c'était ainsi, songea James…

À cet instant, la jeune femme éternua et James sursauta, tandis que l'époque et le lieu lui revenaient. Demeurer où il se trouvait semblait hors de question. Mais il ferait sans doute du bruit s'il essayait de se déplacer. Il tenta de reculer d'un pas et entendit aussitôt le plancher craquer. Il s'arrêta brusquement, sentant qu'ils s'étaient aussi immobilisés de l'autre côté.

James se les représenta, leur rire soudain figé sur leurs visages, écoutant attentivement. Il ne pouvait donc s'agir d'un couple de fiancés, de deux amoureux engagés et sanctifiés.

— Qui est là ? demanda l'homme.

Il avait haussé la voix – sa confiance en lui était maintenant perceptible dans la façon dont il s'exprimait. Qui qu'il fût, il avait l'habitude de recevoir des réponses à ses questions.

James hésita mais garda le silence. Peut-être s'en iraient-ils.

— Vous feriez aussi bien de vous dévoiler, dit l'homme. On vous entend respirer.

Il n'y avait pas d'autre choix. James se retrouva, très lentement, à avancer et contourner les étagères.

Ils ne ressemblaient pas du tout à ce qu'il avait imaginé en les entendant, tous deux étaient légèrement plus âgés. La jeune femme était charmante : brune et plantureuse, le visage en forme de cœur et des lèvres un peu trop pulpeuses. James se rendit compte qu'il l'avait déjà vue. Elle était la fiancée de quelqu'un – on la lui avait signalée parce qu'elle avait de l'argent, ou bien un oncle qui était baronnet, ou qui prétendait à quelque autre distinction. S'il s'en souvenait correctement, elle s'appelait Miss Emily Richter. Dans une main, elle tenait un chapeau de confection délicate, qui ressemblait à une colombe blanche prise dans des rets de soie.

Son compagnon n'était pas son promis, James en avait la certitude. Il était à peu près de la taille de James et se tenait tel un prince camouflé, avec ce type de beauté qui défiait quiconque de détourner les yeux. Ses cheveux étaient d'un brun soyeux ; son regard mit immédiatement James mal à l'aise.

— Je suis terriblement désolé, dit James.

Il les vit échanger un coup d'œil qui trahissait de l'inquiétude – la situation était embarrassante, sinon intenable. Mais il y avait également de la complicité dans leurs yeux, ce qui renvoya James à sa solitude.

Et, au désespoir, il répéta :

— Je suis vraiment désolé. Je n'avais pas idée que vous vous trouviez ici…

La jeune femme prononça peut-être quelques mots – James eut la vague impression de l'entendre parler et de la voir étendre le bras –, mais il se détournait déjà, troublé et mal à l'aise, pressé de les quitter. Ses pas résonnaient bien trop fort sur le parquet. Il remonta l'escalier en spirale et retourna à son bureau, ses livres et ses feuilles. Il imagina le couple encore derrière les étagères : soucieux d'une découverte évitée de justesse, ou bien peut-être riant de la gaucherie de James.

Son dernier paragraphe, résolument biffé, lui apparut soudain comme une raillerie :

> ~~L'idée qu'un acte immoral puisse ajouter de la profondeur à une œuvre témoigne sans doute d'une conception de l'art comme une chose suprêmement égoïste, or l'art ne devrait pas être égoïste – pas plus qu'il n'est véritablement altruiste. En effet, l'équilibre exquis des deux devrait convaincre quiconque de l'ordre divin de notre univers : l'artiste se délecte de la création, son public de la contemplation de la création – leurs intérêts sont unis. Il y a une harmonie, une réciprocité de bénéfices, très proches de l'amour.~~

Il avait eu tort plus tôt : l'ensemble était faible, pas seulement ce dernier paragraphe. Que savait-il de l'art, ou de n'importe quoi ? Il plia les feuilles et tenta de recommencer.

*

Ce soir-là, il se promena. Il dépassa le parc de Christ Church et s'arrêta au bord de la rivière pour déchirer son article en petits morceaux et les disperser dans l'eau, attirant une flopée de canards, qui prirent le papier pour des miettes de pain. Il pensa, avec une pointe de mélancolie : et maintenant quoi, qu'adviendra-t-il ?

Il s'était plu à Oxford, à sa manière. Il s'imaginait qu'il ne retiendrait que peu de ce qu'il avait appris, et pourtant ses études l'avaient rendu heureux. Il aimait respectueusement le latin, qui lui paraissait comme une langue composée de phrases prêtes à être démantelées et réassemblées ailleurs, éminemment pratique pour un peuple conquérant.

Il possédait un désir secret, cependant, une passion illicite : d'après la rumeur, l'université s'apprêtait à offrir des cours de littérature anglaise. Lorsqu'il avait appris la nouvelle, il avait éprouvé un sentiment confus d'avoir raté une marche, parce que cela aurait dû être son destin, mais il avait atteint l'échéance, la fin de ses études – si seulement sa naissance avait été mieux synchronisée.

Il continua de marcher et de songer, pensant aux inconnus dans la bibliothèque.

Ils étaient si pleins de vie. Ils habitaient ce lieu où les événements se produisaient, au centre vivant et vital des choses. Il réalisa à ce moment-là qu'il avait toujours existé à une légère distance de la réalité.

Un désir ardent de se lancer, de vivre avant qu'il ne soit trop tard l'étreignit alors. De manière sous-jacente se manifestait un souhait enfantin d'en remontrer aux autres.

Et, bien sûr, il y avait une activité qu'il pouvait poursuivre – s'il en avait le courage.

Il lui était venu à l'esprit, assez jeune, qu'il n'y aurait rien de mieux que de passer sa vie à écrire. L'idée ne l'avait pas quitté, ni les mots, qui chantaient à ses oreilles la nuit, dans l'espace entre ses prières et les pensées délibérément vagues de douces étreintes qu'il formait pour s'endormir. Grâce à un petit legs reçu quelques années plus tôt, James possédait assez de liquidités pour vivre dans un confort relatif, sans la nécessité de poursuivre une carrière professionnelle. Charlotte, de son côté, avait suffisamment d'argent pour subvenir à ses propres besoins. Aussi lui était-il possible de continuer d'écrire, s'il le souhaitait. Et il pourrait vivre à Londres, où un écrivain se devait d'habiter et où tout se passait. Il deviendrait un *flâneur*, déambulant dans les rues, observant tout sans être vu. Ce soir-là, il consigna dans son carnet de notes : "L'Existence avec une capitale doit être vécue dans la Capitale", et ce sentiment lui plut.

Quelques jours plus tard, il s'installa pour rédiger sa dernière lettre d'Oxford adressée à Charlotte. Pour le moment, celle-ci demeurait avec Mrs Chickering dont la santé ne cessait de décliner. Il songea qu'elle s'était sans doute attendue à ce qu'il revienne à la maison, du moins au début. Mais – et James le justifia avec une grande circonspection dans sa lettre –, il était important qu'il vive seul au commencement de sa carrière. Il espérait qu'elle ne le trouverait pas égoïste. Il avait besoin de ce temps – une année, au moins – pour savoir s'il possédait un quelconque talent. Il lui envoyait un paquet de livres, l'embrassait, et espérait que Mrs Chickering se sentait mieux. Charlotte répondit par retour de courrier :

*Bien sûr je comprends, et je souhaite que tu aies les meilleurs débuts possibles à Londres. (Naturellement, notre tante continue de dire qu'elle ne voit pas pourquoi il* ***faut*** *que ce soit Londres et non pas un endroit plus proche, mais je suis certaine qu'elle se fera à l'idée.) Tu auras tant de choses pour t'occuper, avec tout ce à quoi s'emploient les jeunes hommes dans la capitale, et même si notre tante pouvait se passer de moi, je te gênerais, surtout dans les premiers temps. En outre, mon rosier est toujours dans un état critique ; je ne pourrais songer à l'abandonner aujourd'hui. Mais qu'envisages-tu pour le manoir ?*

Ici, il cessa de lire, car il préférait ne pas songer au manoir d'Aiskew pour le moment. La propriété lui appartenait, maintenant qu'il était majeur, et relevait de sa responsabilité. Quand il était enfant, devenir maître des lieux semblait merveilleux. À présent, cela ne représentait plus qu'une source d'incessantes demandes et de documents et chiffres rébarbatifs, liés en filigrane à un souvenir de lambris, d'obscurité et de froid. Le manoir avait besoin d'être rénové, puis vendu ou loué (le choix entre ces deux possibilités fournissait le sujet principal de ses conversations avec Mrs Chickering chaque fois qu'il retournait dans le Yorkshire). Plus il tardait à prendre des décisions, plus la situation devenait pressante, si bien que la simple mention des lieux, de la part de Charlotte ou de sa tante, suffisait à le démoraliser.

Il répondit à Charlotte en expliquant qu'il s'occuperait de la propriété en temps utile et qu'il était persuadé, dans l'intervalle, que tous les deux pouvaient s'en tirer sans le revenu supplémentaire.

Comme il s'y était attendu, Charlotte se montra compréhensive :

*Je ne pense pas que différer la décision concernant le manoir portera vraiment à conséquence, quoique des travaux puissent devenir assez rapidement nécessaires. Je me suis promenée dans les jardins aujourd'hui – notre chemin habituel, tu sais – et j'ai appuyé mon visage contre une fenêtre de la bibliothèque. Je me suis sentie un peu comme une revenante ou une voleuse, à scruter l'intérieur de la sorte. Je suis entrée pour prendre des livres et, tu seras content de l'apprendre, les volumes paraissent tous en bonne condition, même s'ils auraient vraiment besoin d'être entreposés ailleurs. La poussière est épouvantable, épaisse comme un tapis de velours.*

*Je t'envoie un présent pour t'aider dans ta voie vers la grandeur littéraire, la Vie de Carlyle de Froude. J'espère que tu ne l'as pas déjà lue. Je t'envoie également L'Art de la composition, qui, d'après ce que je comprends, constitue un guide très utile pour la poursuite d'une carrière d'écrivain. Tante dit que tu ne devrais pas te pencher lorsque tu lis ou écris, ou tes yeux s'engorgeront de sang. Et tu dois te montrer très prudent dans ton choix de logement, et toujours accorder une attention particulière aux canalisations. Elle connaissait un jeune homme prometteur qui, pour ne pas l'avoir fait, est décédé en conséquence.*

Il relut la lettre de Charlotte dans le train vers Londres et sourit malgré sa nervosité. Cette démarche sans précédent le rendait maintenant anxieux, et il était quelque peu décontenancé par la rapidité avec laquelle tout avait changé. Il n'avait pas prévu de prendre une décision concernant sa vie et la voir se réaliser de manière si immédiate. Il avait emballé ses papiers et ses livres dans des boîtes, trouvé un logement – tout s'était passé plutôt plus facilement qu'il ne se l'était imaginé. Maintenant, il ne pouvait s'empêcher de regretter de ne pas avoir retardé ce choix et de n'être pas retourné d'abord dans le Yorkshire.

Sa nouvelle résidence ne se trouvait pas loin du quartier de Paddington, dans Wyndham Street, une rue décente et ordinaire. L'entreprise intimidante consistant à donner l'adresse au cocher et à lui demander d'attacher son bagage sur le toit de la calèche fut accomplie sans aucune difficulté. Plus rapidement qu'il ne s'y était attendu, il se retrouva installé dans ses appartements, sa propriétaire lui ayant confié une clef et récité un chapelet de règles concernant sa location, avant de le laisser en paix.

Son gîte était petit mais confortable, sans traces d'humidité, de suie ou de vermine. Sa logeuse connaissait Mrs Chickering de loin. James avait déploré ce lien dans un premier temps ; il aurait souhaité se faire sa place à Londres sans s'endetter auprès de quiconque. Mais la connexion lui paraissait maintenant bienvenue : elle le rattachait à son passé, cet ancien monde où tout lui paraissait aisément compréhensible.

Lorsqu'il fut seul, il s'approcha de la fenêtre. Il s'appuya contre le rebord et regarda à travers la vitre. Au-dehors s'étendait Londres – moderne, commune et très affairée. La ville ne paraissait pas avoir remarqué son arrivée.

Il ne s'aventura pas loin de son logement pendant plusieurs jours, et durant tout ce temps il ne cessa de pleuvoir – même la pluie était sale, comme il le découvrit. Tout ici paraissait enfumé, légèrement avarié. Il se sentait bousculé et mal à l'aise. Son premier réflexe dès qu'il rentrait consistait toujours à se laver les mains. Plus tard, tandis que l'été s'estompait, le brouillard s'abattit et demeura en place pendant des jours. James observait Londres par la fenêtre et ne discernait rien d'autre que la lumière souillée des réverbères, et c'était comme si la ville se dissimulait, jouant au chat et à la souris avec lui. Alors il fermait les rideaux et restait à l'intérieur.

Il essaya de travailler. Son dernier effort littéraire, *Déméter*, ne progressait pas bien. Il s'agissait d'une tentative de combiner une évocation de l'Hadès et une description de Londres (une idée empruntée, voire volée, comme il en convenait lui-même, aux illustrations de la ville par Doré et à la "capitale infâme" de Baudelaire). Ayant œuvré à son projet pendant plusieurs semaines, il succomba à un instant de faiblesse et soumit un extrait à la revue *The Spirit Lamp*. Après coup, il éprouva d'épouvantables regrets et lorsque son texte se vit promptement rejeté, il rangea l'intégralité du poème dans un tiroir et ne put reposer les yeux dessus pendant un bon moment.

Il n'avait pas montré son travail à quelqu'un depuis si longtemps que sa réaction à cet échec le prit par surprise – un sentiment embarrassant de s'être exposé et de dégoût de soi. Il s'était attendu à quelques rejets initiaux, et avait pensé qu'il écarterait ces petites piqûres d'estime d'un sourire narquois et d'un haussement d'épaules. Il se décevait.

Peu de temps après, il connut une autre déconvenue inattendue : sa logeuse lui annonça qu'elle vendrait bientôt la maison et partirait au Canada vivre avec sa fille mariée. Mis en demeure de trouver rapidement un nouveau gîte, James rencontra aussitôt des problèmes. Les logements convenables étaient hors de prix, et ceux qu'il pouvait se permettre étaient miteux – voire, à une ou deux reprises, à peine salubres.

Un soir, après avoir visité l'un de ces logements douteux – un endroit dans le quartier d'Islington où de la moisissure poussait sur les murs, plus lugubre que ce que James aurait jamais pu imaginer pour une habitation humaine –, il rentra et trouva une lettre de Charlotte :

*J'espère que la quête d'un nouveau logement ne se montre pas trop ardue et que la ville est telle que tu l'avais anticipée. Je suppose qu'elle brille, surtout la nuit – à la grande différence de la pénombre absolue de la campagne, comme ici. Je crois que le changement serait difficile pour moi, après Oxford, mais, bien sûr, palpitant également. Tu as dit que tu te sentais un peu oppressé par la foule au début, mais je crois que c'est naturel – et tu es très sensible à ton environnement. Tu t'y habitueras complètement au bout de quelques semaines. Peut-être que si tu te promenais et observais les gens, ce serait plus facile ? Va aussi voir les attractions – si tu ne considères pas comme au-dessous de ta dignité de visiter la Tour de Londres derrière un essaim d'écolières venues de la campagne pour une sortie touristique.*

La lettre tombait à point (comme les lettres de Charlotte en général). James la lut et la relut, d'abord réjoui et irrité à parts égales, puis finalement résolu à suivre son avis. Angoissé par la foule et la circulation, il avait battu le pavé jusqu'à en avoir mal aux pieds, le souffle court à cause de la fumée qui montait du métro souterrain, mais il n'avait jamais pris le temps de s'arrêter et d'observer. Comme Charlotte l'avait probablement deviné, d'autres soucis le préoccupaient. La poésie le rendait pataud – absorbé dans ses pensées, il s'était heurté à plusieurs personnes par accident, avait tourné dans les mauvaises rues et raté beaucoup de choses. Dorénavant il essaierait de se comporter différemment.

Il habitait assez près d'Oxford Street pour y aller. Il marcherait tranquillement, se promènerait peut-être dans Hyde Park. Il ne s'était pas encore rendu à la rivière Serpentine, et apprécierait certainement la vue de l'eau.

À six heures, Oxford Street s'avérait animée et ne manquait pas d'attractions à regarder. S'étant arrêté pour jeter un œil à une exposition d'aquarelles dans une vitrine, James se retrouva soudain projeté en avant par un homme qui, un portemanteau enveloppé de papier marron posé sur l'épaule comme un fusil, lui avait donné un coup de coude en passant. Le fugace contact, brusque et impersonnel, le contraria malgré lui. Il avait l'impression d'une certaine manière que la ville elle-même s'était exprimée et l'avait repoussé. Ce vaste lieu, avec ses foules mouvantes et piétinantes, resterait toujours un mystère pour lui. Ses espérances joviales maintenant l'embarrassaient. Il n'y entendait rien. L'on pouvait peut-être disséquer l'âme humaine, éclairer ses mécanismes et ses désirs, mais comprendre Londres ? C'était certainement impossible.

Il revint sur ses pas, considérant l'expérience comme un échec.

Il se trouvait au coin de Portman Street lorsqu'il se rendit compte que quelqu'un criait son nom, une personne qui agitait la main de l'autre côté de la rue. Il s'agissait de Geoffrey Margoyle, dont James se souvenait d'Oxford. Margoyle était plus âgé que James, fort en gueule et ambitieux, avec une forte propension à dispenser de bons conseils. Il avait quitté Oxford un an plus tôt, et James l'avait presque oublié.

Il lui faisait signe de la main à présent ; James ne pouvait guère feindre de ne pas le voir. Il attendit donc que Margoyle traverse la rue précipitamment, évitant les voitures avec agilité (combien de mois à Londres faudrait-il à James pour y parvenir ?).

— Norbury ! s'exclama-t-il dès qu'il se trouva à portée de voix. Comment vas-tu ?

À la grande surprise de James, Margoyle s'avéra être une bénédiction, à sa manière : après avoir décrit en détail à James sa carrière florissante au Bureau des Affaires étrangères, il ajouta qu'il détenait la parfaite solution aux problèmes de James. Il connaissait un excellent congénère qui cherchait quelqu'un pour partager son très agréable logement. Il s'était brusquement retrouvé dans une situation précaire, due à une malheureuse conjonction de dettes pressantes, de subsides annulés et d'une dispute de famille (Margoyle savait que James garderait cette information pour lui), et, en fait, James l'avait probablement rencontré à Oxford : Christopher Paige. Il se rappelait certainement… ?

— Paige ? répéta James. Ah.

— Tu ne te souviens pas de lui ?

— Est-ce qu'il étudiait à Corpus ?

— À Magdalen. Est-ce que tu as l'impression d'avoir jamais fait quelque chose d'utile à Oxford ?

— Je nourrissais parfois les canards.

Margoyle ignora cette remarque.

— Quoi qu'il en soit, je vous présenterai. C'est un chic type, tu verras.

— Je te remercie, Margoyle, mais je ne suis pas certain de…

— Ne sois pas ridicule, répliqua Margoyle, comme si cela réglait la question. Tu peux le rencontrer à mon club demain après-midi. Trois heures. Arrive à l'heure, si tu peux.

Il sortit sa montre.

— Il faut que j'y aille maintenant.

Il ne tint pas compte des protestations que James continuait d'émettre et partit avec aplomb, laissant James plutôt plus triste et perplexe qu'auparavant.

Le club de Margoyle était un établissement ancien et imposant situé sur Pall Mall, luxueusement enveloppé dans un lourd silence. À l'intérieur, l'on avait du mal à imaginer le bruit des rues, à juste un ou deux mètres. Margoyle, qui aimait maîtriser les situations, paraissait d'humeur joviale. James se sentait mal à l'aise. Il se trouvait assis en face de Margoyle, contraint d'écouter une très longue histoire (concernant le jour où le père de Margoyle avait rencontré le général Gordon dans un train, et les propos que le père de Margoyle avait tenus au général Gordon, et les réponses du même général Gordon), lorsque la porte s'ouvrit et qu'un homme, haletant, marqua une pause sur le seuil. James le reconnut aussitôt – les mêmes yeux foncés et la même beauté désinvolte. Il avait l'air extrêmement amusé, ce qui, comme James l'apprendrait plus tard, lui était habituel.

— Paige, dit Margoyle, d'un ton à la fois cordial et réprobateur. Nous avions presque perdu espoir.

— Eh bien, je peux t'expliquer, répondit Paige.

Il détourna son regard de Margoyle pour le poser sur James et cilla.

— Ah.

James le fixait, assez décontenancé. Il se souvint du livre *Le Martyre de l'homme*, de la douce pénombre de la bibliothèque et de l'odeur de poussière et de sueur.

Les choses auraient pu, à ce moment-là, prendre d'innombrables tournures. James aurait sans doute dû feindre de ne pas reconnaître Paige du tout. Au lieu de quoi, il déclara avec incrédulité :

— C'est vous.

— Oui, acquiesça Paige.

— Vous vous êtes déjà rencontrés ? demanda Margoyle.

Paige dévisagea James.

— Nous n'avons jamais été présentés, n'est-ce pas, Mr… ?

— Norbury.

James aperçut la bouche de Paige se tordre et s'imagina que celui-ci s'efforçait de réprimer sa fureur. Puis il comprit qu'il ne s'agissait pas du tout de cela, mais d'étouffer un éclat de rire, ce qui le perturba plus qu'une hostilité franche ne l'aurait fait.

— À la vérité, ajouta James d'un ton désespéré, je pense que je devrais reconsidérer… pour le logement, je veux dire. Je suis désolé pour le désagrément, mais…

— Reconsidérer ? répéta froidement Margoyle.

— Oui, je… je viens de songer, je sais que j'aurais dû le mentionner plus tôt, mais j'envisage probablement de retourner bientôt à la campagne, et je ne voudrais pas…

Margoyle continuait de le regarder d'une mine ouvertement désapprobatrice. Cependant, Paige sourit de nouveau et s'assit dans le fauteuil le plus proche de James.

— Balivernes, déclara-t-il.

James ne répliqua pas. Il s'était soudain rendu compte de l'incroyable prestance de Paige, sa manière de dire "balivernes" comme si le destin ne pouvait possiblement avoir l'audace de ne pas respecter ses désirs.

— Venez voir les lieux, au moins, ajouta-t-il. Vous changerez d'avis quand vous aurez visité l'endroit. En outre, je suis la personne idéale avec qui le partager. N'est-ce pas, Margoyle ?

Margoyle eut un sourire sardonique – il semblait qu'il était devenu expert en la matière depuis qu'il avait quitté Oxford ; peut-être était-ce un enseignement délivré par le Bureau des Affaires étrangères.

— Tu serais bête de ne pas aller voir, dit-il à James. Tu paraissais si abattu tout à l'heure, parce que tu n'avais nulle part où loger.

Le fait était indiscutable. Sur ce, Margoyle partit pour un autre rendez-vous et James et Paige se rendirent ensemble sur les lieux.

Le logement se situait au 75 Egerton Gardens, non loin du musée d'Histoire naturelle, en face de l'Oratoire de Brompton, dans une rue bordée de hauts bâtiments rouges. James songea à Aiskew, aux fois où Charlotte et lui avaient ouvert une fenêtre au dernier étage de la maison et hurlé pour le simple plaisir d'entendre leurs cris et hululements résonner à travers le domaine. Il n'y aurait pas de cris ici. Même le bruit des sabots des chevaux paraissait différent, comme si ces derniers observaient un code de bonne conduite. Du trottoir, le ciel au-dessus d'eux semblait étrangement loin.

Les appartements appartenaient à une certaine Mrs Morris, expliqua Paige, une distante relation familiale qui, confrontée à des difficultés pécuniaires imprévues (un peu comme lui-même), se voyait dans l'obligation de louer des pièces de la maison après le décès de son mari. L'arrivée de Paige et James la soulagerait considérablement, car laisser les premiers venus s'installer chez elle l'aurait sans doute mortifiée. James lui rendrait aussi un grand service s'il écourtait autant que possible la discussion concernant de délicates questions financières, tel que le loyer.

À l'intérieur, la maison était à l'évidence toujours endeuillée et paraissait bien trop majestueuse pour être répartie entre des locataires. Mais elle semblait aussi un peu plus vide que ce à quoi l'on aurait pu s'attendre. Il y avait des espaces vacants sur les murs et les étagères, des marques sur le tapis où des meubles avaient dû un jour être placés. James soupçonna que Mrs Morris avait été forcée de se séparer de certains trésors domestiques pour régler les dettes de son mari.

Mrs Morris les accueillit au salon. À l'instar de sa maison, elle paraissait très respectable et plutôt triste. Elle avait les cheveux blancs, mais elle était plus jeune que ce que James avait imaginé, une dame délicate toujours en deuil, à moitié engloutie dans de la bombazine et du crêpe.

— J'ai préparé le deuxième étage, dit-elle. J'espère qu'il vous conviendra à tous les deux.

— J'en suis persuadé, répondit James, se sentant presque intolérablement navré pour elle, sa lugubre maison et ses gestes nerveux et tremblotants. Il était impossible de ne pas prendre les appartements, maintenant.

Elle les conduisit au deuxième étage, dont ils auraient l'usage exclusif. Ils posséderaient chacun une chambre, et un salon à partager entre eux. Les quartiers de Mrs Morris se trouvaient à l'étage au-dessus, sous les chambres des domestiques.

Les pièces étaient louées meublées, ce qui n'empêcha pas Paige d'altérer autant que possible leur apparence. Il remplaça tous les tableaux par des œuvres de son choix, dont une peinture de son cru : un grand tournesol livide, qui dardait son regard furieux sur le salon. Il y avait aussi deux vases, bleu et blanc, et un paravent japonais qui, où qu'il fût, gênait constamment leurs mouvements.

Les fleurs constituaient ce qu'il préférait – toujours sélectionnées avec un goût exquis, même si leur arrangement laissait souvent à désirer. Paige aimait particulièrement les tulipes et les conservait pendant des jours, laissant les pétales se détacher et les tiges s'étaler en méandres sur la table tels de minces serpents verts.

Ce dernier n'expliqua jamais pourquoi il avait choisi de partager son logement avec James. Au début, James émit la vague hypothèse qu'il s'agissait de le garder à l'œil, au cas où il serait du type à faire courir des rumeurs et causer des ennuis. Plus vraisemblablement, il s'agissait d'une simple question de commodité : l'appartement était disponible, et James s'était trouvé là. Quant à James, il se disait qu'observer une personne du type de Paige présentait des avantages. D'un point de vue littéraire, il constituait un matériau brut de valeur.

Bien que dans les premiers temps James ne le vît guère. Paige, habituellement, sortait ou bien dormait pendant la journée, et leurs conversations avaient en général lieu après la tombée de la nuit. Paige rentrait à une heure indue, et trouvait James encore éveillé, en train d'écrire dans le salon, occupé à *Gondoline*, sa nouvelle œuvre poétique.

Parfois les amis de Paige l'accompagnaient. Les deux personnes qui venaient chez eux le plus régulièrement s'appelaient Soames et Bleasdale, de jeunes hommes bruyants et fatigants, très dans le vent, s'adonnant fréquemment à un humour puéril. Si l'un d'entre eux avait une profession, rien ne le prouva jamais à James. Ils rentraient avec Paige à la fin de nuits de débauche et passaient des heures au salon, à boire et fumer dans la cheminée (s'astreignant à ne pas fâcher Mrs Morris qui abhorrait l'odeur du tabac). Souvent, ils ne partaient pas avant le matin – une fois, ils avaient terrorisé la femme de chambre en la surprenant tandis qu'elle montait à l'étage pour nettoyer les grilles du foyer. Ils appelaient James "Jimmy", faisaient des calembours ridicules sur son patronyme et feignaient de croire qu'en tant que poète il devait sûrement mener une vie d'intrigues et de dépravation. Après quelques rencontres pénibles, James se mit à les éviter. Chaque fois qu'il entendait leurs pas dans l'escalier, il rassemblait son travail et se retirait dans sa chambre. Mais quand Paige rentrait seul, James restait, parce que le bureau dans le salon était bien plus grand que celui de sa chambre et qu'il avait tout autant que Paige le droit de se trouver là.

Paige ne titubait jamais, même lorsqu'il était saoul. Pas même ce soir de la fin septembre, peu de temps après l'emménagement de James à Egerton Gardens, quand il rentra ivre, trempé jusqu'aux os, vêtu d'un pourpoint, d'une culotte très mal en point et d'une longue cape maculée de boue. James – plongé dans une négociation métrique empoisonnante – avait sursauté et levé les yeux pour voir ce qui causait ce raffut. Il cilla, observant avec étonnement le piteux état de Paige et son étrange costume.

— Ne ris pas, dit Paige.

— Je n'en avais pas l'intention.

— Bien sûr que si. Tu es un terrible menteur, tu sais. Le cocher ne s'est pas privé de faire des commentaires, je peux te le dire. Et c'était avant que nous n'ayons plus d'argent.

Il referma doucement la porte, avec une concentration presque comique, puis pivota pour regarder James d'un air extrêmement las.

— Est-ce qu'il y a du thé ? demanda-t-il.

— Pardon ?

— Du thé, répéta Paige, en s'appliquant pour prononcer clairement. Il y en a ?

La femme de chambre dormait probablement depuis plusieurs heures, comme Paige le savait sans doute très bien. James regarda brièvement autour de lui, puis répondit :

— Non.

Paige poussa un soupir et semblait si fatigué et mécontent que James regretta de s'être montré brusque avec lui.

— Je pourrais t'en préparer, si tu veux, proposa-t-il.

— Vraiment ?

James avait l'habitude de se préparer son thé à Oxford et il avait apporté les ustensiles avec lui.

— Mais il n'y a pas de sucre, dit-il. Ni de lait.

— Ce n'est pas grave.

Paige s'assit et ferma les yeux.

— Fête chez Mrs… fête chez Mrs Quelque Chose. Bal, festin, faux tournoi, le tout moyenâgeux. Une époque pittoresque, d'après tout le monde. Nous devions tous y aller en costume… Mon Dieu, quelle nuit.

Il avait besoin d'un public, peut-être, parce que lorsque James ne répondit pas, il ajouta :

— Réellement, tu ne croirais pas ce qui s'est passé.

— Oh ? fit James. Que s'est-il passé ?

Et Paige s'installa plus confortablement sur le canapé et se mit à tout lui raconter.

*

Cela devint lentement une habitude entre eux. La nuit, parfois à une ou deux heures, ou plus tard, James levait les yeux de son travail pour s'apercevoir que Paige était rentré. Il avait pu se rendre au théâtre, ou dîner au Café Royal, ou être allé à un bal chez une dame de la haute société. Ou encore avoir passé la soirée en compagnie de dames moins influentes, quelque part dans le quartier de Charing Cross. Une fois, il s'était retrouvé sur une patinoire ; une autre fois, il était allé voir les restes de Bentham, embaumés et conservés à University College. ("Fatigué", répondit-il lorsque James lui demanda quel air avait eu le cadavre.) La vie pour Paige, pensa James, consistait à se promener dans une serre avec, à portée de main, tous les fruits et toutes les fleurs imaginables. Il parlait parfois de poursuivre des études de droit – un accord apparemment passé entre sa famille et lui –, mais assurément le temps manquait pour une telle entreprise, étant donné son mode d'existence.

— Bonne soirée ? demandait toujours James quand Paige rentrait, haussant les sourcils à la vue de son allure débraillée. Tu as l'air exténué, pouvait-il ajouter si Paige semblait particulièrement las.

— Oh, tais-toi, répliquait Paige – ou une réponse de cet ordre, peut-être une expression plus colorée ou bien moins distinctement articulée, selon la quantité d'alcool ingurgitée. Et pour l'amour de Dieu, prépare-moi du thé.

Puis il s'affaissait doucement dans un fauteuil et fermait les yeux, comme si, à l'instar du philosophe de l'Ecclésiaste, il avait épuisé tous les plaisirs du monde et les avait trouvés insatisfaisants.

Alors James soupirait et leur préparait du thé dans l'âtre de la cheminée. Le temps que celui-ci fût prêt, Paige avait suffisamment retrouvé ses esprits pour parler. Ses récits portaient en général sur lui-même, ses amis ou sa famille. Paige avait un frère aîné, Eustace, raseur, et moralisateur de surcroît, ainsi qu'une sœur, Lydia, qui n'avait, déclarait gravement Paige, rien d'un gentleman. Elle pouvait se débarrasser d'un soupirant de manière si drastique que le pauvre homme n'était plus jamais le même par la suite. Plusieurs amis de Paige avaient été ses victimes. Pire encore, elle tenait un compte précis, et dépourvu de toute générosité, des dettes de Paige. Quand elle n'était pas prise par cela, elle s'occupait de la trésorerie de dizaines d'œuvres charitables – elle se montrait si diligente, en réalité, que Paige se demandait comment d'autres personnes charitables pouvaient encore trouver des marchandes d'allumettes maltraitées, de petits balayeurs de rue infirmes ou de jeunes femmes de bonne réputation délaissées nécessitant leur patronage.

Et puis il y avait la mère de Paige, qui s'était querellée avec lui sans aucune raison valable et qui, par différents affronts et remarques acerbes, avait obligé Paige à cesser de lui adresser la parole, sous peine de perdre toute estime de soi.

— Ce qui aurait été inenvisageable, dit Paige.

— Évidemment, répondit James.

Tout l'argent de la famille venait du côté de sa mère, expliqua Paige. Elle était devenue veuve à dix-huit ans, et son premier époux lui avait légué la totalité de sa fortune, de manière si bien ficelée que personne ne pouvait y toucher – ni sa famille, ni même son second mari. Voilà ce que l'on appelait de l'amour ! Le père de Paige était pauvre mais, appartenant à l'aristocratie, il pouvait se vanter d'un excellent pedigree, et, telle la jeune mendiante vis-à-vis du roi Cophetua, la mère de Paige lui avait tout simplement sauté dessus. Il aurait pu intervenir en faveur de Paige, ne fût-ce que pour contrarier son épouse, s'il n'était mort plusieurs années plus tôt.

— La boisson, et une maîtresse galloise, déclara Paige. Les deux ont fini par avoir raison de lui.

— Ah, fit James. Je suis navré.

Paige secoua la tête.

— Nous n'étions pas en bons termes. Nous ne nous estimions pas.

(Quelle étrange idée, pensa James plus tard, lorsque Paige était allé se coucher. De désapprouver son propre père, comme s'il s'agissait simplement de n'importe quelle personne au sujet de laquelle l'on pouvait former une opinion.)

Il y eut un soir, à la mi-octobre, où il avait commencé à pleuvoir alors que la nuit tombait. Il appréciait de se trouver à l'intérieur, avec les rideaux tirés et un feu de cheminée, et d'entendre l'orage gronder dehors. James se demanda quel plaisir Paige pouvait prendre à être sorti par ce temps et, dans le salon douillet, tandis que seuls les crépitements et le bruit léger de sa plume sur le papier interrompaient le silence, il avait éprouvé une grande satisfaction. Peu à peu, il s'était senti fatigué et avait sombré dans une agréable somnolence.

Il s'éveilla brusquement alors que de l'eau glacée gouttait sur son cou. Il bondit, jura et, levant la tête, il aperçut Paige qui tenait un parapluie dégoulinant au-dessus de lui.

— Tu dormais, dit gaiement ce dernier.

Son regard semblait légèrement perdu et son haleine sentait le vin éventé, le tabac et autre chose encore, une étrange odeur âcre que James ne parvenait pas à reconnaître. Où qu'il eût passé sa soirée, il semblait que l'orage n'avait aucunement gâché son humeur.

James baissa les yeux sur la page de *Gondoline* sur laquelle il travaillait – des gouttes d'eau la parsemaient, comme s'il avait pleuré sur son manuscrit.

— Regarde ce que tu as fait, dit-il. Espèce de…

— Pardon, pardon, répondit Paige. Puis, de façon inattendue, il se mit à rire.

— Quoi ? Qu'est-ce qu'il y a ?

— Tu as bu de l'encre ?

— Quoi ? Bien sûr que non.

Mais James regarda ses mains. Elles exhibaient les habituelles taches noires, ces marques de l'écrivain dont il était plutôt fier. Il avait dû se frotter la bouche ou commencer à se ronger les ongles. Il pouvait en sentir le goût maintenant, une amertume d'encre noire. Il sortit son mouchoir et s'essuya la bouche.

— Non, dit Paige avec impatience. De l'autre côté.

Ce dernier jeta un œil aux pages de *Gondoline* encore humides sur le bureau.

— Qu'est-ce que tu écris, au fait ?

— Un poème.

— Je peux le lire ?

— Non.

James écarta les pages, méfiant devant la soudaine lueur dans les yeux de Paige et craignant que celui-ci ne se saisît de *Gondoline* de force.

— C'est si mauvais ?

— Je ne le saurai que quand j'aurai fini.

— Mais quel est le sujet ? Un thème grave – le déclin de la race, *o tempora o mores*, la destinée de l'Angleterre, la mort d'un grand homme, ce type de sujet ?

James sourit malgré lui.

— Pas vraiment, non.

(Il avait, en fait, tenté de composer une fois une oraison funèbre en vers pour Browning, mais, en désespoir de cause, avait abandonné.)

— Il y a… eh bien, il y a un vieil homme. Il apparaît à une cérémonie de baptême, des cicatrices marquent son visage flétri, et il insiste pour raconter son histoire avant que l'enfant ne soit baptisé.

— Qu'arrive-t-il ensuite ?

— Il raconte son histoire. Au sujet d'une jeune fille vertueuse retenue dans un manoir isolé. Quelque chose de terrible la poursuit, je crois.

Il avait souvent vu Gondoline en esprit ; parfois une jeune fille dans la rue la lui rappelait : l'ovale pâle de son visage, sa masse de cheveux sombres, la ligne noire et nette du ruban de velours autour de sa gorge. Elle avait de grands yeux marron et devrait endurer toutes sortes d'épreuves, la pauvre, avant que le poème ne se termine.

— Ce n'est pas un revenant qui la poursuit, si ? demanda Paige.

— Quel est le problème avec les revenants ?

— Trop vaporeux. On peut si facilement les traverser… où est le plaisir ?

— Eh bien, il ne s'agit pas d'un revenant. Du moins je ne le crois pas. Je ne suis pas encore arrivé à cette partie. Cela m'a pris les six dernières strophes pour juste décrire le vieil homme.

Paige lui adressa un sourire – un sourire franc, sans moquerie. James ne se souvenait pas qu'il lui eût jamais souri de la sorte auparavant.

Paige dit alors :

— Je suppose que cela a du sens. Les hommes âgés sont importants dans ce genre de poèmes, n'est-ce pas ? Les gens voudront savoir à quoi il ressemble, s'il a une barbe ou non, ce type de détails. Tu lui as donné une barbe, non ?

— Je ne pense pas.

— Eh bien, tu en mettras une, si tu suis mon conseil.

— J'en prends note, répondit James avant de se remettre au travail.

Lorsqu'il leva de nouveau les yeux, Paige s'était endormi, étalé dans son fauteuil comme s'il était déterminé à occuper le plus d'espace possible. Même saoul et inconscient, il s'arrangeait encore pour paraître amène. Au bout d'un moment, James retourna à son poème, relisant les derniers vers qu'il venait d'ajouter. Pas entièrement mauvais, décida-t-il, mais certainement pas bons. Il lui restait assez de temps pour l'améliorer, cependant. Demain était un autre jour. Il s'inclina contre le dos de sa chaise, brusquement content de lui et du monde – et de Paige également, qui souriait dans son sommeil.

James songea, fier et émerveillé : c'est mon ami. Il ne se rendait compte que maintenant à quel point sa vie avait été solitaire jusqu'alors.

Mais tandis qu'il regardait le feu, il éprouva aussi une gêne. Il n'était pas habitué à ce sentiment. Peut-être était-ce comme de se trouver dans une pièce mal éclairée : on y voyait assez bien, quand les yeux s'étaient accoutumés à la pénombre. Mais si une personne apportait une lampe, tout devenait soudain très lumineux, provoquant au début un certain désagrément. On pouvait même ressentir de la haine à l'égard de cette personne, pour être arrivée de manière si grossière et sans avertissement.

Et comme il était étrange, curieusement pervers, d'avoir peur du bonheur. C'était la crainte de mal s'y prendre, de perdre cet ami qu'il avait (par pure chance) réussi à trouver.

Il refusa de s'appesantir sur ces considérations. La pièce refroidissait, le feu allait bientôt s'éteindre, et il devenait morbide. Il devrait réveiller Paige, le laisser là toute la nuit ne serait pas gentil. Et puis il comptait bientôt aller se coucher, quoique pas tout de suite. Il resta assis encore un petit moment et regarda le feu mourir.

# 3

Ce fut un Noël londonien, plutôt par hasard. James avait eu l'intention de rentrer dans le Yorkshire, mais une mauvaise grippe l'avait trop affaibli pour voyager. Charlotte et Mrs Chickering étaient déçues de ne pas le voir, évidemment, et s'inquiétaient de le savoir malade et seul. Il leur répondit par courrier que la situation n'était pas du tout aussi mauvaise qu'elles se l'imaginaient, car Mrs Morris était là, lui faisant porter des traitements homéopathiques et des plats nourrissants, insistant pour que l'on fasse du feu, et ne cessant de demander s'il n'avait pas besoin d'une couverture supplémentaire.

Paige ne quitta pas Londres non plus. Il détestait la campagne et la chasse, expliqua-t-il à James, et il aimait la ville lorsqu'une partie de ses amis étaient partis ; il appréciait cette solitude. Il n'y avait absolument personne dans le parc.

Au début du mois de décembre, Paige avait parlé de passer Noël dans sa maison familiale à la campagne – la tradition voulait, apparemment, qu'ils retournent tous à l'ancien domicile, nonobstant le nombre de disputes qui avaient pu se produire au cours de l'année –, mais les jours passèrent et il n'en fit rien. James s'était gardé de mentionner le sujet.

Paige se montrait plus agité que d'habitude mais n'avait pas l'air autrement indisposé. Mrs Morris aimait l'avoir chez elle. Il prenait de temps en temps comme excuse le privilège d'un lien de sang pour lui apporter des fleurs ou d'autres petits gages de tendresse, qui créaient de joyeuses touches de couleur dans la maison endeuillée.

Les mois après Noël passèrent vite, de manière agréable. Un matin ensoleillé de février, James rentra d'une longue promenade et trouva Paige dans sa chambre, en train de fumer et de regarder la photo de Charlotte qui se trouvait sur la coiffeuse. Il portait une tenue de soirée et avait probablement passé toute la nuit dehors – sans doute un bal jusqu'à l'aube, puis de retour chez Soames ou Bleasdale pour le petit-déjeuner. Il était pâle et ses yeux brillaient ; la fleur à sa boutonnière avait perdu la moitié de ses pétales ; ses manches étaient retroussées jusqu'aux coudes.

— Bonjour, dit-il, sans paraître le moins du monde confus d'avoir été pris en flagrant délit. C'est ta sœur ?

James acquiesça d'un hochement de tête. Ce n'était pas, il le savait, une photographie particulièrement flatteuse : au regard d'un étranger, elle ne montrerait qu'une femme robuste dans les vingt-cinq ans, à l'expression sévère. Elle avait les cheveux châtains et un teint de jeune fille de la campagne, d'une fraîcheur acquise à la faveur de longues promenades et de soirées courtes – mais tout cela était perdu dans le cliché sépia. Elle se tenait de façon bizarre – une grande femme, qui avait la mauvaise habitude de se courber. Le photographe (un homme d'Église de passage, amateur enthousiaste) l'avait saisie tandis qu'elle levait la main pour ajuster son chapeau, une pose qui donnait l'impression qu'elle agitait la main en signe d'au revoir.

James prit la photographie des mains de Paige et la reposa sur la coiffeuse, à sa place.

— Tu voulais quelque chose ? demanda-t-il.

— Non, répondit Paige.

Celui-ci se retourna, la fumée de sa cigarette flottant dans l'air, pour inspecter le reste de la chambre. C'était comme si la pièce le fascinait, pensa James, même si en vérité elle n'avait rien de bien remarquable, hormis le fouillis. Il y avait quelques tableaux que James aimait – deux d'entre eux avaient été sauvés des améliorations de Paige dans le salon. Au-dessus du lit était accrochée une gravure grotesque que James affectionnait plutôt, intitulée *L'Adieu de Thésée à Pirithoos*. Il y avait également beaucoup de livres, sans ordre particulier, qui conféraient à la chambre une odeur réconfortante de papier humide.

Il s'assit sur le lit et observa Paige qui continuait ses investigations, indifférent au regard insistant de James. L'outrance même de son comportement désarma l'indignation de James. Et puis, il prenait un certain plaisir nonchalant à observer Paige tourner et retourner ses livres, lisant le revers des volumes avec soin, parcourant des yeux ses feuilles de papier chiffonnées comme en quête de quelque chose.

Peut-être se moquerait-il des goûts littéraires de James – si désespérément vieux jeu et provinciaux. Quand il s'était installé à Londres, James avait fait son possible pour s'éduquer, avait sondé de nouvelles théories – le naturalisme, le symbolisme – mais n'avait jamais vraiment réussi à combler son retard. De toute manière, songeait-il, si l'on préférait *Armadale* à *La Bête humaine*, qu'y avait-il de si terrible à cela ? Dickens, Thackeray, George Eliot – il n'y avait pas de honte à posséder de tels amis parmi les morts.

Paige souleva un volume.

— Qu'est-ce que c'est ? *Étiquette : quelle conduite et manières adopter ?*

Avec désarroi, James se rappela les guides qu'il avait achetés des semaines plus tôt dans l'espoir d'acquérir un peu de lustre social. Comme un idiot, il les avait laissé traîner sur le bureau, à la vue de tous.

Avant que James ne puisse l'arrêter, Paige avait déjà ouvert le livre et lisait à voix haute :

— "Toute dame qui marche beaucoup à Londres, qu'elle soit seule ou en compagnie d'un ami ou d'un parent, serait bien avisée de choisir un habit très discret..."

Il s'interrompit, souriant :

— Pourquoi tu as ce livre ?

— Rends-le-moi.

Mais Paige continuait de feuilleter le guide :

— "... aujourd'hui, le deuil le plus profond est souvent observé, de même que l'isolement le plus strict, uniquement lorsqu'il s'agit d'amis, tandis que la période de deuil et la magnitude de celui-ci sont matériellement limitées lorsqu'il..."

— Arrête.

Et James étendit le bras et lui arracha le livre.

Paige le fixa, l'air légèrement surpris.
— D'accord. Pardon.
Après une pause, il ajouta :
— Tu as un sacré tempérament, tu sais.
— Ce n'était pas le cas, répondit James, jusqu'à ce que je m'installe ici.
Paige écrasa sa cigarette dans une soucoupe vide.
— Je suis réellement désolé. J'étais juste curieux. Je ne pense pas avoir jamais rencontré une personne telle que toi avant.
À la manière dont il l'énonça, cette dernière remarque n'apparaissait pas comme un compliment. Selon toute probabilité, il voulait simplement dire que James était plutôt particulier. James se souvint que Mrs Chickering avait toujours déclaré que l'excentricité était la proche cousine de la folie.
Il y eut un silence, tandis que Paige continuait d'écraser sa cigarette dans la soucoupe avec force, même si elle devait certainement déjà être éteinte.
— Eh bien, finit par répondre James en essayant de sourire, je suis poète, et parfois…
Paige l'interrompit par un éclat de rire, le type de rire qu'il utilisait généralement avec ses amis à la mode.
— Oh, oui, bien sûr, c'est cela, dit-il. Tu es poète.
Puis il se mit moqueusement à chantonner tout bas un air de l'opérette de Gilbert et Sullivan, *Patience* :

*Un jeune homme des plus intenses,*
*Un jeune homme au regard des plus expressifs,*
*Un jeune homme ultra-poétique,*
*super-esthétique, des plus excentriques !*

— À plus tard, ajouta-t-il sur le pas de la porte, puis il disparut, laissant une odeur de fumée dans son sillage.
James prit une inspiration. La pièce lui semblait différente, ce qui était ridicule. Peut-être devrait-il ouvrir la fenêtre.
Puis on frappa à la porte – un coup net, pressé. C'était de nouveau Paige.
— Tu es occupé samedi prochain ? demanda-t-il sans préambule.

— Non, répondit James.

Alors que Paige gardait le silence, il poursuivit :

— Pourquoi ?

— J'ai des places pour le théâtre. C'est la première. Et la pièce se joue au St James, alors tu devrais vraiment venir.

— Et Soames ? interrogea James. Et Bleasdale ?

Paige haussa les épaules, comme si Soames et Bleasdale, ses amis les plus proches et ses joyeux compères depuis Oxford, ne représentaient rien pour lui.

— Eh bien, d'accord, déclara James. Pardon. Je veux dire merci, évidemment.

— *L'Éventail de Lady Machin*, c'est le titre. Quelque chose d'approchant. C'est au sujet d'une dame, en tout cas, ce qui est prometteur.

Et avant que James ne pût ajouter un mot, Paige avait laissé la porte se refermer d'un coup sec pour la seconde fois.

*

Le soir de la pièce, ils décidèrent de se rendre au théâtre à pied. C'était une agréable soirée, pour cette époque de l'année, et la ville paraissait toute neuve. Au regard de James – délicieusement conscient d'avoir bu précisément la juste quantité de champagne au dîner –, ses mystères semblaient bien plus bénins que jamais auparavant. Ils s'arrêtèrent sur Trafalgar Square pour permettre à Paige d'allumer un cigare et, tandis qu'ils marquaient ainsi une pause, Londres continuait sur sa lancée autour d'eux – toute de bruit, de mouvement et d'air enfumé. Des lumières brillaient dans les vitrines des magasins et des hôtels, se reflétant dans l'eau des fontaines.

— Bien sûr, nous ne sommes pas obligés d'aller au théâtre, dit Paige. Nous pourrions aller ailleurs.

Ailleurs… oh. Ce type d'ailleurs. James se représenta des rideaux de velours rouge et des chambres à coucher pleines d'orchidées, alors même que serrer la main à une nouvelle connaissance continuait de le mettre mal à l'aise, et puis Paige s'attendait-il sérieusement à ce qu'ils battent le pavé dans le froid en quête du type de femmes qui accepteraient ou, de fait, exigeraient…

Mais Paige avait déjà ébauché un sourire et exhalé un souffle de fumée blanche et légère dans l'air de la nuit.

— Non ? fit-il, comme si James avait parlé. Très bien. Les billets sont déjà payés, de toute manière.

Ils se remirent en marche.

— Tu es une bonne influence, je pense. Mère serait heureuse de l'apprendre.

Le théâtre était noir de monde quand ils arrivèrent. Ils se trouvaient à la porte d'entrée lorsqu'une voix derrière eux s'exclama :

— Christopher !

C'était Emily Richter, se pressant dans leur direction avec un sourire. Elle avait changé, pensa James, depuis la dernière fois qu'il l'avait vue, les vêtements froissés et riant au milieu des étagères de livres. Elle s'était légèrement épanouie – en hauteur comme en largeur, à l'instar d'un arbre – et cela lui allait bien. Elle portait un long manteau de soirée en soie vert olive, à motifs de fleurs et de vignes, et orné de fourrure fauve. Ses cheveux étaient coiffés avec soin, formant de délicates boucles sur son front.

Paige vint à sa rencontre.

— Emmy ! Que fais-tu ici ? Tu n'es certainement pas seule ?

— C'est Mrs Hyssops maintenant, je te prie.

— Hyssops ?

— Oui. Ne me regarde pas ainsi. Je…

Alors son regard croisa celui de James et, surprise, elle s'interrompit.

— Oh.

Elle avait pu se sentir un peu déstabilisée l'année précédente. Mais ce soir-là, son visage adopta une mine plus sérieuse le temps d'un instant, avant de retrouver son sourire.

— C'est bien vous, n'est-ce pas ?

Et elle et Paige se mirent à fixer James, avec une expression étrangement similaire, si bien que pendant un court moment James eut le sentiment de se retrouver dans la Camera.

— Oui, admit James. Bonsoir, ajouta-t-il comme une pensée après coup. Enchanté.

— Je suis si contente de vous revoir, Mr…

— Norbury, dit Paige, un ton légèrement amusé perçant sous la surface de sa politesse.

— Comme c'est étrange de se rencontrer ainsi, tu ne penses pas ?

Tous deux paraissaient sur le point de rire.

— Presque comme si c'était prédestiné, réellement, même si bien sûr tu n'y crois pas, n'est-ce pas ? Et se tournant vers James : Savez-vous que, la toute première fois où Christopher nous a rendu visite à la maison, il a passé une demi-heure à m'énumérer toutes les choses auxquelles il ne croyait pas. Il était particulièrement critique vis-à-vis des végétariens, si je ne me trompe.

— Que veux-tu, j'étais un fougueux jeune homme à l'époque. Tu te souviens de Mr Benson ?

Ils commencèrent à discuter de nombre de personnes dont les noms n'évoquaient rien à James, jusqu'au moment où, finalement, Mrs Hyssops tourna un regard navré et charmant vers lui.

— Je suis vraiment désolée, s'excusa-t-elle, nous devons vous ennuyer terriblement.

— Oh, non, répondit vaguement James.

— Tout cela est ta faute, déclara-t-elle à l'adresse de Paige. J'avais promis que je n'en aurais que pour une minute, et Adam déteste attendre.

Elle sembla plutôt ravie de cette remarque. James s'imagina une longue partie de cache-cache entre eux.

— Tu viendras me rendre visite, n'est-ce pas ?

Elle regarda de nouveau James.

— Et, bien sûr, je ne vous ai pas revu depuis encore plus longtemps, Mr Norbury, même si je me souviens nettement de l'occasion.

Elle s'interrompit gracieusement, pour permettre à James de placer un mot d'esprit.

— Moi aussi, finit par dire James.

— Laisse-le tranquille, répliqua Paige. Il est de la campagne ; ils n'ont pas de femmes de ton acabit là-bas.

Elle sourit, s'inclina et disparut à l'intérieur du théâtre, ne leur laissant que quelques minutes pour trouver leurs sièges avant le début de la représentation.

*

James apprécia que la pièce se termine sur un dénouement heureux.

— Alors ? demanda Paige, tandis que les applaudissements résonnaient autour d'eux comme un déluge soudain. Tu as aimé ?

— Une bonne pièce, je pense.

Il ne se sentait pas encore prêt à parler : ses idées n'étaient pas bien établies et il se trouvait encore interdit par la fin abrupte du spectacle et le retour à sa vie de tous les jours.

— Tu vois quel est son propos, évidemment ? demanda Paige.

— Tu veux dire…

— Oui, exactement. Toute l'hypocrisie, cette façade de la société que l'on doit ébranler, les masques qu'il faut… quoi ? Allons, qu'en penses-tu alors ?

— Eh bien, je pourrais me tromper, commença James, mais si c'était seulement à propos de…

Il perdit confiance en son avis au milieu de sa phrase et renonça avec un haussement d'épaules.

— En tout cas, je suis content que Mrs… Mrs… J'ai déjà oublié son nom… tu sais, la mère.

— Oh, oui, la mère…

— Je suis content que cela se termine bien pour elle.

Paige ébaucha un sourire.

— Un verdict simple, mais qui vient du cœur.

Il pouvait vraiment se montrer insupportable parfois. James allait le lui faire remarquer quand…

— Oh, regarde, dit soudain Paige en se penchant en avant. N'est-ce pas Wilde ?

James plissa les yeux. (Leurs sièges se trouvaient tout au fond de la corbeille.)

— L'auteur ? Tu veux dire l'homme qui vient d'arriver ?

— Oui.

Wilde, les cheveux sombres et le visage pâle, très grand, un géant – qui lui parut, pendant une seconde, souffler du feu.

James se tourna vers Paige, étonné.

— Il est en train de fumer ?

— Je crois… Quel est le problème ?

— Eh bien, tu sais. Sur scène, de cette manière. Il y a des dames ici.

— Chut, fit Paige. Écoute.

De la scène, Wilde regarda le public brièvement, de la fumée sortant toujours d'entre ses lèvres. Ses gants étaient mauves ; la fleur à sa boutonnière était verte : il avait l'air de quelqu'un sorti d'un conte. Finalement, il se mit à parler.

— Mesdames et messieurs, j'ai pris un immense plaisir à cette soirée…

Ils étaient placés bien trop loin. Le discours leur arrivait en brillants fragments, tels de petits morceaux de papier de couleur flottant dans la brise. C'était comme si l'homme faisait partie de la pièce, pensa James, comme s'il avait écrit ses répliques à l'avance.

— … et votre appréciation a été de la plus grande finesse. Je vous félicite pour l'immense succès de votre interprétation.

James se tourna vers Paige.

— Qu'est-ce qu'il a dit ? Au sujet du public ?

— Je n'ai pas entendu, répondit Paige avec irritation.

Tous deux se penchèrent un peu plus, mais l'instant d'après la silhouette s'inclinait, souriant, et le public applaudissait de nouveau.

Paige se tourna à son tour vers James.

— C'était intéressant. Un homme inhabituel… Un génie, je suppose.

James s'apprêtait à déclarer qu'il avait toujours, d'une certaine façon, considéré comme inapproprié le fait de dire de quelqu'un qu'il était un génie avant sa mort, mais Paige ne lui en laissa pas le temps :

— Tu devrais peut-être écrire une pièce.

— Une pièce ?

James n'avait jamais envisagé la chose auparavant.

— Je ne pense pas en être capable.

Paige haussa les épaules.

— Tu pourrais essayer, non ?

Il retira son chapeau de sous son siège et se leva.

— Allons-y ?

Dans l'escalier, James sentit Paige lui donner un petit coup de coude.

— Qu'est-ce qu'il y a ?

— Là.

Paige fit un signe de tête en direction d'un homme devant eux, qui avait offert son bras à une femme vêtue de bleu foncé.

— Qui est-ce ?

— Mon frère. Et Mère. Je ne pensais pas qu'ils se trouveraient ici. Et Paige cria : Eustace ! Par ici !

L'homme se retourna, et James aperçut brièvement son visage – une impression de teint blafard, un regard noir et désapprobateur. Puis Eustace Paige se tourna de nouveau vers sa mère. James le vit lui murmurer quelque chose à l'oreille… et, une seconde plus tard, ils avaient disparu.

James n'avait jamais vu une personne se faire battre froid de la sorte, certainement pas par un membre de sa famille. Il se risqua :

— Je pense qu'ils ne t'ont pas vu. Et c'est si bruyant ici, tu sais.

Paige finit par le regarder.

— Ce que tu penses ne m'intéresse pas vraiment, dit-il d'un ton plat. Et serait-ce trop te demander de trouver une chemise propre ?

James suivit le regard de Paige posé sur ses manchettes, se rendant compte qu'elles étaient maculées d'encre noire. Il avait dû modifier une formule avant de partir ; il était plutôt pressé.

Il releva les yeux vers son ami. Évidemment Paige était en colère et cherchait à s'en prendre à quelqu'un. Si James s'était imaginé que Paige ne portait qu'un intérêt superficiel à sa famille – ou à quiconque, ou à quoi que ce soit –, alors cela prouvait à quel point il l'avait mal jugé.

— Veux-tu que nous prenions une voiture ? demanda James.

— Toi, tu prends une voiture. Moi, je sors.

— Non, dit James. Je ne crois pas que ce soit une bonne idée.

— Pardon ?

— D'une part, tu n'es pas d'humeur, et d'autre part tu as emprunté cinq livres à Soames hier, donc tu ne peux certainement pas te le permettre.

Paige le fixa, l'air plutôt surpris. James se remit en marche et, au bout d'un moment, Paige lui emboîta le pas.

À la porte d'entrée, ils s'attardèrent, observant la pénombre tandis que les gens se frayaient un chemin pour sortir. James se tourna vers Paige.

— Je pourrais écrire une pièce, tu sais, dit-il d'un ton embarrassé. J'essaierai peut-être.

Paige sourit légèrement.

— Et Gondoline alors ? demanda celui-ci d'une voix redevenue normale. Tu l'abandonnes ?

James haussa les épaules et n'éprouva qu'une légère culpabilité lorsqu'il répondit :

— Je crois. Elle peut se débrouiller toute seule maintenant.

Il cligna des yeux, scrutant la nuit pour tenter de savoir s'il pleuvait ou non.

— Viens, dit-il, se tournant vers Paige. Allons-y.

*

Avril arriva, la saison démarra pour de bon, et Paige parut abandonner toute idée de poursuivre une carrière professionnelle. Ses récits, lorsqu'il rentrait après une absence d'une nuit ou de quelques jours, devinrent plus extravagants. Parfois il invitait James à l'accompagner à un pique-nique, ou un déjeuner, ou bien un dîner, et James – jamais certain de l'importance qu'il devait accorder à de telles propositions – refusait invariablement.

Il songea à entamer l'écriture de sa pièce, mais ne parvenait pas encore à se convaincre de commencer. À la place, il reprit divers anciens petits écrits, rédigea le début de cinq différentes histoires qu'il n'achèverait jamais.

Un matin de juin, Paige se réveilla un peu plus tôt que d'habitude. Alors que James était installé au bureau dans le salon, en train d'écrire une lettre à Charlotte (l'heure était encore trop matinale pour la littérature), Paige s'assit à la table du petit-déjeuner et attaqua les toasts et le café.

Il semblait d'excellente humeur et fredonnait dans sa barbe.

— Tu as mangé ?

— Pas vraiment, répondit James. Ce sont mes toasts que tu manges, là, en fait. Ils sont probablement froids maintenant. Pourquoi ne t'en fais-tu pas apporter d'autres ?

— Il se trouve que j'aime les toasts froids.

— Eh bien moi aussi.

— Tu en veux ?

— Pas tout de suite, répondit James, mais Paige s'était déjà déplacé jusqu'au bureau, une assiette de toasts beurrés à la main.

— Tiens, dit-il.

— J'écris, répliqua James.

— Je ne t'en empêche pas.

Paige souleva un toast et le plaça sous le nez de James.

— Vas-y.

James continua d'écrire, mais ouvrit la bouche et croqua un morceau. “J'espère que ton rhume est passé” apparut sur la feuille dans une écriture peu soignée et avec des bavures.

— Voilà, dit Paige tout en essuyant le beurre sur ses doigts. C'est un peu comme de donner à manger à un cheval.

Il retourna à la table et se rassit.

— Tu as commencé ta pièce ?

— Non.

— Mais tu vas l'écrire, n'est-ce pas ?

— Oui, probablement.

James se mit à rédiger une nouvelle phrase puis posa de nouveau sa plume.

— J'ai déjà un titre, dit-il précipitamment. *Un désir d'Espérance*. Qu'en penses-tu ?

Paige avala une gorgée de café et réfléchit un moment.

— Oui, je pense que j'achèterais des places pour cela. Ou bien j'irais si quelqu'un d'autre me payait un billet.

— Merci.

— J'imagine qu'il s'agira d'une femme nommée Espérance ?

— Oui, répondit James, un peu irrité que Paige ait deviné si aisément.

— Bon, dans ce cas, cela me convient. À propos, j'ai vu Emmy Richter, ou Hyssops, je suppose. Elle nous invite tous les deux à son bal le mois prochain. Tu devrais vraiment y aller, tu commences à devenir ermite.

— Faux.
— Si. Tu ne vas nulle part, tu ne vois jamais personne.
— Je te vois toi, dit James d'un air absent, ayant repris la rédaction de sa lettre. Nous sommes allés au théâtre.
— C'était il y a une éternité. Viens avec moi le mois prochain.
— Non. Mais merci de m'avoir obtenu une invitation.
— Viens avec moi, insista Paige. Cela sera intéressant, je te promets. Eustace y sera, et j'aurai quelques mots avec lui. Je crois qu'il raconte des histoires sur moi à Mère.
— Des vraies ?
Paige sourit et haussa les épaules.
— Ce n'est pas la question, répliqua-t-il. Écoute, je crois sincèrement que tu devrais venir. Tu t'amuseras. Et si tu dis oui, je te ficherai la paix maintenant. Que penses-tu de cette bonne affaire ?
Cela paraissait discourtois de continuer à argumenter. James accepta (et Paige tint sa promesse et le laissa tranquille avec sa lettre), regrettant immédiatement sa capitulation.

À l'heure dite le soir convenu, ils arrivèrent à la demeure des Hyssops, un bâtiment élancé et gracieux sur Eaton Square, déjà plein de gens. Une longue ligne de carrosses avançait lentement jusqu'à la porte, débarquant leurs passagers tour à tour.
À l'intérieur, la maison était spacieuse et grandiose – terriblement moderne, songea James – dans un style simple probablement très onéreux. Dans la vaste entrée, tout semblait avoir été choisi pour aller ensemble, former un tout – à la grande différence d'Aiskew où les meubles cohabitaient du mieux qu'ils le pouvaient, déplacés au petit bonheur la chance de pièce en pièce selon les vicissitudes des années.
Il y avait des fleurs partout, un éclairage brillant, de la musique qui venait d'en haut. Tout le monde, pensa James, semblait savoir comment se comporter.
Paige le conduisit au vestiaire ; on le défit de son chapeau et de son manteau, puis il fut dirigé – avant de savoir vraiment comment c'était arrivé – vers l'escalier. Là, il leur fallut attendre quelques minutes derrière une file d'autres invités,

tous engagés dans la même lente ascension. Paige ne disait pas grand-chose ; il paraissait presque nerveux. De temps en temps il regardait autour de lui, examinant la foule, peut-être à la recherche de son frère.

Ils finirent par atteindre le haut des marches, et leurs noms furent annoncés l'un après l'autre, avec une terrible clarté, par un majordome à l'air supérieur.

Mrs Hyssops les accueillit et tendit la main à Paige avec un regard des plus lumineux.

— Je suis contente de te voir, Christopher, dit-elle.

Elle était vêtue de taffetas de la couleur du beurre.

— Et Mr Norbury. Elle sourit à James. Quelle joie de vous revoir.

Le volume de la musique et de la conversation commençait déjà à augmenter, remarqua James. On avait retiré les portes de leurs gonds ; il n'y avait aucune chance de pouvoir s'offrir un moment de solitude, aucune possibilité d'échapper au bruit et au nombre infini de gens.

— Eustace est-il déjà arrivé ? demanda Paige.

Mrs Hyssops secoua la tête.

— Il n'est pas bien, le pauvre. Il a fait envoyer un gentil mot ce matin, tout à fait navré.

— Ah, eh bien, je ne peux pas dire que cela me surprend, dit Paige – privé d'une conversation difficile, content et déçu à la fois. Je ne m'attendais pas vraiment à le voir ici. Il ne se rend plus que chez Mère et à son club, d'après ce que j'entends dire.

Après que Mrs Hyssops se fut tournée vers les invités suivants, Paige présenta James à plusieurs personnes successivement : un très vieil homme qui portait des médailles épinglées sur lui, deux femmes dans des robes ouvragées (qui semblaient déjà très bien connaître Paige, à en juger par leurs petits cris de délice à son apparition), et bien d'autres encore dont les noms et les visages disparurent presque aussitôt de l'esprit de James.

Il se retrouva séparé de Paige assez tôt dans la soirée. Il pensa que c'était pour le mieux – le suivre partout aurait seulement paru ridicule. Et puis, ce n'était pas désagréable d'être simplement assis et d'observer.

Il avait craint que Mrs Hyssops ne lui propose de le présenter à quelqu'un et ne l'oblige à danser. Au lieu de quoi, soulagé, il pouvait tranquillement admirer la danse, la musique, l'étincelant chandelier au-dessus de l'escalier, le mouvement bruissant et multicolore des robes des femmes – crème, rose foncé et lilas, taffetas, satin et crêpe de Chine, ornées de fleurs et de papillons. Il y avait tant de monde qu'il n'attirait pas l'attention. La seule chose inconfortable était de trouver quoi faire de ses mains.

Alors qu'il était assis près d'un grand groupe d'invités qu'il écoutait parler, Soames et Bleasdale l'accostèrent, tous deux exquisément habillés et se prétendant absolument ravis de le revoir.

— Mais où étiez-vous ces derniers temps ? s'enquit Soames – s'installant, sans en avoir été convié, sur le bras du fauteuil de James. Nous ne vous voyons plus. Pourquoi ne sortez-vous jamais avec nous ?

— Oui, pourquoi ? ajouta Bleasdale. Je connais un endroit que vous adoreriez, Jimmy. Il y a cette fille là-bas…

Il se mit à décrire les charmes de la dame, Soames contribuant ponctuellement par de menus détails. C'était une célèbre danseuse de cancan ; tous les gars étaient fous d'elle. L'un des amis de Bleasdale était si terriblement amouraché d'elle qu'il avait failli se ruiner à force de lui acheter des bijoux. En vérité, il aurait probablement épousé la grue si les choses avaient continué de la sorte…

James considéra qu'il valait mieux ne pas écouter la suite de la conversation et, à la place, regarda alentour, se demandant s'il serait absolument impardonnable de juste se lever et partir. Il trouva étrange de constater qu'il pouvait si facilement veiller toute la nuit chez lui alors qu'ici il se sentait déjà fatigué ; ses yeux avaient commencé à le piquer. La foule s'était un peu clairsemée. Se pourrait-il que ce soit enfin l'heure du souper ?

— … et puis elle lui renversa de la glace à la fraise dans le cou, et c'en fut fini…

Soames s'interrompit brusquement, James leva la tête et vit que Paige s'était approché d'eux, accompagné d'une jeune dame blonde dont la robe rose moussait sur le tapis tel du champagne débordant d'une bouteille.

— Salut, dit Paige. Vous vous amusez bien ? Il fit un signe de tête en direction de sa compagne. Miss Smythe, ces deux-là sont Soames et Bleasdale. Ne me demandez pas lequel est lequel, parce que cela n'a pas d'importance, ils se valent. Et voici Mr Norbury. Il écrit de la poésie.

Il se passa la langue sur les lèvres tout en croisant le regard de James, et celui-ci s'aperçut que le vin rouge avait teinté sa bouche de noir.

— Ils partagent un appartement, dit Soames à l'adresse de Miss Smythe. Un lieu épouvantable. N'est-ce pas Paige ?

— Ce n'est pas si mal, répondit Paige.

— Je ne sais pas pourquoi tu restes, intervint Bleasdale. Tu as récupéré ton allocation depuis je ne sais combien de temps. Tu pourrais sûrement trouver mieux ailleurs ?

Paige haussa les épaules.

— J'ai déjà accroché tous les tableaux.

— Tu as dû t'habituer à l'endroit, dit Soames, si tu préférais y rester pour Noël plutôt que d'aller passer les fêtes chez les Noakeses. Ils t'ont bien invité, non ?

— Oui, répondit Paige.

Il ne regardait pas James – et James, après un moment d'étonnement, baissa les yeux sur ses mains et s'efforça de paraître perdu dans ses pensées.

Miss Smythe, semblant plutôt s'ennuyer, se tourna vers Paige.

— Est-ce une valse qu'ils jouent ?

Ce n'était pas une valse. Même de la pièce d'à côté, l'on ne pouvait guère se tromper sur le tempo : un-deux, un-deux, deux mesures de deux pieds, un battement de cœur (je suis, je suis).

D'un seul coup, James trouva la pièce, l'atmosphère, intolérables. Il se leva avec une telle hâte que tous le fixèrent.

— Je… ne me sens pas bien, je crains, dit-il. Je crois qu'il vaudrait mieux que je m'excuse.

— As-tu besoin que quelqu'un aille te chercher une voiture ? demanda Paige.

— Non, merci. Cela ira.

Il se retira du mieux qu'il put, s'inclinant devant Miss Smythe sans la regarder, ignorant les autres, juste impatient d'être parti.

Tandis qu'il se frayait un chemin à travers la foule, il se rendit compte qu'Emily Richter l'observait. Elle se trouvait à la porte du salon, son éventail en plumes d'autruche déployé, l'examinant avec intérêt, ce qui, après tant de regards inexpressifs et moroses, le perturbait plutôt. Il était presque effrayé de s'approcher d'elle pour lui présenter ses excuses.

— Mr Norbury, dit-elle, est-ce possible que vous partiez ? Avant le souper ?

— Je le crains. Je vous suis très obligé de m'avoir invité, mais j'ai bien peur d'être en train de tomber malade.

— Oh, mon cher, je suis navrée. Elle jeta un regard pardessus son épaule. Où est passé votre ami ?

James esquissa un geste vague en direction de la pièce qu'il venait de quitter.

— Il danse, peut-être.

— Il a l'air de s'amuser.

— Oui. C'est une chose qu'il sait bien faire.

Elle lui prit la main, aussi doucement que s'il était un enfant.

— Soyez prudent.

— Je vous demande pardon ?

Elle fronça les sourcils, comme étonnée par ses propres paroles.

— Je ne sais pas. Je suis désolée. Je ne sais pas pourquoi j'ai dit cela. Eh bien, soyez tout de même prudent, Mr Norbury. C'est un bon conseil d'ordre général, je suppose. Et venez de nouveau me rendre visite bientôt. Au revoir.

Et elle disparut. James aurait désespérément voulu la suivre et la supplier de lui dire ce qui n'allait pas, qu'elle lui confirme que ce contre quoi elle le mettait en garde avait à voir avec autre chose, pas avec ce qu'il craignait – n'importe quoi d'autre.

Il ne héla pas de voiture mais rentra à pied, se pressant comme s'il pouvait se distancer lui-même, sans se soucier de la circulation et des gens alentour. Ses pensées lui collaient aux talons, une euphorie frivole, mêlée d'effroi et de mépris de soi. Il s'était ridiculisé comme d'habitude ; il avait tout gâché. C'était terrible et il se sentirait pour toujours misérablement mal à l'aise avec Paige dorénavant, et pourtant, étrangement, il avait envie de rire et, soudain parfaitement éveillé, de courir.

Il s'autorisa alors à envisager ce qui arriverait si une fin heureuse était possible. Oui, pourquoi pas, faire semblant n'infligerait de la peine à personne d'autre qu'à lui-même. Il y songea le temps de remonter deux rues, comme il n'avait pas eu le courage ou la lucidité d'y réfléchir auparavant. Imagine, se dit-il. Juste pour l'instant, imagine, ne dissimule rien, ne te retiens pas. Pense aux mots qui ne franchiront jamais tes lèvres.

Finalement, il reprit ses esprits, se rappela le réel état des choses. Son énergie le quitta. Il se sentit gelé, regrettant d'avoir commis l'erreur de marcher.

De retour chez lui, il trouva le salon froid et triste. La maison était silencieuse. Mrs Morris devait certainement dormir à cette heure-ci. Il retira la rose blanche de sa boutonnière et la jeta, puis laissa tomber négligemment ses nouveaux gants de chevreau sur la table.

Il songea à préparer du thé, mais à la place il se dirigea vers l'étagère où le cognac de Paige avait élu domicile. Il n'en restait pas beaucoup. James versa tout dans un verre. Il s'assit près du feu et, sirotant sa boisson, s'efforça de ne penser à rien.

Au lieu de cela, se méprisant, il se rappela ses manuels de conseils. Il ne trouverait rien dans ces volumes, évidemment, pour guider la conduite de quelqu'un dans un tel cas.

Il aurait eu envie d'aller se coucher, mais il n'avait pas l'énergie de se lever, de se rendre dans sa chambre et de se dévêtir. Il demeura assis pendant presque une heure sans bouger.

Alors il entendit des bruits de pas. La porte s'ouvrit en grand, et Paige entra prudemment en titubant. James eut un mouvement – peut-être pour se mettre debout, il n'en était pas vraiment certain – et renversa son cognac. Celui-ci se répandit sur le tapis de foyer.

Paige ébaucha un sourire.

— Bravo. C'est mon cognac ?

— Oui, répondit James. Je l'ai terminé, ajouta-t-il, au cas où Paige ne l'aurait pas remarqué.

Il tourna le visage vers le feu, souhaitant que Paige s'en aille. Paige se rapprocha.

— Eh bien, puisque tu as fini mon cognac, le moins que tu puisses faire serait de me préparer une tasse de thé. J'ai très soif et je suis légèrement saoul. Ou légèrement assoiffé et très saoul… quoi qu'il en soit, j'ai envie de thé.

— Prépare-le toi-même. Je suis fatigué.

— Tu as en effet l'air épuisé, dit Paige. Je pensais…

Il s'interrompit, distrait par quelque chose dans l'apparence de James. Avant que James ne se rendît vraiment compte de ce qui se passait, Paige avait étendu le bras vers lui.

— Regarde.

Il retira quelque chose des cheveux de James. Une plume blanche. Il la tint en l'air, à l'instar d'un magicien concluant un tour.

— Mais comment as-tu bien pu…

— Je ne sais pas, déclara James.

La proximité soudaine, la rapidité et la dextérité de son geste lui avaient été presque intolérables. Il leva les yeux vers Paige, et ce fut une erreur, parce qu'il y avait clairement une expression sur le visage de James qui n'aurait pas dû s'y trouver, et Paige voyait tout.

Doucement, Paige dit :

— James.

Il ne pouvait se rappeler, juste à cet instant, si Paige avait jamais prononcé son prénom auparavant. Il se demanda s'il allait devenir froid et distant, ou simplement fuir, dégoûté – il se serait senti soulagé si, à tout le moins, Paige avait entrepris quoi que ce fût, n'importe quoi, parce que ce dernier n'avait pas bougé et continuait de dévisager James en silence.

Finalement, Paige s'inclina au-dessus du fauteuil de James, si bien que leurs yeux étaient au même niveau.

— Écoute, commença James vainement.

— J'ai raison, n'est-ce pas ?

— Je…

— Regarde-moi.

Il y avait une tache au coin de la bouche de Paige, une trace de vin violet foncé.

— James, répéta-t-il, comme s'il s'agissait d'une sorte de formule magique, et ils se trouvèrent alors nez à nez ; il avait les mains posées sur les deux bras du fauteuil et se penchait précairement en avant, fixant James dans les yeux.

C'en est fini de moi, songea James assez clairement.

Le visage de Paige exprimait de l'appréhension, tel un miroir. Ses mains étaient très chaudes, et il avait peut-être peur, lui aussi, même si, pour finir, cela ne changerait rien. Paige s'avança, l'incertitude dans son regard sur le point de se transformer en un autre sentiment, et James tressaillit, comme si une balle ou une flèche à pointe dorée avait finalement atteint sa cible. Cependant, il ne se recula pas.

# 4

L'aurore n'allait plus tarder, et la pluie tombait. Peu de temps semblait être passé depuis qu'ils étaient entrés dans la chambre de James d'un pas chancelant – enchevêtrés l'un dans l'autre, la boisson leur ligotant les pieds à l'instar d'une ronce – et s'étaient écroulés sur le lit étroit. Peu de temps semblait être passé depuis ce moment gênant où tous les deux avaient hésité. À l'extérieur, une voiture passa dans un bruit de ferraille brusquement ordinaire, détestable aux oreilles de James.

Mais Paige lui avait souri, et cela avait suffi pour au moins un baiser. James s'était entendu susurrer le nom "Christopher", telle une confession, suivie d'un soupir.

Et l'expression sur le visage de Paige à cet instant-là. James ne pourrait plus jamais penser à lui sous aucun autre nom.

Christopher, qui n'avait jamais aucune patience, s'était agenouillé devant James lentement, progressant pas à pas, un sourire dans le regard. Et James, qui ne montrait jamais de hâte, avait lâché dans un souffle "là, maintenant, tout de suite", s'agrippant avec une force à même de laisser des marques. Il eut un léger mouvement de recul, choqué par sa propre conduite, et murmura une excuse, mais Christopher avait alors répondu "non, tout va bien"…

Cela, tout cela, ne semblait pas loin et, pourtant, c'était maintenant du passé, et le monde n'était plus le même. James était allongé, immobile, le drap rabattu, les souvenirs encore chauds sur son corps, comme l'avaient été les mains et la bouche de Christopher. Le mieux, sans doute, serait de demeurer ainsi pour toujours, dans la quiétude, à écouter la pluie.

Christopher remuait. Dans son sommeil il marmonna des paroles incompréhensibles.

La lumière revenait, grise et banale, en désaccord avec l'humeur de James. Les matins londoniens ne valaient jamais grand-chose, à la différence de ceux d'Aiskew, où l'été l'aube arrivait, légère et fraîche, verte et jaune pissenlit, le ciel d'un bleu immaculé. Cela aurait dû être un pareil matin.

Déjà la ville dehors commençait à s'agiter, se préparant pour le travail. Christopher fixa James avec un air d'incompréhension rêveuse. Puis il cligna des yeux et son regard alla se poser sur la fenêtre derrière James.

— Il est quelle heure ? interrogea-t-il.

— Je ne sais pas, répondit James.

— Non, tu ne sais jamais.

— Il est tôt, en tout cas.

Christopher s'assit, repoussa draps et couvertures et se leva du lit avec un soupir.

— Nous n'aurions pas dû nous endormir.

— Que veux-tu dire ?

— Regarde-le. Regarde le lit.

James suivit son regard.

— Oh, dit-il.

Ils avaient essayé de faire attention ; mais pas suffisamment. La femme de chambre pourrait supposer que seul James était responsable, ou pas. Il sembla à James – avec sa sensibilité et sa culpabilité – qu'il ne supporterait pas de prendre le risque.

— Que devrions-nous faire ?

— Retire le drap, commanda Christopher. Il faut que nous en mettions un nouveau.

— Je ne sais pas où ils sont.

— Moi, si. Écoute, tu enlèves celui-là et j'irai en chercher un autre dans le placard à linge. Personne ne sera encore levé.

— Entendu.

Ils parlaient à voix basse. C'était comme s'ils avaient tué quelqu'un et devaient maintenant se débarrasser du cadavre.

— D'accord, dit Christopher. Où est ton peignoir ?

— Quoi ?

— Eh bien, je ne peux guère sortir ainsi.

Il désigna son corps du doigt, comme si James avait pu ne pas remarquer qu'il était en tenue d'Adam.

— Tu ne peux pas porter mon peignoir, répliqua James.

— Pourquoi pas ?

— Pourquoi porterais-tu mon peignoir ? Il va falloir que tu t'habilles.

Christopher obtempéra en maugréant et se vêtit à la hâte. Lorsqu'il fut prêt, il ouvrit la porte, sortit dans le couloir avec une discrétion exagérée qui donna à James envie de rire.

Pendant qu'il était parti, James rassembla les habits qu'il avait portés la veille au soir – il lui semblait trop fatigant, trop laborieux de trouver des vêtements propres. Sa chemise lui parut moite et inamicale sur sa peau. Le temps qu'il s'habille, Christopher était revenu, rapportant un drap.

— J'ai eu le plus grand mal, dit-il. J'ai failli repartir avec une nappe par erreur.

— Comment as-tu réussi à ouvrir le verrou ?

Christopher sourit. Il avait dû être un vaurien dans son enfance, songea James, un voleur de morceaux de sucre et de cuillérées de confiture.

— Je ne sais pas comment faire un lit, déclara Christopher.

— Moi non plus.

— Dans ce cas, nous devrions bien nous amuser.

James n'avait pas allumé le gaz, au cas où la lumière fût visible sous la porte, si bien qu'ils œuvrèrent dans la semi-pénombre. Le résultat final n'était pas aussi réordonné que l'on aurait pu le désirer, mais il passerait.

— Bon, je ferais mieux de retourner dans ma chambre, dit Christopher lorsqu'ils eurent terminé.

— Oui.

Ils se tenaient un peu à l'écart l'un de l'autre. Christopher ajouta :

— Imagine. Si quelqu'un me surprenait ici.

Ils sourirent tous les deux à cette idée, puis James se rendit compte de ce que cela signifierait réellement si on les découvrait. Les murs mêmes commencèrent à paraître plus fins, les rideaux translucides. Le monde diurne était rempli d'yeux.

Le matin possédait un goût âcre – sa bouche était desséchée et fétide à cause du vin de la veille.

Dehors, la pluie avait cessé. James voulait lui demander ce qu'ils devraient envisager, mais il ne put se résoudre à parler.

— Mrs Morris rend parfois visite à sa sœur, tu sais, dit Christopher au bout d'un petit moment. Elle y passe la nuit. Alors… nous pourrions nous arranger de nouveau. Si tu en as envie.

— Oui.

— Bien.

Il regarda vers la porte – quelqu'un était-il en train de monter l'escalier ? – puis tourna de nouveau les yeux vers James.

— C'est entendu, alors.

— Oui, répéta James. Bien. Merci.

— Merci ? contrefit Christopher en levant les sourcils.

— Je n'ai pas… je ne sais pas pourquoi j'ai dit cela. Arrête de rire.

La peur s'estompait un peu. La situation n'était peut-être pas si terrible. Si l'on se montrait prudent, rien de fâcheux ne devrait arriver.

Christopher se dirigea vers la porte.

— Bonne nuit, dit-il.

— Bonne nuit. Ou bonjour.

James pensa que Christopher allait peut-être ajouter un mot, mais il se contenta de hocher la tête et de sortir, aussi discrètement que s'il était né pour fuir en douce.

Ouvrir la fenêtre semblait le mieux. Le bruit à l'extérieur lui parut désagréablement fort. James s'assit sur le lit refait, se sentant soudain assez las. Il ne fallait pas qu'il s'endorme. Il avait besoin de réfléchir ; l'avenir s'avérerait compliqué et peut-être effrayant, aussi le moment présent devrait-il être préservé le plus longtemps possible, James devrait demeurer ici, dans l'instant, le plus de temps qu'il le pouvait.

Ce fut en vain. Sa tête lui pesait et, en même temps, son esprit se vidait ; sa vue se brouillait de fatigue.

D'en bas lui parvenaient le son de pas lourds et un grondement de voix – quelqu'un se disputait avec le laitier. La journée avait commencé.

*

C'était étrange, comme James se le disait régulièrement après coup, le temps que l'on consacrait à prendre plaisir aux malheurs d'antan lorsque l'on était heureux. Il se délectait de prendre conscience de ses anciens soucis, de ses appréhensions non avouées, des pensées qu'il s'était interdites auparavant.

Au cours de ces premières semaines, la clandestinité lui paraissait presque comique, les transformant en acteurs d'une farce privée. Lorsque Margoyle leur rendit visite (pour leur apprendre ses fiançailles et leur dire le succès qu'il rencontrait au Bureau des Affaires étrangères), Christopher avait failli déclencher l'hilarité de James par un regard et une remarque apparemment innocente. Mais ensuite Margoyle partit, et ils se retrouvèrent seuls dans le salon, la femme de chambre passant le chiffon dans la chambre adjacente de celle de James, et soudain la scène n'eut plus rien de drôle. Si l'on avait faim ou si l'on était fatigué, l'on pouvait manger ou dormir de manière incontestée. Se trouver à proximité de Christopher, dans la même pièce, et ne pas se toucher, cela relevait de la privation.

Parfois ils se promenaient ensemble. James aimait les jardins du palais de Kensington, et l'étendue verte le soulageait d'être enfermé, assis à se regarder l'un l'autre à travers une infranchissable étendue d'un mètre de tapis. Ils avaient essayé de continuer à se comporter normalement, mais cela s'avérait difficile par moments. La conversation s'étiolait et ils finissaient par se taire, sur quoi James se sentait obligé de se lever et de faire les cent pas, tourmenté par une attente qui pourrait ne jamais se terminer.

À l'occasion de l'une de ces promenades, James demanda malgré lui :

— Tu crois que nous pourrions recommencer… bientôt ?

— Non.

C'était curieux de voir Christopher se montrer si prudent.

— Mais elle va aller voir sa sœur le mois prochain. J'imagine que tu peux patienter jusque-là ?

James garda le silence. Son attention avait été attirée par une femme et un homme qui avançaient devant eux sur le sentier, un couple ni particulièrement bien habillé ni beau, rien ne les distinguant de n'importe quels autres passants, sinon leur manière de se regarder. Une tendresse ordinaire que tout le monde pouvait discerner émanait d'eux.

James et Christopher rentrèrent peu après : de retour dans le petit salon, avec son feu de cheminée. Plus tard, tandis que la soirée virait à la nuit et que la maison devint silencieuse, Christopher rapprocha son fauteuil de celui de James et décrivit en murmurant son idée de la façon dont ils devraient passer les nuits durant l'absence prochaine de Mrs Morris.

Lorsque l'imagination de Christopher s'épuisa, James dit :

— Écoute, tout le monde dort, nous pourrions…

— Non, l'interrompit Christopher, reprenant immédiatement un air sérieux.

— Eh bien, ce n'est vraiment pas juste, dans ce cas, de parler de la sorte, répliqua James. Tu ne fais qu'empirer les choses.

Christopher souffla de la fumée, d'une couleur grise tel le regret. Il n'ajouta pas un mot.

Ainsi géraient-ils la situation : une prudence et une patience infinies, une clandestinité qui avait cessé d'être une nouveauté amusante et commençait à paraître suspecte. James pensait que Christopher pourrait se lasser, mais ce ne fut pas le cas. En septembre, Mrs Morris partit rendre visite à sa sœur pendant une semaine, et les jours s'enchaînèrent rapidement.

*

Il était prévu qu'ils passent Noël chacun de leur côté. Christopher avait reçu une lettre de sa mère, il ne pouvait guère ignorer l'invitation. Quant à James, il savait qu'il devrait aller dans le Yorkshire. Plus d'une année s'était écoulée depuis son dernier séjour là-bas. Il avait repoussé sa venue depuis bien trop longtemps.

Son séjour s'avéra assez plaisant. Il apprécia de passer des soirées tranquilles en compagnie de Charlotte devant le feu, à lire ou écrire. Quand le temps était tolérable, ils allaient se promener à travers le domaine, jusqu'aux champs, avançant avec précaution dans l'herbe qui menaçait de se transformer en marécage. Un jour, ils se mirent en quête des statues de pierre dissimulées au milieu des rhododendrons, mais les arbres avaient poussé et la végétation était encore plus sauvage que lorsqu'ils étaient enfants, aussi ne purent-ils les trouver.

Christopher lui écrivit deux fois – des lettres merveilleusement profanes, trop dangereuses pour qu'il les gardât. Christopher avait inscrit en lettres capitales MANGE CETTE MISSIVE en bas de chacune d'elles, mais James choisit plutôt de les brûler en secret, plein de culpabilité.

Durant son temps là-bas, il s'aperçut que la santé de Mrs Chickering se dégradait. Les soins infirmiers prodigués par Charlotte exigeaient plus de temps que ce qu'il s'était imaginé. L'infirmière professionnelle était partie, et on ne lui avait pas encore trouvé de remplaçante. Charlotte ne se plaignait pas, même si elle paraissait plus fatiguée que dans son souvenir. Ils avaient moins l'occasion de se parler que ce qu'il avait espéré, et lorsqu'ils pouvaient le faire sans que Mrs Chickering soit présente, il trouvait qu'une retenue s'était développée entre eux.

Il s'en alla avec un mélange de regret et de soulagement au début du mois de janvier. Rentrer à Londres lui fit l'effet d'un retour au pays. Mais Christopher fut retenu plus longtemps que prévu. Après Noël, il avait été obligé de rendre visite à plusieurs autres personnes, écrivit-il, des amis qu'il ne pouvait plus continuer à négliger. Il ne revint pas à Londres avant la fin du mois et signala son arrivée en faisant claquer la porte d'entrée si fort que tout le monde dans la maison sursauta.

Il rapporta tout un tas d'histoires amusantes sur les membres de sa famille, chez qui Noël apparemment exacerbait tous les mauvais traits. Lorsqu'il eut fini son récit, il demanda à James :

— C'était un bon séjour ?

— Oh, oui. Mais je suis tout de même content d'être rentré.

Ils se trouvaient dans le salon. Mrs Morris était dans l'escalier, en train de discuter avec une domestique d'une tache qui avait fait son apparition sur la marche supérieure – s'agissait-il de café ou non ? Les voix des deux femmes leur parvenaient clairement par la porte à moitié ouverte.

James voulait parler à Christopher d'un certain nombre de choses, mais il ne pouvait évoquer la plupart d'entre elles avec des personnes à portée d'oreille. Il s'efforça de penser à une question banale :

— Quel serait un bon nom pour un lord pervers mais aimable ? J'ai Lord Grimshaw, mais peut-être est-ce plus sinistre que dépravé.

— Oui, plutôt. Comment avance la pièce ?

— Pas si mal.

Christopher regarda vers la porte.

— Dîner plus tard ?

Mais à ce moment-là, ils furent interrompus par Soames et Bleasdale, que l'on pouvait entendre, même deux étages plus bas. Ils étaient venus dans l'intention d'entraîner Christopher dans une soirée de beuverie pour célébrer son retour.

— Je pourrais les dissuader, murmura Christopher, tandis que le bruit de leurs pas s'approchait.

— Non, c'est bien comme cela.

Ils s'étaient accordés depuis longtemps sur le fait qu'il valait mieux ne pas changer leurs habitudes de quelque façon qui puisse susciter des remarques.

— Dîner demain à la place. Un curry, peut-être ? Au Criterion ?

— Demain, oui, curry, non, répondit Christopher, sur quoi James se leva et déposa un baiser furtif sur le haut de sa tête – quelle merveille de pouvoir se le permettre –, puis se retira avant l'apparition de Bleasdale et Soames. Dans sa chambre à coucher, il ouvrit un livre et devint si absorbé qu'il ne les entendit pas partir. Christopher n'était toujours pas de retour à deux heures du matin, quand James, décidant qu'il avait assez lu pour un soir, se mit au lit.

Il était sans doute exténué, parce qu'il eut des rêves étranges et désagréables : Christopher et lui étroitement enlacés dans un lieu d'où personne, jamais, ne devait les déloger, une boîte étroite dans le sol. Il enlevait la terre des yeux et de la bouche de Christopher, et celui-ci lui souriait. Au matin, il repoussa ces grotesques divagations pour ce qu'elles étaient, et n'y songea plus.

*

Tout se déroulait aisément, agréablement, paisiblement, jusqu'à un matin de mars où James se réveilla en se sentant inhabituellement indisposé. Il se rendit compte qu'il ne pouvait pas écrire. Le deuxième acte refusait de coopérer ; les personnages lui tenaient tête, refusant de lui parler ou de se parler entre eux. Il finit par se replier sur le canapé muni du journal, ce qui ne contribua pas beaucoup à l'égayer : les funérailles d'un homme tué dans une explosion commanditée par des anarchistes ; une répugnante affaire de divorce ; un meurtre épouvantable.

Vers onze heures, Christopher émergea finalement de sa chambre, dans une chemise immaculée et de sale humeur. Il attrapa le journal sans un mot, tournant les pages rapidement avant de s'arrêter et de lire avec attention un article dans son intégralité.

— Tu as lu cet article ? demanda-t-il. À propos de cette histoire d'"Horreur à l'église du Temple" ?

— Oh. Oui, je l'ai lu.

James avait essayé de se déprendre de son ancienne peur de la ville. Mais combien de fois avait-il reçu la preuve définitive que l'endroit n'était pas sûr, que l'on devait toujours se tenir sur ses gardes ? La gorge de l'homme avait été fendue d'un bout à l'autre, selon le journal. James préférait ne pas penser à de telles choses.

Mais Christopher (qui appréciait toujours de s'entendre parler) se mit à lire l'article à voix haute :

— "Soit « Jack l'Éventreur » de Whitechapel a tourné son horrible attention vers un autre quartier de Londres, soit il a trouvé un imitateur. Hier soir, l'un des meurtres les plus atroces à avoir jamais été commis à l'intérieur des limites de la ville a été découvert"…

— Oui, l'interrompit James, merci. J'ai lu l'article.

Christopher haussa les épaules, reposa le journal et se mit à parcourir son courrier. Au bout d'un moment, il demanda brusquement :

— Penses-tu être condamné ?

James le dévisagea, perplexe.

— Condamné pour quoi ?

— Non. Je voulais dire aux flammes, au soufre, et autres réjouissances de la sorte.

— Oh.

Il était arrivé à James de s'interroger sur son égotisme, sur la manière dont il avait embrassé la droiture de ses actions – sans même les questionner, en vérité. La culpabilité qu'il avait pu éprouver avait trait à un sentiment de distance, au fait qu'il ne pouvait partager son secret avec Charlotte, elle qui s'était réjouie de tous les autres événements heureux dans sa vie. Maintenant il devait se montrer circonspect quand il lui écrivait, et il avait découvert que lorsqu'on doit user de prudence à propos d'un aspect de son existence, tout devient objet de précautions. Il avait cessé de lui écrire aussi fréquemment qu'avant.

— Allons, persista Christopher tout en allumant une cigarette, tu n'es pas un païen comme moi. Tu sais sans doute tout ce qu'il y a à savoir sur l'âme. Alors, es-tu condamné ou pas ?

— Je ne pense pas, répondit James lentement.

— Et tu es convaincu de cela parce que tes idées sont très modernes et hétérodoxes, ou parce que tu considères que les règles ne devraient pas s'appliquer à toi, ou bien encore parce que tu ne peux pas supporter de croire autrement ?

— Les trois, je suppose.

— Et tu n'as pas le sentiment d'être un hypocrite le dimanche, au milieu de tous les fidèles ?

Il n'avait jamais vu Christopher de cette humeur auparavant ; il s'en alarma. Il ne savait que répondre.

— Pourquoi me…

— Tu sais ce qu'ils penseraient, non, comment ils nous appelleraient. Comment ils nous traiteraient. Les personnes respectables sont les pires.

James se redressa pour bien le regarder.

— Que se passe-t-il ? Il est arrivé quelque chose ?

Christopher souleva la lettre qu'il était en train de lire.

— Pardon, dit-il. Désolé. C'est Mère. Elle est de retour à Londres et veut que j'aille à un de ses horribles dîners.

— Eh bien, c'est une bonne nouvelle, non ?

— Tu devrais voir la lettre. On dirait qu'elle est en colère contre moi. Elle devient toujours extraformelle quand elle est fâchée. Il haussa les épaules. Tu m'accompagneras ?

— Si tu veux. Si cela ne dérange pas ta mère.

— Non, elle demande que tu te joignes, en fait. Ton invitation se trouve sans doute dans le panier. Si tu ne viens pas, le nombre ne sera pas bon, et alors elle ne me pardonnera vraiment jamais. Emmy y sera. Je crois que Mère veut cultiver un lien avec son mari pour l'une de ses œuvres de bienfaisance. Les autres seront tous affreux, évidemment. Ne laisse à aucun prix Eustace t'entretenir de chasse. Il est ennuyeux sur tous les sujets, mais celui-là constitue sa spécialité.

*

Le domicile de Mrs Paige se trouvait dans Upper Brook Street, sur Grosvenor Square. Le bâtiment était très haut et très blanc, entouré d'une grille d'un noir saisissant. Un enfant passant devant aurait envie de faire courir un bâton sur ses montants – et n'oserait probablement pas.

Ils étaient restés pratiquement silencieux pendant le trajet. Christopher avait regardé par la fenêtre de la voiture avec crispation, sortant sa montre de sa poche toutes les quelques minutes pour vérifier l'heure d'un air furieux.

— Désolé, finit par dire James.

Ils étaient en retard à cause de lui. À la porte, il avait eu une soudaine inspiration à propos de la pièce de théâtre, consistant en quelques répliques de badinage absolument nécessaires, il avait perdu plusieurs minutes à les gribouiller et à les admirer.

— Ce n'est pas moi que cela dérange, répliqua Christopher, mais Mère sera mécontente.

— Tu peux lui dire que je suis responsable. Elle ne t'en tiendra certainement pas rigueur.

— Bien. Prends un air très contrit quand elle te parle. Je ne pense pas que cela importera beaucoup.

Il se détourna pour regarder de nouveau fixement par la fenêtre.

— Nous devrions partir, ajouta-t-il soudain.

— Où ?

— Je ne sais pas. Quelque part où il fait chaud. Cette pluie me porte sur les nerfs.

Le printemps avait été humide jusque-là, un mauvais départ pour la saison.

À la porte d'entrée, un valet de pied de grande taille et d'une extrême gravité les admit, les défit de leurs manteaux et chapeaux, puis les conduisit vers le salon à l'étage.

L'endroit était décoré avec un tel bon goût que c'en était presque insupportable. Toute trace de vulgarité avait été éliminée, les murs étaient tapissés de tentures de couleurs vert olive tendre et terre de Sienne et ornés de délicates dorures, les fauteuils Louis XVI étaient soigneusement disposés contre le mur. Les meubles, si bien choisis et ordonnés, étaient un peu suffocants, pensa James. Il fallait avoir une certaine trempe, se montrer suffisamment raffiné pour se tenir au milieu d'une telle élégance. Que penserait Christopher à la vue de l'acajou démodé et des peintures à l'huile sans lignes ni contours de Mrs Chickering à East Lodge ? Ou bien de la splendeur surannée du vestibule ?

Sur le palier, Christopher s'arrêta brusquement, à la désapprobation évidente du valet de pied qui les précédait. Quelqu'un les observait des marches qui menaient à l'étage supérieur de la maison : une dame, main posée sur la rampe, s'apprêtant à descendre.

— Lyddy, s'écria Christopher, une tonalité au-dessus de ce qu'exigeait la politesse. Comment vas-tu ?

— Tu es en retard, Christopher.

— Toi aussi.

Alors qu'elle approchait, James vit qu'elle ressemblait à Christopher, sans complètement lui ressembler non plus – les cheveux plus foncés, moins belle, mais avec le même port gracieux. Elle descendit assez lentement, tenant précautionneusement d'une main la soie indigo de sa robe. Elle ne portait ni bijou ni fleur, et cela lui seyait. Tout ajout aurait entamé ce qui la distinguait – sa pâleur, sa gorge gracile, le brillant de ses cheveux. Même l'ombre sous ses yeux la rendait plus intéressante. Elle paraissait avoir veillé tard, pour réfléchir à d'étranges sujets.

Christopher poussa un soupir – James eut le sentiment d'un devoir désagréable, entrepris à contrecœur. La formule sociale parut forcée lorsqu'il la prononça :

— Mr Norbury, Miss Paige, ma sœur.

James s'inclina, et elle le regarda avec un certain intérêt.

— Bonsoir Mr Norbury, dit-elle.

— Je suis enchanté de faire votre connaissance, Miss Paige.

— Oui, moi de même. Je m'interrogeais sur vous.

— Vraiment ?

— Avoir vécu si longtemps avec Christopher, vous devez être un homme d'une patience inhabituelle, Mr Norbury.

Elle sourit à Christopher, d'un air de grâce meurtrière, que James ne pouvait imaginer qu'elle pourrait revêtir un jour.

— Je ne t'ai pas manqué, Lyddy ? demanda Christopher. Je pensais que cela pourrait être le cas, juste un peu.

— Je me suis assez bien débrouillée seule, répondit Miss Paige. À dire vrai, je suis plutôt surprise de te voir.

— Ce n'est pas toi qui as demandé à Mère de m'inviter ?

— Non, c'est Eustace. Il a insisté, en fait. Je crois qu'il veut te ramener dans le giron de la respectabilité. Elle regarda de nouveau James. Je vous demande pardon, Mr Norbury. Nous devons vous paraître épouvantables. Avez-vous vous-même des sœurs ou des frères ?

— Juste une sœur, répondit James.

— Peut-être la taquinez-vous, comme Christopher avec moi.

— Pas vraiment… Elle est l'aînée, voyez-vous. Elle continue de m'impressionner, j'aurais trop peur de la taquiner.

— Vous devez être un frère délicieux. Elle jeta un coup d'œil à Christopher. Malheureusement, Christopher n'a plus peur de moi depuis des années. Nous devrions y aller.

Christopher laissa sa sœur les mener, lui emboîtant le pas.

— Lydia est une réformatrice, dit-il à James. Je t'en ai déjà parlé, non ? Elle envoie de l'argent à des missionnaires, elle éduque des orphelins, fait des dons à la National Vigilance Association, organise des ventes de charité, et quand elle n'est pas occupée à l'une de ces entreprises, elle travaille à me réformer, moi. Je pense être ton seul échec, non, Lyddy ?

— Peut-être Mr Norbury sera-t-il plus chanceux. Tu te comportes beaucoup mieux depuis que vous avez commencé à vivre ensemble.

— C'est que James est d'un grand secours.

— Vraiment, dit Miss Paige. Elle tourna la tête pour regarder par-dessus son épaule. Une influence civilisatrice ?

Il paraissait mieux, dans de telles circonstances, de ne rien dire. James ébaucha un sourire modeste et espéra que cela suffirait.

Le salon était plein lorsqu'ils y pénétrèrent. La première personne que James aperçut fut Miss Richter (Mrs Hyssops – il avait toujours du mal à s'y habituer). Elle se trouvait assise près de la porte, et leva la tête quand James entra. Son sourire était aussi franc que d'habitude, mais elle posa sur lui un regard pensif.

— Je suis désolée que nous ne nous soyons pas vus avant ce soir, dit-elle. J'ai été si occupée. Être mariée prend tellement de temps.

— Où est ton mari, justement ? demanda Christopher.

— Oh, il est là. Il parle à des gens, le pauvre. Je vais devoir lui porter assistance dans une minute. Ces mondanités sont dures pour lui.

— Pour nous tous, répliqua Christopher.

— Pas pour moi, merci. Je suis ravie d'être ici. Lydia, vous êtes particulièrement belle. Venez vous asseoir près de moi.

Et elle accapara Miss Paige pour que celle-ci s'installe dans le fauteuil voisin du sien, ce avec une telle délicatesse que personne ne pouvait s'en sentir offensé. Les observant, James vit leurs visages se transformer, Miss Paige se défit de son sourire comme d'un manteau. Peut-être que, loin de Christopher et de lui, les femmes étaient délestées de leur responsabilité de paraître charmantes. Au moins Charlotte n'avait-elle pas à endurer cette sorte de contrainte, étant donné l'existence qu'elle menait.

La soirée s'avéra très protocolaire et aurait pu sortir directement de l'un des guides d'étiquette de James. Au cœur d'un des groupes d'invités se trouvait une femme qu'il reconnut pour l'avoir entrevue furtivement au théâtre l'année passée :

la mère de Christopher. Ses cheveux étaient de la même couleur foncée que ceux de sa fille, sauf qu'ils avaient commencé à s'argenter. À l'instar de Christopher et de Miss Paige, elle possédait une élégance naturelle – une obligation si l'on vivait dans une pareille demeure. À côté d'elle se tenait un homme approchant la trentaine dont le visage rappela brutalement quelque chose à James : bien sûr, il s'agissait d'Eustace Paige. Il était légèrement plus grand que Christopher, un peu plus large d'épaules, plutôt moins beau. Son visage était curieusement inexpressif – peut-être, comme Mr Hyssops, trouvait-il les réceptions ennuyeuses. Il apparaissait aussi blême que le soir où James l'avait aperçu au théâtre ; ses lèvres étaient si dépourvues de couleur qu'on les voyait à peine. À première vue, son visage donnait la désagréable impression d'un masque en carton.

— Christopher, dit Mrs Paige lorsqu'ils s'approchèrent d'elle.

Elle ne semblait pas particulièrement contente de voir son plus jeune fils.

— Mère, voici mon ami, James Norbury.

— Ah, oui.

Mrs Paige tendit la main à James comme si elle regrettait la nécessité du geste.

— Enchanté, dit James.

Il avait l'impression de réciter un rôle écrit pour une autre personne que lui, et de l'interpréter plutôt mal.

Christopher se tourna vers son frère.

— J'espère que tu vas bien, Eustace ?

— Passablement.

— Il travaille très dur, ces derniers temps, dit Mrs Paige.

Quelque chose ne sonnait pas juste. James se demandait s'il était la cause de cette gêne. La manière dont Christopher regardait Mrs Paige, et celle-ci son fils aîné, lui semblait étrange.

— Eustace a été élu député pour Chelmsford l'an passé, fit remarquer Mrs Paige. Je suppose que Christopher vous l'avait déjà dit, Mr Norbury ?

— Ah, bien sûr, répondit James, même si Christopher n'avait jamais mentionné le fait. Ce doit être une grande responsabilité, ajouta-t-il, obligé maintenant de continuer à parler. J'imagine que la politique peut s'avérer fatigante par moments.

— Je ne trouve pas, dit Eustace Paige.
— Tu as pourtant l'air fatigué, tu sais, observa Christopher. Malade même, en vérité.
— Je ne le suis pas.
Christopher fronça les sourcils.
— Mère, ne trouvez-vous pas qu'il a l'air malade ? Eustace, tu frissonnes. Tu devrais monter tout de suite.
— Ne sois pas ridicule, Christopher, répliqua Mrs Paige. S'il fait froid, nous ferons un plus grand feu. Maintenant, si tu pouvais te rendre utile en présentant Mr Norbury à Mrs Hyssops, il l'accompagnera à table dans un petit moment.
Lorsqu'ils se furent éloignés d'eux, James marmonna :
— Je crois qu'ils regrettent de m'avoir invité.
— Cela ne t'était pas adressé, dit Christopher.
Ils se tenaient près du feu. Christopher observait la pièce derrière eux dans le miroir au-dessus du manteau de cheminée.
— Mais je ne comprends pas du tout ce qui ne va pas avec Eustace. Il n'est jamais aussi silencieux. Je crois qu'il est souffrant. Pourquoi ne l'encourage-t-elle pas à aller au lit, je ne comprends pas.
— Tu es inquiet ?
— Disons que je n'aimerais pas que la fièvre ou un autre mal l'emporte. Ni qu'il nous contamine tous.
— Ce n'est probablement pas grave. Ta mère ne le laisserait pas rester si c'était le cas.
— Je suppose. Regarde.
Il montra à James une carte bordée de vert, ornée d'une minuscule chouette verte.
— C'est joli, non ? Je devrais m'en procurer de pareils.
À ce moment-là, le majordome annonça le dîner, et les premiers invités commencèrent à descendre.
Christopher soupira, reposa la carte et se retourna face à la pièce.
— Viens, tu ferais bien de trouver Emmy.
— Qui accompagnes-tu ?
— Zut, j'ai oublié de demander. Mère ne m'en a pas informé, si ? Il va falloir que je me renseigne. Tiens, Emmy est là-bas. Je te verrai en bas.

Emily Richter l'attendait près du piano. Elle sourit à James tandis qu'il s'approchait, ce qui rendit la situation un peu plus facile.

— Dîner ? demanda James. Sa formule lui parut soudain désagréablement interrogative et abrupte, et il ajouta hâtivement : Je veux dire, puis-je…

— Merci. Elle lui prit le bras. Je suis contente que ce soit vous. Vous vous amusez ?

— Oui. Je n'étais jamais venu ici avant, vous savez. Tout est très… tout est très élégant. Et les gens aussi, bien sûr.

— Vous aimez bien Lydia ?

— Oui, beaucoup.

— Vous ne l'avez pas trouvée distraite ?

— Je n'ai pas vraiment remarqué.

— Eh bien. Je suppose qu'elle doit être fatiguée. La société est un monstre : elle nous suce le sang jusqu'à ce que nous ne soyons plus que des épaves. Et je le dis alors même que j'y prends plaisir.

James ouvrit la bouche pour parler – cela paraissait une bonne occasion pour s'exclamer qu'il n'avait jamais rencontré de femme qui ressemblât si peu à une épave –, mais le temps qu'il tournât le compliment, elle avait déjà repris la parole :

— Vous paraissez plus heureux que la dernière fois que je vous ai vu, dit-elle d'une voix basse alors qu'ils entraient dans la salle à manger.

— Eh bien, j'écris…

— Oh, ce doit être la raison.

Il n'y eut plus l'occasion de continuer à converser, car chacun prenait sa place à table, et Emily était maintenant occupée à retirer ses gants.

Il s'agissait d'une assemblée très chic en effet, et la plupart des invités semblaient bien se connaître. Mrs Hyssops se trouva rapidement monopolisée par son autre voisin, un homme dépourvu de cheveux mais aux sourcils prodigieux, dont les plaisanteries paraissaient à James parfaitement inappropriées pour une compagnie mixte, mais qui était à l'évidence une personne trop importante pour qu'on l'ignorât. (James se sentit déraisonnablement déçu de voir qu'elle tolérait un goujat comme n'importe qui d'autre.) Christopher avait été placé loin de lui. La dame à la gauche de James (blonde et bouclée, vêtue de soie mauve bordée de peau de phoque) était absorbée dans une conversation avec l'homme – un certain Mr Harris – qui l'avait accompagnée à table. Il avait coincé sa serviette dans son gilet de costume d'un air plein d'espoir et régalait maintenant sa voisine d'horreurs tirées du journal à sensation *The Illustrated Police News*.

— … trouvé mort, et, curieusement, l'on n'avait rien pris dans ses poches. Pas une chose, alors il ne pouvait s'agir de vol.

— Oh, c'est horrible, dit la femme vêtue de soie mauve. Sa gorge était-elle réellement…

— Oui. Fendue d'un bout à l'autre.

Elle avala une cuillerée de soupe et tendit la main vers son verre de sherry.

— Quelle horreur ! Il y avait une grande quantité de sang, vous pensez ?

— Quel sang ? demanda Mrs Hyssops, l'homme aux sourcils ayant reporté son attention sur son assiette. Pourquoi parlez-vous de sang ?

— Vous n'avez pas entendu ? interrogea Harris. Ce meurtre, l'"Horreur à l'église du Temple" ?

— Qui a été assassiné ?

— Le gars était avocat, je crois. Disparu mardi. Ils l'ont retrouvé à l'extérieur de l'église du Temple, près de Charing Cross, Dieu sait ce qu'il fabriquait là-bas. L'individu avait des relations, ce qui explique qu'ils en fassent tout un plat. La police va certainement avoir du pain sur la planche.

— J'ai lu quelque chose à propos de la disparition, dit la soie mauve, plutôt vexée de voir son compagnon se pencher devant elle pour s'adresser à Mrs Hyssops, trois places plus loin. Je ne savais pas qu'il avait été retrouvé. Mais on entend parler de tant de personnes qui disparaissent.

Son ton semblait impliquer que se volatiliser relevait d'un acte de fantaisie vulgaire, une preuve de mauvais goût.

— Les gens disparaissent assez fréquemment dans une ville de cette taille, dit Harris. Principalement de leur propre gré, je pense.

— Des maris, cela ne m'étonnerait pas, lança l'homme aux sourcils (qui avait épuisé sa côtelette). Ils ne peuvent plus supporter la vie conjugale. Non que je les blâme.

— Eh bien, si Adam se volatilise un jour, je saurai exactement quoi penser, répliqua Mrs Hyssops.

— Je ne crois pas qu'un homme raisonnable souhaiterait jamais fuir une personne telle que vous, ma chère, répondirent les sourcils sur un ton horriblement galant.

Ils se mirent à parler d'un autre sujet – de quelqu'un dont le fils avait récemment déclaré son intention de devenir missionnaire, et de là ils passèrent à l'influence des fidèles de l'islam en Afrique, influence dont l'homme aux sourcils leur expliqua longuement le caractère nocif.

James, incapable de manger beaucoup plus, faisait semblant de lire son menu, tandis que les plats se succédaient. Il avait une sensation étrange en regardant les autres invités manger, si civilisés et, en même temps, si barbares quand on y réfléchissait. La quantité de nourriture qu'ils consommaient, et avec une telle politesse, leurs dents et mains si occupées, et les couteaux affairés à trancher.

Un long moment sembla s'écouler avant que Mrs Paige ne fît un signe de tête en direction de la dame assise à la droite d'Eustace, une femme au regard vague, vêtue d'une robe qui rappelait à James des feuilles de fougère. Elle était, s'avéra-t-il, la femme la plus distinguée de l'assemblée. Lorsqu'elle se leva, toutes les autres dames lui emboîtèrent le pas.

— Messieurs, nous allons vous laisser maintenant, dit Mrs Paige.

Il y eut un mouvement général de chaises repoussées et d'invités qui se levaient. Quand James fut debout, Mrs Hyssops prononça son nom à voix basse et, d'un geste de la tête, montra la porte. Bien sûr, c'était lui qui se trouvait le plus près de la sortie. Ce signe aimable l'incita à ouvrir la porte pour permettre aux dames de se retirer.

Lorsque Miss Paige passa devant lui, elle leva les yeux et essaya de sourire. Il se rendit alors compte de ce dont il aurait dû s'apercevoir avant, ce qu'il aurait remarqué s'il n'avait pas été si absorbé par sa nervosité : elle luttait contre quelque chose.

Son visage suggérait une tentative opiniâtre de maîtrise de soi.

Avec le départ des dames, la conversation devint rapidement plus débridée. L'homme aux sourcils pérorait sans frein, son verre de bordeaux presque vide, tandis que plus loin à la table Eustace observait son frère avec une expression que James ne pouvait déchiffrer. Au bout d'un petit moment le café fut servi, et Christopher se leva – sa tasse dans une main – puis s'approcha de James, prenant la place vide à sa droite. À l'autre bout de la table, la conversation était devenue politique, et personne ne leur accordait beaucoup d'attention.

— Comment va ton frère ? demanda doucement James.

— Il y a quelque chose qui cloche. Et Mère a une mine sinistre. Mais s'ils ont l'intention de ne rien dire, je n'y peux rien. Je pensais qu'ils m'avaient entraîné ici pour me faire un sermon, non pas pour me traiter comme un fichu étranger toute la soirée.

— Quel est le problème, à ton avis ?

— Je ne sais pas. Peut-être sont-ils tous brouillés, et également fâchés contre moi.

Christopher les affectionnait, comme James s'en aperçut, y compris Eustace. Il était déconcerté et irrité – et, par ailleurs, préoccupé – par les signes évidents de discorde. Observant Eustace Paige, la curieuse immobilité dans sa contenance, James pensa que Christopher avait raison d'être inquiet ; il n'allait pas bien. Ou quelque chose augurait mal.

Comme pour prouver le fait, à cet instant précis Eustace Paige se leva, s'avança vers la porte, l'ouvrit et partit à l'étage d'un pas raide, sans un mot. Les hommes dans la pièce – ayant à peine terminé leur café et leurs cigarettes – se regardèrent avec étonnement.

— Ne devrions-nous pas monter ? dit Christopher d'un ton lisse et châtié en se levant hâtivement. Les dames doivent être impatientes de nous voir.

En haut dans le salon, on servait le thé. La conversation n'était pas très animée. Quelques invités se demandaient à l'évidence quand il serait poli de partir. Seul Harris, l'homme qui avait raconté l'histoire de l'église du Temple, parlait avec une certaine verve – il se tenait au centre d'un groupe, gesticulant de manière théâtrale, une tasse vide à la main.

Mrs Paige était assise dans un fauteuil dans le coin de la pièce. Avant le dîner, elle s'était affairée, s'occupant de ses invités. Maintenant, elle semblait avoir renoncé à cette entreprise. Miss Paige avait repris le flambeau – James l'observait, tandis qu'elle passait d'un groupe à un autre, souriant avec détermination.

— Asseyons-nous quelque part, dit Christopher. Je n'ai envie de bavarder avec personne maintenant.

— Nous pourrions nous en aller, suggéra James.

— Non. Je ferais mieux de rester et de parler à Mère, si je peux.

Emily Richter et son mari se rendaient ensuite au théâtre et avaient déjà fait appeler leur voiture. Ils étaient sur le point de prendre congé. Avec leur départ, la conversation commença à s'étioler.

C'est à ce moment-là que Miss Paige proposa de la musique. Personne n'ayant objecté, elle ouvrit le piano, s'excusa avec grâce de ses modestes talents de musicienne et se mit à jouer.

Ses yeux brillaient, rappelant à James les fois où il avait vu Christopher saoul. Elle joua un morceau qu'il reconnut, un nocturne grave de Chopin, aussi limpide qu'une pierre précieuse, exquis et précis, avec une délicate touche de romantisme.

Eustace Paige se tenait près de la cheminée. Personne ne s'était approché de lui. Alors que Miss Paige jouait, James aperçut finalement une expression marquer le visage impassible de son frère, une expression d'intense douleur et de profond dégoût. Miss Paige leva les yeux du piano et vit ce que James avait remarqué. Ses dernières notes ne retentirent pas de manière aussi assurée que le reste du morceau.

Lorsque Miss Paige eut terminé, la dame vêtue de la robe aux fougères la remplaça au piano. Mais personne d'autre ne semblait avoir envie de la suivre, et les invités se mirent à faire leurs adieux. L'on fit appeler des calèches, les excellents domestiques de Mrs Paige allèrent chercher manteaux et chapeaux, et le salon commença à se vider.

Christopher se leva et mit la main dans sa poche.

— Zut. Je crois que j'ai laissé mon étui à cigarettes en bas.

— Tu fumais des cigares, lui rappela James.

— Pas au début.

— Eh bien, j'irai le chercher, tu veux ? Comme cela tu pourras parler à ta mère.

Dans la salle à manger, il vit que la nappe blanche avait été retirée, révélant un tissu de feutre vert. L'étui à cigarettes de Christopher était posé sur le buffet. Au moment où James étendit le bras et l'attrapa, il entendit la porte s'ouvrir.

Il se retourna et découvrit Eustace Paige qui l'observait au seuil de la pièce.

— C'est à Christopher, n'est-ce pas ?

Une politesse absolue, dépourvue de toute bonne humeur ; son ton n'était pas accusateur, et pourtant James eut l'impression d'être soupçonné de vol.

— Il m'a demandé d'aller le chercher, dit-il.

Il essaya de paraître serein, mais il ne parvint pas à sourire à temps.

Le gaz avait été baissé à la fin du repas et l'on avait éteint les bougies. Dans la faible lumière, le manque d'expression de cet homme et sa manière de frissonner malgré la chaleur presque suffocante frappèrent de nouveau James. Et son col…

— Vous êtes blessé, dit James, fixant une marque rouge foncé, visible sur le tissu blanc amidonné.

— Un accident en me rasant, répondit Eustace Paige.

Il ne savait pas bien mentir. Ou alors il ne se souciait pas que James le crût ou non.

— Je pense que je devrais…

— Ne revenez pas ici.

— Je vous demande pardon ?

— Vous ne devez jamais revenir. Je ne veux pas que ma mère ou ma sœur aient affaire à des hommes comme vous.

— Que voulez-vous dire ?

— Vous vous croyez sans doute plutôt malin, à nous tromper tous ainsi. Mais je sais, Mr Norbury, et je vous dis maintenant de renoncer.

— Je ne comprends pas…

— Cela se passera très mal pour vous, autrement. Avez-vous besoin que je sois plus clair ?

James le dévisagea à son tour, trop horrifié pour nier quoi que ce fût.

— Je suis surpris que vous puissiez me regarder dans les yeux, dit Paige. Je ne suis pas sûr de savoir si cela signifie que vous êtes parfaitement sans gêne ou bien complètement stupide. Avez-vous consulté un médecin ?

— Un médecin ?

— À l'évidence, non. Eh bien, ce serait ma recommandation. Ils peuvent aussi aboutir à de bons résultats avec l'hypnose de nos jours, il me semble. Je sais que vous n'êtes pas seul responsable. Christopher était destiné à pactiser avec le diable d'une manière ou d'une autre. Mais je refuse de recevoir des créatures de votre espèce, et j'interdis à Christopher de ruiner la réputation de sa famille à cause de ses inclinations dépravées.

— Nous ne sommes pas du tout dépravés.

— Quoi ?

Eustace Paige semblait décontenancé. James n'était pas moins surpris par sa propre audace – il avait parlé avec la fureur passionnée d'un enfant, sans réfléchir à ce qu'il disait. Maintenant il n'éprouvait qu'humiliation de s'être abaissé à se défendre devant cet homme.

Alors Paige sourit. Ce qui eut pour effet d'alarmer James à un degré encore supérieur.

— Vous êtes malade, dit-il, et vous regarder me soulève le cœur. Partez, Mr Norbury. Je vous donne une semaine pour vous séparer de mon frère. C'est plus que généreux, étant donné les circonstances.

Il n'attendit pas de réponse ; l'instant d'après, James était de nouveau seul dans la salle à manger.

Sur le chemin du retour, ni Christopher ni lui ne parlèrent beaucoup – James ne savait pas ce que la mère de Christopher lui avait dit, mais cela n'avait en rien amélioré l'humeur de ce dernier. James s'appuya contre le dossier de son siège et écouta la pluie, qui n'avait pas cessé de toute la soirée.

Ce ne fut que lorsqu'ils se retrouvèrent dans l'intimité de leur salon que James dit finalement :

— J'ai parlé avec ton frère.

— Des récits de chasse ? Je suis vraiment désolé.

James s'était dirigé vers le bureau et s'affairait à remettre en ordre son manuscrit. Il lui était impossible de regarder Christopher en face et de lui raconter ce qui avait eu lieu.

— Il dit que nous avons une semaine pour nous séparer.

— James. Toute la légèreté dans la voix de Christopher avait disparu. Qu'a-t-il dit ?

James se retourna.

— Il a dit que si je ne te laisse pas en paix, quelque chose va m'arriver.

— Nous lui dirons d'aller au diable, dans ce cas.

James sourit faiblement, un peu réconforté.

— Nous pouvons difficilement le faire.

— Il ne peut rien prouver, et s'il le pouvait, il ne le voudrait pas. Il ne voudrait pas du scandale. Donc, à moins qu'il embauche un assassin pour mettre de la strychnine dans ton thé…

— Et s'il en parlait à ta mère ?

Christopher s'immobilisa pendant un instant.

— Que suggères-tu, alors ?

— Peut-être devrions-nous renoncer, répondit lentement James.

Tandis qu'il prononçait ces mots, la désolation de la perspective lui apparut. Il n'avait pas réfléchi à la manière dont les choses se dérouleraient dans les mois à venir ; il n'avait forgé aucun plan. Ou plutôt, il n'avait envisagé qu'un seul plan, consistant à maintenir leur relation telle quelle le plus longtemps possible.

— C'est ce que tu veux ? demanda Christopher.

Soudain irrité – par l'intimidation d'Eustace Paige, par la pure injustice de la situation –, James répondit d'un ton sec :

— Bien sûr que non. Ne sois pas bête.

— Eh bien, voilà, dit Christopher en ébauchant un sourire. Tu veux boire un verre ?

— Tu n'as pas assez bu au dîner ?

— Non, répondit Christopher. J'ai été abstinent toute la soirée. Eustace voulait que je me ridiculise, il fallait que je le déçoive. Rattrapons-nous maintenant.

Mais Soames et Bleasdale leur avaient rendu visite quelques jours plus tôt. Ils se montraient rigoureux dans leur débauche, l'on pouvait au moins leur reconnaître cela : ils avaient consommé tout ce qu'il y avait à boire.

Christopher passa en revue toute la bibliothèque, d'Aristophane à Zola, au cas où quelque chose eût été épargné, dissimulé derrière l'un des volumes – l'un de ses tours habituels. Finalement, il admit sa défaite.

— Désolé. Il ne reste rien.

— Cela n'a pas d'importance.

— Je suppose que nous devrions aller nous coucher, dit Christopher après une pause.

James ne l'avait jamais vu si abattu.

— Mais qu'allons-nous faire ?

— Nous pouvons décider demain matin.

Il sortit, et James l'entendit emprunter le couloir pour se rendre dans sa chambre. Il resta assis quelques minutes supplémentaires, à écouter la pluie, avant de l'imiter.

Dans sa chambre, il enleva sa chemise puis, malgré le froid, s'assit sur le lit et fixa le tapis, suivant inlassablement du regard le sinistre motif de torsades rouges. Il était trop fatigué pour se mouvoir ou continuer à se déshabiller.

Le mépris d'Eustace Paige semblait avoir tout imprégné, telle l'odeur de fumée. C'était comme s'il avait énoncé à voix haute tout ce que James craignait à propos de lui-même. Il y avait des mots pour ce que Christopher et lui étaient, pour ce qu'ils avaient fait. Il tressaillit à l'idée – le hurlement grossier dans la rue, le diagnostic du médecin, le décret du juge.

Alors la porte s'ouvrit doucement. C'était Christopher, toujours vêtu de son pardessus. Il ne parla pas, mais il referma derrière lui et se dirigea vers le lit de James, aussi léger qu'un revenant.

— Je ne peux pas rester longtemps, marmonna-t-il.

— Non, dit James en se levant pour l'aider à retirer son manteau, lourd et brillant de pluie.

# 5

Le lendemain, il faisait assez beau pour sortir mais trop froid et humide pour se promener dans le parc. Plutôt que de rester à la maison, où l'on aurait pu les entendre, James suggéra d'aller au musée d'Histoire naturelle.

À l'intérieur, le musée était pratiquement silencieux ; trop tôt pour qu'il y ait déjà du monde. La taille des lieux, le silence et la tranquillité constituaient un soulagement. Entre les murs recouverts de jolis carreaux de terre cuite bleus et jaunes, l'on pouvait respirer plus aisément.

James s'arrêta devant un grand squelette de couleur sombre, un reptile aux airs de dragon, suspendu par de minces câbles, les membres tendus en avant, la bouche entrouverte. L'étiquette à ses pieds indiquait *Allosaurus fragilis*. La précision de cette dénomination en latin pour de pareilles dents et une telle brutale férocité paraissait à la fois étrange et appropriée. Il était difficile d'imaginer que la créature ait jamais été munie d'yeux et de chair, de muscles et de peau.

Christopher avait continué d'avancer. Il fronçait les sourcils, réfléchissant visiblement à quelque chose, et James hésitait à l'interrompre dans ses pensées. Maintenant qu'ils étaient libres de parler, il ne souhaitait pas lancer la conversation.

Il s'attarda près de l'exposition qui dominait le hall central : le squelette d'une baleine aux mâchoires longues et étroites, comme un bec pourvu de dents. Ses nageoires ressemblaient à des mains grêles et griffues.

Christopher se retourna et s'approcha, s'arrêtant de l'autre côté de la baleine. Il posa les yeux sur James à travers le treillis d'os et dit :

— Alors. Que proposes-tu que nous fassions ?

James regarda alentour ; personne ne se trouvait à portée d'oreille.

— À supposer qu'Eustace ait parlé à ta mère, serait-elle susceptible de comprendre ? Le croirait-elle ?

— Je ne sais pas. Elle pourrait ne pas vouloir le croire. Elle m'aime, tu sais, à sa manière.

Il prononça ces mots avec une note de défi dans la voix, comme s'il s'attendait à ce que James émette des doutes. Puis il grimaça.

— Cela se passait exactement de cette façon quand nous étions enfants. Eustace avait l'art de découvrir des choses, et ensuite il tenait ce que j'avais pu faire comme une épée de Damoclès au-dessus de ma tête pendant des jours.

— Cela pourrait s'avérer pire cette fois.

James n'avait pas osé révéler à Christopher à quel point Eustace l'avait alarmé. Christopher trouverait cela ridicule.

— Alors soyons discrets, répliqua Christopher. Et je leur dirai que tu as écrit une histoire où tu me caricatures, que nous avons eu une très grosse dispute et que nous ne nous adressons plus la parole.

— Il nous surveillera.

— Il n'est pas Dieu tout-puissant, James. Il se plaint constamment d'être trop occupé pour pouvoir aller à la chasse, il n'a certainement pas assez de temps pour te poursuivre à travers Londres. Je pense que nous nous débrouillerons.

— Lequel d'entre nous devrait déménager ?

Il essaya de parler d'un ton léger, pour que l'affaire paraisse simple – rien de plus qu'un petit désagrément.

— Puisque c'est mon frère qui a provoqué tout le problème, je suppose que cela devrait être moi.

Ce serait déplaisant, difficile. James le voyait sur le visage de Christopher. Ils ne pourraient plus jamais se comporter comme avant. Ils deviendraient craintifs et furtifs, arrachant quelques heures par-ci par-là. Cela finirait peut-être par trop leur peser ; ils finiraient peut-être par se séparer complètement.

Mais alors Christopher sourit.

— Je sais ce que nous pourrions faire. Nous pourrions nous sauver.

— Quoi ?

— Nous pourrions partir en vacances.

— Pendant combien de temps ?

Christopher haussa les épaules.

— Des années, si tu veux. Dans un endroit chaud, pour très longtemps. Qu'en penses-tu ?

Mais il fallait songer à la famille de Christopher, à sa position sociale à Londres, à tout le reste. Il était hors de question pour James de lui demander de mettre tout cela en péril.

— Tu es sûr ? demanda-t-il. Devoir tout le temps se faufiler, mentir aux gens. Quitter le pays…

— Cela n'a pas d'importance, répliqua Christopher. Vraiment.

Il s'était détourné de James pour examiner un crâne massif : de couleur sombre, à l'instar des autres squelettes, un monstre au crâne doté de plaques, de défenses et d'une grande mâchoire ressemblant à un bec de perroquet.

— J'ai envie de partir en vacances, de toute façon.

— Mais…

— Tu penses que cela en vaut la peine, non ?

— Oui.

— Eh bien moi aussi. Restons-en là, alors.

James ne put s'empêcher de sourire.

— Très bien.

Les lieux étaient réellement exquis si l'on regardait alentour ; ils auraient pu se trouver dans un palais. Même si, bien sûr, ce palais de la science n'appartenait pas à un roi ni à un empereur, mais à tout un chacun. James s'approcha pour observer le crâne aux allures de perroquet, pas tant sinistre, celui-là, que triste. *Triceratops horridus*.

— Pourquoi pas l'Italie ? suggéra-t-il après un moment, en se tournant vers Christopher.

— Bien, dit Christopher. Quelle région ?

— Rome ?

— Non, Florence serait mieux. Tu aimeras les ponts au coucher de soleil, c'est ton côté romantique.

— Tu parles italien ?

— Je peux dire tout ce qui est important. Nous nous débrouillerons.

— Dans ce cas… conclut James.

Il allait être heureux. Il s'en rendrait compte plus tard, songea-t-il, lorsque la réalité de la situation lui apparaîtrait clairement. Pour l'instant, il ne pouvait que parvenir à une sorte de contentement timide et hésitant, mêlé à un sentiment irrationnel qu'on les observait – même si les ossements desséchés n'avaient pas d'yeux, leurs esprits semblaient voir, et s'interroger.

Agacé par ses pensées, il se remit à marcher et rejoignit Christopher de l'autre côté du squelette.

— Ils ont des pierres du Vésuve ici, déclara Christopher. Allons les trouver.

*

Christopher organisa le voyage avec une efficacité qui surprit un peu James. Il y avait une sorte d'urgence dans la façon dont il réserva leurs hôtels, leur traversée maritime et établit des listes de choses qui leur seraient nécessaires. Malgré les objections de James devant une telle extravagance, ils garderaient leur logement à Londres. Après tout, ils n'étaient pas vraiment certains de la date de leur retour.

Il savait qu'il devrait tenir Charlotte au courant de leurs plans. Différer paraissait injuste et cruel. Toutes les nuits, il pensait à elle avec culpabilité et était déterminé à lui envoyer une lettre le lendemain. Mais les jours qui restaient avant leur départ filaient, et il continuait de remettre la tâche à plus tard. Enfin, il décida de lui écrire une fois qu'ils seraient partis – il l'inviterait avec Mrs Chickering à leur rendre visite ; sans doute cela constituerait-il un bon compromis. Il lui manquerait, naturellement, mais l'on pouvait aussi facilement écrire d'Italie que de Londres, et, avec le temps, elle s'habituerait au changement et se réjouirait de son bonheur.

En attendant, il travaillait à sa pièce. Alors que leur départ approchait, il semblait gagner en rapidité, et s'il continuait à ce rythme il aurait bientôt terminé. Secrètement, quand, seul, il contemplait son œuvre, il commençait même à imaginer la voir sur scène – y songer aussi tôt n'avait pas de sens, évidemment, et pourtant, il ne pouvait s'empêcher de l'envisager. (Et si un jour elle était vraiment mise en scène ? Ce n'était pas absolument impossible. Et si – là son imagination se mettait à galoper –, et si Sir Henry Irving devait la monter au Lyceum ?)

Christopher sortait beaucoup, le plus souvent en compagnie de Soames et Bleasdale. James avait du mal à croire que leur situation eût réellement pu changer quand il les entendait partir à une heure tardive. Comment était-il possible que Christopher et lui s'en aillent ?

Quand Christopher était à la maison, ils passaient parfois une soirée à lire la pièce dans son intégralité, divisant les rôles entre eux. Une sorte d'hilarité contenue entourait ces séances. Ils se mettaient à rire pour la moindre raison, Christopher lisait ses répliques d'une voix loufoque, ils buvaient du vin et du cognac indistinctement, jusqu'au moment où ni l'un ni l'autre ne pouvait plus tenir leurs pages fermement. Il leur était difficile de ne pas élever la voix. Plus d'une fois, Mrs Morris avait frappé à la porte, demandant timidement si tout allait bien – quelqu'un était-il indisposé ?

— Ce n'est pas mal, finalement, tu sais, déclara Christopher un soir.

Ils avaient presque atteint la dernière page du manuscrit en cours avant de s'effondrer, hilares.

— Vraiment ? James s'était affalé dans un fauteuil, étourdi par la boisson et le débit rapide des répliques. Tu es sûr que ce n'est pas juste le vin ?

— Oui.

Christopher se pencha au-dessus du fauteuil et embrassa furtivement James sur le coin de la bouche.

— Continue. Termine-la.

Il poursuivit l'écriture de sa pièce. Souvent, il levait les yeux de son travail pour s'apercevoir que plusieurs heures étaient passées, qu'il avait faim et froid, que sa main droite était maculée d'encre et qu'il y avait une marque en creux sur son doigt, là où la plume avait appuyé. Sa peau s'était durcie à cet endroit, tel un insigne de distinction. Sa pièce lui procurait une joie paisible lorsqu'il y songeait distraitement en marchant, en se peignant les cheveux ou en petit-déjeunant. Peut-être était-ce la meilleure part de ce que Christopher lui avait apporté, ce sentiment bienheureux de possibilité. Il était devenu quelqu'un qui pouvait quitter le pays – en partir indéfiniment –, quelqu'un capable d'écrire des pièces, quelqu'un, enfin, à qui des choses arrivaient.

Et puis, un jour, la veille de la date prévue pour leur départ de Londres, James écrivit :

*LORD ABERCROMBIE (enlaçant LADY ABERCROMBIE) : Et jamais, à partir d'aujourd'hui, ma chère, jamais plus vous ne pourrez m'accuser d'un véritable désir d'Espérance !*

Il marqua une pause avant d'inscrire plus lentement, en lettres capitales :

*FIN*

Voilà. Il avait terminé de mettre le manuscrit au propre. (Il était parti de sa version préliminaire, tachée – pas toujours par sa faute – de pittoresques gouttes de café et de vin et recouverte de corrections gribouillées.) Il feuilleta les pages, à peine capable d'y croire. Même s'il savait déjà qu'il devrait retirer une réplique – un mot d'esprit idiot qu'il regrettait. Et probablement d'autres, aussi, qui attendaient qu'il les remarquât.

Cependant, elle était terminée, plus ou moins. Il se leva, manquant de renverser sa chaise, et, pages en main, partit trouver Christopher. Ce dernier était sorti plus tôt dans la journée, mais James l'avait entendu rentrer une heure auparavant.

Dans sa chambre, Christopher était assis sur son lit, une valise ouverte devant lui. À l'intérieur se trouvaient des chemises, pliées en soigneux carrés. Christopher les fixait avec une expression indéchiffrable.

— Christopher, dit doucement James.

Christopher sursauta.
— Quoi ?
— La pièce. Je l'ai terminée.
— Oh. Bravo.
— Tout va bien ? Tu as l'air…
— Je vais bien, merci.
Il ressemblait à sa mère. James avait oublié cette ressemblance. Que diraient-ils, dans cette maison blanche protégée d'une grille noire, lorsqu'ils découvriraient que Christopher s'était enfui ?
— Tu es allé chez ta mère ? demanda James.
— Oui.
— Ton frère était là ?
— Non. Juste Mère et Lydia. Mais elles avaient un comportement étrange.
— Fâchées ?
— Pas exactement. Elles ne voulaient parler de rien d'important. Je ne sais pas s'il s'agit de moi ou d'autre chose.
Eustace Paige n'avait rien dû leur révéler, pensa James. Mais il avait pu s'exprimer contre James ; il avait pu laisser entendre de sombres soupçons sur sa mauvaise influence, suffisamment pour introduire la discorde.
— Tu leur as dit que tu partais ? interrogea James.
— Qu'en penses-tu ?
James prit une inspiration.
— Si tu préférais rester, alors…
Ses mots sombrèrent. Christopher, le regard dans le vide, ne sembla pas les avoir entendus. James quitta la chambre. De retour dans le salon, il s'aperçut qu'il tenait toujours la pièce entre ses mains. Il la posa délicatement sur la table et jeta un œil à la première page :

*À Christopher, mon ami.*

Sincère et inadéquat ; simplet, comme si un enfant avait rédigé cette dédicace. Peut-être tout ceci était-il puéril, ce rêve d'Italie, cet espoir qu'il puisse jamais posséder tout ce qu'il voulait.
James décida de sortir. Il dirait au revoir à Londres, marcherait, comme par le passé, le long de Cromwell Road. Dans la

rue, tout lui sembla très réel et lugubre. Les piétons se montraient malpolis et jouaient des coudes, le ciel s'était couvert de nuages. La ville apparaissait comme une créature de contradiction, jamais aimable sur demande. Il retourna sur ses pas avant d'avoir atteint le parc.

Quand il revint, il faisait nuit, et la maison à l'intérieur lui parut agréablement douillette. Mrs Morris lui adressa un signe de tête dans l'escalier d'un air de reproche, le même qu'elle lui adressait toujours depuis qu'il lui avait annoncé leur départ. Ils lui manqueraient tous les deux, avait-elle déclaré. La maison serait silencieuse. Il songea à faire une remarque à ce sujet, dire de nouveau à quel point il regrettait de s'en aller, mais elle avait déjà disparu en bas des marches dans un léger froissement de soie noire.

Dans le salon, Christopher était étendu devant le feu. Il leva la tête lorsque James entra. Il paraissait excité. Sa morosité antérieure avait disparu.

— Sers-toi un verre.

Il y avait deux verres et une bouteille de vin ouverte sur la table. James se dirigea vers celle-ci.

— Tu en veux plus ? demanda-t-il.

— Oui, dit Christopher en se redressant et en le regardant verser le vin. Encore un peu, dit-il quand James s'arrêta. Pas besoin de te montrer pingre en la matière.

— C'est mon vin, répliqua James en continuant de remplir le verre. Je le gardais pour plus tard.

— Cela me paraît une bonne occasion. Notre dernière nuit à Londres.

C'était surprenant, pensa James, d'en être là. Ils avaient accompli toutes les dernières formalités, et pourtant il ne s'était jamais réellement attendu à ce que le plan se réalisât.

Il s'assit à côté de Christopher sur le tapis et lui passa un verre.

— Tiens.

— Alors, tu as terminé, dit-il en portant un toast à James. Félicitations. Qu'as-tu fait de la fille, finalement ?

— Elle a fait un bon mariage, répondit James. Le plus jeune fils d'un comte. Un chouette gars, du nom de Winchley. Exactement le type d'époux que l'on souhaite pour sa sœur.

— Tu ne peux pas l'appeler Winchley, déclara Christopher.

— Que suggèrerais-tu, à la place ? demanda James, légèrement irrité.

— Oh, je ne sais pas. Mais pas Winchley.

— Fitzroy, alors ?

— Non.

— Mason ?

— Non.

— Quincy ?

— Non. Tu es terrible pour ce genre de choses. Je vais devoir rebaptiser tous tes personnages avant que tu n'envoies ta pièce quelque part.

— L'envoyer ? répéta James.

Il n'avait jamais exprimé cette possibilité devant qui que ce fût.

— Eh bien, maintenant qu'elle est finie, tu devrais probablement l'envisager. Tu dois certainement pouvoir convaincre quelqu'un de la lire ?

— Je ne connais personne dans le théâtre.

Christopher parut avoir une idée :

— Oscar Wilde.

James attendit qu'il poursuive, mais Christopher garda le silence, espérant à l'évidence une réponse.

— Que suggères-tu précisément ? interrogea James.

— Envoie-la à Oscar Wilde. C'est sa pièce qui t'a lancé. Demande-lui de la lire.

— Je ne connais pas Oscar Wilde. Et toi non plus.

— Je sais où il habite.

— Tu ne peux pas juste envoyer une pièce à quelqu'un sans l'en avertir, dit James. Il y a des règles dans ce domaine.

Christopher haussa les épaules.

— Les gens de lettres ne sont pas très à cheval sur les principes. Du moins, aucune de celles que je connaissais à Oxford. Ton ingéniosité l'impressionnera.

— Expédier un paquet par la poste n'a rien de bien ingénieux, rétorqua James. De toute façon, nous partons demain matin. Et tu veux que je change tous les noms.

Il lui restait un dernier sac à préparer. Il s'agissait d'une sacoche en cuir Gladstone neuve qu'il avait achetée pour le voyage. Il s'était montré superstitieux et avait tardé à la remplir, parce qu'une fois qu'il aurait terminé, tout serait prêt.

Christopher ignora ses protestations et refusa d'abandonner son idée ridicule :

— Ce n'est pas très loin d'ici. Nous pourrions prendre une calèche…

James secoua la tête.

— Arrête. Je n'irai pas.

— Alors, sers-toi encore un verre au moins, dit Christopher. Et j'en prendrai aussi un autre.

*

Plus tard – au bout de deux heures, et une seconde bouteille –, ils parvinrent à la décision qu'ils devraient déposer le manuscrit recopié de James sur le pas de la porte de Mr Wilde, tel un enfant abandonné.

Tandis qu'ils descendaient, James s'adressa fugacement des excuses en anticipation du lendemain, quand il aurait à affronter les conséquences d'une longue nuit et de cet acte irréfléchi, puis il suivit Christopher dans l'obscurité de la ville.

Dehors, à sa surprise, il faisait plutôt doux. Les nuages avaient disparu, le ciel était limpide et l'air plus pur qu'il ne l'avait jamais connu à Londres. Il avait oublié que c'était le printemps. Il portait une écharpe autour du cou, un cache-col hideux en tissu écossais jaune et vert que Mrs Chickering lui avait offert. Le trouvant trop chaud, il le retira et le fourra dans sa poche. Il avait emballé le manuscrit à l'aide de papier et de ficelle, et celui-ci pesait agréablement sous son bras.

Un cab les conduisit une partie du trajet, jusqu'au moment où tous deux se rendirent compte qu'ils n'avaient pas pris assez d'argent pour payer l'intégralité du voyage, aussi court fût-il. Le cocher les déposa sans ménagement dans Fulham Road, à un endroit où la rue formait un arc de cercle, bordé de hautes maisons blanches, puis s'éloigna avec un grognement de désapprobation.

Sur le trottoir, le monde semblait tanguer légèrement, comme s'ils marchaient sur le pont d'un navire. L'écharpe de James tomba de sa poche ; Christopher la ramassa et, refusant de la rendre, l'enroula autour de son cou.

Ce dernier avait l'art de transformer la ville de nuit en fête foraine, un jardin des délices composé de briques et de pierres. En sa compagnie, errer dans Londres jusqu'à l'aurore paraissait parfaitement naturel. Ils observèrent les gens dans les rues, s'attardèrent pour écouter la musique qui s'échappait des fenêtres d'une maison proche – un grand bal en cours ; une femme, enveloppée d'une pelisse, disparaissant dans un carrosse. Trois jeunes hommes, entassés dans un fiacre, passèrent devant eux – des amis de Christopher, apparemment, puisqu'ils l'interpellèrent au passage. James aperçut une main qui tenait une bouteille de champagne les saluer tandis que la voiture s'éloignait.

Mais au fur et à mesure qu'ils avançaient, les rues devinrent plus calmes. Ils virent une femme vêtue d'une cape grise. James la désigna d'un signe de tête :

— Est-ce une…

— Légèrement égarée si c'est le cas, murmura Christopher.

*La frêle sororité*, comme Mrs Chickering les appelait. Quand il était beaucoup plus jeune, James, confus quant au sens de l'expression, avait imaginé des dames en pain d'épice, aux yeux en raisins secs, qui s'effritaient sur les bords.

Si cette femme considérait la présence de James et de Christopher comme importune, elle n'en laissa rien paraître – de fait, elle avait l'air trop fatigué pour penser à quoi que ce fût d'autre que son corps fourbu. Au moment où ils la croisèrent, son visage leur apparut, sombre de lassitude. James mit la main dans sa poche. Avec une demi-couronne, elle pourrait peut-être se rendre quelque part pour dormir.

Il tendit la pièce à Christopher et hocha la tête en direction de la femme qui s'éloignait.

— Tu veux bien ?

Christopher, à l'étonnement de James, eut une expression plutôt gênée.

— Charge-t'en toi-même.

— Je ne peux pas. Tu saurais t'y prendre bien mieux que moi.

— Oh, merci. Mais si tu veux devenir un philanthrope, tu devrais au moins défricher ton propre terrain.

— Mais… commença à dire James avant de s'interrompre.

La femme avait déjà disparu, engloutie par la pénombre.

Ils poursuivirent leur chemin. Ni l'un ni l'autre ne parla pendant un temps. D'une certaine façon, la femme avait gâché la bonne humeur de James.

Au bout d'un petit moment, Christopher lança :

— Tu as conscience, bien sûr, que tu aurais pu utiliser cette demi-couronne pour la calèche ?

— Oui, répondit James. J'avais oublié que je l'avais sur moi.

— Trop avare pour payer ta part, voilà de quoi il s'agit vraiment.

Ils se mirent à discuter pacifiquement du sujet et, quelques rues plus loin, James avait retrouvé sa bonne humeur.

Finalement, Christopher s'arrêta au bout d'une voie calme, regardant alentour d'un air de reconnaissance.

— Et voilà, dit-il avec une note de triomphe. C'est ici.

— Quoi ?

— Nous y sommes. Tu es toujours saoul ?

— Pas toi ?

Ce dernier échange leur parut soudain assez drôle et ils eurent du mal à s'empêcher de s'esclaffer.

La maison était en briques rouges, plus petite que ce à quoi James s'était attendu. Pendant un instant, il fixa le manuscrit empaqueté, l'univers fragile qu'il avait bâti à l'aide de papier et d'encre, enveloppé dans du papier marron et ficelé.

— Tu crois qu'il va l'aimer ? demanda-t-il.

— Évidemment, déclara Christopher. Il voudra la mettre en scène et faire de toi son protégé littéraire. Et tu diras – à ce moment-là, il éleva légèrement la voix et adopta un ton d'arrogance polie – “Eh bien, Mr Wilde, je suppose que vous pourriez aussi bien prendre la pièce que ne pas la prendre. Je pense grand bien de votre travail, après tout.”

Il exécuta un simulacre de révérence assez chancelant.

James sourit, puis hésita. Cette horrible réplique. Elle était toujours là. En hâte, au bas des marches, il commença à délier le paquet maladroitement.

— Qu'est-ce que tu fais ? demanda Christopher.

— Je veux juste voir…

— C'est bon. Viens.

James l'ignora, extirpa le manuscrit du papier marron et se mit à le feuilleter avec anxiété.

— James, dit Christopher. Il est tard. S'il te plaît, dépêche-toi.

— Oui, répondit James sans lever les yeux. Il parcourut les pages plus rapidement. C'est juste que…

Christopher perdit patience et lui arracha le manuscrit.

— C'est bon. Maintenant pouvons-nous…

Sa prise n'était pas assez ferme. La pièce glissa d'entre ses doigts et tomba, les pages s'éparpillant dans la rue au gré du vent.

Christopher jura d'une voix forte. Et James le traita d'idiot, puis tous deux se mirent à pourchasser les feuilles. Heureusement, la brise était légère ; les pages ne s'étaient pas envolées bien loin.

— Je suppose que tu ne les as pas numérotées, si ? interrogea Christopher, serrant une liasse de papier entre ses mains.

— Non.

— Ah, désolé.

James se baissa pour ramasser une page égarée et sursauta : il se retrouvait de manière inattendue à fixer une paire de chaussures noires. Oubliant la feuille, il se redressa avec effort. Il avait toujours du mal à garder l'équilibre.

Il fit alors face à un jeune homme à peu près du même âge que lui. Ses cheveux, sous l'éclat d'un réverbère lointain, étaient châtain clair, contrastant fortement avec le noir de son haut-de-forme. James fut frappé par sa très grande beauté, pas du type simple et gracieux de celle de Christopher, mais une beauté si évidente, si concrète, qu'elle en était presque pesante. Le regarder, songea James, revenait à être frappé au visage à l'aide d'une barre en or massif.

La feuille s'envola hors d'atteinte de James. L'étranger l'attrapa.

— C'est à vous, je présume ?

Il examina la page brièvement, puis la tendit à James.

— Excellent travail, si je puis me permettre.

Il ne pouvait pas l'avoir lue, pensa James ; il n'y avait pas du tout assez de lumière.

— Merci… beaucoup, répondit-il, essayant de se montrer courtois et de parler distinctement.

— Je suis sûr que c'est à la hauteur de votre niveau habituel, ajouta l'étranger.

— Merci, répéta James.

Il lui fallut un moment pour se rendre compte que quelque chose clochait dans les derniers propos de l'homme.

— Je vous demande pardon ?

L'étranger ne répondit pas, il regardait Christopher, qui avait rassemblé les pages restantes de la pièce et qui le dévisageait maintenant à son tour avec curiosité.

— Bonsoir, dit Christopher.

L'étranger poussa un soupir.

— Navré, dit-il à James, je pensais que vous étiez seul.

— Non, rétorqua Christopher d'un ton sec. Et, à l'adresse de James : Viens, nous devrions rentrer.

L'étranger avait maintenant un large sourire. Il ne semblait pas avoir entendu Christopher. Au grand étonnement de James, il retira son chapeau et ses gants, accrocha soigneusement le haut-de-forme à la balustrade d'à côté et plaça ses gants dans sa poche.

— Qu'est-ce que vous… commença à dire James.

Alors Christopher hurla quelque chose – un avertissement, il avait perçu le danger –, mais il était trop tard. L'étranger avait déjà plongé sur James.

James trébucha et tomba sur le trottoir, sa tête heurtant la pierre.

Il entendit Christopher crier son nom. Le visage de celui-ci, à la lumière incertaine de la rue, paraissait plein de rage. Il se précipita vers l'étranger et James, hébété, pensa : il va le tuer.

— Non, dit l'étranger, l'air de s'ennuyer. Pas de cela, merci.

Il enserra le bras de Christopher que ce dernier avait levé pour le frapper et le tordit en arrière, puis il poussa Christopher contre la balustrade, d'un mouvement plus rapide que ce que James aurait imaginé possible.

L'étranger força Christopher à tourner la tête d'un côté avec aussi peu de difficulté que s'il maîtrisait un enfant. Puis ses dents mordirent Christopher à la gorge. Elles demeurèrent là pendant un long et terrible moment, les deux corps se fondant dans la semi-pénombre, et les mains de Christopher, qui luttaient désespérément pour repousser son attaquant, cessèrent soudain de remuer. L'étranger recula d'un pas, du sang sur la bouche. Christopher chancela, les yeux grands ouverts et pleins de surprise, les mains pressées contre sa blessure comme s'il avait honte et voulait dissimuler celle-ci à la vue de James. Du sang coulait d'entre ses doigts.

Il se laissa tomber comme si son corps lui était devenu indifférent. Il avait le regard fixé sur James, et peut-être était-il sur le point de parler ou bien, en réalité, ne le voyait-il pas du tout.

James tenta de crier à l'aide – à l'adresse de Christopher, de n'importe qui se trouvant dans le voisinage –, mais il ne lui restait plus de voix.

Pendant quelques secondes aucun d'eux ne bougea, ni James, encore à moitié étourdi, ni Christopher, avachi sur le trottoir, ni l'étranger qui se tenait au-dessus d'eux, observant James calmement.

— Désolé, dit-il. Je n'avais pas le choix.

James vit sur le visage de l'homme qu'il allait mourir sous peu. Il éprouva un plaisir insolite et piquant à le savoir, comme lorsque l'on appuyait sur la lame d'un couteau. Il se tourna pour la dernière fois vers Christopher, étendu sur le trottoir de la même manière qu'il l'avait été, quelques heures plus tôt, devant le feu.

Les feuilles avaient glissé des mains de Christopher. Emportées par la brise, elles commencèrent à s'éloigner et se disperser dans la rue. L'étranger haussa les épaules et laissa la dernière page de la pièce de James tomber pour rejoindre les autres.

— Pardon, dit-il. Je suis un réel admirateur. Mais vous n'en aurez plus besoin désormais.

Il s'abaissa et remit James sur ses pieds, aussi facilement que s'il avait été fait de papier.

— Ne vous inquiétez pas. Cela ne prendra pas plus d'une minute.

# Deuxième partie

Il ne parvenait pas à se réveiller. Au fin fond de son obscurité, loin de lui-même, il sentait vaguement qu'il faisait très froid, et qu'il se trouvait seul.

## 6

## *LE CARNET D'AUGUSTUS MOULD**

*10 décembre 1868*

Je lui ai écrit. Je ne peux demander à personne d'autre, et la situation est désespérée. Aucune perspective de changement dans l'immédiat ; mes économies ne me soutiendront plus très longtemps. Réveillé et assis maintenant, impossible de dormir, sombres pensées. Je ne sais pas pourquoi je note ces choses.

*21 décembre*

Toujours pas de nouvelles de lui. Peut-être est-il fâché après tout – même si en vérité il est plus à blâmer que moi.

Je relis la lettre qu'il m'a envoyée en septembre, m'invitant à leur rendre visite à tous les deux à Cambridge, afin de discuter d'un sujet trop important pour être consigné par écrit.

C'était une belle journée. Je me rappelle qu'on avait l'impression d'être toujours en été, la matinée faisait l'effet d'un cadeau. Quand j'étais enfant et que j'imaginais Cambridge, il y avait toujours un ciel semblable.

J'avais apporté le parapluie à pommeau d'ivoire qui appartenait à Père dans la tentative idiote de les impressionner. Il

* Le carnet a souffert de mauvais traitements. Un certain nombre de feuilles volantes sont pliées entre ses pages. Des marques sur la reliure en cuir suggèrent qu'il était à un moment maintenu fermé par un morceau de ruban ou un élastique. Ce n'est plus le cas, et aujourd'hui des feuilles éparses en tombent chaque fois qu'on l'ouvre. Certaines pages ont déjà été perdues.

est magnifique mais lourd, et j'ai regretté d'avoir à le porter avec moi dans la chaleur.

Ils m'ont montré Trinity College – Michael parlant beaucoup, Edmund écoutant avec tolérance et affection, signalant certains détails curieux ou charmants de temps en temps. La splendeur des nobles édifices m'a presque heurté.

Puis nous avons marché le long de la rivière. L'eau était si immobile qu'elle offrait un reflet parfait, chaque arche du pont dédoublée, dessinant un ovale charmant. Les saules s'agitaient légèrement dans la brise, et au loin on pouvait entendre des chants d'oiseaux. J'aurais été heureux ici.

Michael rompit le silence par une remarque crue à propos de la saleté de l'eau – j'avais réussi jusque-là à ignorer la mauvaise odeur. Il s'entêta à raconter une anecdote longue et puérile sur le sujet, malgré plusieurs tentatives de la part d'Edmund pour l'interrompre.

Comme je m'y étais toujours attendu, la dispersion et l'autocomplaisance ont totalement ruiné le caractère de Michael. Il avait été menacé d'exclusion, avait eu des mots avec son professeur – il me rapporta tout cela avec une note de fierté. Il faut dire que ses parents n'ont cessé de le gâter horriblement. Il est beau maintenant, et il se laisse pousser les cheveux, qui retombent en boucles dorées. Évidemment, il est devenu un véritable bourreau des cœurs. Au cours de notre promenade ce jour-là, il n'arrêtait pas d'interrompre la conversation pour lorgner des femmes de toute engeance qui passaient sur notre chemin, s'inclinant et souriant avec une démonstration de galanterie parmi les plus élaborées qu'il m'ait jamais été donné de contempler.

Il existe une légère affinité entre lui et Edmund, une similitude de coloration, mais ce n'est que dans les yeux qu'ils se ressemblent réellement. Edmund est plus grand, son visage plus anguleux, avec une expression plus sensible et intelligente. Quand je le vis à Cambridge, il était plutôt bronzé ; il dit qu'il avait passé la plupart de l'été à l'extérieur. Il donne une impression de force – à la fois de caractère et physique, une aptitude pour de nobles entreprises. De quelle aptitude son frère est doté, je ne saurais le dire. Certainement rien qui requiert le silence ou une application constante, il n'est jamais immobile, ne se tait jamais. Il tambourine en permanence avec ses doigts et fredonne dans sa barbe.

Leur mère a toujours préféré Michael, mais c'est à Edmund qu'elle prédit un grand avenir. J'étais d'accord avec elle. Je m'attendais à ce qu'il se consacre à la politique – et je le croyais destiné à une illustre carrière.

Sa propension à rester calme, son sérieux absolu continuent aujourd'hui d'irriter. Nous avions atteint le pont ; le soleil se couchait sur l'eau, la rivière se teintant d'orange et de rose. Michael s'était un peu éloigné, jetant nonchalamment de la berge des bouts de bois dans l'eau. Alors, enfin, Edmund m'annonça qu'il allait m'expliquer pourquoi il m'avait convoqué à Cambridge.

— J'ai d'abord besoin que vous m'écoutiez, dit-il, et ne formez pas de jugement avant d'avoir tout entendu. Je vous préviens tout de suite, il s'agit d'une étrange histoire.

Je répondis que j'écouterais. Et voici ce qu'il me raconta :

Quelques mois plus tôt, il avait fait la connaissance d'un homme du nom de Kingstead. Il est un peu plus âgé qu'Edmund et a la réputation d'être excessivement riche. Intelligent également, précisa Edmund – il connaît beaucoup de choses, en particulier l'histoire. Il a séjourné en Inde, ce qui évidemment représente un passeport sûr pour l'estime d'Edmund. Une amitié s'était rapidement développée entre les deux ; Edmund avait dîné au domicile de Kingstead à Londres à de nombreuses reprises. Lors de l'une de ces soirées, Kingstead mentionna son club. Il était le président, expliqua-t-il, et il lui tardait qu'Edmund devienne membre. Il déclara à Edmund qu'il lui paraissait extrêmement prometteur et qu'il faisait montre de capacités hors du commun. Je suppose que son nom et son immense fortune ne jouèrent pas non plus contre lui. Edmund se sentit honoré d'être coopté, dans la mesure où l'organisation était très ancienne et exclusive.

Lorsqu'il m'eut raconté tout cela, il marqua une pause, apparemment peu sûr de la manière de continuer.

— Et de quel club s'agit-il ? demandai-je, pensant que cela pourrait éclaircir la question.

— L'Aegolius, répondit-il.

Je ne connaissais pas cette organisation. Mais je n'évolue pas dans des cercles nobles.

— C'est une espèce de chouette, n'est-ce pas ? dis-je.

— Est-ce le cas ? répondit-il négligemment. Je suis sûr que vous avez raison.

— Les membres du club ne sont donc pas ornithologues.

— Non.

Je vis qu'il était nerveux, se préparant à me révéler quelque chose d'important. Aussi attendis-je patiemment qu'il poursuive.

Lorsque j'étais son précepteur, j'ai toujours pensé qu'il se montrerait capable de grandeur. Il essayait si désespérément de bien faire, même enfant. Il adorait les temps reculés, l'âge de la chevalerie, les empires glorieux de l'Antiquité. Et il était si affamé de récits lorsque nous avons commencé ensemble. Je pillai Tite-Live, Thucydide et Suétone pour lui conter les histoires qui l'enchantaient – les Grecs et les Romains, les sénateurs et les centurions. Il voulait être un héros à cette époque, à l'instar de tous les petits garçons. Chaque fois que je pensais – avec lassitude et mépris – à la masse infinie et lugubre des humains, seul Edmund me procurait un léger sentiment d'espoir. J'avais toujours imaginé qu'il deviendrait un homme meilleur que la plupart, un homme meilleur que moi.

Mais ce jour-là, il se mit à parler de monstres.

Il me dit que Kingstead lui avait ouvert les yeux sur une vérité remarquable : qu'un être pouvait mourir dans le seul but d'être ramené à la vie, doté de pouvoirs merveilleux, et pratiquement immortel. ~~Ils ne sont~~ [redacted] ~~ni morts ni vivants.~~

C'était la matière de mélodrames, de poèmes puérils et de grossiers romans à quatre sous, et il discourait sur le sujet comme s'il s'agissait de faits incontestés. Il dit que c'était un don, pouvant être mis au service du bien. Il dit encore que leur nature avait été faussement représentée. Il ajouta que l'Aegolius était un club pour de telles créatures.

Je ne peux pas me résoudre à consigner tout ce qu'il me raconta. Je suppose que l'humour consistait à traiter cette histoire absurde avec le plus grand sérieux et à observer ma réaction incrédule.

Lorsqu'il eut enfin terminé, je ne sus quoi dire. Je n'ai jamais ressenti une telle déception. Je ne pouvais pas réconcilier mon souvenir de lui à treize ans et le fait qu'il m'avait obligé à parcourir toute cette distance pour une simple farce.

Je nous considérais comme des amis, si idiot que cela pût paraître, étant donné la différence de nos situations. Je pensais que j'avais dans une certaine mesure acquis son respect. Quand son père m'employait, Edmund paraissait prendre plaisir à nos conversations – Dieu sait qu'il n'avait pas beaucoup d'autre compagnie dans cette maison. Nous avons moins de dix ans d'écart, et il se montrait toujours si réfléchi et doué pour son âge. Je me souviens encore de la gentillesse qu'il me témoigna lorsqu'on me congédia. Il fut le seul à prendre mon parti ; il n'a jamais cru que j'étais l'auteur de la lettre. Comme si j'avais pu concevoir de telles grossières calomnies. Comme si j'avais pu écrire de manière aussi indiscrète à propos de mes employeurs.

Je crus entendre au loin un cri perçant d'oiseau – un cygne, peut-être. Le son paraissait presque humain. Pour le reste, le silence régnait.

— Je vous imaginais au-dessus de cela, finis-je par déclarer.

— Vous ne me croyez pas ? Vous me connaissez depuis si longtemps, ne me faites-vous pas confiance maintenant ?

Je ne comprenais pas pourquoi il n'admettait pas la plaisanterie. Il n'y avait pas la trace d'un sourire sur son visage, seulement du regret, j'aurais presque pu écrire qu'il avait l'air seul.

— Je suppose que c'était l'idée de Michael, ajoutai-je. Vous étiez suffisamment perspicace par le passé pour ne pas le suivre dans ses intrigues.

Il soupira.

— C'était trop tôt, dit-il. Je suis désolé. J'aurais dû attendre.

Je me détournai sans un mot, et il m'attrapa le bras.

— Écoutez, persista-t-il, tout est vrai. Vous verrez.

J'essayai de me dégager de son emprise. Mais il est plus fort que moi à présent – plus grand aussi. Le temps est une chose étrange et cruelle.

— J'aurai besoin de votre aide, ajouta-t-il. J'ai un plan, voyez-vous, et vous êtes le seul homme que je connaisse qui soit assez intelligent pour m'assister. C'est pourquoi je vous ai demandé de venir ici aujourd'hui, pour vous préparer. Je voulais vous voir une fois encore avant…

— Avant quoi ?

— Ils l'appellent cela l'Échange. Ils disent que ce n'est pas douloureux.

Je ne l'imaginais pas aussi bon acteur – il avait réellement pâli.

Je dis :

— Laissez-moi.

Il relâcha mon bras.

— Vous ne voulez pas m'aider ?

— Envoyez-moi une lettre quand vous serez prêt à vous excuser. Jusque-là, je ne veux plus entendre parler de vous.

Sur ce, je me tournai et repartis seul vers la gare. La dépense considérable que représentait le prix de mon billet de train, la perte de temps, et le désagrément qu'il m'avait causé, cela n'était rien pour lui. Cependant, je me trouvais à peine à mi-chemin que je regrettais déjà de lui avoir parlé si durement. Je n'ai pas eu de ses nouvelles depuis.

Et pourtant, en relisant ceci aujourd'hui, je me repens presque de lui avoir même écrit. J'aurais dû attendre des excuses.

En outre, plus je réfléchis à son comportement ce jour-là, plus il me paraît étrange, cela ne lui ressemblait pas du tout. Il n'est pas comme Michael ; il n'a jamais été un enfant cruel. Il était prêt à imaginer ce qu'éprouvaient les autres, à compatir à leurs peines et leurs joies. Il est le premier à avoir jamais témoigné de l'intérêt pour ma personne.

Peut-être est-il victime d'un escroc talentueux qui l'aurait entraîné dans une affaire de fraude extraordinaire. Il est fortuné – et maître de sa destinée, car ses deux parents sont morts maintenant. Il constituerait la proie plausible d'un tel abus. Et pourtant, comment pouvait-il croire une histoire pareille ? Qui le pourrait ?

*24 décembre*

Ce soir, quelqu'un a frappé très tard à la porte d'en bas. Tout le monde – les autres pensionnaires et la logeuse – était déjà couché. Pris d'un pressentiment, je suis descendu voir de quoi il s'agissait. Il attendait sur le pas de la porte, de la neige sur son manteau et son chapeau. Au début, il resta silencieux, et je ne le reconnus pas.

— Augustus, dit-il en frissonnant violemment. Puis-je entrer ?

J'étais si étonné de le voir que je n'envisageai pas sur le moment ce qu'il penserait de mon domicile actuel. J'ai résidé dans de pires lieux par le passé, et cela pourrait encore m'arriver, mais aux yeux d'Edmund, je suis sûr qu'ils lui auraient tous paru très sinistres.

Je le conduisis à l'étage dans le noir et ne le vis clairement que lorsque nous nous retrouvâmes tous les deux à l'intérieur de mon misérable salon-chambre à coucher, assis devant le feu. Il s'accroupit près des flammes et ne parla pas pendant plusieurs minutes.

Je me sentais mal à l'aise et ne voulais pas être le premier à rompre le silence. Au bout d'un moment, il se recula un peu, laissant la lueur du feu éclairer son visage. Il dit :

— Eh bien ?

Je perçus alors le changement. Je ne comprenais pas, mais je le discernais.

Je dis à mon tour :

— Qu'avez-vous fait ?

Il rit, et son rire me parut terrible.

— Vous savez ce que j'ai fait. Je vous ai tout raconté.

— Impossible.

~~Je ne peux pas~~ Je ne suis pas très sûr de savoir comment décrire ce qu'il fit alors. Il ne bougea pas ni ne parla, et pourtant il se trouvait <u>là</u>, soudainement, dans mes pensées. J'eus le sentiment d'une main placée <u>derrière</u> le front, une sensation froide, une totale intrusion, une répugnante invasion.

Cela ne dura qu'un instant. Puis il me laissa.

— C'est ce qui s'appelle le blouissement, dit-il.

Je ne pouvais plus douter de lui. Ce qu'il avait accompli était indéniable. Je pensai aussitôt après, horrifié, qu'il était venu pour me tuer.

Il s'exprima très doucement :

— N'ayez pas peur. Je ne suis pas venu pour cela. Je désire votre aide.

Je ne dis rien, et ma confusion devait se lire clairement sur mon visage.

— Permettez-moi de vous montrer, proposa-t-il. Regardez ce que j'ai vu.

Alors il retourna dans mon esprit, et cette fois, il s'y attarda.

Je crois avoir crié de surprise et de douleur, mais il m'ignora et, du sein même de mon esprit, il me montra ce qu'il avait vu : le pire de cette vieille ville pourrie. La saleté et la déchéance, le vice et la misère, comme si je n'avais jamais observé ces choses auparavant. Mais je les percevais maintenant à travers ses pensées, avec son indignation et sa rage. Il me montra deux filles de joie se bagarrant dans Haymarket, tandis que leurs compagnons leur lançaient de vulgaires encouragements. Il me montra des vagabonds grelottant qui dormaient sous le pont de Waterloo. Il me montra une sordide allée bordée de murs en briques au-delà de Leadenhall Street, où un époux saoul mettait sa femme à la porte. Il me montra des voleurs, des mendiants, d'affreux petits gamins des rues, des hommes affamés fouillant les ordures pour trouver n'importe quel petit morceau de nourriture – il m'avait entraîné jusqu'à la taverne Angel Inn dans le quartier d'Islington avant que je ne comprenne vraiment ce qu'il faisait.

J'essayai de le chasser, mais j'en étais incapable. Lorsqu'enfin il me libéra, il se détendit dans son fauteuil, apparemment fatigué par l'effort.

— Vous voyez ? demanda-t-il.

— C'était cruel.

Je tremblais, mais il sembla ne pas m'entendre.

— Edmund, dis-je. Vous m'écoutez ? Vous ne devez pas… ne recommencez pas.

— Pardon. Je n'avais pas l'intention de vous faire du mal. Je voulais juste que vous compreniez. Vous voyez maintenant, n'est-ce pas ?

Je ne répondis rien. J'étais toujours blessé et dérouté par son assaut soudain. Il garda également le silence, mais fixa le feu pendant un petit moment.

Il finit par parler :

— J'ai froid. Pouvez-vous rajouter du charbon ?

J'ajoutai pratiquement tout le charbon que j'avais stocké pour la semaine à venir. Les flammes devinrent si intenses que je pouvais à peine supporter d'être assis à proximité. Mais il continuait de frissonner.

— Cela prend du temps pour s'habituer à… ils m'ont expliqué que l'on se sent indisposé au début. Je crois que j'ai traversé le pire. Juste las maintenant. Le tournis…

Il paraissait presque transparent. Le bleu même de ses yeux était délavé. Je ne pouvais pas le regarder longuement.

Je m'intéresse peu aux fictions ou au folklore, mais ces superstitions ne me sont pas totalement inconnues. Je savais quelle subsistance il lui fallait.

— Avez-vous… commençai-je.

Il me comprit.

— Il y a quelques heures. Inutile de me dévisager de la sorte, je lui ai laissé la vie sauve.

— Ah.

— C'est plus qu'il ne méritait. Il était sur le point de commettre un crime bien pire. J'ai épargné une existence.

Il ne me regardait pas.

— J'aurais pu le tuer. La puissance que cela me procurait était extraordinaire. Mais il y a des règles. On est tenu de le consigner dans le livre du club avant d'entreprendre quoi que ce soit d'autre. Et il doit s'agir de quelqu'un qui ne manquera à personne.

J'avoue que je pensai à moi-même lorsqu'il dit cela. Mais il poursuivit :

— Un criminel, un ivrogne, un mendiant, une brute, n'importe quel individu pesant sur la société. Il faut obtenir l'approbation du club.

— Mais avez-vous faim maintenant ?

— Oui. Cela me ronge. Je vais bientôt devoir m'en aller.

— N'en faites rien, dis-je.

— Il le faut, répondit-il. Ce sera inévitable, sinon.

J'aurais pu le laisser partir, je suppose. Mais je ne pouvais pas l'envoyer sous la neige, pour qu'il s'attire des problèmes ou en cause à d'autres.

Je dis :

— Si vous en avez besoin, prenez-en.

— Vous êtes sûr ?

Il tourna rapidement la tête vers moi.

— Si vous pouvez vous arrêter quand je vous le demande, répondis-je à la hâte, de peur de perdre mon aplomb, alors je ne vois pas de raison qui l'empêcherait. Vous êtes certain de pouvoir vous arrêter ?

— Je pense. Oui.

— Et cela ne me… métamorphosera en rien ?

C'était tourné sans grâce, mais il comprit ce que je voulais dire.

— Non. L'Échange – la transformation – est plus complexe.

— Dans ce cas, je me fierai à vous.

(Sa présence m'enivrait-elle ? Ou bien une peur extatique ? J'aurais pu mourir, je pense, et pourtant je n'ai jamais vécu si intensément de toute mon existence qu'au cours de ces quelques minutes.)

— Le poignet convient-il ?

— Oui, répondit-il.

Son contact était froid. Tandis qu'il enfonçait ses dents, je crois que j'ai dû haleter et tenter un mouvement de recul, mais il me tenait fermement : malgré sa faiblesse apparente, il exerça une force extraordinaire. J'essayai de ne pas retirer mon bras et de le laisser boire tout son saoul.

Je ne sais combien de temps cela dura – pas longtemps, je pense. Je me souviens de vertiges et d'une certaine douleur. Il avait mon sang sur ses lèvres – cette vision, plus que toute autre chose, me fit me sentir faible et me donna des étourdissements.

Il était étrangement inexpressif, comme s'il ne comprenait pas ce qui s'était passé. Je sortis mon mouchoir et le lui tendis. Ma blessure ne piquait pas, mais je n'y songeai que plus tard. (Déjà, il n'y a pratiquement plus de marques pour témoigner de ce qui a eu lieu.) Il s'essuya la bouche et me remercia.

Je lui apportai des couvertures – toutes celles que je pus trouver –, relançai le feu et lui enjoignis de dormir.

Je suis assis dans le fauteuil d'en face, toujours habillé et enveloppé de mon manteau (c'est une nuit glaciale), entretenant le feu et rédigeant ceci. Consigner cette soirée me rassérène ; je me sens plus solide.

La pendule a sonné minuit il y a déjà un certain temps, c'est Noël aujourd'hui.

*26 décembre*

Je ne pouvais pas écrire plus tôt. Hier matin, après son départ, je fus pris d'une sorte de réaction nerveuse, crise incontrôlable de larmes, chagrin étrange.

Le matin de Noël, je me suis réveillé parcouru de frissons, m'étant endormi malgré moi. Je trouvai Edmund éveillé. Il était accroupi devant le feu – il ne réchauffait pas ses mains près des flammes, mais au milieu d'elles, plongées dans la partie la plus chaude du feu.

Alarmé, je poussai un cri, il se retourna et leva ses mains en l'air.

— Je ne brûle pas, dit-il. Du moins, si c'est le cas, cela doit arriver très lentement.

— Vous avez toujours froid ? demandai-je.

— Tout le temps. Ils disent que l'on s'y habitue.

Je le regardai se réchauffer les mains pendant quelques minutes – après ma crainte première, je me trouvai fasciné par la vue de ce phénomène. (Je regrette de ne pas avoir pris de notes sur le moment – je dois lui demander de me refaire la démonstration.)

Finalement, la faim réclama mon attention, et je tournai mes pensées vers le petit-déjeuner. Je ne proposai pas de nourriture à Edmund, mais me dirigeai vers l'étagère sur laquelle j'entreposais les restes de pain. Tandis que je m'asseyais avec mon repas, il jeta un œil dessus avec une mine de dégoût.

— Si vous petit-déjeunez, je vais vous laisser, déclara-t-il. Je ne crois pas que j'aimerais vous voir manger à cet instant.

Il ne le dit pas pour m'insulter, j'en suis convaincu, il s'agissait d'une simple observation, une nouvelle découverte quant à sa transformation.

Avant de partir, il rédigea un chèque et me le tendit. Le montant me fit lever les yeux et le regarder avec étonnement.

— C'est pour le loyer et d'autres dépenses, dit-il. Procurez-vous tous les livres dont vous avez besoin ; trouvez-vous un meilleur endroit pour vivre. Quand vous aurez tout dépensé, prévenez-moi.

— Proposez-vous de m'employer ? demandai-je.

— Pourquoi pas ? Il faut que je sache tout ce qu'il y a à savoir, si je dois faire le meilleur usage de ce don. Vous me seriez d'une très grande aide.

— Et les hommes du club ? Ils doivent certainement savoir…

— Ils ne visent pas l'érudition, en règle générale. Ils ne sont pas curieux. La plupart d'entre eux se contentent de leur situation ; ils se moquent de connaître les limites de leur force. Moi, je veux absolument tout savoir.

Il essayait de sourire.

— Bien sûr, peut-être que si vous attendez assez longtemps, une autre position de clerc pourrait se présenter, mais je pense que vous valez mieux que cela, non ?

Je me sentais très faible et fatigué. J'éprouvais encore les effets de la saignée.

— Je ne veux pas vous accabler, continua-t-il. Mais j'espère vraiment que vous accepterez mon offre. J'ai grand besoin de quelqu'un pour conduire une enquête rigoureuse sur ma nouvelle condition.

— Quel usage proposez-vous de faire de ce savoir, quand vous le posséderez ? demandai-je. Fortune ? Position sociale ? Pouvoir d'influence ?

— Non.

Il afficha un air désapprobateur. Plus encore, je crois qu'il était choqué par cette suggestion. Bizarrement, cela me toucha, cet idéalisme suranné. C'était tout lui ; il a toujours été ainsi. Dans un coin de la salle d'études (autrefois la nursery) dans la maison de ses parents, je me souviens d'une épée de bois fendue, dont il défendait à sa mère de jamais se débarrasser.

— Pour le bien de l'humanité, dit-il. Imaginez, des dizaines d'hommes – d'hommes bons – dotés de capacités comme les miennes. Imaginez une société régulée par des individus possédant une sagesse multicentenaire. Songez combien le monde pourrait être ordonné de manière juste et bonne.

Il frissonnait toujours.

— Comprenez-vous ?

Je lui promis que je l'assisterais, dans la mesure de mes capacités. Il savait, je crois, que j'étais sincère. Il a certainement besoin d'aide. Je suppose que je me sens toujours responsable de lui. En outre, il a piqué ma curiosité. Il ne m'a pas raconté la moitié de ce qu'il y a à savoir au sujet de ces créatures. Étrange qu'ils se connaissent si peu, qu'il faille en appeler à un étranger pour soumettre ce phénomène à une enquête scientifique rigoureuse. Nous nous sommes serré la main avant de nous séparer. J'ai l'impression d'avoir signé une espèce de contrat.

Eh bien, c'est fait. Il serait difficile de reculer maintenant, même si je le désirais.

*11 avril 1869*

Rentré il y a une heure, mais je tremble toujours. Impression accablante de nausée et d'épuisement – soulagement, je suppose.

J'attendais depuis si longtemps que Kingstead m'autorise à entreprendre une première visite du club. Puis Edmund est passé hier, m'a annoncé que la permission avait finalement été accordée. Cette concession témoigne que Kingstead le tient en haute estime. Dans le cours ordinaire des choses, il n'aurait même pas le droit de me parler des affaires de l'Aegolius, encore moins de m'amener voir les lieux de mes propres yeux. De bon augure, je pense, suggère qu'il pourrait être disposé à ce que je poursuive mes recherches, en profitant de la bibliothèque du club.

Naturellement, j'étais content de recevoir cette nouvelle d'Edmund, nerveux aussi. Ce moment décisif était arrivé de manière si inattendue, il me laissait peu de temps pour me préparer.

L'adresse du club indique Ormond Yard, une bizarrerie, dans la mesure où la porte d'entrée se situe dans Jermyn Street. Le bâtiment qui abrite le club est si vaste qu'il couvre la distance entre ces deux rues. J'étais passé devant le club au cours de ces derniers mois, bien sûr – très rapidement, curieux et craintif à la fois. Après coup, je ne parvenais à me rappeler que très peu de l'immeuble, hormis une impression de pierre grise, de piliers et de fenêtres drapées.

La rue est très calme. J'avais peine à croire que je me trouvais si près du bruit de Piccadilly Circus. (J'ai entendu dire que le club a acheté les immeubles alentour il y a un certain temps, dans le but d'assurer davantage de paix et d'intimité.) Le bâtiment est démarqué par une simple enseigne : une plaque de laiton avec une petite gravure de chouette.

À la porte, je songeai que je n'aurais pas le courage de procéder plus avant. Je pensai que je serais incapable de me retrouver enfermé à l'intérieur avec un si grand nombre d'entre eux. Que pourrait-il m'arriver, sans défense et seul avec eux en ces lieux ? J'eus le plus grand mal à ne pas demander à Edmund si je me trouverais en sécurité.

Edmund nous fit entrer. Il possède une clef – un privilège, m'a-t-il expliqué, accordé à tous les membres du club.

— Vous n'avez pas peur ? me demanda-t-il en ouvrant la porte.

— Bien sûr que non.

Naturellement j'étais terriblement effrayé – seul un fou n'aurait pas tressailli au seuil de cet endroit –, mais je ne pouvais pas le décevoir en rebroussant chemin. Il lui avait fallu tellement de temps pour obtenir la permission de me faire visiter les lieux. En outre, je pense qu'il vaut mieux ne pas montrer de faiblesse – crainte ou douleur – devant lui, si je peux l'éviter.

— C'est bien, dit-il. Il serait compréhensible que vous ayez peur.

Je ne pus alors qu'opiner, m'armer de courage et le suivre.

Il me conduisit dans la semi-pénombre. Au début, je ne voyais rien, tournant rapidement d'un côté puis de l'autre, m'attendant à une attaque à n'importe quel instant. Mais petit à petit, je pus voir plus clairement.

De lourds rideaux protégeaient les fenêtres et la seule lumière provenait de quelques bougies brûlant derrière d'étranges abat-jours en verre teinté de couleur verte – l'effet était assez effrayant. Le silence fut l'autre chose qui me frappa. Il est absolu, oppressant. (Les hommes du club n'aiment pas les bruits forts.) On imagine aisément des personnes qui écoutent en cachette.

Je ne discernai aucune trace de saleté, et pourtant je sentis une légère odeur de poussière et de vieux tissu. D'une manière ou d'une autre les lieux n'ont pas l'air sain. Je suppose qu'ils n'aèrent pas. Je ne sais pas si les fenêtres peuvent même s'ouvrir.

C'est un grand bâtiment de style Renaissance. (Mémo. : demander à Edmund un compte rendu de l'histoire de l'immeuble.) L'on accède tout d'abord par l'atrium, pavé de noir et blanc, immense espace qui s'élève presque jusqu'au dernier étage. Cela donne l'impression de se tenir dans une cour à toiture. Il n'y a pas de mobilier, hormis une table ronde en acajou, polie à un point troublant et supportant un bol en verre de couleur verte rempli de cartes.

— Tenez, dit Edmund en prenant deux cartes qu'il me tendit. Gardez-en une avec vous et laissez-en une sur le manteau de la cheminée chez vous. À un endroit où les visiteurs la verront.

— Que signifient les cartes ?

— Protection. Ou une prérogative, si vous voulez.

— Je vois.

Je crois que cela représenta le pire moment pour moi. La réalité de ma situation m'apparaissant nettement, de la manière la plus désagréable qui fût. Edmund avait dû percevoir le tressaillement dans ma voix, le tremblement de mon souffle.

— Ah, dit-il. Voici Treadwell.

Je sursautai : un homme s'était approché sans que je m'en fusse aperçu, émergeant de quelque couloir sombre qui donnait sur l'atrium et se mouvant très doucement.

Il s'adressa à Edmund d'un air de gracieuse déférence :

— Bonsoir Mr Bier.

— Bonsoir, Treadwell. Vous attendiez mon invité, n'est-ce pas ?

— Oui, monsieur.

Treadwell est le domestique. Edmund l'avait mentionné précédemment – il n'est pas membre du club à proprement parler, mais il partage avec eux leur insolite nature. Il est bien plus âgé qu'il n'en donne l'impression, et personne ne saurait dire depuis combien de temps il se trouve au service du club. On le considère comme indispensable, et tous le tiennent en haute estime.

Son apparence est propre, soignée, extrêmement convenable. Il pourrait avoir n'importe quel âge entre quarante et soixante ans. Son visage manque singulièrement de coloration et d'expression, évoquant une assiette vide.

— Je vous présente Mr Mould, dit Edmund. Il viendra régulièrement au club à l'avenir.

— Bien, monsieur. Et aura-t-il accès à l'ensemble des lieux ?

— Il se trouvera principalement au grenier. Je l'accompagnerai s'il se rend ailleurs. Et il ne doit pas être dérangé. J'ai déjà prévenu tout le monde, mais vous le rappellerez à tous ceux que vous verrez, n'est-ce pas ? Maylie et d'autres sont parfois un peu oublieux sur ces questions.

— Certainement, monsieur.

Tout en parlant, Treadwell m'observait. Il me scrutait avec tant d'insistance que c'en était bizarre. Un tel regard pouvait rendre les gens fous.

— Merci, dis-je.

J'aurais dû garder le silence. Edmund m'avait prévenu de ne pas parler au début, de sorte à leur donner l'occasion de s'accoutumer à ma présence. Je sus que je commettais une grave erreur avant même d'avoir fini de parler.

Treadwell ne fronça pas les sourcils ni ne parut fâché, rien de la sorte. C'était pire. Rien ne transparaissait sur son visage, mais je sentais qu'il… rassemblait ses pensées d'une manière ou d'une autre. Je l'avais offensé ; j'avais transgressé.

Il s'approcha et, malgré moi, je reculai d'un pas. Je formai la veule idée de me précipiter vers la porte. (Comme si cette action avait pu m'aider de quelque façon, s'il avait décidé de m'attaquer.)

— Merci, Treadwell, dit Edmund d'un ton très ferme.

Treadwell ne répondit pas mais, à mon immense soulagement, se contenta de s'incliner puis s'en alla. Je me sentais trop soulagé pour même m'excuser auprès d'Edmund pour mon impair. Il ne fit aucun commentaire sur ce qui s'était passé, mais me conduisit à la place vers la bibliothèque.

Là, mes craintes me quittèrent. Je n'ai jamais vu un endroit pareil, des livres à l'infini, une opulence de savoirs multicentenaires. Comme le reste des lieux, la pièce est somptueusement décorée – murs revêtus de marbre, de stuc. Le plafond est doré. Au-dessus de la cheminée se trouve une carte du monde exquisément détaillée, avec "l'empire sur lequel le soleil ne se couche jamais" coloré en rouge. Edmund expliqua que le feu est constamment entretenu – les hommes du club ne peuvent tolérer le froid. Les livres portent sur des sujets divers et incluent des volumes rares et précieux. Mais ils ne sont pas bien ordonnés – j'aurai du mal à localiser certains titres particuliers, j'en ai peur. Il n'existe pas de catalogue ; la plupart des membres du club s'intéressent globalement peu à la lecture, c'est une des raisons pour lesquelles Edmund a besoin de mon aide. Je ne comprends pas leur attitude : ils ont un tel luxe de temps. Si je possédais un avantage pareil, je passerais mes jours à devenir maître de toutes les sciences connues de l'homme. Je lirais tout.

Après la bibliothèque, Edmund me conduisit en haut (il me précéda avec une lampe – malgré les bougies, il me fut difficile de discerner mon chemin).

Mes quartiers se trouvent au dernier étage du bâtiment, dans le grenier. Toujours tranquille ici, dit Edmund, personne pour me déranger. Il y a trois autres pièces inusitées ; je pourrai prendre possession de n'importe laquelle d'entre elles si j'en éprouve le besoin plus tard. Il faudrait que je m'occupe de la porte au bout du couloir – modifier la serrure. (En argent ?)

Je vis que tout avait été préparé exactement comme je l'avais demandé : les étagères, l'espace pour les instruments &c, un bac empli de sciure de bois, deux bureaux. La table d'opération est ce qu'il y a de plus impressionnant (une commande spéciale – une confection commerciale serait inutile ici). La lumière naturelle est bonne – je regrette beaucoup néanmoins qu'il n'y ait pas de gaz. Il n'y a pas non plus d'évier – et il est peu probable que le club effectue une telle transformation pour m'arranger. Treadwell montera toute l'eau que je demanderai, a déclaré Edmund. Je suppose qu'il faudra faire avec.

Malheureusement, une stipulation accompagne mon usage de la pièce : j'aurai un compagnon. Les hommes du club sont un peu suspicieux à l'égard des individus de mon espèce, aussi l'un des leurs devra observer mes recherches et m'assister. Il s'appelle Verner et c'était un scientifique, avant son Échange.

Il est petit, mince, a les cheveux roux et des yeux ternes. Il y a une plaie affreuse au coin de sa bouche. J'imagine qu'elle devait s'y trouver au moment de son Échange et n'a jamais cicatrisé par la suite. Il ne cessait de la toucher pendant notre conversation. Il a une voix fluette et haut perchée, parle comme si quelqu'un lui pinçait le nez – très désagréable à écouter longtemps.

Pour commencer, Edmund et lui discutèrent entre eux et j'écoutai en silence. Après mon erreur avec Treadwell, j'étais déterminé à ne plus commettre d'impair.

Verner n'avait pas le regard fixe et déconcertant de Treadwell. Mais, lorsqu'il posait les yeux sur moi, j'éprouvais le sentiment troublant qu'il ne voyait qu'une… simple subsistance, une affaire de pinte. Rien de plus.

Nous avons mal commencé. Verner est fâché parce que j'ai insisté pour que nous travaillions à la lumière du jour. Il est moins alerte pendant la journée, même si à l'intérieur il ne se trouve pas gravement incommodé.

Edmund assistera à nos séances, en tout cas au début. Je lui suis reconnaissant d'avoir accepté. Je ne pense pas pouvoir supporter d'être seul avec Verner pour l'instant.

Mais il comprend notre travail, au moins, et la voie qu'il nous faut suivre. Nous devons commencer par une exploration rigoureuse de leurs limites physiques – celles-ci n'ont jamais été adéquatement définies, et les sources se contredisent entre elles. En premier lieu, nous lirons l'ensemble des données. Puis, les expériences pratiques.

*[Plusieurs pages du carnet ont été arrachées ici]*

Je me suis mis à dessiner des cartes des lieux (du moins les pièces que j'ai vues), dans le but de comprendre l'agencement de l'immeuble. Ne parviens pas vraiment à un plan clair.

Au premier et deuxième étages se trouvent de larges paliers – ils les appellent les galeries inférieure et supérieure –, qui courent le long des quatre côtés de l'atrium. On peut regarder par-dessus la rampe de pierre et tout juste distinguer les dalles noires et blanches de l'atrium en contrebas. À partir des galeries, des portes mènent à différentes pièces – bibliothèque, fumoir, salon pour le café, salle de jeux de cartes, et bien d'autres – et des couloirs qui vous éloignent du carré ouvert de l'atrium. Je crois que c'est ici que j'ai commencé à me perdre. Il faudra que je prête plus attention la prochaine fois.

Encore tremblant. Gelé, et faible également, je ne me sens capable de rien d'autre ce soir. J'ai dû faire de gros efforts pour que ce que j'ai consigné soit lisible.

Je n'arriverai à rien si je ne peux pas me débarrasser de cette peur d'eux. Dois procéder aux recherches le plus rapidement possible – le savoir constitue le meilleur antidote. Dans mon intérêt et celui d'Edmund, il faut que je sache tout à leur propos.

Objectif important – la vivisection (si terme est véritablement approprié ici). Dois m'arranger avec Edmund au plus vite.

Verrou pour porte ?
Bougies
Lampes
Équipement photographique
Livres (donner liste à E.)
Argent
Sels aromatiques
Ail
Couteaux

Quelque part au loin, quelqu'un courait. James entendit des bruits de pas frappant désespérément sur du bois, puis un cri, une chute. Une voix hurla des mots que James ne parvint pas à discerner. Puis on traîna quelqu'un en haut, une porte s'ouvrit à proximité, refermée dans un claquement. Un homme dit : "Mais vous pouvez faire comme bon vous semble, évidemment." Puis plus rien.

## 7

## *LE CARNET D'AUGUSTUS MOULD*

*1er août 1869*

Nouvelle visite au club. J'ai vu d'autres membres. Edmund m'a présenté à deux d'entre eux dont je connais déjà les noms pour avoir étudié le livre du club, Mr Spurgeon Corvish et Mr Harry Maylie. Corvish est un homme d'âge mûr, mince, au teint cireux ; il est originaire du Nord, je crois. Il se vêt principalement de noir – rien ne rayonne chez lui. Cela a-t-il du sens ? Difficile d'évoquer la grisaille fade qui émane de lui, la lumière le laisse respectueusement en paix. Mais il semble raisonnable. Maylie me plaît moins. Il est plus jeune, les cheveux roux, a effectué l'Échange il y a seulement deux ans. Il s'habille élégamment, mais avec un côté ostentatoire – le type de personnes qui portent trop de bagues. Il parlait fort, facétieusement poli à mon égard.

Être parmi eux devient plus facile. Je n'ai pas encore rencontré Kingstead. D'après ce que dit Edmund, je soupçonne qu'il considérerait comme indigne de lui de m'accorder un entretien.

J'ai remarqué que les hommes qui se trouvent le plus fréquemment au club sont d'une génération plus ancienne. On peut discerner une certaine étrangeté dans leur tenue : cols sophistiqués, gilets de costume flamboyants, queues-de-pie démodées et l'occasionnel déploiement de haut-de-chausses et bottes. L'un de ces individus – qui ne quitte jamais le club, pour autant qu'il me semble, et passe la plupart de ses journées au fumoir – ne se défait jamais de ses pantalons "cosaques".

Pris ensemble, ces messieurs vous donnent l'impression de reculer dans le temps de quelques décennies, sinon plus.

Edmund m'explique que les gens du club de cet acabit trouvent la ville moderne de plus en plus curieuse et inquiétante, et qu'ils préfèrent rester au club durant des jours, ne le quittant que pour se nourrir. Ils ont beau apparaître initialement comme des hommes à la fleur de l'âge, après plus ample observation leur apparence a un côté particulier et poussiéreux. Ils sont très silencieux ; leur peau semble terne, comme du vieux tissu. L'un d'eux est un grand propriétaire terrien en Irlande, un homme autrefois notoire pour sa sévérité à l'égard de ses locataires – aujourd'hui il parle à peine, et ses héritiers (et leurs héritiers) administrent ses biens. On m'en a signalé un autre, un homme d'Église dont la paroisse a disparu sous la mer. Il perçoit toujours son traitement, et n'a rien de mieux à faire maintenant que de passer son temps dans la bibliothèque, assis à fixer le feu des yeux. Encore plus que les autres membres du club, ce groupe est préoccupé par l'argent. Je suppose que si l'on vit éternellement, la question des revenus est de la plus haute importance. Ils considèrent les tentatives d'amélioration entreprises par Edmund avec peu d'intérêt. Certains des membres plus jeunes les appellent les "hommes-chouettes", une raillerie qui tire son origine de cet ancien mythe concernant ces animaux, je présume.

*Objet : Les Sabbathiens*

"Les Σαββατιανοι, ou Sabbathiens, sont les ennemis humains des créatures. Le nom provient de la croyance selon laquelle ceux nés un samedi avaient l'aptitude de détecter et de détruire les morts-vivants. Peut-être aussi du mythe selon lequel les créatures étaient confinées dans leurs cercueils le samedi, faisant de celui-ci un jour propice pour les chasser."

G. Uske – *Les Vérités de la superstition*

À rechercher plus avant – de telles personnes actuellement en activité en Angleterre ?

*9 septembre 1869*

J'apprends la photographie. Edmund m'a acheté l'équipement nécessaire ; il convient qu'il sera utile de posséder des archives photographiques. J'ai demandé qu'une chambre noire soit installée au club (la pièce attenante à mon "atelier" serait idéale). Je découvre que j'aime cet apprentissage – le processus exige une prudente délibération que j'apprécie. Il faut des mains fermes, surtout lorsque des produits chimiques sont impliqués. L'une de mes mains est déjà marquée d'une affreuse tache noire, due à un usage imprudent de nitrate d'argent.

Par ailleurs, mes recherches continuent de bien avancer. Je ne suis pas scientifique de formation, évidemment, mais j'apprends vite. C'est curieux, mes connaissances sont inférieures à celles de Verner, et pourtant il accomplit beaucoup moins de choses que moi. Sa présence devient de plus en plus pénible. Tandis que nous travaillons, il boit sans cesse du thé pour tromper sa faim de sang. (La chaleur de cette boisson la rend populaire parmi ses congénères.)

Nous travaillons seuls ; Edmund est rarement présent maintenant. Je suis moins inquiet qu'avant, mais cela reste inconfortable. Je ne peux jamais me consacrer entièrement à une tâche, je suis toujours à l'écoute, de peur que Verner n'envisage une attaque.

Parfois il se fait apporter des rats (Treadwell les attrape obligeamment pour lui), puis s'amuse à jouer avec eux et à manger la vermine, même si nous savons tous les deux que cela ne lui réussit pas. Je pense exact de dire qu'il n'appartient pas à la haute société et, j'espère, que c'est une personne atypique par rapport aux autres membres du club.

Même lorsqu'il ne s'investit pas dans des activités aussi dégoûtantes, il montre peu de curiosité intellectuelle et il a l'habitude exaspérante de se saisir d'une théorie ou d'une autre puis de refuser de l'altérer lorsqu'il se trouve confronté à la découverte de nouvelles données. Il se montre particulièrement strict sur la question de l'obéissance à certaines règles. Celles-ci constituent les faiblesses particulières auxquelles les créatures sont censées être sujettes (je ne possède pas une liste complète pour l'instant). La réelle vertu de défenses telles que l'ail, les symboles sacrés &c., est l'un des mystères que je dois aborder. Je ne recevrai pas l'aide de Verner, qui refuse d'enquêter sur l'éventualité de vaincre de telles restrictions. (Lorsque j'ai proposé une expérience – il devait se rendre au domicile d'une personne étrangère et tenter d'entrer sans y être invité, une supposée impossibilité pour les individus de son espèce –, il s'est mis très en colère.)

*[Plusieurs pages arrachées ici]*

la loyauté est une très bonne chose, mais je suis sûr que cela se révélera être une erreur. En quoi Michael pourrait-il bien se montrer utile au club ? Et puis il vient de se fiancer, ce qui rendra la situation encore plus bizarre.

À une époque antérieure, il y eut des cas où des hommes du club transformaient leurs femmes, mais cette pratique est aujourd'hui interdite (peut-être que "jusqu'à ce que la mort nous sépare" devient une stipulation trop lourde lorsqu'elle s'étend au-delà d'un siècle). Naturellement, le club n'a jamais admis de membres féminins.

La fiancée de Michael s'appelle Miss Lee. Elle était à un moment promise à Edmund, d'après ce que je comprends. Mais je ne sais rien de plus à ce sujet. Je suppose que tant que Michael ne nuit pas aux perspectives d'Edmund, il peut agir comme bon lui semble.

Travaille aussi vite que possible. Procéderai aux expériences pratiques dès que je serai prêt. Il y a tellement à apprendre. Je pense qu'aucun d'entre eux n'est tout à fait sûr des limites de leur force et de leur capacité de récupération. Obtenir le sujet pour nos expériences constitue mon principal souci. Il n'y a qu'un moyen.

Les hommes du club ne sont pas les seuls de leur espèce à Londres. Il existe aussi un résidu : un groupe peu recommandable sur lequel le club exerce une influence restrictive. Edmund me dit que ces caractères douteux sont généralement appelés "Alia". Ils possèdent leur propre repaire, une rue infâme quelque part à l'est dans le quartier d'Aldgate. Conformément à un accord très ancien, les hommes du club ne s'y aventurent que rarement. De temps à autre, les "Alia" posent des problèmes – en chassant dans les rues du club, en devenant trop nombreux, ou en dissimulant imprudemment leurs proies –, alors le club prend des mesures pour mettre un terme à leurs excès.

En enlever un ou deux pour servir de sujets serait une bénédiction pour la société, et permettrait également d'avancer la cause d'Edmund. L'étude des limitations physiques &c. sera des plus instructives. Le seul problème est d'en ramener un vivant.

*

*[Lettre, de la main de Mould, sans date, inachevée et apparemment non expédiée, pliée entre deux pages]*

Edmund,

Merci de votre assistance – Treadwell se montre toujours bien plus serviable si la requête vient de vous. Pourriez-vous s'il vous plaît lui demander de trouver les références suivantes :

Philip Rehrius, De Masticatione Mortuorum
Abbe Alberto Fortis, Viaggio in Dalmazia
Michael Psellus, De Operatione Daemonum
Michael Ranfft, Dissertatio prior historico-critica de masticatione mortuorum in tumulis
Thomas Suttlee, Epistulae (la traduction de Godwin à moins qu'un exemplaire original ne puisse être trouvé)
Samuel Cooke, The Hidden World
The Life of St. Veep
Dom Augustin Calmet, Dissertations sur les apparitions des anges, des démons &c
William of Newburgh, Historia rerum Anglicarum
Flückinger, Visum et repertum
M Toeppen, Aberglauben aus Masuren

*[Lignes suivantes obscurcies par une tache d'encre]*

*

*Chouettes*

Mais pourquoi ? Mémo : obtenir trace du mythe, différents comptes rendus de l'histoire.

*20 décembre 1869*

Je ne suis pas le moins du monde surpris. Il est assez bête pour commettre un acte de cette sorte. Naturellement, la jeune femme a accepté l'Échange sans hésiter. Michael était véritablement fier de lui-même, rapporte Edmund, il pensait avoir trouvé une façon astucieuse de se sortir de ses difficultés. Le fait que ce soit interdit avait apparemment échappé à son attention.

Selon les règles du club, c'était Michael qui devait accomplir l'exécution. Edmund est venu aujourd'hui pour me raconter. Michael ne se sentait pas vraiment le cœur à l'ouvrage, il a fini par faire durer l'agonie de la jeune femme bien plus longtemps que nécessaire. En dernier recours, Edmund a dû intervenir, et bien sûr Kingstead n'a pas approuvé du tout (il est strict avec les consignes). Ce serait trop d'espérer que cette affaire ait appris à Michael la prudence, je suppose. Edmund croit que cela pourrait même avoir l'effet contraire. Michael est aigri et difficile à gérer à présent.

*[Date illisible]*

Edmund était ici ce soir ; c'est la deuxième fois en un mois. Il paraît ne pas se préoccuper du tout de lui-même quand il se lance dans ces aventures nocturnes ; il vient chez moi taché de sang et livide, ses habits déchirés et sales. La nuit dernière, il est arrivé sans chapeau, le col arraché, la chemise maculée de rouge, une coupure sur le front.

Il a insisté pour me raconter dans le détail sa poursuite calculée, la terreur à couper le souffle de l'homme, la chaleur de son sang. Je ne sais pas pourquoi il pense que j'ai besoin de connaître ces détails.

— L'avez-vous tué ? lui demandai-je lorsqu'il eut terminé.

— Non, répondit-il. Mais je l'ai empêché d'entreprendre ce qu'il avait prévu. Savoir cela valait toute la peine.

— Qu'avait-il en tête ?

Edmund me l'a dit. Il est toujours très surpris, même après tout ce temps. Chaque révélation de vice et d'iniquité l'étonne et le déçoit.

Il explique qu'il ne peut rien y faire, le blouissement lui en a trop montré. Du moment où on lui a ouvert les yeux, il ne pouvait pas continuer à observer les hommes préparer des actes de violence et ne pas intervenir pour les en empêcher. Il a sauvé plus d'une vie ces derniers mois.

Je pense que ces promenades nocturnes lui apportent du réconfort parce que c'est simple – punir les coupables, protéger les innocents. Cela le soulage, lorsque d'autres questions deviennent difficiles et complexes.

Le problème de Michael constitue l'une d'entre elles. Il a causé de nouveaux ennuis. Les règles du club concernant le traitement des restes humains sont impératives, et il se montre imprudent en la matière. Il parle, aussi, il a du mal à tenir sa langue au sujet du club &c. Edmund craint que Kingstead ne regrette son Échange.

Quand Edmund fut propre et habillé, je le fis asseoir devant le feu et lui apportai du thé, une tasse après l'autre. Il revient toujours gelé de ces pérégrinations.

J'étais presque énervé contre lui. Chacune de ses attaques comporte le risque d'être découverte. Ce n'est pas la manière convenue de se nourrir. Lorsqu'un nom se trouve consigné dans le registre du club, l'homme ou la femme sélectionnés sont amenés au club, expédiés là discrètement et sans danger. Le système fonctionne à merveille. On compte cinquante-deux membres du club (les règles interdisent un nombre supérieur), chacun se voyant attribuer un quartier de Londres d'où il peut extraire ses proies. Mais les attaques illicites d'Edmund ont nécessairement eu lieu dans les rues – où il pourrait être aperçu à n'importe quel moment, attrapé par la police, voire par un autre membre de l'Aegolius.

Je demandai à Edmund s'il ne pouvait pas opérer par les voies officielles du club. (Car, comme je me le rappelle souvent, le club ne se nourrit que des pires membres de la société. Ceux qui se trouvent sélectionnés méritent invariablement leur destin.)

— C'est trop lent, répondit-il. Et les requêtes peuvent se voir refusées.

— Alors trouvez un autre moyen, dis-je. Et vos grands projets ?

Il haussa les épaules – l'une de ces occasions où je pus reconnaître le petit garçon d'autrefois.

— Je ne sais pas quoi faire, me confia-t-il. Je croyais que cela se passerait si facilement, vous comprenez. À présent je possède des aptitudes incroyables et je ne sais absolument pas à quoi elles peuvent me servir.

Je pensai qu'il valait mieux ne pas insister. À la place, je lui demandai si Kingstead avait répondu à sa dernière proposition.

— D'une certaine façon, précisa-t-il. Il m'a découragé.

— Vous savez qu'il n'est pas comme vous. Il ne voit pas de raison d'intervenir dans la destinée des vivants. Je crois qu'il nous méprise plutôt. J'hésitai avant d'ajouter : Évidemment, vous pourriez éprouver le même sentiment à la longue.

— Non, rétorqua-t-il – mais d'un air presque absent, comme si cette suggestion ne l'effleurait qu'à peine. Il a dit qu'ils pourraient considérer mes idées à une date ultérieure, mais ils sont occupés en ce moment. Les Alia se sont fait remarquer.

Sans doute quelque violente transgression – une chasse imprudente, un corps mal dissimulé. Je me retins de demander des précisions désagréables.

— Si je me trouvais à la place de Kingstead, je débarrasserais complètement Londres des Alia, poursuivit-il. Ils ternissent la ville. Mais ce n'est pas sa façon d'administrer les choses.

Si Edmund était le président, il pourrait agir à sa guise, sans toute cette attente et ces implorations. Ne peux pas lui dire cela, cependant, je crois qu'il serait choqué. Pour l'instant, nous devrons continuer ainsi.

*16 février 1870*

Nouvel ajout au club – d'une certaine manière. C'est un nouveau domestique, mais qui rend compte principalement à Edmund. Exceptionnellement, il avait déjà subi l'Échange avant d'être admis. Il s'appelle Makeweight. Il a accompagné Edmund aujourd'hui, bien que j'aie toujours demandé à Edmund de ne pas amener d'autres hommes du club à la maison.

Je crois que Makeweight est le pire de tous ceux que j'ai rencontrés. Même avant l'Échange, il devait constituer une présence désagréable. Il est grand, de large carrure, remarquablement puissant, dit Edmund, y compris parmi ses congénères. Il ressemble à un champion de boxe ayant réussi à trouver un costume qui lui aille. Quand il est dans la pièce, on a l'impression qu'il ne reste aucun espace libre, pas le moindre air.

S'il s'agissait d'une simple brute épaisse, ce serait déjà une mauvaise chose. Mais je soupçonne qu'il est aussi roué, doté d'un œil vif pour toute faiblesse.

Il ne me parla pas beaucoup durant sa visite. Mais je pus voir qu'il ne considérait pas ma position d'assistant pour Edmund comme très sérieuse. Je n'ai pas apprécié la manière dont il a inspecté la pièce, et ma personne…

Je suis habitué à leur condescendance, évidemment. Ils acceptent mon aide, mais ils me mépriseront toujours. Verner est pareil avec moi. Ils ne peuvent admettre qu'un vivant possède une intelligence égale à la leur.

Ne devrais pas éprouver d'amertume à ce sujet. Tôt ou tard, je les rejoindrai. Edmund me l'a promis, en temps voulu. Pour le moment, je dois me rappeler qu'ils tolèrent ma présence parmi eux.

J'ai demandé à Edmund de ne pas revenir ici en compagnie de Makeweight. Il m'a promis qu'il ne le ferait pas si sa présence m'incommode. J'ai vu qu'il considérait mon attitude ridicule. Je suis étonné qu'il s'associe à un tel homme.

Il dit, cependant, que Kingstead n'a cure de Makeweight. Cela ne me surprend pas. Je me demande si Edmund a une idée en tête, un usage de Makeweight déjà prévu ? Il en discuterait certainement avec moi si c'était le cas.

*Importance des noms...*

La plupart des appellations semblent leur déplaire ; ils préféreraient que l'on ne discute pas d'eux du tout, je crois. L'expression "mort-vivant" est souvent jugée détestable. (Je l'utilise en privé ici, mais je ne la prononcerais jamais à voix haute au club.) "Revenant" est à la rigueur acceptable, même si les connotations d'enterrement et de retour semblent un peu déplacées. Je demandai à Verner quel nom il préférait. Il me répondit que j'envisageais la question sous le mauvais angle.

— Nous n'avons pas besoin de mots pour nous décrire, dit-il. Ce sont les vivants dont nous nous préoccupons constamment.

— Comment nous appelez-vous alors ? interrogeai-je.

Il expliqua qu'il se ferait un plaisir de me donner quelques noms, le plus aimable étant "les plaintifs". "Sacs à sang" en est un autre. Une humaine plantureuse, dans les couches inférieures de la société, peut se voir désignée sous le terme de "cruche de bordeaux". Il ajouta que parmi les personnes dotées de meilleures manières, l'appellation la plus répandue est "les Rapides".

Puis il sourit, un effort voué uniquement à me perturber.

— Pas toujours assez rapides, bien sûr.

*17 août 1871*

Ce à quoi je ne cesse de penser à présent est la grande <u>propreté</u> d'Edmund. Il est devenu expert. Il y avait une tache de sang sur son col, mais rien de plus, aucun autre signe.

Lorsqu'il arriva chez moi, je lui apportai du thé comme toujours ; il me raconta ce qui avait eu lieu.

Simples faits : il se promenait de nuit, tel qu'à son habitude. Il intervint, alla trop loin. Je suis surpris que cela ne se soit pas passé plus tôt – leur nature consiste à tuer, non pas à blesser.

Je n'avais jamais vu l'une des victimes auparavant. D'une manière ou d'une autre, je m'étais attendu à une intervention plus délicate. Ils deviennent sauvages à la toute fin, apparemment. ~~La tête était presque~~

J'ai dissimulé mon choc. Nous avons fait le nécessaire. La crise est maintenant derrière nous, et Edmund se trouve en sécurité.

Dois ranger, m'assurer que tout est nettoyé, en ordre, aucun signe restant de ce qu'il a apporté ici. Ne peux m'empêcher de vérifier que tout est rangé.

*[Une page manque ici]*

Le travail est ce qu'il y a de mieux. Prêt à commencer les expériences pratiques.

Verner ne me sera d'aucune utilité. Sa présence pourrait déclencher des soupçons, et il y a beaucoup trop de chances qu'il ne tue plutôt qu'il ne capture un humain. Je vais devoir obtenir un spécimen moi-même.

Que sais-je des créatures présentement ?

Elles sont bien plus fortes et prestes que les hommes ordinaires. Elles guérissent rapidement de blessures physiques. Si elles le souhaitent, elles peuvent lire les pensées de quelqu'un. L'eau bénite, selon la plupart des autorités, constitue un poison. Les assujettit, en quantité suffisante, les tue. Elles possèdent des yeux de chouette, voient le mieux la nuit. (Mémo. : enquêter plus en détail sur ces limitations. Certaines paraissent irrationnelles, superstitieuses. Elles semblent certainement fonctionner – par ex., l'eau bénite – mais pourquoi ?)

Il faut agir discrètement. De nuit, suivi d'une calèche. Un révolver devrait aider, procurera au moins quelques minutes de grâce. Les Sabbathiens ont tendance à préférer la hache – pas pratique ici, ne peux me permettre de risquer des dommages permanents sur les sujets. Trop voyant aussi. L'eau bénite, correctement administrée, devrait faire l'affaire.

Peut-être un appareil de quelque sorte. Porté au poignet, tranchant. Qui frappe soudainement : emploi sous-cutané, mais muni d'une lame, délivrant une dose d'eau bénite directement à l'intérieur d'une veine. On pourrait en porter un à chaque poignet, pour réduire les possibilités d'erreur.

*25 août*

Il est passé aujourd'hui. J'avais pensé que nous aurions peut-être une discussion étrange à propos de notre dernière rencontre, mais il n'a pas mentionné celle-ci. Il portait avec lui un coffre en palissandre.

Il contenait mes instruments – la plupart d'entre eux, en tout cas. Certains outils devront être fabriqués spécialement. Ils devraient arriver dans le courant du mois. Dans l'intervalle, je peux me familiariser avec ceux que j'ai déjà – et m'entraîner, je l'espère, sur un cadavre ordinaire. J'ai pratiqué de mon mieux sur une vieille "Vénus anatomique" appartenant à Verner, mais Michael et d'autres montent constamment la chercher pour des farces idiotes. La semaine dernière, j'ai ouvert un de mes tiroirs de bureau et ai découvert un mélange fourbe de sang (le sang d'un rat, peut-être) et d'intestins (des viscères de cire rose-gris enchevêtrées). J'ai demandé à Edmund de se débarrasser du mannequin.

Edmund, entre-temps, est censé se charger des autres arrangements avec Kingstead. Alors nos investigations pourront commencer sérieusement.

Le coffre se verrouille à l'aide d'une clef – il n'en existe qu'une, me dit Edmund. À l'intérieur, la boîte est doublée de velours bleu soyeux, et les instruments attendent sagement, lames éclatantes et manches lisses d'ébène.

Je ne pus dissimuler mon plaisir. C'était tout ce que j'avais précisément demandé. Je n'ai jamais reçu de tel cadeau avant.

— C'est plutôt un grand nombre de couteaux, déclara Edmund.

— Tous nécessaires, je vous assure, répondis-je.

Il ne sourit pas. Il ne sourit plus beaucoup à présent. Mais je crois qu'il était content de voir ma satisfaction. Il prit un instrument au hasard et le tendit dans ma direction.

— À quoi sert celui-ci ?

— Il s'agit d'une scie métacarpienne.

Il la reposa dans la boîte, prit un autre instrument, puis un autre, me demanda leurs noms. À nous deux, nous finîmes par tous les sortir. Il ne montra aucun signe de lassitude tandis que je lui expliquais chaque lame à tour de rôle. Il m'annonça qu'il avait aussi commandé l'étui post-mortem que je désire, ainsi que la pompe gastrique, les seringues &c. Des dispositions pour une livraison régulière d'eau bénite ont également été prises. Il a pensé à tout. Les dépenses ont dû être considérables.

Alors que j'écris je vois la boîte du coin de l'œil, tout ce bleu et cet argent reluisant. Je n'ai plus de doute. J'ai hâte de commencer.

*5 octobre*

Ce n'est pas regrettable en ce qui me concerne, seulement c'est inattendu.

Considérant comme inadmissible le nombre croissant des Alia et leurs débordements récents, Kingstead a pris la décision d'enlever une femme du nom de Price, qui est leur chef. Avec l'assistance d'une autre femme (ils l'appellent "Agnes"), qui sert en quelque sorte de lieutenant, elle a pris le contrôle de Salmon Street. Elle acquiert propriétés et capital. Les hommes du club considèrent la chose particulièrement inquiétante. D'après ce que je comprends, elle chasse principalement aux alentours des jardins de Cremorne – ce depuis l'âge d'or des lieux – et est connue à la fois pour son courage et sa cruauté. Kingstead a résolu qu'il fallait mettre un frein à son influence. Il dit qu'il vaut mieux ne pas autoriser le résidu à s'assembler autour d'une unique autorité, cela les rend plus difficiles à gérer.

Makeweight et quatre autres sont partis récupérer la femme et la ramener au club. Ils ont prévu de lui tendre une embuscade, pour être certains de la prendre au dépourvu et de la trouver seule.

Makeweight est finalement revenu – avec Price, mais sans aucun de ses compagnons. Il a un air épouvantable : il boite et est couvert de sang, une affreuse entaille sur un côté de son visage. Elle a dû l'attaquer avec une arme en métal ; un morceau brillant est visible dans la plaie. Une lame, je crois – elle s'est brisée, et son os et la peau ont commencé à se refermer par-dessus. On pourrait la déloger, je suppose, mais seulement au prix d'une douleur considérable. Puisqu'il est assez fort pour supporter le métal, peut-être ne prendra-t-il pas la peine de l'extraire. La blessure lui conférera un statut supplémentaire, je pense, aux yeux de ses congénères.

Les autres sont morts. Verner parmi eux. Aussi Price m'a-t-elle peut-être sauvé la vie, ou du moins préservé d'une blessure grave. J'étais convaincu que Verner me causerait du mal sous peu, quoi qu'ait pu en dire Edmund.

Mais cela représente une grande perte, en ce qui concerne les chiffres, et les hommes du club partagent un sentiment palpable de colère – dirigée en partie contre Kingstead. Price est une combattante notable, et d'aucuns considèrent que Kingstead aurait dû envoyer plus d'hommes pour l'attraper.

Makeweight a raconté que leur lutte avait duré plusieurs heures. Ils l'avaient poursuivie jusqu'aux docks de St Katharine, là elle s'était cachée au milieu des entrepôts et avait attaqué ses poursuivants l'un après l'autre, jusqu'à ce qu'il ne restât plus que Makeweight.

Il a expliqué qu'elle n'a pas tenté de le surprendre, mais qu'elle se tenait au seuil d'un des entrepôts et lui a fait signe d'approcher. Ils se sont bagarrés au milieu des tonneaux de vin, ballots de laine et cageots d'épices. Ils ont brisé des bouteilles de parfum, dispersé du thé dans l'air à force de coups de pied. Finalement, ils se sont retrouvés dans la maison de l'ivoire et ont lutté jusqu'à l'aube entre les immenses défenses d'éléphant qui roulaient. Il a conclu en disant que c'était un sacré spectacle.

Kingstead envisageait initialement une suppression rapide. Mais maintenant, grâce à l'intervention d'Edmund, ils ont changé de plan, on doit me la livrer, pour en faire mon premier sujet d'expérimentation.

J'arrête ici – dois me préparer.

*7 octobre*

Elle paraissait si faible que j'ai cru que les entraves suffiraient.

*[Le reste de cette page a été déchiré. Un certain nombre de pages subséquentes manquent également. Elles semblent avoir été arrachées négligemment, ou en très grande hâte]*

et bien sûr je suis responsable de son évasion. Si seulement j'avais maîtrisé ma peur…

J'ai développé les photographies aujourd'hui. Elle sourit sur tous les clichés.

Continue les recherches – livres. J'écrirai quelque chose à leur propos un jour ; mon œuvre finira sur une étagère et les appellera par leur propre nom, et ils verront que je ne les crains pas.

Je n'abandonnerai pas mes expériences, je ne me laisserai pas abattre. Dois réessayer. Un nouveau sujet, bientôt.

<u>Fiacre</u> – Jebb &C. Demander Fisher. 1 £ au départ, 1 £ au retour.

*1er février 1872*

Succès. Le pire consista à patienter le temps qu'il se trouvât assez proche pour frapper. J'ai gardé mon calme, néanmoins. Pour finir, cela s'est passé sans histoires. Première utilisation des lames de poignet très satisfaisante. L'eau bénite s'avéra aussi des plus efficaces.

Le sujet est au club, il m'attend. Je pourrais expérimenter tout de suite si je n'étais si fébrile ; la fatigue est déjà passée. Je suis prêt, sur le qui-vive. Je vais essayer de me reposer un peu, me préparer du chocolat chaud. Plus tard j'irai travailler.

*3 février*

<u>Fascinant</u>. Inciser et voir la coupure se refermer sous vos yeux, c'est extraordinaire. J'ai répété la même incision à plus de douze reprises, et chaque fois elle s'est refermée en une minute environ. Leur capacité à endurer la douleur m'étonne. Beaucoup à apprendre.

*Leurs forces, aptitudes*

~~– Capacités physiques accrues ?~~ Oui. Mais avec quelle variation ? Les hommes sont-ils plus puissants que les femmes, les adultes plus puissants que les enfants ? Recherche plus approfondie nécessaire.

– Résistance aux atteintes physiques

~~– blessures au couteau ?~~ Oui (plaies rapidement cicatrisées)

~~– par balles ?~~ Oui (plaies rapidement cicatrisées)

– par noyade ?

~~– par le feu ?~~ Dans une certaine mesure. Brûlera à la longue.

~~– par poison, infection &c. ?~~ Oui

– Volent ? Non

– Transformation physique – en chauve-souris, chouette, loup &c. ?

~~– Ramenés à la vie au clair de lune ?~~ Non

– Immortalité – ils paraissent ne pas vieillir. Néanmoins certaine vulnérabilité aux accidents &c.

– Le “blouissement” – pénétrer l’esprit de la victime, lire ses pensées ou communiquer les leurs – peut aussi être employé à assujettir/maîtriser la volonté de la victime. À moins d’exercer un effort délibéré pour pénétrer l’esprit de la victime, ils n’éprouvent que de vagues impressions/sensations négligeables.

*Leurs faiblesses*

“Observances” – certaines paraissent insurmontables, d’autres auto-imposées, à tester (exige la prudence – n’aiment pas qu’on questionne celles-ci)

~~– Lumière du soleil ?~~ Ils sont affaiblis, à moitié aveuglés, mais ne tue pas

~~– Eau bénite ?~~ Oui, agit comme du poison. Tests supplémentaires.

~~– Or ?~~ Non

~~– Argent ?~~ Oui, agit comme du poison. La proximité est mauvaise, les blessures sont pires.

~~– Plomb ?~~ Non

– Famine ?

– Électricité ?

~~– Musique ?~~ Semble diminuer les effets du “blouissement”, cause de l’inconfort

~~– Lumière vive, bruits forts, odeurs âcres ?~~ Causent de l’inconfort, possiblement de la confusion

~~– Eau qui coule ?~~ Non

~~– Pieu en bois ?~~ Non, les blessures ne sont pas permanentes

~~– Invisibles dans les miroirs ?~~ Non

– Décapitation ?

~~– Démembrement ?~~ Non fatal. Ne repousse pas.

~~– Extraction d’organes (cœur, cerveau, estomac, foie, reins, poumons, &c.)~~ – Pas concluant

– Incapable d’entrer chez un vivant sans y être invité ? Oui, mais pourquoi ? Ils ne remettent jamais en question cette restriction, ne tentent pas de la braver – enquêter plus avant

~~– Antipathie pour les églises &c.~~ – ils ne paraissent pas croire que la proximité soit une source d’affaiblissement, simplement ont une aversion pour cette sorte de lieux. Antipathie pour les symboles sacrés – encore une fois, non fatale.

– Ne peuvent pas (ne veulent pas ?) transformer autrui / procéder à l’Échange si le participant est récalcitrant – pour devenir l’un d’entre eux, un consentement doit être explicitement donné

*[Esquisses de croquis anatomiques et schémas représentant une boîte inhabituelle, omis ici]*

*

*16 mai 1876*

Jour à marquer d’une croix, peu de gens comprendraient ma fierté. Il n’y a qu’Edmund pour comprendre. Ma plaquette a été publiée : *Sur les effets délétères des odeurs âcres*. Exemplaire envoyé à la bibliothèque. Je sens que c’est le début d’une longue carrière, il se peut que je parvienne à la distinction dans ce domaine.

*

*[Page volante, provenant d'un autre carnet]*

*Ajout au ch. 4 ? ou début du ch. 5 ?*

Puisqu'il semble subsister une certaine confusion – y compris parmi les personnes qui se sont soumises au processus – concernant la nature de l'Échange, peut-être faudrait-il à ce stade établir une différence claire entre l'Échange et l'alimentation. Lorsque la créature s'alimente, elle extrait du sang et de la vie du sujet humain. Le sujet peut mourir ou ne pas mourir au cours de cette rencontre, même s'il est probable qu'il décède. Il est parfois possible pour les plus experts des morts-vivants de se nourrir du sang d'une victime de leur choix à plusieurs reprises avant que l'attaque ne s'avère mortelle. Avec de la discipline, la période de grâce peut s'étendre sur des mois, voire des années. Ces cas inhabituels n'ont lieu que lorsque le chasseur est doué, et a le souhait précis de retarder la mort – peut-être pour des raisons de discrétion.

Épargner *entièrement* la vie du sujet constitue une question tout à fait différente – la chose est considérée comme risible, presque honteuse, par la plupart des morts-vivants si l'exécution peut être entreprise sans attirer les soupçons. Celui qui se retient de tuer pourrait bien être accusé du vice d'anthropophilie, parfois connu familièrement sous le nom de philanthropie, un penchant contre-nature pour les vivants. Les morts-vivants exècrent ce phénomène rare, de même que les êtres humains abhorrent le caractère pervers de la nécrophilie.

L'individu qui subit une seule morsure peut, après la mort, manifester certains symptômes suggestifs – mais ceux-ci ne persisteront pas, ne durant qu'un court laps de temps, étant donné que l'Échange à proprement parler n'a pas eu lieu. Les comptes rendus concernant ces morts qui semblent avoir bougé dans leur cercueil après leur décès pourraient être imputables à ce phénomène.

Pour que l'Échange s'accomplisse, le cœur du sujet humain doit avoir cessé de battre.

S'étant assuré du fait, le "mécène" ou le "parrain" du sujet (un membre des morts-vivants disposé à initier et à veiller au déroulement de la transformation) doit s'ouvrir une veine (tâche peu aisée, dans la mesure où les plaies des créatures cicatrisent vite) et faire pénétrer des gouttes de son sang dans la bouche du sujet. Pour la meilleure chance d'obtenir un résultat favorable, la convention veut que la créature s'exécute dans la minute qui suit l'arrêt du battement de cœur.

Une grande importance est accordée à la volonté du sujet. Un consentement explicite doit être donné pour que la transformation ait lieu. Jusqu'aujourd'hui, il n'existe que peu d'investigations scientifiques sur les raisons derrière cette restriction. Il se peut que pour un être humain insuffisamment préparé, le coût physique et mental de la transformation soit simplement trop énorme – le choc d'une attaque inattendue, associé aux rigueurs de l'Échange, pourrait résulter en la mort du sujet.

Si le "mécène" a réussi à introduire une certaine quantité de son sang dans la bouche du sujet consentant, l'Échange est accompli. Pour l'observateur extérieur, le sujet semblera endurer quelque chose de semblable à une attaque cataleptique, suivie d'une période de fièvre et de perte de connaissance, qui peut durer entre quelques heures et plusieurs jours. Le corps devrait être observé de près et gardé au chaud pour éviter un début de rigidité cadavérique ou d'autres complications. Même avec ces soins, il est possible que le sujet ne survive pas à l'Échange, que son système nerveux ne soit pas capable de soutenir la pression. Si ce n'est pas le cas, il se réveillera progressivement et sera transformé.

Même à ce moment, il ne se trouve pas entièrement hors de danger. Il risque d'être confus et agité. Sa raison pourrait se voir menacée. Il lui faudra un certain nombre de jours, au moins, pour s'adapter complètement à sa nouvelle situation.

---

Petit à petit, douloureusement, il recommença à sentir son corps. Quelque chose lui enserrait le cou et il exhalait une odeur de sang. Il était allongé sur un lit, jambes et bras négligemment étalés. Il ne sentait ni ses pieds ni ses mains. Il avait froid et frissonnait – c'est ce qui avait dû le réveiller –, et il y avait un feu allumé non loin. Il l'entendait à l'autre bout de la pièce mais était trop faible pour s'approcher de la chaleur. Il avait toujours les yeux fermés, et pourtant il souffrait de la lumière.

Des personnes se trouvaient dans la pièce et parlaient.

— … savez comme il est, disait quelqu'un avec colère, la voix emplie d'une piquante antipathie. Un homme à la prononciation soignée et distinguée, comme celle d'un professeur. Vous auriez pu penser à le surveiller, étant donné son humeur.

— J'avais d'aut' choses à faire, répondit une voix plus grossière, propre à l'insulte et aux bagarres de rue.

— C'est le moment qui paraît très curieux. Et puis l'amener *ici*, en plus…

— Ben, continua la seconde voix, y a rien à y faire maint'nant. Je crois pas que çui-là va vivre, alors c'est pas un problème, du coup.

Quelqu'un s'approcha. James perçut une odeur de sang, de bière.

— Voyez. Il a pas l'air très en forme, si ?

— Non.

— Vous en tirerez quand même quèque chose, non, vous pensez pas ?

L'autre homme fit une réponse, et son compagnon émit un rire gras et moqueur, mais ce qu'ils dirent après cela, James ne put l'entendre – il sombrait de nouveau dans le sommeil ou la fièvre. L'instant d'après, il était parti et ses pensées l'avaient toutes déserté.

Il éprouvait le passage du temps, les heures et les jours, et pourtant il faisait toujours noir, toujours nuit. Dans la pénombre il entendit un cri et le son de pas de course. Dans le lointain un objet se brisa ; il discerna un bruit de verre se fracassant contre du bois. Un homme parlait d'un ton désespéré et suppliant. Il n'obtint pas de réponse, pourtant il n'était pas seul. On le traînait vers un endroit – plus proche, pensa James. Il hurlait maintenant, qui qu'il fût. On ouvrit une porte, la referma, puis elle se trouva de nouveau verrouillée.

## 8

## *LE CARNET D'AUGUSTUS MOULD*

*3 décembre 1885*

J'avais résolu d'abandonner. N'ai pas regardé ce carnet depuis des années. Il n'y a pas eu grand-chose à rapporter. Les jours et les mois deviennent uniformes dans cette vie, rien hormis ma recherche pour m'occuper et m'intéresser. Mais aujourd'hui il le faut, je dois trouver un moyen d'apaiser mes pensées.

Je ne parviens toujours pas à y croire réellement – si en colère qu'il en est difficile de rester assis et d'écrire. Edmund est aussi stupéfait que moi. J'aurais dû m'y attendre, mais effectuer un changement si soudain et radical, comment peut-il oser.

C'est arrivé hier. Kingstead a parlé à Edmund. Je n'étais pas présent (évidemment, je suis de plus en plus las d'apprendre ses édits de la bouche d'Edmund). Il a décidé que mes recherches ont duré assez longtemps, qu'elles sont inutiles, onéreuses, mal avisées.

Il a dit qu'Edmund pouvait m'envoyer en retraite, s'il le désirait, ou bien consigner mon nom dans le registre du club.

Je n'ai jamais vu Edmund si déçu. Je pense qu'en dépit de la tournure que les choses ont prise, il espérait qu'il pourrait rallier Kingstead à notre cause, croyait qu'ils pourraient mettre leurs efforts en commun et accomplir une entreprise qui vaille la peine. Depuis un certain temps, j'ai l'impression qu'une découverte significative n'est plus très loin – nous pouvons commencer à questionner les sources que nous avons rassemblées, à utiliser les connaissances que nous avons accumulées.

— Que faire maintenant ? demanda-t-il, quand il m'eut tout raconté.

— Vous ne proposez pas d'abandonner, je suppose ?

— Non. Certainement pas.

Nous nous tûmes tous les deux ; j'essayai de réfléchir sur les prochaines mesures à prendre. Edmund percevait déjà l'évidente voie, je crois, mais avait peur d'effectuer un tel pas.

— Kingstead est-il toujours populaire parmi les hommes du club ? demandai-je finalement.

— Oui. Pas aussi populaire qu'à une certaine époque, peut-être.

— L'éliminer resterait cependant difficile ?

Il ne montre pas facilement de surprise – il semblait pourtant déconcerté de l'entendre énoncer si clairement.

— Difficile, oui, répondit-il après un instant de considération. Cela nous coûterait beaucoup de temps et d'énergie. Ce serait un combat féroce. Mais je crois que c'est possible.

— Eh bien, alors, je suppose que la question est de savoir si vous êtes disposé ou non à tenter la chose.

— Bien sûr, dit-il.

Une telle métamorphose, une fois l'idée exprimée à voix haute – sa morosité avait disparu. Il n'était plus que décision, vivacité.

Nous devons élaborer notre plan, puis commencer à sonder les autres membres du club. Il nous faudra agir avec prudence. Si je me fais une juste idée de Kingstead, la victoire ne sera pas aisée.

*18 mars 1886*

L'immeuble qui abrite le club a été abandonné au parti d'Edmund. Dégâts minimaux en haut. Évidemment, j'avais emporté tous mes instruments &c. Mais je me sens soulagé de retrouver mes salles de travail. Le combat que nous avons dû mener pour récupérer le bâtiment me fait me demander combien de temps notre entreprise prendra. Une interminable campagne paraît plus probable que jamais.

*7 juin*

De l'argent enfin – mais il me l'a fait parvenir par l'entremise de Makeweight. Je sais qu'il est occupé et que l'affaire de la semaine dernière a contrarié tout le monde, cependant je ne vois toujours pas pourquoi mon salaire devrait m'être payé de façon aussi erratique.

J'ai mal à la tête. Blouissement. C'est douloureux, je ne cesse de le dire à Makeweight, mais je ne pense pas qu'aucun d'entre eux comprenne ce qu'on éprouve. Parfois, après coup, je m'aperçois que les souvenirs ont perdu en vivacité ou ont complètement disparu. Je me demande si les créatures ne pourraient pas s'emparer entièrement des pensées et de l'esprit mêmes de quelqu'un, si elles le voulaient, s'alimenter de l'âme comme elles s'abreuvent de sang. Quelle sorte de force inquiétante acquerraient-elles d'une telle nourriture ?

Makeweight refusa de partir avant que je ne lui apporte un mélange de thé fort et de cognac, l'une de ses boissons préférées, quand il ne peut pas avoir du sang. Il était assis là et me regardait fixement par-dessus la tasse en porcelaine – qui paraissait ridicule entre ses grosses mains d'étrangleur –, sans prononcer un mot.

Au moment de nous séparer, je songeai – brièvement – que je me trouvais en danger. Évidemment, Makeweight perçut ma peur.

— Et si c'était l'Échange ? dit-il. Bier m'a p'têt envoyé pour ça.

— Il ne le ferait pas.

Edmund et moi avons un accord sur ce point. Ce sera lui qui agira comme mon mécène.

Makeweight rit. Je crois qu'il possède le rire le plus alarmant de son espèce.

— Vous savez, il pourrait pas vous changer du tout.

Il lance toujours des menaces de la sorte, calme, presque cordial, du moins au début. Il a l'habitude de décrire des horreurs comme s'il s'agissait de simples banalités.

— Bier pourrait vous laisser crever d'vieillesse avant d'se décider. Ou bien vous changer quand vous s'rez d'jà dev'nu mou du ciboulot et trop faible pour marcher, juste pour la rigolade, vous voir vous déplacer en rampant. Pourrait être amusant, vous garder au club un p'tit moment, quand vous s'rez plus bon à rien.

— Vous n'en avez aucune idée, rétorquai-je.

— P'têt pas, poursuivit-il. Ou p'têt, Gus, vous aurez jamais c'que vous voulez. Vous y avez pensé à ça ?

Je lui dis de partir, et il s'exécuta, non sans une dernière raillerie que j'ignorai.

Je suis énervé, malgré moi. J'ai parcouru de nouveau ces pages et les ai trouvées entachées par la présence de Makeweight – je ne peux m'empêcher de les lire comme s'il se penchait par-dessus mon épaule, éternellement goguenard.

*[Une longue liste de chiffres et de dates, de noms et de lieux, écrite, barrée puis réécrite, a été omise ici pour le confort du lecteur]*

*9 novembre 1887*

J'avais toujours envisagé comme probable que notre lutte ne se réglerait pas en termes de semaines ou de mois. Mais cela fait maintenant presque deux ans. L'attente et le danger supplémentaire ont constitué une terrible pression.

Mais il y a de bonnes nouvelles : j'ai un nouveau sujet, vivant cette fois. Cette étude portera sur les effets de la famine. Les résultats définitifs exigeront un grand degré de patience, je soupçonne. (Mémo. : redemander à E. une deuxième table ?)

Edmund et les autres répugnaient au début à me fournir des hommes de leur catégorie – considéraient cette disgrâce impensable. Destin envisageable seulement pour des criminels et des individus de classes inférieures. Mais les relations se sont dégradées entre les factions depuis lors, et même si la violence est regrettable, cela m'a valu un bénéfice, au moins. Il n'y a pas eu grand besoin de partir à la poursuite de nouveaux spécimens récemment.

*9 décembre 1889*

Edmund a insisté pour que Kingstead soit pourchassé. Je ne nie pas que ce soit plus prudent, seulement Edmund ne veut prêter attention à aucune autre question jusqu'à ce qu'on le ramène. J'espère qu'il n'a pas quitté l'Angleterre. Une poursuite outre-Atlantique serait compliquée. (Pas impossible néanmoins, avec suffisamment de motivation.)

*[La date et les premières lignes de cette entrée obscurcies par une tache sombre qui ressemble à une marque de brûlure]*

nouveau le peu de gens qui restent. De nombreuses pièces sont vides au club, plus de la moitié se trouvent désormais désertées. Certains couloirs ne sont arpentés que par Treadwell.

Mais nous en avons terminé, enfin. Je suis épuisé, soulagé. Edmund veut l'opération ce soir. Il doit observer, en compagnie d'autres invités d'honneur. J'ai dit que j'espérais avoir assez d'espace pour travailler ; Michael a déclaré que l'objectif n'était guère de glaner des connaissances. ~~Je souhaite~~

*2 janvier 1890*

Je suis content que ce soit fini. Ne retournerai pas au club pendant quelques jours ; je me sens malade, totalement éreinté.

Kingstead n'a pas dit un mot de toute l'opération, qui dura inévitablement longtemps ; Edmund ne l'aurait pas voulue autrement. Il n'émit aucun son de douleur. Edmund resta avec moi et regarda. Je ne quittai pas le club durant quatre jours, dormis peu pendant ce temps. Tout cela paraît comme un rêve maintenant. Je me rappelle me tenir debout, las et maculé de sang, courbaturé, tenant le cerveau de Kingstead entre mes mains.

Je n'avais jamais vu Kingstead avant cette nuit-là. Chose la plus étrange, je ne pouvais pas croire à quel point il avait l'air absolument ordinaire. Mais Edmund dit qu'une contenance banale représente un atout pour son espèce. La plupart d'entre eux n'aiment pas que les Rapides leur prêtent trop d'attention.

Michael, qui continue de prospérer, représente une exception notable à cette règle. Peut-être nos opposants virent que son élimination constituerait une parfaite aubaine pour la cause d'Edmund. Il demeure aussi vain qu'une fille, irritable lorsqu'il découvre une mode qu'il ne connaît pas, et entièrement égocentrique. Edmund n'a de cesse de le tirer de pétrins d'une sorte ou d'une autre.

*6 janvier*

Toujours fatigué, mais je dois écrire ce soir. Le voir si heureux aujourd'hui vaut tout ce que nous avons enduré, les années de lutte. Il a été officiellement élu président ce soir. Maintenant nous pouvons enfin nous mettre au travail, sans entrave. La première tâche consiste à augmenter les chiffres. (Cela risque de prendre du temps. L'admission au club demeure un processus lent et tortueux. Peu de candidats s'avèrent réellement convenir. Le club peut aller chercher des membres – comme dans le cas d'Edmund, qui avait été sollicité –, mais il faut alors s'assurer l'accord de ces potentiels candidats avant de pouvoir procéder.) La pire conséquence de ce long combat avec Kingstead et les siens a été le nombre de morts de part et d'autre. Le club compte à peine vingt personnes à présent. Plus aucun "homme-chouette".

*[Une page se trouve à moitié déchirée ici. Ce qui en reste est recouvert de lignes d'encre tracées avec emportement, rendant l'ensemble pratiquement illisible]*

"Le rire de la créature constitue assurément un mauvais signe. Celle-ci ne possède aucune véritable notion d'hilarité ; en lieu et place de quoi, son rire affiche un manque complet d'humanité. Elle rit et sourit uniquement pour instiller de la peur chez sa victime. Dans Polidori, nous trouvons l'évocation du monstre dont « la parodie de rire, à la fois étouffé et exultant, se prolongeait en un son pratiquement ininterrompu » pendant une attaque ; on ne peut en offrir une meilleure description."

G. P. Shadwell et A. Swift – "Signes des morts-vivants"

Oui, assez exact, même si ne peux consentir à citer la fiction comme preuve. Je possède une autre plaquette des mêmes auteurs ; cette sorte d'études excentriques est typique. Également, leur insistance sur le pouvoir inné plutôt qu'arbitraire des symboles sacrés &c. est tout à fait erronée, à mon avis. Dois m'efforcer de distinguer entre les limitations insurmontables (part inévitable de la condition des créatures) et celles dont je soupçonne qu'elles n'existent que dans l'esprit – "psychologiques", pourrait-on dire.

(Celles-ci peuvent-elles être domptées ? Et une telle chose est-elle désirable, même si elle est possible ?)

Je me demande bien comment ces hommes ont réussi à en savoir autant sur ce sujet. D'une certaine façon, il est réconfortant de penser qu'il existe des personnes, comme moi-même, qui ont connaissance de ces phénomènes de première main.

*

*[Morceau de papier volant – non daté]*

J'ai le sentiment qu'Edmund me regarde différemment – ils me considèrent tous différemment. Nous étions presque contemporains, autrefois. Maintenant, chaque jour, nous nous éloignons un peu plus. Tôt ou tard – s'il ne se débarrasse pas de moi –, les gens pourraient nous prendre pour père et fils. Je me sens pourrir, et eux sont là, parfaitement inchangés. Peut-être oublient-ils que chaque jour me diminue.

Je ne crois pas avoir même consigné notre conversation, ne parviens pas aujourd'hui à me rappeler la date ou l'année, mais au début de notre travail il me promit que cela aurait lieu, je deviendrais l'un des leurs. Avant qu'il ne soit trop tard.

Pas besoin de ces rêveries. Je pense que c'est seulement ce jour – étant celui de mon anniversaire – qui me rend morbide. L'année prochaine j'aurai cinquante ans.

*

*6 décembre 1891*

Une chose inhabituelle s'est produite aujourd'hui, dommage que je ne puisse partager la plaisanterie avec personne d'autre.

C'était quand je commis une erreur lors de l'une de mes traques à la poursuite d'un nouveau sujet. Depuis plusieurs heures j'essayais sans succès de trouver des créatures. Pour finir, je devins téméraire, je m'aventurai plus à l'est que jamais auparavant, là où il y avait les plus fortes chances de tomber sur les Alia. Le cocher renâclait à avancer, au bout d'un moment je descendis du cab, lui demandant de m'attendre quelques rues plus loin, et poursuivis mon chemin à pied. J'étais armé, bien sûr, et avais revêtu une tenue aussi discrète que possible. Je me sentais mal à l'aise, conscient de l'immense risque, et pourtant j'éprouvais aussi une sorte de plaisir.

J'avais dépassé Whitechapel et me dirigeai vers le sud en direction du fleuve – le quartier ne présentait certainement pas de spectacle très édifiant, en particulier à cette heure de la nuit. Mais je pensai qu'il constituait un bon endroit pour obtenir un sujet, aussi continuai-je ma traque. Après un laps de temps, je repérai une probable proie, un homme dans des vêtements miteux, ayant l'air d'un marin. Ce fut sa pâleur qui attira d'abord mon attention.

Je le vis entrer dans une taverne et le regardai consommer une extraordinaire quantité de gin sans pratiquement aucun effet apparent. (La quantité nécessaire pour enivrer un mort-vivant est proverbiale.)

Convaincu que j'avais perçu sa vraie nature, je le suivis le long d'une rue déserte, jusqu'à ce qu'il finît par ralentir le pas. Je n'avais pas pris soin de dissimuler ma traque – c'est inutile lorsqu'on pourchasse les créatures – et il m'avait remarqué.

Il s'arrêta, se retourna, et je m'approchai de lui. Il avait une expression hostile. Je crois qu'il espérait une bagarre.

— Quoi ? demanda-t-il. Vous voulez quoi ?

Je me tenais prêt à user de mes armes, mais avant même de me trouver à deux mètres de lui, je compris mon erreur. Il faisait partie des Rapides, et j'avais perdu mon temps.

— Excusez-moi, dis-je, un peu dépité par ma méprise.

— Mais vous voulez quoi, hein ? répéta-t-il – avec pugnacité, manifestant à l'évidence une forme de défi.

Je m'aperçus que, même s'il avait l'habitude de l'alcool fort, il était malgré tout assez saoul. Je doutai qu'il se rappelle grand-chose de notre rencontre au matin. Je m'éloignai.

Il cria après moi – mon silence prolongé semblait le mettre en rage.

— Je sais qui vous êtes. J'vous connais, vous aut'.

Malgré moi, je m'arrêtai et regardai en arrière.

— Ouais, continua-t-il, en essayant de rétablir son équilibre chancelant. Ouais, vous feriez bien d'renoncer. Ouste. Ou j'vous fracasse le crâne.

Je continuai mon chemin.

Puis il hurla :

— Allez au diable, 'spèce d'vieux vampire !

Je fus déconcerté d'entendre le mot prononcé à voix haute, après toutes mes années de silence et d'allusions prudentes. C'était devenu un blanc, même dans mes propres pensées. Et que ce vieux saoulard plein de vices me le balance alors ainsi dans la figure !

Je me rendis compte que je l'avais véritablement effrayé – moi, qui n'avais jamais fait peur à une souris de ma vie. Tandis que je partais, je l'entendis continuer de vociférer – de viles malédictions bredouillantes –, jusqu'au moment où je me retrouvai hors de portée d'oreille. Je ne peux m'empêcher de me demander ce qu'il a vu dans mon expression qui l'aura épouvanté de la sorte.

*8 décembre*

Edmund m'a rendu visite aujourd'hui. Il n'était pas venu depuis un certain temps ; j'étais content de le voir.

Parfois il est difficile de le regarder et de croire que le moindre temps a pu passer depuis cette veille du jour de Noël lorsqu'il apparut à ma porte.

Il accepta du thé et nous parlâmes de Michael (la situation n'est pas bonne ; il a trouvé une autre "Miss Lee" à persécuter – c'est la troisième) et des problèmes qu'il rencontre toujours pour recruter de nouveaux membres. Puis il se mit à l'aise dans son fauteuil et me demanda si j'étais satisfait.

— Certainement, répondis-je.

— Vous ne souhaitez rien de plus ? L'Échange ?

Je n'aime pas paraître attendre avec impatience cette récompense. Je sais que je lui suis plus utile tel quel, pour l'instant – aucun des hommes du club ne peut l'assister comme moi. En dépit de leur force supérieure, il y a des tâches pour lesquelles un Rapide est mieux adapté.

Pour cette raison, je ne me permis pas d'avoir l'air pressé :

— Naturellement, je le désire. Quand ce sera le bon moment.

Il opina du chef, et je crus une seconde qu'il allait s'exécuter ici et maintenant, et j'eus soudain peur. Je ne m'étais pas préparé.

Au lieu de quoi, il dit :

— Cela ne devrait plus tarder, vous savez. Il se montrait plus amical qu'il ne l'avait été depuis un moment. J'apprécie réellement tout votre travail, mon bon ami.

J'aurais pu me passer de cette dernière remarque – elle semblait artificielle. Mais je répondis :

— Vous savez que je suis content de vous aider.

— Les Alia ont un nom pour vous, dit-il. Makeweight me l'a rapporté – il entend tout. Ils vous appellent Docteur Couteau.

— Docteur Couteau ?

Je ne savais pas si je devais me sentir insulté ou non. On m'a donné plusieurs noms bien pires.

— Ils ont dû vous voir lors de l'une de vos promenades, en train de collecter. Avec votre sac noir.

— Ah, fis-je.

— Êtes-vous prudent quand vous sortez seul ?

— Bien sûr.

Je me sentais légèrement touché qu'il s'inquiète de ma sécurité.

— Vous savez que je pars toujours préparé. Et le fiacre me suit à distance.

— Bien, dit-il.

M'apparut alors une image – inattendue – d'Edmund lui-même à la place de mon sujet actuel, ses yeux aveugles étincelant à l'instar de l'argent. Je ne sais pas pourquoi cela me vint. S'il perçut ces inopportunes réflexions (il est habitué à mes défenses et il parvient parfois à atteindre les confins de mon esprit sans que je m'en aperçoive), elles l'amusèrent. Du moins, quelque chose l'amusa, pour autant que ce soit aujourd'hui possible.

Il partit peu de temps après. Suis d'humeur acerbe à présent et extrêmement contrarié. Vais sortir pour une longue promenade.

*3 novembre 1892*

Fatigué et ne peux pas dormir – toujours ainsi maintenant –, regarde la neige tomber. Je fais les cent pas dans ma chambre, impatient et agité. Si je ne me calme pas d'une manière ou d'une autre je n'aurai aucun repos ce soir. Les nouvelles devront attendre demain, de toute façon ; il n'y a personne ici à qui en parler.

J'ai découvert la chose au cours de mon travail sur *Epistulae* de Thomas Suttlee. Edmund m'a finalement trouvé un exemplaire en latin d'origine – j'ai été obligé de me servir de traductions bâclées trop longtemps. *Epistulae* date du XIIIe siècle et l'ouvrage, rédigé par un Anglais, est, je crois, le premier à explorer les observances &c. en détail. La plupart des textes plus tardifs s'en inspirent, et pourtant il y a une tendance regrettable à s'appuyer sur des traductions peu fiables et incompétentes. Je pense que cela est dû aux créatures elles-mêmes, dans la mesure où elles comptent si peu d'éminents érudits dans leurs rangs.

Aujourd'hui, dans un passage crucial qui discute des conditions de l'Échange, je me suis aperçu qu'un contresens majeur s'était produit. Parmi d'autres erreurs, *invitus* a été rendu à maintes reprises par invité à la place de réticent, conduisant à une interprétation erronée de tout un passage.

Si j'ai raison, alors l'insistance sur le consentement au cours de l'Échange est, en réalité, un non-sens total. Le fait que personne n'ait soulevé cette question avant ou pensé à inspecter l'original constitue une illustration pertinente de l'opposition au changement des membres du club et de leur recours lassant aux superstitions. Même Edmund n'y échappe pas.

Ce qui signifie que tout un chacun, consentant ou non, peut être transformé en mort-vivant, dans les conditions appropriées, et si l'échange de sang se voit correctement exécuté. Il n'existe absolument aucune interdiction.

*14 mars 1893*

Une issue à toutes ces délibérations. Ils se sont enfin accordés sur un plan – Edmund et Corvish, je veux dire, avec quelques suggestions de la part de Michael, Maylie, et une ou deux autres personnes dans l'entourage proche d'Edmund. Maintenant, ils doivent convaincre le reste du club. Ils ont décidé d'appeler ce nouveau projet l'Entreprise. Pas la peine d'ergoter sur le nom, je suppose.

*20 mars*

Michael s'est comporté de manière effroyable. Je ne peux me résoudre à raconter l'affaire de l'église du Temple en détail. Je me contenterai de dire qu'il a causé beaucoup de difficultés et désagréments par une attaque tout à fait inutile, qu'il a omis de dissimuler aux autorités. Cela pourrait, très injustement, monter le club contre Edmund. Le vote sur l'Entreprise est pour bientôt ; le moment est très peu propice.

Les choses ne vont pas aussi bien que je le souhaiterais depuis un certain temps maintenant. La position d'Edmund au sein du club n'est pas aussi sûre qu'elle pourrait l'être. Même Corvish – l'un des plus loyaux à la cause d'Edmund – s'est montré moins enthousiaste au sujet de l'Entreprise dernièrement. Ils détestent tous le changement.

Au moins nous n'avons pas un grand nombre de personnes à convaincre (ils comptent toujours vingt membres, plus les deux domestiques et moi). J'ai travaillé avec Edmund sur son discours ; je suis relativement confiant qu'il sera bien reçu.

*

*[Des pages collées dans le carnet ici. Écrites d'une main différente, ajouts de Mould au crayon]*

*Discours pour le 14 avril 1893*

Les recherches de Mr Mould ont montré qu'il est, en principe, possible d'effectuer l'Échange sur un sujet non informé, voire réticent. Je propose que nous commencions à tester cette théorie immédiatement.

*Pause ici pour l'effet.*

Certains parmi vous pourraient demander : Pourquoi prendre le risque de changer des coutumes multicentenaires ? Quel bénéfice pratique ce programme ~~d'action~~ peut-il nous apporter ?

*Trop de questions ? Ils se méfient de la rhétorique.*

J'affirme que nous sommes menacés, et ce que je suggère aujourd'hui nous offre les meilleures chances de survie. Nous sommes en voie d'extinction, et ceci, ~~l'Entreprise~~, est notre voie de salut. ~~Nos prédécesseurs n'auraient jamais eu recours à ce que je propose. Mais le monde actuel ne ressemble pas à celui qu'ils connaissaient ; ce n'est plus la ville qui leur était familière.~~

*Sans doute mieux de ne pas leur rappeler que c'est une situation sans précédent – ils s'en seront aperçus d'eux-mêmes.*

Nos chiffres ont diminué. ~~Notre combat récent nous a tous coûté très cher.~~ Si nous voulons continuer, nous devons accroître notre nombre, et vite. En passant outre le besoin de persuader de potentiels membres d'accepter l'Échange, nous serons à même de gagner en force plus rapidement. Nous pouvons choisir le plus haut calibre d'initiés. Sélectionnons ce que notre pays a de mieux à offrir ; prenons des hommes à la fleur de l'âge, dotés d'intelligence, de pouvoir, de personnalité, d'entregent, d'argent – ~~faisons présent des dons dont nous jouissons aux plus méritants.~~ Comblons nos rangs – dépassons même notre habituelle limite sur le nombre de membres, si nous trouvons suffisamment d'hommes. Cela ne peut qu'améliorer notre situation.

*"Partageons nos dons avec les plus méritants", peut-être ?*

Comment s'octroyer ces nouvelles recrues ? Je voudrais suggérer qu'il existe une abondance de terrains de chasse, si nous nous donnons la peine de les chercher. Les Alia vivent et prospèrent à Londres depuis trop longtemps. Nous les avons écrasés auparavant, mais jamais de manière décisive. Recrutons de nouveaux membres et employons notre nouvelle force pour éliminer les Alia pour toujours. Nous savons tous que leur nombre croît aussi continûment que le nôtre décline. La ville abrite un groupe florissant d'êtres parmi les plus dépravés, amers et féroces, en permanence à l'affût d'une occasion pour nous attaquer. Une fois disparus, leurs lieux de traque pourraient être attribués à de nouveaux membres. Notre influence s'étendrait sans frein dans l'ensemble de la ville.

Il existe une autre raison pour ce que je propose, qui est peut-être moins évidente : je parle des Rapides. Je pense qu'ils présentent un danger et pour nous et pour eux-mêmes.

Permettez-moi d'expliquer : c'est leur faiblesse, non leur force, qui les rend dangereux. Le fait que j'ai entrepris mon Échange dans le but d'employer mes dons pour le bénéfice de la société est, je crois, bien connu. Je sais que certains d'entre vous désapprouvent cet objectif – qu'avons-nous bien à faire avec les Rapides, après tout ? Nous entreprenons sûrement déjà assez –, chassant, comme nous nous y efforçons, les individus les plus corrompus au sein de la race humaine. Ne constituons-nous pas un obstacle naturel à leurs vices et iniquités ? J'admets qu'après mon Échange, j'ai vite été désillusionné par les Rapides. Je n'ai pas, cependant, abandonné mes projets quant à leur amélioration.

Aujourd'hui ~~je crois que~~ j'ai trouvé un moyen d'exercer pour de bon notre influence sur la société, tout en promouvant nos propres intérêts. Nous serons les gardiens de tout ce qu'il y a de mieux dans ce pays et son peuple. Nous ne souffrirons ni la mort ni le vieillissement et le déclin d'aucun grand homme ; nous conserverons éternellement les dons de chaque personne savante ou talentueuse. Ne pouvez-vous imaginer les réserves formidables d'aptitudes que nous pourrions accumuler, pour nous-mêmes et ce pays, son empire ? ~~Aucun talent ou savoir ne saurait plus jamais se perdre.~~

*Développer peut-être les façons pratiques dont ces choses bénéficieront au club : par ex., avances technologiques, profits financiers.*

~~Je ne souhaite pas vous faire un prêche.~~ Je sais que certains d'entre vous partagent mes opinions en la matière. Je vous dirais à vous en premier : quelles que soient vos idées, le pouvoir et l'influence que ces nouveaux membres du club nous apporteront à tous devraient constituer un argument suffisant en soi. Qui peut bien objecter à ce que nos chiffres enflent, à ce que nos chambres et pièces se remplissent de telles nouvelles recrues ?

~~Je dirais aussi qu'à ce moment, et sur cette question, nos intérêts et ceux des Rapides sont communs.~~

*Je ne crois pas qu'ils apprécieront l'idée d'intérêts communs – peut-être cette phrase devrait-elle être supprimée ?*

Nous avons coutume de nous concentrer sur nos affaires à nous, mais je pense que vous tous avez vu que des changements sont en cours dans ce pays, changements qui pourraient tous nous menacer.

On a beaucoup écrit au sujet de la dégénérescence ; nombreux sont ceux qui, dans les dernières années, ont exprimé leur crainte sur le fait que, de la même façon que l'homme a progressé, celui-ci pourrait aussi bien régresser et nous ont prévenus que le perfectionnement n'avait rien d'inévitable. ~~Il n'est pas nécessaire de lire Lankester pour discerner cette vérité.~~ Certains affirment qu'il n'existe aucun peuple qui puisse se développer au-delà d'un certain niveau fixe de grandeur, après quoi ils sont voués au déclin – parmi eux, il y en a qui croient que la nation anglaise est sur le point d'atteindre ce niveau. L'on pourrait dresser des comparaisons entre nous et Rome dans ses derniers jours : des hommes s'adonnant à l'efféminement, à la faiblesse, à la décadence, à la déchéance morale.

Une courte promenade dans les rues de notre capitale nous offre certainement beaucoup d'éléments de réflexion. La ville regorge de Juifs et d'Irlandais. Les habitants brutalisés et affamés du quartier de Spitalfields, les résidents chétifs et blêmes de cette circonscription canaille – ces spécimens augurent-ils un grand avenir pour la nation, pour la race ? En période de guerre, de telles créatures tiendraient-elles longtemps comme soldats – seraient-elles même autorisées à s'engager ?

Et il n'est pas nécessaire de s'aventurer dans les pires quartiers de cette ville pour trouver des causes d'inquiétude. Une dégradation est évidente partout, dans les classes supérieures et inférieures de la société. Chez les jeunes, en particulier, l'on découvre une sorte de sentimentalisme morbide, ce qu'on appelle l'état d'esprit *fin de siècle**. Dans tous les domaines, le "Nouveau" s'implante – nous devons avoir le Nouveau journalisme, les Nouvelles femmes, le Nouveau remords, le Nouveau théâtre. Des comportements que l'on aurait dénoncés il y a vingt ans sont aujourd'hui acceptés – les fils défient leurs pères, les épouses déclarent leur indépendance vis-à-vis de leurs maris.

À une plus large échelle, l'influence de notre pays n'est plus ce qu'elle était. Notre armée, notre ascendant politique en Europe, notre puissance économique et industrielle, toutes

* Les mots en italique suivis d'un astérisque sont en français dans le texte. *(N.d.T.)*

sont menacées. ~~Il y a des décennies, Mr Froude observait : "Les officiers anglais nous expliquent qu'ils peuvent à peine se montrer à une *table d'hôte** en Allemagne sans craindre d'être insultés. L'opinion britannique n'a aucun poids. Notre influence dans les conseils de l'Europe est une chose du passé. On nous apprend, à moitié officiellement, qu'il est temps pour nous de nous retirer totalement des affaires du Continent." Je ne souhaite pas vous ennuyer avec de la politique, messieurs, aussi dirais-je seulement que les craintes de Mr Froude étaient prescientes.~~ Aujourd'hui notre pays, dépourvu d'importants alliés militaires, est en charge de défendre et d'administrer un vaste empire. Il nous faut trouver les hommes pour le protéger et conserver les individus méritants à l'apogée de leurs pouvoirs – pour leur bénéfice, et pour le nôtre.

*Supprimer peut-être Mr Froude – je ne sais pas s'ils sont nombreux à avoir entendu parler de lui. Possibilité de faire référence à des événements contemporains à la place – par ex., question Égypte/France (évoquer l'éventualité d'une aggravation de la situation), expansion de la puissance militaire et économique de l'Allemagne. Peut-être aussi une référence ici à la "dépression" actuelle dans commerce/industrie. Certains d'entre eux toujours propriétaires fonciers, auront souffert des importations de céréales américaines bon marché &c.*

Je vous donnerai un exemple supplémentaire. Il n'y a pas dix ans, des émeutiers ont défilé sur Pall Mall ; des pierres ont été lancées contre ce bâtiment même, nos fenêtres ont été brisées. Quelqu'un parmi vous pourrait-il imaginer une telle insulte un siècle plus tôt ? Vous êtes nombreux à avoir assisté à cet affront ; vous êtes encore plus nombreux à savoir qu'une panique générale s'en est ensuivie ; la police a dû protéger Buckingham Palace. Un an plus tard, et nous vîmes socialistes et Irlandais se battre avec la police sur le Strand. Cette ville peut-elle être la nôtre ? Ce pays peut-il être le nôtre ? Pouvons-nous rester les mains ballantes et ne pas agir quand on permet à de tels incidents d'avoir lieu ?

Oui, l'Entreprise apportera au club une force renouvelée. Elle nous apportera du pouvoir, une chance de nous débarrasser de nos ennemis, ainsi que des avantages financiers non négligeables. Mais, plus encore, ce sera l'occasion de marquer un changement dans ce pays, de l'arracher à l'abîme.

Oui, nous pouvons éprouver peu d'empathie pour les Rapides, et jusqu'à un certain point leur comportement n'a pas besoin de nous concerner. Mais je suis d'avis que ce point a été dépassé. Il est temps d'agir en tant que gardiens de ce pays, dans le but d'assurer ses intérêts, sur place et dans tout l'empire. Pour notre propre bien nous devons le faire. Si nous n'intervenons pas maintenant, je n'ose imaginer de quel monde nous hériterons dans quelques décennies. Mais je sais que ce ne sera pas un monde dans lequel j'aimerais habiter.

*

*15 avril*

Le vote eut lieu à minuit, à la suite du dîner d'admission pour Mr Howland (américain, extrêmement riche, d'après Edmund – une précieuse acquisition, surtout vu les difficultés actuelles du club à attirer de nouveaux membres). Edmund me rendit visite plus tard pour m'annoncer le verdict.

C'était une nuit froide. Il oublie ses gants parfois, et ses mains étaient presque bleues. Je lui ai servi du cognac, n'ayant pas de boisson chaude prête pour lui. Quand il se fut remis, il me dit qu'il avait réussi. Un sujet d'expérience avait été sélectionné.

Je le félicitai et demandai de quel homme il allait s'agir – je sais qu'il y avait eu des débats sur la question. Le problème est de trouver une personne digne de la transformation, mais pas d'une valeur si grande que sa mort – en cas d'accident – ne devienne irréparable.

— Avez-vous entendu parler d'Edward Drebber ? demanda-t-il.

— Non.

— Non, dit-il, je pense que personne ne le connaît. Il est membre du parlement, si je comprends bien, un député plutôt obscur. Ils se sont entendus sur lui. Si seulement nous avions pu avoir Mr Owen.

Je considérais aussi comme bien dommage que le grand scientifique fût décédé avant un accord sûr concernant l'Entreprise.

— Malgré tout, Paige affirme que nous pouvons tirer de bonnes choses de Drebber, ajouta Edmund.

(Paige est une acquisition récente, ce qui en fait un oiseau rare, étant donné le manque de nouvelles recrues en ce moment. C'est un jeune homme consciencieux et raisonnable, de même qu'il est résolument riche et engagé dans une carrière politique prometteuse. Edmund est satisfait de lui.)

— Le seul obstacle est que Michael paraît plutôt déçu, continua-t-il. Il avait jeté son dévolu sur ce dramaturge.

— Oh, oui, dis-je.

Je me doutais qu'ils ne donneraient pas la préférence à Michael – l'homme possède une certaine emprise sur le public, son influence pourrait peut-être se révéler utile, mais il ne constitue vraiment pas le type de personnes qu'Edmund choisirait.

— Où se trouve Michael maintenant ? demandai-je.

Edmund ne répondit pas. Michael est dans l'une de ses pires humeurs depuis plusieurs semaines. Lorsqu'il est dans cette sorte d'état, il s'avère pratiquement ingouvernable, enclin à une malveillance puérile et à bafouer délibérément les règles du club.

Je demandai quand Drebber devait subir l'Échange, et Edmund répondit que la décision n'avait pas encore été prise. C'est typique du club – ils sont lents à se lancer dans toute action décisive. Mais, dans ce cas, il vaut mieux ne pas se précipiter. On doit s'approcher de Drebber avec douceur, pour éviter un choc inutile. Moins cet Échange s'avérera éprouvant, plus il sera en mesure de s'adapter à sa transformation. Edmund m'assure qu'une fois que l'Échange aura eu lieu sans encombre, Drebber s'acclimatera avec aise à sa nouvelle vie – et sa gratitude à l'égard de ses nouvelles capacités le liera au club. Je suis moi-même curieux de voir s'il réagira à l'Échange de la même manière qu'Edmund et les autres membres du club – la fièvre &c. différera-t-elle en gravité, peut-être ?

Je gardai Edmund un peu plus longtemps – jusqu'à ce qu'il fût plus réchauffé –, puis il dut s'en aller. Il était à l'évidence toujours inquiet à propos de Michael, qui, le plus probablement, est simplement parti bouder. Il est toujours en disgrâce à cause de l'affaire de l'église du Temple, ne risquerait pas une autre transgression si rapidement.

*17 avril*

Edmund m'a renvoyé à la maison pour me reposer. Bien sûr, c'est impossible. De toute façon, je devrai y retourner bientôt, pour voir s'il y a eu un changement dans la condition de notre étranger. Il a passé le cap le plus périlleux ; je soupçonne qu'il se réveillera sous peu.

Je pense que c'est la pire des infractions commises par Michael. Extraordinairement inopportune, aussi, étant donné nos récentes difficultés avec Mr Howland. Edmund doit agir résolument si nous voulons être à même de limiter les conséquences de cette catastrophe.

Hier matin, je fus dérangé avant l'aube par des coups à la porte d'entrée. Heureusement, j'ai le sommeil léger ; je me réveille facilement pour ces visites nocturnes et peux descendre discrètement avant que n'importe qui d'autre dans la maison ne soit importuné. En général, c'est Edmund qui m'attend. Dans ce cas, il s'agissait de Makeweight. Sur son trente et un comme à son habitude – je ne sais pas pourquoi il insiste pour se vêtir à l'instar d'un aristocrate quand à l'évidence il n'est rien de la sorte. Le laisser entrer m'ulcérait, comme sans aucun doute il s'en rendait bien compte.

— Vous devez v'nir au club, dit-il. C'est Bier qui demande. Aussi vite que possible.

— Pourquoi ? demandai-je. Que veut-il ?

— C'est Michael, répondit Makeweight. Y l'a fait.

— Quoi ?

— L'Entreprise.

Je ne comprenais pas, mais il insista pour que je me hâte, aussi retournai-je en haut et

Le plafond était décoré de coquillages. Il leva la tête, et finalement Christopher revint et lui dit qu'il ne devrait pas regarder dans les miroirs pendant un certain temps. Il ramassait des coquillages, mais, lorsque James regarda, la mer s'était complètement retirée, il n'y avait plus que du sable, et les coquillages s'étaient transformés en boutons de nacre, telles des lunes plates, de minuscules visages pâles.

Ils seront en tenue de deuil, dit Christopher. Tous, y compris Eustace. À propos, tu devras probablement le tuer. Explique-leur de ne pas se désoler, ces choses arrivent, surtout dans les familles les mieux réglées.

Quelque part une horloge faisait tic-tac, chaque minute enfonçant comme un pic dans son crâne douloureux, et pourtant la nuit refusait d'en finir.

Je vais mourir, annonça-t-il à Christopher, tandis que le froid empirait, qu'il se sentait suer et trembler, et que sa voix résonnait à l'instar d'un croassement discordant.

Non, répliqua Christopher. Du moins, pas entièrement.

Je ne peux pas le supporter. Et il continua de frissonner, ne sentant plus ses mains, puis lorsqu'il les examina, il s'aperçut que le bout de ses doigts était blanc. Je ne peux pas le supporter. Je ne peux pas supporter le froid, pas en ton absence.

Le froid va augmenter, dit Christopher. Et je ne suis plus là.

# Troisième partie

# 9

Lorsqu'il se réveilla de nouveau c'était un autre jour, une autre semaine peut-être. La lumière du soleil lui perforait la tempe droite, la douleur cinglante le forçant à se cacher la tête sous les couvertures, à l'instar d'un enfant effrayé par le noir, puis de remonter centimètre par centimètre vers le monde extérieur.

Même avec ces précautions, la lumière restait presque intolérable, si éblouissante qu'il parvenait à peine à discerner ce qui l'entourait. Il avait beau être couché sous un tas de couvertures et être toujours habillé, le froid persistait, et les bruits de la rue en contrebas lui paraissaient terriblement forts, comme si chaque passant lui piétinait la tête.

Et Christopher était mort. James avait pleuré, possiblement, dans la longue nuit ; il avait le souvenir de larmes lui emplissant la bouche, de sanglots le secouant comme des rires. Maintenant ne demeurait qu'une morne fatigue. Aucune pensée ne semblait vraiment en valoir la peine.

Il y avait une chose : une brève lueur intermittente dans son cerveau, telle la langue d'un serpent, une image d'un rouge livide donnant la mort.

Il entendit des pas à l'extérieur, puis un majordome ou un superintendant entra, un domestique de haut rang au visage blanc et lisse.

— Bonjour, dit-il. En serviteur bien entraîné, sa voix trahissait aussi peu de sentiments que son expression. Je suis heureux de vous voir conscient, monsieur. Je m'appelle Treadwell. J'ai pour instructions de veiller à votre confort.

Il s'approcha et ferma les rideaux, si bien que la lumière disparut, permettant maintenant à James de voir et réfléchir sans plus de souffrance.

— C'est mieux, dit-il. Souhaiteriez-vous que je vous apporte du thé, monsieur ? Les gens dans votre situation trouvent souvent la boisson désaltérante.

James ouvrit la bouche – sa gorge était encore douloureuse, comme si on lui avait excisé les cordes vocales pendant son sommeil. Il n'avait aucun mot pour poser une question ou exprimer une demande, ni pour blâmer cet homme ou s'emporter contre lui. Il ne pouvait que le fixer du regard.

— Une affaire compliquée, évidemment, reprit Treadwell. Mais c'est fini maintenant. Je vous apporte du thé sans tarder.

Avant que James eût le temps de se redresser dans son lit ou de s'efforcer de nouveau à parler, l'homme était parti. Il revint bientôt avec un plateau.

— Pouvez-vous vous asseoir, monsieur ? Voilà. Je vais vous aider. Il avait les mains froides. Appuyez-vous contre moi.

James réussit à formuler une question :

— Où est-il ?

Il se demanda si aucune de ses connaissances aurait pu reconnaître cette voix comme étant la sienne : rauque, plate, emplie de douleur. C'était comme s'il parlait d'un endroit souterrain, chaque son remontant des profondeurs de la terre.

Treadwell ne semblait pas l'avoir entendu.

— Je laisse le plateau ici, dit-il.

Il rapprocha une petite table – le seul meuble dans la pièce, en plus du lit et d'un fauteuil – et y posa le thé.

— Pourrez-vous l'attraper ?

— Où est-il ?

Treadwell parut confus.

— Qui, monsieur ?

— Mon ami, l'homme qui se trouvait avec moi.

— Je crains de n'être au courant de rien à ce sujet, monsieur. Ce n'est pas moi qui vous ai amené ici. On m'a simplement ordonné de veiller à votre confort.

— L'homme qui m'a amené ici, c'est un meurtrier.

Le visage du serviteur ne changea pas, mais James sentit sa désapprobation.

— Vous êtes contrarié, monsieur, dit-il. Vous devriez peut-être boire votre thé tant qu'il est chaud.

L'accusation de James n'avait pas provoqué le moindre tressaillement de la part de Treadwell – celui-ci semblait juste considérer James comme un tantinet mal élevé.

— Il a tué mon ami, reprit James. Sa voix était abrasive, discordante à ses propres oreilles, irascible comme celle d'un enfant. Vous devez aller chercher quelqu'un… police…

— Buvez s'il vous plaît, monsieur.

Il se sentait indisposé et mal en point, étourdi et déséquilibré. Il continuait d'attendre que les choses s'ajustent, se remettent en place, mais la sensation persistait malgré tout.

— Que m'est-il arrivé ? demanda-t-il.

— Buvez, dit Treadwell tout en lui passant la tasse.

Le thé le réconforta un peu – une chaleur momentanée.

— J'informerai le président que vous êtes rétabli. Je vous incite vivement à finir votre thé. C'est vraiment le mieux que vous ayez à faire avant de vous nourrir.

Il était inutile de lui poser plus de questions. James le regarda partir en silence.

Ses habits étaient ceux qu'il portait en quittant Egerton Gardens avec Christopher. Ils n'avaient même pas pris la peine de lui retirer ses chaussures. Il se sentait crasseux ; ses vêtements étaient froissés, humides de sueur.

Il avait les doigts gourds, comme s'il lui fallait apprendre à se servir des mains d'un autre homme. Assis au bord du lit, il se sentait peu sûr du sol sous ses pieds, craignant de tomber s'il essayait de se lever.

Il se souleva, bougeant avec précaution et tâchant de se remémorer la manière de se mouvoir. Rien ne semblait naturel à présent ; chaque geste devait être prémédité.

Une fois debout, son instinct premier fut de courir. Mais il n'avait pas assez de force pour cela. Avec peine, il prit la tasse de thé et s'avança vers la fenêtre pour voir où il se trouvait.

D'un coup d'œil prudent à travers le rideau, il s'aperçut que la chambre se situait en hauteur. Elle devait être au dernier étage de l'immeuble. La lumière lui faisait toujours mal ; il ne put supporter de regarder à l'extérieur plus d'un instant. En contrebas, il entendit des calèches, des carrioles et un omnibus passer – et des gens. Si nombreux, en masse, se hâtant dans différentes directions. Il perçut le bruit d'un objet se brisant, baissa la tête et vit qu'il avait laissé tomber sa tasse à thé vide – des éclats blancs cliquetaient contre le bois sombre du parquet. Puis il s'appuya lourdement contre le mur et vomit.

— Eh bien, cela arrive parfois.

Treadwell était revenu.

— S'il vous plaît, monsieur, permettez-moi…

Il prit le bras de James et le reconduisit vers le lit.

— J'ai informé le président de votre rétablissement, et il montera vous voir sans plus tarder.

Treadwell se dirigea vers la porte, puis s'arrêta et jeta un œil en arrière.

— Oh… et je ne toucherais pas ce bandage si j'étais vous.

— Bandage ?

— Votre gorge, monsieur.

Il leva la main vers son cou, juste au-dessus du col. Personne n'aurait remarqué le pansement à moins de regarder avec attention.

— Il est naturel de vouloir voir. Les gens sont souvent curieux. Mais il vaut mieux que vous n'y touchiez pas.

— Mais je ne…

Il semblait futile de se donner la peine de terminer la phrase. Le visage du serviteur signifiait qu'il n'y avait rien d'autre à demander.

— Je vais vous apporter de l'eau, dit-il.

Il partit en silence, revint avec un verre d'eau, puis repartit.

Une fois seul, la première impulsion de James fut de s'examiner, pour voir ce dont Treadwell parlait. Mais la chambre ne disposait pas de miroir. Peut-être était-ce pour le mieux : il ne souhaitait pas être confronté à ses propres yeux à cet instant.

Il s'assit et essaya de reprendre ses esprits, mais il ne pouvait s'empêcher de penser à la tête de Christopher tirée de force vers l'arrière, la bouche de son attaquant contre son cou.

L'étranger s'était tourné vers James, la surface de ses yeux éclatante de colère et les lèvres maculées. Ses dents étaient glissantes au moment où elles mordirent James à la gorge.

Il pensa qu'il risquait de s'évanouir. Il frissonnait sans pouvoir s'arrêter.

Avec un calme affolant, il se mit à raisonner : il devait partir de cet endroit. C'était la première chose à faire.

Il pensa à vérifier ses poches et découvrit qu'on ne lui avait rien pris. Il n'avait pas grand-chose avec lui. Un peu d'argent. Ses clés, également – Christopher oubliait souvent les siennes, aussi James s'efforçait-il toujours de veiller à les prendre.

Sa bouche avait un goût aigre de vomi. Il but l'eau lentement et avec difficulté, par petites gorgées, et s'en passa quelques gouttes sur le visage. Bien que tiède, l'eau lui parut douloureusement froide, mais elle lui rendit aussi sa vivacité d'esprit. Il se remit debout : plus facilement cette fois. Avec de la chance, il serait en mesure de descendre sans s'effondrer.

Cependant, il s'arrêta à mi-chemin entre le lit et la porte. Il entendit de nouveaux bruits de pas, plus forts et plus nombreux qu'auparavant. On frappa à la porte, puis immédiatement la poignée tourna. James s'affaissa rapidement sur le lit. Qui que ce fût, il valait mieux qu'ils pensent qu'il était toujours trop faible pour se déplacer.

Deux hommes se tenaient sur le seuil de la chambre : l'un d'âge mûr, l'autre plus grand et plus jeune. À la vue du visage du plus jeune, James sursauta, trop horrifié, pendant un instant, pour ne fût-ce qu'émettre un cri.

— Oui, dit l'homme, d'un ton un peu triste, il y a une ressemblance. Vous avez rencontré mon frère.

En fait, la ressemblance n'était pas très prononcée. Cet homme avait un ou deux ans de plus, les cheveux blond-roux au lieu de blonds et ses traits étaient plus communs. La chose était, songea James, horriblement tenté de rire, la chose était qu'il avait l'air ordinaire, et charmant – le type de jeune homme qui organisait des souscriptions charitables pour l'assistance aux chiens perdus ou aux héros de guerre blessés, le type de jeune homme qu'on espérait voir épouser sa sœur.

— Ce sont les yeux, continua l'homme. Tout le monde le dit. Je m'appelle Edmund Bier. Vous avez rencontré mon frère, Michael.

Bier désigna son compagnon d'un signe de la tête.

— Et voici Mould.

Mould était un homme mince à la moustache grise bien soignée, peut-être dans la petite cinquantaine. Ses yeux, chez une femme, auraient pu être décrits comme jolis – d'un gris très clair et inhabituellement expressifs. Chez lui, ils paraissaient ridiculement discordants avec le strict ascétisme de son visage.

— Et maintenant vous avez l'avantage de nous avoir l'un et l'autre, poursuivit Bier.

Les deux hommes patientaient, comme s'ils voulaient véritablement qu'il se présente. Ils n'avaient pas l'air de fous ou de criminels. Et pourtant, ils comptaient certainement le tuer. Pourquoi avaient-ils différé sa mort si longtemps ?

Il devait quelque chose à Christopher avant de mourir. Que son meurtre soit dénoncé. Que Bier soit accusé du crime.

— Il l'a tué, dit James.

— Je vous demande pardon ? répliqua Bier.

— Votre frère. Il a assassiné mon ami.

Bier tourna le regard vers Mould.

— Il est assez lucide.

— À l'évidence, répondit Mould. Ses yeux ne se détachèrent pas du visage de James. Encore très faible, néanmoins.

Cela suffisait. Qu'ils aillent au diable. Son heure était venue, mais il ferait ce qu'il pouvait – pour Christopher et pour lui-même. Il se leva avec peine.

— Je vous conseillerais de rester où vous êtes, déclara Bier. Vous êtes toujours…

James le frappa. L'effort lui prit toute la force qui lui restait. Déséquilibré, il chancela, et entendit Mould haleter.

Bier réagit à peine, un battement de paupières, un pas en arrière, rien de plus. Puis il le frappa à son tour avant que James ne pût retrouver son équilibre : un coup rapide et brutal au visage qui repoussa James et le fit s'effondrer au sol.

James était étendu, impuissant, dépourvu de la moindre capacité de résistance, incapable de faire autre chose que de fixer confusément les chaussures de Mould – très noires, luisantes de cirage.

— Je vous avais prévenu qu'il serait agité, entendit-il Mould dire d'une voix tendue.

— Remettez-le au lit, ordonna Bier, ou il va geler. Il n'y a pas de problème, vous pouvez le toucher, il n'est pas dangereux à présent. Allez.

On souleva James et il fut déposé sur le lit, sans ménagement. Ils l'observaient tous les deux, comme ils l'auraient fait avec un spécimen scientifique quelconque.

— Alors, comment vous sentez-vous ? finit par demander Bier.

Comme James ne répondait pas, il ajouta :

— Je suppose que vous souffrez toujours du choc. Cela arrive, n'est-ce pas, Mould ?

— Oui, acquiesça Mould, avant d'ajouter, plus bas : Peut-être si on le déplaçait dans l'autre pièce…

— Non, dit Bier, il peut rester ici pour l'instant.

Il se tourna vers James.

— Vous feriez bien de vous nourrir tout de suite, cependant, ou vous ne vous sentirez pas bien.

James ne répondit rien.

Bier se tourna vers son compagnon.

— Vous n'y voyez pas d'inconvénient, si, Mould ? Regardez-le, il est très faible.

— Non, dit Mould.

Il avait sorti son carnet et écrivait activement. James pouvait pratiquement sentir ses pensées se mouvoir derrière son visage, tel un tas de vers.

— Vous êtes sûr ? Vous pourriez attendre à l'extérieur, si vous le souhaitez.

— Non, répéta Mould. Ne vous souciez pas de moi. À moins que vous ne préfériez que je m'en aille ?

— Comme il vous sied, Augustus. Vous savez que vous ne gênez jamais.

Bier regarda James.

— Asseyez-vous.

James demeura allongé et le fixa.

— Asseyez-vous, réitéra Bier, ou je devrai vous faire tenir assis de force.

Lentement, James se redressa. L'effort physique lui coûta encore plus qu'avant. Ses bras le faisaient souffrir.

— Voilà, dit Bier. Bien.

Il avança le fauteuil et s'assit en face de James, près du lit – comme si James était un ami invalide auquel il rendait visite.

— Maintenant, je vais m'asseoir ici, et tout se passera à merveille. Bien sûr, tout cela est nouveau pour vous ; vous ne trouverez plus les choses si étranges au bout d'un moment. S'il vous plaît, ne vous inquiétez pas.

D'une poche, il sortit un couteau enveloppé dans un morceau de cuir souple et marron – celui-là avait la forme d'un coupe-papier mais était doté d'une lame plus petite et plus aiguisée, assez semblable à un scalpel. Fronçant légèrement les sourcils, il remonta sa manche gauche et, avant que James ne comprît exactement ce qu'il faisait, il s'entailla la peau.

— Vous vous sentirez mieux après, je vous promets. Buvez.

— Non.

James se recula, horrifié, tandis que l'homme lui offrait son poignet, le sang commençant déjà à sourdre de la blessure. De quelque ordre que fût cette folie, quoi qu'ils eussent l'intention de lui faire, ils ne l'obligeraient pas à se soumettre à leur vil comportement.

Bier, néanmoins, ne bougea pas, tandis que l'odeur du sang s'élevait pour remplir toute la pièce, et rien de plus agréable au monde ne sembla alors exister.

— Vous en avez besoin depuis que vous vous êtes réveillé, dit Bier. Vous en avez besoin depuis des jours et vous êtes affamé. Buvez. Alors nous pourrons continuer à parler, si vous en avez la force.

James secoua la tête.

— Avez-vous l'intention de vous laisser mourir de faim ? demanda Bier. Parce que si c'est le cas, cela prendra un certain temps, et cela ne sera pas agréable.

Il approcha le couteau, toujours couvert de sang, une jolie couleur sur le gris argenté de la lame.

— Prenez ce qu'il vous faut, dit-il.

James n'avait certainement jamais senti une odeur aussi forte ; celle-ci allait sans doute le rendre très vite fou. Le sang était chaud, même sur le couteau.

Cette faim et cette soif ne lui parurent pas nouvelles. C'était le sentiment le plus étrange. Comme s'ils avaient toujours été présents. Comme si quelque chose était devenu plus clair, une silhouette émergeant d'une brume épaisse.

— Je refuse, dit James.

Sa voix était bizarre, presque méconnaissable à ses propres oreilles – cela aurait pu être le cri de désespoir de n'importe quelle créature à l'agonie.

Le silence régnait, véritable torture, aucun son hormis le sang se déplaçant lentement, lentement, dans ses oreilles, et le feu mourant. Mould avança d'un pas.

— Donnez-moi tort, alors, dit Bier. Allez-y. Je ne vous obligerai pas à boire.

— Je… James se rendit compte qu'il s'était approché et avait étendu le bras.

— Là, je pensais bien que vous feriez preuve de bon sens.

Bier leva de nouveau le couteau.

— S'il vous plaît. Pas le couteau.

— Très bien. Bier avait peut-être souri à ce moment-là. Pas le couteau.

Il plaça le couteau de côté et offrit son poignet. James s'en saisit, paume vers le haut, approcha l'entaille de sa bouche et commença à boire.

Le temps avant que Bier ne retirât sa main lui parut trop court. Les yeux de ce dernier étaient plus sombres et scintillants, puis, à l'étonnement de James, il se mit à rire en haletant un peu.

— Maintenant vous voyez, dit-il.

James se leva, sans savoir ce qu'il avait l'intention d'entreprendre ensuite. Il se sentait plus fort ; déjà plus stable sur ses pieds.

— Asseyez-vous, lui ordonna Bier avec dédain.

Il ne semblait pas du tout s'inquiéter de ce que James pourrait faire.

— Non.

— Oh, vous voulez donc partir ?

Alors Bier l'attrapa par l'épaule avec une force à laquelle il était impossible de résister, puis il le conduisit à la fenêtre où il ouvrit complètement le rideau, laissant la lumière du soleil tomber sur le visage de James.

Au début, il n'éprouva rien d'autre que de la souffrance. Il sentit sa peau se calciner, ses yeux brûler. Mais peu à peu il prit conscience de quelque chose qu'il n'avait pas remarqué plus tôt. Il se rappela avoir senti, il y avait bien longtemps, l'odeur d'une souris morte piégée sous le parquet – cette odeur se trouvait là maintenant, dans la rue en contrebas : émanant des passants. Une puanteur si ignoble qu'il crut qu'il allait de nouveau vomir. Les gens marchaient sur le trottoir et se parlaient, et il pouvait entendre, voir plus exactement, autre chose : les personnes et le cours de leurs pensées, se détestant toutes.

— Parfaitement choquant si l'on y regarde de près, n'est-ce pas ? dit Bier.

Un homme et une femme, dans la rue. Lubricité, peur, vanité, hypocrisie, haine, virevoltant dans une petite danse d'une demi-douzaine de pas. Des loups, tous, feignant de n'être pas en train de réfléchir au meilleur moyen de se dévorer les uns les autres.

— Je crois que vous deviendriez fou dehors si vous y alliez avant d'être prêt, lui confia Bier. C'est déjà arrivé.

— Qu'est-ce… qu'est-ce qui ne va pas avec eux ?

— Ce sont les Rapides, répondit Bier, et ils sont ce qu'ils sont. Vous les discernez juste mieux à présent. Vous les trouverez encore moins beaux de près. Heureusement, il est possible de travailler à améliorer leur existence sans se soucier trop d'eux en général.

Il laissa retomber le rideau.

— Vous allez peut-être même vous habituer à eux, au bout d'un moment. Ils surpassent notre propre espèce en termes de saveur, mais c'est là le seul domaine où ils nous éclipsent. Évidemment, si vous partez maintenant, vous devrez développer une tolérance très rapidement…

— Non. Pas dehors.

— C'est bien ce que je pensais. Il faut vous reposer. Dites-lui, Mould, s'il vous plaît.

— Vous avez certainement besoin de vous reposer, convint Mould, son crayon continuant de griffonner dans son carnet en cuir marron.

Il était semblable aux gens à l'extérieur, constata James.

James s'assit, se sentant moins bien à cause de la lumière. Il y avait toujours du sang sur ses lèvres. À l'autre bout de la pièce, le cœur de Mould battait – James pouvait l'entendre, presque le voir, accroché là, sous ses côtes, comme un fruit rouge. Il palpitait de manière incontrôlable, obscène. Quel effet cela ferait-il de le prendre entre ses mains et de le serrer ?

De nouveau, il se sentit nauséeux. Il vacilla à cette pensée et soudain le goût du sang dans sa bouche lui parut infâme. Il aurait mieux valu ne jamais naître. Il aurait mieux valu mourir dans la rue avec Christopher.

— Que m'avez-vous fait ? Est-ce une drogue ou…

— Une drogue ? s'exclama Bier d'un ton méprisant. Non.

— Laissez-le tranquille, Edmund, ordonna Mould à l'adresse de Bier – doucement, mais avec insistance. Ne lui dites rien de plus. Pas dans l'immédiat, en tout cas.

James ne pouvait pas parler. La pièce lui sembla sombrer, les meubles pencher curieusement, les objets refusaient de demeurer immobiles.

— Pensez-vous qu'il lui faudra plus de temps pour se rétablir… étant donné les circonstances ? demanda Bier à Mould.

Ils continuaient de l'observer avec intérêt ; Mould consigna de nouvelles notes dans son carnet.

— Peut-être. C'est un cas spécial, après tout.

Mould haussa la voix et déclara à James, avec l'autorité d'un médecin :

— Vous devez vous reposer. Comprenez-vous ? Vous êtes encore faible, et nous ne savons pas combien de temps il vous faudra pour vous remettre. Si vous tentez de vous mouvoir avant d'être prêt, vous finirez par vous blesser.

— Vous pouvez être tranquille, vous savez, ajouta Bier en jetant un regard rapide à Mould. Arrêtez de lutter. Vous êtes en parfaite sécurité.

La chambre n'était que tohu-bohu, d'étranges formes flottaient devant ses yeux. Il était sur le point de s'évanouir.

Ils partaient, s'aperçut-il. Parlant à voix basse.

— … le-moi, disait Mould.

— Pas encore, répondit Bier. (Ils se trouvaient à l'extérieur à présent.) Donnez-lui un peu de temps. S'il ne reprend pas ses esprits, alors nous pourrons essayer votre approche.

# 10

Lorsqu'il se réveilla de nouveau, il faisait beaucoup plus froid. Le feu brûlait toujours – quelqu'un avait dû s'en occuper tandis qu'il dormait ; un grand tas de charbon était empilé. Mais malgré la flambée, le froid dans la chambre s'était intensifié. Son désespoir finit par l'emporter sur sa faiblesse : il s'enveloppa de couvertures, se leva du lit avec peine et rampa sans grâce en direction de la cheminée.

Il s'accroupit aussi près que possible, les bras tendus vers les flammes : cela ne suffisait pas. Il ne pouvait arrêter de trembler.

Il resta assis près du feu un long moment. Toute pensée le déserta et le plus facile semblait être de se laisser disparaître. Mais chaque fois qu'il se sentait partir entièrement, il revenait à lui – en sursaut et avec irritation –, aux sons parvenant de la chambre mitoyenne.

Il percevait le bruit de pas fermes d'un homme en train d'arpenter la pièce et une voix qui ne cessait de parler, comme si la personne essayait désespérément de concevoir une solution à un problème. Finalement, l'homme se tut.

James s'efforça douloureusement de se lever, se cramponnant au manteau de la cheminée en guise de soutien. Tenant fermement les couvertures qui l'enveloppaient, il traversa la chambre et s'approcha du mur qui le séparait de l'homme dans la pièce voisine. Il frappa, trois petits coups. Il n'y eut pas de réponse.

— Bonjour, murmura-t-il. M'entendez-vous ? Pouvez-vous parler ?

Sa voix était toujours éraillée et le faisait souffrir.

Il perçut une respiration de l'autre côté de la cloison. C'était un son à moitié étouffé ; l'homme tenait probablement sa main contre sa bouche. James n'aurait pas dû pouvoir entendre. S'il écoutait attentivement, il percevait encore d'autres choses : le bruit du sang de l'homme, allant et venant aussi constamment qu'une marée.

— Ne vous inquiétez pas, dit doucement James, ils n'entendront pas. Savez-vous quel est cet endroit ?

L'homme garda le silence pendant ce qui devait être presque une minute.

— Le club Aegolius, finit-il par répondre.

— Qu'est-ce que c'est ?

Pas de réponse.

— S'il vous plaît, dit James d'un ton désespéré. Je ne sais pas où nous sommes, je n'ai pas idée de ce qu'ils veulent…

— Ils veulent faire de nous leurs semblables, expliqua l'homme. Vous comprenez ce que cela signifie ?

Il était jeune, se rendit compte James, et sans doute étranger – américain peut-être ?

— Oui. L'esprit de James devenait plus clair. Nous devons sortir d'ici.

— C'est impossible. J'ai essayé. Il faudrait être aussi fort qu'eux pour ne fût-ce que franchir ces portes.

Il se rappela ce qu'il avait éprouvé en frappant Bier, l'impression de s'attaquer à une énorme masse d'argile glaciale.

James hésita. Puis il dit lentement :

— Je crois que je pourrais y parvenir.

— Que voulez-vous…

L'homme s'interrompit net. James imagina sa colère, son sentiment d'avoir été dupé, trahi.

— Je ne l'ai pas choisi.

James se colla un peu plus au mur, voulant à tout prix que l'homme comprenne.

— Écoutez, quoi qu'ils m'aient fait, je n'y suis pour rien, je n'ai absolument rien demandé…

— Ce n'est pas possible. Ils demandent tous. Cela ne fonctionne pas autrement.

— Avez-vous vous-même demandé ?

L'homme ne répondit pas.

James l'interrogea :

— Pourquoi feriez-vous un tel choix ?

— Parce que je me suis comporté de façon imbécile. Et maintenant je vais en payer le prix, et je l'ai sans doute bien mérité. L'homme prit une profonde inspiration. Est-ce douloureux ? Ils ont dit que cela ne faisait pas mal.

— Bien sûr que si.

— Ce n'est pas comme de mourir, m'ont-ils expliqué.

— Non. C'est pire.

James se souvint de la pierre froide et de l'air doux de la ville.

— Je crois qu'ils vont me tuer, dit James.

— Non. Pas si vous êtes devenu l'un d'entre eux, répondit l'étranger d'un ton amer.

— Ils ont assassiné mon ami. Ils savent que je ne le leur pardonnerai pas. J'irai voir la police à la première occasion. Ils sont obligés de se débarrasser de moi. À moins que nous ne partions.

— D'accord, acquiesça l'étranger.

James perçut dans sa voix une note nouvelle d'énergie ; il paraissait soulagé de passer à l'action.

— Nous allons tenter de sortir. Rien à perdre à essayer, j'imagine. Voyez si vous parvenez à ouvrir la porte.

— Cela va faire du bruit.

— Je vous couvrirai. En tapant des pieds ou en criant, ou quelque chose. J'ai hurlé plus tôt et personne n'est venu.

— Hurler ?

James se rappela le bruit dans ses rêves. Il avait cru qu'il s'agissait de sa propre voix.

— Vous avez réussi à sortir avant, dit-il.

— Oui. C'est la raison pour laquelle ils m'ont enfermé ici. Je connais le chemin pour partir, si vous pouvez rompre les verrous. Mais pensez-vous que vous m'attaquerez si vous êtes libre ?

L'homme luttait pour ne pas perdre son courage. C'était étrange d'éprouver de la pitié pour lui tout en ressentant une telle répulsion. Il dégoûtait James comme les hordes dans la rue en contrebas. L'empathie provoquait une véritable souffrance et semblait décupler son mal de tête.

— Je ne sais pas, répondit misérablement James. Pardon, mais je ne peux pas être certain.

— Bon, eh bien nous devrons nous en contenter. Tentons.

Et il se mit à crier et à frapper le sol des pieds tel un homme possédé. Comme il l'avait prédit, personne ne vint ; ils avaient dû s'accoutumer au bruit. James se dirigea vers la porte, encore peu stable sur ses pieds, puis essaya la serrure.

Il l'agita, tira dessus – uniquement pour avoir une idée de sa solidité – mais, à sa surprise, le métal céda aussitôt et le verrou se détacha.

Le bruit de l'étranger s'évanouit, et James attendit en silence pour voir si on l'avait entendu. Aucun pas ne vint.

À travers la porte voisine, il discerna un murmure :

— Vous avez réussi ?

— Oui.

Il sortit dans le couloir. Il y avait quatre portes, deux de chaque côté, et une porte de plus tout au bout. À sa droite, il entendait l'homme arpenter la pièce.

— Je vais vous ouvrir, dit-il.

— Bien. Davantage de bruit, alors ?

Cette fois James n'hésita pas, et la porte céda encore plus facilement. Les cris de l'étranger cessèrent immédiatement.

Il avait à peu près le même âge que James, grand et bien bâti, vêtu d'une tenue de soirée en très piteux état, maculée ici et là de taches de sang et de pâles traces de saleté. À un moment il avait chuté et s'était éraflé les mains. Il n'avait ni chapeau ni gants, et des éclaboussures de peinture blanche décoraient ses chaussures noires. Ses yeux étaient injectés de sang, ses cheveux follement ébouriffés. Il fixait James du regard, comme si celui-ci ne représentait que la dernière en date d'une série d'horreurs récentes. La pièce derrière lui était obscurcie et dépourvue de tout mobilier, hormis une curieuse chaise, solidement structurée de métal et de bois, repoussée tout au fond contre le mur.

James prit alors peur de ses propres pensées. Une telle quantité de sang en lui. Il serait si facile, agréable et pratique de l'attraper et de s'abreuver.

Il recula d'un pas, pressant une paume contre sa bouche et mordant dedans.

L'étranger se tenait immobile et observait, attendant.

James finit par se calmer et laisser retomber sa main.

— Je ne le ferai pas. C'est ce qu'ils voudraient de moi.

L'homme garda ses distances – peut-être s'agissait-il d'un simple réflexe.

— Comment vous appelez-vous ? demanda-t-il.

— James Norbury.

— Arthur Howland. Enchanté.

Il tenta de sourire.

— Vous avez dit que vous connaissiez le chemin pour sortir.

— Oui, je crois. Il n'y a pas beaucoup de lumière. Ils ont des yeux de chouettes, ils peuvent voir dans le noir. Même si j'imagine que cela veut dire que vous en êtes aussi capable.

— Venez, alors, dit brutalement James.

Le sang se trouvait si près, c'en était presque intolérable.

— Par ici, dit Howland, en désignant du menton la porte au bout du couloir. S'ils nous voient, il faut que vous couriez. Vous serez plus rapide. Et l'un de nous doit s'échapper.

Il fouillait ses poches. Finalement, il en retira un bout de carte plié.

— Si je me retrouve enfermé ici, pourriez-vous porter un message de ma part ? À ma famille.

— Entendu.

— Il y a une adresse. Howland lui tendit la carte. Tout est là.

James ne répondit pas. Tant qu'il ne serait pas assuré de sa force mentale, il valait mieux ignorer Howland autant que possible. Ne pas penser au bruit de son sang.

La porte au bout du couloir ne céda pas facilement : James sut qu'il en serait ainsi dès qu'il la toucha. Elle était plus robuste, construite avec davantage de soin. Plus encore, il y avait un aspect qui lui déplaisait dans cette porte.

Howland regardait la poignée.

— En argent.

Il sortit son mouchoir et l'enveloppa.

— Cela pourrait aider.

Mais la porte était toujours trop solide ; le verrou refusait de bouger.

— Peut-être si nous essayons ensemble.

— D'accord.

James appuya son épaule contre la porte ; à côté de lui, Howland fit de même.

— Ne me touchez pas, prévint James, et Howland hocha la tête en gardant ses distances.

Après une lutte, ils parvinrent à l'ouvrir, mais bruyamment, non sans coups et fracas qui les forcèrent à tendre l'oreille d'effroi.

La porte donnait sur un escalier, qui menait, plus bas, à un long couloir. Les bougies brillaient très faiblement derrière leurs abat-jours verts, mais James s'aperçut qu'il pouvait voir clairement. Il semblait presque à James que Howland, descendant les marches derrière lui, se montrait délibérément tapageur. Mais ils ne virent personne durant leur descente. Peut-être les lieux étaient-ils habituellement désertés pendant le jour. Le couloir était très sombre – James ne s'en rendit compte que lorsque Howland trébucha et faillit tomber, se rattrapant au bras de James.

James secoua le bras pour qu'il lâche prise – brutal et pressant :

— Ne le refaites pas.

— Pardon, murmura Howland.

Ils se déplaçaient en silence – prudemment, précautionneusement –, le long du couloir. Puis ils débouchèrent sur un palier. L'endroit était construit comme une cour intérieure couverte. De la rampe, l'on pouvait voir jusqu'en bas : un autre palier directement sous celui où ils se trouvaient, puis, en dessous, un sol pavé de noir et blanc.

— Par ici, dit Howland.

Il avança sans attendre. Il souhaitait à tout prix sortir d'ici, trop désespéré pour demeurer vigilant beaucoup plus longtemps.

James lui emboîta le pas, puis s'arrêta. Lorsqu'il écouta très attentivement, il perçut un son régulier, trop lent et doux pour être le battement d'un cœur humain.

Treadwell se tenait de l'autre côté du palier, les observant de ses yeux sombres et dépourvus de curiosité.

Courez, James pensa lui dire, mais ce ne fut pas nécessaire. Howland avait suivi son regard : il en avait vu assez. Ils descendaient tous les deux l'escalier aussi vite que possible. Derrière eux, quelqu'un cria, des portes s'ouvraient. Lorsqu'ils atteignirent le vestibule noir et blanc, Howland se précipita en direction d'une grande porte en bois. Elle était fermée à clef, mais James savait, ou bien son corps savait, qu'il était assez puissant pour la forcer…

— Excusez-moi, dit brusquement une voix derrière eux.

La voix d'Edmund Bier, évidemment.

James se retourna. Howland l'imita, essayant de percer l'obscurité de ses yeux écarquillés. Il ne pouvait pas voir, à la différence de James, les silhouettes qui les observaient depuis l'autre bout du vestibule. C'était comme s'ils les avaient attendus.

Bier paraissait assez impassible. Et il y avait Mould, qui épiait du fond. James entrevit brièvement ses pensées : une curiosité attentive, une succession rapide de notes mentales. Treadwell se trouvait également présent, patientant en haut des marches.

Le quatrième homme, debout à côté de Bier, était un inconnu, un homme d'une grosseur et d'une taille obscènes, impeccablement habillé. Une marque le balafrait du front au menton, une ancienne blessure, un hématome luisant de manière anormale. Du métal se trouvait dans la cicatrice – une ligne d'argent scintillant, enfoncée dans le visage de l'homme.

— Alors comme ça, vous décampez ? interrogea ce dernier.

James reconnut la voix de ses rêves en haut. Et Howland semblait aussi connaître l'homme, parce que lorsqu'il l'entendit, il recula. James pouvait sentir son effroi, telle de l'eau glacée qui montait.

— Je m'en vais, dit James à Bier. Il n'avait pas retiré sa main de la poignée. Mr Howland également.

— Non, répliqua Bier.

Les autres attendaient un mot de sa part pour passer à l'attaque, comprit James.

— Je ne pense pas que ce soit une bonne idée. Vous ne pouvez certainement pas avoir Mr Howland. Il nous appartient, voyez-vous. Les papiers ont été signés.

Howland s'exprima avec difficulté :

— Je veux l'accompagner. Si vous êtes des gentlemen…

À l'évidence, ses yeux s'étaient accoutumés à la pénombre, car quand Bier sourit, Howland eut un mouvement de recul et sa voix vacilla.

— Makeweight, dit Bier. Cela vous dérangerait-il ?

Il fit un signe de tête en direction du grand homme qui s'avança.

James tira violemment sur la porte : elle céda comme il s'y était attendu, laissant soudain entrer un éclat éblouissant de lumière de l'après-midi. Bier et les autres firent un pas en arrière. James lui-même faillit hurler de douleur. Le jour avait beau ne pas être lumineux, sur le coup il put à peine supporter de garder les yeux ouverts.

— Pensez-vous que cela soit sage ? demanda Bier, réfugié dans l'ombre.

— Vous ne pourriez pas nous tuer dans la rue, répondit James.

— J'avoue que cela provoquerait une certaine quantité de commérages. Cependant, ce n'est pas pertinent. Vous n'irez pas à l'extérieur. Vous n'oseriez pas. La lumière vous achèverait.

James savait qu'il avait raison. Même le soleil sur sa nuque était difficilement supportable. En outre, il y avait des gens dehors, qu'allait-il bien pouvoir leur faire ?

— Quant à vous, Mr Howland, poursuivit Bier, vous pouvez vous enfuir si vous le souhaitez. Je promets que nous vous retrouverons, sous peu. Vous pourriez préférer demeurer ici et vous épargner le tourment du suspens.

— Si vous vous approchez un tant soit peu, dit Howland, je crierai à l'aide. Et les gens verront si vous tentez quelque chose. Il tira sur la manche de James. Allons-y.

— Je ne peux pas. Vous, partez.

— Non.

Dans un effort désespéré, Howland poussa James pour qu'il franchisse le seuil et se retrouve dans la rue.

— Allez, venez !

James jeta un regard en arrière en direction de l'obscurité, dans laquelle il distingua quatre visages pâles les observant d'un air insondable.

— Si vous nous poursuivez, lança Howland, j'interpellerai un policier.

Puis un événement horrible se produisit : quelqu'un dans le couloir sombre s'était mis à rire. Cela ressemblait au son d'un squelette, un simulacre extérieur d'hilarité, dépourvu de toute chaleur.

— Allez, venez ! répéta Howland, tirant James par le coude, le forçant à avancer.

Et ils s'enfuirent – vers la lumière du soleil, le bruit et la clarté impitoyables de la rue.

## 11

## *LE CARNET D'ADELINE SWIFT*

*1^er^ avril*

Bonne nouvelle, lettre de Mrs Riggs – en sécurité & hors du pays. Club pas intéressé de poursuivre hors d'Angl. pour l'instant. Chiffres toujours trp bas, Dieu merci, Burke dit quils sont toujours en difficulté mais font comme si tout allait normalement. Bonne vente – 6s. Maman malade, insiste ce n'est rien, refuse d'arrêter dactylo 2^e^ MS de LVAM malgré ce que j'en dis – si pas mieux bientôt irai chercher médecin. NB. acheter : bonbons, lait, thé, pain, bougies ? ~~fromage~~, poudre dentifrice. Cartouches.

*2 avril*

Pas de nouvelle info. au sujet Club &c. Bons progrès sur LVAM, tout devrait être prêt pour Bric-à-Brac quand ils viendront (pas longtemps maintenant – une semaine peutêtre). Information sur homme du Club poss – Corvish, enquêterai plus, espère ajouter à Carte – se remplit à présent, prévu 3 de plus depuis janv. Boutique a vendu pour 1£ 6s 2d mois dernier, gagé montre de Shadwell pour 6s, aurons assez pour loyer très probablement. Fait réparer 2^e^ hache. Sortirai & rapporterai poisson pané & pommes frites, trop fatiguée pour cuisiner maintenant.

*4 avril*

Burke n'a pas de nouvelles au sujet de l'église du Temple, d'accord avec moi abandonner corps pas typique ni Club ni Alia – étrange. Shadwell suggéré meurtre ordinaire, Burke insiste pas possible, dit qq chose se trame – pas bon – pas sûr quoi, inquiet. A pris plus que d'habitude.

*11 avril*

Maman finira bientôt de taper LVAM. Demandé si elle trouve intéressant, répondu elle ne lit jamais ce qu'elle tape. Emprunté 3s, NB. rendre semaine prochaine même si elle dit non. Prévoyons de suivre Corvish, préparer route – en cours. Trouvé son adresse. Shadwell inquiet, parlé encor du plan. Si Burke raison mieux d'agir vite. Shadwell épuisé, envoyé au lit avec tasse thé.

Fausse alarme pls tôt, pensé qqun nous avait trouvés. Shadwell prévu arrangements pour déménager bientôt – commencé à emballer affaires.

*14 avril*

Burke annoncé nvelle plaquette de Mould, Shadwell réjoui, impatient de réfuter. Burke maintenant certain Club prévoit qque chose, sait pas quoi. Porlock inquiète aussi, claqué porte quand sommes partis. Shadwell pas vu qu'elle nous déteste. Pense toujours trop de bien des gens.

*15 avril*

Maman mieux, insisté de nous prêter 6s.

Après-demain essaierons de suivre Corvish. Vit dans Cromwell Rd donc commencerons par là. Autrement tenter la City, a des contacts là & trs calme la nuit en général donc bon endroit pour chasse, apprécié du Club &c.

*16 avril*

Préparatifs prêts pour demain. Pratiqué révolver en bas ce matin, voisins pas contents, Shadwell pas content. Pratiquerai ailleurs. Ou couteau.

NB. Payer boulanger, ne nous donnera plus de pain avant ardoise réglée.

## 12

Tout le mois il n'y avait eu que givre et neige, et quand Liza sortit ce jour-là, M'man dit sois prudente, y a des hommes dans le coin, ils ont pas de travail et ils veulent du pain, et sont capables d'être violents. Y a des chances que tous les boulangers sont fermés, mais vois si tu peux te débrouiller. Et achète aussi de la colle, nous en avons presque plus. Ils achetaient constamment de la colle, toute la maison en était empuantie. C'était pour les boîtes d'allumettes, le commerce de M'man, et de Liza aussi. Il y avait des boîtes en train de sécher partout, ils s'étaient tous habitués à se déplacer prudemment, pour pas qu'ils les fassent tomber ou qu'ils les écrasent. La compagnie d'allumettes vous fournissait le bois et les étiquettes et le papier de verre, mais la colle il fallait l'acheter vous-même. Liza allait toujours la chercher. Une fois elle était tellement affamée, elle en avait avalé tout un tas et puis elle avait été malade, ce qui avait causé un grand embêtement.

M'man avait dit rentre vite, la nuit commence à tomber. Et Liza avait hoché la tête et bondi dans l'escalier. Elle avait faim et hâte d'être dehors.

À l'extérieur il faisait plus froid que jamais, mais elle avait pris le châle rouge de M'man pour l'enrouler autour de sa tête et tenir ses oreilles au chaud. Au loin elle avait entendu des cris. Elle s'était gardée d'approcher et avait pris un autre chemin, le long d'Old Nichol Street. Pas grand monde de sorti, et ceux qui se trouvaient dehors s'étaient emmitouflés tout pareil à Liza.

C'était pas normal, pensa-t-elle. C'était toujours animé dans ces rues le jour. Il y avait toutes sortes de gens, des étrangers, un tas – beaucoup de juifs, comme Mrs LaVoisine, qui devait payer Liza deux pennies chaque samedi pour lui allumer son feu.

Les boulangers étaient tous fermés. Elle avait fait le tour du quartier et avait même cogné à plusieurs portes au cas où ils ouvriraient, mais personne n'avait ouvert.

Elle se trouvait près de Salmon Street à ce moment-là et elle avait pensé, pourquoi j'essaierais pas ici ? Les hommes vont peut-être pas dans Salmon Street, et peut-être y a un boulanger d'ouvert par là.

Elle n'avait jamais été dans Salmon Street avant, malgré la proximité de la rue. M'man disait qu'elle avait rien à faire là, que les gens de Salmon Street étaient des bons à rien. C'était une bande de gens bizarres, blafards, à l'air pitoyable, pour la plupart, avec leurs loyers de misère. On disait que Salmon Street proposait les chambres les moins chères de Londres.

Mais les habitants de Salmon Street ne restaient jamais longtemps. Personne ne les voyait jamais partir, jamais une charrette ne venait pour les emmener, ils n'étaient simplement plus là, et puis un nouveau groupe arrivait.

Ils avaient leur chanson, malgré tout. Sur l'air de la ballade patriotique *The Roast Beef of Old England*, et ils l'entonnaient dans tout le quartier, dans les tavernes ou dans la rue, tous claironnant les derniers vers comme s'il s'agissait d'un hymne funèbre.

*À Londres, une très jolie jeune fille habitait*
*Tout près de St Bath, comme l'histoire le disait*
*Elle courtisait un beau jeune homme qu'elle aimait*
*Et il habitait dans Salmon Street*
*Où les logements sont très peu chers*

*Tous les soirs ils passaient du temps à marcher*
*Le jeune homme si pâle et elle si raffinée*
*Pourtant ils n'allaient jamais boire ou dîner*
*Et jamais elle ne le vit dans la journée*
*(Dans Salmon Street*
*Où les logements sont très peu chers)*

*Mon adoré, explique-moi, lui disait-elle*
*Ta peau si blanche et tes lèvres rouges, demandait-elle*
*Tes mains froides comme celles des morts, continuait-elle*
*Et pourquoi tu me demandes pas en mariage*
*Même si dans Salmon Street*
*Les logements sont très peu chers ?*

Liza ne connaissait pas la suite, M'man n'aimait pas qu'elle chante cette chanson. Elle était dégoûtante, disait-elle.

Liza savait autre chose à propos de Salmon Street, même si elle ne se souvenait pas de la personne qui lui avait dit : ils n'avaient pas de rats. Attrapez un rat, emportez-le jusqu'à St Bath, au coin de Salmon Street et de Mount Street, libérez-le, et regardez ce qu'il fait. Vous ne verrez jamais une créature se déplacer aussi vite, elle aura disparu en moins d'un clin d'œil.

Liza avait obéi à M'man et évité Salmon Street, mais elle avait faim maintenant, de cette faim aiguë qui fait mal et vous tord l'estomac, et Salmon Street n'avait rien de très effrayant. Alors elle avait poussé jusqu'à l'église St Bath, puis avait continué un peu plus loin. Rien à voir, à la vérité, sauf la vitrine d'un magasin, tout illuminée.

Il y avait tant de bonnes choses : des gâteaux et des sandwichs au sucre, et des puddings de Noël, avec du suif et des prunes, les friandises préférées de Liza. Elle resta pendant un moment devant la vitrine, juste à regarder.

Une femme se trouvait dans l'embrasure de la porte de la boutique et elle aperçut Liza, lui sourit et lui fit signe d'approcher. Il avait beau faire sans doute chaud à l'intérieur, elle frissonnait dans le courant d'air. Elle portait une belle robe rouge, un châle et un bonnet noirs, elle avait des bagues à tous les doigts, et, à sa manière de se tenir, on aurait dit que toute la rue et chacune de ses pierres lui appartenaient.

— 'soir, dit-elle avec un hochement de tête comme si Liza était une dame.

Liza lui rendit son "'soir" et renifla de nouveau l'air. Elle sentit l'odeur de pain dans le magasin. Il devait juste avoir fini de cuire. Il serait croustillant à l'extérieur et à l'intérieur presque trop chaud pour pouvoir le manger, agréable et doux entre ses mains.

— Je m'appelle Mrs Price, dit la dame. Tu viens de loin ?

Liza opina du chef.

— Tu dois avoir froid. Entre, tu pourras manger un peu.

Bon, après tout c'était qu'une boutique, tout le monde pouvait y entrer et tout irait bien. Alors Liza acquiesça et suivit Mrs Price à l'intérieur, hors du froid.

C'était tout ce qu'elle aimait se rappeler quand, plus tard, elle y resongeait.

*

— Tu étais très courageuse, racontait toujours Mrs Price après coup, pas une larme. Je savais que tu me serais d'une grande aide, je l'ai vu tout d'suite.

Liza croyait s'en souvenir, cet instant où son cœur s'était arrêté, mais Mrs P. disait que c'était impossible, qu'elle avait dû s'imaginer cette partie.

Après, elle avait été malade pendant un peu de temps et confuse, mais Mrs Price prenait soin d'elle, et une fois que Liza se sentit mieux, Mrs Price lui expliqua tout. Liza était une "Meurtvif" maintenant, comme les gens disaient aux environs de Salmon Street. Les Meurtvifs étaient forts et féroces, et se nourrissaient de sang, une boisson dont Liza devait découvrir qu'elle était sa préférée, bien meilleure que le café ou la limonade ou n'importe quoi. Il y avait beaucoup de Meurtvifs à Londres, et un bon nombre habitait dans Salmon Street, tout près de la boutique de Mrs Price. Les Meurtvifs vivaient dans Salmon Street depuis plus de cent ans, mais aucun n'avait jamais possédé une des maisons là, jusqu'à ce que Mrs P. arrive et rachète la moitié de la rue. Des messieurs parfois venaient explorer, désireux de raser les lieux à cause de l'évacuation des taudis ou quelque chose, mais j'aimerais bien voir ça, disait Mrs P., jamais ils détruiraient son magasin. Elle possédait d'autres endroits aussi. Elle s'était bien débrouillée et maintenant elle avait besoin d'un peu d'aide, une fille futée pour lui prêter main-forte, et elle avait immédiatement vu que Liza conviendrait bien.

Évidemment, après le 'change, Liza s'était montrée stupide au début, à vouloir retourner à la maison.

— D'accord, avait dit Mrs Price, si tu crois qu'ils te reprendront comme tu es maintenant, vas-y, pars alors.

Mrs Price la conduisit à la porte et la poussa dehors, dans la clarté du jour, pieds nus dans la neige, et Liza avait eu tellement peur qu'elle avait presque hurlé, plongée dans la rue comme ça, avec la lumière et le froid si terribles, et très vite elle était de retour, frappant des poings contre la porte de chez Mrs Price, pleurant et suppliant pour qu'elle la laisse entrer.

Alors Mrs Price l'avait laissé entrer et fait asseoir, et puis elle s'était mise à frictionner ses pieds nus jusqu'à ce qu'ils arrêtent de lui faire mal.

— Voilà, avait-elle dit. Tu vas être une bonne petite fille, maintenant.

*

Elle avait revu M'man une fois, malgré tout – passant dans la rue un soir, recroquevillée sous une cape grise. Liza était au service de Mrs Price depuis longtemps, en charge de ses commissions – comme porter des messages ou d'autres tâches où une enfant pouvait ne pas être remarquée. Elle faisait une de ces commissions pour Mrs Price quand elle avait revu M'man, se pressant le long de Church Street, regardant par terre tandis qu'elle marchait.

M'man avait l'air d'avoir froid. Son châle rouge devait lui manquer, songea Liza. Mrs P. disait que le châle s'était égaré. Liza ne le revit jamais après être devenue une Meurtvif.

M'man était différente, pensa Liza. Qu'est-ce qui était arrivé à son visage, pourquoi avait-elle tellement changé ? Comment avait-elle vieilli si vite ?

M'man semblait savoir que Liza l'observait, elle s'était retournée et avait cherché des yeux. Liza avait filé dans une autre rue, sans cesser de courir, puis s'était cachée dans le dédale des allées et des cours de Bethnal Green.

Finalement, alors qu'elle avait disparu depuis longtemps, Mrs Price était venue et l'avait trouvée.

— Viens, avait-elle dit. Le soleil s'était déjà levé à ce moment-là. Il faut rentrer.

Mrs Price était toujours la même que vingt ans auparavant, le jour où elles s'étaient rencontrées. Elle possédait de nouveaux habits, mais elle les avait tous fait confectionner à l'ancienne mode, et elle portait encore son bonnet, même s'il ne ressemblait plus vraiment à un bonnet. Et Liza était aussi toujours pareille, ni plus grande ni plus âgée que ce jour-là dans la boutique.

— Je grandirai jamais ? demanda-t-elle à Mrs Price.

Mrs Price secoua la tête.

— Non, répondit-elle. L'espoir fait vivre.

Son visage avait une étrange expression, et Liza ne savait pas ce qu'elle signifiait.

— Faut y aller, ajouta-t-elle.

Et toutes les deux rebroussèrent chemin et rentrèrent à la maison.

*

Salmon Street était une rue très animée, comme le découvrit Liza. Il y avait tout le temps des Meurtvifs dans le voisinage, et des Rapides aussi. Parfois Mrs P. emmenait Liza avec elle quand elle faisait sa tournée pour récolter les loyers. Liza aimait ça, une collation se trouvait toujours incluse, et elle appréciait leur politesse à tous à son égard et à celui de Mrs P. Terrifiés, pour la plupart. Bien sûr, ils savaient à quoi s'en tenir avec Mrs P., ils avaient conscience de ce qui pouvait arriver, mais ils étaient désespérés, ils ne pouvaient pas se permettre d'habiter ailleurs, et ils comptaient en permanence sur le fait que la chose se produirait plus tard, et qu'ils trouveraient assez d'argent pour partir avant.

Avec le temps, la rue devint encore plus peuplée – après Liza, Mrs P. décida d'engager d'autres enfants. D'abord ce fut Sally, qui était jolie et avait les cheveux blonds, aussi délicate qu'une tasse de porcelaine. Mrs Price l'avait rachetée à la Dame Lutin de Chambord Street – elle possédait une bande de gamins, tous des Meurtvifs, qu'elle louait à des théâtres comme farfadets, gobelins et fées. Sally avait incarné un singe une fois dans une pantomime, mais elle n'avait pas beaucoup aimé ça. La Dame Lutin était une vilaine vieille sorcière, pas du tout comme Mrs P., qui avait acquis Sally pour cinq livres et déclaré que c'était une bonne affaire.

L'enfant suivant que Mrs P. rapporta était Nick, qui avait les cheveux roux et le même âge que Liza. Il avait vécu parmi des voleurs jusqu'au moment où ça avait mal tourné, et il savait comment forcer des serrures et connaissait d'autres trucs de la sorte. Il était marrant, mais racontait tout le temps des mensonges – il mentait même quand il disait qu'il avait déjà vu Docteur Couteau, un sujet à propos duquel il ne fallait pas plaisanter.

Après Nick arriva Une-Oreille. Une-Oreille s'appelait en réalité Bill ou quelque chose, mais il avait toujours été Une-Oreille pour eux, parce que tout le temps où ils l'avaient connu il lui manquait l'oreille gauche, remplacée par de la peau qui poussait continuellement, et qui ensuite formait une cloque puis tombait. Il ne raconta jamais ce qui était arrivé à son oreille, même s'ils le lui demandaient tous assez fréquemment. (Les oreilles ne repoussaient pas, en général, les doigts non plus, sauf si vous aviez de la veine. Les jambes et la tête, aucune chance.) Une-Oreille pleurait un peu et se fâchait si vous vous moquiez de son absence d'oreille, et il restait collé à Sally la plupart du temps, parce que Sally était la plus gentille avec lui. Il venait de la campagne et était un Meurtvif depuis des années quand il entra au service de Mrs Price. Avant, il avait été employé dans une mine, toute sa famille y travaillait. Il avait pour charge d'être un galibot, et il détestait ça. Haïssait le noir à l'époque.

Après l'acquisition des enfants par Mrs Price, des Meurtvifs adultes qui avaient l'habitude de passer par ici décidèrent qu'ils voudraient rester, et Mrs P. en plaça certains dans les immeubles qui lui appartenaient. D'autres habitaient même dans la maison de Mrs P., mitoyenne de la boutique.

Il y avait toujours eu des Meurtvifs dans Salmon Street, disait Mrs P., mais pas autant. Et ils n'avaient jamais répondu aux ordres d'une seule personne avant elle. C'était mieux de rester ensemble, expliquait Mrs P., pour éviter que le club les mène trop à la baguette. Les loyers qu'elle exigeait des Meurtvifs étaient bas, mais il y avait des règles : il fallait bien se comporter, ne pas attirer l'attention.

Gil était un de ces Meurtvifs adultes, qu'on dénommait parfois Gil Grand Seigneur, peut-être parce qu'il avait un moment vécu pas loin du palais de Sa Majesté. Lui, il disait qu'on l'appelait Grand Seigneur à cause de sa nature généreuse. Mais Gil n'était pas du tout généreux. Toujours élégant, en revanche – une cravate de satin noir, des chaussures lustrées et un chapeau haut-de-forme, et, dessous, des cheveux tout lustrés aussi, avec de la graisse d'ours. Il faisait tailler ses pantalons selon la mode – ou une mode d'antan mais, à la manière que Gil avait de les porter, on aurait pu penser qu'ils étaient encore dernier cri. Le vrai nom de Gil était Gilbert Gil, c'est ce qu'il disait. Ou Gil-mais-Gil, parce qu'on racontait qu'un jour il avait conduit une dame, une vraie dame du quartier de Belgravia, ou d'un autre endroit huppé de la ville, au cœur de Salmon Street. Elle l'aimait peut-être, parce qu'elle l'avait suivi aveuglément dans Salmon Street, qui n'était pas un lieu pour ce genre de personnes. Et quand elle avait été encerclée, la grue n'avait pas arrêté de s'exclamer, *Gil, mais, Gil*, tant et plus. Elle s'était cassée de l'intérieur comme un jouet mécanique et refusait de se taire jusqu'au moment où ils lui donnèrent d'autres choses à penser. Y avait des gens, disait Mrs Price, qui appelaient vraiment les infortunes.

Comme Tom Brimstone, qu'elle avait chassé de Salmon Street la semaine dernière, parce qu'il se comportait comme un malotru et qu'il ne payait pas son loyer. Il était vieux et sale et méchant et dégoûtant, et parfois il laissait des marques sur les meubles. Personne ne voulait de sa compagnie. Il était saoul la plupart du temps (et il fallait une formidable quantité de gin, disait Mrs P., pour imbiber un Meurtvif) et mal embouché, et il puait en plus. Le pire c'étaient ses dents. Des dents qui dataient de la bataille de Waterloo, chipées à des soldats morts et à d'autres macchabées, enfoncées dans des gencives en ivoire. Quand Tom Brimstone souriait, c'était blanc, blanc partout. Et puis c'était une brute aussi, et quand il parvenait à attraper un des enfants, il le brutalisait et l'envoyait lui faire des commissions. Il ne manqua à personne une fois déguerpi.

Agnes était beaucoup plus gentille. Elle était vieille – si vieille que ses cheveux étaient blancs. Elle avait toujours l'air fatigué. Partout où elle allait, elle emportait un parapluie avec elle, parce qu'elle craignait la pluie. Elle disait que l'humidité lui faisait mal dans les os. Elle avait travaillé aux champs quand elle était jeune, et ça vous use beaucoup. Sa peau était tellement sèche, elle s'écaillait. Ça arrive parfois, expliquait Mrs P. Mais Agnes était une dure à cuire et Mrs Price lui faisait confiance, plus qu'à personne, pour veiller sur ses intérêts – en plus de la boutique dans Salmon Street, il y avait trois maisons qu'elle louait et deux magasins de vêtements d'occasion dans Turk Road. Agnes n'était pas très douée pour pourchasser les Rapides, mais elle avait avec elle une boîte de bonbons contenant une dose d'un produit qui rendait les gens somnolents, et elle les distribuait parfois à des enfants si elle en rencontrait qui étaient laissés sans surveillance.

L'autre adulte habitant dans Salmon Street était Phossy Lil, qui avait été autrefois allumettière. Agnes était son amie, et elle s'occupait de Lil quand elle était d'humeur triste. Parfois Lil faisait des cauchemars, alors Agnes s'asseyait près d'elle et la réconfortait jusqu'à ce qu'elle se rendorme. Liza ressentait aussi de l'amitié pour Lil, parce qu'elle avait elle-même été dans le commerce d'allumettes. Mais c'était dur de la regarder, à cause de son visage tout gâté par une nécrose de la mâchoire qui s'était développée lorsqu'elle travaillait à la fabrique d'allumettes. Et puis elle avait été congédiée et s'était retrouvée dans une situation difficile jusqu'au moment où Agnes l'avait rencontrée. Elle avait été 'changée avant de pouvoir mourir de sa nécrose, mais son visage était tout enflé et ravagé d'un côté, et il lui manquait des dents. Une fois elle avait décidé de se peindre pour cacher les dégâts, mais Gil s'était moqué d'elle et elle avait renoncé, et puis Agnes lui avait trouvé un joli chapeau avec une voilette qu'elle avait commencé à porter, si bien que vous pouviez seulement voir ses yeux, qui étaient toujours beaux.

Gil la tourmenta moins après ça, même si de temps en temps il faisait des blagues vulgaires et tirait sur sa voilette, sur quoi Lil essayait de lui arracher les yeux et Mrs Price lançait alors un regard terrible à Gil et disait : “Ça suffit, Gil”, et tout le monde tremblait de la tête aux pieds, mais pas Gil, qui n’avait jamais peur de rien, pas même de Mrs P. Peut-être que c’était pour cette raison qu’elle le gardait, parce qu’il ne faisait rien d’autre d’utile, de ce que Liza pouvait en tout cas voir.

Jusqu’à la nuit où il se rendit enfin utile : il rentra avec le dîner. Il ne leur avait jamais apporté à manger avant et, vu toute l’histoire qu’il en fit, vous auriez cru qu’il en avait rapporté vingt plutôt qu’un seul.

Il arriva à la maison avec quelque chose dans un sac et déclara avec un sourire qu’ils iraient se coucher le ventre bien plein ce matin.

— Qu’est-ce qu’y a là-d’dans ? demanda Mrs Price.

— Ah, vous aim’riez bien l’savoir, répondit Gil, et il souleva le sac en ajoutant : Sentez, il est tout frais.

— Mais c’est pas un Rapide, si ? dit Mrs P.

— C’en était un y a quèques heures, répliqua Gil. Fort, et en bonne santé avec ça.

— D’où il vient ? interrogea Mrs Price. Parce qu’on veut pas d’ennuis.

— Je l’ai eu d’un membre du club. Pour rien, en plus. Cinq shillings. Pas mal pour un si jeune.

C’était une bonne affaire, mais fricoter avec les gens du club présentait des risques. N’empêche, du sang c’était du sang.

Gil ou quelqu’un d’autre avait créé un sacré embrouillamini du corps en le mettant dans le sac. Il était lourd et tout cassé en angles bizarres, et il sentait le sang. Un jeune type, habillé chic, avec une écharpe d’un vilain vert jaunâtre autour du cou. On ne peut plus mort, mais ils se groupèrent malgré tout autour de lui et, même s’il y en avait qui disaient que c’était pas bien de se gorger comme ça d’un cadavre, Liza, qui avait faim, le trouva à son goût.

Ils avaient cru que c’était la fin de cette histoire – il fallait encore qu’ils se débarrassent du macchabée, bien sûr, mais ils pouvaient s’en occuper plus tard, quand ils auraient du temps.

Pas de ces âneries où on jette le corps dans le fleuve à la va-vite, répétait toujours Mrs P. Pas de ces gestes imprudents qui vous mettent les autorités sur le dos. Ce sont pas nos façons.

Et il fallait penser au club aussi. Si vous laissiez les cadavres n'importe où, ça les rendrait dingues, expliquait Mrs P. C'était pas prudent de les mettre en colère. Et puis ça a empiré récemment, ils sont devenus despotiques, alors on doit être sur nos gardes.

Le club effrayait tout le monde, même Mrs Price. Il y avait un bout de temps, Liza l'avait entendue parler avec Agnes. Il était midi et tous les autres dormaient, et Mrs P. et Agnes bavardaient devant le feu pendant qu'Agnes réparait un des corsets de Lil (Gil était absent à ce moment-là). Les corsets devaient être faits spécialement pour Mrs P. et Agnes et Lil, parce qu'autrement elles les déchiraient et ils craquaient d'un coup, à cause de tous les mouvements et de toutes les bagarres, expliquait Mrs P., et puis on est plus forts que les Rapides et nos organes internes sont pas aussi flexibles que les leurs.

— Burke dit que les gens du club préparent quelque chose, avait déclaré Mrs P. Mais y sait pas quoi.

— Bon, ben on f'ra attention, répliqua Agnes.

Mais elle avait peur elle aussi, pensa Liza.

Liza n'avait jamais vu un homme du club – pas jusqu'à la bonne affaire de Gil. Ils avaient bu tout leur saoul et fouillé les habits du macchabée, mais ils n'avaient pas encore eu l'occasion de s'en débarrasser. Et la chose s'était avérée être une veine, parce que pas longtemps après les gens du club avaient envoyé Makeweight le récupérer. Makeweight, que Gil appelait tout le temps un fils de gouge à sept faces. Ou Makeweight le Bâtard, comme on le désignait parfois. Un bâtard de Londres, disait Mrs P., il est là depuis plus longtemps que la plupart d'entre nous, peut-être depuis toujours. Personne sait d'où il vient, mais il connaît la ville comme sa poche.

Makeweight n'était pas autorisé à se rendre dans Salmon Street. Aucun des membres du club ne l'était, mais Makeweight tout particulièrement, insistait Mrs P. Liza ne l'avait jamais rencontré jusqu'au jour où il apparut, au beau milieu de la journée, avec ses habits chics et une cravate rouge vif. Il avait des cheveux courts et hérissés et des yeux qui dardaient partout, un regard qui vous pénétrait en plein cerveau. Le pire était son visage, marqué d'une immense balafre qui allait du coin de son œil droit au menton, du métal saillant de la cicatrice. Ça aurait escarpé n'importe qui, autant de métal resté dans une blessure, mais pas Makeweight.

Quand Makeweight arriva, Mrs Price dit :

— Liza, emmène tout le monde dehors, et Liza acquiesça et obéit.

Puis elle revint discrètement et plaça son œil sur le trou de la serrure et écouta.

Mrs Price avait demandé :

— Qu'est-ce que vous voulez ?

Et Makeweight répondit :

— Un de vos amis a eu d'la chance récemment. Vous savez de quoi j'parle.

— Vous êtes en retard si vous avez envie d'un petit-déjeuner.

— Vous avez fait quoi du reste ?

— Ce sont nos affaires, pas les vôtres, répondit Mrs P.

À leur façon de se tenir tous les deux sur leurs gardes et à l'évidence prêts au combat, Liza avait espéré qu'ils commenceraient à se battre – c'était arrivé une fois par le passé, avait-elle entendu dire, il y avait longtemps, et apparemment ça avait été quelque chose. Mais à ce moment-là Makeweight se contenta de sourire et dit :

— Il vous sert plus à rien maint'nant. Ça vous évite d'avoir à vous en débarrasser.

— Qu'est-ce que vous en f'rez ? interrogea Mrs Price. Pas normal, voilà c'que j'appelle ça, de d'mander à récupérer une d'ces choses.

— Vous savez que j'peux pas vous révéler la raison, Lucy, dit Makeweight, et Liza pensa que Mrs P. allait peut-être lui sauter à la gorge, parce que Gil était la seule personne à l'appeler Lucy.

Mais Mrs P. garda son calme et déclara :

— Deux schillings.

— Vous plaisantez, répliqua Makeweight. Vous savez ce qui s'passera si j'suis obligé de rentrer les mains vides. Les membres du club seront énervés et ça augurera rien de bon pour personne.

— Deux schillings, répéta Mrs P., les temps sont durs, comme j'suis sûre que vous savez à cause que c'est vos maîtres qui nous pressurent.

Et Makeweight rétorqua :

— Oh, on vous pressurera encore plus sous peu, et j'attends avec impatience d'pouvoir vous pressurer, vous, plus que tous les autres, Lucy Price.

Mais il lui remit les deux schillings parce que c'était Salmon Street, et que même Makeweight le Bâtard devait bien se tenir, ou aussi bien qu'on pouvait espérer en ce qui concernait Makeweight. Gil remonta le macchabée de la cave et Makeweight partit en emportant le corps – emballé dans un tas de toile à sac qu'il avait apportée, ligoté de sorte à ressembler à un tapis ou quelque chose.

— Bon, ben ça nous évite une tâche en tout cas, dit Gil, s'efforçant d'être gai, parce qu'ils avaient tous un peu peur, y compris après le départ de Makeweight. Il laissait flotter une sorte de crainte derrière lui, comme une mauvaise odeur.

— Oui, acquiesça Mrs Price. Ferme la porte, tu veux ?

Et ils n'en parlèrent plus. Mais pendant un moment après ça, Mrs P. parut plus silencieuse que d'habitude.

# 13

La toilette mortuaire était enfin achevée. Charlotte, assistée de Susan, la femme de chambre, s'en était chargée après le départ du médecin : elles avaient lavé le corps de Mrs Chickering, lui avaient enveloppé les jambes dans du calicot et croisé les bras sur la poitrine. Lorsque tout fut comme il se devait, elles laissèrent Mrs Chickering dans sa chambre, un mouchoir noué sous le menton pour maintenir sa bouche fermée. Cette dernière indignité était nécessaire, et pourtant son caractère grotesque avait frappé Charlotte. Comme si elle avait tenté de réduire Mrs Chickering au silence en lui fixant la mâchoire.

Même après s'être nettoyé les mains, Charlotte s'imaginait qu'elle pouvait toujours sentir la maladie sous l'odeur du savon. Elle descendit, s'installa dans le salon avec une tasse de thé et, un bref moment, se laissa aller à une impression d'épuisement absolu.

Mrs Chickering était morte avant même que l'on ait pu remplacer la dernière infirmière partie. La cuisinière avait donné son préavis plusieurs semaines auparavant et était partie. Susan allait bientôt l'imiter. Il y avait une demi-heure, Charlotte avait envoyé celle-ci au village pour expédier le télégramme à Londres, et maintenant elle était seule dans la maison.

Elle regrettait que James ne fût pas avec elle ce soir. Mais il serait de retour sous peu – le télégramme le ferait revenir de Londres. Elle recevrait de l'aide et du réconfort.

Au cours des mois passés, le salon était graduellement devenu le domaine de Charlotte – Mrs Chickering était si peu descendue dernièrement. Charlotte avait accroché ses plans sur les murs et laissé ses magazines de jardinage traîner sans craindre les reproches. Mrs Chickering n'avait jamais vraiment approuvé ce passe-temps : elle soutenait que les rayons du soleil gâtaient le teint et que la terre était mauvaise pour les mains. Charlotte avait apporté à Mrs Chickering des fruits et des fleurs qu'elle avait cultivés et l'avait écoutée louer avec réticence leur senteur et leur goût sucré.

Peut-être était-ce l'évidence de la réussite de Charlotte dans ce domaine qui avait déplu à Mrs Chickering. On ne pouvait se défendre contre des accusations portant sur un manque de beauté ou des manières peu engageantes, ou encore sur une dizaine d'autres petits défauts féminins, mais une pomme était une pomme. Cela constituait un accomplissement tangible que personne ne pouvait nier. Mrs Chickering avait craint que les arbres et les fleurs ne dépérissent ou qu'ils soient rongés par les vers ou bien que le gel ne les tue, mais rien de cela ne s'était produit. Sous la tutelle de Charlotte, le jardin d'East Lodge avait prospéré.

Dehors il faisait presque nuit maintenant. Cela devait être pénible pour Susan d'arpenter les terres du domaine sous la pluie.

Charlotte n'était pas coutumière de penser à l'avenir. Elle n'avait pas eu beaucoup de temps pour cela, et il ne lui avait pas paru raisonnable de ruminer sur sa situation. Elle s'était évertuée à employer judicieusement le peu de loisir qui lui restait en lisant ou en passant du temps à l'extérieur. Hormis cela, ses journées avaient été occupées à prendre soin de Mrs Chickering, l'empêchant de réellement réfléchir. Une telle existence n'était pas malheureuse.

Mais ces mois passés – alors que Mrs Chickering s'affaiblissait –, Charlotte s'était surprise à lire et relire les réclames qui se trouvaient à la fin de leur vieil exemplaire du guide touristique de Bradshaw, s'énumérant toutes les croisières possibles : pour Vigo, Lisbonne, Gibraltar, l'Australie, Zanzibar, Calcutta, et nombre d'autres lieux. Les matins frais d'automne, elle brûlait d'envie de partir avec les oiseaux migrateurs.

À présent que son emploi d'infirmière avait cessé, elle n'était pas certaine de savoir ce qui se passerait ensuite. James voudrait-il d'elle à Londres ? Elle redoutait d'être une entrave ; il paraissait si satisfait de sa situation actuelle. Mais il ne la laisserait certainement pas rester seule à East Lodge ?

Dans le silence de la maison vide, elle aperçut à quoi ressemblerait sa vie si elle devait demeurer ici, et la perspective l'effraya.

Elle finit son thé et se rappela que de nombreuses tâches exigeaient encore son attention. Mais au lieu de s'affairer à l'une d'entre elles, elle prit dans la bibliothèque un plan qu'elle n'avait acheté que très récemment. LONDRES ressortait avec éclat sur la couverture, imprimé en lettres capitales jaune doré.

Elle s'attarda un certain temps sur le plan, jusqu'au moment où Susan revint, trempée, grelottante et maussade, mais ayant expédié le télégramme. Charlotte était contente de penser que celui-ci était parti.

*

Le lendemain, elle attendit la réponse de James. À sa grande surprise, il n'y eut rien. Et aucune autre communication ne lui parvint dans les jours qui suivirent. Elle songea qu'il était peut-être parti pour le Yorkshire immédiatement, oubliant d'envoyer un télégramme pour la prévenir. Cela lui ressemblerait, de partir tard et d'oublier une chose si importante. Mais il ne vint pas.

Elle se rendit elle-même au bureau de poste, expédia un nouveau télégramme puis, malgré le coût, le fit suivre rapidement de deux autres, mais James ne répondit pas plus ni ne rentra.

*

Le délai dont elle disposait pour pouvoir décemment retarder les funérailles avait une limite, cette période s'était maintenant écoulée. Charlotte ne possédait aucune connaissance à Londres, si bien que personne ne pouvait l'aider à découvrir ce qui était arrivé à James – hormis la police, peut-être, mais une telle mission ne semblait guère relever de sa charge.

Après tout, il se pourrait facilement qu'il fût malade ou parti de Londres ; il avait écrit, il n'y avait pas longtemps, qu'il désirait des vacances.

Mrs Chickering avait laissé des consignes écrites détaillées concernant ses obsèques, qui devaient être économiques à tout point de vue, même si Charlotte soupçonnait que trente ans plus tôt, ils auraient eu les moyens d'organiser des funérailles luxueuses. Mrs Chickering avait souhaité porter son bracelet de cheveux (Charlotte devait le mettre à son poignet gauche, avait-elle précisé) et toutes ses bagues – son alliance et son diamant de fiançailles, une bague de deuil et le petit bandeau de perles rares qu'elle avait hérité de sa mère.

Tout avait été arrangé à l'avance, sauf les vêtements de deuil de Charlotte, dont il fallut s'occuper de façon hâtive et peu satisfaisante. Elle possédait une robe en laine noire relativement présentable, bien qu'un peu élimée, une autre de soie noire fabriquée près de dix ans plus tôt et, reprise deux fois, devenue trop étroite. Soie pour les funérailles, donc, et laine pour le quotidien. Au moins n'aurait-elle pas à endurer la première très longtemps.

Tandis qu'elle s'attardait au bord de la tombe, étouffant à moitié dans sa robe de soie noire, Charlotte pensa qu'elle aurait sans aucun doute déçu Mrs Chickering si celle-ci avait été là pour voir. Elle resta près de la sépulture pendant un moment : il lui semblait qu'elle devait cela au passé qu'elles avaient partagé. Leurs années ensemble exigeaient une forme d'hommage, même s'il n'y avait jamais eu beaucoup de tendresse entre elles. Peut-être avait-elle éprouvé de l'affection pour Charlotte – elle avait préféré que Charlotte lui prodigue ses soins plutôt qu'un étranger, certainement –, mais sa tendresse et sa fierté s'étaient principalement portées sur James, bien que celui-ci ne le remarquât point. Elle aurait été peinée, songea Charlotte, de savoir qu'il ne la verrait pas être enterrée. Elle aurait dit que cela ne lui ressemblait pas.

Il n'y avait rien dans les journaux, pas d'accident, de meurtre, ni de récit d'un désastre de quelque ordre. Mais elle s'imaginait malgré tout des choses. James, avec ses yeux doux, son visage expressif et son air habituel d'être légèrement perdu, qu'avait-il pu lui arriver, seul dans la capitale, dont Mrs Chickering disait toujours qu'elle regorgeait de vices ?

Charlotte avait pris sa décision : elle se rendrait à Londres et le trouverait elle-même. Ce soir-là, elle sortit de nouveau le plan de Londres de la bibliothèque et localisa Egerton Gardens. Regarder les rues et les immeubles imprimés lui apportait un étrange réconfort, ils lui donnaient l'impression de flotter très haut au-dessus de la ville et d'observer l'endroit où James dormait, comme si cela pouvait le protéger.

*

La gare de King's Cross constituait une agression pour les yeux et les oreilles, une agitation et un tourbillon qui faillirent la désorienter. Lorsqu'elle descendit du train, Charlotte fut frappée par le bruit des lieux, des dizaines de voix et, par-dessus, le halètement et le crissement des locomotives. Elle se retrouva engloutie par une foule de passagers comme elle, encerclée de toutes parts et emportée en avant malgré elle. Elle percevait des odeurs de saleté, de corps transpirants, de laine humide et de pelage de chiens mouillés, plus un millier d'autres exhalaisons de choses trop mûres et pourries qui se mélangeaient toutes. La gare était froide et elle se sentait insignifiante sous le haut plafond, comme si elle s'était complètement dissoute au milieu de la foule. Le goût de fumée s'attardait au fond de sa gorge.

Elle n'avait jamais vu autant de personnes rassemblées dans un même lieu. Les femmes étaient habillées presque aussi sobrement que les hommes, vêtues de couleurs pâles de bon goût sur lesquelles se détachait vivement la touche singulière d'éclat : un châle indien, une écharpe de laine bleue, une cape rouge. Elle passa à côté de domestiques les bras chargés de fourrures, d'un couple âgé se débattant avec un grand panier de pique-nique, d'une famille écossaise avec une bande de chiens frétillants, d'une petite fille et sa gouvernante – la femme tendant une prompte main pour tirer l'enfant en arrière, à l'écart du bord du quai où un train commençait à s'ébranler dans un bruit de métal et une volute de fumée. L'attention de Charlotte se trouva attirée par un homme en uniforme : il s'était rué sur le toit d'un train et examinait quelque chose – quoi ? – aussi simplement que si ses deux pieds étaient fermement plantés sur le sol. Tandis qu'elle le regardait, elle s'oublia et faillit trébucher sur une pile de bagages. Le temps qu'elle retrouve son équilibre, un porteur avait retiré les valises, lui lançant un regard noir.

Agrippant sa modeste valise et son petit sac à main, elle avança avec peine vers un endroit où la foule était plus clairsemée, où elle pouvait se tenir, retrouver sa dignité et surmonter le besoin absurde de pleurer. Sous sa vigilance mêlée de panique, elle éprouvait une terrible fatigue. Elle s'était réveillée avant l'aube, trop tendue à propos de James pour se rendormir.

Elle avait soigneusement noté le nom et la couleur de l'omnibus qu'elle devrait prendre pour se rendre chez lui. Elle avait également emporté son plan de Londres mais elle était réticente à le sortir – il était si grand une fois déplié qu'il la ferait ostensiblement passer pour une touriste. Elle attrapa son bagage et quitta la gare.

Elle n'était pas sûre de savoir ce à quoi elle s'était attendue, mais la réalité de la ville – les gens, les chevaux, les calèches, les omnibus – l'effraya. Elle n'avait pas idée de la direction à suivre ni auprès de qui se renseigner. Un porteur constituerait le meilleur choix, mais ceux qu'elle vit paraissaient trop occupés pour qu'elle les interpellât. On se sentait si voyant, comme elle le découvrit, lorsqu'on se tenait immobile dans un tel lieu. Tandis qu'elle plongeait la main dans son sac pour en retirer un mouchoir, un homme passa près d'elle. Elle entendit un grommellement – *J'ai d'autres bourses pour toi, chérie* – et eut à peine le temps de reculer face à l'assaut de son haleine chargée de tabac avant qu'il ne disparût. Elle ne se souvenait déjà plus de ses traits. Ç'aurait pu être n'importe qui dans la foule. Mais il l'avait sans doute aperçue en train de regarder alentour, confuse et inquiète, et avait dû rire d'elle, une jeune femme si totalement déplacée.

Mrs Chickering l'avait mise en garde au sujet de Londres. Il suffisait de tourner dans la mauvaise rue, de choisir le mauvais côté de Regent Street, et l'on était perdu. Les rues salissaient les chaussures et tachaient les jupes ; il y avait des pickpockets, des étrangers, des dynamiteurs irlandais, et qui savait quoi d'autre.

Elle prendrait une voiture, décida-t-elle. Ce serait plus rapide que l'omnibus, et il y aurait moins de chances de se tromper. Trouver un fiacre s'avéra moins difficile qu'elle ne l'avait craint. Après un échec, elle finit par attirer l'attention d'un bagagiste qui se chargea d'elle et négocia toute la transaction avec aplomb.

Le cocher était expéditif, réagissant avec une certaine impatience à ses questions détaillées, mais semblait plutôt aimable dans l'ensemble. Il allait sans doute lui demander un tarif exorbitant, comme l'on devait s'y attendre, mais la dépense valait la peine pour échapper à la foule – même recluse dans cette boîte brinquebalante qui roulait dans les rues encombrées beaucoup plus vite que Charlotte ne l'aurait souhaité. Elle n'aurait pas vu d'inconvénient à se soustraire aux regards pour toujours.

Le fiacre avait une étrange odeur. Au bout de plusieurs minutes de perplexité, elle se rendit compte qu'elle avait dû marcher dans quelque chose avant de monter. Bien sûr, du crottin de cheval. Quel spectacle elle offrirait à James lorsqu'elle serait enfin arrivée !

N'en fais pas une histoire, se dit-elle. Ce n'est pas grand-chose. Rien de plus que ce qui peut arriver à la maison, et rien auquel un peu d'eau ne puisse remédier.

Elle regarda par la fenêtre encrassée, essayant de suivre le rapide enchaînement des rues. Elle était légèrement de meilleure humeur : le fait d'avoir accompli deux étapes de son voyage sans incident l'encourageait. Il lui fallut cinq bonnes minutes avant de se rappeler avoir entendu une fois Mrs Chickering dire qu'une dame n'était pas censée voyager seule dans une voiture.

À son soulagement, Egerton Gardens paraissait calme et respectable. James avait expliqué que c'était un quartier agréable de Londres, mais elle avait toujours soupçonné qu'il s'était peut-être choisi un logement dans un endroit épouvantable par erreur et n'avait pas su reconnaître son faux pas. Il avait tendance à ne pas s'apercevoir de certaines choses.

Son premier coup de sonnette demeura sans réponse, de même que le deuxième. Elle vérifia l'adresse qu'elle avait écrite et réessaya. Mais elle eut beau entendre le bruit strident de la sonnette à l'intérieur de la maison, personne ne vint.

C'était trop, après être parvenue si loin, de se trouver confrontée finalement à pareil obstacle. Où pouvaient-ils tous bien être ? Quelle sorte de foyer Mrs Morris tenait-elle ?

Elle attendit et réfléchit, puis elle sonna de nouveau. Pour finir, par frustration, elle tenta d'ouvrir la porte. Celle-ci n'était pas fermée.

Elle regarda autour d'elle. Il n'y avait personne dans les parages pour être témoin de ce manque choquant de manières. Elle ouvrit la porte et entra.

— James ? appela-t-elle – plutôt timidement, s'attendant à ce que quelqu'un se précipitât sur elle par surprise et s'offusquât de sa présence.

Mais personne n'apparut. Elle n'appela pas une seconde fois. Quelque chose dans l'atmosphère feutrée de la maison la rendait réticente à produire un seul bruit.

Lorsqu'il venait de s'installer et que ses lettres étaient plus régulières, James lui avait dessiné la maison et tracé un petit plan de l'intérieur. Son ami et lui occupaient tout le deuxième étage – ils avaient chacun une chambre à coucher, et un salon au milieu.

Sa chambre était petite mais confortable, avait-il écrit. Elle se trouvait en haut de l'escalier, la première porte sur laquelle l'on débouchait. Charlotte marqua une pause sur le palier, puis frappa et entra.

La pièce était inoccupée. Le lit était fait, et il semblait y avoir peu de traces de James. Une sacoche de cuir vide était posée sur la table ; une autre valise fermée près du lit. Mais il y avait une photographie d'elle sur la commode et quelques autres objets qu'elle reconnut se trouvaient éparpillés.

Elle passa dans le salon. Les rideaux étaient tirés, la lumière du jour peinant à s'infiltrer. Il faisait plus chaud ici que dans la chambre à coucher ; un petit feu brûlait dans le foyer. Quelqu'un avait dû être là récemment, donc – pour une raison obscure, elle se sentait soulagée par cette découverte.

La pièce exhalait une odeur douce, poussiéreuse et désagréablement sucrée, semblable à une fragrance de décomposition, et, par-dessous, une émanation de fumée et de terre. Mais cela ne pouvait pas être de la terre.

Que faire maintenant ? Fallait-il attendre ?

Sur la table, il y avait une bouteille de vin vide et deux verres sales, un tas de papiers en vrac, un flacon d'encre ouvert. Et tant de livres – peut-être certains appartenaient-ils à l'ami de James, dont Charlotte avait oublié le nom. C'était un personnage plutôt terne d'après les lettres de James. Mais cela étant, la correspondance de James s'était avérée inhabituellement guindée récemment, pleine de plaisanteries idiotes, n'apportant jamais de réponses à ses questions.

La même chose s'était produite à Noël, la dernière fois qu'elle l'avait vu. Il avait toujours donné l'impression d'exister à la fois dans le monde quotidien et dans un autre lieu, une contrée privée dont elle n'entrevoyait que de brèves lueurs. Mais à Noël il avait paru bien plus distant, son existence réelle totalement ailleurs. Elle avait feint de ne pas s'en rendre compte et joué à se montrer gaie jusqu'à son départ. Elle avait presque été contente de le voir s'en aller.

Elle ramassa un livre qui s'était ouvert en tombant, le referma et en examina le dos : John Donne. Il lui sembla se rappeler que James lui en avait parlé. Les hommes de lettres l'avaient oublié pendant un temps (la raison d'un tel oubli, si ses vers avaient du mérite, demeurait un mystère pour Charlotte – c'était comme si la poésie pouvait s'apprécier ou se déprécier telle la valeur d'une action en Bourse), mais il redevenait aujourd'hui à la mode.

Une plume tachetée de gris marquait une page. Ici et là, des vers étaient discrètement soulignés au crayon. Le goût de James semblait principalement attiré par les thèmes sacrés. Les mots de sang et de dévotion la gênaient.

La religion était l'un des sujets qu'ils n'évoquaient plus. Elle n'avait pas encore eu le courage de lui dire qu'elle avait perdu la foi, cette foi si spartiate et inébranlable dans son enfance : plus encore, qu'elle s'était arrachée à son emprise et ne souhaitait en aucun cas retomber dans ce carcan. Elle avait décidé qu'il valait mieux souffrir et voir clairement.

Elle aurait voulu lui parler de ses nouvelles convictions ; elle aurait aimé discuter des quelques livres, soigneusement sélectionnés, qu'elle avait réussi à se procurer sur le sujet. Mais ne pouvant imaginer sa réaction, elle s'était sentie mal à l'aise.

Elle s'apprêtait à reposer le volume lorsque son attention fut saisie par d'autres vers :

*Donne à mes mains errantes congé, qu'elles aillent*
*Devant, derrière, entre, dessus, dessous.*
*Ah, mon Amérique, mon Nouveau Monde !*

Cela suffisait. Elle referma le livre d'un coup vif, produisant un petit nuage de poussière qui s'éleva dans l'air.

Tandis qu'elle plaçait le livre sur la table, elle entendit un son feutré derrière elle. Quelqu'un se tenait dans l'ombre, en train de l'observer.

Elle ne put s'empêcher de pousser un cri de surprise – mais il n'y avait pas lieu de s'alarmer, puisque, bien sûr, c'était James. Dans son soulagement, elle faillit rire.

— James, dit-elle en souriant, avec une certaine fierté d'avoir entrepris le voyage seule. James, depuis quand te tiens-tu là ? La porte d'entrée était ouverte, et personne ne répondait, et j'ai pensé que vous étiez tous sortis. Je ne savais pas quoi faire…

Elle s'arrêta et attendit qu'il parle, qu'il l'enlace, mais il n'en fit rien.

— Tout va bien ? demanda-t-elle. James ?

Il ne dit toujours rien. La pièce était trop sombre pour discerner clairement son expression – à la lumière du feu, celle-ci aurait pu passer pour de la méchanceté.

— James, répéta-t-elle. Je ne t'avais pas vu.

C'était une chose stupide à dire, mais tout valait sûrement mieux que le silence.

Tentant la brusquerie, elle se dirigea vers la fenêtre et ouvrit les rideaux en grand.

— Voilà. C'est mieux.

La pièce était en désordre, pire que ce qu'elle avait pensé, et n'avait à l'évidence pas été époussetée depuis un moment. Des feuilles de papier se trouvaient par terre, aux pieds de James, certaines déchirées en morceaux ou froissées en boules, un tas clairement destiné au feu. Lorsqu'elle fit un pas en direction de James, Charlotte sentit un craquement sous sa chaussure – un morceau de porcelaine, un vase cassé peut-être. Elle avait écrasé un tesson avec le talon de sa bottine, séparant à jamais une bergère peinte en bleu de son prétendant.

— James, dit-elle. Que s'est-il passé ?

Il la poussa en se dirigeant vers la fenêtre et referma les rideaux, son visage grimaçant sous l'assaut de la lumière.

Elle avait peur à présent. Mais elle s'approcha de lui et l'entoura de ses bras comme elle ne l'avait pas fait depuis des années.

— James, réitéra-t-elle, comme si prononcer son nom pourrait le ramener à elle.

Il garda le silence. Il grelottait, bien qu'il se trouvât à l'intérieur, enveloppé dans son pardessus. Pendant une seconde ou deux, ils se tinrent ensemble. Puis durement, sans prévenir, il la repoussa.

Malgré elle, elle éprouva de la colère – c'était le caractère inattendu de son geste, son hostilité soudaine. Elle s'approcha du bureau et se mit à déplacer des livres et des feuilles de papier, feignant de mettre de l'ordre.

— Cette pièce est une honte. Quand a-t-elle été époussetée pour la dernière fois ?

Il ne la regardait même plus maintenant. Ses yeux étaient fixés sur le feu, la faible lumière qui en émanait encore.

— Ne veux-tu pas savoir pourquoi je suis ici ? demanda-t-elle.

Pas de réponse. Elle continuait de ranger, empilant soigneusement des livres, rassemblant les pages par terre près du feu. Ce fut lorsqu'elle se pencha pour ramasser un livre ouvert à plat sur le tapis de foyer qu'il lui saisit le poignet, la tirant d'un coup sec pour la remettre sur pied. La force de son étreinte la contraignit à reprendre son souffle. Elle tenta de dégager son bras mais ne parvint pas à se libérer. Le regard de James exprimait un but pressant qu'elle ne comprit pas.

— Tu es gelé, dit-elle.

Il la relâcha et recula.

— S'il te plaît, dit-il, tu n'es pas en sécurité.

— Pas en sécurité ? Que veux-tu dire ?

— Il faut que tu partes. Immédiatement. Je t'en prie. Je ne peux pas supporter…

Il parlait rapidement, avec urgence, comme s'ils devaient bientôt être séparés, comme si le temps pressait. Mais tout en parlant, il lui saisit de nouveau la main et la souleva vers sa bouche.

Elle ne comprenait pas ce qu'il faisait. Tout ce qu'elle savait, dans cet instant de terreur glaciale, c'était qu'il avait trop de force pour elle ; elle ne pouvait pas retirer son bras.

Il remonta la manche de sa robe, rabaissa la bordure de son gant et posa sa bouche froide contre sa peau – un baiser plein de dents. Elle poussa un cri d'étonnement et de douleur vive. D'un large mouvement de balancier, elle le frappa au visage avec le livre qu'elle tenait toujours de l'autre main et il fit un pas en arrière sous l'effet de la surprise, lui libérant le poignet.

Elle saignait. Il lui avait éraflé la peau – une coupure peu profonde, mais suffisante pour faire saillir le sang. Il lui coulait le long du bras et maculait la bouche de James. Elle jeta un regard sur le livre qu'elle tenait et le reconnut, familier et étrange à la fois, comme si elle le voyait en rêve : il s'agissait de la biographie de Carlyle qu'elle lui avait offerte.

Il s'éloigna d'elle.

— Charlotte, dit-il, comme s'il venait tout juste de comprendre qui elle était. Sa voix prit de nouveau un ton désespéré : Va-t'en.

Quelque chose avait changé dans son visage. C'était la même transformation que celle qu'elle avait vue dans celui de Mrs Chickering.

Elle fit volte-face et s'enfuit, n'osant pas jeter un regard en arrière. Elle laissa la porte claquer derrière elle, sans se soucier des apparences, ne songeant désespérément qu'à s'éloigner de lui et de la maison. Elle se précipita vers les marches, à bout de souffle, sanglotant à moitié et serrant son poignet contre sa poitrine.

Elle se trouvait au milieu de l'escalier lorsqu'elle s'aperçut qu'une autre personne se trouvait là. Une silhouette se tenait dans l'entrée, les yeux fixés vers le haut. Dans la semi-pénombre du vestibule, elle put discerner une robe noire et de longs cheveux blancs déliés.

— Vous n'auriez pas dû monter.

La femme parla d'une voix monotone, comme quelqu'un qui aurait souffert d'une longue maladie ou épreuve. Il y avait un hématome violet sur un côté de son visage. Avant de détourner le regard, horrifiée, Charlotte crut distinguer des marques de doigts.

— Mrs Morris, demanda-t-elle avec hésitation. Êtes-vous…

— Partez. Allez-vous-en.

La femme chancela, prête à s'évanouir. Charlotte la rattrapa avant qu'elle ne tombât, la soutenant du mieux qu'elle le pouvait.

— S'il vous plaît, dit-elle, pouvez-vous me raconter ce qui s'est passé, qu'est-ce qui ne va pas avec lui…

Mrs Morris ne répondit pas, et Charlotte se rendit compte qu'il serait cruel et futile d'insister pour l'instant. Elle avait l'air de ne pas avoir mangé depuis plusieurs jours. Sa robe était élégante mais froissée et tachée.

Charlotte passa un bras autour de ses épaules, la guida vers la chaise la plus proche et la fit asseoir.

— Attendez ici, dit-elle. Je vais vous chercher de l'eau.

Après deux mauvais tournants, elle trouva le chemin vers la cuisine. Le fourneau était tiré, et un désordre choquant régnait – des pelures de légumes répandues sur le sol, une assiette en morceaux par terre. Un poisson pourrissait sur la table de la cuisine, l'odeur nauséabonde étrangla Charlotte. Dans l'arrière-cuisine, elle trouva l'évier rempli à ras bord d'assiettes sales. Elle s'empara d'un verre propre et rapporta de l'eau à Mrs Morris.

— Avez-vous du cognac ? demanda-t-elle.

— Le salon, dit Mrs Morris. À l'étage. Première porte…

Dans le salon, les stores étaient baissés, et Charlotte pouvait à peine discerner ce qui l'entourait, seule la faible lumière du couloir lui permettait de voir. Elle découvrit une carafe de cognac sur une table. Elle la transporta en bas et obligea Mrs Morris à boire du cognac et de l'eau jusqu'à ce qu'elle retrouvât un peu de sa couleur.

— Pouvez-vous m'expliquer ce qui lui est arrivé ? demanda-t-elle.

Mrs Morris secoua la tête.

— Il a dit que je ne devais pas monter. Cela lui déplaît.

Elle porta la main à sa tête.

— A-t-il…

Charlotte ne put se résoudre à terminer sa question. L'image de James frappant une femme la rendait malade.

— Pourquoi n'êtes-vous pas partie ?

— Je n'ai pas le droit.

— Je vous demande pardon ?

Mrs Morris prit une inspiration tout en frémissant.

— Il me l'interdit.

— Et les domestiques ?

— Je les ai renvoyés, répondit Mrs Morris. Ils étaient… ils n'étaient pas en sécurité. Il a exigé que je les garde, mais je ne pouvais pas juste…

James était responsable. Il l'avait terrifiée et avait laissé la marque saisissante de sa rage sur son visage. Depuis quand se cachait-elle en bas dans le noir, trop effrayée pour s'en aller ? Charlotte songea furtivement à la démence, à ces fous dans les romans qui évoluaient incognito parmi les sains d'esprit jusqu'au moment où, soudain, ils devenaient violents.

Elle dit à Mrs Morris :

— Je vais vous trouver une calèche.

Mrs Morris la regarda sans paraître comprendre.

— Vous devez vous en aller, déclara Charlotte. C'est dangereux de rester avec lui.

— Mais…

— Je suis avec lui à présent. Je l'emmènerai loin d'ici d'une manière ou d'une autre, et les choses s'arrangeront. Pouvez-vous partir ? Avez-vous un endroit où séjourner ? Pendant un petit peu de temps, je veux dire, seulement jusqu'à ce que…

— Qu'allez-vous faire ?

Charlotte ne répondit pas. Elle conduisait déjà Mrs Morris vers la porte d'entrée. Ses affaires se trouvaient éparpillées négligemment près de la porte. Charlotte ramassa la cape et les gants et l'aida à se rajuster.

— Merci, dit Mrs Morris.

— Je suis désolée, déclara Charlotte en lui prenant le verre vide. Je ne sais pas ce qui s'est passé, mais… je suis désolée. Pour tout.

Elle se sentait de nouveau malade. Son poignet l'élançait à l'endroit où il l'avait blessée.

Mrs Morris hocha la tête.

— Il y a une clef, dit-elle. Mr Paige l'a laissée en bas la dernière fois où il était ici.

— Bien sûr, je m'assurerai que tout soit en sécurité. Une pensée lui traversa l'esprit. Mais où se trouve Mr Paige ?

— Je ne sais pas. Ils s'en allaient, vous savez, en vacances. J'ai cru qu'ils étaient partis plus tôt. Puis Mr Norbury est rentré…

Elle luttait contre quelque chose, des larmes ou un cri.

— Il est revenu différent.

Charlotte ne savait pas comment elle avait réussi ensuite à héler une voiture – elle n'aurait jamais imaginé avoir le courage de le faire, et pourtant elle se précipita dans la rue à la poursuite d'un cab qui passait, remuant les bras d'une manière sans doute ridicule. À son grand soulagement, le cocher s'arrêta et attendit pendant qu'elle allait chercher Mrs Morris et l'aidait à descendre les marches. Lorsque la voiture se fut éloignée sans encombre, elle retourna à l'intérieur et verrouilla la porte.

La maison était calme. Elle s'assit sur la chaise de l'entrée et releva sa manche pour examiner son bras. La blessure n'était pas très grave, elle avait déjà cessé de saigner. Elle sortit son mouchoir et en enveloppa maladroitement la coupure – la morsure – tirant sur le bandage de fortune avec ses dents.

Elle regrettait de ne pas avoir d'eau, mais ne désirait pas retourner dans la cuisine. Elle éprouvait de la réticence à se déplacer n'importe où dans la maison, en vérité.

Avait-elle bien fait de renvoyer Mrs Morris ? C'était sûrement le mieux – jusqu'à ce que Charlotte découvre ce qui s'était passé exactement. Il lui faudrait emmener James quelque part, chez un médecin de quelque ordre.

La première chose consistait à remonter et, dans la mesure du possible, le convaincre de se reposer. S'il dormait bien, elle pourrait le laisser pour aller chercher un médecin.

Elle rabaissa sa manche, dissimulant sa blessure, puis se leva lentement, se préparant à affronter de nouveau James. Elle n'avait pas encore atteint le haut de l'escalier lorsque la sonnette retentit, aiguë et perçante à travers le silence de la maison.

## 14

## *LE CARNET D'AUGUSTUS MOULD*

*18 avril*

Échappé. Avec Howland. Ils n'ont même pas découvert son nom (alors qu'Edmund a révélé le sien, le mien et celui de Michael, ce qui n'était guère prudent). Edmund est convaincu de pouvoir les récupérer sans trop de difficulté. On aurait dû l'amener dans mon atelier dès le début ; sa valeur principale réside dans le fait qu'il constitue une curiosité scientifique, dans la mesure où il a subi l'Échange sans consentement. Mais Edmund voulait l'admettre – pour atténuer l'erreur de Michael, je suppose.

*19 avril*

Makeweight s'est pour une fois montré utile en réussissant à récupérer le corps – que Michael avait vendu, inouï, à un des membres du gang de Price. Il l'a rapporté et allongé en haut sur ma table d'opération, et nous nous sommes réunis autour de lui pour le regarder. Nous ne savions pas quoi faire pour commencer. Je suppose que nous nous attendions à trouver quelque chose dans ses poches qui aurait fourni un indice, mais la bande de Mrs Price l'avait déjà dépouillé.

Le corps n'était pas en très bon état, évidemment. Je plaignais le mort, à l'inverse de son ami hystérique. Il méritait certainement mieux que de mourir des mains de Michael.

— Quelqu'un le connaît-il ? interrogea Edmund. (Ce n'était pas si improbable. Les vêtements du mort montraient clairement qu'il se mouvait dans les mêmes cercles que la plupart des hommes du club. Les gens de cette espèce tendent le plus souvent à se reconnaître entre eux.)

Michael observait, l'air plus content de lui-même qu'autre chose, devrais-je dire.

— Qu'allons-nous faire ? finit par demander Corvish.

Je m'apprêtais à répondre que le corps n'avait plus rien à nous enseigner et que nous ferions mieux de nous en débarrasser, lorsque Paige arriva.

J'aurais dû me rendre compte de la ressemblance plus tôt, mais les blessures du cadavre l'obscurcissaient. Je ne la vis que quand Paige se trouva devant moi.

Edmund le conduisit prudemment à l'extérieur pour lui expliquer, demandant en même temps à Makeweight de s'assurer que Michael descendît. C'était une sage précaution. Mais Paige n'eut pas de réaction violente.

Tout le monde partit – Edmund leur demanda d'attendre en bas, pour déterminer la prochaine étape. Il ne restait qu'Edmund et moi, alors que Paige entrait seul pour voir le corps de son frère. Ils ne sont pas compatissants, les morts-vivants. Un bon nombre se montrent parfaitement égoïstes. Mais ils ressentent de l'affection envers certains.

Au bout d'un petit moment, nous entrâmes pour voir comment il allait. Paige me pria de rester, tandis qu'Edmund descendait parler aux autres.

Il demanda :

— Comment est-ce arrivé ?

Je lui racontai. Il ne dit rien, pendant peut-être une bonne minute. Je ne savais pas si je devais rompre le silence ou pas.

— Pouvons-nous le préparer ? finit-il par dire. Je n'aime pas le voir ainsi.

— Bien sûr, répondis-je. Je vais vous aider.

Ensemble, nous entreprîmes la toilette mortuaire. Le cadavre présentait de nombreuses et terribles plaies, et les membres étaient raides et fracturés ; rendre le corps décent ne constituait pas une tâche aisée.

Paige parla de son frère pendant que nous œuvrions. C'était un jeune homme frivole, et Paige avait toujours éprouvé un léger ressentiment envers lui, car lorsqu'un frère est enjoué et irresponsable, l'autre doit nécessairement se montrer sérieux et circonspect, pointilleux à l'égard de chaque obligation, surtout en l'absence d'un père pour endosser de telles charges.

Quand nous eûmes accompli tout ce qui était possible et que nous nous fûmes débarrassés de l'eau sanguinolente, il déposa un baiser sur le front de son frère – oubliant, je pense, que je me trouvais dans la pièce. L'expression désolée que je perçus dans ses yeux me surprit.

Mais lorsqu'il se redressa et tourna son regard vers moi, il paraissait tout à fait remis. Je lui demandai s'il savait qui avait pu être le compagnon de son frère.

— Quel âge avait-il ? s'enquit-il.

— Il était jeune, répondis-je. Yeux gris, cheveux très foncés, de taille moyenne. Il n'avait pas l'air d'un homme qui avait besoin de travailler, si cela peut aider. Peut-être un écrivain de quelque sorte – Michael a dit qu'il avait un manuscrit avec lui. Habillé comme un gentleman…

Paige leva une main pour m'arrêter. Il a pu identifier l'homme et nous a fourni un nom et une adresse. Le frère de Paige et lui logeaient ensemble, s'avère-t-il.

La répugnance de Paige pour cet homme était assez évidente et, d'après ses indications, je dirais que celle-ci semble parfaitement justifiée. Il s'appelle Norbury, et c'est un poète, ou un aspirant poète, ou bien un oisif professionnel ou quelque chose d'approchant.

*Plus tard, même jour*

J'ai été forcé de m'interrompre à cause de mon exténuation – je me suis en fait endormi à mon bureau et réveillé avec un mal de dos terrible quelques heures plus tard. Maintenant je me sens revigoré.

Pour continuer :

Il était, à ce moment-là, bien après midi. Paige ayant révélé tout ce qu'il savait, il précisa qu'il aimerait emporter le corps chez lui. Il déclarera qu'il y a eu un accident. Cela permettra à sa famille d'enterrer les restes, ce qui devrait leur apporter du réconfort. Selon ce que je comprends, la mère et la sœur de Paige se trouvent déjà sous son influence et ne devraient vraisemblablement pas poser beaucoup de questions sur ce qui s'est passé. Paige et deux autres membres du club sont partis exécuter cette triste obligation. D'autres, menés par Corvish, ont été envoyés à l'adresse que Paige a donnée, en quête de Mr Norbury.

# 15

Lorsque Charlotte ouvrit la porte d'entrée, elle se trouva soulagée de découvrir que le visiteur était un homme à l'air respectable – d'âge mûr, paraissant sérieux et intelligent.

— Bonjour, dit-il, et Charlotte s'aperçut qu'il s'efforçait de sourire – un petit mouvement de la bouche uniquement, ne découvrant pas la moindre dent.

— Bonjour, répondit Charlotte. Je…

Que pouvait-elle dire, comment demander de l'aide ? En lui expliquant que son frère était malade, qu'il souffrait d'un trouble temporaire de l'esprit ?

— Je me demandais si je pourrais voir Mr Norbury, s'enquit l'inconnu. S'il est à la maison. Je m'appelle Browne.

C'était un homme du Yorkshire ; son léger accent lui parut curieusement familier.

— Il est indisposé…

Charlotte s'apprêtait à raconter comment elle avait réussi à ouvrir la porte et à prier Browne d'aller chercher un médecin, mais il l'interrompit :

— Indisposé ? L'avez-vous donc vu ?

— Oui. Je suis sa sœur.

Son expression ne s'altéra pas lorsqu'elle lui dit cela. Mais quelque chose changea en lui. Elle sentit une nouvelle vigilance, un intérêt vif et hostile. Ses yeux lui firent penser à ceux de créatures prudentes et carnassières – le renard qui tue délicatement, sans laisser aucune trace de plumes ou de sang.

Elle sut, sans comprendre pourquoi, qu'il fallait l'empêcher d'entrer. Quelle que fût la raison qu'elle lui donnerait, quelle que fût l'impolitesse que cela exigerait de sa part, elle ne devait pas lui permettre de passer le pas de la porte.

— Je suis désolé d'apprendre qu'il ne se sent pas bien, répliqua Browne. Je me demande si je pourrais être d'une quelconque assistance. Je suis médecin, voyez-vous. Je ne sais pas si votre frère a parlé de moi, mais nous nous connaissons un peu. Je suis sûr qu'il n'objecterait pas à ce que je lui apporte mon aide.

Son regard dardait déjà derrière elle, vers l'intérieur de la maison et l'escalier qui menait à James.

— Merci, je crois que nous nous débrouillerons.

— Mais Miss Norbury, si votre frère est malade…

— Il souhaite seulement se reposer. Merci. Elle parlait presque machinalement maintenant. Je lui dirai que vous êtes passé.

Puis elle ferma la porte dans un claquement. Elle écouta, n'osant pas bouger, jusqu'à ce qu'elle l'entendît partir.

Aussitôt, elle regretta sa conduite. Elle ne comprenait pas comment elle avait pu se montrer si idiote. Rejeter une offre si opportune constituait une inexcusable sottise, au simple prétexte que les manières de cet homme lui avaient déplu. Et qu'allait-elle faire à présent ?

D'abord, s'occuper de James, songea-t-elle ; elle aurait le temps de s'adresser des reproches par la suite. Sans s'autoriser à s'attarder sur ce qui l'attendait, elle monta en hâte et retourna au salon.

— James ? appela-t-elle.

Mais le silence régnait dans la pièce. Les rideaux étaient toujours tirés. La porte s'était doucement refermée derrière elle. Elle ne pouvait pratiquement rien discerner.

Ignorant la pénombre et sa peur que James ne s'approchât d'elle sans être vu, elle avança à tâtons jusqu'à la fenêtre et ouvrit les rideaux. Puis elle se retourna rapidement. La pièce était vide.

Elle se rendit dans sa chambre à coucher et ne l'y trouva pas. Elle appela son nom, faiblement dans un premier temps, puis plus fort. Après quoi elle resta immobile, retint son souffle et écouta. La maison était silencieuse.

Prenant son courage à deux mains, elle alla de pièce en pièce, monta d'étage en étage, à la recherche de James dont elle appelait le nom à intervalles. Elle finit par se retrouver tout en haut, dans un petit grenier qui devait appartenir à la femme de chambre. La pièce était vide, mais la fenêtre était ouverte ; un courant d'air agita les rideaux ternis. Le lit n'avait pas été fait, et les tiroirs avaient été sortis et vidés à la hâte. Un bas unique avait été oublié et gisait sur le sol.

L'idée que James ait pu passer par la fenêtre paraissait incroyable, et pourtant par quel autre endroit aurait-il pu passer ? Elle l'aurait entendu s'il était descendu ; il n'y avait pas d'autre endroit par lequel il avait pu s'enfuir. Elle se pencha à l'extérieur, autant qu'elle l'osait, et leva les yeux. Rien ne bougeait sur les toits en pente au-dessus d'elle. En dessous, la hauteur séparant le toit de la rue était assez considérable, et la gouttière était trop fine pour procurer un point d'appui. Avait-il réellement pu accomplir un tel exploit ?

De nouveau, elle appela son nom – une fois seulement –, ignorant la circulation et les passants. S'il l'entendit, il ne répondit pas.

Elle referma la fenêtre, descendit, et retourna au salon. Elle se baissa pour examiner les morceaux de papier qui jonchaient le sol, certains déchirés ou brûlés. C'étaient les écrits de James. Il lui parut désolant de les laisser à l'abandon, éparpillés de la sorte. Parce qu'elle ne savait trop quoi faire d'autre, elle rassembla toutes les pages qu'elle pouvait et les empila sur la table.

Quel était le meilleur plan d'action ? Elle ne pouvait pas rester dans la maison. Au moins cela lui paraissait clair.

Sur la table, à côté de la pile des papiers de James, elle aperçut les télégrammes qu'elle lui avait envoyés. Et une petite carte bordée de vert, sur laquelle quelque chose avait été griffonné. Il lui vint à l'esprit que parmi tout le fouillis pourrait se trouver quelque indice concernant l'état de James – une lettre contenant de mauvaises nouvelles, ou autre chose de cet ordre. Dans sa chambre à coucher, elle avait remarqué une grande valise, remplie et fermée, ainsi qu'une sacoche de cuir vide. James se préparait à partir, avait dit Mrs Morris – cela lui ressemblait assez de négliger de finir de préparer ses bagages.

Elle alla chercher la sacoche de cuir vide et l'emplit des feuilles de papier et des lettres, sans prendre la peine de les trier ou de les lire, simplement impatiente d'en terminer au plus vite. Elle emporta tout ce qu'elle était en mesure de porter. Il aimerait certainement avoir ses écrits lorsqu'il serait remis, et ils se trouveraient en sécurité avec elle.

Une fois cela accompli, elle descendit. La sacoche de cuir était assez lourde ; elle ne pourrait pas aller très loin en la portant, en plus de sa valise et de son sac à main.

Et où pouvait-elle bien se rendre ? Elle avait hâte de se retrouver hors de la maison, loin de ce silence absolu. Un salon de thé, pensa-t-elle, ou un restaurant. Il y aurait certainement un endroit sur son chemin. Un lieu où s'asseoir et se reposer, où réfléchir.

À l'extérieur, l'air était frais. Elle fut surprise de découvrir que la lumière déclinait déjà. Le soleil ne se coucherait pas avant plusieurs heures, mais le ciel s'était couvert, et un brouillard descendait.

Londres était un lieu contre nature. Chez elle, elle pouvait traverser d'un bon pas, librement, les terres d'Aiskew, ou bien se rendre au village, ou encore parcourir les champs, sans craindre d'être regardée d'un œil désapprobateur ou de heurter accidentellement un piéton. Mais la ville ne se souciait absolument pas d'elle – il y avait eu des milliers de gens ici avant sa naissance, d'autres milliers emprunteraient ces rues après sa mort. Et pourtant, elle se sentait soulagée à présent d'avancer au milieu d'une telle animation. L'effet était le même qu'une tasse de café corsé, pensa-t-elle, une énergie et une excitation débordantes auxquelles succédait finalement, sans doute, une indolente langueur.

Elle commença de se sentir plus ou moins remise ; son poignet la faisait moins souffrir. Elle trouvait le froid vivifiant, maintenant qu'elle marchait plus rapidement. Elle avait décidé de ne pas réfléchir à la suite avant de pouvoir s'asseoir et récupérer.

Elle avançait de plus en plus vite, si concentrée sur le fait de ne pas penser qu'il lui fallut plusieurs minutes avant de s'apercevoir que sa déambulation l'avait conduite dans une rue résidentielle calme et plutôt moins cossue qu'Egerton Gardens. Elle avait vu quelques magasins plus tôt, mais à présent il n'y avait nulle part où demander son chemin et aucune calèche ne passait. Peut-être devrait-elle s'arrêter et sortir son plan, mais elle ne souhaitait pas attirer l'attention inutilement.

Une autre chose – elle l'avait senti quelques minutes auparavant et répugnait à l'admettre : on la suivait.

Ce n'était pas sa fébrilité qui agissait sur son imagination : il y avait des pas, fermes et délibérés. Pas loin derrière, et pourtant pas assez proches pour que l'inconnu se trouvât obligé de la dépasser. Guidée par un instinct dont elle n'avait jamais eu conscience avant, elle continuait d'avancer, s'efforçant de ne montrer aucun signe de ses appréhensions. Elle changea au hasard de direction à deux reprises, mais les pas continuaient de résonner. Lourds – des pas d'homme.

Ses brusques changements de direction la conduisirent dans une petite rue calme et respectable, près d'une église. Il y avait des maisons tout autour, mais personne à l'extérieur. Comment se pouvait-il qu'il n'y ait aucun enfant en train de jouer, pensa-t-elle, aucune femme s'attardant dehors pour une conversation secrète, aucun homme rentrant en hâte du travail ?

Elle avait peur, maintenant, presque assez pour frapper à l'une des sombres maisons – certaines fenêtres étaient éclairées – et dire quoi que ce fût pour qu'on la laissât entrer.

Tandis que sa frayeur augmentait, elle ralentit le pas. Ses sacs lui paraissaient très lourds, et le poids lui faisait mal au bras et à l'épaule.

Finalement, elle s'arrêta complètement de marcher. N'importe quoi valait mieux que de continuer ainsi, à l'écouter s'approcher. Elle se retourna.

Browne se tenait là, à dix mètres peut-être. Alors qu'elle demeurait immobile, il avança vers elle. Elle vit dans son visage qu'il avait l'intention de la tuer.

— Ne bougez pas, ordonna-t-il.

C'était comme si une main froide l'avait atteinte derrière le front et s'était refermée sur le mouvement de ses pensées. Autour d'elle, tout ralentit et se mit à s'éloigner.

Puis quelqu'un cria des mots que Charlotte ne put discerner. Elle entendit des pieds courir très loin et un feulement de rage. Elle tomba et on la remit sur pied, puis elle éprouva une douleur : on lui avait administré une grosse gifle.

— Tenez-la, Shadwell. Emmenez-la, je m'occupe de lui…

— Vous m'entendez ? demanda une autre voix – celle d'un homme, au ton saccadé et plein d'urgence. Écoutez, s'il vous plaît, vous devez rester éveillée.

— Emmenez-la, répéta la première voix. Il l'a déjà blouissée.

Charlotte ouvrit les yeux. Sa vision était embuée. Un homme la tenait par les épaules, pas Browne, mais un étranger, tête nue et le souffle court.

Il dit :

— Pouvez-vous marcher ?

Elle ouvrit la bouche pour l'interroger – qui était-il, pourquoi ne pourrait-elle pas marcher – lorsqu'un objet passa près de son oreille et atterrit sur le trottoir dans un bruit métallique. C'était un couteau.

Elle retrouva alors ses esprits, suffisamment pour comprendre ce qui se passait.

Elle se tenait sur un trottoir froid dans un quartier inconnu de Londres ; un étranger lui avait pris le bras et tentait de l'entraîner ailleurs. Elle essaya de lui dire de la lâcher, mais s'aperçut qu'elle ne pouvait pas parler.

— Ne regardez pas, dit l'étranger. Venez…

Mais il ne déployait pas vraiment beaucoup d'efforts pour l'emmener – lui aussi observait le spectacle.

Il avait le regard fixé sur un autre homme, qui se trouvait à quelques mètres de distance, le bras levé. Il ne pouvait pas avoir plus de vingt ans, et était bien plus menu et petit que Browne. Son chapeau était enfoncé bas sur son front. Le jeune homme fixait Browne avec une étrange intensité – Charlotte n'avait jamais vu quelqu'un être à ce point sur ses gardes. Mais il n'avait pas peur. Dans la semi-pénombre, Charlotte crut même le voir sourire.

— Vous auriez dû faire preuve de plus de bon sens, dit-il. La nuit n'est même pas encore tombée.

Browne se contenta d'émettre un grognement et se précipita en avant.

Quelque chose brilla dans la faible lumière, un autre couteau. Le geste du jeune homme était superbe, songea Charlotte. Le garçon esquiva son attaquant, qui recula brusquement, du sang d'un rouge foncé se répandant soudain sur son visage pâle.

Browne leva une main, essuya le sang sur sa tempe, laissant une trace pourpre.

— Espèce de sale petite garce, dit-il.

L'homme à côté de Charlotte la relâcha alors et s'avança vers les deux autres. Il tendit une bouteille en verre bleu, à moitié remplie d'un liquide.

— Vous savez de quoi il s'agit, dit-il en s'approchant de Browne. Nous sommes deux, et nous savons ce que vous êtes. Nous vous connaissons bien, comprenez-vous ? Et des gens habitent dans cette rue. Vous savez combien ils sont, vous pouvez les entendre, n'est-ce pas ? Tôt ou tard quelqu'un verra, quelqu'un sortira. Alors, partez.

Le visage de Browne ne montra aucune réaction à ces mots. Au lieu de quoi, il s'approcha de l'homme à la tête nue – lui sauta dessus, d'un mouvement très rapide et d'une certaine façon entièrement répugnante.

Le cri de Charlotte se perdit dans le bruit d'un coup de feu. Le garçon avait utilisé un révolver et atteint Browne au visage.

Browne se retrouva à terre, et Charlotte ne pouvait détourner les yeux de sa blessure au front, le mélange affreux de sang et d'autres fluides.

Pointant toujours le pistolet, le jeune homme fit le tour du corps puis s'éloigna jusqu'au moment où il se retrouva près de son complice.

— Venez, dit l'homme.

Il tenait toujours la bouteille bleue devant lui, comme si celle-ci offrait une sorte de protection. Il prit le bras de Charlotte.

— Allez, venez. Avant qu'il ne se relève.

Charlotte se débattit alors qu'il lui attrapait avec force l'autre bras. Elle s'apprêtait à appeler à l'aide, lorsqu'elle vit le mort se redresser.

Il avait une main posée sur son front, l'autre appuyait contre l'arrière de sa tête. Le sang continuait de couler lentement sur son visage, un amas mou derrière ses doigts. Mais il se penchait en avant et essayait de se relever.

— Courez, murmura le garçon. Maintenant.

Charlotte n'opposa pas de résistance, à l'instar des deux autres, elle se retourna et courut. Au coin, une calèche attendait. Elle suivit sans hésitation ses compagnons et monta.

— Ça s'est bien passé, pas vrai ? cria le cocher depuis sa place.

— Ferme ton plomb, Rafferty, répliqua le garçon. Vas-y !

Le cocher eut un rire rauque, mais il s'exécuta, et ils démarrèrent.

Pendant quelques minutes, ni l'un ni l'autre des compagnons de Charlotte ne parla.

— Il ne nous suivra pas, finit par dire l'homme à la tête nue.

— Il était assez fâché, observa le garçon.

Il retira son chapeau et, lorsqu'ils passèrent près d'un réverbère, Charlotte vit son visage clairement pour la première fois : c'était incontestablement celui d'une jeune femme, avec des yeux noirs brillants, ses cheveux foncés attachés en arrière et maintenus fermement sous son chapeau. À n'importe quel autre moment, Charlotte aurait trouvé la chose absolument déconcertante. Là, cela constituait juste un détail troublant.

— Tu n'aurais pas dû lui tirer dessus, dit l'homme. Le bruit…

— Pas le choix. Il vous aurait tués sinon.

La femme se tourna vers Charlotte.

— Comment vous sentez-vous ?

— Allez-vous me tuer ?

— Non, répondit la jeune femme. Puis elle plaça sa main svelte sur celle de Charlotte. Vous pouvez les poser.

Charlotte se rendit compte qu'elle agrippait toujours les anses de ses sacs. Elle les tenait si fort que cela lui faisait mal depuis un certain temps.

— Oui, vous êtes en sécurité, ajouta l'homme. Je m'appelle Shadwell, et voici Miss Swift.

Il tendit la main, et Charlotte la serra.

— Charlotte Norbury.

Il n'était probablement pas prudent de leur donner son nom, elle possédait assez peu de renseignements les concernant, et ce qu'elle savait d'eux ne paraissait pas très encourageant. Mais – et ce fait demeurait difficile à assimiler – ils lui avaient sauvé la vie.

— Elle tremble, dit Miss Swift.

Charlotte reconnut une légère note étrangère dans son accent, une marque très faible de français.

— Shadwell, avez-vous apporté du…

— Dans le sac.

Shadwell ne semblait pas dangereux, pensa Charlotte. C'était un homme simple, à l'apparence débraillée, mais au visage aimable. Si on l'avait poussée à le décrire, elle aurait parié qu'il s'agissait d'un gentleman, malgré son aspect négligé. Il avait une expression intelligente et pleine de compassion.

Miss Swift s'était baissée, avait sorti une autre bouteille du sac de voyage et la tendit à Charlotte.

— Tenez. Du cognac. Cela vous fera du bien.

— Non merci.

— Prenez ceci, alors, suggéra Miss Swift.

Il y avait une couverture plutôt abîmée posée sur le siège entre elles. Elle l'attrapa et en entoura avec précaution les épaules de Charlotte.

— Gardez-la sur vous. Il faut que vous restiez au chaud.

— Où allons-nous ? demanda-t-elle.

Ils avançaient trop vite maintenant pour qu'elle puisse lire les noms des rues.

— Un endroit sûr, répondit Miss Swift. Connaissez-vous Wych Street ?

— Non.

— Eh bien, nous avons une boutique là-bas. Des livres, pour l'essentiel.

— La rue a une certaine réputation, évidemment, intervint Shadwell, mais c'est pratique pour nous.

Charlotte resserra la couverture autour d'elle. Elle ne savait pas où se trouvait Wych Street ou pourquoi cette ruc avait une quelconque réputation. Et elle n'en avait cure. Une curieuse torpeur s'était emparée d'elle ; elle ne souffrait plus physiquement ni n'était affligée mentalement. Elle n'éprouvait rien d'autre qu'un souhait fervent de ne pas parler, ni bouger, ni penser.

Lorsqu'ils s'arrêtèrent finalement dans un bruit de ferraille – c'était une vieille calèche et elle devait avoir vécu une longue vie avant qu'on ne la cède à la tendre merci de Mr Rafferty –,

Charlotte descendit pour se retrouver dans une rue étroite de boutiques et de hauts immeubles branlants qui auraient dû être détruits des années plus tôt.

Miss Swift était en train de payer Rafferty – un homme d'âge mûr, comme Charlotte pouvait maintenant le voir, aux yeux foncés et perçants, et doté d'une bouche de tragédien.

— Vous nous ruinez, lui dit Miss Swift, lorsque le prix de la course fut fixé.

— Ça vous apprendra, répliqua Rafferty. Quelle idée, aussi, d'exercer cette satanée profession !

Il opina du chef et s'éloigna sans un au revoir.

— Par ici, dit Shadwell. Juste quelques mètres. Vite.

Miss Swift prit le bras de Charlotte.

— Gardez la couverture autour de vous.

Une boutique était ouverte ; une série de lithographies se trouvaient exposées. Balayer du regard la vitrine éclairée à la lampe à gaz procurait une rapide impression de déploiement de membres nus, de rubans et de ceintures déliées, de jupons lancés dans un déluge de dentelle blanche. Sur l'une des photographies, une femme étendue, torse nu, fixait le spectateur avec un sourire étrange et direct – Charlotte détourna la tête.

Il y avait d'autres établissements, aussi : un fabricant de corsets et un boucher, une taverne et un théâtre. Ce n'était pas tout à fait Gomorrhe, mais cela aurait tout aussi bien pu l'être. Ils ne parlèrent plus jusqu'au moment où ils approchèrent de la dernière boutique de la rue. À travers la vitre, l'on pouvait distinguer des livres rangés pêle-mêle sur des étagères et sur une table, mais l'on ne pouvait discerner aucun des titres derrière le verre crasseux. La porte était peinte en rouge et, au lieu d'une enseigne, le magasin était orné d'une pancarte, sur laquelle un oignon avait été dessiné.

— Ici, dit Shadwell. Miss Norbury, nous pouvons parler à l'intérieur.

— Pourquoi… commença Charlotte, levant les yeux vers la pancarte.

— La tradition, répondit Miss Swift. Venez, nous…

— Adeline, s'écria soudain Shadwell, l'interrompant. Regarde là-bas.

Charlotte l'aperçut au même instant : un corps humain, avachi face contre terre dans la rue, juste à l'extérieur de la porte de la boutique. La première pensée qui lui vint comme un choc était qu'il s'agissait de James et qu'il était mort.

Mais il ne s'agissait pas de James, elle se dit avec ferveur que c'était impossible. C'était un étranger, il n'y avait aucune ressemblance entre lui et James. Il avait simplement incarné un instant ses pires craintes – un jeune homme allongé sur le ventre et blessé.

Shadwell se pencha vers l'étranger en fronçant les sourcils.

— Il est en vie. Évanoui, je crois.

Alors même que Shadwell parlait, l'homme s'agita, s'efforçant avec difficulté de s'extirper de la boue et de se relever.

— Êtes-vous blessé ? demanda Shadwell.

Il ouvrit les yeux et le regarda d'un air inexpressif, puis il recula. Il marmonna quelque chose qui aurait pu être une question, un où, ou un pourquoi.

— Amenez-le à l'intérieur, dit Miss Swift. Ce n'est pas sûr ici.

— Pouvez-vous vous déplacer ? s'enquit Shadwell. Il tendit la main. Venez à l'intérieur, et nous pourrons…

— Non.

L'étranger se releva doucement. Ses vêtements étaient visiblement de seconde main et lui allaient mal. Sa chemise en flanelle grise était trop grande ; les manches de sa veste étaient ostensiblement trop courtes, le dos de celle-ci s'étirant aux épaules. Il y avait de la boue sur son visage, de la paille dans ses cheveux et une marque rouge sur son front qui deviendrait bientôt un bleu. Une tache blanche, qui ressemblait à de la peinture, maculait l'une de ses chaussures. Il avait un regard hébété et il paraissait ne pas avoir connu de paix ou s'être reposé depuis plusieurs jours.

— Tout va bien, déclara Miss Swift.

L'homme n'avait pas l'air de comprendre.

— Shadwell, dites-lui.

— Vous êtes en sécurité. Shadwell attrapa l'homme par les épaules. Comprenez-vous ? Vous êtes en sécurité.

L'homme le fixa.

— Shadwell ?

— Oui. C'est mon nom. Et voici Miss Swift, ma collègue. Vous êtes ici pour nous voir, n'est-ce pas ?

— … dit que vous pourriez aider, marmonna l'étranger.

— Oui, acquiesça Shadwell, c'est exact.

Il avait commencé à se débattre avec la clef pour ouvrir la porte de la boutique, hâtivement, urgemment, tout en jetant des coups d'œil par-dessus son épaule, scrutant la pénombre de la rue. Il redoutait quelque chose, songea Charlotte. Mais il parlait calmement, comme si rien ne pressait.

— Tout va bien, dit-il à l'étranger, qui le fixait toujours d'un regard trouble. Entrez au chaud, puis vous pourrez tout nous raconter.

# 16

James avait éconduit Charlotte, l'avait obligée à s'éloigner de lui en hâte. C'était ce qu'il avait désiré, et pourtant il l'aurait rappelée s'il avait pu, si elle avait été en sécurité auprès de lui.

Son amour pour elle n'avait pas changé : il chercha en lui-même, à l'instar d'un homme qui retourne ses poches pour voir si on l'a volé, et éprouvait toujours combien elle lui était chère, combien il serait peiné si on lui faisait du mal. Et pourtant, il l'avait blessée, avait goûté son sang et senti brièvement sa vie et sa force devenir siennes. L'interruption l'avait irrité – comme un rythme suspendu. Il avait souhaité sa mort.

Le pire était qu'elle l'attirait plus que personne d'autre. Lui résister avait été plus difficile que de résister à Howland ou à Mrs Morris. Peut-être ne pourrait-il jamais se libérer de cet horrible instinct ; il devrait la fuir pour l'éternité.

Il ne se rappelait pas très clairement quand il était revenu à Egerton Gardens. Il pensait confusément qu'il avait poussé Howland et l'avait enjoint de courir. Tout lui avait paru trop fort, trop lumineux – même la puissance des odeurs était presque intolérable. D'une manière ou d'une autre, il avait réussi à monter à l'étage. Il avait eu très froid. Il avait allumé le feu dans le salon et verrouillé la porte.

Il ne s'était pas aventuré à l'extérieur, et les jours avaient passé, et tandis qu'il retrouvait ses forces sa faim avait empiré. Il s'était mis à mordre et griffer ses propres bras, mais le sang lui fournissait un faible répit. Les plaies se refermaient chaque fois, disparaissant sans laisser de trace ou de cicatrice.

Maintenant, il avait le sang de Charlotte dans la bouche. Il songea à ce fait simple et terrible et l'écouta en bas (elle se trouvait alors dans l'entrée, avec Mrs Morris). Elle disait des mots gentils, faisant de son mieux pour aider.

Il n'aimait pas penser à Mrs Morris non plus. Elle s'était montrée si inquiète pour lui, si impatiente d'aller chercher un médecin, et puis elle avait demandé où était Christopher et si James allait bientôt le rejoindre, et il l'avait frappée pour qu'elle se tînt à distance de lui et cessât de parler. Il ne pouvait écarter le souvenir – ses sanglots doux et étouffés.

Il mit ses mains dans ses poches en quête d'un peu de chaleur et s'aperçut que ses doigts touchaient une chose qu'il avait oubliée : le mot que Howland lui avait confié. Il l'avait écrit dans la précipitation au crayon à papier, gribouillé sur une carte imprimée, dont l'un des côtés portait la légende :

*Le Club Aegolius*
*8 Ormond Yard*
*Londres*

Au dos se trouvait un dessin bizarre, une petite chouette verte, par-dessus laquelle Howland avait griffonné à la hâte un message, dont les mots étaient presque illisibles.

James laissa la carte glisser d'entre ses doigts sur la table, se rappelant où il en avait vu une identique : dans la maison de Mrs Paige, le soir du dîner. Elle avait été exposée délibérément, se souvint-il, en évidence sur le manteau de la cheminée.

Puis il comprit : bien sûr, Eustace était l'un d'entre eux. Le souvenir que James avait de leur rencontre était maintenant clair – Eustace avait dû savoir ce qui existait entre James et Christopher dès qu'ils étaient entrés dans la pièce, exactement comme James avait senti les pensées de la foule dans la rue. Et sa blessure, sa pâleur, ses manières étranges – cela ne pouvait être rien d'autre.

Si Eustace appartenait au club, il aurait pu facilement organiser l'enlèvement de James. Peut-être avait-il eu aussi l'intention de faire entendre raison à Christopher, ou même de le transformer comme James l'avait été. Seulement une erreur avait été commise, James avait été sauvé, Christopher assassiné.

Le feu était presque mort. James s'accroupit devant, profitant autant que possible de la chaleur qui émanait des dernières flammes. Lorsqu'il n'y avait plus eu de charbon, James avait commencé à brûler ses propres papiers. Ils étaient éparpillés sur le sol et il en prélevait dans le fouillis, en déposant quelques-uns sur les braises. Le travail qui lui avait demandé tellement de temps et d'efforts maintenant le dégoûtait. C'était non seulement mauvais, mais surtout il lui semblait n'avoir aucun sens. Une véritable cacophonie. Bon à rien sauf à brûler. Il fourra une poignée de pages au cœur du feu, sans se soucier des charbons brûlants. Le papier s'enflamma rapidement, et il grimaça à cause de la soudaine clarté.

S'il ne se nourrissait pas bientôt, il serait contraint de se détruire. Il ne pourrait pas supporter la mort que Bier lui avait décrite, la longue dégénérescence de la famine. Combien de temps faudrait-il pour mourir d'inanition pour quelqu'un comme lui ? Cela prendrait-il des années, des décennies, ou plus longtemps encore ?

Quand il était enfant, il avait piégé une araignée à l'intérieur d'une boîte d'allumettes vide dans l'idée d'en faire son animal de compagnie et avait par la suite oublié son existence. Lorsqu'il avait finalement libéré la créature, elle était devenue gris-blanc au lieu de noire, une chose grêle, presque transparente. Il avait pleuré bêtement, se souvenait-il. Subirait-il le sort de l'araignée s'il ne s'abreuvait pas, s'étiolerait-il simplement, deviendrait-il translucide ?

D'en bas lui parvint le bruit de la porte d'entrée se refermant. Charlotte était-elle partie ? La fenêtre du salon donnait sur la rue. Il s'approcha, ouvrit précautionneusement le rideau, plissant des yeux contre la faible lumière de l'après-midi. Il vit Mrs Morris émerger, s'appuyant sur le bras de Charlotte. Elle monta dans une calèche qui l'emporta. Charlotte se trouvait maintenant ici seule avec lui. Il laissa retomber le rideau mais demeura près de la fenêtre. Il savait qu'elle ne tarderait pas à remonter, elle s'inquiéterait pour lui et refuserait de s'en aller.

Il se préparait à se diriger vers la porte et à la verrouiller, lorsqu'il entendit la sonnette résonner. Regardant de nouveau par la fenêtre en cillant, il aperçut un visiteur qui attendait à l'extérieur. L'homme leva la tête vers l'immeuble, inspectant celui-ci – un étranger, à l'air pourtant familier. Il commençait à remarquer les signes. Même de loin, il n'était pas difficile de voir que quelque chose de subtil clochait dans le visage de l'homme, une fadeur particulière dans le regard. James distinguait la même caractéristique dans son reflet quand il avait le courage de se regarder dans le miroir.

Prudemment, il s'écarta de la fenêtre et entendit l'homme parler à Charlotte puis celle-ci lui répondre brièvement.

James le tuerait. Si l'homme avançait d'un pas de plus vers Charlotte, s'il franchissait ne serait-ce que le seuil de la maison, il le tuerait. La chose serait aisée ; il pouvait se retrouver en bas en un instant.

Mais l'étranger n'entra pas. Charlotte lui avait tenu des propos polis et fermes, avant de promptement refermer la porte.

Ainsi, ils surveillaient la maison à présent. D'une façon ou d'une autre, ils savaient que James était là, et Charlotte ne serait pas en sécurité tant qu'il ne les aurait pas éloignés d'elle. Ils observeraient de la rue, attendant qu'il sorte.

Pas la porte alors, mais le toit. Il se rendit tout en haut de la maison, dans l'appartement de la femme de chambre. La fenêtre consistait en une lucarne inclinée, un carré de ciel bleu foncé dans le plafond d'un blanc de chaux. Se hisser à l'extérieur ne lui demanda que peu d'efforts.

Le rebord de la fenêtre était étroit ; l'angle du toit permettait difficilement de garder son équilibre. Il vacilla un instant, puis se stabilisa et grimpa.

Au sommet, il eut un moment de panique – non à cause de la hauteur, ni à la pensée de ses poursuivants, mais à l'idée qu'il quittait cet endroit pour la dernière fois. Il y avait été heureux. Il s'en souvenait sans conviction, de la même manière qu'il se rappelait la chaleur du feu maintenant qu'il se trouvait sur le toit dans le froid.

Il y avait plusieurs maisons mitoyennes ; il pourrait parcourir une bonne distance avant de devoir descendre dans la rue. La lumière du jour commençait déjà à décliner, mais il distinguait clairement son chemin, sa vision si précise que c'en était presque douloureux : il voyait chaque fissure ou tache des ardoises, chaque détail de la rue en contrebas. Il était difficile de faire sens de tout ce que ses yeux avaient à lui montrer.

Il se déplaçait avec prudence, soucieux de ne pas se faire remarquer. Il savait avec une certitude absolue et désintéressée qu'il ne perdrait pas l'équilibre. Il était assez puissant et agile maintenant. Cette conscience ne lui procurait aucune joie.

Au début, il se tenait baissé, accroupi à proximité des ardoises du toit. Après la première maison, il abandonna cet effort et se redressa. S'ils le repéraient, ils ne le verraient pas recroquevillé et terrifié.

Il avait parcouru six maisons, puis sept, alors il ne pouvait plus avancer. Londres était là, s'étendant au-dessous et autour de lui, le gaz et l'électricité éclairant les rues et les vitrines des magasins. Et puis il y avait les gens, et il discernait ce qu'ils disaient : le même babillage qu'il avait entendu au club monter de la rue. Il parvenait déjà mieux à les ignorer. Mais au fond de son esprit ils étaient toujours là, les membres de cette populace nauséabonde. Ils battaient le pavé depuis si longtemps que l'endroit en gardait l'écho. Ils s'étaient infiltrés dans chaque brique et ardoise ; leurs pensées et leurs souffrances investissaient le moindre recoin.

Il ne devait pas s'attarder. Quelqu'un le remarquerait, tôt ou tard.

Une personne l'avait déjà aperçu. Il sentit un regard sur lui, une attention froide et hostile, puis il entendit quelqu'un dans la rue disant, dans un gloussement ravi :

— Là-haut, regarde.

Deux petites filles, tête levée, le fixaient depuis les marches de l'Oratoire de Brompton. Elles étaient assises le dos tourné à l'un des piliers de pierre et semblaient venir de jouer à un jeu ou de partager des secrets. L'une était habillée avec soin, vêtue de bottes à boutons et d'un joli manteau bleu. L'autre grelottait dans une veste de garçon élimée. La fille au manteau bleu était bouche bée. Le regard de sa compagne était direct et dépourvu de surprise. Elle avait un air vieux et étrange. À ce moment-là, elle lui tira la langue.

Dans son étonnement, il lâcha prise. Avant de pouvoir se rattraper, il se retrouva en train de glisser, trop rapidement pour pouvoir s'arrêter, et tomba à la renverse par-dessus le rebord du toit. Il chuta comme il lui était arrivé avant dans ses cauchemars, lentement et précipitamment à la fois, une descente épouvantable et inexorable, suivie d'un atterrissage pulvérisant.

Il percuta la rue avec une telle force que tout ce qu'il ressentit au début fut de l'étonnement. Il en eut la respiration coupée ; ses pensées mêmes le désertèrent. Seule sa douleur demeurait. Cela sans doute suffisait, et maintenant il allait mourir.

Très, très loin, il entendit des cris. Un cheval hennit de frayeur et recula de quelques pas.

Peu à peu, sa raison lui revint suffisamment pour s'apercevoir qu'une foule s'était attroupée, mais qu'elle répugnait à s'avancer. Il se demanda s'il s'agissait d'une peur naturelle liée à la possibilité de découvrir un cadavre ou bien si les gens savaient, sans comprendre pourquoi, qu'il ne fallait pas s'approcher de lui.

La circulation stoppa autour de lui. Des personnes se plaignaient du délai, suggérant que l'on devrait le déplacer. Un autre badaud dit que l'on ne devrait pas le toucher, pas avant l'arrivée du médecin.

Avait-on appelé le médecin ? (Personne ne savait.) Et un policier ?

S'il était mort, alors on devrait l'emporter, au lieu de le laisser là, à entraver la circulation.

— Pas beaucoup de sang, dit un spectateur, étant donné les circonstances.

Déjà la douleur se calmait. Il bougea la tête – quelque chose se remit en place dans un horrible craquement. La foule réagit : un individu s'exclama ; un ou deux curieux semblaient sur le point de se sentir mal. Il se réparait. C'était une découverte utile. Il se rendait compte maintenant que tuer une personne comme lui exigerait une force énorme.

Lorsque James s'assit, la foule s'écarta de lui. Mais les gens ne partirent pas, et il y avait maintenant un homme accroupi devant lui, peut-être un médecin. Il portait une sacoche de cuir noir. Et ils le regardaient tous, livides – des commis, des marchands ambulants et des employés de bureau. L'un d'entre eux – un individu avec un manteau à carreaux et une barbe rousse fournie – dit :

— Ah bah sacré nom de Dieu ! Il est pas mort.

Quelqu'un réprimanda la barbe rousse pour son langage, mais l'homme à l'évidence avait parlé pour la majorité. Ils étaient ébahis, et assez déçus, de voir James s'asseoir.

— Monsieur, dit l'homme accroupi près de lui. Monsieur, vous… vous allez bien ?

— Plutôt.

— Mais la chute…

— Oui. J'ai eu de la chance.

Ils étaient tous mécontents, s'aperçut-il. Ils voulaient une explication, mais ils ne savaient pas vraiment par où commencer. Demander à une personne pourquoi elle n'était pas morte et ce que pouvait bien signifier de ne pas avoir la décence d'être réduit en morceaux comme n'importe qui d'autre l'aurait été ne témoignait guère de bonnes manières.

Se saisissant de la première explication qui lui vint à l'esprit, il dit :

— Je fais partie du cirque. L'entraînement, vous voyez…

D'autres murmures. C'était une sorte de justification. Certains d'entre eux avaient vu des magiciens. Peut-être s'agissait-il d'un saut périlleux, mais de très mauvais goût.

James se releva. Ses habits n'avaient pas survécu à la chute aussi bien que son corps. Son manteau était déchiré, et il y avait du sang – celui de Charlotte et le sien – sur ses manches et sur le col de sa chemise.

— Êtes-vous sûr que vous n'avez pas besoin d'aller à l'hôpital ? demanda le médecin, qui continuait d'observer James de près.

— Non, je suis bien remis. Merci.

Se montrer courtois constituait un combat. Et la foule ne partait toujours pas et ne cessait pas de le regarder. Tandis qu'il s'en allait, les badauds s'écartèrent, avec force marmonnements, pour le laisser passer.

Alors il remarqua de nouveau les deux petites filles. Le manteau bleu le fixait – étonnée par la démonstration et réticente à bouger –, mais sa compagne en guenilles la tirait par le poignet, la pressant de s'éloigner de la scène.

La fillette en haillons avait l'air d'être originaire de Londres, une jeune Cockney décharnée au teint cireux. Il s'était préparé à endurer les pensées des foules – leur bruit –, mais face à elle il n'éprouvait rien. Elle formait une petite île de silence.

Les deux enfants avaient déjà presque dix mètres d'avance. Il joua des coudes pour traverser la foule et emprunta la route qu'elles avaient prise. Elles l'entraînèrent loin de Kensington, s'écartant des rues élégantes par des chemins tortueux, virant de manière inattendue dans des voies secondaires peu attrayantes. Il les suivit dans des allées, des impasses qui s'avéraient après tout ne pas en être.

Finalement, ils débouchèrent dans une rue qu'il ne reconnut pas, où peu de gens le regardaient, et ceux qui le faisaient détournaient rapidement les yeux.

C'était une rue construite sur de bonnes intentions, mais qui s'étaient révélées être un échec – quelle que fût la personne ayant conçu ces maisons, elle avait dû imaginer une forme de respectabilité, d'assurance prospère. Au lieu de quoi, quelque chose avait mal tourné, et aujourd'hui aucune famille honorable n'habitait le quartier.

Il les laissa s'éloigner, car il découvrit qu'il pouvait les entendre. S'il écoutait attentivement, il parvenait à discerner le bruit de leurs pas, même à plusieurs rues de distance.

Puis il tourna à un coin de rue inconsidérément et les trouva à l'arrêt quelques mètres devant lui. Elles étaient assises ensemble sur le pas d'une porte, aussi proches l'une de l'autre que deux confidentes.

La maison derrière elles était inoccupée, ses fenêtres condamnées, et paraissait devoir être bientôt démolie. Bien qu'il se crût dissimulé dans l'ombre, la fillette dans la veste élimée le discerna rapidement. Il avait vu juste : c'était une enfant et ce n'était pas une enfant. Ses vêtements avaient une qualité indéterminée, empilés les uns sur les autres comme si elle s'était retrouvée devant un étal d'habits de seconde main et en avait revêtu autant qu'elle le pouvait avant de prendre ses jambes à son cou. Malgré ses habits, elle grelottait. Elle avait des cheveux foncés et gras, dont une mèche molle pendait devant son œil droit.

La fillette en manteau bleu était avachie, immobile, respirant à peine. Elle avait les yeux fermés ; une petite plaie se trouvait sur son cou. L'air était empli de l'odeur de sang.

James avança d'un pas.

La fille découvrit ses dents.

— J'partage pas.

— Je n'en veux pas.

Cela la surprit. Elle le regarda plus attentivement.

— T'es un vrai puceau, 'lors. Une nouvelle pause. Ou fou. Y en a y d'viennent fous. Si t'es fou, tu f'ras pas long feu. L'Aut' Gang aime pas quand tu d'viens fou. Ça 'tire l'attention.

— Je ne suis pas fou. Il désigna sa proie d'un signe de tête. Tu pourrais la laisser vivre.

— Essaie d'm'arrêter.

Elle devait se rendre compte qu'il était encore mal en point à cause de sa chute. Elle pourrait bien se révéler être la plus forte.

— S'il te plaît, arrête alors.

Il se rapprocha.

— Tu ne vois pas ce que tu es en train de faire ? Tu vas la tuer.

Elle rit, même si cela sembla lui demander un effort.

— Sûr que j'vais la tuer. Ou bien c'est moi qui meurs. J'suis comme ça, pareille que toi.

— Je ne suis pas comme toi.

Il ne pouvait ignorer l'odeur du sang de l'enfant – James avait froid et faim, et se sentait terriblement honteux.

— S'il te plaît, laisse ça. Il entendit ses mots, et se corrigea promptement. Laisse-la. Je t'en prie.

L'enfant en manteau bleu bougea légèrement, émettant un doux gémissement. La fillette leva les yeux sur lui et, à sa surprise et son dégoût, cracha sur le trottoir une glaire sanguinolente.

— Allez, chope-la, dit-elle.

Elle se retourna vers sa proie et donna une faible secousse à l'enfant.

— C'est trop tard, de tout' façon.

La fillette laissa le corps de l'enfant glisser délicatement sur le côté, puis lui retira son manteau bleu et le jeta sur ses propres épaules.

— Mmm, fit-elle à l'adresse de James, avec un petit air de défiance. Bien chaud.

James la fixa du regard sans savoir réellement quoi faire.

Elle avait essuyé le sang de sa bouche, mais une trace – ou autre chose de rouge – apparaissait sur ses dents pointues et irrégulières. Elle avait un canif avec elle, posé à ses pieds. À ce moment-là, elle le ramassa et le nettoya en le léchant. S'apercevant qu'il la regardait, elle le souleva et lui montra la lame.

— C'est plus facile, expliqua-t-elle. Surtout si tes dents sont pas très bonnes.

Elle le considéra, la tête penchée d'un côté.

— Tu es tombé du toit, dit-elle.

Elle semblait partagée entre amusement et désapprobation. Comme il gardait le silence, elle continua :

— T'aurais pas dû tomber du toit comme ça. Y avait des gens qui regardaient et tout.

— Je sais.

— Y t'ont presqu' coincé… ceux qui suivaient.

— Écoute, j'aimerais te poser des questions, dit James. Je te promets que je ne te ferai pas de mal.

— Sûr. Comme si tu pouvais. T'as l'air mal en point.

Elle paraissait un peu plus jeune quand elle se montrait dédaigneuse. Mais il vit qu'elle était intriguée par la nouveauté de sa présence.

— Tu veux savoir quoi ?

— Connais-tu beaucoup de… gens comme nous ?

Elle le considéra de nouveau, la tête toujours penchée d'un côté. Elle lui rappelait Charlotte enfant, scrutant ses fautes d'orthographe.

— Sûr, dit-elle.

— Combien ?

— Beaucoup.
— Où…
— Ça t'r'garde pas. Elle rangea son canif. Tu sais rien de rien, hein ?
— Non.
— Ils auraient dû te dire, comment s'nourrir et tout. Y faut boire, t'sais, pour ta santé.
— Je refuse, répondit-il. C'est hors de question.
Les mots paraissaient faibles.
— Je n'ai rien demandé.
Maintenant, elle était tout ouïe.
— Pourquoi tu l'as fait, alors ?
— Fait quoi ?
— L'Échange.
"'change", comme elle le prononçait, un mot éjecté comme un grondement violent.
— Je ne l'ai pas fait, dit James. Ils m'ont forcé.
Elle cracha de nouveau puis se lécha les lèvres. Sa bouche, s'aperçut-il, était très pâle, à l'intérieur comme à l'extérieur.
— Menteur. Sûr que tu l'voulais. Marche pas autrement.
— Quoi ?
— Tu dois dire oui, insista la fillette. Tout l'monde sait ça.
— Comment t'appelles-tu ? demanda James.
Elle secoua la tête.
— Tu crois qu'j'ai une écrevisse dans la tourte ? Tu pourrais être un d'l'Aut' Gang, pour c'que j'en sais. Même si y laissent pas s'balader les puceaux pas dégourdis comme toi.
— Je ne suis pas l'un d'entre eux, dit James, mais j'en cherche un qui fait partie du club.
— Tu ferais mieux d'garder tes distances, si t'es pas un d'eux. Sinon y-z-enverront Docteur Couteau après toi.
— Qui est-ce ?
— Tu sais vraiment rin de rin, répondit-elle – perdant patience, lui sembla-t-il. Tu ferais bien d'décaniller si t'as un peu d'jugeote.
— Mais…
Elle grogna de nouveau – un son inarticulé d'animal.
— Fous l'camp. On veut pas d'ennuis.

Il n'eut pas le temps de répliquer qu'elle était déjà partie, disparue dans l'obscurité de l'allée. Peut-être par dépit, elle avait laissé le corps derrière elle, comme s'il était chargé de s'en débarrasser.

L'enfant gisait à terre, petite et entortillée, sa robe blanche maculée de boue. Son visage reposait sur le trottoir comme s'il s'agissait d'un oreiller. Les yeux ouverts, de la paille dans les cheveux. Elle avait succombé sans un cri, après cet ultime doux gémissement de détresse.

Sans doute une mère était-elle déjà en train de la chercher, son simulacre de calme le cédant à une crainte aiguë et impatiente tandis que la quête se poursuivait et qu'ils ne trouvaient rien. Et ils ne trouveraient rien.

Il lui aurait été si facile de s'abreuver. Mais James refusait de se laisser tenter. Il ne serait pas cet homme tenant une fillette morte dans les bras et n'éprouvant que de la soif.

Peut-être parviendrait-il à préserver le meilleur de lui-même sans pour autant devenir affamé. S'attaquer à des êtres qui tuaient sans remords, boire le sang de meurtriers ne constituait pas un véritable crime. Il pourrait réduire Eustace Paige, Michael Bier et tout leur club à néant et ne ressentir aucune culpabilité. Se venger de ces deux assassins et de leurs associés libérerait le monde d'un terrible mal, ce serait justice.

Mais avant tout il préviendrait la famille de Christopher à propos d'Eustace – Christopher voudrait que James les protège. Il les défendrait contre leur fils et frère.

Il avançait doucement dans les rues tel un brouillard à la dérive. Peu de personnes semblèrent le remarquer. Il serrait la fillette contre sa poitrine, prêt à dire, si on lui posait la question, qu'il s'agissait de son enfant, qui s'était endormie et qu'il ramenait à la maison. Mais personne ne lui demanda, personne ne sembla s'interroger, et il poursuivit son chemin dans la nuit.

## 17

À l'intérieur de la boutique, il faisait très froid, et les lieux exhalaient une odeur de papier humide. Cette odeur rappela à Charlotte le logement de James – avait-il trouvé un endroit chaud pour passer la nuit, ou errait-il toujours dans la ville ?

Miss Swift était occupée à fermer la porte. Il y avait plusieurs verrous, et elle se débattait avec eux tout en grommelant dans la quasi-pénombre.

— Montons, dit Shadwell.

Il prit le bras de l'étranger – l'homme était toujours chancelant – et les guida à travers le magasin vers un escalier étroit.

Ils se retrouvèrent dans ce qui ressemblait à la fois à un bureau et un salon. La pièce était pauvrement meublée, avec des tapis mal assortis et des chaises qui devaient à l'origine avoir été de couleurs et de motifs très différents mais qui avaient terni avec les années et partageaient maintenant une teinte presque identique d'un marron douteux. Deux fauteuils étaient placés près du feu. L'un avait une immense tache sur le dossier ; l'autre était paré d'une têtière froissée à l'air crasseux, qui pendait de travers.

Charlotte pouvait discerner une senteur mêlée de tabac et de menthe poivrée, de café et de volumes poussiéreux, ainsi que, là encore, d'humidité. Il y avait deux bureaux, également recouverts de feuilles de papier, et des livres partout, sur les étagères et empilés par terre. La plupart d'entre eux formaient des tas désordonnés, comme si l'on avait manqué de temps pour les ranger ; d'autres se trouvaient toujours dans des caisses de bois. Le manteau de la cheminée était dominé par un miroir terni et une pendulette hideuse, qui s'était arrêtée à midi un quart. Une grande carte de Londres était épinglée au mur, gribouillée à l'aide de crayons de couleur, dans au moins deux écritures différentes, les nombreuses ratures et corrections dessinant une sorte de duel, jusqu'au rebord du papier. La pièce dans son ensemble donnait l'impression que ses occupants étaient en train soit d'emménager soit de déménager.

— Bon. Oui, je suppose que nous ferions bien…

Là, Shadwell s'interrompit et saisit le bras de l'étranger. L'homme semblait sur le point de s'évanouir de nouveau.

— Venez, lui dit Shadwell. Il le conduisit vers l'un des fauteuils près du feu. Comme cela. Asseyez-vous.

— Cognac, marmonna Miss Swift.

— Où est-il ?

— Poche de manteau.

— Ah. Oui, voilà.

Shadwell sortit la bouteille et alla chercher un verre sur le manteau de cheminée. Il en versa une dose.

— Tenez.

L'étranger prit le verre, et faillit le renverser.

— Merci.

— Asseyez-vous donc, Miss Norbury, ajouta Shadwell.

Il la regardait avec une certaine inquiétude.

— Je suis navré qu'il fasse si froid ici.

Miss Swift s'occupait d'allumer les lampes, et peu à peu Charlotte put distinguer ses compagnons plus clairement. Ils ne paraissaient en rien malveillants. Miss Swift, l'air légèrement plus jeune que Charlotte, avait les cheveux foncés et une silhouette élancée qui (malgré sa curieuse tenue) lui conférait une allure "chic", comme les magazines l'appelaient. On percevait de la fatigue dans ses yeux, et elle avait une éraflure à moitié cicatrisée au menton.

Shadwell était grand, la petite cinquantaine peut-être, un homme puissant qui avait juste passé la fleur de l'âge. Ses vêtements étaient bien coupés mais mal entretenus. Ses cheveux étaient un mélange de gris et châtain, une tignasse touffue et ébouriffée, en mal visible de coupe. Il retira ses gants, et Charlotte vit que ses ongles étaient dentelés, comme s'il en avait simplement arraché les bouts à la main.

Elle s'assit dans le fauteuil qui restait. Elle avait mal à la tête ; ses mains et son dos la faisaient souffrir d'avoir eu à porter sa valise et la sacoche de James.

Shadwell entreprit de s'occuper du feu, et Miss Swift disparut dans la pièce d'à côté en marmonnant quelque chose à propos de thé. Charlotte se sentit soulagée de pouvoir rester assise un moment et ne pas parler. En face d'elle, l'étranger avait fini sa boisson.

— Vous êtes sûre que vous ne voulez pas de cognac, Miss Norbury ? demanda Shadwell.

Il la regardait par-dessus son épaule, avec un visage légèrement inquiet.

Charlotte s'apprêtait à formuler un refus poli, lorsque l'étranger la coupa :

— Norbury ?

Il la scrutait d'un air pressant qu'elle ne comprenait pas.

— Oui, répondit-elle. Pourquoi…

— Avez-vous un frère…

Tous deux s'interrompirent, et elle prit conscience que ce qu'il avait à lui dire, quoi que ce fût, ne lui apporterait aucun réconfort.

— Avez-vous vu James ? demanda-t-elle.

Elle aperçut Shadwell, toujours à genoux devant le foyer de la cheminée, se tourner pour écouter la réponse de l'étranger.

— S'il vous plaît, savez-vous quelque chose ? Que lui est-il arrivé ?

— Il y a quelques jours. Nous étions… Il marqua une pause, prit une inspiration. Il paraissait lutter pour ne pas se sentir mal. Je…

Elle avait l'impression, dans son impatience, qu'elle aurait pu le secouer pour lui tirer la vérité. Mais Shadwell s'interposa avec délicatesse :

— Je resterais calmement assis un peu plus longtemps, si j'étais vous.

Il se releva tout en essuyant ses mains pleines de poussière de charbon sur son manteau.

— Vous avez tous les deux subi un choc terrible. Nous pouvons parler en buvant le thé.

Le feu s'était embrasé ; dans quelques minutes la pièce commencerait à se réchauffer.

Shadwell sortit un sac en papier de sa poche et l'offrit à Charlotte et à l'étranger.

— L'un de vous désirerait-il une friandise ?

Lorsqu'ils déclinèrent tous les deux, Shadwell préleva quelques bonbons du sac et les croqua en silence jusqu'à ce que Miss Swift revînt de la pièce d'à côté. Elle portait un plateau avec des assiettes, des tasses et des soucoupes pour quatre (toutes dépareillées), une grande théière marron et une demi-miche de pain.

— Pas de lait ? demanda Shadwell. Ni beurre ?

— Terminés hier. Vous ne vous rappelez pas ?

Miss Swift plaça en équilibre plutôt instable une bouilloire sur le feu. Puis elle prit, posé sur le manteau de la cheminée, un étui à cigarettes légèrement bosselé.

— L'un de vous fume-t-il ? ajouta-t-elle.

Charlotte secoua la tête, mais l'étranger opina du chef. Miss Swift sortit deux cigarettes, les alluma toutes les deux et en tendit une à son invité – tout cela avec l'aisance liée à une longue habitude.

— Maintenant, dit-elle, je suppose que nous devrions parler.

Elle s'assit dos au feu – en tailleur, une position que Charlotte n'avait jamais vue adoptée par une femme adulte auparavant.

— Si Miss Norbury et notre autre visiteur sont suffisamment remis, dit Shadwell, posant les yeux tour à tour sur Charlotte, puis sur l'étranger.

— Howland, dit-il. Je m'appelle Howland.

Shadwell hocha la tête.

— Je suis content que vous nous ayez trouvés, Mr Howland.

Il se tourna vers Charlotte.

— Miss Norbury… peut-être pourrais-je commencer par vous poser quelques questions ? Il se peut que nous soyons en mesure de vous aider. Nous avons l'habitude d'assister des gens qui ont eu des expériences semblables à la vôtre.

Elle avait envie de leur demander pourquoi ils lui apporteraient leur secours, qui ils étaient, et que signifiait le fait qu'ils pourchassaient des hommes de la trempe de Browne et qu'ils aient accepté la présence d'un inconnu inconscient sur le pas de leur porte comme un événement presque banal. À la place, elle acquiesça d'un signe de la tête.

— Parfait, dit Shadwell. En premier lieu, alors, comment vous êtes-vous retrouvée à croiser le chemin de Mr Corvish ? L'homme qui vous a attaquée, je veux dire.

— Corvish ? Il m'a dit qu'il s'appelait Browne.

— Nous le connaissons depuis fort longtemps, répondit Shadwell. Corvish est son vrai nom.

Charlotte expliqua brièvement ce qui était arrivé : l'étrangeté de James, l'impatience de Browne à le voir, sa poursuite subséquente. Quant à l'attaque de James, elle s'aperçut qu'elle ne pouvait se résoudre à en parler, elle se contenta d'une allusion rapide.

Shadwell hocha la tête lorsqu'elle eut terminé.

— Je vois.

Il l'avait interrogée, comprit-elle. À l'instar d'un détective ou d'un journaliste. Les questions lui venaient facilement ; il avait su précisément à quel moment parler, à quel autre la laisser marquer une pause.

— Comment connaissez-vous Corvish ? demanda-t-elle. Qu'est-ce… qui est-il réellement ?

Shadwell jeta un coup d'œil à Miss Swift, qui finissait sa cigarette. La lumière du feu donnait à ses cheveux foncés des reflets orange et rouges.

— Nous y viendrons.

Il tourna la tête vers Howland.

— C'est à mon tour à présent, n'est-ce pas ? dit Howland.

— Si vous vous sentez suffisamment rétabli, répondit Shadwell.

— Oui. Désolé pour avant. Me suis ridiculisé.

Il ne paraissait pas vraiment remis, malgré le cognac. Son apparence rappelait à Charlotte celle de Mrs Morris – le même air de manque de nourriture et de sommeil.

— Par où commencer ?

Il était américain, remarqua Charlotte. Un curieux souvenir lui revint en mémoire – James, à Noël dernier, imitant un magnat à l'œil de verre originaire de Chicago qu'il avait rencontré à la National Gallery. C'était son premier soir de retour à la maison, l'un des meilleurs moments de ses vacances. Étrange d'y penser maintenant, avec Mrs Chickering morte, et James perdu pour elle.

Mais, cela étant, rien ne paraissait tout à fait réel. La pièce autour d'elle ressemblait au décor d'une pièce de théâtre.

— Qui vous a donné notre adresse ? demanda Miss Swift à Howland.

Elle s'était mise à couper la miche de pain et à toaster des tranches.

— Un homme au poste de police. Commissaire… ne me souviens pas de son nom. Il ne l'a peut-être pas dit. J'étais un peu… euh, je me suis énervé, j'ai perdu mon calme. Aurais pu gérer mieux les choses. Ils m'ont mis à la porte. Mais cet homme m'a rattrapé, m'a conseillé de venir vous voir et expliqué que vous aidiez parfois les gens.

Shadwell ne parut pas surpris à la mention de la police.

— Êtes-vous en Angleterre depuis longtemps, Mr Howland ?

— Quoi ? Oh, non. Deux mois.

— Et quelque chose vous est arrivé, et vous avez besoin de notre avis. Pouvez-vous nous raconter ce qui s'est produit… depuis le début ?

— Je ferai de mon mieux. Je me suis embrouillé avant, au poste de police, en essayant de tout leur expliquer. Cela n'a pas fonctionné pour quelque raison. Je suppose que cela paraît ridicule.

— Non, cela ne semble pas ridicule. Qu'avez-vous ressenti lorsque vous avez tenté d'en parler ?

— Comme si on m'étranglait. Comme… comme des mains qui m'étouffaient, presque. Comprenez-vous ce que je veux dire ?

— Oui, répondit Shadwell. Ne vous pressez pas. Racontez-nous ce que vous pouvez.

Et lorsque Howland hésita, il ajouta :

— Commencez au début. Êtes-vous à Londres pour affaires ?

— Non. Le plus inouï est que je suis ici en vacances. Après avoir terminé à Harvard, j'ai pensé voyager pendant un temps, jusqu'au moment où j'en aurais assez, et que je rentrerais alors et démarrerais à la firme. Nous sommes dans les pinces à linge – vous n'aurez pas entendu parler de nous ici, mais nous sommes plutôt connus là-bas.

— Une entreprise familiale ?

— Oh, oui. Père a débuté comme garçon de ferme… bâti la compagnie lui-même. Il est l'un des principaux associés aujourd'hui. Fred et Sam – ce sont mes frères – travaillent tous les deux pour l'entreprise, de même que le mari de ma sœur aînée.

— Et vous alliez les rejoindre ? demanda Shadwell.

Il forçait Howland à continuer de parler exprès, songea Charlotte. Plus Howland parlait, plus il avait l'air d'aller mieux – il avait retrouvé ses couleurs, sa voix devenait plus claire et plus ferme.

— Oh oui, à un moment donné. Ils n'ont pas désespérément besoin de mes talents, voyez-vous, aussi je pouvais me faire plaisir. J'aime voyager, j'imaginais qu'il n'y avait pas de raison de ne pas continuer, une fois que j'avais commencé. Je suis allé séjourner chez un ami à l'ouest du pays, pour commencer, puis je suis allé ailleurs, au Canada pendant quelques mois… Il s'interrompit. Écoutez, vous êtes sûr que vous voulez savoir tout cela ?

— Oui, cela pourrait se révéler utile. Poursuivez, Mr Howland, s'il vous plaît.

— D'accord. J'étais en Europe pendant un certain temps, en France et d'autres pays, et puis je suis arrivé ici il y a environ deux mois, pour voir des amis, faire les magasins et les antiquaires, vous voyez.

Il y avait de l'argent dans les pinces à linge, apparemment. Que cela devait être agréable d'aller de pays en pays aussi aisément, de voyager en suivant ses caprices comme seul guide. Le long récital mettait la patience de Charlotte à très rude épreuve. Il était presque intolérable d'être assis de la sorte à attendre qu'il leur révèle ce qu'il savait concernant James.

— Et puis il y a peu de temps, j'ai rencontré un homme du nom de Bier, continua Howland.

— Nous connaissons deux hommes du même nom, dit Shadwell.

Il jeta un coup d'œil à Miss Swift – qui gardait le silence depuis un moment, se rendit compte Charlotte. Cela devait constituer un système entre eux : Shadwell posait les questions et témoignait de l'attention tandis que Miss Swift observait, le regard vif et l'esprit en éveil.

— Eh bien, cet homme s'appelait Edmund Bier, répliqua Howland. Et je ne sais pas si je l'appréciais vraiment en tant que tel, mais il s'intéressait beaucoup à moi et m'a présenté à de nombreuses personnes. Je suppose que je lui étais reconnaissant. Un soir, nous sommes allés au théâtre, et entre les actes nous sommes sortis fumer, alors il m'a dit qu'il était membre d'un club ici à Londres, qui s'appelait l'Aegolius, et si je souhaitais être élu il pouvait me garantir de me faire entrer, puisqu'il était le président.

— Et qu'avez-vous répondu ? demanda Shadwell.

— Je lui ai dit que j'y réfléchirais. Je ne savais pas combien de temps j'allais rester à Londres ; cela ne me paraissait pas valoir la peine. Je n'avais pas entendu parler du club et, même après avoir rencontré Bier, j'ignorais toujours presque tout. Ils se montraient tous si terriblement secrets sur le sujet. J'imagine que c'est ce qui a piqué ma curiosité au départ, je voulais savoir de quoi tout cela retournait.

L'eau dans la bouilloire s'était mise à bouillir. Miss Swift se leva pour préparer le thé. Chacun de ses mouvements était harmonieux, songea Charlotte, exactement comme lorsqu'elle avait attaqué Corvish.

Howland continua :

— Après cela, j'ai vu Bier beaucoup plus souvent, ainsi que d'autres membres de son club. Ils ne forment pas la compagnie la plus amusante qu'il m'ait été donné de fréquenter, mais c'étaient des personnes raffinées, venant tous d'assez anciennes familles. Je suppose que je me sentais un peu flatté du fait qu'ils m'aient accepté si facilement.

Il marqua une pause, leva les deux mains vers son visage, repoussa ses cheveux en arrière comme s'il avait mal à la tête.

— Je me suis rendu à un dîner chez Bier. Il y avait là de nombreux membres du club. Je pensais que c'était le vin, la façon dont je me sentais. Bier m'a demandé de nouveau si j'avais réfléchi à rejoindre le club. Et puis il m'a expliqué ce qu'ils étaient.

Miss Swift jeta un coup d'œil à Shadwell – Charlotte perçut quelque chose dans son expression, une certaine circonspection.

— Qu'est-ce qu'ils étaient ? demanda Charlotte, alors que personne ne prenait la parole.

Seul le crépitement du feu troublait le silence. Howland regarda Shadwell d'un air interrogateur.

— Devrais-je… ?

— Dites-lui, Shadwell, intervint Miss Swift.

— D'accord.

Charlotte sentit que Shadwell mobilisait le reste de son énergie, en préparation à une tâche désagréable.

Son explication s'avéra brève et aussi obligeante que possible étant donné les circonstances – il évita de nommer les créatures, peut-être par dégoût, peut-être par discrétion, mais décrivit très clairement à Charlotte ce qu'elles étaient.

Lorsqu'il finit de parler, elle ne sut d'abord quoi dire.

— Avez-vous… Peut-être avez-vous lu des choses au sujet de telles créatures ? ajouta-t-il.

Il pensait qu'elle ne comprenait pas, s'aperçut-elle, qu'elle était trop ébranlée pour saisir entièrement ce qu'il disait.

— Oui, j'ai lu des choses, répondit Charlotte.

Elle n'était pas sûre de dire vrai. D'où lui venait cette idée – le personnage traqueur, le buveur de sang ? S'agissait-il d'une histoire du soir racontée par une nourrice ou une gouvernante, ou bien d'un livre qu'elle avait lu à James près du feu la nuit, tandis que la lune s'élevait dehors, au-dessus des jardins du domaine.

— Eh bien, elles existent, continua Shadwell, et elles se trouvent ici, à Londres. Les plus puissantes d'entre elles appartiennent au club Aegolius. Vous avez rencontré Mr Corvish, il en fait partie.

Avoir enduré les nombreuses tribulations du jour pour finalement être confrontée à cela paraissait trop. Ils étaient fous ou délirants, tous. Il ne fallait espérer aucune aide de ces gens. Puis elle pensa au visage de James la dernière fois qu'elle l'avait vu, l'horreur dans ses yeux, et ce qu'il lui avait fait.

— Ce n'est pas vrai, dit-elle.

Elle s'attendait à ce que Shadwell ou Miss Swift insistent pour défendre leur argument, qu'ils essaient de combattre son incrédulité, mais ils n'en firent rien. Au lieu de cela, ni l'un ni l'autre ne parla ; Miss Swift s'occupait à préparer le thé. Elle vit qu'ils se montraient patients avec elle, lui laissant le temps de reprendre ses marques.

Shadwell détourna de nouveau son attention vers Howland.

— Qu'avez-vous fait quand Bier vous a révélé le secret du club Aegolius ?

— J'étais assez fâché, répondit Howland. Je pensais qu'il se moquait de moi, me prenant pour un gogo, vous savez. J'ai déclaré que je ne m'en laisserais pas conter. Alors Bier a dit qu'il me le prouverait. Il s'amusait, je le voyais. J'ai répondu que j'en avais assez entendu, mais il a insisté et ordonné au domestique d'apporter un révolver sur un plateau. J'ai refusé de jouer le jeu, si bien qu'il s'en est chargé lui-même. Il a placé le canon dans sa bouche avant que je puisse l'arrêter.

Charlotte se souvint de l'homme qui l'avait suivie dans la rue, revit la façon dont il était tombé, tué à bout portant, puis s'était relevé.

— Thé, glissa doucement Miss Swift, passant une tasse à Howland, à Shadwell et, en dernier, à Charlotte, qui tint le récipient à deux mains pour que la chaleur se répandît dans ses doigts frigorifiés.

— J'ai hurlé, poursuivit Howland, mais tous les autres se contentaient de rester assis là. J'étais sur le point d'aller chercher de l'aide, quand l'un d'entre eux m'a dit de m'asseoir, de ne pas me comporter comme un imbécile. Puis Bier s'est redressé. Il était blessé, mais on pouvait le voir en train de guérir. Quelques minutes plus tard, il s'est remis à parler, comme si la conversation ne s'était jamais interrompue. Il a expliqué qu'il vivrait éternellement et que je pouvais devenir pareil à lui, si je le souhaitais. Si j'en avais le courage. Et il a ajouté qu'ils n'étaient pas des meurtriers.

Charlotte eut le sentiment que Howland s'était repassé dans l'esprit ce dernier détail – il racontait avec une telle avidité à présent, avec une telle hâte de tout exprimer.

— Il m'a dit qu'ils ne s'attaquaient pas à des personnes innocentes et que c'était un don, que je pouvais accomplir de grandes choses avec.

— Alors vous avez accepté de vous joindre au club ? demanda Shadwell.

— J'étais impressionné, je l'admets. Et j'avais envie de savoir comment il avait réussi à survivre à ce coup de pistolet. J'ai pensé que je jouerais finalement le jeu pour voir s'il s'agissait d'une duperie ou non. Je croyais, je suppose, que ce serait une aventure. Alors, il a déclaré : "pas de temps à perdre", et puis ils m'ont ramené au club ce soir-là. Ils m'ont installé dans cette pièce – très agréable et confortable, ils organisent tout de manière convenable – et m'ont demandé d'attendre. C'était une de leurs règles : vous devez jeûner au préalable. J'ai patienté et, une fois qu'ils m'ont laissé seul, j'ai décidé d'explorer les lieux et je suis sorti en douce, ce qui ne posait pas de difficulté puisque la clef était restée dans la serrure. Je suis descendu à la cave – il y avait là des choses...

Il s'interrompit.

— Je suis désolé. J'essaie constamment de me les sortir de la mémoire et je n'y parviens pas...

L'expression dans ses yeux tandis qu'il luttait pour continuer était pitoyable à voir.

— N'essayez pas, intervint Charlotte. Arrêtez, vous vous ferez du mal.

— Miss Norbury a raison, convint Miss Swift. N'essayez plus. Que s'est-il passé ensuite ?

— Eh bien, ils m'ont rattrapé, m'ont ramené en haut... une autre pièce, au grenier. Et ils ont fait quelque chose. Enfin, Bier. C'était douloureux. Il était... je ne sais pas si cela a un sens, mais il était dans mes pensées. Je voulais qu'il sorte de ma tête, mais il refusait de partir.

Shadwell parla avec douceur :

— Cela s'appelle le blouissement.

— Quel que soit le nom, cela m'a pas mal secoué. Je n'ai pas compris ce qui se passait pendant un moment. Ils ont dit qu'ils m'amèneraient bientôt en bas. J'avais signé ce papier qu'il m'avait donné, et ils ont déclaré que j'avais le choix entre honorer ma promesse ou mourir. Il se tourna en direction de Charlotte. C'est là que j'ai rencontré votre frère.

Racontez-moi vite, avait-elle envie de dire. S'exprimer était devenu difficile, de même que tenir sa tasse sans la renverser.

— Il se trouvait dans la pièce à côté de moi. Il s'est adressé à moi à travers le mur, et je lui ai expliqué la raison de ma présence. À son tour, il m'a révélé qu'il était l'un d'entre eux.

Elle se rappela la sensation de ses mains sur son bras – une force si étrangère, un air si hostile dans son regard.

— Vous vous sentez bien, Miss Norbury ? demanda Shadwell. Nous pouvons laisser la suite pour plus tard.

Ils la dévisageaient tous ; il fallait qu'elle dise quelque chose pour les rassurer.

Miss Swift se leva.

— C'est votre poignet, n'est-ce pas ? Là où il vous a blessée. Le gauche ?

Charlotte ne pouvait pas répondre.

— Et si vous essayez d'en parler maintenant, vous n'y parviendrez pas. C'est l'un de leurs trucs. Même s'ils ne vous tuent pas d'emblée, vous serez incapable de dire à quelqu'un qu'ils vous ont attaqué.

Charlotte ouvrit la bouche pour leur expliquer que tout cela était faux.

— Il…

Avec un effroi croissant, elle découvrit qu'il lui était impossible de parler – essayer revenait à avoir le sentiment que l'on vous étouffait. Elle était à bout de souffle. C'est ce que Howland avait éprouvé. Elle retint ses larmes.

Miss Swift posa une main sur le bras de Charlotte, celui que James avait blessé.

— Vous permettez que je… ?

Charlotte acquiesça d'un hochement de tête, ce que Miss Swift faisait lui importait peu, et celle-ci remonta sa manche. Shadwell se réinstalla plus confortablement tout en soupirant. Miss Swift opina du chef comme s'il s'était exprimé. Elle laissa la manche de Charlotte retomber et retourna s'installer près du feu, où elle se remit à griller des toasts.

— Il ne l'a pas choisi, cela étant, ajouta Howland. Ils avaient tué son ami, Miss Norbury, il les détestait. Il…

— Je vous demande pardon, interrompit Shadwell. Avez-vous dit qu'il ne l'a pas choisi ?

— C'est exact. Ils l'ont transformé alors qu'il ne le voulait pas.

Miss Swift reposa la fourchette à toasts dans un claquement.

— Mais c'est impossible, s'exclama Shadwell. Il faut donner son consentement, sans quoi le sujet humain meurt. Hormis tout le reste, le choc serait probablement trop grand sans préparation et explication préliminaires. Toutes les autorités s'accordent pour dire que si les créatures peuvent user de persuasion, entreprendre la transformation de force est absolument hors de question.

— Dans ce cas, ils ont changé les règles.

— On ne peut pas tout simplement, comme cela, changer les règles, Mr Howland.

— Alors, ils ont trouvé un moyen pour le faire, y sont parvenus d'une façon ou d'une autre. Cela participe de ce nouveau projet qu'ils ont. Ils peuvent transformer les gens même s'ils ne le veulent pas. Ils en parlaient à mon dîner d'admission, disant qu'ils allaient choisir les meilleurs hommes de Londres et les obliger à rejoindre le club. J'imagine que Mr Norbury s'est retrouvé mêlé à la chose, je ne sais pour quelle raison.

Le silence était plus profond que tous ceux qui l'avaient précédé. Shadwell et Miss Swift se regardaient fixement – Charlotte aurait presque pu penser qu'ils avaient oublié la présence de leurs hôtes.

— Vous êtes sûr ? finit par demander Shadwell. Êtes-vous *absolument* certain de ce que vous avez entendu ?

— Oui. Une idée de Bier, apparemment. Il s'agit d'un plan à lui pour sauver la société. Il y a un groupe qu'ils n'aiment pas…

— Les Alia ?

— Oui, eux. Ils vont se débarrasser d'eux. Créer de la place pour les nouveaux hommes.

— Savez-vous combien d'individus ils envisagent d'ajouter à leur nombre ?

— Tous ceux qui le méritent, a déclaré Bier.

— Il faut que nous voyions Burke, dit Miss Swift à l'adresse de Shadwell. Aussitôt que possible.

Elle se leva, prit une autre cigarette sur le manteau de la cheminée et l'alluma.

— Nous ne pouvons pas repousser. Nous devrons y aller sans rendez-vous.

— Adeline, attends.

Shadwell paraissait s'astreindre difficilement à garder son calme.

— Écoute le reste. Après nous réfléchirons. Tu sais bien que nous ne pouvons rien entreprendre ce soir.

Charlotte devint consciente du bruit de la circulation à l'extérieur et du léger clapotement de la pluie contre les fenêtres.

Shadwell se tourna de nouveau vers Howland.

— Comment vous êtes-vous échappé, pour finir ?

— Norbury m'a aidé. Du moins, nous nous sommes mutuellement porté assistance.

— Ils ne vous ont pas suivis ?

— Pas immédiatement. Il faisait jour, je ne pense pas qu'ils souhaitaient être dehors. Bier a déclaré que l'endroit où nous allions importait peu, ils nous retrouveraient tous les deux. J'ai ramené Norbury chez lui.

Il regarda Charlotte.

— Je crois qu'il ne voyait pas très bien dans la lumière du jour. Il était tellement malade, il se rendait à peine compte de ma présence. Je lui ai parlé… il m'a semblé que c'était la chose à faire, d'une certaine façon, pour le garder éveillé. Je lui ai parlé de moi et lui ai demandé comment il s'appelait et où il habitait. Je l'ai forcé à me donner des informations.

— Et vous l'avez déposé là, devant chez lui ? demanda Shadwell.

— Il ne voulait pas que j'entre. Je crois qu'il luttait pour se retenir de m'attaquer.

Il regarda derechef en direction de Charlotte, presque avec enthousiasme.

— Il m'a parlé de vous. Il vous évoquait et cela l'aidait à se sentir mieux, à conserver ses forces. Lorsqu'il m'a enjoint de partir, je me suis mis à courir. C'était étrange. Je me sentais vraiment mal et chancelant, mais j'avais cette idée que je devais continuer à avancer, ce à quoi je me suis appliqué. J'ai trouvé des vêtements de seconde main, je me suis caché dans un refuge pendant deux jours, jusqu'à ce que je reprenne courage. J'avais laissé certaines de mes affaires chez un ami – passeport, chéquier, ce genre de choses –, alors je suis retourné les récupérer. Il m'a dit que des gens étaient passés et avaient demandé après moi. Il n'a pas… Il m'a prié de ne pas rester.

Sa voix était tendue, embarrassée.

— Je comprenais, bien sûr. Enfin. J'ai pensé que le mieux était de me rendre au poste de police.

— Très bien, conclut Shadwell. Merci, Mr Howland. Ce que vous nous avez raconté est extrêmement utile.

— Et maintenant nous pouvons vous aider, ajouta Miss Swift.

Elle et Shadwell échangèrent un nouveau coup d'œil ; Charlotte enviait leur complicité, leur capacité à se consulter d'un seul regard. À une autre époque, elle aurait trouvé leur arrangement de vie commune curieux et l'aurait désapprouvé. Les vêtements de Miss Swift et ses manières peu conventionnelles l'auraient convaincue du pire. À présent, de telles considérations ressemblaient à des règles à moitié oubliées s'appliquant à un jeu de l'enfance.

Shadwell dit :

— Le club va se mettre à vous rechercher tous les deux.

— Que me veulent-ils ? demanda Charlotte.

— Votre frère essaiera de vous localiser.

Elle perçut une intonation de pitié dans la voix de Shadwell.

— Et donc le club voudra vous utiliser comme appât.

Ce petit salon exigu constituait donc un îlot de sécurité. Dehors, la ville entière présentait un danger qu'elle comprenait à peine.

Miss Swift se leva.

— Toasts, annonça-t-elle.

Charlotte secoua la tête.

— Prenez-en juste un. C'est bien de manger des toasts. Cela vous calmera.

Trop lasse pour continuer de discuter, Charlotte en prit un. Howland fit de même.

— Vous ne nous avez toujours pas expliqué qui vous êtes, ce qu'est tout ceci.

Howland eut un geste circulaire, qui englobait les livres, la boutique, la rue peu recommandable à l'extérieur.

— Les pourchassez-vous ?

Il posa la question comme s'il s'agissait, d'une certaine manière, d'une affaire sans importance.

— Bien sûr que non, répondit Shadwell. Il faut vous rappeler, Mr Howland, que nous ne savons pas avec certitude dans quelle mesure ils sont humains. On les a considérés comme des hommes possédés par le démon, des élus bénis de Dieu, des personnes affligées d'une épouvantable maladie. Il se peut, dans bien des sens, qu'ils soient morts, et pourtant les tuer serait illégal et très probablement immoral. Vous les avez vus. Vous savez que l'on peut les fixer dans les yeux et ne pas être sûr qu'une âme humaine vous regarde en retour.

— Ils sont aussi beaucoup plus forts que nous et très difficiles à tuer, ajouta Miss Swift. Et une fois qu'ils sont morts, vous vous retrouvez avec un corps, et qu'est-ce que vous en faites ?

Assez pragmatique, pensa Charlotte, bien que Howland ne parût pas convaincu :

— Que faites-vous, alors, si vous ne les tuez pas ?

— Nous essayons de notre mieux de protéger les vivants, répondit Shadwell. Ceux que personne d'autre ne croira, qui ont attiré l'attention du club – qui l'ont contrarié pour une raison ou une autre. Quelques hommes et femmes – comme le commissaire qui vous a aidé – sont suffisamment au courant pour envoyer les gens vers nous quand ils ont besoin de notre assistance. Et lorsque nous le pouvons, nous suivons les membres du club – comme nous avons filé Mr Corvish ce soir – et repérons les rues où ils chassent pour en éloigner les gens. Et nous nous efforçons de secourir leurs victimes et de les arracher à leurs griffes. Nous les expédions hors du pays, où c'est possible.

— Et la boutique ? demanda Howland.

— Nous nous spécialisons dans les ouvrages consacrés à ces créatures. Nous – Miss Swift et moi-même – avons publié deux ou trois plaquettes sur le sujet. Nous venons également de terminer un livre, dans lequel nous partageons tout ce que nous avons appris. Il sera prêt pour la bibliothèque Bric-à-Brac quand elle viendra.

— La quoi ? dit Howland.

Miss Swift resservit du thé à Shadwell.

— Buvez. Vous avez assez parlé.

Il lui sourit. Charlotte pensa que ce devait être une vieille plaisanterie entre eux.

— La bibliothèque Bric-à-Brac voyage dans toute l'Europe, commença Miss Swift. Peut-être dans des contrées plus éloignées également.

— Attendez : la bibliothèque voyage ? répéta Howland.

— Oui.

Miss Swift ne fournit pas plus d'explication sur ce point.

— Elle conserve les manuscrits les plus rares, ceux qui ne peuvent pas être remplacés. Se déplacer continuellement les maintient en sécurité. Quand la bibliothèque vient en Angleterre, nous rendons des volumes que nous avons empruntés pour nos recherches et leur léguons tout manuscrit de valeur que nous avons pu obtenir. Nous leur transmettons tout ce que nous avons découvert. Et si une personne comme nous meurt, ses livres sont remis à la bibliothèque Bric-à-Brac.

— Existe-t-il un remède ? demanda Charlotte.

Elle avait dû intervenir avec brusquerie, parce qu'ils se tournèrent tous pour la regarder.

— S'il vous plaît, ne vous laissez pas tourmenter par cet espoir, Miss Norbury.

Shadwell répondit avec gentillesse, mais sa voix était ferme.

— L'idée vous ronge au bout d'un moment. Nombre de gens ont essayé de trouver un remède, et personne n'y est jamais parvenu.

— Mais dans tout ce que vous avez lu, il y a sûrement une allusion à quelqu'un qui est redevenu normal.

— La recherche d'un remède a ruiné des vies, Miss Norbury. Il y a eu des emprisonnements réussis, des meurtres réussis, mais jamais à ma connaissance de guérison réussie. Je suis désolé d'avoir à dire les choses si franchement.

Charlotte vit qu'il s'efforçait d'adopter un ton plus léger.

— Bien, vous devez rester ici ce soir. Demain matin, il faudra probablement que nous vous fassions tous les deux partir de Londres.

— Je ne peux pas.

— Je comprends votre inquiétude à l'égard de votre frère, Miss Norbury. Mais Londres n'est pas un endroit pour vous en ce moment. En outre, comme je l'ai dit, votre frère sera aussi à votre recherche.

— Ils s'en prennent généralement à la famille avant tout, ajouta Miss Swift.

— Mais je veux le trouver, déclara Charlotte. Comment puis-je l'aider si je ne sais pas où il est ?

— Et s'il vous tue ? demanda Miss Swift.

Elle était trop charitable – peut-être pensait-elle que ce serait manquer de générosité – pour jeter un regard sur le poignet blessé de Charlotte pendant qu'elle posait cette question.

— Mais s'il existait une chance qu'il puisse guérir…

— Miss Norbury, reprit Shadwell. S'il vous plaît, écoutez-moi. Vous ne devez pas suivre cette voie. Elle ne vous apportera que de la peine. J'en ai été témoin par le passé. Vous devez abandonner cette idée de le sauver.

Elle répliqua :

— C'est mon frère.

— Écoutez, dit Howland, si vous restez, Miss Norbury, je veux rester aussi. Il m'a sauvé la vie ; je devrais faire quelque chose. Je pourrais vous aider…

— Vous n'avez pas la moindre idée de ce que cela impliquerait, interrompit Miss Swift. Ni l'un ni l'autre.

— Pourquoi ne laissons-nous pas cette question en suspens jusqu'à demain matin ? suggéra Shadwell. En outre, il serait plus sage de consulter Burke avant de prendre une décision sur la ligne de conduite que nous devrons suivre. Il faudra lui demander son avis de toute façon.

Comme il lui était facile de dire "nous", pensa Charlotte. Ils avaient l'habitude de ce type de situation, et elle pourrait aisément se retrouver emportée par leurs plans d'action, qui semblaient différer de manière substantielle de ses propres souhaits.

— Qui est Burke ? demanda Howland.

— Une connaissance, répondit Shadwell. Il entend parler de beaucoup de choses, et son conseil est toujours bienvenu. Il saura ce que le club envisage avant toute autre personne. Il est au courant de tout ce qui concerne ces créatures, celles de Londres, du moins.

— Ces créatures sont-elles donc très nombreuses autour d'ici ? interrogea Howland.

— Oui, comparé à la plupart des endroits, répondit Miss Swift. C'est une ville ancienne, et très grande. Et le climat leur convient bien.

Le feu était en train de mourir et Charlotte pensa qu'ils le laisseraient s'éteindre plutôt que d'utiliser plus de charbon. Le commerce de livres occultes n'était sans doute guère florissant. Elle tendit les mains au-dessus des braises rougeoyantes et songea à James. Ils s'en prenaient à la famille avant tout.

Miss Swift se leva.

— Je vais débarrasser les assiettes. Et ensuite, je suppose que nous devrions aller dormir.

Shadwell se leva également, avant que Charlotte n'eût le temps d'offrir son aide, et prit les tasses et la bouilloire du foyer.

— S'il vous plaît, restez assise Miss Norbury, dit-il. Reposez-vous encore un peu.

Il suivit Miss Swift dans la cuisine, laissant Charlotte et Howland seuls.

— J'imagine qu'ils doivent discuter, dit Howland.

La nourriture semblait lui avoir fait du bien ; il paraissait beaucoup plus réfléchi et alerte.

— Oui.

— C'est étrange, tout cela, ajouta-t-il après une pause.

— Je suppose.

Lasse, elle se tenait la tête baissée, fixant le tapis. Elle releva alors les yeux et les posa sur lui. Il l'observait attentivement, les sourcils légèrement froncés. Elle vit qu'il avait de bonnes intentions.

— Parvenez-vous à… faire face ? demanda-t-il.

— Je suppose que je n'ai pas le choix. Pas plus que vous.

— Non. C'est pareil. Je voulais juste dire, pendant que nous ne sommes que tous les deux ici, que j'étais sincère. Je veux aider. Je pense que je vous le dois, après ce que votre frère… après qu'il m'a sauvé.

— Il ne faut pas vous sentir obligé envers moi à cause de ce que James a fait.

— Mais je me sens absolument obligé. Je n'aurais pas échappé à ces… hommes, si ce n'était grâce à lui. Je considère avoir une dette en cela.

— Eh bien, certainement pas envers moi. Et je ne suis pas sûre que James, s'il savait que vous m'aidiez, en tirerait quelque satisfaction dans les circonstances.

— Croyez-vous vraiment cela ?

Il semblait véritablement curieux de sa réponse.

— Ils ont dit qu'il s'en prendrait à moi. Qu'il pourrait me tuer.

— Ils ne nous ont pas tout dit, cela étant, si ?

— Peut-être pas, répondit Charlotte, un peu irritée.

Comme si la situation n'était pas déjà assez mauvaise, sans se voir forcé d'avoir à douter de leurs seuls protecteurs.

— Je suis certain qu'ils ont leurs raisons. Seulement… quoi qu'il arrive demain, je vous aiderai, si je le peux.

— Eh bien, merci de l'offre, Mr Howland.

Ils ne parlèrent plus jusqu'au retour de Shadwell et Miss Swift quelques minutes plus tard. Miss Swift avait le front un peu plissé et portait une bougie à la lumière vacillante.

— Verriez-vous un inconvénient à partager une chambre avec moi ? demanda-t-elle à Charlotte. Je crois que Shadwell offrira sa chambre à Mr Howland et dormira ici.

— Merci, dit Charlotte. C'est très gentil de votre part.

Ses sacs se trouvaient près de la porte, où elle les avait laissés. Elle les attrapa, souhaitant la bonne nuit d'un petit geste de la tête à Shadwell et Howland qui semblaient sur le point d'entamer une dispute polie concernant la personne qui devrait occuper le canapé.

— Ils pourraient mettre un moment à se décider, dit doucement Miss Swift. Il vaut mieux ne pas intervenir.

Charlotte était fatiguée, et pourtant quitter la chaleur restante du feu constituait un arrachement. Le palier à l'extérieur du salon était froid et sombre, éclairé seulement par la bougie de Miss Swift.

— Nos chambres se trouvent en haut, lui dit Miss Swift.
— Et… les toilettes ?
— Quoi ? Oh, elles sont dehors au fond. Avez-vous besoin d'y aller maintenant ?
— Je… oui. Si ce n'est pas un problème.
— Laissez vos affaires ici, alors.
Sur quoi elle conduisit Charlotte en bas et, par une porte de derrière, elles atterrirent dans une cour humide et malodorante où chaque son semblait amplifié par les murs des immeubles qui l'entouraient de tous côtés.
Charlotte pouvait discerner le bruit de chevaux et de voix non loin, provenant peut-être de la rue voisine. Il y avait des cris, une femme qui hurlait, un rire rauque. Puis du verre brisé, et les cris reprirent, un homme et deux femmes, se hurlant dessus.
Miss Swift haussa les épaules, comme pour dire : *Bienvenue à Londres*, ou *À quoi vous attendiez-vous ?*
— C'est là, déclara-t-elle.
La petite structure qu'elle indiqua n'avait rien de prometteur.
— J'attendrai.
Elle tendit à Charlotte une liasse de morceaux de papier, formée de bouts de sacs déchirés et de vieilles enveloppes, enfilés sur de la corde. Elle paraissait anticiper certaines difficultés de la part de Charlotte. Mais celle-ci acquiesça d'un signe de la tête et la remercia aussi gracieusement qu'elle le put.
La porte ne se verrouillait pas et devait être tenue d'une main pour qu'elle ferme. Charlotte s'évertua à retenir sa respiration et à traverser l'épreuve le plus rapidement possible. Lorsqu'elle émergea, Miss Swift l'amena en haut sans autre forme de conversation.
Au dernier étage de la maison il y avait un couloir étroit avec trois portes. Les pièces de l'autre côté devaient être très petites.
— La première est ma chambre, dit Miss Swift. La suivante est celle de Shadwell… ou celle de Mr Howland pour cette nuit, s'il perd la dispute.
Contrainte par ses bonnes manières, Charlotte se retint de demander à quoi servait la troisième pièce. Peut-être, étant donné ce qu'elle connaissait des occupations de ses hôtes, valait-il mieux ne pas savoir.

La chambre mansardée de Miss Swift était en effet petite, dotée d'une minuscule fenêtre carrée. Une personne de grande taille aurait pu étendre un bras et une jambe et toucher les murs de part et d'autre de la pièce en même temps.

Miss Swift tira le rideau et posa sa bougie. La chambre contenait trois chaises, un lit et une commode. Il y avait des vêtements – un assez gros tas – pliés sur le dossier de l'une des chaises. Charlotte entraperçut son reflet dans un miroir couvert de taches sombres à l'autre coin de la pièce et se demanda si elle pouvait vraiment avoir l'air si exténué.

Elle détourna les yeux, balaya de nouveau la chambre du regard, puis le posa sur Miss Swift qui se tenait près de la fenêtre. L'odeur de tabac était aussi forte ici qu'en bas.

— Ce n'est pas très bien rangé, observa Miss Swift.

Ce qui pouvait valoir pour une excuse ou une attitude de défi.

— Vous êtes très aimable de me permettre de rester, dit Charlotte, et je vous en suis très reconnaissante, Miss Swift.

Demeurer debout représentait un effort.

— Puis-je m'asseoir ?

— Bien sûr, répondit Miss Swift, et Charlotte s'assit sur la seule chaise qui n'était pas encombrée. Vous pouvez m'appeler Adeline, au fait. C'est idiot de continuer à dire Miss Swift alors que nous partageons une chambre.

— Merci. Et s'il vous plaît appelez-moi Charlotte.

— Le lit n'est pas grand, mais nous devrions pouvoir nous débrouiller.

— Oui. Merci.

— Ce n'est rien.

Adeline se mit à fouiller dans une pile de vêtements. Après une courte recherche, elle finit par en retirer une chemise de nuit.

— Nous vous avons attiré des ennuis, n'est-ce pas ? demanda Charlotte.

— Vous voulez dire vous et Mr Howland ?

— Oui.

— Il y aurait toujours eu des problèmes. Il y en a toujours eu depuis que nous avons commencé ce métier.

Adeline secoua la chemise de nuit pour la débarrasser de ses plis. Elle paraissait avoir passé un certain temps là.

— Vous voulez vous laver ? demanda Adeline.

— Merci, oui, s'il vous plaît. À moins que ce ne soit un désagrément…

— J'apporterai de l'eau.

Lorsqu'Adeline fut partie, Charlotte rangea prudemment la sacoche en cuir de James dans un coin. Regardant autour d'elle, elle remarqua qu'il y avait un trou dans le siège en osier de l'une des chaises, comme si quelqu'un avait passé son pied à travers. Le dessus de la commode était recouvert d'un grand fouillis d'objets mal assortis – une bouteille de parfum vide, un collier de perles de bois, une soucoupe et un petit pinceau, tous deux teintés de la même étrange couleur rose chair. Une coupure de journal, rehaussée de plusieurs illustrations montrant une jeune femme un fusil à la main, était épinglée sur le mur le plus proche. Un titre en lettres capitales proclamait : ANNIE OAKLEY, CHAMPIONNE DE TIR AU FUSIL, ICI AVEC BUFFALO BILL.

Elle se retourna et alla chercher sa chemise de nuit dans sa valise. Le temps d'accomplir cela, Adeline était revenue, apportant une serviette de toilette, un broc ébréché et une bassine.

— J'attendrai à l'extérieur, dit-elle. Le savon se trouve sur l'étagère. Gardez l'eau quand vous aurez terminé.

L'eau était tiède et Charlotte claqua des dents. Elle fut soulagée de voir que la serviette que lui avait donnée Adeline était plus ou moins propre, même si elle sentait l'humidité. Le fait d'avoir pensé à emporter son gant de toilette constituait un autre léger soulagement.

Lorsqu'elle eut terminé, elle s'enveloppa dans son manteau, robe de chambre de fortune, et rangea soigneusement dans sa valise les vêtements qu'elle avait enlevés. La robe en laine noire était la seule qu'elle avait avec elle, et elle ne savait pas combien de jours elle devrait la porter. Heureusement, elle avait été assez prudente pour emporter du linge propre et quelques autres articles indispensables, dont une bouteille d'eau de rose. L'odeur la réconfortait. Elle pensa à ses fleurs qui poussaient à la maison.

Entrouvrant la porte, elle vérifia que ces messieurs se trouvaient toujours en bas avant de sortir sur le palier. Miss Swift était assise en haut des marches, le dos tourné. Elle était penchée en avant, le menton posé sur les mains.

— J'ai fini. Merci.

— Bien, répondit Miss Swift.

Charlotte eut le sentiment qu'elle était perdue dans de lointaines pensées.

— Je peux attendre dehors, si vous voulez.

— Pas besoin. Vous feriez mieux d'aller vous coucher. Il fait froid.

Grelottante, Charlotte se mit au lit. Celui-ci était plutôt étroit et dur. Elle se blottit sous les couvertures, toujours enveloppée dans son manteau, les remonta jusqu'au menton, tenta d'ignorer l'odeur de tabac froid et de cheveux sales et essaya de ne pas se préoccuper des insectes.

Adeline avait déjà retiré les épingles de ses cheveux et se trouvait à présent prise à mi-chemin entre femme et homme, un hybride inconfortable. Lorsqu'elle se mit à déboutonner sa chemise, Charlotte se retourna et fixa le mur.

Au bout de quelques minutes, elle entendit Adeline traverser la chambre et déposer ses habits en tas. Lorsque Charlotte tourna de nouveau la tête, elle la vit devant le miroir en train de dénouer ses tresses. Dans sa chemise de nuit, elle ressemblait plus à une femme qu'avant, mais aussi à une sorte de fantôme. Elle avait les pieds nus.

Elle se mit au lit en marmonnant un “bonne nuit” et souffla la bougie sans prononcer un autre mot. Elle sembla s'endormir presque aussitôt, ce qui suscita la jalousie de Charlotte.

Elle-même, se tenant immobile et recroquevillée contre le froid, ne put se résoudre à fermer les yeux avant un long moment.

## 18

Elle conservait des fragments de souvenirs d'avant ce jour-là – une pièce de petite taille où il faisait froid, un objet scintillant sur un parquet de bois, un cri poussé par un homme –, mais c'était la première chose qu'Adeline se rappelait clairement : un après-midi d'été orageux, des nuages bleu foncé pesant au-dessus de la Tamise. Pas un bon jour pour une telle expérience, déclara quelqu'un. Et s'il se mettait à pleuvoir ? Quelqu'un d'autre dit en riant : Bah, elle a le fleuve pour amortir sa chute. Tout le monde était d'humeur joyeuse. Des centaines de personnes se trouvaient là, tous jouant des coudes pour se faire une place autour de la jetée de Cremorne. C'était à l'époque où les jardins de Cremorne étaient encore ouverts à Chelsea, quand les gens s'y rendaient en bateau ou en fiacre pour un après-midi de divertissement ou une soirée de plaisirs. Adeline se souvenait des lanternes de couleurs scintillant dans les arbres, de la musique au loin. Il y avait un homme qui vendait du café, l'odeur se mêlant à la puanteur de l'eau.

En hauteur au-dessus du fleuve, un fil métallique avait été tendu, supporté par quatre minces renforts de bois. À peu près à mi-chemin, juste après le deuxième renfort, une femme se tenait debout, un balancier dans les mains. Elle aurait dû tomber, mais Adeline savait, à la manière dont elle se mouvait – si légère et décontractée, comme si elle marchait sur la terre ferme – que cela n'arriverait pas. Elle avait été présentée dans les journaux comme la FEMME BLONDIN, et une foule immense était venue la voir.

Il y eut un souffle de vent, et le câble se balança. La foule murmura, mais la femme ne montra aucun signe de désarroi. Sa robe était faite d'un léger tissu blanc, à l'instar d'un costume de ballerine, et elle portait une petite veste rouge ressortant vivement contre le ciel qui s'assombrissait. Adeline n'avait jamais vu personne paraissant aussi libre.

— C'est ta maman, dit quelqu'un.

Il s'agissait de Mr Congreave, l'agent de Maman. Parfois Adeline aimait feindre qu'il était son père.

Les gens la regardèrent et marmonnèrent avec admiration après avoir entendu Mr Congreave. Adeline s'était sentie embarrassée de tant d'attention ; elle avait baissé les yeux sur ses chaussures – sur ses jolies bottes bleues trop grandes pour elle, qu'elles avaient achetées de seconde main, de même que sa robe, sa veste et son tout petit chapeau de velours bleu, orné d'une plume blanche. Il y avait une tache de graisse sur l'ourlet de sa robe et la couleur était un peu passée sous les bras, mais la veste cachait cela. C'était une veste splendide, en velours blanc avec un col rond et un passepoil de soie noire. Elle avait eu envie de virevolter pour montrer à tout le monde comme elle était jolie dans ses nouveaux habits – seul l'avertissement sévère de Mr Congreave de se tenir bien (dans l'intérêt de Maman) l'avait retenue. C'était les "débuts" londoniens de Maman, et ils avaient voulu faire bonne impression.

Adeline regardait toujours vers le bas, remuant ses doigts de pieds dans ses bottes qui commençaient à laisser l'humidité pénétrer, lorsqu'un bruit s'éleva de la foule, un soupir suivi d'un grognement. Après coup, on lui dit que le câble était trop lâche et qu'il s'était mis à se balancer d'un côté et de l'autre. Les haubans supportant le fil métallique avaient été coupés ; un homme avait essayé de voler les poids de plomb qui les maintenaient en place. Adeline vit Maman lâcher son balancier, qui chuta dans le fleuve trois mètres plus bas. Elle avait dû le jeter, parce qu'il tournoya en tombant et frappa l'eau d'un bruit net. Maman s'accroupit et attrapa le câble d'acier à deux mains, puis saisit l'une des cordes qui le sécurisait. Des cordes d'ancrage, elles s'appelaient. Adeline avait été fière de s'en souvenir.

Mr Congreave tenait la main d'Adeline très serrée. Adeline avait eu envie de dire que sûrement tout allait bien, Maman ne serait pas blessée. Ils regardèrent tous les deux tandis que Maman se mouvait petit à petit le long de la corde, jusqu'à l'eau, où un bateau venait à sa rencontre. Adeline pourrait toujours se rappeler la scène clairement plus tard : la lente progression du bateau, la robe blanche de Maman mouvant au gré de la brise alors qu'elle descendait.

Lorsqu'elle se retrouva en sécurité à bord du bateau, des acclamations plutôt feutrées l'accueillirent. Une fois sur la rive, Maman salua en signe de gratitude pour les quelques applaudissements étouffés. Un homme avec un chapeau haut-de-forme d'un noir lustré et doté d'une forte voix – qui avait à voir avec les jardins de Cremorne – se leva, remercia tous ceux qui étaient venus admirer le spectacle et déclara que Mme Fantine leur était reconnaissante de lui avoir prêté attention mais que l'épreuve l'avait épuisée. Il ajouta quelques mots d'explication concernant ce qui avait eu lieu, mais, clairement, certains spectateurs étaient déçus de ne pas avoir vu Maman soit traverser sans problème soit tomber et se blesser. Quelques minutes passèrent, et il apparut qu'il n'y avait plus rien à voir. La foule commença à se disperser ; ceux qui regardaient de leurs bateaux se mirent à rejoindre la rive à la rame.

Mr Congreave prit Maman et Adeline en charge et les installa dans une calèche. Il dit à Maman : "Ce n'est rien, ma grande fille" – il l'avait toujours appelée de la sorte, bien que Maman ne fût ni grande ni une fille. Et Maman hocha la tête et sourit, trop fatiguée pour parler.

Adeline se rappelait que, lorsqu'elles étaient rentrées – les deux pièces qu'elles désignaient comme leur chez-elles pendant cette quinzaine de jours –, Maman, habillée en vêtements de ville, l'enlaça fort, ne relâchant pas son étreinte alors même qu'Adeline avait commencé à se lasser et se tortillait pour tenter de se libérer.

On frappa à la porte. Mr Congreave avait ordonné à son domestique de sortir en vitesse et de leur apporter une pomme de terre cuite au four à chacune pour leur dîner. Adeline engloutit sa pomme de terre, si bien qu'elle lui brûla la bouche, puis la gorge et l'estomac. Seulement lorsqu'elles eurent fini demanda-t-elle :

— Tu as eu peur ?

— Un peu, répondit Maman. Elle lécha le beurre de ses doigts.

— Tu le referas ?

— Bien sûr.

Adeline avait été troublée et fâchée parce qu'elle ne comprenait pas le factuel "Bien sûr" de Maman. Elle n'avait pas conscience à l'époque du caractère attractif de la pure frayeur, de l'étourdissant frisson que celle-ci pouvait générer. Quand on est là-haut, Maman lui avait dit une fois, c'est comme l'amour : rien d'autre n'existe.

— Et moi ? avait demandé Adeline.

Elle était très jeune et jalouse de tout ce que Maman faisait qui n'avait pas à voir avec elle.

— Sauf toi, évidemment, avait répondu Maman. Toi, je ne t'oublie jamais. Et, en plus, tu as marché sur la corde avec moi avant d'être née, tu ne le sais pas ?

C'était son histoire préférée, celle que Maman lui racontait constamment.

— Tu as su que tu étais là avant que j'en sois consciente, bien cachée à l'intérieur de moi. J'ai dû avancer sur le fil avec toi à de nombreuses reprises avant de me rendre compte que tu te trouvais là.

— Combien de fois ? demandait toujours Adeline.

— Oh, des dizaines, c'est certain, répondait systématiquement Maman.

*

Les "débuts" de Maman lui valurent une saison au théâtre de l'Alhambra à Leicester Square, et après, il y eut d'autres scènes ; elles se rendaient dans tant de villes qu'Adeline devait parfois réfléchir avant de pouvoir se rappeler où elle se produisait cette semaine-là. Plus tard, ses souvenirs de cette période devinrent encore plus confus – une succession de pensions et d'hôtels, se ressemblant tous. Maman pouvait recevoir jusqu'à

8 £ par spectacle. Elles étaient heureuses et vivaient confortablement ; elles avaient tout ce qu'elles voulaient. Lorsqu'Adeline elle-même commença à se produire, elles vécurent encore mieux. Elle ne partagea jamais la passion de Maman pour les hauteurs, mais elle appréciait qu'on la regarde et tirait de la fierté de son habileté. Elle aimait être dans les airs, entourée de lumières vives, avec en contrebas un immense parterre d'yeux. Elle ne se lassa jamais du murmure d'attente au moment où elle apparaissait. Maman était contente d'elle, même si elle se montrait également stricte et prompte à la critiquer – attention à tes bras, ta tête, tes orteils. Adeline ne marchait jamais sur le câble sans entendre la voix de Maman dans son oreille.

Elle embellit avec l'âge et, ce qui était plus rare, elle grandit avec grâce, sans aucune de ces ingrates étapes intermédiaires. Elle était à la fois élégante et discrète, cachant les muscles superbes de ses bras et de ses épaules sous des robes sans prétention, toujours conçues pour ressembler le plus possible à une tenue d'adulte. Dans la majorité des théâtres, elle n'était pas la plus ravissante des filles à l'affiche, mais elle était celle que les gens admiraient. Chaussée de simples bottes noires, elle se mouvait avec un léger balancement et une démarche de ballerine.

Quelques mois avant le seizième anniversaire d'Adeline, un accident eut lieu. Elle se produisait avec Maman (sous le nom de MADEMOISELLE FANTINE, L'ENFANT PRODIGE – de loin, elle était encore assez menue pour passer pour une fillette de douze ou treize ans) lorsqu'un coup de canon, tiré trop tôt, avait surpris Maman au milieu de sa performance. Elle était tombée. Adeline, qui attendait de s'élancer, ne vit pas ce qui arriva. Même bien plus tard, elle n'était pas sûre de savoir si assister à la chute aurait été pire que de se l'imaginer.

Tout le monde avait cru que Maman mourrait ; le médecin avait dit à Adeline de se préparer, mais Maman ne décéda pas. Elle faisait partie de ceux qui s'emparent de la vie et s'y accrochent bec et ongles.

Durant les nombreux mois qui suivirent, elle ne put marcher, ni même se redresser en position assise sans aide et rester seule trop longtemps. Elle ne se plaignit jamais, ni de la douleur, ni de la perte de la profession qu'elle adorait, ni de sa nouvelle impuissance. Mais elle s'inquiétait, Adeline le savait, de ce qu'il allait advenir d'elles.

Peu de choses avaient la capacité de consommer l'argent plus rapidement que la maladie, comme Adeline le découvrit. Il leur en aurait moins coûté si toutes les deux étaient devenues des boit-sans-soif.

Elles avaient connu tant de succès et économisé avec une telle prudence qu'elles possédaient de quoi s'en sortir, du moins pour un petit moment. Mais Adeline devrait finalement exercer une profession. Malgré l'insistance de Maman, elle n'avait pas l'intention de se produire de nouveau.

Maman lui demanda si elle avait peur, depuis l'accident, et Adeline lui répondit que non. Elle aurait pu retourner sur la corde n'importe quand, aussi calme que toujours. Mais cette existence la rebutait maintenant. Mr Congreave, qui avait montré peu d'intérêt envers Maman depuis ses blessures tout en poursuivant Adeline de ses messages pour savoir à quelle date elle comptait reprendre les spectacles, la dégoûtait. Elle s'était mise à ruminer d'autres histoires de chutes, de mésaventures et de personnes qui l'avaient échappé belle. Elle pensa au grand Léotard, qui avait failli tomber de son trapèze à l'Alhambra lorsque quelqu'un dans la foule lui avait lancé à grands cris de mauvaises nouvelles à travers la salle. Adeline ne se produisait pas par amour de l'art, à la différence de Maman, et sans la passion, cela ne lui semblait plus valoir le risque.

Lorsqu'il apparut clairement que Maman ne mourrait pas, on organisa une souscription pour elle et une assez grosse somme d'argent fut collectée. La dame qui avait lancé la souscription vint leur rendre visite et resta stoïquement assise sur une chaise en bois tandis qu'Adeline lui apportait du thé. Elle se montra très désolée pour elles deux et, affichant un air supérieur, demanda à Adeline ce qu'elle envisageait de faire maintenant – de quelle manière pensait-elle subvenir à ses besoins ?

Adeline, âgée de seize ans et renfrognée, lui répondit qu'elle ne savait pas.

— Je connais quelques jeunes filles qui ont bien réussi dans la télégraphie, commença la dame.

Elle marqua une pause et balaya la pièce du regard, s'arrêtant sur les assiettes sales par terre et sur le costume scintillant d'Adeline posé avec soin sur le lit, ingénieux chatoiement de paillettes vertes, près de son collant plié.

— Après tout, peut-être pas… poursuivit-elle. Avez-vous songé à un emploi domestique ?

Adeline ne l'avait pas envisagé, ni ne désirait le faire. Et pourquoi ne pourrait-elle pas devenir télégraphiste, après tout ?

Eh bien, un certain niveau d'orthographe et de rédaction était exigé, expliqua la dame. Il fallait passer un examen ; il n'était pas facile du tout de réussir. On avait besoin d'arithmétique, de géographie. Les jeunes filles qui y parvenaient… eh bien, c'est-à-dire que, elles n'appartenaient pas à la même classe qu'Adeline, pour être franche. Elles seraient nombreuses à se battre pour une place, les chances d'Adeline s'avéraient minces.

Adeline hocha la tête, pleine d'humilité en apparence, et se débarrassa de la dame aussi vite que possible. Elle deviendrait télégraphiste, décida-t-elle. Elle maîtrisait déjà l'arithmétique. Maman lui faisait toujours tenir les comptes. Et elle connaissait le français, mieux que n'importe quelle autre télégraphiste, probablement ; cela lui serait utile.

Devenir télégraphiste s'avéra presque aussi difficile que la dame l'avait suggéré. On devait avoir des références – de personnes respectables, rien de moins – et il fallait raisonner Maman. Elle ne comprenait pas pourquoi Adeline se montrait si déterminée à gaspiller ses talents pour travailler à la poste ou occuper n'importe quel autre emploi. La douleur la rendait irritable. Adeline opinait du chef ou haussait les épaules devant ses arguments et poursuivait ses études.

D'autres jeunes femmes se formaient à devenir télégraphistes – des filles d'hommes d'Église, d'employés, ou de commerçants. Elles regardaient Adeline d'un air soupçonneux au début, et certaines rirent de son orthographe. Mais elle réussit son examen quand même. Un an plus tard, elle travaillait pour la Station centrale de télégraphe dans le quartier de Blackfriars, avec d'excellentes perspectives d'avenir.

Vingt-cinq mots par minute, se vanta-t-elle auprès de Maman. Eh bien, elle avait toujours eu les mains fermes, répondit Maman. C'était le plus grand encouragement auquel Adeline pouvait s'attendre.

Des femmes se trouvaient de l'autre côté de l'Atlantique, lui dit l'une des filles, employées à la même tâche qu'elles. Adeline aimait y songer, imaginer les lignes tendues entre elles comme du fil, de grands points de couture reliant tout ensemble.

Elle occupait son poste depuis cinq ans et en était assez contente, lorsqu'elle rencontra John Shadwell dans un omnibus en rentrant du travail. Il laissa tomber un livre et elle se baissa pour le ramasser. Il s'était ouvert à une page comportant un schéma de l'anatomie féminine, chaque partie légendée en noir et blanc.

— Merci.

Il récupéra son livre sans aucune gêne.

— Ce n'est rien. Je suis médecin.

Il paraissait assez perdu, pensa-t-elle, serré contre les autres passagers de l'omnibus.

— Est-ce votre première visite à Londres ? demanda-t-elle.

— Pas exactement. Je suis né ici.

Maman aurait déclaré qu'il était trop grand pour être natif de cette ville. Les Londoniens d'origine formaient une race pâle et chétive ; leurs os poussaient de guingois.

Elle jeta un bref coup d'œil au livre qu'il tenait toujours à la main.

— Vous connaissez bien la ville, alors.

Il lui rendit son sourire.

— On peut le dire de la sorte, oui.

Il venait d'arriver d'Édimbourg, lui expliqua-t-il, où il avait étudié la médecine. Ils descendirent au même arrêt et se retrouvèrent ce soir-là, et le soir suivant. Ce n'était pas le moment pour l'un comme l'autre de tomber amoureux, et encore moins de se marier, et pourtant c'est bien ce qui devait arriver.

Plus tard, elle se le rappellerait très délibérément – en détail, de la tête aux pieds, pour se montrer qu'elle en était encore capable. Il était beau, grand avec des épaules larges, ce qu'elle affectionnait chez un homme. Les cheveux châtains et des yeux marron. Elle aimait ses mains, tellement plus larges que les siennes ; elle les tournait et retournait avec un émerveillement amusé. Elle appréciait qu'il tînt les gens en haute estime et qu'être gentil ne lui coûtait pas.

Maman n'avait pas été contente d'apprendre leurs fiançailles, quand bien même John était médecin. D'abord, sa famille n'était pas catholique et n'approuverait certainement pas qu'Adeline le soit.

— Il n'a que son père, répliqua Adeline. Pas d'autre famille.

— Et alors, est-ce qu'il approuve, lui ?

— Je ne sais pas.

— Pourquoi l'épouser ? Tu gagnes assez avec tes machines de télégraphie. Vous attendez un enfant ?

— Non.

Ils avaient été très prudents. Maman s'était assurée qu'Adeline sache de quoi il retournait, malgré sa soudaine piété. Et John, en tant que médecin, n'était pas choqué par de telles choses, comme un autre homme aurait pu l'être. Il lui avait même acheté le nécessaire une fois. Elle l'avait embrassé et lui avait dit : "Écoute, je préfère ce cadeau à des bijoux, des bas en soie, des fleurs ou des bonbons."

— Cela ne serait jamais arrivé si tu avais seulement continué à te produire, déclara Maman, et elle avait absolument raison.

— Tu sais que je ne retournerai pas sur scène, répliqua Adeline.

Elle pensa à Maman chutant de la corde, scintillante dans son costume, telle une pierre précieuse tombant d'un collier cassé. Elle n'avait pas vu, mais elle avait en revanche entendu, attendant dans les coulisses : le silence soudain, quelqu'un dans la foule s'exclamant.

Maman garda le silence. Elle pouvait rester assise quelques heures d'affilée maintenant, et même marcher lentement, tant qu'elle utilisait une béquille. C'était tout ce qu'elle pouvait espérer, avait dit le médecin. À ce moment-là, elle était à la table en train de s'exercer à taper, les sourcils froncés.

Maman avait une amie, une cavalière qui avait perdu la vue. Elle était venue rendre visite à Maman après l'accident et lui avait dit que l'on pouvait gagner pas mal d'argent en tant que dactylographe ces temps-ci ; on pouvait même travailler de la maison. Elle avait prêté à Maman sa machine à écrire au début et, au bout de quelques semaines, Maman s'en était procuré une.

La machine prenait de la place, il n'y avait nulle part dans leurs chambres où elle pouvait être installée, elle coûtait de l'argent pour le papier et l'encre, elle pesait plus qu'un bébé et était difficile à déplacer. De seconde main, elle avait malgré tout coûté un montant effrayant, neuf livres au moins, Adeline en était sûre.

Mais elle rendait Maman heureuse ; elle l'occupait, et bientôt Maman devrait pouvoir en tirer de l'argent, avec l'aide de son amie. Adeline avait conscience qu'il était presque intolérable pour Maman de ne pas pouvoir gagner sa vie. Elle avait enseigné à Adeline qu'il fallait tirer plaisir de regarder autour de soi et de voir sa nourriture et ses habits et le toit au-dessus de sa tête, et de savoir qu'on avait contribué à tout cela, qu'on s'était construit une place à soi dans le monde.

La machine était magnifique, disait Maman à l'adresse d'Adeline, en lui montrant le métal noir reluisant, les touches blanches et rondes et les barres à caractères métalliques, semblables aux cordes d'une harpe. Elle en vint à déclarer que les machines faisaient toujours de leur mieux, pas comme les êtres humains – jamais malveillantes ou enclines à la rancune. Adeline ne lui avait pas encore fait remarquer à quel point elle était injuste, d'aimer tant cet engin et de mépriser tant la télégraphie d'Adeline.

— Regarde, dit alors Maman. Je progresse.

C'était vrai, comme le constata Adeline en regardant pardessus son épaule. Il y avait déjà des pages étalées sur toute la table – des lignes et des lignes de CHAT et MAISON et GELÉE. On pouvait aussi voir tapés en français *BONJOUR** et *EAU** et *SOL**.

— Je t'ai acheté ce petit livre, lui rappela Adeline. Tu es censée écrire les mots qu'il t'indique. Il y a des phrases.

— C'est tellement ennuyeux, répondit Maman. Et que des termes anglais, Adeline. Tu devrais avoir plus de jugeote.

— Personne ne va te payer pour dactylographier en français.

Ce n'était pas précisément vrai, de nombreux Français habitaient cette partie de Soho ; certains pourraient faire appel aux talents de Maman tôt ou tard.

— Est-ce que je peux amener John pour qu'il te rencontre ? ajouta Adeline, après une pause.

— Bien sûr, répondit Maman avant de taper une nouvelle ligne.

Elle prit Maman au mot et invita John à venir une semaine plus tard. Il arriva habillé plus élégamment qu'Adeline ne l'avait jamais vu et gratifia Maman de toute la courtoisie possible. Maman réagit comme si tout cela était de règle. Elle se tenait assise pour la visite et s'était vêtue avec un soin particulier. Et elle avait préparé ses questions – d'abord concernant la situation présente de John, puis ses projets pour l'avenir. Il se prêta à tout avec bonne humeur.

— Ne verrez-vous pas d'inconvénient, demanda-t-elle finalement à John, après une longue interrogation, au fait d'avoir une femme qui était acrobate ?

— Inconvénient ? répliqua John. Non. Bien sûr que non.

— Et si les autres médecins – ou vos amis, ou votre famille –, et s'ils vous plaignaient d'avoir épousé quelqu'un comme Adeline ?

— Alors, je les plaindrai de ne pas avoir épousé quelqu'un comme Adeline.

Maman opina du chef.

— Bien, dit-elle.

Elle n'était pas entièrement convaincue, malgré les réponses sensées de John. Mais il avait fini par la charmer comme Adeline l'avait prévu. Il la fit rire, lui raconta des histoires à propos de sa formation médicale et prodigua à Adeline de nombreux compliments. Maman se montrait rarement élogieuse envers Adeline, mais il n'y avait rien qu'elle aimât plus que d'entendre les autres l'admirer.

— Il n'est pas compliqué, remarqua Maman lorsqu'il fut parti.

— *Tant mieux*, dit Adeline en français.

Elle n'était française qu'avec Maman maintenant, ou bien quand elle était fâchée ou qu'elle avait peur.

— Je n'aime pas les personnes compliquées.

— Et puis il est beau et bon. Je suppose qu'il pourrait te convenir.

— Tu l'aimes bien, alors.

— Il t'aime, ce qui montre qu'il a du bon sens, au moins. Tu as déjà rencontré son père ?

— Non, mais bientôt.

Le père de John avait été aumônier de l'armée, puis prêtre à Londres – l'un de ces curés des bas quartiers que Maman méprisait. Pire encore, il était une espèce de socialiste. Il s'était querellé avec son évêque à propos de politique, et aujourd'hui il exerçait comme tuteur privé ou quelque chose de la sorte. D'après la description de John, Adeline en déduisit qu'il avait très peu pour vivre, mais il refusait de recevoir quoi que ce fût de son fils. John s'était brouillé avec lui peu de temps avant de partir étudier à Édimbourg. Ils s'étaient réconciliés depuis, mais leurs rapports demeuraient délicats.

— Nous sommes trop polis l'un vis-à-vis de l'autre, expliqua John. C'est étrange.

Adeline pensa à Maman qui, d'après ses souvenirs, ne s'était jamais montrée polie à son égard. L'idée lui parut horrible.

— Je vois, dit-elle.

— Peut-être aideras-tu à réparer notre relation.

— Ou à déclencher une autre dispute.

Il secoua la tête.

— Je lui dirai que nous sommes fiancés, et alors nous nous rencontrerons, tous les trois. Quand il te verra, il t'appréciera, et il n'y aura plus d'ennuis.

Ils se trouvaient dans Hyde Park, où ils aimaient se promener chaque fois qu'ils pouvaient tous les deux s'accorder du temps. La brise était douce. Elle l'avait regardé et s'était dit : J'ai l'intention d'épouser cet homme, et avec joie elle avait vu comme ce serait facile à accomplir ; aucun obstacle réel ne se dressait entre eux, rien qui pût les retarder longtemps. Elle l'avait embrassé – un baiser léger, se souvint-elle par la suite, presque une taquinerie. Elle avait voulu qu'il pense à elle cette nuit-là, et le jour d'après, et tous les jours avant qu'ils ne se revoient, qu'il la désire de sorte que son père ne puisse le persuader de ne pas l'épouser. Puis ils s'étaient dit au revoir, comptant se retrouver dans deux jours au même endroit. Deux jours plus tard, à l'heure convenue, elle était revenue, lui, non.

Elle était irritée. Puis, quand les jours se succédèrent et qu'elle n'eut aucune nouvelle de lui, elle devint extrêmement anxieuse. Ignorant les conseils de Maman, elle se rendit chez lui. Il ne s'y trouvait pas, et était absent depuis plusieurs jours, lui dit la logeuse.

Où maintenant ? Il semblait n'y avoir plus qu'un endroit où essayer. Un soir après le travail, elle alla chez le père de John.

L'adresse, griffonnée par John de son écriture brouillonne, était Cowcross Street. Cela se situait près de la gare de Farringdon, un quartier désenchanté, plein de pensions, et plus de quelques individus indésirables qu'il n'en faut. Soupçonnant que, sous son nouveau vernis de respectabilité, elle demeurait elle-même une personne plutôt indésirable, elle éprouva une certaine compassion à l'égard des femmes à la mine épuisée et des enfants maigrelets qui traînaient sur les pas-de-porte, observant chaque passant d'un regard sombre.

Elle frappa à la porte. Il n'y eut pas de réponse, mais elle entendit quelqu'un se déplacer à l'intérieur. Adeline se mit à marteler furieusement la porte. Comme cela ne déclencha aucune réaction, elle cria :

— Vous feriez aussi bien de me laisser entrer. Je ne m'en irai pas tant que vous ne m'ouvrirez pas.

Pas plus de réponse. Très bien, pensa-t-elle. Elle continua de taper de plus en plus fort. Cela faisait du bien de se défouler contre quelque chose. Ses coups de poing ne générant toujours pas de réponse, elle commença à donner des coups de pied à la place, frappant à grand bruit contre la porte de ses élégantes bottes noires – cirées avec tant de soin et ressemelées en vue de sa rencontre avec le père de John.

Finalement elle entendit quelqu'un se lever en jurant. La clef tourna dans la serrure.

L'homme qui ouvrit la porte était indéniablement le père de John. Il avait de larges épaules comme son fils, était légèrement plus petit et ramollissait un peu autour de la ceinture. Ses yeux étaient bleus et injectés de sang, ses cheveux trop longs et en bataille. Il portait une chemise mais pas de veste et avait l'air d'un homme ayant trop bu la veille au soir et s'étant endormi tout habillé. Ses manches étaient maculées de sang et il avait une cigarette éteinte à la bouche.

Il dit :

— Où sont-ils ?

— Quoi ?

Il la regarda et retira la cigarette de sa bouche.

— Vous ne venez pas de la librairie ?

— Non. Je suis fiancée à votre fils.

— Quoi ? Il cligna des yeux. Je suis désolé, il n'est pas là.

— Et, vous savez où il est ?

— Essayez chez lui.

— J'ai essayé.

— Alors je ne peux pas vous aider.

— Mais il a disparu, dit Adeline. Vous n'êtes pas inquiet ?

— Je vous demande pardon. Il n'a pas disparu. Je lui ai parlé aujourd'hui.

— Alors où est-il ? Pourquoi refuse-t-il de me voir ?

— Je suis désolé, répéta-t-il, mais je n'avais pas connaissance de ses fiançailles, et je ne sais pas non plus pourquoi il devrait vous éviter.

Il chancela un peu.

— Je vous suggère de l'oublier, Miss…

Elle ne donna pas son nom.

— Oubliez-le. Il est volage. Je le dis alors même que c'est mon fils. Vous êtes plus en sécurité sans lui.

C'était le pire menteur qu'elle eût jamais rencontré. Si elle lui disait la vérité, qu'elle savait qu'il lui racontait un tas de sornettes, lui donnerait-il d'autres renseignements, ou bien se contenterait-il de lui claquer la porte au nez ?

Adeline prit une décision. L'homme était exténué, l'air hagard, et peut-être encore à moitié saoul. Elle l'avait probablement réveillé. Elle avait vu sa mère se charger de visiteurs du soir par le passé, les éconduisant ou les dégrisant si nécessaire. Tout ce qu'il y avait à faire lorsqu'ils étaient comme cela consistait à se montrer ferme. Ils se trouvaient en général dans un état trop piteux pour discuter.

Elle dit :

— Laissez-moi entrer.

— Vous ne pouvez…

— Laissez-moi entrer et racontez-moi ce qui est arrivé à John, ou bien je reviendrai ici avec la police.

Elle pensa qu'il refermerait la porte et démasquerait son jeu. Au lieu de quoi, il la laissa entrer.

La porte principale donnait directement sur une sorte de petit salon. Comme elle s'y était attendue, un terrible désordre y régnait. Il y avait des livres et des papiers partout, et l'endroit sentait les vêtements sales.

Shadwell se tenait au milieu de la pièce, montrant sans conviction les lieux avec des gestes de la main.

— Voulez-vous vous asseoir ?

Aucune chaise n'était libre, mais il ne semblait pas l'avoir remarqué.

— Non, répondit Adeline. Je ne vais pas rester. Je veux seulement trouver John.

— Vous avez dit que vous étiez sa fiancée.

— Oui.

— Je ne savais pas.

— Il allait vous en faire part.

— Ah, dit Shadwell. Écoutez, je suis terriblement navré, mais je ne crois pas qu'il voudra continuer à vous voir.

— Pourquoi pas ?

— Il… je suis confus, mais il y a des dettes, et… et il y a une autre femme ; il a dû vous abandonner. Vous êtes mieux sans lui, j'en ai peur.

Elle ne feignit pas de le croire. À la place, elle attendit en silence qu'il lui dise la vérité.

Shadwell s'assit sur le canapé. Des feuilles de papier sous lui émirent un froissement, comme s'il s'agissait du son de ses jambes qui cédaient. Puis il soupira.

— Je suis désolé. Je ne suis pas un bon menteur. Pour votre bien, je le regrette.

Il se trouvait sur le point de s'effondrer. Adeline avait toujours trouvé horrible de voir des gens pleurer.

— Vous voulez de l'eau ou autre chose ? demanda-t-elle.

— Non, merci. Il prit une inspiration. Je suis désolé, dit-il de nouveau.

— Pourquoi ? Et n'obtenant pas de réponse : Mais, pourquoi donc ?

Il soupira et se releva.

— D'accord. Vous êtes sa fiancée. Vous avez le droit de savoir si vous le souhaitez. Mais je vous demande de partir maintenant et d'oublier tout cela. Vous savez qu'il vous aimait. Il ne vous quitterait pas de son propre chef. N'est-ce pas suffisant pour vous ?

— Non.

— Non, dit-il et il poussa un autre soupir. Dieu me pardonne.

Puis il la conduisit vers un escalier sombre et à l'odeur épouvantable qui menait aux chambres du haut. Sur le palier exigu, il s'arrêta et indiqua une porte.

— Ici, dit-il. Regardez. Ensuite je vous raconterai ce que je sais, c'est-à-dire le peu que je sais. Je vais juste voir s'il…

Il s'accroupit pour regarder par le trou de la serrure et recula aussitôt avec alarme.

— Il s'est libéré, lui dit-il. Je suis navré, mais je crois qu'il vaudrait mieux que vous reveniez une autre fois.

Il continua de parler – de se parler à lui-même, se rendit compte Adeline –, planifiant et s'efforçant de garder son calme.

— Ça va aller. Il somnole vers midi. J'entrerai à ce moment-là. Pas possible maintenant.

Il s'éloigna de la porte, son regard toujours fixé sur le trou de la serrure.

— Il faut que vous compreniez, il m'a demandé de le faire. Il a des périodes où il est presque lui-même, et la dernière fois il m'a dit de l'attacher et de fermer la porte à clef. Regardez-le vous-même, si vous pensez que je suis cruel.

Adeline s'approcha de la porte. Ce faisant, elle s'aperçut que l'odeur infecte qu'elle avait remarquée dans l'escalier s'était amplifiée. Elle toussa et tressaillit.

— Il a quelque chose avec lui là-dedans, dit Shadwell. Il l'a rapporté, refusé que je le lui prenne. Je crois – il se saisit le poignet droit de la main gauche, le serrant fermement –, je crois que c'était un chien.

Elle s'agenouilla près du trou de la serrure, son mouchoir pressé contre son nez pour ne pas sentir l'odeur, et regarda.

*

Elle ne revint pas directement à la maison. Avec les autres, ses amies au bureau et les étrangers dans la rue, il serait facile de feindre que tout était en ordre. Avec Maman, elle aurait envie de pleurer. Elle ne rentra que lorsqu'elle fut certaine qu'elle pouvait se maîtriser.

Elle s'était préparée, mais cela ne servit à rien, parce que Maman l'observa et lui demanda immédiatement :

— Qu'est-ce qui ne va pas ?

Adeline avait décidé qu'il valait mieux ne pas lui dire. Elle ne la croirait sûrement pas. Sans l'avoir vu, personne ne croirait ce qui était arrivé à John. Même maintenant, elle doutait parfois que c'était réel, ce qu'elle avait aperçu par le trou de la serrure. Dans la journée, quand elle se trouvait dehors dans la rue, loin de lui, elle avait pu aisément prétendre que de telles choses n'étaient pas possibles.

Elle répondit :

— Rien, sur quoi Maman la fit s'asseoir, la laissant pleurer et la réconfortant comme une enfant.

— Allez, dit finalement Maman en donnant son mouchoir à Adeline. Alors, de quoi s'agit-il ?

— Tu ne me croirais pas.

— Essaie toujours, répliqua Maman.

Et donc Adeline lui raconta ce qu'il était advenu de John.

Lorsqu'Adeline eut terminé, Maman ne parla pas tout de suite. Elle tendit la main et agrippa sa béquille, comme elle le faisait parfois quand elle réfléchissait.

— Bon, tu ne mens pas, conclut-elle. Si c'était le cas, tu aurais inventé une histoire plus sensée. Et tu n'es pas folle.

— Je ne pense pas.

— Et tu as vu tout cela de tes yeux. Tu es absolument certaine de la chose ?

— Oui. Je suis sûre.

— Alors, que vas-tu faire ?

Adeline la dévisagea.

— Tu me crois vraiment ?

— Oui, répondit Maman. Pourquoi pas ? D'étranges phénomènes se produisent. Je n'ai jamais vu un…

Elle s'interrompit. Elle avait dû remarquer le tressaillement d'Adeline.

— Je n'en ai jamais rencontré moi-même, mais qui peut dire qu'ils n'existent pas ? Et, tu sais, si cela devait arriver quelque part, ce serait probablement à Londres.

Maman avait toujours cru à l'invraisemblable. Les cartes et les charmes, les prémonitions de chance ou de malchance. Adeline avait adoré l'entendre raconter ses histoires quand elle était enfant – comme celle concernant son ami, un trapéziste, qui avait reçu plusieurs fois la visite du fantôme de sa grand-mère.

— Que vas-tu faire ? répéta alors Maman. As-tu l'intention de revoir John ?

— Bien sûr.

Maman soupira. Elle pressa ses deux mains contre ses yeux, comme elle en avait l'habitude quand quelque chose l'épuisait ou l'irritait.

— À quelle fréquence ?

— Je vais m'installer là-bas.

— Ce sera dangereux. S'il a changé comme tu l'as dit…

— Nous serons prudents. Nous le nourrirons d'une manière ou d'une autre. Nous lui fournirons de quoi subsister.

— Et ce sera juste toi et son père, là-bas ?

— Oui.

— Tu sais comment on t'appellera ?

— Je sais.

Adeline expliqua ce que Shadwell lui avait raconté, le peu qu'il avait réussi à apprendre jusqu'ici :

D'abord il avait juste constaté que son fils lui était revenu changé et malade, frissonnant comme s'il avait de la fièvre. Plus tard, il avait découvert les autres symptômes, et il était parti en quête de renseignements. Il n'y avait eu qu'un seul indice : une tache rouge de la taille d'une demi-couronne sur la manche de John. Une plaie à vif en dessous. Il avait été mordu, avait déclaré Shadwell.

Shadwell avait trouvé des références ici et là, dans les marges d'anciens récits. Il semblait que ces événements se produisaient dans la ville depuis longtemps.

Les livres disaient que John avait dû demander à être transformé. Autrement, cela n'aurait pu se passer. Ni l'un ni l'autre n'avait spéculé à voix haute sur les raisons qui auraient pu inciter John à accepter. L'avait-on menacé, ou bien avait-il succombé à la curiosité ? Adeline ne parvenait pas à trouver d'explication qui concordait avec l'homme qu'elle connaissait, qui était courageux mais pas irresponsable, qui aimait sa vie et l'aimait, elle.

Shadwell s'éduquait, avait-il expliqué à Adeline ; il s'était procuré tous les livres qu'il avait pu trouver sur le sujet. Il allait guérir John, si un remède était possible. Et peut-être pourrait-il intervenir d'une autre manière, avait-il ajouté, peut-être en aidant d'autres personnes qui avaient souffert.

— Je peux aider aussi, déclara Adeline à l'adresse de Maman. Peut-être d'autres gens, en plus de John.

— Tu te feras tuer, rétorqua Maman.

Adeline ne répondit pas.

— S'il te plaît, Adeline. Je suis désolée pour John, et pour son père, mais si tu ne te désengages pas de cette affaire, tu vas gâcher ta vie. Je souhaite mieux pour toi.

— Je ne peux pas l'abandonner maintenant.

Alors Maman se fâcha : elle maudit Adeline, et John, et son père, et elle-même pour avoir autorisé les fiançailles, tout cela dans les termes les plus véhéments. Adeline attendait qu'elle terminât.

Puis Maman dit finalement :

— Tout est ma faute. Je t'ai appris quand tu étais une enfant, tu t'en souviens ? Je t'ai appris à ne pas avoir peur.

Adeline se rappelait son entraînement, depuis l'âge de cinq ans. On commençait par se tenir en équilibre sur une large balle de caoutchouc ; quand on parvenait à rester debout tandis qu'elle roulait à toute vitesse, on était prêt pour le fil. Maman lui avait fait parcourir une corde attachée à trente centimètres du sol, jusqu'à ce qu'elle pût y arriver les yeux bandés (ce sont tes oreilles, lui expliqua Maman, dont tu as vraiment besoin pour l'équilibre).

— C'est un autre fil, dit Maman. Toujours plus haut. Ces créatures pourraient te tuer. Et tu vas les laisser essayer.

— Je veux aider, faire quelque chose…

Maman poussa un soupir.

— D'accord, te souviens-tu de tout ce que tu as appris ? Quand tu étais une petite fille ? Je t'ai entraînée à exécuter des sauts périlleux, à marcher sur un fil, et à lancer des couteaux.

— Oui.

— Bien. Tu n'es pas une jeune femme ignorante dont ces êtres peuvent venir à bout si facilement. Mais il faudra t'exercer. Tu y as pensé ? Tu devras de nouveau t'entraîner. Ces machines t'ont ramollie. Et tu commences à te tenir courbée.

— Je ne me tiens pas courbée.

— Va voir Nell. Elle t'aidera.

— Qui ?

— Nell. Tu sais, elle est partout en ce moment. Toutes ces affiches à propos desquelles on n'arrête pas de jaser. Comme si une femme avec des jambes pareilles devait avoir honte de les montrer.

— Tu veux dire l'acrobate ? Fabula, ou quel que soit son nom de scène ?

— Oui. Elle me connaît. Elle te rendra service, si tu vas la voir de ma part. Demande-lui de t'entraîner, assure-toi d'être dans un état décent.

C'était, Adeline l'admit, une bonne idée. Elle devrait être forte pour ce qu'elle entreprenait.

— Merci, Maman.

— Une dernière chose. Apporte-moi ma boîte à chapeaux.

Adeline n'avait jamais été autorisée à toucher la boîte à chapeaux auparavant. Elle était en cuir et très vieille ; Maman l'avait rapportée avec elle de France quand Adeline était petite. Alors, elle alla la chercher dans la chambre à coucher de Maman et la lui passa.

Maman l'ouvrit. De sous les lettres, photographies, anciennes affiches et un épais rouleau de papier jaunâtre ficelé à l'aide d'un ruban rouge, elle sortit un pistolet.

— Autrefois, tu allais au stand de tir dans Leather Lane, hein ? dit-elle. Tim Younge t'y amenait. Tu te souviens de lui ? L'homme-grenouille, c'était son numéro.

— Oui.

— Il nageait, mangeait et fumait une pipe sous l'eau, dans cet aquarium qu'il avait.

— Je me rappelle.

— Cela n'exigeait pas de grands talents, à mon avis, mais il était populaire. Et un aimable garçon, toujours gentil avec toi quand tu étais une enfant. Il disait que tu avais un bon œil et une main ferme, même quand tu étais petite.

— Oui, je me souviens.

Maman lui tendit le révolver très précautionneusement.

— Je vais te montrer comment le charger. Tu ne devrais pas avoir de mal à trouver des cartouches.

— Tu l'as depuis combien de temps ?

— Je me le suis procuré pendant la guerre. Cela paraissait le plus sûr à faire. Et puis, je l'ai rapporté avec moi. Galant. Rapide à recharger, m'avait expliqué le marchand. Je n'en sais rien, je ne l'ai jamais utilisé.

— Je ne savais pas que tu avais un pistolet, dit Adeline.

— Bien sûr que non, répliqua Maman, ou tu ne m'aurais jamais laissée en paix jusqu'à ce que je t'autorise à jouer avec. Maintenant, il est à toi. Prends bien soin de toi. Promets-moi.

— Je te le promets. Merci, Maman.

Et ce n'était pas un mensonge, parce qu'elle se montrait toujours aussi prudente que possible – aussi prudente qu'elle le pouvait dans l'existence qu'elle s'était choisie.

*

Ils ne découvrirent jamais dans quelles circonstances John avait été transformé. Adeline pouvait uniquement penser qu'on l'avait dupé ou qu'il s'était proposé pour protéger quelqu'un. Il n'en parlait jamais, même dans ses meilleurs jours. Dans ses pires moments, il s'écorchait, se mordait et déchirait ses vêtements. Ils l'affamaient et l'éclaboussaient d'eau bénite pour qu'il ne s'échappe pas. Pour qu'il se nourrisse, ils lui apportaient des oiseaux – deux par semaine, des pigeons principalement. Le sol était recouvert de plumes et de minces os qui craquaient sous les pieds.

Ils se procuraient l'eau bénite auprès d'un ami de Shadwell – le seul qui lui restait de sa vie d'antan, un vieux prêtre charmant, originaire de la ville de Farnham, passionné par les souris blanches. Il dévisageait Adeline, taquinait gentiment Shadwell, ne posait jamais de questions et les renvoyait chez eux avec, en guise de présents, du pain dur et des cakes aux fruits qui s'émiettaient. Il faisait partie du petit groupe de personnes, vivant pour la plupart à Londres, qui étaient au courant de leur activité – et qui transmettaient parfois leurs noms aux gens en quête d'assistance.

Des rumeurs concernant Burke leur parvinrent bien avant qu'ils ne le rencontrent. Tout le monde parlait de lui. Adeline avait craint d'attirer son attention, mais lorsqu'enfin Burke se préoccupa d'eux, ce fut pour les placer sous sa protection. Il y avait un prix à payer pour cela, mais c'était inévitable.

Burke leur réclamait son paiement, ainsi que leurs histoires. Il se nourrissait de celles-ci avec délectation, rajeunissait à l'écoute de leurs échappées belles, de fuites dans des ruelles étroites et à travers de vieilles cours décrépites.

La première personne qu'ils aidèrent était une fille de cuisine – quatorze ans, aux yeux sombres et remplis d'effroi. Son maître était un homme riche, expliqua-t-elle, si respecté et important qu'elle pouvait à peine croire ce qu'il avait fait. Et là, elle se mit à pleurer et retira son gant pour leur montrer une vilaine plaie qu'elle avait sur le poignet et qui semblait avoir été infligée par des dents humaines.

Elle s'appelait Alice et elle représenta leur premier grand succès, parce qu'ils parvinrent à l'éloigner à temps et que son maître ne sut jamais ce qu'il était advenu d'elle.

Parfois les choses ne se passaient pas aussi bien. Mais les gens les remerciaient, qu'ils puissent les aider ou pas, ne fût-ce que pour le simple soulagement d'avoir quelqu'un qui comprenait, quelqu'un qui percevait ce qu'il leur était impossible d'exprimer.

Ils trouvèrent un endroit dans Wych Street où ils pouvaient travailler et tenir également un commerce, spécialisé dans la vente de livres occultes. C'était un bon choix. Ils se fournirent en livres, prirent le magasin pour un bail de cinq ans et se mirent au travail. Les livres traitaient de nombreux sujets particuliers – de certains usages outranciers d'ail et de riz, de pieux et de défunts déterrés, et de l'étrange vie après la mort des cadavres de suicidés. Leurs clients étaient peu nombreux, mais ardemment reconnaissants.

Tous deux usaient des noms avec prudence. Ils cataloguèrent le besoin de sang des créatures, leur affection pour l'ombre, leur répugnance pour l'argent, leur jeunesse et force éternelles. Mais il y avait des mots que ni l'un ni l'autre ne prononçait à voix haute, même s'il leur arrivait de les écrire ; ils les évitaient parce qu'ils préféraient penser que John était malade, blessé, malchanceux, fou – n'importe quoi, tant qu'il était humain.

Au cours de ces premiers jours, Shadwell sortait boire le soir, laissant Adeline seule, à part John qui déambulait en haut. Ils l'avaient restreint du mieux qu'ils le pouvaient, mais seules l'eau bénite et une semi-inanition continuaient de le rendre docile. À une occasion, il avait supplié Adeline de ne jamais le laisser sortir, il avait si peur de lui-même. Elle essayait de se rappeler ces mots à d'autres moments, lorsqu'il la maudissait, lui lançant toutes les insultes auxquelles il pouvait penser. Quand il était de cette humeur, il leur disait qu'il serait bientôt libre et qu'ils le regretteraient.

— Tu ne devrais pas monter, lui conseilla une fois Shadwell.

— Bien sûr que si.

— Mais ce n'est pas bien pour toi de l'entendre…

Elle secoua la tête.

— Cela m'est égal. Vraiment.

Au bout de quelques mois, John changea, devint plus calme. Il cessa d'exiger du sang et commença à demander autre chose. Adeline s'asseyait en haut des marches, non loin de sa porte, et l'écoutait parler, sa voix désormais faible et desséchée.

*

John était mort depuis deux ans lorsqu'ils aidèrent une famille du nom de Riggs. La jeune Miss Riggs avait courageusement repoussé les étranges attentions d'un baronnet aux dents longues et aux mains engourdies et rougeaudes. Maintenant toute la famille se trouvait en danger d'en souffrir les conséquences.

Ils s'étaient cachés dans le magasin pendant plusieurs semaines, au cours desquelles le benjamin de la famille avait demandé sa main à Adeline. Il était jeune et enjoué et, après avoir refusé sa requête, elle l'avait conduit en haut jusqu'à sa chambre, le menant en douceur par la main. Elle le fit la déshabiller. Il avait l'air si clairement perdu que lui apprendre à gérer boutons, corsets et jupons semblait un acte de bonté. Après quoi, elle le déshabilla à son tour. Pour le rassurer, elle tourna la chose en plaisanterie et parodia une leçon d'anatomie, énumérant chaque partie de son corps au fur et à mesure, comme s'il ne s'était jamais vu nu auparavant. Voici vos mains, dit-elle (un baiser sur chaque) ; voici vos coudes (un nouveau baiser) ; voici votre bouche. En même temps qu'il riait, ses yeux s'étaient chargés d'un léger émerveillement, comme devant une magicienne qui, lentement, l'amenait à la vie. Avec tendresse et taquinerie, elle l'interrogea pour finir :

— Évidemment, vous savez comment cela s'appelle, n'est-ce pas ? À quoi cela sert ?

Et elle se pencha pour le baiser final, le plus léger de tous, puis releva la tête et le regarda à travers ses cheveux dénoués.

Elle eut l'impression de se créer elle-même aussi en le touchant. Cette part d'elle était tétanisée depuis si longtemps. Il se montra adorable avec elle – réellement, il était très jeune, et si pur. Des années plus tôt, elle avait dû être pareille. Après coup, il lui demanda si elle se sentait triste, et elle secoua la tête en signe de dénégation.

John n'était pas du type à s'offenser. Il avait trop de bon sens pour cela. Si la situation avait été inversée, elle aurait souhaité son bonheur. Si elle hantait son lit, ce serait par empathie, non par jalousie. Adeline se vit en fantôme flottant au-dessus de lui, l'encourageant, un spectre lubrique, en effet.

Loin d'être triste, elle se retrouva à rire, sans pouvoir en expliquer la raison au garçon allongé à côté d'elle.

*

Au bout de quelque temps, elle s'habitua à Shadwell. Il lui apportait des plats mal cuisinés à manger quand elle n'était pas d'humeur à aller se chercher de la nourriture elle-même. Il lui avait apporté des bonbons une fois – à la menthe poivrée, ceux qu'il aimait. Il en dévorait des sacs entiers en travaillant – une calamité pour ses dents. Elle en avait goûté un, avait grimacé et l'avait recraché avant de pouvoir s'en empêcher. Maman avait parfois essayé de lui apprendre de meilleures manières, mais avec une chose puis l'autre, les mauvaises habitudes s'étaient immiscées.

— Pardon, dit-elle.

Le bonbon avait collé au tapis et n'avait jamais par la suite pu être enlevé.

Mais il lui sourit, et elle se mit à sourire aussi, ce qui ne lui était pas arrivé depuis des semaines, sur quoi elle eut la certitude qu'ils étaient amis.

Après leur succès avec la famille Riggs, ils eurent plus confiance en leurs capacités. Attendre que des personnes effrayées viennent à eux ne suffisait pas. Pourquoi ne pas s'aventurer, suggéra Shadwell, et chercher ceux qui avaient des ennuis ?

Ils passaient un moment ensemble après le souper et fumaient en silence avant de sortir pour le travail du soir, ce qui s'avérait une situation assez agréable. Il s'asseyait dans son fauteuil préféré, celui dont le motif ressemblait à un flux de moustaches infinies, elle devant le feu, aussi près de la chaleur que possible. S'il objectait à sa consommation de cigarettes, il n'en disait rien, hormis l'occasionnel commentaire sur leur coût. Pourquoi ne pas acheter celles à bout doré, dans la mesure où elle se montrait si déterminée à les ruiner tous les deux ? Elle rétorquait en général par une remarque sur la puanteur de son vulgaire tabac et l'état dégoûtant de sa vieille pipe en bois noueux. Après quoi, ils redevenaient silencieux. Parfois, elle s'imaginait qu'elle entendait toujours John au-dessus de leurs têtes. Peut-être était-ce aussi le cas pour Shadwell.

Il se comportait toujours avec gentillesse à son égard, ce qui n'avait rien d'étrange ; il était gentil envers tout le monde. Il lui rappelait John par cet aspect. Il était bon avec elle parce que c'était l'attitude décente à avoir et parce que John l'avait aimée.

Quand leur relation changea, elle s'en aperçut rapidement. Lorsque Shadwell commença à la regarder différemment, à se montrer plus chaleureux et à l'aise en sa compagnie, elle comprit. Les filles au bureau du télégraphe évoquaient en gloussant leurs jeunes hommes – ces gars fascinants, à la moustache soignée, qui, peut-être, avaient l'intention de les demander en mariage. Adeline avait apprécié ces conversations, la camaraderie des filles et leur bonne humeur. Mais elle-même n'avait jamais connu ni le plaisir de l'espérance ni la souffrance du doute. Elle avait toujours su, d'une manière ou d'une autre, si un homme s'intéressait à elle.

John lui avait paru si fort et neuf, plein d'espoirs et de projets. Et Shadwell était pareil, sans l'être – plus âgé et un peu égratigné par l'existence, légèrement négligé, avec quelques mèches de cheveux grisonnants et un visage aux rides amicales. Il était capable de manier une hache avec une dextérité formidable à observer et il pouvait lui parler d'un sujet qu'elle ne connaissait pas sans l'ennuyer.

C'était également un homme plein de bonté, qui s'inquiétait toujours de n'être pas assez généreux. Il se mit à la regarder d'un air coupable, et son comportement devint anormalement distant.

Elle avait fini par penser que le mieux serait d'aller le voir le soir, après que tous les deux se furent retirés. Elle prit une bougie et traversa le palier pieds nus en direction de la porte de sa chambre. Tandis qu'elle frappait, elle songea qu'ils avaient déjà abandonné toute forme de respectabilité dans la manière dont ils vivaient. Maman le faisait souvent remarquer. Ils n'avaient plus rien à perdre.

Il répondit si rapidement qu'elle pensa qu'il devait avoir été éveillé dans son lit, peut-être en train de lire. Elle se demanda s'il mangeait ses bonbons à la menthe poivrée ici aussi.

— Qu'est-ce que c'est ? dit-il.

Il avait dû se déshabiller pour se coucher, parce qu'il était également pieds nus. Ils allaient tous les deux attraper des engelures, se dit-elle, si elle ne se pressait pas. Les sourcils froncés, il demanda :

— Quelque chose est-il arrivé…

Le baiser les alarma tous les deux. Il recula à l'intérieur de sa chambre, étonné, ayant perdu tous ses mots.

Elle dit :

— Laissez-moi entrer s'il vous plaît.

Elle n'avait pas eu l'intention de dire "s'il vous plaît" – l'expression suggérait l'incertitude, et elle n'était plus incertaine maintenant.

Elle songea : Pourquoi suis-je toujours celle qui attend à l'extérieur de votre porte ? Ce n'est guère juste.

— Non, répondit-il.

Elle lui prit les mains, froides comme les siennes.

— Pourquoi pas ?

— Adeline, je sais que tu veux être gentille…

— Jamais, répliqua-t-elle. Regardez-moi. Pas gentille.

Il secoua la tête et retira ses mains ; il refusait de lui sourire.

— Alors… c'est pire. Nous ne pouvons pas juste… Adeline, c'est mal.

De toutes les mauvaises choses qu'ils avaient accomplies ensemble, songea Adeline, comment pouvait-il objecter à la seule qui se révélerait agréable.

— Vous êtes sûr ? demanda-t-elle.

— Je crois que mon âme s'en trouverait damnée, répondit-il très simplement.

Il est tard pour penser ainsi, aurait-elle pu dire – irritée, parce qu'elle avait perçu comment les choses auraient pu être entre eux, des sentiments si ardents et improbables, tel un soleil éclatant sur cette ville engoncée dans une purée de pois. Et il allait renoncer à cela, à cette occasion d'être avec une femme telle qu'Adeline, à cause d'un principe suranné ou autre. Ou bien parce qu'il avait peur et considérait qu'il ne méritait pas le bonheur. Or nous le méritons pleinement, songea-t-elle, et, si ce n'est pas le cas, saisissons-nous-en de toute façon, tant que nous le pouvons.

Elle aurait pu le convaincre à ce moment-là, en dépit de son honneur. Mais elle vit qu'insister serait cruel. La culpabilité de Shadwell ne ferait que l'emporter sur elle. Il avait tracé ses limites et, si illogiques que celles-ci lui parussent, il aurait été égoïste de l'obliger à les franchir.

— Alors promettez-moi, dit-elle.

Elle avait gardé le silence pendant peut-être une demi-minute, les yeux fixés sur lui.

— Promettez-moi que nous resterons toujours amis. Oublions ces sottises.

— Amis, acquiesça-t-il, d'un ton qui semblait trahir une envie de rire. Nous resterons amis pour toujours, Adeline.

— Bien.

Elle prit l'une de ses mains et la souleva jusqu'à ses lèvres.

— Voilà. Amis. C'est scellé.

Elle recula d'un pas.

— Je suis désolée de vous avoir dérangé.

— Non, dit-il.

Elle vit qu'il garderait précieusement ce moment, comme une sorte de consolation. Peut-être n'avait-il pas remarqué avant ce soir ses sentiments pour lui. Il aurait été habile de sa part de le deviner, alors qu'elle-même n'en avait pas pleinement conscience.

— Bien, conclut-elle. Bonne nuit, alors.

Toujours, plus tard, elle se rappela le second baiser, et non le premier. Il lui avait paru comme un engagement, même si elle n'était pas certaine de savoir, ni à l'époque ni maintenant, de quelle promesse il s'agissait exactement. Peut-être était-ce simplement comme elle l'avait dit, qu'ils resteraient éternellement amis, jusqu'au moment où tout cela prendrait fin, jusqu'au moment où leur mission serait accomplie.

## 19

James ne se souvenait pas avec certitude de la rue où il avait laissé l'enfant – peut-être avait-il marché jusqu'au quartier de Holloway, peut-être n'était-il pas allé aussi loin. Les distances ne signifiaient plus grand-chose à présent ; il avait l'impression qu'il pourrait ne plus éprouver de fatigue – peut-être son espèce ne s'épuisait-elle pas facilement. La fillette était froide lorsqu'il la posa, l'installant du mieux qu'il le pouvait dans une position lovée de confort apparent.

Il partit rapidement, filant de nouveau vers des rues plus animées, où les réverbères et la lumière des magasins diluaient la nuit.

Il n'était jamais parvenu à trouver son chemin nulle part avant. Maintenant il marchait dans la ville avec confiance, ne se trompant jamais de direction.

La demeure était telle qu'il se la rappelait, le même air décourageant de grandeur, mais tout se détachait plus nettement à présent. Pas un détail ne lui échappait. Le contraste violent de la façade blanche et des grilles noires lui sembla presque douloureux. Tous les rideaux à l'intérieur paraissaient tirés ; il n'aperçut aucune lumière.

Le majordome, à la tenue aussi immaculée et à la voix aussi feutrée que la dernière fois que James était venu, ouvrit la porte.

— J'aimerais voir Mrs Paige, dit James.

— Je crains qu'elle ne soit absente, monsieur.

Il n'avait pas l'air de se souvenir de James. Mais ce dernier se rendit compte qu'il l'effrayait. Une simple petite lueur d'alarme, quelque part au fond de son esprit.

Il devait être au moins huit heures. Ils le considéreraient comme grossier, d'arriver ainsi, sans avoir été invité, à une heure si tardive et un tel jour. Parce que, bien sûr, ils étaient au courant pour Christopher. Le visage du domestique le montrait avec évidence. La chose se trouvait également à la surface de ses pensées.

— Je suis un ami de son fils, poursuivit James, et je sais qu'elle aimerait me parler.

— Je suis désolé, monsieur, répéta l'homme, mais Mrs Paige n'est pas là.

James abandonna tout simulacre de politesse.

— Laissez-moi les voir. Laissez-moi entrer.

— Monsieur, j'ai peur de ne pas pouvoir…

— Qu'est-ce que c'est ? demanda quelqu'un d'autre de l'intérieur. Qui est là ?

Miss Paige apparut, le majordome s'écartant respectueusement pour lui céder la place dans l'encadrement de la porte. Elle était vêtue de noir. Ce qui rendait son visage presque gris.

— S'il vous plaît, laissez-moi entrer, dit James.

— Pourquoi ? Que voulez-vous ?

— Écoutez, il y a une chose que vous devriez savoir.

Parce qu'il pouvait au moins se charger de cela, aussi dégénéré fût-il à présent : il pouvait sauver la famille de Christopher.

— Il y a un problème avec lui. Eustace. Je vous en prie, permettez-moi d'entrer.

Elle dit :

— Clarke, vous pouvez disposer. Et comme l'homme ne bougeait pas, elle ajouta plus fermement : Merci, Clarke.

Le majordome opina du chef et les laissa seuls.

— Pouvons-nous parler à l'intérieur ? demanda James.

Elle hésita quelques secondes.

— Très bien, finit-elle par déclarer.

Il fut assez aisé pour James de percevoir ses pensées superficielles. Elle avait du mal à réconcilier l'image de lui tel qu'il avait été – pitoyable, d'après ses souvenirs et ceux de James – avec ce qu'elle contemplait maintenant. Elle avait l'impression qu'il était dangereux. Elle paraissait aussi méfiante que le domestique quelques instants auparavant.

D'autres réflexions occupaient certainement son esprit, à l'instar d'un arbre recouvert de fruits ; il pourrait le dénuder de chacun de ses souvenirs de Christopher, s'emparer entièrement de ce passé volé. Mais il se refusait à exécuter un tel plan. Il écarta ses pensées des siennes, érigeant tous les barrages possibles.

— Attendez ici, ordonna-t-elle.

Elle referma la porte et revint quelques minutes plus tard, tenant un objet enveloppé dans une écharpe de soie.

— Entrez, alors.

La pièce où elle le conduisit lui était familière, il s'agissait du salon où Mrs Paige avait reçu ses invités. Mais tous les rideaux étaient tirés à présent ; les horloges s'étaient arrêtées et n'avaient pas été remontées.

Miss Paige dévoila l'objet qu'elle tenait. C'était une sorte d'arme à feu. Plutôt ancienne, mais il ne pouvait guère en dire plus. Elle semblait déplacée dans le petit salon à la mode.

— Il est chargé, le prévint-elle. Elle le souleva, comme si elle avait l'intention de tirer. Il appartenait à mon père. Il le conservait en cas de cambriolage. Vous pouvez probablement deviner que je n'ai jamais tiré de ma vie. Mais je pense que je pourrais vous atteindre à bout portant, et Clarke attend à l'extérieur. Il entendra, même si je vous rate.

— D'accord, répliqua James. Je comprends. Mais je ne vous veux pas de mal.

Ce qui, pour le moment, était vrai. Pourtant, quelque part au plus profond de lui, il avait la conviction que vider le corps de Miss Paige de tout son sang en une glorieuse gorgée et installer son cadavre desséché au piano, comme sur le point d'entamer un long concerto, constituerait une bonne idée.

— Parlez vite, lui enjoignit-elle.

— Où est Eustace ?

— Il n'est pas là. Que voulez-vous me dire ?

Il ne savait par où commencer, maintenant que le moment était arrivé. Comment lui délivrer la nouvelle gracieusement, comment faire pour qu'elle le croie.

— Il est dangereux, déclara James. Vous devez vous éloigner de lui.

Il s'attendait à des protestations, à de la colère ou de l'incrédulité. Au lieu de quoi, elle sourit. Christopher aurait été blessé de la voir sourire ainsi, si triste et amère.

— Êtes-vous réellement venu pour me mettre en garde ?

S'il ne s'était pas appliqué si soigneusement à éviter son esprit, il l'aurait discerné plus tôt dans ses pensées – sa crainte d'Eustace, de ce qu'il entreprendrait. Maintenant il s'autorisa à regarder de plus près, et dans ses pensées il aperçut Mrs Paige, le visage sombre, murmurant : *Pas ta sœur. Non, Eustace. Non.*

— C'est mon frère, répliqua Miss Paige. Vous croyez que je ne m'en rendrais pas compte ?

— Alors vous savez que vous n'êtes pas en sécurité ici, rétorqua James.

Eustace s'en était-il déjà pris à elle ? Elle avait moins de couleurs que dans son souvenir ; sa clarté s'éteignait. Avec discipline et retenue, Eustace pourrait se nourrir d'elle pendant des années tandis qu'elle sombrerait dans la maladie ou la folie. Il était probablement capable d'agir avec finesse.

— Il voudra vous tuer. Il ne pourra cesser d'y songer.

James baissa les yeux sur ses propres mains, d'un blanc saisissant, ses gants perdus ou oubliés.

— La famille est le pire.

Elle ne répondit pas immédiatement. Finalement, elle déclara :

— Je veux savoir comment il est mort.

— Que vous a dit Eustace ?

— Pas grand-chose. Ils l'ont juste emporté là-haut…

— Il est ici ?

Elle acquiesça d'un hochement de tête. Elle ne lui donna pas le temps de se remettre de cette nouvelle.

— Racontez-moi comment c'est arrivé, pria-t-elle.

Ils se tenaient face à face dans le petit salon, et James lui raconta tout. La vérité de cette nuit-là était la seule marque de bienveillance qu'il pouvait lui témoigner.

Quand il eut terminé, il attendit qu'elle reprît la parole.

— Pourquoi vous ont-ils épargné alors qu'ils l'ont tué, lui ? interrogea-t-elle. Pourquoi vous ont-ils choisi, vous ?

— Ils se sont trompés. C'est moi qui aurais dû mourir.

Elle tremblait. Il pensa qu'elle allait s'effondrer, mais à la place, d'un ton plus calme, elle suggéra :

— Vous devriez partir.

— Je veux… j'aimerais le voir.

— C'est impossible.

— Juste quelques minutes. S'il vous plaît.

Il devait la supplier, se retenir de la frapper, se montrer meilleur que les hommes du club.

— Non.

Malgré lui, il s'approcha d'elle. Elle sursauta ; son visage se déforma brièvement – chagrin, peur et dégoût. Le pistolet lui échappa des mains et tomba par terre.

Ils tressaillirent tous les deux, mais seul le bruit étouffé de métal sur le tapis épais résonna.

Ils se fixèrent, puis baissèrent les yeux sur le pistolet gisant à terre entre eux deux. Alors James entendit la porte d'entrée s'ouvrir et se refermer avec une douceur infinie. N'importe qui aurait pu se trouver dans le vestibule, si ce n'était l'expression de Miss Paige qui en disait long. Elle paraissait profondément engluée dans un cauchemar.

— Vous devez partir, dit-elle.

Mais il n'aurait pas pu s'en aller à ce moment-là, même s'il l'avait voulu, parce que la porte du salon s'ouvrit et Eustace Paige pénétra dans la pièce.

— Bonjour, Lydia.

Pas de colère dans sa voix, aucune tonalité spéciale, hormis de l'indifférence. James vit Miss Paige grimacer lorsque son frère parla, comme si son nom était devenu une chaîne autour de son cou, sur laquelle il pouvait tirer à n'importe quel instant selon son bon vouloir.

— Je viens de demander à Mr Norbury de partir.

— Très raisonnable de ta part. Mère se sent-elle mieux ?

— Un peu.

— Un peu seulement ? J'en suis navré. Assure-toi qu'elle soit installée confortablement, s'il te plaît ?

Elle hocha la tête et se retira, fermant la porte derrière elle avec un excès de précaution pour le faire dans le plus grand silence.

Eustace Paige tourna la clef dans la serrure.

— Je me demandais justement si vous seriez assez idiot pour venir ici.

— Je veux le voir, dit James – sur quoi Paige le frappa.

James tomba, heurtant sa tête contre le marbre de la cheminée. Il se sentit brièvement étourdi, incapable de se relever. Une semaine plus tôt, une telle chute l'aurait tué.

— Je ne suis pas sûr que vous soyez encore en situation de parler bien longtemps, dit Eustace Paige, mais tant que vous le pouvez encore, je ne veux pas vous entendre le mentionner. C'est compris ?

Il s'avança et frappa vicieusement James d'un coup de pied dans les côtes.

James sentit les os se briser ; la douleur lui cinglait le flanc.

— Il n'a plus rien à faire avec vous maintenant, ajouta Paige.

La colère déclenchée par ce mensonge – ordurier, malveillant – rendit à James un peu de force, assez pour se remettre sur pied et affronter Paige. La douleur dans ses côtes commençait déjà à s'atténuer.

— Il a mal tourné, n'est-ce pas ? déclara James. Votre plan.

— Que voulez-vous dire ?

James avait réussi à l'ébranler, sa voix était tranchante.

— Vous aviez l'intention que je meure, pas lui. Votre ami a commis une erreur.

Paige s'esclaffa. Pour un être humain – pour les femmes en haut –, son horrible rire avait dû tinter de façon presque insupportable.

— J'avais vu juste à votre endroit dès le début. Vous êtes remarquablement stupide, vraiment.

Et il bondit sur James, qui s'avançait à sa rencontre.

Par le passé, la lutte aurait été de courte durée : Paige était plus grand et plus massif – le "sportif", comme Christopher avait l'habitude de l'appeler. À présent, le combat se prolongeait affreusement. Tout se brisait, se déchirait. Un tableau tomba du mur, des livres se renversèrent. La magnifique symétrie des lieux vola en éclats. Du verre craquait sous leurs pieds.

James frappa à plusieurs reprises le visage de Paige contre le miroir au-dessus du manteau de cheminée, et il eut des tessons dans les yeux et les cheveux, ce qui suffit presque à effacer toute ressemblance avec Christopher.

Mais l'instant d'après, Paige repoussait James avec tant de force qu'il faillit de nouveau tomber.

Ils se tenaient tous les deux à quelques mètres de distance. Pendant environ une demi-minute, ni l'un ni l'autre ne bougea. Eustace Paige regardait James avec circonspection.

James déclara :

— Christopher serait en vie aujourd'hui, sans votre intervention.

Peut-être allait-il tuer James pour ces propos, mais voir les traits de son visage se tordre, voir le chagrin percer sous cette contenance impassible valait la peine.

Paige demanda :

— Que voulez-vous dire ?

— Si vous n'aviez pas envoyé votre ami pour…

— Je n'ai envoyé personne. Pourquoi l'aurais-je fait ?

— Pour nous séparer. Vous m'avez sommé de le laisser tranquille.

— Oui, c'est exact. Et un simple avertissement a suffi à vous effrayer. Je savais que vous n'aviez pas assez de courage pour me défier. Il était inutile d'organiser une attaque.

— Je ne l'aurais jamais quitté. Nous allions partir loin de votre emprise.

— Vous n'êtes qu'un horrible menteur. Sa voix retentit presque comme un rugissement. Vous êtes un menteur et un lâche, et vous l'avez laissé mourir.

James s'avança pour le frapper de nouveau, mais Paige le saisit par le poignet, si puissamment qu'il ne parvint pas à se libérer de son étreinte. Il s'entendit parler dans un grognement rauque et douloureux, et ses propres mots le surprirent :

— Vous ne croyez pas que j'aurais préféré que ce soit moi ?

Eustace Paige lâcha son bras. James ne savait pas combien de temps ils passèrent à se dévisager sans un mot. La maison était calme à présent, sans même le son d'une aiguille d'horloge pour rompre le silence.

— Pourquoi êtes-vous venu ici ? demanda finalement Paige.

Il paraissait fatigué maintenant. Il y avait du sang sur son visage, et il ne prit pas la peine de l'essuyer.

— Je pensais que votre famille devait savoir que vous êtes dangereux.

— Très admirable. Je suppose que vous espériez en finir avec moi aussi. Puisque vous croyez que j'ai envoyé Michael ce soir-là.

Il épousseta du verre de ses épaules et essuya le sang sur son visage.

— Mais ce n'est pas le cas.

Disait-il la vérité ? S'il était parfaitement humain, James aurait clairement discerné la réponse dans ses pensées.

— Imaginez que vous m'ayez tué, continua Paige. Qu'auriez-vous fait alors ?

— J'aurais été trouvé Bier, répondit James. Les deux Bier.

— Évidemment. Paige sembla hésiter, puis ajouta : C'est demain.

— Quoi ?

— L'enterrement. Kensal Green. Je suppose qu'il aurait voulu que vous le sachiez.

Était-ce un défi ? Un piège ? S'attendait-il vraiment à ce que James s'y rende ?

— Maintenant, vous feriez mieux d'y aller, déclara Paige. Vous avez déjà passé trop de temps ici. Je ne sais pas s'ils vous ont suivi ou non. S'ils attendent dehors, nous nous retrouverons tous les deux dans une mauvaise situation.

— Est-ce votre revanche contre eux, de me laisser partir ?

Paige se dirigea vers la porte et la déverrouilla.

— Ne revenez pas ici. Et ne reparlez jamais à Lydia, ou à ma mère. Compris ?

— Vous leur infligez du mal, dit James. Si Christopher le savait…

Paige étendit le bras et agrippa James par la gorge, inopinément et avec force.

— Ne revenez pas ici, répéta-t-il.

Il attrapa James par l'épaule et l'entraîna vers le vestibule. Il ouvrit la porte d'entrée et marqua une petite pause pour s'assurer qu'il n'entendait pas les poursuivants de James.

— Allez, et ne vous arrêtez pas, dit-il après un moment. Aussi vite que possible. Partez.

Il poussa James à l'extérieur.

La rue était calme. La porte claqua derrière lui, et James se retrouva seul sur le trottoir.

## 20

## *LE CARNET D'AUGUSTUS MOULD*

*20 avril*

Les recherches pour retrouver Norbury et Howland n'ont pas été couronnées de succès jusqu'à maintenant. Corvish s'est rendu chez Norbury et a échoué à l'appréhender. Il a malgré tout fait une découverte : Norbury a une sœur, et elle est ici en ville.

Malheureusement, Corvish n'a pas réussi à l'attraper – elle a été emmenée par deux étrangers, appartenant très probablement à cette agaçante classe de personnes qui confrontent les morts-vivants, mues par un sentiment malavisé d'indignation morale. Shadwell, peut-être ? Je donnerais cher pour les rencontrer, lui et son associée, leur savoir serait utile. (Évidemment, ils ont causé des désagréments ici ou là – ils ont porté assistance à différentes personnes – tout de même, une discussion serait intéressante.) Corvish a dit qu'il avait été attaqué par deux inconnus : un homme d'âge mûr et une femme habillée en garçon. Il nous faut continuer d'enquêter.

De Howland, il n'y a pas de signe. Lui aussi a-t-il été pris en charge par ces gens ? Peu probable. Comment sauraient-ils se trouver mutuellement dans une ville de cette taille ?

*Plus tard :*

Edmund s'impatiente, se montre acerbe avec tout le monde. Cet événement a pas mal gâché le commencement de l'Entreprise pour lui. Ce n'est pas un problème insurmontable, bien sûr, mais c'est une empoisonnante distraction. Nous devons en terminer avec cette affaire aussitôt que possible. Je n'aime pas le voir de cette humeur. Il y a des fois où j'ai l'impression qu'il ne m'entend pas vraiment.

Où irait Norbury ?

Je me souviens de son chagrin initial quand nous l'avons amené en haut. Une simple supposition. Il n'est peut-être pas si imprudent. Mais attendons de voir.

# 21

Eustace Paige lui avait dit de ne pas s'arrêter, et James suivit son conseil.

Au cours de la première heure, les blessures qu'il avait subies pendant la bagarre avaient guéri. Il était de nouveau lui-même – immaculé et indemne, sauf ses vêtements, qui se trouvaient en piteux état. Il avait assez d'argent sur lui pour acheter une chemise propre, s'il pouvait supporter l'épreuve d'un magasin ou d'un étal, la proximité de tant de personnes. La tentation pourrait s'avérer trop grande.

Il marcha sans direction définie, soucieux de continuer à avancer. Il remarqua seulement au bout de plusieurs heures qu'il revenait sur les pas d'itinéraires empruntés en compagnie de Christopher.

C'était ainsi avec Londres, un fait qu'il avait toujours soupçonné. On laissait si peu d'impressions sur les murs et les trottoirs. À Londres, le passé d'une personne n'était pas sauf ; les rues étaient recouvertes de milliers d'histoires, les pavés battus par des millions de pieds.

Il avait la certitude d'avoir marché ici avec lui autrefois. Quelque part dans cette rue, ils avaient débattu d'art et la conversation avait dérivé vers de menus griefs – Christopher avait emprunté et sali l'un de ses cols, James en avait été agacé, jusqu'au moment où l'absurdité de la dispute avait fini par le faire rire.

Mais rien ne portait témoignage de cela. Ils auraient pu ne jamais avoir existé.

Il retraça leur route à travers Trafalgar Square – animée, même aussi tard – puis jusqu'au théâtre St James. Il se rendit ensuite chez Mrs Hyssops et se tint à l'extérieur sous la pluie, ayant de plus en plus froid. Les lumières en bas étaient toutes éteintes. En haut, une seule pièce était éclairée. Il pensa qu'il pouvait s'agir de sa chambre ; peut-être n'avait-elle appris la mort de Christopher que quelques heures plus tôt. Si les circonstances avaient été différentes, il aurait peut-être été en droit de frapper et d'entrer, pour pleurer avec elle. Au lieu de quoi, il continua de marcher. Il ne pouvait pas s'empêcher de penser à Charlotte : il voulait la trouver, et il voulait ne jamais la revoir.

Quelques heures plus tard, il arriva au bord du fleuve. Celui-ci l'avait attiré malgré lui, son lent et infatigable écoulement. Le mouvement de l'eau le troublait obscurément. On pouvait le regarder inlassablement.

Il était sur le pont de Waterloo. En face, on pouvait voir les lumières du quai Victoria. Il y avait peu de passants à cette heure de la nuit, et ceux qui flânaient là le dépassaient rapidement, comme s'ils savaient ce qu'il était. Mais à ce moment-là, un homme s'arrêta pour s'enquérir de l'heure et James dit : "Attendez" et mit la main dans sa poche, comme pour en retirer une montre, agité par cette vacillante mais persistante idée d'assaut. Ce serait facile maintenant ; pas étonnant qu'il ait été attiré vers le fleuve, car sur un pont, il n'y aurait pas besoin de s'inquiéter pour le corps. Cela pouvait se faire lestement.

L'étranger – au visage détendu et peu mémorable – le regarda d'un air étrange puis dit :

— Ce n'est pas grave.

La situation aurait pu tourner différemment si les deux avaient été seuls sur le pont dans le froid, l'haleine de l'homme visible sur le fond noir et distant de l'eau. (Celle de James ne se voyait pas du tout.) Mais à cet instant un autre homme arriva précipitamment, un ami de celui qui avait parlé, et ils partirent en hâte, sans un regard en arrière.

Il faisait trop froid pour s'attarder. Il poursuivit son chemin, sans savoir vers où, ni ne s'en souciant, et finit par se retrouver dans une petite taverne misérable qui avait l'avantage d'être chauffée. On lui servit du gin, dont l'odeur était si forte qu'elle lui retourna l'estomac. (Tout sentait plus fort à présent. Les odeurs constituaient une sorte de violence ; il les percevait avec une netteté douloureuse.) Il resta là jusqu'à la fermeture, ne cessant de gratter le bois de la table de son ongle. Ne pas prêter attention aux gens, maintenir leurs voix et leurs cœurs battants à l'arrière de ses pensées exigeait un effort. Le tenancier s'approcha de lui – était-ce habituel d'envoyer ainsi les filles dans la pièce du fond ? – et lui demanda respectueusement de partir.

— Nous fermons monsieur, dit-il à James doucement. Désolé.

James avait faim à présent, et c'était pire qu'avant : il avait l'appétit aiguisé et l'homme qui se tenait au-dessus de lui regorgeait de sang.

Ignorer l'homme, se diriger vers la porte et la fermer s'avéra très facile. Il dit :

— Je vais rester encore un peu, si vous n'y voyez pas d'inconvénient.

*

Ce n'était pas grand-chose, si l'on considérait l'affaire objectivement. L'homme vivrait, si les filles ne paniquaient pas à la vue du sang. Songer au meurtre inachevé avait beau importuner James, à l'instar d'une porte laissée ouverte aux courants d'air, il avait du moins conservé une part de lui-même. Il s'était retenu au dernier moment.

Avant de quitter les lieux, il réussit à se laver un peu, se nettoyant le visage et les mains et dissimulant du mieux qu'il put les marques sur ses vêtements. Il s'était procuré une chemise et un col propres et se redonna un air décent. Même à l'air frais, il sentait l'odeur de gin, de tabac et de sang sur ses habits et dans ses cheveux. Il regrettait de ne pas avoir pensé à se rincer la bouche. Le goût du sang était agréable et impossible à méconnaître.

Mais il s'était préservé. Ou le souvenir de Christopher l'avait sauvegardé. C'était ce qu'il devait se rappeler. Il n'avait pas tué l'homme ; il pouvait se rendre, pur, aux funérailles de Christopher.

*

Il ne savait pas ce qui l'avait finalement conduit à Hyde Park vers la fin de cette longue nuit – ce n'était certainement pas par dessein. Il dépassa rapidement l'endroit où il se rappelait avoir rencontré Margoyle, laissant ce dernier insister pour le présenter à son ami Mr Paige.

Il songea qu'il serait plus facile de se dissimuler au milieu des arbres. Les grilles étaient déjà fermées, mais cela ne représentait plus un obstacle pour lui désormais.

Il suivit les sentiers du parc, sans se préoccuper de la direction qu'il prenait. La pluie cessa. Il y avait une demi-lune, qui lui fournissait une sorte de compagnie et ne brillait pas assez pour le faire souffrir.

Passant devant un banc, il aperçut un homme qui s'y pelotonnait, les genoux près de la poitrine. À son odeur, on devinait aisément qu'il errait dehors depuis longtemps. Il s'était imbibé de gin et se trouvait sur le point de s'endormir, bien qu'il souffrît autant du froid que James. Il était âgé et mal couvert.

Tandis que James l'observait, l'homme ouvrit lentement les yeux et le regarda. Il ne parla pas – peut-être avait-il trop bu ou bien était-il simplement trop fatigué pour faire l'effort. Mais il regardait James avec circonspection.

Rester intègre… c'était la décision qu'il avait prise. Il demeurerait lui-même.

James sortit une pièce, l'un des rares schillings qui lui restaient, et étendit le bras. Quand il vit que l'homme ne bougeait pas, James dit : "Tenez", pour qu'il sache qu'il ne s'agissait pas d'une ruse.

L'homme se mut, non sans mal, et se saisit de la pièce. En un instant elle avait disparu, fourrée dans une poche. Il ne remercia pas James ni ne détourna les yeux. Dans les pensées de l'homme – celles-ci assaillirent James malgré ses efforts –, James aperçut une pesanteur, des perceptions émoussées par une longue souffrance, une morne endurance. Et, sous-jacente, une méfiance. Il avait discerné quelque chose en James qui ne lui plaisait pas. Mais il était fatigué, avait froid et faim, et il voulait la pièce. Maintenant qu'il la possédait, il continuerait à regarder James jusqu'à ce que ce dernier le laisse en paix.

James hocha la tête et poursuivit son chemin. Lorsqu'il jeta un coup d'œil en arrière, l'homme semblait s'être rendormi.

Cela irait, songea-t-il. Il avait surmonté une épreuve. Il avait aidé quelqu'un, il était toujours capable d'actes bienveillants.

Il continua à marcher entre les arbres pendant un moment, s'imaginant de retour à Aiskew. Il songea à ce qui avait été et observa la lune descendre lentement dans le ciel.

*

Alors que le ciel commençait à s'éclaircir, il avait déjà quitté le parc et était en route vers Kensal Green.

Il trouva le cimetière pratiquement déserté. La pointe du jour était passée, et pourtant aucun oiseau ne chantait. Il n'y avait que James et les tombes. Une étendue si vaste d'herbe coupée ras, tant d'hectares de morts gisant sous terre. Ils reposaient sous d'élégants blocs de marbre noir, sous des monuments commémoratifs recouverts de mousse et tombant en ruine, sous des anges chagrins et de basses et colossales urnes, ou enfermés entre les murs de tombeaux familiaux.

C'était un endroit calme et silencieux pour marcher, penser et pleurer. La taille des lieux donnait l'impression que la mort n'avait rien d'exclusif – une affaire quotidienne, une obligation désagréable que personne ne pouvait éviter. Un visiteur, déambulant vivant sous les cieux, se sentirait toujours comme appartenant à une minorité.

Les funérailles démarreraient bientôt. Il le savait et pourtant le fait continuait de le déconcerter. Même maintenant, il semblait qu'il devait y avoir eu une erreur. Ce n'était pas ce qui aurait dû arriver.

Tandis que le soleil se levait, le ciel devint bleu pâle, et James arriva enfin à la chapelle centrale. Il se dit qu'il allait attendre à l'intérieur. Peut-être pourrait-il finalement se sentir le cœur à prier – pour Christopher, sinon pour lui.

Sur le devant de la chapelle s'élevaient de larges piliers de pierre, des marches menaient à un portique et à une haute porte en bois ornée de boulons de métal noir. Il atteignit la porte et s'arrêta, une main posée contre le bois. Était-ce un endroit convenable pour lui ? Bien sûr, il pouvait entrer, raisonna-t-il, il n'avait rien accompli d'impardonnable – mais, malgré tout, il ne souhaita pas y pénétrer. Par honte ou par lâcheté.

Il tourna vers la gauche. Sur les côtés et derrière la chapelle courait une sorte de cloître, un carré d'herbe bordé sur trois faces par un déambulatoire pavé de pierres et délimité par des piliers. Il y fit les cent pas, réticent à rester immobile et se maintenant dans l'ombre alors que le soleil s'élevait dans le ciel.

Il essaya de se remémorer Christopher. C'était le jour et le moment pour penser à lui. Rappelle-toi, se dit James, rappelle-toi comme nous étions heureux ; accroche-toi fermement à cette idée. Mais tandis qu'il marchait, les souvenirs s'éloignèrent, ses pensées devinrent vides, lourdes et monotones, telles les dalles de pierre grise du cloître.

Il avait lu des choses au sujet du cimetière il y avait longtemps – Christopher et lui avaient élaboré de vagues plans d'aller voir la tombe de Wilkie Collins (l'un des rares auteurs sur lesquels ils s'étaient accordés), mais il n'y avait jamais eu assez de temps. Il savait que sous la chapelle se trouvaient des catacombes, où les morts étaient soigneusement étiquetés et rangés derrière des grilles métalliques. Il avait été incapable de décider si cela valait mieux ou moins bien que d'être recouvert de terre.

Le soleil brillait de plus en plus. Il commençait à lui brûler les yeux. Enfin, il entendit le bruit de roues de carrosses, puis les premiers pas sur les graviers du sentier. Les parents et amis du défunt arrivaient.

Il se dissimula dans l'ombre derrière l'un des piliers. À partir de cet emplacement, il pouvait voir passer toutes les personnes en chemin vers la chapelle.

James avait dû rencontrer quelques-unes d'entre elles par le passé ; il en connaissait sûrement certaines, bien qu'il ne pût se rappeler leurs noms. Il recula brusquement pour éviter Soames et Bleasdale, qui apparurent ensemble. Ils se déplaçaient avec hésitation dans la lumière matinale, caressant théâtralement leurs fronts de leurs mains. Ils avaient organisé une veillée funèbre la veille au soir, présuma James, et maintenant le monde possédait un goût désagréable et tournait à leur en donner la nausée.

D'autres vinrent ensuite, inconnus de James, hormis l'un d'eux. En dépit de la cachette de James, leurs regards se croisèrent.

Margoyle. La dernière fois que James l'avait vu lui semblait en vérité remonter à une éternité. Il n'avait pas changé. La mine toujours florissante et amateur de mets fins, continuant de déployer ses manières supérieures d'antan, pleines de suffisance ostentatoire. Même si une trace de tristesse paraissait aujourd'hui l'affecter un peu plus – James supposa qu'il avait éprouvé une certaine tendresse, à sa façon, vis-à-vis de Christopher. Ou peut-être la tragédie avait-elle porté à son attention le fait que ni lui ni sa jeune épouse chic n'étaient éternels, et la conscience de leur mortalité l'avait rendu mélancolique et irritable.

James se serait écarté sans un mot, mais Margoyle s'approcha aussitôt de lui. Il n'avait pas d'autre choix que de sortir du cloître et de serrer la main tendue de Margoyle.

— Comment allez-vous, Norbury ? Cela a dû être un choc.

— Oui.

La famille de Christopher avait dû s'entendre sur une histoire ou une autre – une chute dans un escalier ou un accident de la circulation. Il résista à la tentation de jeter un coup d'œil aux pensées de Margoyle pour découvrir ce qui avait été raconté.

— Vous avez une mine épouvantable, observa Margoyle.

— Oui. Et comment allez-vous ?

— Assez bien, merci. Triste occasion, évidemment. Ces accidents arrivent, mais tout de même… Il soupira. Cela semble injuste, n'est-ce pas ? Et si triviale, toute la situation. Il tenta de sourire. Il n'aurait pas aimé la chose. Ni d'aussi petites funérailles. Mais j'ai entendu dire que sa mère avait insisté.

Il lança un regard derrière lui, puis ajouta d'un ton plus doux :

— Elle fait partie de l'assistance aujourd'hui. Et la sœur aussi… Dieu sait pourquoi le frère de Paige le leur permet. Qualifiez-moi de vieux jeu, mais…

James hocha la tête. Une autre personne s'approchait d'eux à présent, une dame chaussée d'élégantes bottes noires, le gravier crissant sous ses pas. Il reconnaissait son visage, mais il avait de plus en plus de mal à différencier les vivants ; ils se ressemblaient tous tellement. Le temps d'un instant, il pensa, de manière parfaitement irrationnelle, qu'il s'agissait peut-être de Charlotte.

Il s'agissait en réalité de Mrs Hyssops. Il ne s'était pas attendu à ce qu'elle assistât aux funérailles. Miss Paige le lui avait peut-être demandé. Elle était habillée avec soin – un soin maniaque, à l'instar d'un soldat. Avant de pouvoir s'en empêcher, James pénétra son esprit et la découvrit seule devant sa coiffeuse, essayant une première paire de boucles d'oreilles, puis une autre, ses lèvres réduites à un sinistre trait. Son ami était mort, et c'était tout ce qu'elle pouvait faire pour lui.

Margoyle, qui semblait l'avoir déjà rencontrée, s'inclina et s'enquit poliment de son mari. Elle répondit brièvement, les yeux fixés sur le visage de James.

— James, dit-elle. Comment allez-vous… ?

Il s'aperçut qu'elle le plaignait, qu'elle devinait sa peine. Elle était la seule personne qui aurait conscience de sa perte, et qui pourrait soupçonner et discerner les changements en lui. Il aurait dû mieux se cacher.

Il garda le silence et les deux le dévisagèrent d'un regard étrange.

— Êtes-vous malade ? demanda Mrs Hyssops.

James, dans un grand effort, répondit :

— Un peu.

— Vous avez certainement l'air souffrant, intervint Margoyle. Vous êtes sûr que vous devriez rester ?

— Peut-être pas, dit James, juste au moment où Mrs Hyssops demandait :

— James, vous êtes certain que tout va bien ?

Il acquiesça d'un hochement de tête et, à son soulagement, elle se tourna vers Margoyle :

— Nous devrions y aller… croyez-vous que vous pourriez m'aider à récupérer mon époux, Mr Margoyle ? Il est parti devant pour regarder je ne sais quelle curiosité, et maintenant je l'ai perdu.

Margoyle ne pouvait guère lui refuser. Tandis qu'ils s'éloignaient de lui, elle tourna la tête et lança un regard à James, puis elle leva la main pour lui faire signe, et il agita la sienne en réponse.

Il ne la reverrait pas. L'un après l'autre, ses liens à sa vie ordinaire d'antan se brisaient. Il n'avait plus d'amis à perdre.

Il retourna dans l'ombre du cloître. Il ne pourrait guère s'approcher plus.

Alors le carrosse de la famille arriva, suivi du corbillard. Les passagers débarquèrent, austères et sombres dans leurs habits de deuil et leurs élégants gants noirs. Il y avait Mrs Paige, inexpressive, et Miss Paige à son côté qui se mouvait d'un pas parcimonieux et las, à l'instar d'une personne affaiblie par un début de maladie. Elles ne l'aperçurent pas, bien qu'il se fût légèrement avancé maintenant, plus qu'il n'était prudent. La brise agitait leurs vêtements dans un bruissement de crêpe. Déjà le bleu disparaissait du ciel.

Le cercueil les suivait, drapé de velours noir. Eustace faisait partie des porteurs. De même qu'Edmund Bier.

Le prêtre les accueillit à la porte, tel un hôte gracieux. James l'entendit parler au loin – *Je suis la résurrection et la vie*. La procession avança le long du sentier et monta les marches conduisant à la chapelle.

Le prêtre connaissait bien son affaire. Il avait enterré assez de gens pour énoncer les mots clairement et leur donner le poids qu'ils exigeaient. Il prononça une déclaration, non une protestation ou un cri désespéré contre l'oubli. Il était la certitude, la solennité incarnées.

— *Que je serai encore revêtu de cette peau…*

Des pas supplémentaires, d'une lenteur et d'une lourdeur de deuil. La porte de la chapelle se referma.

Il ne souhaita pas quitter l'abri du cloître – il appréhendait d'être entrevu dans l'étendue ouverte du cimetière et craignait le soleil. À la place, il trouva le coin le plus sombre et s'assit, le dos contre le mur.

Des oiseaux chantaient dans le cimetière, plus fort que James ne les avait jamais entendus. Ils le faisaient souffrir comme la lumière brillante du matin plus tôt.

Il entendit la musique en provenance de la chapelle ainsi que des mots qui filtraient à l'extérieur. La cérémonie, les anciennes cadences grandioses de la messe auraient dû lui apporter du réconfort. Au lieu de quoi, il se trouvait enfermé dehors – rien ne pouvait plus l'aider à présent, ni aux cieux ni sur terre.

Enfin la messe avait dû se terminer. Il aperçut des gens quitter la chapelle, lentement, par petits groupes, parlant à voix basse. Il vit Mrs Paige passer tout près, s'appuyant sur le bras de son fils aîné. Le cercueil ne ressortit pas. Bientôt, ils furent tous partis. James laissa une heure s'écouler. Finalement, le prêtre sortit de la chapelle avec deux employés, qui s'essuyaient tous les deux les mains. Le cercueil devait donc être enterré au sous-sol, dans les catacombes. La bière de Christopher serait scellée de plomb et disposée sur une étagère.

Lorsque les lieux furent redevenus silencieux, James finit par quitter sa cachette et s'approcha de la porte de la chapelle. À l'extérieur, il hésita, se rappelant soudain un mythe fragmentaire, un récit qu'il avait entendu autrefois – se pourrait-il que sa nature présente rendît de tels endroits malsains pour lui ? Il avait lu une chose pareille – quelque part, dans un roman, il y avait longtemps. Mais la porte s'ouvrit, et il franchit le seuil sans encombre.

À l'intérieur, l'ombre et le silence régnaient, un baume pour sa tête et ses yeux douloureux. Peut-être était-ce idiot d'imaginer que les lieux fussent interdits à quiconque en avait besoin. Un catafalque dominait la chapelle, une grande boîte noire d'environ la taille d'un autel, décorée d'or. Il n'y avait pas de cercueil. Le corps de Christopher avait déjà été descendu. Le catafalque s'enfonçait dans le sol de la chapelle, on retirait la bière, puis le catafalque remontait. Il imagina une descente lente et pesante, des roues et des chaînes exerçant une pression contre le poids du cercueil. La dignité des morts était si précaire. Il posa une main sur la surface en bois noire et dorée où la bière avait reposé peu de temps auparavant.

Il serait resté là pendant un moment s'il n'avait entendu des pas sur les dalles de pierre à l'extérieur.

Il avança doucement vers la porte. C'était l'homme à la moustache grise, celui qui avait observé les souffrances de James au club : Mould. Il se tenait, légèrement essoufflé, en haut des marches, les mains dans ses poches, un carnet coincé sous l'un de ses bras. Il posa le pied sur le portique de la chapelle et s'arrêta, regardant par la porte ouverte. L'ombre, pour des yeux humains, serait profonde, comparativement à la luminosité de dehors.

— Mr Norbury ? dit Mould. Est-ce vous ?

James fit un pas en avant vers la lumière et eut la satisfaction de voir Mould tressaillir. Il put lire le mélange de contentement et de consternation que l'homme éprouvait parce qu'il l'avait découvert. Le problème lié à la poursuite de monstres était que l'on pouvait réussir.

— Pourquoi êtes-vous ici ? demanda James.

— Pour vous parler. Naturellement.

— Seul ?

— Oui.

— Vous n'avez pas peur ?

— Non. Nous nous trouvons dans un lieu public. Et vous n'avez aucune raison de me tuer, je suis moins fort que vous et, en ce sens, je ne suis pas une menace. Vous vous êtes récemment nourri, comme le sang sur votre col semble l'indiquer, donc rien ne vous oblige à vous attaquer à moi dans l'immédiat.

Malgré lui, James porta une main à son col et repéra la marque. Il l'avait manquée dans ses efforts hâtifs la nuit dernière. La tache avait été visible tout le temps où il parlait avec Margoyle et Mrs Hyssops.

— En outre, si vous me tuez maintenant, continua Mould, vous ne saurez pas ce que j'ai à vous dire, et nous en pâtirons tous les deux.

Il ébaucha un sourire, disparu aussi vite qu'un rat fichant le camp.

— Comment saviez-vous que je serais ici ? demanda James.

S'agissait-il du plan d'Eustace ? Mais dans ce cas, pourquoi envoyer Mould ? Quel était le but poursuivi ?

— Ce sont ses funérailles, dit Mould. Il était évident que vous viendriez.

Découvrir que cet homme le comprenait – ne fût-ce qu'un peu – le surprit désagréablement. En même temps, il éprouva un soulagement confus d'entendre enfin quelqu'un reconnaître à voix haute ce que la mort de Christopher pouvait représenter pour lui.

Comme s'il voulait accorder à James l'occasion de rassembler ses esprits – comme s'il voulait se montrer généreux –, Mould tourna la tête pour regarder derrière lui le cimetière déserté.

— Devrions-nous entrer ?

Il posa de nouveau les yeux sur James.

— Je crois qu'il va bientôt pleuvoir.

En silence, James le laissa passer devant et le suivit à l'intérieur de la chapelle. Une fois que tous deux furent entrés, James referma la porte et vit que la clef était restée dans la serrure – quelqu'un avait commis une négligence. Pris d'une impulsion soudaine, il les enferma. Mould l'observa, mais ne dit rien. Il était si calme, pensa James, si parfaitement téméraire.

— Je suppose que vous souhaitez une explication, déclara Mould.

— Oui.

— C'est un bon signe que vous soyez curieux. Je ne savais pas bien comment votre esprit avait résisté à l'épreuve de l'Échange. Il se trouve que je cherche, moi aussi, des informations. Peut-être pouvons-nous convenir d'un troc.

Il avança de quelques pas dans la chapelle, le long de l'allée centrale, laissant James près de la porte.

Au bout d'un moment, il reprit :

— Je peux, j'imagine, commencer par vous informer que ce qui vous est arrivé est sans précédent, du moins pour autant que nous le sachions.

— Parce que je ne l'ai pas demandé.

— Exactement. Je vois que vous avez parlé avec Mr Howland. Vous représentez une expérience réussie, Mr Norbury, le début d'une entreprise importante, et je veux tout connaître de vous.

— Vous allez me disséquer.

L'intention était assez claire dans les pensées de Mould, James n'eut pas à explorer loin pour l'entrevoir.

Il s'approcha de Mould. Ils se trouvaient tous les deux près du catafalque à présent – James d'un côté, Mould de l'autre. James s'aperçut que ce dernier était rassuré qu'un obstacle se trouvât entre eux.

— Ils auraient pu vous admettre comme l'un des leurs, vous savez, dit-il, si vous vous étiez contenté de rester où vous étiez.

— Je ne serai jamais l'un d'eux.

Dehors, comme Mould l'avait présagé, il se mit à pleuvoir.

— Vous vous croyez supérieur, n'est-ce pas ?

— Je n'ai pas tué. Et je ne le ferai pas. Je ne serai pas comme eux.

— Vous vous êtes déjà nourri, répliqua Mould. Comprenez-vous les conséquences de votre acte ? Ce qu'il signifie réellement ?

— Mais il est vivant… je lui ai laissé la vie sauve.

— Et vous pensez qu'il va simplement se remettre ? Juste comme cela ? Vous vous imaginez que ce que vous avez fait ne laisse pas de marque ? Vous pensez qu'il n'y a pas de prix à payer ? Mais vous avez bien pris un peu de sa vie.

— Je n'avais pas le choix.

— Que proposez-vous de faire dorénavant, Mr Norbury ? Mourir de faim ?

— Non.

— Vous cherchez à vous venger, alors, n'est-ce pas ? Vous croyez, je suppose, que cela vous exonérera. Venger votre ami, combattre le mal ? Cela ne vous sauvera pas, vous savez ?

Leurs regards se croisèrent, par-dessus le catafalque.

— Vous pouvez rester en vie pour exécuter votre vengeance, mais ne vous y trompez pas : il s'agit d'une affaire personnelle. Vous n'incarnez pas un objectif supérieur. Vous tirerez vos forces de la vie d'autres personnes ; vous boirez leur sang et profiterez de leur souffrance… ou de leur mort.

— Non, rétorqua James.

La pluie avait faibli ; de la lumière passait à travers le vitrail de la chapelle maintenant, colorant le visage de Mould de teintes jaunes et vertes.

— Je connais votre espèce, Mr Norbury. Vous nous voulez du mal parce que nous vous avons fait souffrir, et vous enroberez vos actes de piété parce que vous souhaitez continuer à penser du bien de vous-même. Vous avez envie de sang et vous désirez infliger de la souffrance, un point c'est tout. Alors, s'il vous plaît, épargnez-moi votre indignation morale.

Mould ouvrit son carnet et y jeta des notes. Il écrivit courbé, les coudes proches de sa poitrine, comme s'il craignait que quelqu'un essaie de lire par-dessus son épaule.

— Pourquoi m'a-t-on choisi ? demanda James. Pourquoi moi ?

Mould termina d'écrire et rangea son carnet dans sa poche.

— On ne vous a pas élu, Mr Norbury. Vous n'avez, en vérité, absolument rien de spécial. Personne ne savait même qui vous étiez.

Il mentait, pensa James. Évidemment, il mentait. Mais alors il se rappela leurs questions tandis qu'il se réveillait dans cette pièce froide – ils ne connaissaient pas son nom.

— Tout cela était une erreur, si vous voulez savoir, continua Mould. Michael pensait que vous étiez quelqu'un d'autre… ou du moins il le prétend, on n'est jamais tout à fait sûr avec lui.

— Quoi ?

— Il pensait que vous étiez quelqu'un d'autre, répéta Mould. Une coïncidence malheureuse, rien de plus.

— Non, dit James.

Cela devait être plus que cela. Il avait perdu tout ce à quoi il tenait, et il devait y avoir une raison ; cela ne pouvait pas ne pas signifier quelque chose. Il contourna le catafalque pour s'approcher de Mould et se frayer un chemin vers ses pensées, s'introduisant de force dans son esprit.

C'était comme s'enfoncer dans une nappe de brouillard – un brouillard résistant à l'intrusion. Ils luttèrent l'un contre l'autre à l'intérieur de la tête de Mould, et James entrevit le visage d'une femme, ainsi qu'un millier d'autres petits détails qui le désorientèrent et le révulsèrent, suivis d'une image très claire de Mould : attendant dans une pièce éclairée (une pièce à la nuit tombée), faisant les cent pas devant un feu de cheminée, fixant avec mécontentement une tache noire sur l'un des doigts de sa main gauche, et attendant sans fin, puis la pensée se volatilisa, aussi brusquement qu'une fenêtre se refermant d'un coup. La pression hostile du cerveau de Mould – qui s'était précipité pour se défendre – le repoussa, puis il entendit un fredonnement, sourd et désolant, qui provenait peut-être d'une musique.

— Je vois que vous apprenez, dit Mould, le visage blanc et tremblant. Il avait l'air fatigué, comme si la brève invasion de James l'avait affecté, à l'instar d'une nuit sans sommeil. Mais vous pouvez fouiller dans mes pensées jusqu'à me rendre fou, vous ne trouverez jamais rien qui contredise ce que je vous ai raconté.

Dehors, la pluie avait complètement cessé.

— Peut-être pourrais-je vous poser quelques questions maintenant.

Mould était de nouveau calme, professionnel.

— Vous savez que je ne vous aiderai pas.

— Une seule question, alors : êtes-vous très versé dans la religion ?

— Quoi ?

Il tenta de pénétrer une nouvelle fois les pensées de Mould – pour saisir le sens derrière cette question. Mais la mélodie ou la chanson, ou quoi que ce fût d'autre, le bruit dans le crâne de Mould s'était amplifié. James se trouva distrait, tenu à distance. Puis cette porte fermée reparut, et au-delà…

— Je demande juste, continua Mould, parce que je soupçonne que ceux qui ont des tendances religieuses se montrent plus susceptibles.

— Susceptibles ?

La musique perdurait toujours. Il songea à tuer l'homme, ne fût-ce que pour mettre un terme à la confusion lancinante que les notes exerçaient sur son esprit.

À ce moment-là, Mould se pencha en avant et s'approcha comme s'il s'apprêtait à frapper James au visage. Quelque chose brillait au niveau de son poignet, un objet ressemblant à une lame. Elle étincela un bref instant dans la lumière tamisée de la chapelle, puis Mould l'enfonça dans le cou de James.

James jura et repoussa Mould loin de lui. La lame se rétracta, reprenant d'un coup sa place, dissimulée sous la manche de Mould. Tandis que James élevait la main vers sa gorge, il sentit que la blessure commençait à cicatriser.

— Un couteau ? demanda-t-il.

Le choix d'une arme si dérisoire lui parut pitoyable. Il retira ses doigts de son cou, ils étaient immaculés.

— Non. Une injection. D'eau bénite. Peut-être avez-vous lu des choses à propos de son influence sur les êtres de votre espèce ? L'on peut débattre des causes, mais les effets paraissent indéniables.

James commença à comprendre ce que Mould voulait dire. C'était comme si ses veines s'agitaient pour se révolter contre lui. Tout son corps lui sembla sur le point de se désassembler.

— Vous devriez perdre conscience dans quelques minutes, poursuivit Mould. Une dose supplémentaire vous tuerait. Je suppose qu'Edmund aurait dû vous prévenir, mais il faut dire que vous ne nous avez guère laissé de temps pour vous informer.

La pièce bascula ; James se sentit sur le point de tomber.

— C'est un outil très efficace, je trouve.

Mould s'était rapproché ; il regardait James avec un air de satisfaction professionnelle.

— Même s'il n'a pas que des avantages. Le léger retard de ses effets peut s'avérer plutôt…

James s'avança vers lui en trébuchant et le frappa aussi fort qu'il le pût. Le crâne de Mould cogna le sol dans un bruit sourd, et il resta étendu immobile à l'endroit de sa chute. Peut-être avait-il fait une mauvaise chute et était mort – non, son pouls continuait de palpiter, un battement têtu au fond de l'esprit de James.

James n'avait pas la force de se déplacer bien loin. Mais les hommes du club se mettraient en quête de Mould – ils savaient peut-être déjà qu'il se trouvait ici. Il y avait une porte à la droite de James. Il força le verrou et découvrit dans la pénombre un escalier de pierre menant aux catacombes.

Mould ne pesait pas grand-chose. James traîna le corps vers l'obscurité et referma la porte derrière lui.

Il perçut une odeur de pierres et de bois. L'air était pur ; pas une once de moisi. Il y avait peu de lumière, mais il voyait clairement. Ils étaient dans un passage voûté bordé des deux côtés par des grilles en métal. Derrière celles-ci, des cercueils étaient alignés, proches les uns des autres mais ne se touchant pas.

Une pensée lui traversa l'esprit : le carnet de Mould. James s'agenouilla, précautionneusement, douloureusement, et mit la main dans la poche de Mould. Il était là – un petit carnet miteux. Quelqu'un avait dû renverser un liquide : les pages séchées étaient gondolantes et la couverture tachée. Il contenait une masse de notes qui ne signifiaient rien pour lui. La dernière phrase que Mould avait griffonnée disait : *tendance à l'auto-glorification caractéristique. Tournefort mentionne-t-il ce trait ?*

James fouilla brièvement les poches de Mould et découvrit un autre carnet, plus grand et apparemment plus vieux que le premier. Un élastique le maintenait fermé et, lorsque James l'ouvrit, des feuilles volantes en tombèrent ; il y avait des pages et des pages d'écriture, qui se brouillèrent quand James les examina. L'eau bénite faisait effet à présent. Il lut rapidement, choisissant à la hâte et se saisissant fébrilement de tout passage qui pouvait lui procurer des informations.

Son ultime espoir l'abandonna à cet instant – le carnet lui apprenait la vérité, la même que Mould lui avait dévoilée. Il continua de lire jusqu'au moment où ses yeux commencèrent à fatiguer. Il rampa alors jusqu'au mur, s'accrocha à l'une des grilles en métal et se hissa sur ses pieds. Ils le trouveraient probablement, même en bas. Agrippant le carnet, fielleusement déterminé à ce que Mould ne le récupérât jamais, il s'éloigna d'un pas chancelant et s'enfonça dans la pénombre des catacombes, aussi profondément qu'il le pût. Près de là James aperçut un compartiment scellé par une tablette carrée de granite. Un trou découpé dans la pierre révélait le cercueil à l'intérieur – une ancienne protection contre les pilleurs de tombeaux. Glisser le carnet dans l'ouverture s'avéra assez aisé.

Il continua de ramper, s'enfonçant plus encore à l'intérieur des catacombes, jusqu'à ce qu'il fût au bout de ses forces.

Si silencieux ici, songea-t-il. Dieu soit loué pour cette tranquillité et cette obscurité. Il pourrait se reposer ici pour toujours. Quelque part non loin, Christopher reposait aussi.

# *Quatrième partie*

## 22

Charlotte ne dormit pas bien. Pendant toute la nuit, elle avait imaginé des pas dans l'escalier et dans le couloir. Une fois, elle s'était réveillée en sursaut et dressée dans le lit, certaine que quelqu'un se trouvait à la porte – James, ou Corvish, un homme au teint pâle en train d'observer.

Mais il n'y avait personne. Elle se rendormit et fut agitée par une série de cauchemars interrompus. Elle se réveilla finalement de nouveau, se sentant un petit peu moins fatiguée que lorsqu'elle s'était couchée.

Elle était complètement recroquevillée, inquiète de déranger Adeline. Cela représentait le gros désavantage d'être de grande taille, large de hanches et d'épaules, façonnée pour supporter de longues marches et le mauvais temps : on avait toujours l'impression d'occuper trop d'espace.

Au bout de quelques minutes supplémentaires, Charlotte renonça à essayer de se rendormir. C'était tôt le matin, et il y avait suffisamment de lumière pour s'habiller. Ce qu'elle accomplit rapidement. Sa robe était légèrement froissée et humide, mais lorsqu'elle eut remonté ses cheveux et enfilé ses bottines, elle se sentit mieux préparée à affronter cette nouvelle journée.

Elle baissa la tête pour examiner la plaie que James avait laissée sur son poignet – et ne vit rien. Impossible, et pourtant vrai. Il faudrait qu'elle demande à Adeline ou à Shadwell ; peut-être était-ce habituel dans de tels cas.

Une fois sur le palier sombre, elle entendit quelqu'un se mouvoir dans l'une des pièces du bas. Elle descendit précautionneusement l'escalier, tâtant du bout du pied chaque marche plongée dans une semi-pénombre. Elle frappa doucement à la porte du salon.

— Bonjour ?

Howland l'accueillit au seuil de la pièce. Il portait de nouveaux vêtements – élimés, mais plus décents que ceux de la veille. Shadwell avait dû lui prêter un costume. Il avait l'air bien mieux que le soir précédent, même si l'hématome sur son front avait foncé.

— Oh, j'ai connu pire, déclara-t-il en la voyant grimacer. J'avais l'habitude de tomber tout le temps quand j'étais enfant – des arbres, des chevaux, des barrières. De n'importe quoi, en fait. J'en éprouvais une certaine fierté, je crois.

Évidemment il faisait partie de ces personnes, celles qui adorent plus que tout passer du temps dehors. On pouvait s'en apercevoir à ses épaules et son discret bronzage. Elle avait du mal à l'imaginer dans un bureau ou une fabrique, ou dans n'importe quel endroit où son entreprise familiale l'enverrait.

Il recula pour la laisser entrer dans le salon. Le feu n'avait pas été rallumé – les cendres grises de la nuit dernière recouvraient toujours le foyer –, cependant il faisait plus chaud ici qu'à l'étage.

— Mr Shadwell est-il réveillé ? demanda Charlotte.

— Il est parti acheter de la nourriture. J'ai proposé d'y aller, mais il a dit qu'ils seraient certainement encore à ma poursuite.

Il n'avait pas l'air aussi inquiet de cette possibilité qu'elle l'aurait imaginé. De fait, il paraissait déjà s'être remis de son épreuve.

Elle pouvait se le représenter dans des circonstances ordinaires. Chez lui, il était le fils favori, elle en était convaincue. Il devait se comporter avec sa famille comme bon lui semblait – et probablement avec toutes ses connaissances aussi. Quand il parlait, son attitude était celle d'un homme habitué à ce qu'on l'écoutât, accoutumé à déployer ses charmes. Il était l'un de ces êtres dont on observe l'existence de loin, à propos desquels l'on pouvait penser fugitivement : “Que ce doit être agréable d'être vous.”

Elle s'approcha de la cheminée.

— Il faudrait balayer, observa-t-elle – plus pour dire quelque chose que parce qu'elle s'attendait à ce qu'il eût une opinion en la matière.

— Vous aimez vous rendre utile.

— Je suppose.

Comme s'il considérait que ce fait constituait une forme de faiblesse, pensa-t-elle.

— Cela aide, parfois.

Elle avait acquis une connaissance pratique des tâches ménagères – avec Mrs Chickering si malade, et les servantes et infirmières qui ne restaient jamais longtemps auprès d'elles, cela avait été inévitable. Certains jours, Mrs Chickering ne supportait pas la présence de domestiques dans sa chambre, se plaignant du bruit. Elle avait obligé Charlotte à envelopper de papier chaque morceau de charbon avant qu'on les apportât dans sa chambre, de sorte qu'on les posât silencieusement.

Howland s'assit dans l'un des fauteuils et regarda Charlotte s'occuper du feu. Elle ne savait s'il était amusé, ou curieux, ou s'il se désintéressait complètement de son activité. Dans n'importe quelle autre circonstance, elle aurait éprouvé de la gêne à se trouver ainsi en tête à tête avec un homme qu'elle ne connaissait pas – surtout un individu aussi favorisé par la fortune. Elle se persuadait souvent qu'il valait mieux pour une femme quelconque de se montrer prudente en compagnie d'hommes beaux. Autrement, elle risquait sans doute de se rendre malheureuse, à se chagriner d'une attirance sans espoir.

Maintenant, cependant, rien ne justifiait de se sentir mal à l'aise. L'étrangeté de leur situation la déchargeait du devoir de conversation, et il y avait tant de choses auxquelles il fallait réfléchir et qui devaient être planifiées. Elle pencha la tête, tout occupée à sa tâche.

— Pourquoi les gardez-vous ? l'interrogea-t-il au bout de quelques minutes.

— Les cendres ?

Elle les avait précautionneusement disposées de côté.

— Il faut toujours les conserver ; on peut les utiliser pour la flambée suivante.

— Ah.

Elle commença à préparer le feu. Il ne lui posa pas d'autre question, se contentant de l'observer, si silencieux qu'elle en oublia presque sa présence.

— Voilà, finit-elle par dire, quand tout fut en place. C'est prêt.

— Bien, répondit-il et, avant qu'elle ne se rendît vraiment compte de ce qu'il faisait, il sortit une boîte d'allumettes de sa poche et alluma le feu.

Il avait dû sentir qu'elle était un peu déconcertée. Se tournant pour la regarder, il demanda :

— Qu'y a-t-il ?

— Je ne sais pas. Je suppose que ce n'est pas… j'ai seulement pensé qu'il pouvait ne plus rester beaucoup de charbon. (Elle savait parfaitement que c'était le cas.) Mr Shadwell aurait peut-être préféré que nous attendions.

Il haussa les épaules.

— Ne vous inquiétez pas. Si nous en avons besoin de plus, je sortirai à la hâte en chercher.

La richesse instillait la confiance, bien sûr. James était pareil, à une échelle plus modeste. Même si l'argent était en grande partie lié au manoir d'Aiskew, il lui appartenait toujours. Une telle indépendance lui avait permis de résister à la désapprobation de Mrs Chickering et de s'installer à Londres. Charlotte, avec ses moyens plus limités, n'aurait jamais eu le courage de l'imiter, même si quelque chose l'attendait dans la ville. Elle avait l'habitude d'agir prudemment, de dépenser ses revenus raisonnablement.

Mais il serait agréable, songea-t-elle en regardant Howland, de posséder une belle somme d'argent à soi. L'on pouvait alors user abondamment des possessions d'autrui, puisque l'on était dans la mesure de constamment les remplacer, si nécessaire. Et la fortune constituait une sorte de pouvoir ; elle protégerait Howland du pire de ses épreuves. N'avait-il pas déjà retrouvé ses forces et ses esprits, tandis qu'elle était toujours inquiète et épuisée ? La nuit passée, elle l'avait considéré comme un compagnon de malheur. Ils avaient échoué dans Wych Street, tels deux rescapés du même naufrage. Maintenant, elle se rendait compte de sa solitude.

En bas, la porte de la boutique s'ouvrit et se referma ; quelqu'un se hâtait de monter d'un pas lourd.

Il s'agissait de Shadwell, rapportant avec lui du beurre et du pain frais, enveloppés dans du papier marron.

— À moitié crayeux, très probablement, dit-il. Mais c'est tout ce que j'ai pu trouver à proximité. D'habitude Miss Swift…

Il tourna les yeux en direction du foyer, où le feu flambait maintenant.

— Ah, c'est bien. Nous pourrons boire du thé dans un petit moment. Miss Swift est-elle debout ?

— Je ne pense pas, répondit Charlotte. Je ne voulais pas la réveiller.

— Nous avons tendance à dormir tard, en règle générale.

Si Shadwell avait la moindre idée des hypothèses que ses mots suscitèrent dans l'esprit de Charlotte, il ne sembla pas en avoir conscience.

— Je suppose que cela va avec la profession.

— Je vais la réveiller, dit Charlotte, qui remonta alors.

Elle devrait être mieux préparée à la journée qui l'attendait, pensa-t-elle. Elle avait veillé la moitié de la nuit, réfléchissant à ce qui s'était passé et planifiant ce qu'elle allait entreprendre par la suite. Mais elle se sentait toujours sous le choc, faible, perdue. Son anxiété à l'égard de James affluait et refluait telle une marée. Par moments, elle était certaine qu'elle le trouverait et que la situation s'arrangerait. À d'autres, elle avait l'impression que rien ne pourrait plus jamais paraître sûr ou normal.

En haut, elle découvrit Adeline en train de se coiffer devant le miroir. Une paire d'haltères en bois était posée par terre près d'elle.

— Bonjour, dit Charlotte. Je suis montée pour voir si vous étiez prête.

Adeline acquiesça d'un hochement de tête. Elle ajouta une dernière épingle à cheveux.

— Voilà, prête.

Elle se leva et repoussa du talon les haltères sous le lit. Elle avait toujours des cernes sous les yeux, mais son activité physique récente lui avait redonné des couleurs, rendant son teint charmant. Charlotte avait envie de lui demander si elle s'exerçait chaque jour. Elle aurait dû se douter qu'une telle force et une telle agilité demandaient de gros efforts. Adeline avait certainement traversé de très curieuses épreuves pour être amenée à cette étrange et pénible existence.

Au soulagement de Charlotte, Adeline portait une robe aujourd'hui (noire, simple mais élégante). Charlotte pouvait reconnaître le côté indubitablement pratique des pantalons pour une femme dans la situation d'Adeline, sans pour autant souhaiter être vue en public avec elle dans pareil accoutrement.

Adeline discerna le regard de Charlotte et sourit brièvement.

— Burke n'apprécierait pas s'il me voyait en pantalon. Il a ses opinions en la matière. Avez-vous dormi ?

— Un peu.

— C'est mieux que rien.

Elle jeta un coup d'œil circulaire à la chambre.

— Bien, descendons.

— Et le lit ? demanda Charlotte. Voulez-vous…

— Oh, laissez cela. Je le ferai plus tard. Venez.

Puis elle rit.

— Je suis désolée. Vous semblez tellement choquée.

— Ce n'est rien, dit Charlotte – et elle se trouva en mesure de sourire à son tour, sa contrariété quelque peu dissipée. Allons-y.

En bas, Shadwell était occupé à préparer le thé. Howland, la mine grave, grillait du pain au-dessus du feu, s'assurant avec vigilance toutes les quelques secondes que celui-ci n'était pas en train de brûler. Cela aurait dû paraître comique, pensa Charlotte, de voir deux hommes si concentrés sur des tâches domestiques, mais ce ne l'était pas. À cause des privations liées à leur logement, ou à cause de la gravité des circonstances, elle avait plutôt le sentiment de se trouver dans un camp militaire – tel que, du moins, elle imaginait pareil lieu. Ils s'évertuaient à se montrer gais.

Adeline demanda à Shadwell :

— Vous êtes sorti ?

— Oui. Pas de problèmes.

— Bien. Y aller seul était stupide, cela dit.

— Je sais.

Il sourit – son expression soudain plus détendue. Il semblait plus jeune en compagnie d'Adeline, songea Charlotte.

— Bonjour, au fait, ajouta-t-il. Tenez.

Il prit deux tasses de thé, en tendit une à Charlotte, l'autre à Adeline. Le thé était très chaud : réconfortant, telle une bouffée de vie.

Howland retira une tranche de pain grillé de la fourchette.

— Je crois que c'est prêt.

— Nous pouvons petit-déjeuner, alors, dit Shadwell. Et discuter.

Et ils se mirent à manger, tous réunis autour du feu, mais personne ne parla pendant un moment.

Finalement, Shadwell rompit le silence :

— Maintenant, nous devons décider quoi faire. Je pense que le mieux serait de vous aider tous les deux à quitter Londres le plus rapidement possible.

— Pardonnez-moi. Mais je ne pense pas que ce soit la meilleure solution, répliqua Charlotte. Je dois trouver James. Elle vit Adeline grimacer et ajouta aussitôt : Je comprends tout ce que vous m'avez dit. Je sais qu'il peut représenter un danger pour moi. Mais il faut que je le trouve quand même.

— Eh bien, si quelqu'un a des renseignements, ce sera Burke, répondit Shadwell. Il est au courant de tout ce qui se passe à Londres. Si nous ne pouvons pas vous faire partir, il saura quelle est la meilleure façon d'agir. Et il y a autre chose.

Il se tourna pour regarder Howland. Il essayait de ne pas paraître trop nerveux ou trop empressé, pensa Charlotte.

— C'est au sujet de ce que vous avez raconté hier soir. À propos des projets du club. De transformer des personnes non consentantes. Je ne voulais pas insister alors, vous étiez si épuisé, mais c'est très important. Je me demande si vous accepteriez de nous accompagner et de rapporter à Burke ce que vous savez ? Nous soupçonnons depuis un moment que les membres du club planifient quelque chose. Tout ce dont vous pourriez vous souvenir serait utile. Une description du bâtiment qui abrite le club serait particulièrement précieuse – vous êtes la seule personne que nous ayons jamais rencontrée qui y soit entrée et en soit ressortie.

— Et il y a encore une dernière chose, ajouta Adeline.

Shadwell se tourna vers elle, sourcils levés.

— Eh bien, il faut qu'ils sachent tous les deux, dit Adeline. S'ils doivent le rencontrer.

Il soupira.

— Je suppose.

Elle vit qu'il choisissait ses mots avec précaution.

— Mr Burke est… spécial. En un sens, il est l'un des leurs. L'une des créatures, je veux dire.

Un court silence s'ensuivit. Charlotte posa sa tasse vide et sa soucoupe dans un cliquetis qui lui sembla très bruyant.

— Je ne comprends pas, déclara Howland.

— C'est une curiosité. Il est… Shadwell soupira de nouveau. Adeline, ne peux-tu pas m'aider à expliquer ?

Il paraissait impatient, peut-être songeant déjà à ce qu'ils raconteraient à Burke. Peut-être était-il souvent distrait. Charlotte pensa que ce devait être éprouvant pour Adeline. Mais aussi, Adeline elle-même – si brusque, agitée et charmante, et sentant si fortement le tabac – n'était peut-être pas facile à vivre non plus.

Adeline dit :

— Mr Burke est Demetrius Burke, de Burke & Steadman, éditeurs. Il est le seul propriétaire de la maison d'édition depuis la mort de son associé. Mr Steadman était son grand ami, jusqu'à ce que Burke le tue. Cela se passe souvent ainsi. (Adeline ne faisait visiblement pas partie des gens à s'embarrasser de sous-entendus, parce qu'à cet instant, elle lança un coup d'œil significatif à Charlotte.) Burke n'a jamais cessé de le pleurer, ce qui le rend inhabituel. La plupart d'entre eux s'en remettent assez vite.

— Et donc Burke a pris certaines mesures, intervint Shadwell, et s'est enfermé. Il est enchaîné à sa culpabilité et au souvenir de son ami, et ne présente aucun danger pour les vivants. Il a eu recours à des moyens considérables pour s'en assurer, je peux vous l'attester. Il nous aide énormément, parce qu'il est au courant de tout ce qui arrive.

— C'est un vrai gentleman, ajouta Adeline. Ou, en tout cas, un homme de métier, si bien que le club a le plus grand mal à le tolérer. Il fournit des conseils, prête de l'argent et sert d'intermédiaire. Les membres du club refusent de traiter directement avec Mrs Price, c'est elle qui règne de son perchoir sur Salmon Street. Elle est en quelque sorte leur chef de file. En tout état de cause, le club communique avec Burke et Burke communique avec Mrs Price. Et parfois, il nous parle à nous.

— Tout cela paraît très commode, commenta Howland. Mais que faites-vous lorsqu'il tue quelqu'un ?

— Il ne constitue plus une menace, répondit Shadwell. Vous pouvez me croire sur parole.

Howland fronçait les sourcils, clairement mécontent, mais il se tut.

— Bien, alors, reprit Shadwell. Il est un peu plus de onze heures maintenant. Je suggère que nous y allions dans la prochaine demi-heure.

Tandis que Howland se trouvait en haut et qu'Adeline arrangeait son chapeau devant le miroir, Shadwell ajouta doucement à l'adresse de Charlotte :

— Miss Norbury. Je vous conjure encore une fois de ne pas nourrir de faux espoirs.

— Mais…

— Vous croyez qu'une part de votre frère subsiste toujours, que l'on peut espérer une guérison. Si vous décidez de partir à la recherche d'un remède, vous risquez d'y consacrer votre vie, en vain. J'ai vu ce qu'il pouvait en coûter.

— Mais je dois essayer.

Il n'eut pas l'occasion de poursuivre, les autres étaient prêts.

— Rappelez-vous, ils vous recherchent tous les deux, les avertit Shadwell à la porte de la boutique. Je ne vous ai pas proposé de déguisement, parce que, dans la journée, la lumière représente le meilleur moyen de vous dissimuler. Évitez l'ombre autant que possible.

Dehors, la ville leur apparut déjà très animée. Regardant autour d'elle, Charlotte s'aperçut à quel point la rue était réellement ancienne. Les immeubles ne semblaient pas avoir reçu la moindre attention depuis de nombreuses années. Ils lui rappelaient certaines parties de York, avec ses vieux bâtiments et ses étages en saillie qui bloquaient la lumière. Ceux d'ici étaient moins charmants, plus branlants que pittoresques.

Elle découvrit une tache sombre – de cendre, très probablement – sur l'un de ses revers de manche et se souvint que James lui avait dit combien l'air de Londres était plein de suie ; que cols et gants en souffraient perpétuellement. Ses poumons devaient déjà être encombrés de fumée ; elle était contaminée de partout, de l'intérieur comme de l'extérieur.

Shadwell réussit à leur trouver un fiacre (un *growler*, comme il l'appela – pendant quelques secondes, Charlotte n'avait pas su de quoi il parlait. Elle se souvint de nouveau de James, de l'une de ses lettres ; il avait écrit qu'il lui avait fallu beaucoup de temps pour imaginer ce "grogneur" comme autre chose qu'un énorme chien noir. Il avait dessiné au crayon un gigantesque canidé au poil hirsute, traversant le brouillard londonien à grandes enjambées, des passagers élégamment vêtus voyageant sur son dos. Cette missive datait des premiers jours.) Le cocher aujourd'hui n'était pas Rafferty – peut-être ne l'engageaient-ils que lorsque la situation risquait de devenir dangereuse.

Le trajet ne serait pas long, déclara Shadwell. Ils y seraient en un rien de temps ; Miss Swift et lui s'y rendaient habituellement à pied, en fait. Ainsi le fiacre avait-il été pris uniquement comme camouflage, pensa Charlotte.

Quelques minutes plus tard, Shadwell – se disputant poliment avec Howland pour savoir qui paierait le *growler* – cessa soudain de parler et se recula rapidement sur son siège. Le véhicule s'était arrêté pour permettre au cab devant eux de tourner.

— Adeline, marmonna-t-il. Là.

— Ne bougez pas, commanda Adeline à voix basse. Tout le monde. Pas un mot.

Ils gardèrent le silence jusqu'à ce que le fiacre se remît à avancer. Ils dépassèrent un homme vêtu d'un long pardessus de bure marchant à proximité. Il lança un regard à travers la vitre, comme s'il cherchait quelqu'un.

— Était-ce… commença à demander Charlotte.

— Pas sûr, répondit Adeline. Il n'est pas toujours possible de le savoir.

Celle-ci ne paraissait pas excessivement inquiète, mais Shadwell avait porté sa main à sa poche de manteau. Il était armé.

Adeline avait étendu le bras vers le sac de voyage, le même que celui de la veille.

Ils vivaient tous les deux sur les nerfs. Charlotte aperçut Adeline décocher un coup d'œil à Shadwell qui signifiait sans doute : "Ne contrariez pas les touristes."

Les locaux de Burke & Steadman se trouvaient dans Fetter Lane, une rue non résidentielle, consistant principalement en magasins et bureaux. La voiture stoppa devant un bâtiment étroit et banal, aux fenêtres obscurcies. De l'extérieur, il ne paraissait pas du tout habité.

Ils furent accueillis à la porte par un secrétaire, un jeune homme avec une raie bien nette et des chaussures reluisantes, et dont le visage était si impeccable qu'il semblait avoir été véritablement récuré.

— Bonjour, Mr Shadwell. Miss Swift, dit-il.

— Bonjour, Lewis, répondit Shadwell. Nous n'avons pas rendez-vous, j'en ai peur.

— Je vais voir s'il est déjà en train de se réveiller. Si vous voulez bien attendre ici ?

Le secrétaire s'éloigna, les laissant seuls dans un bureau silencieux. Tous les meubles étaient en bois sombre ; les étagères remplies d'épais volumes de cuir marron qui paraissaient n'avoir jamais été ouverts. On avait du mal à distinguer le reste du décor : les stores étaient tirés et l'éclairage au gaz très faible. Il y avait une table, une pile de feuilles soigneusement arrangée, une carafe à moitié remplie de sherry et deux verres propres. Le tic-tac d'une horloge placée en hauteur sur une étagère résonnait. Il faisait une chaleur remarquable dans la pièce.

Personne ne parlait – les trois autres semblaient aussi mal à l'aise que Charlotte. Quelques minutes passèrent avant le retour de Lewis.

— Il dit qu'il accepte de vous recevoir, Mr Shadwell.

— Nous tous ?

— Oh, oui. Il a dit qu'il était particulièrement impatient de rencontrer vos amis.

Maintenant que le moment était arrivé, Charlotte se rendit compte qu'elle ne souhaitait pas s'enfuir. Elle avait peur, mais était pleine d'espoir, saisie par le sentiment de vertige et de tournis qu'elle éprouvait quand elle se trouvait en altitude ou qu'elle avançait à tâtons dans le noir.

— Merci, Lewis, répondit Shadwell.

— Allez directement en bas, ajouta-t-il. Vous connaissez le chemin.

Shadwell s'avança vers la porte par laquelle le secrétaire venait de réapparaître, puis se retourna vers les trois autres.

— Restez sur le qui-vive, marmonna-t-il. Attention à vos pensées.

— Il fera très chaud, ajouta Adeline. Mais vous ne devez pas défaillir devant lui, compris ? Parlez le moins possible. Et ne l'interrompez pas.

— Pourquoi pas ? demanda Howland.

— Il aime discourir, répondit Adeline. Comme la plupart de son espèce. Laissez-lui dire ce qu'il a à dire, et il se montrera plus enclin à vous aider à la fin.

Charlotte était contente maintenant que Howland les ait accompagnés – une autre personne qui en savait aussi peu qu'elle. Même si les choses devaient être différentes, plus faciles pour un homme, supposa-t-elle.

Inutile de penser en ces termes. La seule solution pour continuer d'avancer consistait à mobiliser son courage et les quelques forces qu'il lui restait, en espérant que cela suffirait à la conduire aussi loin que nécessaire.

La porte s'ouvrait sur un escalier étroit, plutôt incongru par rapport au bureau qu'ils venaient de quitter. Les marches en pierre brute étaient usées et, tandis qu'elle descendait, Charlotte eut soudain l'impression de ne presque plus pouvoir respirer. Adeline les avait prévenus de la chaleur.

— Vous vous sentez bien ? demanda Howland.

Marchant derrière elle, il l'avait vue légèrement chanceler avant de se ressaisir.

— Oui, merci, répondit-elle – d'une voix aussi basse que possible, parce que Shadwell, en tête, avait atteint le bas de l'escalier et frappait contre une porte de bois massif.

— Mr Burke ? appela-t-il.

De l'autre côté de la porte, une voix répondit :

— Entrez.

À l'intérieur, la chaleur était pire. L'unique lumière provenait de deux cheminées de grande taille, disposée de part et d'autre de la pièce. L'endroit paraissait confortablement meublé, pour autant que Charlotte pouvait le discerner, un mixte entre bureau et salon. Ils marchaient sur une moquette épaisse et de lourds tapis. Ceux-ci recouvraient aussi les murs, des étoffes tissées de couleur grenade, feutrée et chaude. L'ensemble donnait une impression de luxe étouffant.

Devant l'un des feux se trouvaient deux fauteuils, une petite table et un repose-pied, tous symétriquement disposés. Plus loin, une large commode en bois de noyer, de la taille d'un demi-piano droit, était repoussée contre le mur du fond, ses gonds de cuivre chatoyant à la lumière des flammes.

L'un des fauteuils était occupé par une silhouette enveloppée dans des couvertures, entièrement dissimulée à la vue. Charlotte pouvait juste distinguer une tête d'homme, le regard tourné vers eux. Derrière lui se tenait une dame, inhabituellement grande et à la charpente solide, habillée en femme de chambre.

— Bienvenue, dit Mr Burke. La tonalité de sa voix était emplie d'une grande lassitude. J'espère que vous me pardonnerez de ne pas me lever. Porlock, dites bonjour à Shadwell et à ses amis.

Sa dame de compagnie hocha la tête sans un mot. Elle avait un air maussade.

— Mr Burke, lança Shadwell. Comment allez-vous ?

— À peu près pareil que d'ordinaire, merci, Shadwell. Approchez-vous, tous les quatre. N'obligez pas un vieil homme à crier.

Ils obéirent et s'avancèrent – Shadwell en premier, les autres le suivant plus lentement. Maintenant Charlotte pouvait discerner le visage de Burke. Il avait des traits délicats et une expression qui manifestait une fatigue et une douleur extrêmes. Il avait dû avoir aux environs de cinquante ans lorsqu'il était mort.

— Miss Swift, dit Burke. Quel plaisir de vous revoir ici. J'espère que vous allez bien.

— Oui, répondit Adeline, merci.

Elle ne regardait pas Burke, mais Porlock.

— Et aujourd'hui des choses se passent, continua Burke, et vous voulez mes conseils. Aussi piètres soient-ils.

Shadwell acquiesça d'un hochement de tête.

— Nous avons grand besoin de votre assistance.

— Et voici sans doute l'un des jeunes hommes qui ont provoqué un tel émoi. Nous avions très envie de le rencontrer n'est-ce pas Porlock ?

Porlock garda le silence, se contentant de dévisager Howland, puis Charlotte. Elle était humaine, rien de plus, mais son regard pesant donnait l'impression d'une pierre vous écrasant la poitrine.

— Bien, bien. Burke semblait de plus en plus animé. Qu'il s'approche encore un peu, voulez-vous ? J'aimerais le voir de près.

— Vous avez entendu les nouvelles, alors, demanda Shadwell.

— Oui, en effet. Elles ont fait le tour de Londres. Deux hommes se sont échappés de l'Aegolius – l'un d'eux toujours Rapide. Il tourna les yeux vers Charlotte. Personne n'a mentionné une femme.

— C'est Miss Norbury. La sœur de l'autre.

— Sa sœur, hein ? Qu'ils approchent tous les deux.

Il n'y avait pas moyen d'y échapper. Howland et elle s'avancèrent vers le feu, s'approchant de l'homme enveloppé dans des couvertures et de la femme se tenant derrière lui. Elle lui caressait les cheveux comme s'il s'agissait d'un enfant.

Les yeux de Burke, rouges, paraissaient irrités et ne jamais cesser de bouger. Ses cils et sourcils étaient clairsemés et pâles.

— Vous êtes Mr Howlett, n'est-ce pas ? interrogea-t-il.

— Howland.

— Vraiment ? Ils disent Howlett. Bon, vous savez ce que sont les rumeurs, surtout au sein de mon espèce. De vieilles commères confuses, chacun de nous. Et Miss Norbury. Le nom de votre frère m'est déjà familier.

— Qu'avez-vous appris de plus ? s'enquit Shadwell.

— Entre autres qu'ils ont attrapé Norbury. C'est arrivé ce matin même. Ils ont dû le ramener au club, depuis.

Charlotte ne chancela pas, même si la pièce vacilla pendant un instant, telle la flamme d'une bougie fondue. Adeline lui attrapa le bras et la soutint.

— Calme, murmura-t-elle.

— Je comprends, dit Burke à l'adresse de Charlotte. Je me rappelle bien ce que c'est, voyez-vous. Être humain, et tout le reste. Cela doit être très éprouvant.

— Comment est-ce arrivé ? demanda-t-elle.

— Je ne connais pas les détails. Je sais seulement qu'il a été capturé. Vivant – il sourit –, du moins pour le moment. Ils vont prendre leur temps avec lui, c'est ma supposition.

Burke se trouvait maintenant dans ses pensées, une présence soudaine et froide. Il n'y avait aucun endroit pour se cacher de lui. Il s'immisça dans la douleur à vif qu'il avait provoquée en elle ; ce qu'il découvrit le satisfit.

— Laissez-la en paix, Burke, intervint Adeline.

— Je m'excuse, vraiment. Je suis désolé. Pardonnez-moi, Miss Norbury. Vous connaissez ma nature, je présume.

— Oui.

— J'ai du mal à surmonter mes instincts, encore aujourd'hui… mais je vous assure, vous ne craignez rien.

Il baissa le menton pour attirer le regard de Charlotte sur son corps. Alors Charlotte comprit ce qu'il voulait dire, ce que le soigneux arrangement des couvertures dissimulait : là où ses jambes auraient dû se trouver, il n'y avait rien, hormis des couvertures repliées. Ses bras aussi manquaient, amputés au niveau des épaules.

Il l'observait en train de le regarder. Elle discerna la souffrance, passée et présente, sur son visage. Il n'était pas né ainsi, ni n'avait été victime d'un accident. Quelqu'un le surplombant, avec des mains fermes et une arme tranchante, avait abaissé la lame.

— Ma pénitence, déclara Burke.

— Vous n'avez pas… Cela ne peut pas se réparer ? demanda Howland.

— Pas des blessures aussi graves. J'aurais donc du mal à vous nuire, Mr Howland, même si je le souhaitais.

Charlotte se rendit compte alors que ses blessures lui étaient chères, la preuve qu'il avait souffert, et cela lui apparut soudain comme futile. Sa souffrance ne changeait rien ; elle ne pouvait pas racheter les vies auxquelles il avait sans doute mis fin. Cela lui rendait l'existence tolérable. Shadwell avait dit qu'il était utile. Peut-être cette utilité, à l'instar de ses membres manquants, lui permettait simplement de continuer d'exister.

— S'il vous plaît, reprit Burke, l'une de vous ne voudrait-elle pas s'asseoir ? Porlock, approchez ce siège du feu. Ridicule que vous soyez tous debout autour de moi. Miss Norbury, vous avez l'air épuisé. Ne voulez-vous pas vous asseoir ?

Charlotte n'avait pas d'autre choix que de s'exécuter. S'avançant, elle put distinguer Porlock plus clairement : de larges mains rugueuses, de grands yeux noirs de vache, des lèvres fines et sèches.

— Ne soyez pas effrayée, lui dit Burke.

— Je ne le suis pas.

Il sourit.

— Capital. Bon, alors Shadwell, que voulez-vous précisément savoir ?

Shadwell s'avança, s'approchant du fauteuil de Charlotte.

— Jusqu'où les nouvelles se sont-elles répandues ? demanda-t-il.

— Oh, partout, j'imagine, à présent. Miss Norbury ne court pas de danger significatif, maintenant que son frère a été capturé. Mais les membres du club sont toujours échauffés à propos de Mr Howland.

— Que suggérez-vous ? Devrions-nous risquer de le faire partir ?

— Il faudra d'abord que je connaisse tous les détails, avant de pouvoir vous répondre. Et vous ne m'avez encore rien raconté. Pourquoi tout ce tapage autour de Mr Norbury ?

— Il semble qu'il n'a pas consenti à sa transformation, répondit Shadwell.

— Je vous demande pardon ? – Burke paraissait incrédule. Mon cher Mr Shadwell, vous êtes un homme si cultivé. Vous devez savoir que le consentement est absolument essentiel. C'est l'une des observances ; il est impossible d'y contrevenir.

— Je sais bien. Mais, selon Howland, ils ont réussi à surmonter cet obstacle.

— Mr Howland a-t-il vu des preuves de son affirmation ?

— Bier m'en a parlé, répondit Howland.

— Le plus âgé ou le plus jeune ?

— Le plus âgé.

— Hum.

Burke s'efforça de se pencher en avant pour observer Howland de plus près.

— Et que vous a-t-il dit ?

Howland rapporta à Burke, très brièvement, ce qu'il avait entendu : le plan de Bier, son projet d'augmenter le nombre des membres du club aux dépens des Alia.

— Eh bien, dit Burke, lorsque Howland eut terminé. Je ne pense pas que Mrs Price apprécie. Pas du tout.

— Peut-être pourrait-on la convaincre d'agir, suggéra Shadwell. Si vous lui appreniez ce qui s'est produit.

— Voulez-vous lui parler ? demanda Burke. Je peux facilement arranger la chose. Vos intérêts sont les mêmes, pour une fois. Ni elle ni vous ne souhaiteriez voir Londres entièrement aux mains du club, n'est-ce pas ? Bien sûr que non. Alors vous feriez bien de vous entretenir, aussitôt que possible. Que pensez-vous de ce soir ?

— Ce soir ? répéta Shadwell.

Cela se passait plus vite qu'il ne s'y était attendu, pensa Charlotte.

— Ce soir, certainement. Parlez-lui. Sans doute aura-t-elle une idée ou deux. Retrouvez-la ce soir. Sur le pont de Westminster, à sept heures. Je la préviendrai que vous l'y attendrez.

— Et si elle refusait ? demanda Adeline.

— Je crois qu'elle acceptera, dit Burke. Je lui dirai que vous amènerez Howland avec vous.

Et lorsque Shadwell ouvrit la bouche pour protester, Burke ajouta :

— Non, il va falloir, vous le savez bien. Elle voudra s'assurer par elle-même. À partir de ses pensées.

— Nous en parlerons plus tard, intervint Adeline. Mais que se passera-t-il après ?

— Oh, je l'expédierais hors de Londres. Aucun abri ne sera assez sûr. Si ce que j'entends est en partie vrai, le club n'a pas été aussi en rage depuis longtemps. Ils fulminent, vraiment. Ils n'abandonneront pas facilement. Le mieux consisterait à le mettre dans un train et à l'envoyer le plus loin possible. Mais demain matin. Vous devez d'abord l'emmener voir Mrs Price. Il est inestimable, il peut tout lui raconter.

Il leva les yeux vers Porlock.

— Elle a un faible pour les jeunes hommes beaux, n'est-ce pas, Porlock ?

Porlock ne répondit rien.

— En tous les cas, je ne tenterais pas de faire partir qui que ce soit de Londres aujourd'hui. Le club s'y attendrait.

Il regarda Charlotte.

— Je suppose que vous prévoyez de faire partir Miss Norbury aussi ? Ce n'est pas une situation pour une jolie jeune femme. Ce serait beaucoup plus sûr loin d'ici. Oui, partez demain matin, tous les deux. Vers midi.

Il jeta un coup d'œil à l'horloge au-dessus de la cheminée – il faisait trop sombre pour que Charlotte puisse y lire l'heure.

— Maintenant, comment allons-nous vous renvoyer chez vous ? Marcher est dangereux. Un cab vaudrait mieux, je suppose.

Il regarda de nouveau Porlock.

— Porlock, allez leur chercher une voiture. Et attention, un véhicule décent.

— Un cab ? répéta Porlock.

— Pour les reconduire, Porlock. Vous comprenez ?

— Oui, monsieur.

— Allez-y, alors, espèce de truie stupide. Ne restez pas là à me fixer.

Il parla d'un ton horrible, mélange d'irritation et de jovialité. Porlock ne répliqua pas, mais elle hocha la tête d'un air grave et remonta d'un pas raide.

— Je suis désolé, s'excusa Mr Burke, c'est un trésor, mais pas de la première intelligence.

Il prononça ces mots d'une voix forte, Porlock avait certainement entendu.

— Bon, Shadwell, ajouta-t-il. Où devrions-nous précisément expédier Howland demain ?

— Hors d'Angleterre, dit Adeline. En France, pour commencer…

— Pourquoi tenez-vous tellement à envoyer les gens là-bas, je ne comprends pas, interrompit Burke. Par patriotisme ? Cela ne peut pas être lié à d'agréables souvenirs, vous n'y avez pas mis les pieds depuis votre enfance, si, *mademoiselle* Swift ? À mon époque, nous menacions les enfants de les expédier en France s'ils étaient vilains et leur disions que Bonaparte les cuirait dans sa soupe.

Il se trémoussa un peu pour s'installer plus confortablement.

— Eh bien, disons la France, alors. Un endroit aussi bien que n'importe lequel, étant donné les circonstances. Et, n'oubliez pas, faites-moi savoir lorsque vous aurez vu Mrs Price… Je me demande, Miss Swift, si vous seriez assez aimable pour rajouter un peu de bois dans le feu ?

La chaleur donnait mal à la tête à Charlotte, ses habits lui paraissaient rances et sales, et elle avait conscience de transpirer de peur.

Tandis que la bûche qu'Adeline avait jetée avec dextérité au milieu des flammes s'embrasait, Burke frissonna.

— J'espère que vous me pardonnerez, dit-il en regardant Charlotte. Je suis très sensible au froid. Il leva les yeux sur Shadwell. Y avait-il autre chose que vous vouliez me demander, Shadwell ?

— J'avais une question à vous poser, en réalité, dit Charlotte.

Tout le temps où ils avaient évoqué des gens et des lieux qui lui échappaient, cette question avait constitué son seul objectif.

— Mon frère. Je veux l'extraire du club. Et je veux trouver un remède pour lui. Y a-t-il un moyen ?

— Ah. Oui. C'est dommage, mais je ne pense pas que l'on puisse faire grand-chose pour lui à l'heure actuelle. Même s'il était possible de le sortir du club.

— Mais…

Elle sentit la main d'Adeline se poser fermement sur son épaule.

— Sauvez-vous, lui dit Burke. Si Mr Norbury croise un jour mon chemin – je crains que ce soit peu probable –, alors je le conseillerai de mon mieux.

Adeline, la main toujours appuyée sur l'épaule de Charlotte, dit :

— Merci pour votre aide. Nous vous donnerons des nouvelles dès que possible.

— Une dernière chose, avant que vous partiez, ajouta Burke. Shadwell ?

— Oui, répondit Shadwell, je n'avais pas oublié.

Il se mit à retirer son manteau.

— Miss Norbury, Mr Howland, voudriez-vous bien attendre à l'extérieur ?

— Qu'est-ce que vous… commença Howland.

Adeline l'interrompit :

— S'il vous plaît. Patientez dehors. Nous n'en avons pas pour longtemps.

Charlotte se leva.

— Allons-y.

Tandis qu'elle parlait, Howland tourna la tête vers elle et, pendant un instant, elle aperçut de nouveau dans ses yeux cet air morne et funeste qu'elle avait discerné la veille au soir dans Wych Street. Un regard plongé dans l'abysse, désespéré. Il se rappelait des scènes épouvantables, dépassant l'imagination.

— Allons-y, répéta Charlotte et, comme Howland ne bougeait toujours pas, elle mit de côté toute forme de politesse et le prit doucement par le bras, le conduisant dehors et fermant la porte derrière eux. Devrions-nous monter ? demanda-t-elle, lorsqu'ils furent seuls dans l'escalier.

— Il vaut mieux rester ici, je suppose, répondit Howland, d'un ton plutôt grave. Au cas où ils auraient besoin d'aide.

Elle lui avait lâché le bras dès qu'ils étaient sortis de la pièce ; à cet instant, il passa devant elle, puis s'assit sur les marches. Ils gardèrent le silence pendant un petit moment, aucun son ne leur parvenait de l'intérieur.

— J'imagine qu'ils ont un arrangement, dit Howland.

— Oui, j'imagine.

Elle aurait souhaité qu'il cessât de parler. Il serait plaisant de s'asseoir et de demeurer silencieux et immobiles pendant un court instant. C'était ce qu'elle pouvait espérer de mieux, là tout de suite.

— Vous ne pensez pas que nourrir cette créature soit une bonne action, certainement ?

— Je pense qu'ils savent ce qu'ils font. En outre, vous avez dit vous-même plus tôt qu'elles conservaient peut-être une part d'humanité. Ces créatures.

— Peut-être.
Il se détourna.
— Je suis désolé pour votre frère.
Elle regrettait leur décision de ne pas être montés ; l'espace était trop exigu dans l'escalier pour eux deux.
— Vous n'êtes pas obligé d'aller voir cette Mrs Price ce soir, finit-elle par dire. Si vous ne le souhaitez pas.
— Quoi, et qu'ils pensent que je suis un lâche ? Pas question.
— Ils vont vouloir… s'introduire dans vos pensées. C'est ce que Burke a dit.
— Je sais. Et je comprends qu'y aller présente un risque, mais je suppose que je me débrouillerai.
Il paraissait de nouveau résolu, déjà remis de ce moment désagréable de réminiscence. Si elle n'avait pas été plus avisée, elle aurait pensé qu'il ne comprenait pas l'entière signification de ce dont ils avaient tous les deux été témoins.
— Et ce sera forcément intéressant, ajouta-t-il. Ce sera une aventure, non ? Mieux que de tirer sur des ours, c'est sûr.
Évidemment, il ne se laisserait pas influencer. Il avait décidé qu'il devait se montrer courageux et héroïque, et si cela impliquait risquer sa vie, il n'en avait cure. Peut-être prenait-il réellement plaisir au danger. Certaines personnes devaient être naturellement enclines à rechercher l'aventure.
— Êtes-vous fatiguée ?
— Un peu.
Il se leva.
— Voulez-vous vous asseoir ?
— Non, je suis bien comme cela.
Sa robe se salirait sûrement – ou du moins se salirait un peu plus.
Il enleva son manteau et l'étala sur les marches.
— Tenez. Reposez-vous un moment. J'imagine qu'ils n'en ont plus pour très longtemps.
Elle le remercia et s'assit.
Les nouvelles de Burke étaient comme une hideuse blessure, une brûlure affreuse que l'on ne pouvait s'empêcher de regarder constamment. Elle savait – elle l'avait su dès que Burke lui avait appris la capture de James – qu'il lui était impossible

de partir maintenant. Tant qu'il y avait une chance de le trouver, elle continuerait de chercher. Et si cela devait mal se terminer pour elle, ce serait mieux que de vivre saine et sauve et en bonne santé, tout en sachant qu'elle l'avait abandonné. Il n'existait pas d'autre issue. Il lui apparut alors qu'elle n'avait même pas idée d'où se trouvait le club, dans quel quartier de Londres James était emprisonné. Il était peut-être à seulement quelques rues d'elle, et pourtant il n'y avait pas moyen de parvenir jusqu'à lui.

Son esprit refusait de se calmer. Ses pensées se saisirent des mots de Burke – “ils vont prendre leur temps avec lui” – et commencèrent à lui montrer en images, à la fois vagues et terrifiantes, ce que cette phrase pouvait impliquer.

## 23

*[Morceau de papier de la main d'Augustus Mould, daté 20 avril 1893]*

Je n'arrive toujours pas à accepter cette perte. Des années de notes et de réflexions sont maintenant détruites – ou pire. Sans mon carnet, j'ai du mal à penser, et il devient facile de verser dans la panique et la confusion.

Aussi, j'ai résolu de consigner mes remarques puis de les brûler quand j'aurai terminé ; c'est la seule conduite sûre à suivre. Je ne parviens pas à croire à ma stupidité. Des décennies d'imbécillité – j'aurais pu être victime d'un désastre pareil à n'importe quel moment.

Je suis tellement en colère contre moi-même qu'il ne me reste quasiment aucune rage envers Norbury.

Nous l'avons récupéré. Il m'a blessé et a pris mon carnet pendant notre lutte. Je n'ai aucune idée d'où il l'a caché. Dans l'un des compartiments des catacombes, je suppose. Seul lui pourrait me dire lequel.

Il est emprisonné à présent. Edmund a décidé d'attendre un moment avant de le soumettre à expérimentation, pour lui permettre de réfléchir à ses erreurs – et de se rétablir. Les effets de l'eau bénite l'affaibliront pendant un peu de temps encore. Il sera utile, une nouveauté – mort-vivant contre son gré –, un sujet adéquat pour mener des expériences.

Ils poursuivent toujours Mr Howland. Quand ils l'auront capturé, nous pourrons continuer. Edmund maintient que l'Entreprise procédera comme prévu.

Au club, les autres sont moins enthousiastes. Corvish clame que cette affaire a tout gâché. J'ose dire qu'il a raison. Et la tragédie de Paige a été un autre coup. Edmund a assisté aux funérailles et exprimé ses regrets. Paige s'est montré assez courtois en acceptant ses condoléances. Il a été affable à propos de tout, à la suite de ce choc initial.

Donc, nous continuerons. Ce ne devrait pas être trop difficile désormais de remettre tout en ordre.

## 24

Lorsque Shadwell émergea du salon de Burke, il était significativement plus pâle, prenant appui sur le bras d'Adeline.

Lewis, le secrétaire de Burke, les attendait en haut de l'escalier.

— Le cab est avancé, annonça-t-il d'un ton hautain avant d'ouvrir la porte du bureau.

Avec une rapidité presque déconcertante, ils se virent reconduits sur le trottoir.

Le trajet de retour se déroula dans le silence. Arrivée à Wych Street, Charlotte suivit les autres à l'intérieur du magasin et dans l'escalier, puis s'assit tandis que Howland se mettait à faire les cent pas et qu'Adeline allumait le feu, mettait de l'eau à chauffer et s'occupait de Shadwell, toujours affaibli par l'épreuve qu'il avait subie. Elle devrait se rendre utile, pensa-t-elle, apporter son aide, mais rien que se mettre debout lui paraissait trop pénible à ce moment-là.

— Voilà, déclara Adeline.

Elle avait fini de bander le poignet de Shadwell. Il y avait un chiffon maculé de sang par terre à côté du fauteuil. Charlotte détourna le regard.

— Restez assis et ne bougez pas, ordonna Adeline. Je vais chercher le thé.

Lorsque Charlotte tenta de se lever, Adeline ajouta :

— Vous non plus, ne bougez pas.

Quand tout le monde fut servi, Adeline se versa une tasse, s'installa sur le bras du fauteuil de Shadwell et se mit à boire, s'arrêtant de temps en temps pour jeter un coup d'œil attentif à Shadwell. À un moment – lorsqu'il s'embarqua dans le récit de l'une de leurs aventures, une histoire qui débutait avec un troupeau de moutons et un personnage en cire volé –, Adeline le modéra. Autrement, elle le laissa continuer sans interruption.

— Depuis combien de temps nourrissez-vous cette créature ? demanda Howland.

— Quelques années, répondit Adeline, et Charlotte vit qu'elle ne s'offensait pas de la brusquerie de Howland – au contraire, elle semblait apprécier son côté direct. Peut-être se ressemblaient-ils un peu : tous deux si peu anglais. Certaines choses ont un prix.

— Qu'envisagez-vous si cette Price refuse de vous aider ? demanda Howland.

Ni l'un ni l'autre ne répondit. Howland les regarda tour à tour, mais n'insista pas.

Finalement, Shadwell parla :

— Ce qu'il faut considérer est ce que vous envisagez pour ce soir, Miss Norbury. Préférez-vous rester ici ?

— Je vous accompagnerai, répondit Charlotte.

La décision fut rapidement prise. Peut-être qu'avoir une personne de plus aiderait Howland.

Shadwell se leva puis, paraissant pris de vertige, se rassit.

— Très bien. Dans ce cas, je suppose que nous pourrions établir nos plans pour demain. Le train, je veux dire. Avons-nous un guide Bradshaw des itinéraires de trains quelque part ?

Il entama une discussion avec Adeline sur les trains, une conversation à laquelle Howland se joignit, débattant des mérites d'un itinéraire par rapport à un autre, du temps que le voyage de Londres à Paris prendrait. C'était de cette façon qu'ils comptaient prévaloir sur elle. Ils ignoreraient ses objections, poursuivraient leur plan étape par étape, jusqu'au moment où il serait trop tard pour résister. Elle quitterait Londres demain, s'ils l'emportaient, et ne reverrait jamais James.

— C'est décidé, alors, entendit-elle Shadwell déclarer de l'autre bout de la pièce.

Il referma le guide d'un coup sec.

— Et maintenant, que penseriez-vous de déjeuner ?

Tandis qu'ils mangeaient, Shadwell leur donna un cours sur la nature des créatures qu'ils devaient rencontrer ce soir-là, en préparation des dangers à venir, et aussi pour combler le silence. La discussion continua après le repas. Ni Shadwell ni Howland ne parurent remarquer lorsque Charlotte se dirigea en silence vers la porte du salon. Adeline, sur le départ pour aller rendre visite à sa mère (et quelle sorte de femme pouvait bien être la mère d'Adeline ?) la vit sortir mais ne dit rien.

Dans la chambre d'Adeline, Charlotte se sentit soulagée de faire le lit. Après quoi, elle s'assit, frissonnant légèrement. À défaut de mieux, elle récupéra la sacoche en cuir de James, sortit les livres et les papiers qu'elle avait rapportés de chez lui et les étala sur le lit. Lentement, elle se mit à les trier, les arrangeant par date et par type – des billets de théâtre, une facture pour de nouveaux gants, une autre pour six cols en lin. Une lettre de Mrs Chickering. Un poème gribouillé et illisible, chiffonné comme s'il était resté longtemps dans une poche. Une heure passa, puis une deuxième, et toujours elle poursuivait son activité, s'arrêtant fréquemment pour lire.

Coincée entre un vieux billet de théâtre et une page remplie de ce qui devait être des noms de personnages pour une pièce, elle découvrit une carte, bordée de vert, qui portait une adresse : celle du club Aegolius.

Il se trouvait donc là. Maintenant, elle connaissait la rue même où il était emprisonné. Elle fixa les quelques lignes brèves d'écriture jusqu'au moment où celles-ci s'imprimèrent dans sa mémoire.

L'autre côté de la carte était orné d'un dessin de chouette, partiellement obscurci par des gribouillis tracés au crayon, quelqu'un avait écrit à la hâte, veillant au peu d'espace disponible.

Le message était difficile à déchiffrer. Quand elle finit par y parvenir, elle comprit qu'il s'agissait d'une lettre d'adieu. Peut-être n'existait-il qu'une seule lettre de ce type, songea-t-elle, différant simplement dans le choix des tournures, parce que le mot contenait tout ce qu'elle aurait dit à James, s'il y avait eu le temps. Amour et gratitude, et une promesse de retour, si un tel retour était possible.

Et là, au bas de la carte, écrite au crayon en très petit de la même main, se trouvait une autre adresse. *Mrs Howland. Boston, Massachusetts.* Charlotte laissa tomber la carte, se sentant comme une espionne.

Elle entendit des pas dans l'escalier et sursauta malgré elle, culpabilisant bêtement. Elle eut à peine le temps de ranger la carte avant qu'Adeline n'entrât, de retour de chez sa mère et toujours vêtue de son manteau, tenant à la main un paquet enveloppé de papier marron.

Charlotte vit le regard d'Adeline se poser sur le lit, sur les papiers largement étalés dessus, formant une sorte de second édredon.

— Je suis désolée… ils appartiennent à James. Je vais les enlever.

— Aucune importance, dit Adeline.

Charlotte eut l'impression qu'elle l'examinait.

— Vous pensez que vous pourriez dormir ? Cela vaudrait peut-être la peine d'essayer.

— Je ne pense pas que j'y arriverais.

Adeline s'assit de l'autre côté du lit, écartant les papiers de James pour dégager de la place, à l'instar de feuilles mortes.

— Vous savez que vous devez partir demain, dit-elle d'un ton brusque.

— Et où irais-je ? En France ?

— Ce n'est pas si mal.

— Pardon. Ce n'est pas ce que je voulais dire.

— Mais vous n'êtes pas obligée d'aller là-bas. Pourquoi ne retournez-vous pas chez vous ? Ils ne s'intéressent plus à vous. Ils ont votre frère, ils n'ont pas besoin de vous pour servir d'appât. Ils ne recherchent plus que Howland à présent.

— Je ne peux pas laisser James ici.

— Qu'envisagez-vous, alors ? D'essayer de le sortir de là ?

Charlotte garda le silence. C'était son seul plan, et il paraissait ridicule formulé ainsi par Adeline sur un ton sec.

— Ils vous tueront, ajouta Adeline.

— Peut-être pas.

— Il est probablement déjà mort, et si ce n'est pas le cas, vous mourrez en tentant de l'extraire, et si même vous y parvenez, il vous tuera de toute façon.

Charlotte se trouva incapable de mobiliser sa colère – la brutale vérité l'avait laissée abasourdie. Elle se leva ; les papiers volèrent en tous sens…

— Non, écoutez.

Adeline lui prit la main et, bien que Charlotte pût à peine supporter d'être touchée, elle se rassit sur le lit, toute énergie pour continuer de discuter l'ayant abandonnée.

— S'il vous plaît. Essayez de comprendre, d'une manière ou d'une autre, c'est du suicide.

Son accent, que Charlotte avait remarqué avant, lui parut plus marqué à ce moment-là – elle rendait le mot "suicide" élégant, étiré en longueur, des voyelles concises et légères accompagnées d'un sifflement.

— Rentrez chez vous, dit-elle.

— Vous ne saisissez pas.

— Si vous le faites sortir, vous le regretterez.

Elle avait détourné les yeux de Charlotte et regardait maintenant en direction de la petite fenêtre souillée, encadrant un minuscule carré de ciel londonien.

— Vous essaierez tous les remèdes que vous pourrez trouver, vous espérerez chaque jour que ce soit celui par lequel il vous reviendra, et il ne reviendra jamais. Et il vous suppliera d'arrêter, pour l'empêcher d'accomplir un acte terrible. Et au bout du compte, vous y mettrez fin. Vous comprenez ?

— Adeline…

— Il voudrait que vous viviez, ajouta-t-elle. Vous devez vous le rappeler. Il voudrait que vous viviez, que vous soyez *heureuse*. Vous devez renoncer à cette…

Là, elle fut interrompue par Shadwell appelant d'en bas. Le temps passait, il faudrait bientôt qu'ils se préparent à y aller.

*

Devant eux se trouvait le pont de Westminster, s'étendant pardessus le fleuve sombre, les lumières ondoyant sur le clapotis de l'eau telles des étoiles flottantes. De nombreux piétons et véhicules passaient sur le pont. Rafferty les déposa dans la rue, un peu à l'écart, et leur souhaita bonne route en les raillant d'un : "Tant la cruche va à l'eau qu'à la fin elle se brise."

Le crépuscule s'était installé lentement. Adeline portait de nouveau ses vêtements d'homme. Dans la semi-pénombre du soir, peu de gens lui accordaient un second regard. Elle avait imposé à Charlotte de lui emprunter un chapeau – chic et simple, avec un ruban aux rayures noires et blanches ingénieusement noué et une voilette (il n'y avait pas de mal à se montrer prudent). Le visage couvert, Charlotte s'aperçut que les passants devenaient effroyablement indistincts et leurs figures floues. Seules les personnes qui étaient tout près lui apparaissaient clairement – Adeline et Shadwell, portant le sac de voyage, et Howland, le visage dissimulé par une épaisse écharpe de laine et un chapeau en feutre de Shadwell enfoncé sur le crâne. Il avait l'impression d'être un agent secret, leur avait-il dit.

Adeline annonça d'un ton sec, en pointant du doigt devant eux :

— Les voilà.

Shadwell suivit son regard.

— Oui, je crois bien.

— Où précisément… commença à demander Charlotte.

Puis elle les vit. Ils se tenaient au milieu du pont, remarquablement – désagréablement – immobiles. Ils étaient deux à attendre. L'un avait l'apparence d'une femme ordinaire, quelque part entre trente et quarante ans, vêtue d'une longue cape et d'un vieux bonnet ridicule qui aurait pu appartenir à la mère de sa mère. Tandis que Charlotte l'observait, la femme leva soudain la tête et sembla croiser son regard, et Charlotte ne put s'empêcher de tressaillir. Ses yeux devaient être d'un bleu très clair, mais de loin ils paraissaient presque blancs. Cela donnait l'impression de regarder fixement dans les yeux d'une panthère et de se retrouver confronté à une intelligence humaine, un esprit calculateur.

L'homme semblait avoir dix ans de moins que sa compagne. Il portait une fleur de médaille-de-judas à la boutonnière et un chapeau démodé en peau de castor. S'il n'avait pas été l'une de ces créatures, songea Charlotte, il aurait pu être considéré comme beau, dans le genre vulgaire et ostentatoire. Il se tenait aussi immobile que la femme, à un détail près : tandis qu'il les examinait, il se léchait les lèvres avec une minutie répulsive.

— Venez, dit Adeline. Ils nous attendent.

— Si quoi que ce soit tourne mal, marmonna Shadwell, courez en direction de l'endroit le plus animé.

— Ils n'ont pas l'air si épouvantables, déclara Howland.

Plus l'heure de leur départ approchait, plus sa gaieté avait crû. Maintenant, il était peut-être le plus calme d'eux quatre.

Lorsqu'ils se trouvèrent à portée d'oreille, ils s'arrêtèrent et patientèrent en les observant. Tous ses instincts dictaient à Charlotte de s'enfuir.

— Bonsoir, dit Shadwell à l'adresse de la femme.

— 'soir, répondit la femme. Elle avait une voix grave, assez râpeuse. Ça fait un bout d'temps, Shadwell.

— En effet.

— Pas des occasions les plus plaisantes, hein ?

— Bon, inutile de s'appesantir là-dessus, répliqua Shadwell. Nous partageons les mêmes intérêts, finalement.

Le compagnon de Mrs Price ricana.

— Voici Mr Gil, dit Mrs Price. Elle posa les yeux sur Charlotte et Howland. Et qui sont ces deux-là ?

— Mr Howland et Miss Norbury, répondit Shadwell. Peut-être avez-vous déjà entendu leurs noms.

Mrs Price sourit – une expression qui donna un haut-le-cœur à Charlotte.

— Entendu parler d'un certain Norbury, dit-elle. Celui qui s'est échappé, non ? Une de mes filles est tombée sur lui hier. Y disent qu'il est d'retour avec l'Autre Gang maint'nant.

Elle regardait Charlotte avec un vague intérêt, un léger dégoût, rien de plus. Charlotte lutta contre un besoin désespéré de poser des questions.

— Était dans un sale état, Liza a dit.

Mrs Price se tourna vers Shadwell.

— Tout l'club est r'monté contre lui, à c'que j'ai entendu.

Son compagnon, Mr Gil, dévisageait Charlotte, sans ciller. Elle sentit son esprit se rapprocher du sien à la dérobée. Puis elle éprouva la même horrible sensation, comme si quelqu'un avait placé une main froide contre son front – plus précisément, derrière son front.

Mrs Price tourna la tête vers son compagnon, les sourcils légèrement froncés.

— Gilbert, vous embarrassez la p'tite dame.

— Gardez tous les deux vos distances, les avertit Adeline. Rappelez-vous où vous êtes.

— Oh, vous en faites pas, mon cœur, répondit Mrs Price – elle usait d'une voix spéciale pour Adeline, comme si elle la considérait un peu moins méprisable que tous les autres. On s'ra bien élevés.

Elle se tourna vers Shadwell.

— Burke dit qu'vous savez quèque chose. Sur c'qui s'passe. Burke dit que le club a un plan. Et qu'vous savez c'que c'est.

— En effet, répondit Shadwell.

— Et pourquoi on d'vrait vous croire ?

— Mr Burke nous a crus, répliqua Adeline.

— C'est un homme distingué, Mr Burke, pour sûr. C'qui veut pas dire qui s'trompe jamais.

À ce moment-là Howland se mit à parler, les yeux fermement fixés sur Mrs Price :

— Je peux prouver que c'est la vérité.

— Vraiment, vous pensez ? demanda Mr Gil.

Sa voix était insinuante, étrangement fluide, capable de s'infiltrer dans les fissures, les interstices, les points faibles. À l'écouter, Charlotte se sentait comme souillée.

— Voyons voir, alors, hein ?

Mrs Price se rapprocha de Howland, puis grommela, sans tourner la tête :

— Vous pouvez ranger ça, ma chère Miss Swift.

Adeline avait porté une main à la poche de son manteau.

— Je vais pas lui faire de mal. Je veux juste voir. Voir bien comme y faut. Et à moins qu'je voie par moi-même, c'est foutu. Vous pouvez faire affaire avec le club tout seuls.

Mr Gil gloussa.

Shadwell regarda Howland.

— Êtes-vous toujours prêt… ?

Il était soucieux des sentiments de Howland, mais, comme Charlotte s'en rendit compte, déterminé à tout prix. Il était prêt à soumettre Howland à cette épreuve pour parvenir à ses fins. Adeline aussi. Évidemment, leur profession devait exiger un certain degré de brutalité. Elle faillit pourtant leur demander d'arrêter ; ce qu'ils envisageaient pour Howland lui paraissait cruel.

— Oui. Tout va bien, répondit Howland. Laissez-la regarder, s'il le faut.

— Voilà un bon garçon, lui dit Mrs Price. Ce sera plus facile si vous n'vous débattez pas.

Elle se tourna vers Mr Gil.

— Empêchez-moi d'aller trop loin.

Peut-être ce que Mrs Price s'apprêtait à entreprendre comportait-il alors une part de danger pour elle, de même que pour Howland. C'était une pensée réconfortante.

— Vous avez une minute, la prévint Adeline. Pas plus.

Sa main n'avait pas bougé de sa poche de manteau.

— C'est tout c'dont j'ai besoin.

Observant attentivement, Charlotte vit l'instant précis où Mrs Price atteignit l'esprit de Howland. Son regard serein fut troublé par une expression d'horreur et de douleur si intenses que Charlotte se sentit obligée de détourner les yeux pendant un instant.

— Mon bon p'tit gars, dit Mrs Price. Laissez-moi entrer.

Et il avait dû s'exécuter, parce que les yeux de Mrs Price s'étaient éclairés. Ses lèvres étaient retroussées sur ses dents. Elle avait l'air d'être plongée dans une concentration d'énergie mentale presque sauvage.

Howland articula silencieusement quelque chose.

— Non, murmura-t-il. Puis, plus fort : Non.

Mrs Price rit doucement.

— Idiot.

— Non, répéta-t-il, et finalement Shadwell s'avança.

— Cela suffit.

Mrs Price relâcha Howland. Il chancela et trébucha contre le rebord du trottoir. Si Charlotte ne l'avait pas attrapé par le poignet et tiré en arrière, il serait tombé juste devant un omnibus qui arrivait – orné de publicités colorées, débordant de passagers, roulant rapidement et avec fracas. Quelques secondes plus tard, il aurait été broyé sous les grandes roues grinçantes.

— Est-ce que vous allez bien ? demanda Adeline, regardant Howland avec inquiétude. Vous a-t-elle fait mal ?

— Non. Pas mal.

Howland s'appuyait sur Charlotte ; elle ne voulait pas lui lâcher le bras pour le moment – et Mr Gil les observait toujours tous les deux. Elle le sentait tourner encore autour de ses pensées, telle une nuée de corbeaux, s'approchant un peu plus à chaque instant.

Elle se rappela un conseil que Shadwell leur avait donné au déjeuner : pensez à de la musique. Mais regarder dans les yeux de Mr Gil lui donnait l'impression de n'avoir jamais entendu aucun air de sa vie.

— Restez éveillé, disait Shadwell à l'adresse de Howland. Quoi que vous fassiez, vous devez demeurer conscient.

— Rester éveillé, répéta Howland. D'accord. Bien.

— Surveillez-le, ordonna Shadwell à Charlotte.

À Mrs Price, il dit :

— Je crois que vous en avez assez vu.

Elle acquiesça d'un hochement de tête. Elle avait de nouveau les yeux ternes, comme avant d'avoir interrogé Howland ; toute expression avait disparu de son visage. Il était impossible de percevoir ce qu'elle pensait.

Charlotte remarqua un fait curieux : les piétons sur le pont s'écartaient au passage de Mrs Price et de Mr Gil sans paraître en avoir conscience. Aucun d'eux ne se retourna pour regarder le petit groupe, bien qu'il occupât une grande partie du trottoir.

— Si nous devons nous aider… commença à dire Shadwell.

— J'dois réfléchir, répliqua Mrs Price. Nous vous f'rons savoir ce soir.

— Par l'entremise de Burke ? demanda Adeline.

— Non. Nous enverrons un messager direct.

— Hors de question, rétorqua Shadwell.

— Pourquoi ? Indiquez-nous où vous trouver. Gage de bonne foi, en quèque sorte.

— Non, déclara Adeline.

— Alors vous pouvez vous débrouiller tout seuls avec le gang du club.

Shadwell lança un coup d'œil à Adeline, puis regarda de nouveau Price.

— Vous devriez savoir que nous allons sans doute déménager bientôt, dit-il, mais, oui, en gage de bonne foi, je vous donnerai une adresse.

— Écrivez-la.

— Non, répéta Adeline. Vous la retiendrez. Un morceau de papier est vite perdu.

— Entendu, répondit calmement Mrs Price.

Elle avait remporté une victoire, comprit Charlotte, et était disposée à se montrer courtoise concernant les détails.

Adeline répéta l'adresse de Wych Street, et Price opina du chef.

— J'me souviendrai.

— Bien, conclut Shadwell. Nous attendrons votre message.

Mrs Price tourna les talons et s'en alla. Mr Gil s'inclina avec ostentation, puis lui emboîta rapidement le pas.

— Tache de petit-déjeuner, vous croyez ? cria-t-il à l'adresse de Shadwell.

Il faisait pratiquement nuit à présent. Tous les quatre restèrent immobiles à observer Mr Gil rattraper Mrs Price à la hâte et lui offrir son bras. Pendant une minute ou deux, il leur fut possible de les voir se mouvoir à travers la foule, tels deux poissons filant dans un cours d'eau. Ensuite ils disparurent, et Charlotte eut peine à croire qu'ils aient jamais été là.

# 25

De retour à Wych Street, Shadwell et Adeline montèrent, s'enfermèrent dans l'une des chambres et se disputèrent furieusement. Ils avaient à l'évidence attendu pendant tout le trajet. D'en bas, leurs voix étaient audibles mais indistinctes.

Dans le salon, Charlotte s'assit, trop lasse pour retirer son manteau et son chapeau. Howland se mit à déambuler dans la pièce, retournant des livres, s'approchant de la fenêtre pour regarder dans la rue.

— Vous pensez vraiment que c'est prudent ? finit par demander Charlotte. Quelqu'un pourrait vous apercevoir.

— Peu probable, je dirais.

Mais il laissa le rideau retomber, s'éloigna de la fenêtre et s'installa dans le fauteuil en face de Charlotte.

— Alors, demanda-t-il. Que prévoyez-vous de faire demain ?

Au début, elle ne comprit pas bien la question, formulée de manière si légère, comme si tous deux étaient les clients d'un même hôtel, débattant des mérites de l'une ou l'autre des attractions locales.

— Ils ne cessent de me dire de partir, répondit-elle. Je suppose que c'est ce que j'ai de mieux à faire.

S'en convaincre lui aurait apporté un certain réconfort. La certitude qu'elle avait éprouvée dans le bureau de Burke commençait à flancher. Les autres avaient peut-être raison, sur le fait que même James, s'il le pouvait, l'aurait exhortée à s'enfuir.

— Eh bien, tenez-moi au courant si vous changez d'avis. Vous aurez besoin d'aide, si vous décidez de rester.

Comme il serait merveilleux de pouvoir le croire, pensa-t-elle, merveilleux de profiter de l'occasion. D'avoir une personne avec laquelle elle pourrait partager tout cela.

Ils se turent pendant un moment, écoutant les sons étouffés de la dispute à l'étage. Au bout de quelques minutes, les voix au-dessus se calmèrent, puis ce fut le silence.

— J'aurais bien envie de manger quelque chose, déclara Howland. Et vous ? Avez-vous faim ?

— Un peu, je suppose.

— D'accord, attendez ici, et j'irai nous chercher à manger.

— Je vous demande pardon ?

— J'irai nous chercher à manger, répéta-t-il – il essayait de donner à sa proposition un air sensé, raisonnable, et pourtant il devait parfaitement savoir que cette suggestion était à la fois ridicule et stupide.

— Vous ne pouvez pas sortir, répliqua patiemment Charlotte. Ils vous cherchent toujours. On pourrait vous voir.

— Je suis prêt à courir le risque. N'importe quoi pour ne pas être enfermé toute la soirée.

Il enfilait déjà son manteau et attrapait ses gants et le chapeau emprunté.

— Pensez-vous que j'aurai besoin de l'écharpe ? ajouta-t-il.

Elle aurait pu la lui jeter à la figure.

— Vous ne pouvez pas sortir. C'est absolument insensé…

— Écoutez, je ne vais pas loin, et c'est une très grande ville. Ils ne me trouveront pas.

Elle poussa un soupir.

— Attendez, alors.

Elle attrapa ses gants à son tour.

— Quoi, vous allez me protéger ?

— Non, Mr Howland. J'ai simplement envie de me promener. Si des membres du club vous trouvent, ils peuvent vous accueillir à bras ouverts, en ce qui me concerne.

Il sourit – furtivement, sourcils levés.

— Très bien, alors. Que diriez-vous de pommes de terre au four ? Je crois qu'il y a un stand pas loin.

— Je n'en ai jamais acheté à un étal avant, répondit Charlotte, plutôt dubitative.

— Oh, elles sont bonnes, vous verrez.

Ils seraient plus en sécurité dans une foule, songea Charlotte. Heureusement, les rues étaient toujours animées, pleines de gens en chemin pour le théâtre ou en route vers une taverne, d'avocats et de clercs, de femmes à la mine fatiguée faisant des courses, de marchands des quatre saisons et autres vendeurs ambulants, de dizaines d'étrangers misérables qui se pressaient et dont l'existence était mystérieuse.

— C'est par là. Je l'ai vu quand nous sommes passés ce matin.

Howland pointait du doigt dans la direction du Strand.

— Remontez votre col, dit-elle d'un ton sec.

— Entendu.

Maintenant qu'il avait obtenu ce qu'il voulait, il obtempérait à tout. Il lui offrit son bras avec un sourire.

Ils ne parlèrent pas tandis qu'ils descendaient Wych Street. Howland gardait le silence, plus songeur qu'elle ne l'avait vu avant. Elle se sentait soulagée de ne pas être obligée de converser ou de penser, mais d'avoir seulement à marcher et se mêler à la foule.

— Là, déclara Howland, et ils se trouvèrent devant un stand de pommes de terre au four, comme il l'avait dit.

L'homme était vieux, la peau de son visage rendue rugueuse par le vent et la pluie. Son four chaud rougeoyait dans le crépuscule. Ils n'étaient pas ses seuls clients. Attendaient également un groupe d'enfants à l'air revêche et un homme au teint cireux qui n'avait pas de manteau, vêtu d'un pantalon en velours côtelé et d'un gilet de costume. Dans toute autre circonstance, Charlotte aurait jeté un regard fasciné à l'étal et l'aurait évité, mais à cet instant rien ne lui semblait plus appréciable que l'odeur merveilleuse de nourriture.

Howland acheta huit pommes de terre sans laisser le temps à Charlotte de sortir son porte-monnaie.

— Vous les voulez salées ? demanda l'homme, sur quoi Howland hocha la tête et laissa aussi le vendeur étaler du beurre dessus, même si son couteau était loin d'être propre.

— Merci, dit Charlotte lorsque les pommes de terre furent enveloppées et qu'ils eurent rebroussé chemin.

— De rien, répondit Howland. Cela devrait nous faire du bien, je pense.

— Oui.

Elle leva les yeux vers le ciel nocturne – jamais totalement noir ici, mais teinté par les lumières de la ville d'un rouge terne.

Elle décida de ne pas penser au lendemain, pas avant d'être de retour à Wych Street et d'avoir mangé. Jusque-là, elle se contenterait de marcher et de tirer du réconfort du froid vivifiant de l'air, mêlé à la chaleur de la nourriture qu'elle tenait, la vie continuant autour d'elle. Il y avait tellement de choses, tant de gens – de tous niveaux et situations, jouant des coudes pour avancer dans l'enchevêtrement ridicule des vieilles rues.

— Étrange lieu, vraiment, dit Howland.

— Oui, je suppose.

Arrivés au niveau de la pancarte à l'oignon, ils s'arrêtèrent. Il commençait à pleuvoir. La porte du magasin s'était refermée derrière eux et ils furent contraints de frapper.

Adeline leur ouvrit avec une expression interrogatrice.

— Vous n'auriez pas dû sortir.

— C'est ce que je lui ai dit, déclara Charlotte en entrant.

— C'est vrai, acquiesça Howland tout en fermant la porte derrière eux. Miss Norbury m'a mis en garde et je ne l'ai pas écoutée. Elle m'a accompagné simplement pour me surveiller.

Adeline regarda le paquet que Howland portait.

— Qu'est-ce que c'est ?

— Le dîner.

Adeline sourit. Cela lui donnait un air plus fatigué qu'avant.

— Eh bien, mangeons alors.

Dans le salon, Shadwell était accroupi près du feu, en train de se réchauffer les mains.

— J'espère que vous comprenez à quel point vous avez été imprudents, lança-t-il sans préambule. On aurait pu vous tuer.

— Je sais, admit Howland. Je suis désolé. Il souleva le paquet contenant la nourriture. Aimeriez-vous une pomme de terre ?

— Il me faut insister pour que vous ne réitériez pas l'expérience. Ou du moins que vous vous réfréniez de mettre inutilement en danger Miss Norbury.

Howland lança un coup d'œil à Adeline – cette dame que Shadwell semblait manifestement incapable de ne pas mettre inutilement en danger – et répliqua avec douceur :

— Je pensais qu'un vrai repas nous ferait du bien à tous.

Shadwell soupira, renonçant à s'efforcer de ne pas sourire.

— Oui, vous avez sans doute raison. Merci.

Il alla chercher trois assiettes (soit les seules de la maison, soit les seules propres). Ils répartirent les pommes de terre, deux par personne, Adeline et Shadwell se partageant une assiette, aussi cordiaux que si la dispute n'avait jamais eu lieu.

Les pommes de terre étaient très chaudes, légères et jaune pâle à l'intérieur, et avaient meilleur goût que Charlotte ne s'y était attendue. Lorsqu'elle eut fini, elle replia la peau et la mangea à la main, oublieuse des bonnes manières.

Le repas était presque terminé quand il se trouva soudain interrompu : on frappa à la porte. Tous quatre tressaillirent.

— C'est bien, déclara Adeline. Enfin, nous n'avons plus à attendre.

On frappa de nouveau.

— Voulez-vous y aller ou que j'y aille, moi ?

— Il vaut mieux que je m'en charge, je pense.

Shadwell croqua un dernier morceau de peau de pomme de terre puis se leva. Un grand bruit sourd parvint d'en bas ; quelle que fût la personne, elle s'impatientait et s'était mise à donner des coups de pied dans la porte.

— Vous deux, dit Adeline.

Elle se tourna vers Charlotte.

— Gardez la porte fermée à clef jusqu'à notre retour. Quoi qu'il arrive.

Elle regarda Shadwell :

— Prêt ?

— Oui.

Shadwell s'était saisi d'un objet posé à côté du bureau – une batte de cricket, pas moins.

— J'avais raison, tu vois, dit-il à Adeline près de la porte. Heureusement que nous n'avons pas fait installer une sonnette. Ils l'auraient déjà arrachée du mur.

— Si vous le dites, mon cher, murmura très doucement Adeline.

Leur souhaiter bonne chance paraissait idiot et puéril. Avant même que Charlotte eût le temps de leur recommander la prudence, ils étaient partis.

— Je devrais aussi y aller, annonça Howland.

— Bien sûr que non.

Elle n'avait pas l'intention de se retrouver seule à écouter et à attendre. Elle verrouilla la porte.

Il soupira.

— J'ai la fichue impression de n'avoir aidé en rien jusqu'à maintenant. Excusez-moi.

— Vous avez aidé ce soir, sur le pont. Et vous avez aidé James.

Aucun son ne parvenait d'en bas. Alors ils entendirent la porte se fermer. Des pas dans l'escalier s'ensuivirent, puis un coup à la porte du salon.

— Tout va bien, dit Adeline de l'extérieur. Ouvrez. Et reculez.

Charlotte déverrouilla la porte et s'écarta pour les laisser entrer. Ils ne se trouvaient pas seuls : avec eux il y avait une petite fille dans un manteau bleu qui ne lui allait pas.

La première pensée de Charlotte fut qu'elle n'avait jamais vu une enfant aussi maigre. Puis elle entendit Shadwell répéter la consigne d'Adeline :

— Reculez, s'il vous plaît, tous les deux… tenez-vous loin.

On pouvait discerner la véritable nature de la fillette à ses yeux. Charlotte recula jusqu'à ce qu'elle fût à bonne distance, un fauteuil entre elles. Howland ne bougea pas.

— Pourquoi l'avez-vous laissé entrer ? demanda-t-il.

La fillette lui décocha un long regard puis se mit à rire brusquement. Ce fut un bruit bref, mais fort et soudain, comme un aboiement de chien. Charlotte ne put s'empêcher de grimacer.

— Elle a insisté pour monter… commença à répondre Shadwell.

— Fait froid dehors, interrompit l'enfant, d'un ton plutôt morose.

— Et elle va bien se tenir, ajouta Adeline.

— J'ai *promis*, pas vrai ?

— S'il vous plaît, reculez, Mr Howland, dit Shadwell. Nous ne voulons pas d'accident.

Lentement, Howland s'éloigna de l'enfant de quelques pas. Il ne la quitta pas des yeux un instant.

— Maintenant tu es à l'intérieur comme tu le voulais, dit Adeline à la fillette. Quel est le message ?

— Toujours froid, rétorqua l'enfant.

Elle s'approcha du feu et tendit les mains vers les flammes – jusque dans les flammes.

— Parle.

Adeline s'avança.

— Ou tu devras te retrouver sous la pluie.

La fillette se retourna. Le feu ne lui avait causé aucune blessure : ses mains étaient toujours blanches ; la saleté sous ses ongles se voyait nettement.

— D'accord. Ça va, hein. Mrs Price dit qu'elle veut pas d'ennuis avec le club. Elle dit qu'ça mérite pas d'mettre sa vie en danger, d'se battre contre l'Aut' Gang. Gil a dit qu'ils risquaient d'nous envoyer Docteur Couteau. On l'a revu tantôt, tout l'monde l'dit.

Elle fusilla Shadwell du regard.

— Y en a y disent c'est vous.

— Comment t'appelles-tu ? demanda Shadwell.

Elle ne répondit rien, ébaucha un autre sourire, contre lequel une expression glaçante résistait, et secoua la tête.

— Très bien, déclara Shadwell. Très bien.

Il s'évertuait à ne pas montrer de déception, pensa Charlotte. L'enfant rapporterait tout à Salmon Street.

— Dis à Mrs Price que si elle change d'avis, elle peut nous recontacter.

— Mrs Price a dit que vous m'donneriez p'têt quèque chose. Pour ma peine.

— Non, rétorqua Adeline.

— Rappelle-toi ta promesse, s'interposa Shadwell, tandis que l'enfant les regardait tous d'un œil noir. Et souviens-toi de ce que Miss Swift t'a dit dehors.

— À propos du pistolet.

— Exactement, répliqua Shadwell. Rentre maintenant, et nous n'en parlerons plus.

— Bon.

La fillette sourit de toutes ses dents, une expression horrible qui leur était adressée à tous les quatre. Elle s'éclipsa de la pièce et disparut dans l'escalier. La porte du magasin se referma derrière elle avec fracas.

— Eh bien, voilà, conclut Adeline.

Shadwell poussa un soupir.

— C'était notre meilleure chance.

— Qu'allons-nous faire maintenant ?

— Nous devrons quitter Wych Street aussitôt que possible. Quant au reste, je ne sais pas.

Il s'assit et appuya le menton contre ses mains jointes.

— Peut-être Mrs Price reviendra-t-elle sur sa décision.

— Non. Je ne pense pas. Je ne crois pas qu'elle se battrait contre eux à moins qu'elle n'y soit obligée. Trop prudente pour envisager les choses autrement.

Il y eut un silence. Charlotte n'osait pas le troubler, et Adeline et Shadwell semblaient absorbés dans leurs réflexions respectives. Ni l'un ni l'autre n'avait l'air d'être plongé dans des pensées agréables.

— Qui est Docteur Couteau ? finit par demander Howland.

— C'est une de leurs histoires, répondit Adeline. Complètement inventée.

— Tu sais que ce n'est pas le cas, répliqua Shadwell. Ils ne racontent d'histoires qu'à propos de leur mort. Et au sujet de la Seraph, bien sûr.

— Eh bien, Docteur Couteau est une de leurs légendes, qu'ils ont tirée de je ne sais où, dit Adeline.

Elle s'assit près du feu. À la lumière de la flambée son visage paraissait moins fatigué, et sa voix s'était adoucie. Charlotte se rappelait James se consolant de ses griefs enfantins à l'aide de contes de fées.

— Ils racontent que Docteur Couteau est un homme avec un grand sac noir, qui les attrape et les enlève pour les découper en morceaux. À mon sens, il s'agit d'une pure invention.

— Mais ce n'est pas dans leurs mœurs.

La façon dont Shadwell répondit laissait à penser qu'ils débattaient de la question entre eux depuis longtemps.

— Tu sais qu'ils n'aiment aucune histoire inventée.

— Et la Seraph, alors ?

— Peut-être la Seraph existe-t-elle. Ce n'est pas impossible.

— Qui est la Seraph ? demanda Howland, sur le ton d'une personne connaissant son rôle, ayant entendu des histoires racontées autour de feux de camp par le passé.

— Ils disent – les morts-vivants disent – qu'elle est l'une des leurs, expliqua Shadwell. La plus ancienne de Londres. Elle est mentionnée, fugacement, dans plusieurs récits, mais la majeure partie de son histoire n'a jamais été consignée à l'écrit. Et les récits se contredisent. Certains affirment qu'elle a été amenée d'un autre pays – de Chine, ou des Caraïbes, ou encore d'Afrique ; j'ai entendu des gens mentionner tous ces lieux, et d'autres qu'elle est née à Londres et n'est jamais sortie du quartier de Southwark. D'aucuns disent qu'elle ne pourrait pas le faire, même si elle le souhaitait. Qui prétend qu'elle est élégamment vêtue, qui qu'elle est en guenilles. Mais elle va constamment pieds nus, qu'elle soit bien habillée ou pas. Et ses vêtements sont toujours gris. Ils disent que la Seraph est généreuse, alors que les morts-vivants ne le sont jamais. S'il y a des femmes ou des hommes qui souffrent, qui vivent dans la misère, elle les libère. Si une femme meurt de faim, la Seraph coupera court à sa souffrance. Si un homme doit être pendu le matin, elle lui rendra visite la nuit et prendra le bourreau de vitesse. Si un enfant non désiré naît, au sein d'une famille qui ne peut pas le nourrir, alors la Seraph frappera à la porte et emportera l'enfant avec elle.

— Quand les créatures la voient, ajouta Adeline, cela signifie qu'ils vont mourir. Je veux dire mourir pour l'éternité. C'est ce qu'ils croient. Parfois ils partent à sa recherche.

— Ils partent à sa recherche ? répéta Charlotte, ne comprenant pas.

— Oui, en effet, répondit Shadwell. Ils sont nombreux à la chercher tôt ou tard. Être préservé au-delà de son temps est une chose terrible… et mourir véritablement est si difficile à atteindre pour eux.

— Ils finissent par être épuisés, expliqua Adeline.

— Et par se sentir seuls, aussi, je pense, ajouta Shadwell. Ils se trouvent bloqués en dehors de leur époque. Tout ce qui leur est familier est voué à disparaître lentement.

Charlotte pouvait toujours discerner le bruit de la pluie. Elle n'avait jamais connu un printemps aussi lugubre. Les rideaux n'avaient pas été correctement tirés. Elle se dirigea vers la fenêtre et les ferma. La rue en contrebas était très silencieuse.

Puis Adeline dit :

— Buvons quelque chose.

— Davantage de thé ? suggéra Charlotte.

— Non. Une boisson plus forte.

— Je crois que nous avons encore du cognac, dit Shadwell, et peut-être du sucre. Nous devons sûrement pouvoir concocter quelque chose.

Adeline mit de l'eau à chauffer sur le feu, ajouta du cognac et du sucre – tout ce qu'il en restait – et remplit les tasses. Charlotte songea à refuser, mais renonça. Le mélange était sucré et brûlant, et ils burent en silence, sans trinquer.

## 26

Ils avaient tous mangé quand Liza rentra, mais Mrs P. lui avait gardé quelque chose. Une fois nourrie et après avoir raconté à Mrs P. tout ce qui s'était passé chez Shadwell, Mrs P. dit "bien" et lui annonça qu'elle avait une nouvelle mission à accomplir, demain matin tôt. Un important message à délivrer.

Liza n'aimait pas le son de "tôt", mais en même temps, Mrs P. n'envoyait jamais les autres enfants régler des affaires importantes, alors elle ne rouspéta pas. Nick était jaloux, mais lui n'était bon à rien à part faire l'idiot et raconter des histoires stupides. Bien sûr Mrs P. choisissait Liza. Liza s'en vanta devant lui et il la frappa, et ils allaient se lancer dans une bonne bagarre quand Mrs P. s'était fâchée et leur avait dit à tous d'aller se coucher, ajoutant qu'elle leur tirerait les oreilles s'ils ne se tenaient pas tranquilles. Alors ils se tinrent tranquilles.

— Elle est en colère ce soir, murmura Sally quand ils furent au lit, tous allongés les uns contre les autres, comme une portée de chatons, essayant tant bien que mal de se réchauffer.

— C'est depuis qu'y sont rev'nus, elle et Gil, après qu'y-z-ont vu Shadwell, dit Nick.

À leur retour du pont de Westminster, Mrs P. était restée assise pendant des heures devant le feu, à parler avec Gil et Agnes. Et cet horrible vieil homme, Tom Brimstone, avait débarqué sans prévenir, l'haleine pleine de gin, réclamant son ancienne chambre, et au lieu de l'envoyer promener, elle lui avait permis de rester.

Mrs P. vint chercher Liza au petit jour. Liza laissa les autres dormir – Sally et Nick toujours pelotonnés ensemble,

Une-Oreille par terre. Nick l'avait chassé du lit à coups de pied pour une raison ou une autre.

Elle emporta avec elle les bottes de Sally – elles étaient bien plus neuves et plus jolies que celles de Liza, et Sally n'autorisait jamais personne à lui emprunter ses affaires quand elle était réveillée.

Elle les enfila en bas, et Mrs Price la regarda, puis regarda les bottes.

— Elles sont à toi ? demanda-t-elle.

Liza secoua la tête.

— Bon, dit Mrs P. Elle sourit un peu. Vaut toujours mieux avoir chaud, si on peut. T'es prête ?

— J'dois faire quoi ?

— Tu sais qui est Mr Burke, non ?

Liza hocha la tête. Un homme distingué, disait tout le temps Mrs Price. Liza ne l'avait jamais rencontré.

Elle tendit une enveloppe à Liza. Elle était scellée, et il y avait quelque chose d'écrit de l'autre côté. Le nom de Burke, probablement.

Liza la tenait prudemment pour ne pas étaler l'encre.

— Ça a à voir avec Shadwell ? Et c'qu'est arrivé hier ?

— T'occupe pas de c'qui est d'dans, répondit Mrs Price. Tu dois la r'mettre à Mr Burke en main propre. C'est tout c'que t'as besoin de t'rappeler. Et va pas ailleurs que Fetter Lane. Tu vas direct là-bas, et tu reviens direct. Compris ?

— Oui, Mrs Price.

— Bien, dit-elle. T'es une bonne aide.

Dehors, il y avait déjà assez de lumière pour qu'elle soit gênée et les rues grouillaient de Rapides. Liza se tenait aux endroits ombragés, là où une enfant pouvait se faufiler en passant inaperçue.

Le temps était affreux et il faisait froid. Elle détestait le froid, ça la mettait en colère. Nick lui avait raconté que parfois les Meurtvifs devenaient congelés s'ils ne faisaient pas attention.

— Vu un gars une fois… un comme nous, avait-il dit, y a juste culbuté, il était tout g'lé. Impossible d'le réveiller. Ils ont dû l'laisser sur place à la fin.

— Y lui est arrivé quoi après ? avait demandé Liza.

— Docteur Couteau a débarqué. Y l'a emporté et découpé en p'tits morceaux.

Liza avait frémi.

— Docteur Couteau existe pas.

— Y existe foutre bien. T'as qu'à d'mander à Mrs Price si tu m'crois pas.

Nick avait raconté à tous les enfants l'histoire de Docteur Couteau. C'était un petit gars grisâtre, rien de spécial jusqu'au moment où vous vous approchiez.

— Alors vous voyez ses yeux, avait déclaré Nick.

— Mais y fait partie des Rapides, non ?

Nick opina du chef.

— Encore pire. Ça veut dire qu'y veut pas qu'on mange en tout cas.

— Mais comment y peut nous attraper ?

— Personne sait. Ceux qu'auraient pu dire, on les revoit plus jamais.

Des sornettes, pensait-elle maintenant, et elle pressa un peu plus le pas. Elle n'eut pas grand mal à trouver Fetter Lane, tout près de Fleet Street. Elle frappa à la porte, une grande porte peinte en noir laqué, comme on le lui avait indiqué. Personne ne répondit. Elle savait que Mr Burke avait une femme du nom de Porlock qui s'occupait de lui et que leur relation avait quelque chose de pas normal. Liza pensa que Porlock allait peut-être venir ouvrir et était curieuse de la voir, parce que les Rapides qui vivaient avec des Meurtvifs étaient toujours un peu bizarres, mais elle continua de frapper en vain.

Elle commençait à craindre d'attirer l'attention – des Rapides ou de l'Autre Gang ou bien de n'importe qui d'autre qui pourrait vouloir savoir ce qu'elle fabriquait. Elle frappa encore plus fort, et de plus en plus fort.

Si bien que son poing fit voler le bois en éclats – erreur qu'un vrai bébé pouvait commettre, pas quelqu'un à qui Mrs P. avait confié la tâche de délivrer un message important. Liza s'arrêta net, s'attendant à voir Porlock ou Mr Burke surgir en trombe et lui crier dessus pour avoir cassé la porte comme ça.

Mais le silence perdura. Personne ne semblait être là. Bon, elle entrerait, de toute façon, pour se rendre compte. Ce n'était pas comme les maisons des Rapides. Avec des Meurtvifs, on pouvait entrer tout de go.

Il faisait sombre à l'intérieur, ce qui était un soulagement, parce qu'elle pouvait tout discerner très clairement. Elle se trouvait dans une pièce vide avec un bureau et des tas de papiers. Tout était ordonné et passé à l'encaustique ; il y avait de grands livres noirs et de hautes étagères noires. Un fauteuil de cuir vert vide et un porte-parapluies rempli de parapluies noirs, quatre au moins.

On entendait le son d'une horloge dans le coin de la pièce. Liza la détesta immédiatement, avec son grand cadran à l'air fier et son bruyant *tic-tic-tic*, comme un horrible ricanement.

Elle entendit un autre bruit aussi – quelqu'un se déplaçait en bas. Elle traversa la pièce furtivement pour se rapprocher du son. Pas d'erreur, il y avait quelqu'un là. Elle sentit toute la chaleur de ses bottes et de son manteau disparaître. Peut-être qu'elle allait se retrouver congelée, peut-être que Docteur Couteau la trouverait et la découperait en petits morceaux pour examiner ses boyaux.

À ce moment-là le bruit s'arrêta. Liza se demanda ce qu'elle devrait faire maintenant. Si elle retournait chez Mrs Price sans avoir accompli ce qu'on lui avait demandé, Mrs Price serait fâchée. Liza trembla à l'idée. Mais descendre, là où Docteur Couteau pouvait attendre…

Elle mit ses deux peurs dans la balance, Docteur Couteau contre Mrs P. : Mrs Price était réelle, Docteur Couteau pouvait juste être un mensonge, et si Liza ne descendait pas voir, elle devrait rentrer et affronter sa punition et les railleries de Sally et de Nick.

Elle avait vu un docteur une fois – pas Docteur Couteau mais un autre, un vieux type avec un grand sac noir. Il était venu pour la maman de Liza, et quand il était parti il y avait un bébé, peut-être sorti du sac noir, même si ça ne devait guère être confortable là-dedans, y compris pour une créature aussi petite. Le bébé avait un nom, mais Liza ne s'en souvenait plus maintenant. Il hurlait tout le temps. Docteur Couteau avait aussi un sac noir. Mais il aurait du sacré pain sur la planche s'il essayait d'y faire entrer Liza.

Elle descendit les marches qui conduisaient au sous-sol, aussi silencieusement et prudemment que possible. Il y avait une odeur de sang, mais une odeur étrange. Ténue et métallique. Pas du sang de Rapide.

La porte en bas de l'escalier était entrouverte. De la lumière provenait de la pièce. Mauvais signe, pensa Liza. Quelqu'un avait augmenté l'éclairage. Elle s'approcha discrètement et jeta un œil par l'entrebâillement.

Maintenant elle voyait d'où l'odeur de sang venait : un corps par terre. Se répandant en flaque et démembré, découpé d'une façon qui achèverait même un Meurtvif. On lui avait arraché les bras et les jambes, ce qui n'était pas ordinaire. Pourquoi on se donnerait tant de mal, elle ne savait pas. Elle fixa le macchabée et se dit qu'elle s'approcherait pour regarder, se rendre compte s'il lui restait encore du sang à déguster.

Mais c'était une erreur, parce qu'il y avait quelqu'un d'autre là, en train de boutonner son long manteau noir. Il se tenait debout sous la lumière, dans la partie la plus éclairée de la pièce. Elle ne l'avait pas remarqué avant parce qu'elle était si concentrée sur le cadavre. Il portait un chapeau enfoncé sur le crâne, un sac posé à ses pieds. Docteur Couteau, après tout. Il l'entendit et son regard se tourna brusquement vers elle.

Elle se carapata, et dans sa panique elle trébucha dans l'escalier, se cognant la tête dans sa chute. Avant qu'elle ait pu se redresser, il avait franchi le pas de la porte précipitamment et se tenait au-dessus d'elle.

— Que fais-tu ici ? demanda-t-il.

Sans colère, mais d'une voix tremblante, comme si elle l'avait surpris.

Liza se releva. Le choc l'avait sonnée, mais elle était toujours capable de lui résister.

— Écoute, continua-t-il. Je dois te parler. Mr Burke…

Elle avança d'un pas, prête à lui sauter dessus, mais il comprit ses intentions et sortit un objet de sa poche de manteau – un objet en métal, qui brillait comme un bijou. Le son qui suivit fut si fort que Liza hurla de douleur, se bouchant les oreilles des mains, et au début elle était tellement épouvantée qu'elle ne se rendit même pas compte qu'il l'avait blessée.

C'était un révolver, et il lui avait tiré dessus deux fois, une balle dans chaque pied.

Elle s'écroula de nouveau contre les marches et se mit à pleurer. Elle avait déjà assez mal, sans parler du fait qu'elle savait que c'était la fin, que Docteur Couteau allait la découper en morceaux.

Il s'approcha.

— Je suis vraiment désolé, mais j'ai besoin que tu restes. Je dois te poser des questions.

Elle l'injuria, employant tous les gros mots que Nick lui avait appris, tous ceux que Gil utilisait quand il pensait qu'elle n'écoutait pas.

Docteur Couteau s'avança encore d'un pas. Nick et Sally et Mrs P. ne sauraient jamais ce qu'elle était devenue. Elle essuya les larmes de son visage et découvrit ses dents, serrant les genoux contre sa poitrine.

— Si vous vous approchez d'moi, j'vous arrach'rai vot' foutue tête, grogna-t-elle, de la manière la plus féroce possible.

Docteur Couteau s'immobilisa.

— Je suis désolé, répéta-t-il, mais…

— Vous allez m'découper maint'nant, hein ?

— Pourquoi diable le ferais-je ?

— Vous êtes pas Docteur Couteau ?

— Bien sûr que non, répondit-il, absolument dégoûté.

Il paraissait réellement surpris, tout blanc et choqué. En fait, il tremblait – une seconde de plus, et il se mettrait à pleurer comme une gamine. Alors il la dévisagea en plissant les yeux.

— N'es-tu pas la petite fille de Mrs Price ?

— Quoi ?

— Tu es venue chez moi hier soir. Tu ne te souviens pas ?

Bien sûr, c'était lui. Shadwell. Dans sa peur et avec la lumière qui l'éclairait, elle avait eu du mal à le reconnaître. À ce moment-là, il repoussa son chapeau et défit le haut de son manteau, comme s'il voulait lui prouver que c'était bien lui. Elle pouvait maintenant discerner son vieux visage triste, ses cheveux gris-châtain hirsutes.

— Oh, dit-elle. J'vous ai pas r'connu.

— Non, je le vois bien.

— Vous vous r'ssemblez beaucoup ent' vous, pour la plupart.

— Je l'ai entendu dire. Écoute, pouvons-nous nous installer quelque part ? Loin – son visage prit un air étrange, et il jeta un coup d'œil par-dessus son épaule –, loin d'ici. Alors nous pourrons parler.

— Vous allez pas m'découper ?

C'était peu probable, mais, après tout, elle avait deux trous de pistolet dans les pieds (même si elle avait déjà moins mal). Et Shadwell leur avait causé des problèmes avant aussi. Cette histoire de moutons et de figure de cire, par exemple. Mrs P. disait toujours : Gardez un œil sur Shadwell, on peut pas lui faire confiance.

— Je te promets, je ne te ferai pas de mal. Et comment le pourrais-je, de toute manière ? Tu es bien plus forte que moi.

— Vous promettez vraiment, vous allez pas m'découper ?

— Absolument. Me donnes-tu ta parole que tu ne me mordras pas ?

Liza le fixa du regard pendant un moment.

— Oui.

— Tu me laisseras te porter jusqu'en haut ?

— D'accord.

Il s'agenouilla devant elle, la prit dans ses bras d'un geste rapide et attrapa également son sac noir.

— Passe tes bras autour de mes épaules, dit-il, et Liza lui obéit.

Il n'était pas si faible que ça, pour un Rapide – et, oh, il était tout chaud. Dégoûtant mais pas complètement inintéressant, comme une masse fripée et informe qui se trouverait dans la rue et qu'on pourrait tripoter du bout d'un bâton, si on s'ennuyait suffisamment. Liza s'appuya contre lui – son cou était dénudé au-dessus de son col – et il s'arrêta de marcher.

— Non.

Il plaça son pistolet contre son front, tout froid et horrible.

— D'accord, grommela Liza d'un ton boudeur et elle s'immobilisa et profita de la chaleur de son corps, du bruit de son sang qui résonnait dans ses oreilles.

Il la porta dans l'escalier – facilement, comme s'il avait l'habitude de porter des enfants – et quand ils arrivèrent en haut, il l'amena dans le bureau, la déposa dans un fauteuil luxueux qu'un secrétaire ou quelqu'un comme ça pourrait occuper, après quoi il se dirigea vers la porte d'entrée et la ferma à clef. Quand il vit le trou que Liza y avait laissé, il eut une sorte d'étrange sourire, comme si la moitié de sa bouche voulait sourire et l'autre moitié ne voulait pas se donner ce mal.

— Personne n'répondait, expliqua Liza.

Il s'approcha d'elle. S'appuya contre le bureau comme s'il était fatigué ou autre chose.

— La maison est complètement vide, à part nous.

— Porlock est où ?

— Je ne sais pas, répondit Shadwell en fronçant les sourcils.

Il gardait le pistolet pointé sur elle, ne lui faisant pas confiance pour un sou.

— Peut-être s'est-elle enfuie.

— On l'a 'ssassiné, non ? Mr Burke.

— J'en ai peur. Je venais juste de découvrir le… le corps quand tu es arrivée.

— Et tous les aut' ont décampé ?

— On dirait. Ce que je ne comprends pas c'est qui pourrait être responsable d'un tel acte. Mr Burke avait tant d'influence au sein des vivants, comme des morts-vivants.

— Les quoi ?

— Les morts-vivants, répéta-t-il.

Et il expliqua, l'air triste :

— Comme toi.

Peut-être qu'il n'était pas si mauvais, pour un Rapide. Avec son sourire de traviole et tous ces drôles de cheveux. Et puis avec un homme grand, on avait plus de sang, et on pouvait le conserver vivant pendant un bon moment avant de tout lui prendre. Ils seraient contents d'elle à la maison si elle le ramenait avec elle. Mrs P. se ficherait bien de la mort de Burke si elle avait un repas comme ça pour la consoler.

— Morts-vivants ? répéta-t-elle.

— Oui.

— Jamais entendu c'ui-là avant. On les appelle les Meurtvifs, pour l'essentiel. C'est c'que Mrs P. m'a dit qu'j'étais.

— Depuis combien de temps la connais-tu ?

— Ben, elle m'a él'vée, répondit Liza. Vous voulez rev'nir avec moi et lui parler ? J'suis sûre qu'elle aim'rait vous voir et entendre c'qu'est arrivé au pauv' Mr Burke.

Il secoua la tête.

— Merci bien, Miss… Quel est ton nom ?

— Liza.

— Merci bien, Miss Liza, mais je ferais mieux de ne pas m'y rendre.

Il avait deviné ce à quoi elle pensait, se rendit compte Liza. Elle avait ignoré la désagréable pression de ses pensées jusqu'à maintenant – prendre racine dans la tête des autres pouvait être utile, mais ça la rendait toujours malade. Ça les rendait tous malades, en fait. Sally s'était glissée dans la tête d'un marchand une fois, pour le forcer à la laisser avoir un ruban jaune qu'elle aimait et, une fois le ruban obtenu, elle était sortie et avait vomi dans le caniveau, et puis elle avait dû s'enfuir en courant, parce qu'une enfant vomissant du sang dans la rue attirait l'attention.

Shadwell pensait que s'il l'accompagnait, elle et Nick et Sally et Mrs Price le tueraient. Et il y avait d'autres images – elle vit deux femmes, l'une jolie et l'autre ordinaire, et un jeune homme avec un bleu sur le visage. Elle les avait déjà tous vus, la nuit dernière.

Alors Shadwell dit, à bout de souffle :

— Cela suffit, Miss Liza, et elle entendit de la musique – ce que les Rapides appelaient l'horrible "désordre" –, et Liza s'extirpa du vacarme de ses pensées, revenant aux siennes.

— Elle est jolie, dit Liza, c'te dame discrète.

— Oui.

— C'est vot' chérie ?

— Apporterais-tu une lettre à Mrs Price pour moi ?

— Une lettre ? Pour quoi faire ?

Elle se transformait en un vrai foutu bureau de poste, pensa-t-elle, toutes ces lettres que les gens voulaient qu'elle livre pour eux.

— Je crois que Mr Burke a été assassiné par un groupe de morts-vivants qui sont devenus très dangereux. Les membres du club. Tu en as entendu parler ? Mrs Price sera certainement inquiète d'apprendre ce qui s'est passé. Est-ce que tu veux bien lui apporter une lettre ? Je t'en serais très reconnaissant.

— Vous avez d'quoi payer ?

— Je te demande pardon ?

— Si vous voulez que j'porte un message, vous d'vez payer.

Vraiment, il pensait qu'elle était aussi naïve que ça ?

— Écoute, ce message est d'une extrême importance…

— Alors, disez-lui vous-même.

Il poussa un soupir.

— Si je te paie, me promets-tu sincèrement de remettre ma lettre à Mrs Price et à personne d'autre ? Que tu ne l'ouvriras pas ni ne la détruiras ?

— Promis, accepta Liza. Et pourquoi j'voudrais l'ouvrir d'tout' manière ?

Il avait l'air fatigué.

— Une gorgée te suffira ?

— J'suppose.

Elle se leva de son siège et s'approcha.

— Le mieux c'est vot' poignet, dit-elle.

Mais Shadwell secoua la tête.

— Bien trop risqué.

Il attrapa un verre sur le grand bureau – quelqu'un avait laissé du sherry dedans. Il le souleva et l'inspecta sous la lumière, et puis il sortit un petit étui en cuir de sa poche de manteau et l'ouvrit.

Il en tira un étrange instrument, en métal et en verre, avec une longue aiguille. Il retira son pardessus, releva sa manche et enfonça l'aiguille dans son bras. La partie en verre commença à se remplir d'un joli liquide rouge foncé. Et puis, il enleva l'aiguille de son bras et mit le verre de sherry dessous et appuya sur l'aiguille. Et là – c'était merveilleux, presque aussi bien que de la magie –, le verre de sherry se remplit de son sang. Une fois presque plein, il le tendit à Liza. Il était un peu blanc, et ses mains tremblaient légèrement.

— Voilà, dit-il. Bois tant que c'est chaud.

Sa voix tremblait aussi. Il s'était peut-être fait mal. Liza prit le verre – du sang dans un verre était un peu bizarre, mais son odeur était aussi agréable que d'habitude, et il y avait le nouveau goût de sherry qui s'y mélangeait –, elle le vida en une gorgée. S'ils se donnaient tous le mal de mettre leur sang dans des récipients, les choses seraient tellement plus plaisantes.

— Maintenant, vas-tu prendre la lettre ? demanda Shadwell, et Liza opina du chef.

Il attrapa une plume et de l'encre sur le bureau et écrivit hâtivement pendant quelques minutes, alors que Liza le regardait en silence. Le gribouillis sur le papier ne disait rien à Liza. Même un rapide coup d'œil dans les pensées de Shadwell ne la renseigna pas. C'étaient seulement des mots, Shadwell pouvait les voir en noir et blanc dans sa tête.

— Voilà, dit-il, quand il eut terminé.

Il plia la lettre et regarda les pieds de Liza.

— Tu sembles guérie. Je m'excuse de t'avoir blessée plus tôt.

— Vous avez abîmé mes bottes, répliqua Liza.

Les bottes de Sally étaient maintenant mouchetées de sang et avaient deux trous de pistolet identiques aux orteils, et sans aucun doute Sally irait se plaindre en pleurant à Mrs P.

— Je suis désolé de les avoir abîmées aussi.

Il lui tendit la lettre.

— Rappelle-toi. À Mrs Price seulement. Compris ?

Liza hocha la tête.

— Alors je te dis au revoir. Et merci.

Liza hésita. Peut-être que ça valait encore le coup d'au moins essayer…

— Non, déclara-t-il, et elle vit qu'il avait maintenant les deux mains sur le pistolet, le tenant fermement, pointé directement sur elle.

— Nous souffrirons tous si ce message n'est pas délivré. Au revoir, Miss Liza.

Elle avait tué un homme qui avait un révolver une fois. Ça n'avait pas été très difficile, parce que c'était un idiot imprudent. Elle pourrait peut-être tuer aussi Shadwell. Si elle bondissait rapidement, elle pourrait lui briser le cou avant qu'il ait le temps de tirer. Sa respiration était haletante, ce qui voulait dire qu'il avait peur. Mais il recula vers la porte, l'arme toujours pointée sur elle.

Il dit calmement :

— Bonne journée. Va-t'en à présent.

C'était un drôle de type. Elle lui sourit, d'un sourire aussi large que sa bouche le lui permettait, et partit.

Il faisait toujours froid dehors, mais elle se sentait joyeuse alors qu'elle retournait à Salmon Street. Elle ne s'en était pas trop mal tirée. Elle avait le sang de Shadwell à l'intérieur d'elle, son goût encore présent quand elle passait sa langue sur ses dents. Et elle avait remis la lettre de Mrs Price, ou tout comme – Burke s'en moquait bien maintenant –, et puis elle avait de bonnes nouvelles à raconter aux autres, et pas de bourde.

# 27

Lorsque Charlotte se réveilla, la chambre était vide. D'en bas, des éclats de voix lui parvinrent. Le lit pouvait bien n'être ni confortable ni propre, elle était réticente à le quitter. Elle s'assit, frissonnant à cause du froid. Dehors, cela devait être une nouvelle journée grise.

Son voyage et Londres avaient rendu sa robe crasseuse. Elle avait beau s'être scrupuleusement coiffée avant de se coucher, ses cheveux lui parurent flasques et plats lorsqu'elle y passa ses doigts, tandis qu'elle les relevait et les attachait avec des épingles, elle ne put s'empêcher d'imaginer des particules invisibles de saleté, une odeur de fumée.

Dans le couloir, un léger bruit l'inquiéta pendant un court instant. Quelque chose bougeait dans la pièce du fond. Un rideau, très probablement, agité par la brise.

Elle trouva Adeline dans le salon. Elle était agenouillée devant le feu, en train de griller du pain. Shadwell se tenait debout près de la fenêtre et regardait la rue. Howland était assis dans l'un des fauteuils et, une assiette à la main, mangeait dans un silence déterminé.

— Bonjour, dit Charlotte, et Shadwell se détourna brièvement de la fenêtre pour marmonner une réponse.

Ne sachant trop quoi faire d'autre, elle s'installa dans le deuxième fauteuil. Un coup d'œil à sa montre lui indiqua qu'il était presque neuf heures. Elle pouvait à peine croire qu'elle avait dormi aussi longtemps et qu'elle se sentait pourtant toujours aussi fatiguée.

— Il y a à manger dans la pièce d'à côté, l'informa Adeline. Servez-vous.

— Merci.

— Il faut remercier Mr Howland pour ce festin, ajouta Shadwell, s'efforçant clairement de paraître comme à son habitude.

— Ce n'est pas exactement vrai, dit Howland. J'ai juste donné l'argent. (Au moins n'avait-il pas été assez bête pour s'aventurer dehors une seconde fois.) Et il était grand temps que je participe, après tout ce qu'Adeline et vous avez fait.

Nouveau silence. Charlotte se rendit dans la pièce voisine, un endroit triste faisant à la fois office, comme elle le découvrit, de souillarde, de cellier et de cuisine, dotée d'une minuscule fenêtre, d'un petit évier taché et de deux étagères vides. Un paquet enveloppé dans du papier marron contenant du pain et du fromage était ouvert sur la table de cuisine. À proximité se trouvait un plat recouvert de tranches de bacon et de saucisses toutes chaudes.

Elle prit une assiette, trouva une fourchette – presque propre –, se prépara un petit-déjeuner, même si elle n'avait pas faim. L'atmosphère dans la pièce attenante l'avait déconcertée et préoccupée. Qu'est-ce qui n'allait pas, et pourquoi personne n'en parlait ?

À son retour dans le salon, elle s'assit en face de Howland et se mit à manger.

— Il y a du café aussi, dit Adeline.

Elle attrapa les tasses et les servit chacun en silence. Personne n'ouvrit la bouche de tout le repas. Lorsqu'ils eurent fini et que le café fut terminé, Shadwell approcha légèrement sa chaise du feu.

— Allez-vous leur raconter ? demanda Adeline.

— Nous raconter quoi ? interrogea Howland.

Shadwell soupira.

— Je suis allé au bureau de Burke ce matin, commença-t-il. Je voulais lui demander son avis après notre déception d'hier.

— Dites-leur ce que vous avez découvert, pressa Adeline.

Shadwell raconta brièvement, sans regarder aucun d'eux :

— J'ai trouvé Burke mort. Il a été assassiné.

Charlotte ne le comprit pas tout de suite. Puis elle fut étonnée de voir à quel point la nouvelle ne la surprenait pas.

— Étaient-ce des membres du club ? demanda Howland.

— Cela semble probable.

— Alors ils doivent savoir qu'il nous assistait, intervint Charlotte. Mais pourquoi l'auraient-ils laissé… laissé pour que nous le trouvions ? Est-ce un avertissement ?

— Je ne suis pas sûr. Mais il y aura sans aucun doute des conséquences. Il était respecté. Surtout par les Alia.

— Vont-ils attaquer ? interrogea Howland.

— C'est probable. Si c'est le cas, ils voudront n'importe quelle aide possible. Même la nôtre.

Shadwell se leva et retourna à la fenêtre. Il se déplaça très lentement, comme si chacun de ses membres le faisait souffrir. Découvrir le corps avait dû constituer un choc éprouvant. Charlotte était surprise qu'Adeline ne s'efforçât pas de le réconforter. À la place, elle s'était montrée brusque avec lui pendant toute la conversation.

— Nous devons vous éloigner tous les deux le plus vite possible, ajouta-t-il.

Charlotte demeura assise tandis que les autres commençaient à se préparer – Adeline rassemblant bruyamment la vaisselle, Howland disparaissant en haut pour chercher ses affaires. Elle finit son café froid et s'accorda une minute supplémentaire – deux minutes – pour demeurer en place. Elle ne s'était jamais sentie si épuisée.

Dans un coin de la pièce, Shadwell était occupé à manier un révolver. L'arme était ouverte, si bien que l'on pouvait apercevoir son intérieur. Il fronçait les sourcils, concentré sur sa tâche, son inquiétude discernable à ses lèvres serrées.

— Vous devriez sans doute rassembler vos bagages, Miss Norbury, dit-il, sans quitter son travail des yeux.

Elle se leva.

— Oui, bien sûr. Je serai rapide.

Sa valise fut vite faite. Elle avait déjà rangé les papiers de James – elle avait remis la liasse dans la sacoche en cuir la veille, n'ayant pas le cœur à les lire depuis. Elle jeta un regard circulaire à la chambre d'Adeline et vit qu'elle n'avait rien oublié, il était temps de partir.

Elle entendit des pas à l'extérieur – saccadés, déterminés. Adeline entra, un paquet marron à la main. Elle s'approcha du lit et s'assit à côté de Charlotte.

— Il y a une chose que j'aimerais que vous emportiez avec vous, dit-elle. Si vous n'y voyez pas d'inconvénient.

Elle tendit le paquet à Charlotte.

— C'est notre livre. Tout notre travail se trouve ici. Il n'y en a que deux exemplaires : celui-ci et un autre chez Maman. Elle a fini de taper cette version hier soir, elle dit que c'est celle qui contient le moins d'erreurs.

Charlotte prit le paquet des mains d'Adeline. Dépourvu de couverture, le manuscrit consistait en un amas de feuilles volantes. Sans la protection de papier et de ficelle, il risquait de s'éparpiller. Une chose si fragile, pensa Charlotte, tant de travail pouvant se perdre si facilement.

— Mais c'est précieux, protesta-t-elle. N'y a-t-il pas quelqu'un d'autre qui pourrait… ?

— Non. Pas le temps. Voulez-vous bien le prendre ?

— Bien entendu. Et quand tout cela sera terminé, je vous le renverrai, et vous devrez m'écrire et me dire comment vous allez.

— Si cela se produit, je vous enverrai un exemplaire publié.

Et, au grand étonnement de Charlotte, elle l'étreignit – soudainement, violemment.

— Merci. Vous me rendez un grand service.

— Si je m'en vais… Prendrez-vous soin de lui, si l'occasion se présente ? S'il s'échappe de nouveau…

— Si nous le pouvons, nous l'aiderons. Maintenant, dépêchez-vous.

Charlotte rangea le manuscrit avec soin dans la sacoche en cuir. Puis Adeline la conduisit vers le miroir et lui fit mettre le chapeau à voilette qu'elle avait porté la veille au soir.

— Juste au cas où, dit-elle.

— Je ne peux absolument pas, Adeline. Il est trop élégant pour moi. Et il vous appartient.

— C'est le vôtre dorénavant. Venez. Elle ignora les protestations de Charlotte. Rafferty sera bientôt là.

Elle jeta un œil en direction de la fenêtre.

— Shadwell et moi devrons probablement rester ici, au cas où Mrs Price enverrait un message.

— Je comprends.

— N'oubliez pas, restez toujours sur le qui-vive. Je crois que Shadwell confiera à Mr Howland son autre révolver.

— Pouvez-vous vous en passer ?

— Nous en avons plusieurs ; nous nous débrouillerons. Mais ne comptez pas trop sur le pistolet. Utiliser une arme contre eux peut mal tourner. Vous courez le risque de vous sentir en sécurité et d'oublier de protéger votre esprit. Et si c'est le cas, vous êtes perdus.

— D'accord, acquiesça Charlotte. Je préviendrai Mr Howland, si une telle circonstance se présente.

— Bien. Il vous écoutera probablement.

Dans le salon, ils trouvèrent Howland et Shadwell en train de les attendre, Howland vêtu de son manteau et du chapeau en feutre. Il avait un air sérieux. Peut-être Shadwell lui avait-il déjà donné le révolver.

— Rafferty est là, leur dit Shadwell. Êtes-vous prête à partir, Miss Norbury ?

Il restait toujours une chance, pensa-t-elle. C'était l'occasion. Elle pouvait encore insister pour ne pas y aller.

Au lieu de quoi, elle hocha la tête.

— Oui, je suis prête.

— Venez, alors, dit Adeline. Vous ne pouvez pas traîner. Vous connaissez Rafferty.

Rafferty patientait dehors, aussi renfrogné que d'habitude. Il souleva son couvre-chef à l'adresse d'Adeline, mais n'offrit pas d'autre salut, se contentant de noter que le temps filait et qu'il y aurait sans doute énormément de circulation à cette heure de la journée, surtout sur le Strand, et qu'ils devaient se presser s'ils voulaient emprunter un détour.

Charlotte se rendit compte qu'elle ne pouvait pas exprimer ses adieux. Tandis que la calèche s'éloignait, elle regarda en arrière, aperçut Adeline faire un bref signe de tête et lever la main.

La circulation était aussi épouvantable que Rafferty l'avait prédit. Au bout d'un petit moment, ils se retrouvèrent complètement immobilisés. Une charrette en route pour Covent Garden s'était renversée, les légumes se répandant sur la chaussée. On entendait des cris – deux hommes, au moins – et le hennissement d'un cheval effrayé. De l'extérieur leur parvinrent les jurons de Rafferty.

Howland balançait son chapeau entre ses doigts, clairement mal à l'aise.

— Eh bien, lança-t-il.

À ce moment-là – soudain et finalement –, elle sut avec certitude ce qu'elle devait faire.

Elle ouvrit la sacoche en cuir, en sortit le manuscrit et le passa à Howland.

— Prenez-en soin s'il vous plaît. C'est très important.

Elle se débattit avec la portière de la calèche.

— C'était…

Elle ne pouvait guère dire que cela avait été un plaisir de le rencontrer, étant donné les circonstances.

— Bonne chance, Mr Howland.

— Mais que faites-vous ?

Elle ne répondit pas et, tout en jurant, il se dépêcha de descendre à la poursuite de Charlotte. Sans regarder alentour, elle continua à marcher aussi vite que possible.

Howland lui emboîta le pas, la rattrapant au bout de quelques mètres et adoptant la même allure rapide qu'elle.

— Est-ce que vous retournez le chercher ?

Elle s'arrêta pour le dévisager tandis que les passants et les véhicules continuaient de se mouvoir autour d'eux. Et il hocha la tête comme si elle avait parlé.

— Bien sûr, dit-il. J'aurais dû le savoir.

Elle le vit arriver à une décision.

— Eh bien, d'accord, alors. Si vous restez, je reste aussi.

— C'est une situation très grave, Mr Howland. Il ne s'agit pas d'un jeu auquel vous pouvez juste…

— Je sais. J'ai bien conscience de la gravité des circonstances, et je veux aider.

Elle scruta son visage mais ne put discerner aucun signe de doute ou d'irrésolution.

— Je vois que vous êtes impossible, répliqua-t-elle, touchée, malgré elle, par un tel geste.

— Apparemment. Devrions-nous demander à Rafferty de nous reconduire ? Je vous préviens, il ne sera pas très content.

Ils retournèrent à la voiture, toujours coincée dans la circulation.

— Qu'est-ce qui se passe ? demanda Rafferty.

— Nous avons changé nos projets, lui répondit Howland. Nous repartons.

— À Wych Street ?

— Oui.

— Eh bien, vous êtes deux sacrés idiots, dans ce cas.

Howland opina du chef.

— Oui. Je vous paierai la même somme de toute façon.

— J'espère bien. Montez, alors. La circulation n'est pas vraiment meilleure dans l'autre sens, vous savez.

— Merci, dit Charlotte, tandis que Howland l'aidait à se réinstaller dans la calèche. Elle aurait pu dire plus, si elle avait été capable de choisir les bons mots, et si Rafferty n'avait pas fait demi-tour de manière à la fois soudaine et violente. Le cocher du cab derrière eux vociféra, ce à quoi Rafferty répondit par une insulte.

— Nous ne serons pas de retour avant un moment, déclara Howland en regardant par la fenêtre.

— Ils ne seront pas contents de nous voir.

— Peut-être pas.

— J'expliquerai que c'est ma faute.

— Savez-vous ce que vous allez entreprendre ?

— Pénétrer dans le club, d'une façon ou d'une autre, dit-elle, faisant de son mieux pour donner l'impression que l'entreprise était praticable, et l'en tirer.

Ils s'arrêtèrent de parler et demeurèrent silencieux jusqu'à Wych Street.

Pendant que Howland s'occupait de régler Rafferty, Charlotte déchargea ses bagages avec peine (la valise et la sacoche en cuir étaient plus lourdes que dans son souvenir et elle eut le sentiment qu'elle allait faire tomber son sac à main à tout moment) puis s'avança vers le magasin. Rien n'était visible derrière les fenêtres sales, aucun signe de mouvement. La pancarte à l'oignon se balançait légèrement dans la brise.

Un instant plus tard, elle se précipitait vers la calèche, d'un pas si pressé que les hommes la regardèrent avec surprise.

— Attendez. Elle entendit le son tendu et inhabituel de sa voix. S'il vous plaît Mr Rafferty, voulez-vous bien attendre ?

— Pourquoi – Rafferty regarda derrière elle et son visage se transforma. Oh. Allez-y. Je ne bouge pas.

Il n'y avait pas besoin d'autres explications. Les deux hommes voyaient maintenant ce que Charlotte avait aperçu : la porte du magasin était entrouverte.

## 28

Le maître disait parfois : Porlock, que deviendrai-je quand tu seras morte ?

C'était toujours quand elle le lavait ou lui arrangeait les cheveux, ou quand elle nettoyait le foyer de la cheminée ou bien lui apportait son souper, ou encore quand elle était occupée à une tâche différente qu'elle seule savait bien accomplir.

Que deviendrai-je quand tu seras morte, demandait-il. Qui prendra soin de moi alors ?

Vous pourriez embaucher quelqu'un d'autre, monsieur, répondait toujours Porlock, et le maître répondait : Non, je ne peux pas, espèce d'idiote, tu sais que je ne peux pas. Pas de souci pour toi évidemment, tu seras sous terre, tu n'auras plus aucune raison de t'inquiéter. Mais que deviendrai-je, moi ?

S'il vous plaît, ne parlez pas de la sorte, répliquait-elle, et elle lui caressait les cheveux, la seule caresse qu'il ait jamais acceptée. N'évoquez pas ce terrible jour. Je ne peux pas supporter l'idée de vous quitter.

Ce qui le calmait en général. Il s'assoupissait et elle alimentait le feu jusqu'à obtenir une puissante et belle flambée, puis l'enveloppait dans des couvertures et l'enlaçait comme un bébé pour le réchauffer. Elle était grande et forte, habituée à travailler dur, et, pour elle, il n'était pas un fardeau. Il l'avait pesée et mesurée une fois, l'une de ses lubies. Elle atteignait les un mètre soixante-dix-huit sans chaussures et il avait dit : "Eh bien, tu es une vraie Amazone, Porlock, quelle merveilleuse brute tu fais." À chaque occasion où elle le portait, elle y pensait.

Il ne la mordait jamais, évidemment. C'était un gentleman. Pas de 'change, non plus, et elle n'avait jamais demandé – ce n'était pas sa place. Elle n'aurait pas été aussi utile si elle appartenait à son espèce.

Cela risquerait de te donner des idées, disait-il, d'un air sournois.

Il ne s'était jamais tracassé de savoir ce qui pourrait arriver s'il mourait en premier. Le fait n'avait jamais semblé très probable. Il avait quand même élaboré un plan – il avait un plan pour tout, il était si intelligent pour ce genre de choses. Il y avait la commode en noyer, fermée à clef. Il l'avait fait fabriquer spécialement, expliquait-il, et à l'intérieur se trouvaient une dizaine de petits tiroirs, et chacun renfermait un secret.

Elle savait ce que certains contenaient, mais pas tous. Il lui avait demandé de retirer des choses pour lui une ou deux fois – des papiers, essentiellement, de vieilles lettres. Parfois de l'argent. Dans les tiroirs du haut, il y avait des objets plus étranges : un ruban jaune taché, un bouton de col dépareillé, une aile d'oiseau mouchetée de marron. Le maître la priait de temps en temps de la sortir et de la lui montrer. Elle aimait les plumes douces, les os légers.

Porlock connaissait ses affaires et sa place. Elle n'avait jamais posé de questions sur ce qui se trouvait dans la commode, elle ouvrait les tiroirs, allait lui chercher ce qu'il réclamait et ne pipait jamais mot.

Il déclara une fois : Si jamais on me tue, Porlock, ouvre le tiroir du milieu. Le cinquième à partir d'en haut et à partir de la gauche. Tu t'en souviendras ?

Le cinquième à partir d'en haut et à partir de la gauche, répétait-elle scrupuleusement.

Ouvre le tiroir du milieu, disait-il. Il y a dedans de l'argent, des adresses et quelques autres choses dans une enveloppe scellée. De quoi partir en sécurité, en cas de nécessité.

Il existait deux clefs. Il en possédait une, bien qu'il n'eût jamais pu l'utiliser sans son aide. Il exigeait que Porlock portât constamment l'autre, sur une chaîne autour du cou.

Elle n'avait jamais regardé dans le tiroir du milieu, pas même lorsqu'il dormait. Il ne lui avait jamais menti, elle ne doutait pas de sa volonté de la protéger. Tous les morts-vivants de Londres avaient conscience qu'elle était intouchable. Elle aurait pu se rendre dans Salmon Street, voire au club même, si elle l'avait souhaité.

Elle le découvrit lorsqu'elle descendit pour s'occuper des feux. Mort sur le tapis de cheminée, un pitoyable carnage. Elle ne versa pas de larmes, elle songea qu'il l'aurait réprimandée si elle se l'était permis – il détestait les femmes qui pleuraient plus que presque tout, et elle n'avait jamais pleuré devant lui.

Elle avait l'habitude des corvées les plus salissantes, celles qui laissaient des marques et des traces sur ses mains et ses habits et de la crasse sous ses ongles. Elle s'agenouilla sur le sol et rassembla les morceaux de son corps. Ceux qui l'avaient assassiné l'avaient abandonné sans aucun soin, les cheveux tout ensanglantés et les dents éparpillées, avec une immense entaille dans son gilet de costume. Il avait lutté, essayant probablement de se dégager et de l'appeler, et quelqu'un l'avait maintenu à terre et attaqué avec une hache ou un couteau. Dieu merci c'était une arme tranchante – cela avait dû aller vite. Elle l'installa convenablement, plaçant sa tête juste au-dessus de ses épaules.

Elle l'avait laissé seul si peu de temps. Le petit matin était en général son moment le plus calme, il dormait depuis l'aube, ne se réveillant parfois même pas lorsque Lewis arrivait à neuf heures. Une ou deux fois par semaine, elle sortait discrètement prendre l'air, voir la lumière, faire ses courses tôt. Il lui arrivait d'oublier qu'elle avait besoin de s'acheter à manger, elle aimait s'en occuper quand il dormait. Il était confortablement installé lorsqu'elle était partie, après qu'il eut bu tout son chocolat. Il affectionnait de terminer par une tasse de chocolat – elle désapprouvait, mais cela ne le dissuadait pas. Elle lui dit qu'elle rentrerait vite, comme toujours.

Si elle avait été plus maligne, elle aurait pu tuer l'assassin elle-même. Elle était assez forte pour une tâche pareille. Si elle l'avait surpris, elle aurait réussi. Au lieu de quoi, elle l'avait regardé s'en aller – abêtie de surprise à la vue d'un homme avec un sac noir sortant par la porte d'entrée qu'elle avait fermée à clef. Elle pensa que c'était peut-être un des secrets du maître – il recevait de temps en temps des visites dont elle était censée ne rien savoir.

Il se trouvait loin, ce monsieur. Elle ne devina pas de qui il pouvait s'agir jusqu'au moment où elle se retrouva en bas et vit ce à quoi il avait réduit le maître. Alors elle se rappela le manteau élimé, les grandes foulées, les cheveux en broussaille – elle sentit le nom lui revenir à l'esprit comme un corps remontant à la surface de l'eau. Shadwell – il était venu la veille même, accompagné de ce Howland que le maître avait jugé si intéressant.

Une histoire circulait sur le fait que Shadwell avait déjà tué une créature de la même espèce que le maître auparavant. Elle le savait, mais le maître avait toujours soutenu qu'il ne présentait pas de danger et le laissait lui rendre visite avec sa grue quand ils le souhaitaient, pour se gaver d'informations et ne le payer qu'à contrecœur d'avares petites gorgées de sang.

Elle laissa les lieux en ordre. Tout propres, ils étaient toujours propres. Il n'y avait personne comme Porlock pour les durs labeurs, et elle aimait faire les choses bien. Lewis trouverait le maître, et il décanillerait, c'était certain. Cela n'avait pas d'importance – le maître avait prévu des arrangements pour ce genre de cas. Quelqu'un viendrait trier toutes ses affaires, se charger de son pauvre corps charcuté.

Il occupait si peu d'espace, immobile à plat sur le sol. Plus de voix tyrannique s'adressant à elle à présent, finis ses regards mordants.

Elle le quitta à jamais, ferma la porte d'entrée, bien que la serrure fût cassée et qu'il y eût un trou béant dans le bois. La lettre qui lui était destinée contenait des instructions. Il lui avait dit de partir, de s'enfuir aussi vite que possible. Il lui avait expliqué exactement quoi faire, où se rendre pour se retrouver en sécurité. Mais elle n'avait envie d'aller nulle part, maintenant qu'il n'était plus.

Ou peut-être y avait-il un endroit. Il lui restait une tâche à exécuter.

## 29

Shadwell n'était pas partisan des adieux s'étirant en longueur. Une fois Charlotte et Howland bien installés dans la voiture, il tourna les talons et rentra. Adeline attendit plus longtemps, regardant la calèche s'éloigner jusqu'au moment où elle disparut au coin de la rue.

Leur départ était une bonne chose. Ils étaient hors de danger, ainsi que le livre. Shadwell et elle avaient accompli une mission utile, quelle que fût la suite des événements.

Le calme régnait dans le salon maintenant qu'ils étaient partis. Charlotte lui manquerait. Elle avait eu l'impression de se retrouver au bureau du télégraphe pendant un temps, avec la même sorte de camaraderie.

À présent, c'étaient de nouveau Shadwell et Adeline. Il avait retiré son vieux manteau élimé et se tenait debout au milieu de la pièce, semblant ne pas savoir quoi faire d'autre.

Ils n'avaient pas encore terminé leur dispute concernant les actions de Shadwell ce matin-là. Maintenant qu'ils étaient seuls, ils devraient la reprendre. Shadwell s'assit dans son fauteuil préféré. Il s'était négligé ces derniers temps, comme par le passé. Il était aussi dépenaillé que lorsqu'Adeline l'avait rencontré pour la première fois ; ses cheveux avaient besoin d'une coupe. Et il empestait terriblement le tabac, songea fielleusement Adeline.

— Je suis désolé, dit Shadwell. Je sais qu'il semble…

— Il me semble que vous avez agi de manière stupide sans m'en parler d'abord. N'avez-vous pas confiance en moi après tout ce temps ? Ou bien pensiez-vous que j'aurais une crise de nerfs ?

— Je ne voulais pas que tu saches. Je ne voulais pas te mêler à cela.

— Mais vous pensiez que c'était la bonne chose à faire ?

— Oui.

Son expression refléta un horrible sentiment. Il détourna le regard.

— Mais il avait si peur. Je l'ai tourmenté.

— Ce n'est pas la première fois que vous tuez quelqu'un.

Il soupira, et elle se rendit compte qu'elle l'avait blessé sans le vouloir. Elle regrettait de ne pas savoir mieux offrir du réconfort.

— C'était différent. Avant… Là, il n'y avait pas d'autre solution. Nous ne pouvions pas le garder ici dans les affres de la douleur.

Adeline s'en souvenait clairement. John les regardant fixement, les yeux écarquillés de colère et éblouis par la lumière. Après coup, Shadwell était resté assis pendant des jours sans dormir et refusait de se reposer ou de se laisser consoler.

— Cette fois-ci ce n'était pas pareil. C'était ma décision. J'ai commis un meurtre.

Elle aurait pu rester fâchée plus longtemps – elle avait jalousement gardé sa rage, attendant le moment où ils se retrouveraient seuls – si elle n'avait vu son visage à ce moment-là. Si aimable et circonspect avec tous les autres, si franc avec elle.

— Sans doute était-ce le seul moyen, dit-elle, et elle le croyait peut-être véritablement.

Burke ne constituait pas une grande perte. Il se serait débarrassé d'eux assez facilement si ses plans l'exigeaient. Le regretter n'avait pas de sens. Elle pensa à lui en train de se débattre, impuissant, par terre, Shadwell le surplombant – il ne lui avait pas raconté comment il s'y était pris, et elle n'avait pas demandé. Il avait rapporté sa hache emballée dans son sac, nettoyé la lame avant le réveil des autres.

— J'ai confié le livre à Charlotte.

— Quoi ?

— Elle en prendra soin. Maman a l'autre exemplaire. C'est bien que les deux soient en sécurité.

Alors il l'attira à lui, posa son menton sur son épaule, et ils se tinrent si entrelacés que leurs ombres se mêlèrent sur le sol. Il avait attendu cet instant, pensa-t-elle. À présent, il n'y avait personne pour voir ou s'en soucier. Le feu était éteint ; il n'y avait plus de charbon. Il leur faudrait supporter le froid ou se mettre à brûler les meubles.

— Tu sais, n'est-ce pas… commença-t-il.

— Quoi ?

Comme il ne répondait pas, elle se tortilla pour se dégager et le regarder dans les yeux, et il finit par dire :

— Tu dois savoir. Combien t'avoir ici a été important.

— Oh.

Un si mince secret après tous les autres secrets qu'ils avaient partagés.

— Bien sûr. (Mon amour, mon complice, mon ami le plus cher. Je suis contente de t'avoir aussi.)

Ils auraient pu demeurer ensemble – entrelacés, sans un mot – pendant longtemps s'ils n'avaient pas entendu quelque chose se briser en bas. On avait forcé la porte d'entrée. À l'aide de menaces, de pots-de-vin ou de blouissement, ils avaient envoyé l'un des Rapides en éclaireur.

Shadwell se précipita sur la porte du salon et tourna la clef dans la serrure. En hâte, Adeline se dirigea vers le placard où ils gardaient les armes et en sortit tout ce qu'elle put y trouver – son révolver et celui de Shadwell, ses couteaux, la hache de Shadwell. La batte de cricket était toujours à côté du bureau ; elle s'en saisit également.

Quelque chose d'autre se fracassa en bas. Et ils entendaient maintenant les bruits de pas, tout un tas. Ils montaient déjà l'escalier. Il n'y avait personne à appeler au secours, aucune chance de s'échapper.

— La chambre de John, dit Adeline.

Shadwell acquiesça d'un signe de tête. S'ensuivit un grand coup sourd – un corps essayant d'enfoncer la porte du salon. C'était une serrure bien solide. Ils avaient peut-être une minute.

Shadwell se dirigea vers les rideaux et les arracha. La lumière tomberait sur les étagères de livres – peut-être les dissimulerait-elle aux yeux des créatures, qui voyaient le plus distinctement dans l'obscurité.

Il ne restait plus de temps. Elle le suivit en haut, ils passèrent leurs chambres et se dirigèrent vers celle de John au bout du couloir.

Shadwell déverrouilla la porte et ils entrèrent tous les deux dans la pièce, inondée de soleil.

Ce fut ainsi, quand il était devenu impossible de faire autrement – alors qu'il les avait suppliés pendant des mois de mettre un terme à son existence – qu'ils avaient finalement tué John. La lumière se répandait partout : provenant de la lucarne, elle se reflétait dans les miroirs accrochés à tous les endroits possibles des murs et du plafond.

Ils avaient peut-être une chance de l'emporter ici. Elle ferma la porte à clef. Puis elle s'approcha de Shadwell et lui prit la main. Elle entendit la porte du salon céder. Des pas lourds. Ils étaient pressés et n'essayaient pas de se dissimuler.

— J'espère qu'ils épargneront les livres, dit Shadwell. Certains d'entre eux sont très rares.

— Je sais. Chers, aussi.

Révolver dans une main, couteau dans l'autre, elle passa ses bras autour de lui et, se tenant sur la pointe des pieds, l'embrassa sur la bouche.

Il la regarda et hocha la tête. Ils n'avaient plus longtemps à attendre. Alors les pas s'arrêtèrent.

Elle ne put s'empêcher de retenir son souffle, comme s'il était possible de se cacher. La porte s'ébranla.

Ils se regardèrent une fois de plus. Elle réussit à lui sourire.

— Ce sera…

La porte s'ébranla de nouveau, puis céda dans un craquement. Ils étaient quatre, tous clignant des yeux d'un air furieux dans la lumière, aveuglés pendant une seconde ou deux. Adeline tenait ses armes d'une main ferme.

Le premier s'avéra assez facile, un être imprudent, trop sûr de sa propre invulnérabilité : ce fut terminé en deux coups de feu au visage, suivis de la hache de Shadwell dans le cou.

Elle ne pourrait jamais dire à Shadwell de considérer comme un compliment le fait qu'ils aient envoyé tant de personnes pour s'occuper de deux simples Rapides de leur espèce.

Elle n'eut rapidement plus de cartouches ; il ne restait que les couteaux. Ils suffisaient : trancher, se baisser dans la lumière, viser les yeux, les endroits mous qui demeuraient presque humains. Garde ton équilibre, se disait-elle, tu es la fille de la funambule ; il en faudra beaucoup pour te déstabiliser même maintenant.

Mais les créatures avaient beau être à moitié aveugles, elles se mouvaient toujours avec célérité. Elle ne vit pas Shadwell se faire tuer, elle l'entendit seulement tomber. Sa hache frappa contre le parquet dans un bruit sourd. À l'extérieur il y avait du soleil, brillant sur les miroirs, brillant sur les murs et le sol.

Puis le silence s'abattit. Adeline s'arrêta, le souffle rapide et rauque, puis regarda autour d'elle. Les créatures étaient mortes, toutes les quatre. Elle chancela, étourdie et saignant, son cou et sa tête étrangement endoloris, ses yeux se remplissant à présent de sang et ses armes lui échappant des mains.

Le dernier homme toujours debout, pensa-t-elle mollement avant de s'écrouler. Elle ne se laissa aller à fermer les yeux qu'à ce moment-là, à la toute fin ; alors, les paupières baissées, elle perçut une lumière éclatante…

# 30

À l'étage supérieur, ils trouvèrent les portes des deux chambres fermées. La troisième était ouverte.

Ni Charlotte ni Howland ne prononcèrent leurs noms. Le silence était trop absolu. Howland poussa doucement la porte. Elle s'ouvrit un peu plus, puis s'immobilisa. Il y avait quelque chose de l'autre côté, qui la bloquait. Il essaya de nouveau, avec plus de force, et la porte s'entrouvrit suffisamment pour pouvoir passer la tête par l'entrebâillement.

Ce qu'il vit le fit reculer aussitôt et il entra presque en collision avec Charlotte.

— N'approchez pas, marmonna-t-il.

— Est-ce… ?

— Ils sont là.

Il s'appuya contre le mur du couloir, les yeux fermés. Il paraissait être sur le point de s'évanouir.

— Il y a des choses à l'intérieur aussi.

— Des choses ?

— Elles sont mortes. Des vieillards. Sa respiration était haletante. Tout flétris.

— Éloignons-nous, dit-elle à voix basse. Venez.

Elle le conduisit à l'étage inférieur et vers le salon, mais à la porte, elle s'arrêta net. La pièce n'était plus vide. Quelqu'un occupait l'un des fauteuils devant la cheminée. Le siège leur tournait le dos ; Charlotte ne pouvait discerner qu'une paire de jambes maigres recouvertes de collants noirs déchirés et deux bottes avec des trous au niveau des orteils. Les pieds se balançaient d'avant en arrière, tapant en rythme contre le garde-feu.

Puis le mouvement cessa, et une seconde plus tard un visage se dressa par-dessus le dossier du fauteuil. C'était la fillette de la veille au soir, celle que Mrs Price avait envoyée.

— Shadwell est où ? demanda-t-elle. J'ai un message pour lui.

Charlotte posa sa main sur le bras de Howland pour qu'il reste calme.

— Pourquoi es-tu ici ? As-tu… Es-tu responsable de la situation ?

L'enfant fit basculer le fauteuil en arrière, le laissant percuter le sol avec fracas. Elle se redressa rapidement, sourire aux lèvres.

— Quelle situation ? J'ai rien fait. J'vous ai dit, j'dois donner un message à Shadwell.

— Tu es montée là-haut ? demanda Howland.

Il sortit le révolver que Shadwell lui avait confié et le pointa sur elle.

— Tu les as tués ?

— J'ai tué personne. J'viens juste d'arriver.

Elle fusilla le pistolet du regard.

— Et puis Mrs P. dit qu'y faut pas s'en servir à l'intérieur, ça fait une odeur.

— Si ce n'est pas toi, alors qui ? interrogea Howland. Qui s'est introduit ici ?

La fillette haussa les épaules.

— Très bien… quel est ton message ? demanda Charlotte.

— À minuit ce soir on va au club.

— Quoi ? s'exclama Howland. Tu veux dire pour une attaque ?

— Ça va arriver ce soir, Mrs P. a dit. À cause d'Mr Burke. Et elle a dit qu'Shadwell devait être là-bas aussi, pour aider, mais maintenant j'f'rais mieux d'partir et la prév'nir qu'il est mort. Elle fronça les sourcils. Il est bien mort ? Pour de vrai, hein ?

— Il est mort, répondit Howland.

L'enfant les regarda tour à tour.

— L'aut' est morte aussi ?

— Oui, confirma Howland. Dis à ta tutrice…

— Quoi ?

— Dis à Mrs Price que Mr Shadwell et Miss Swift ont été assassinés. Par les membres du club. Tu comprends ?

— ’sûr, répondit la fillette, et elle avait disparu avant que Charlotte ou Howland ait pu ajouter un autre mot, filant à une vitesse supranaturelle.

— Nous devons partir d’ici, déclara Howland, lorsque le bruit de ses pas ne fut plus à portée d’oreille. Ils pourraient revenir.

— Oui.

Soudainement tendue, Charlotte regarda autour d’elle.

— Mais les livres, les papiers. Nous ne pouvons pas juste les laisser…

— Non. Nous emporterons ce que nous pourrons. Mais vite. Pouvez-vous tout rassembler ? Je descendrai pour prévenir Rafferty…

— Et Adeline, Mr Shadwell. Nous ne pouvons pas les abandonner là-haut. Pas dans ces conditions.

Elle alla chercher de l’eau dans la cuisine et, ensemble, ils remontèrent.

Howland ouvrit la porte. Au début, Charlotte ne distingua que la luminosité, presque douloureuse après la semi-pénombre du couloir. Il y avait des miroirs sur tous les murs, les reflétant, elle et Howland.

Leurs amis étaient également reflétés. Leurs “amis”, pensa Charlotte, en se mordant l’intérieur de la joue. C’était tout ce qui comptait. Leurs ennemis morts, se putréfiant dans la lumière – ceux-là pouvaient être repoussés du pied. Inutile de les regarder. Elle se détourna des membres en décomposition, ignora la puanteur sucrée de pourriture. Prendre soin de leurs amis était la seule chose qui importait.

Avec l’aide de Howland, elle les déplaça pour qu’ils reposent l’un à côté de l’autre. Shadwell avait peu de blessures visibles, seule l’affreuse position de sa tête permettait de savoir ce qui s’était passé.

Howland arrangea délicatement son corps, de sorte qu’il eût l’air de dormir. Du sang maculait la gorge et le visage d’Adeline ; ses cheveux s’étaient détachés. Charlotte lui essuya la bouche avec de l’eau, lui rendant sa beauté. Ils rassemblèrent les armes et les laissèrent à portée de main de leurs amis, comme s’ils pouvaient en avoir encore besoin. Howland marmonna quelques mots près de leurs corps – une prière ou des paroles de commémoration et de remerciement.

— Venez, dit-il tout en se relevant. Il faut partir. Nous avons fait tout ce que nous pouvions pour eux dans l'immédiat.

Il avait discerné ce qui occupait l'esprit de Charlotte : la pensée de mouches, d'un pourrissement indécent et innommable.

— J'enverrai de l'argent, lui dit-il. Tout ira…

Il ne put se résoudre à dire que tout irait bien, mais elle comprit son intention. Tout le réconfort que l'on pouvait apporter aux morts, ils l'obtiendraient.

Il la mena dans le couloir, et elle ne se retourna pas jusqu'à ce qu'il eût refermé la porte.

Dans le salon, ils rassemblèrent les papiers, les entassèrent au hasard et empilèrent les livres qui leur paraissaient les plus importants. Ils firent un gros paquet, noué avec de la ficelle.

Il y avait aussi le sac de voyage – Charlotte n'avait pas le temps de passer en revue son contenu, mais Adeline et Shadwell l'avaient emporté avec eux quand la situation était dangereuse ; il devait certainement contenir des choses utiles. Elle le souleva avec difficulté.

— Je ne suis pas sûre que nous parviendrons à nous charger de tout cela, dit-elle.

— Nous pouvons au moins les porter jusqu'à la voiture.

— Et où irons-nous après ?

— Je ne sais pas. Il lui lança un coup d'œil par-dessus la pile de livres qu'il tenait. Que pensez-vous ? Un hôtel ? Nous pourrions nous y reposer, réfléchir à la suite…

— Oui. Je suppose que c'est ce qu'il y a de mieux à faire pour l'instant.

Dans l'ordre normal des choses, la proposition aurait paru parfaitement inappropriée. Mais cela n'avait pas d'importance à présent.

Dehors, Rafferty attendait. Il les regarda avec leur immense paquet de livres et de papiers, l'air sombre.

— Ils les ont rattrapés finalement, dit-il.

Howland hocha la tête.

— Nous… nous sommes occupés d'eux, lui expliqua Charlotte. Ils sont en haut.

Rafferty opina du chef.

— Bien.

— Nous devons partir d'ici, ajouta Howland. Pouvez-vous alerter la police ? Ou… quelqu'un… on ne peut pas les laisser là.

Rafferty leva les yeux sur les vitres du magasin. Les rideaux dans la chambre d'Adeline étaient à moitié tirés.

— J'les avais prévenus que ça finirait comme ça, vous savez.

— Ils n'étaient pas le type de personnes qui écoutaient les conseils, dit Howland.

— Non.

Le cheval remua, et Rafferty tourna de nouveau la tête vers la rue, comme si l'animal lui avait parlé.

— Quelle destination, alors ?

— L'hôtel Langham, si vous le voulez bien, répondit Howland.

— Bien. Montez à bord.

Lorsque Howland s'adressa à Charlotte, il ne lui demanda pas comment elle allait. Elle lui en était reconnaissante.

Il dit :

— J'espère que le Langham vous convient. C'est le premier endroit qui m'est venu à l'esprit. Nous pouvons prendre une chambre. Des chambres. Là au moins nous serons au calme et en mesure de nous reposer un petit moment, de décider ce que nous avons de mieux à faire.

— Je suppose que c'est raisonnable.

— Il vaut mieux que vous soyez ma sœur, dit-il. À l'hôtel.

— Je vous demande pardon ?

— Quand nous donnerons nos noms.

— Oh, je vois. Oui.

Le trajet ne fut pas long. Lorsqu'ils arrivèrent au Langham, Rafferty prit son argent en silence.

— Qu'envisagez-vous ? demanda-t-il, une fois la somme dûment comptée.

— Nous nous rendrons là-bas ce soir, lui répondit Howland. Au club.

— Vous êtes aussi stupides qu'eux, alors.

— Sans doute. Nous partons vers onze heures, et nous aurons besoin d'un cocher.

— Vraiment ?

— Ce sera bien payé.

— Sans blague.

— Et vous nous rendriez un fier service.

Il regarda Charlotte et Howland tour à tour, et finit par soupirer.

— D'accord. Mais c'est la dernière fois, vous m'entendez ? Je ne m'aventure plus dans ce genre de choses après ce soir. J'en ai fichtrement assez. Ce n'est pas convenable.

Sur ce, il les conduisit, les laissant seuls devant le Langham.

L'hôtel était grandiose et étincelant. Charlotte crut discerner des boiseries cirées et des lumières brillantes. Il était devenu difficile d'appréhender la réalité. Les détails qui l'entouraient lui paraissaient étrangement confus.

Howland lui offrit son bras à la porte d'entrée.

— Tu dois être fatiguée. N'est-ce pas, sœurette ?

Elle leva les yeux sur lui, se rendant compte soudain qu'elle n'aurait plus le loisir de parler jusqu'au moment où ils se retrouveraient entre eux – son accent et celui de Howland étaient si mal assortis, distants de tant de milliers de kilomètres, que quiconque les entendant saurait immédiatement qu'ils ne pouvaient être parents. Il avait dû lire ses pensées, parce qu'il hocha la tête et dit distinctement :

— Ne parle pas. Économise tes forces.

Il s'occupa de tout. Ils étaient Mr Alan Shaw et sa sœur, Helen, tout juste arrivés à Londres et épuisés de leur voyage. Il y avait deux chambres – Charlotte songea que ce devait certainement être parmi les plus coûteuses. Tout l'hôtel était maintenant éclairé à l'électricité, fit remarquer Howland. Si civilisé et moderne. Les ascenseurs étaient également merveilleux, n'est-ce pas, il avait entendu dire qu'ils avaient produit une petite sensation, au moment de leur installation… Il parlait trop fort, respirait trop vite, pensa Charlotte. Il agitait les mains d'une manière peu naturelle, comme un comédien. Le bagagiste le regarda d'un air étrange.

Beaucoup de temps sembla s'écouler avant qu'ils ne se retrouvent seuls dans la chambre de Charlotte – une chambre ornementée si étrangère à ses habitudes qu'elle put à peine se résoudre à retirer son manteau et son chapeau.

— Voulez-vous que je commande du thé ? demanda-t-il.

— Dans un petit moment, répondit Charlotte, même si elle aurait aimé en boire tout de suite.

Avec un faible intérêt, elle constata que ses mains tremblaient.

— Miss Norbury…

Il la tenait maintenant et la chambre tournait.

— Le choc, dit-il. Vous êtes faible. Asseyez-vous.

— Merci. Et, parce qu'il ne la lâchait pas, elle répéta, plus fermement : Merci, sur quoi il la lâcha finalement.

Elle traversa la pièce et s'assit sur le lit.

— Vous avez besoin de thé. Ou de vin. Ou de cognac. Ou d'eau, au moins. Que puis-je vous apporter ?

— Je me sens beaucoup mieux à présent.

— Vous n'avez pas l'air. Je vais vous apporter du thé.

— Mais…

— J'irai le chercher moi-même. Je dirai que vous êtes souffrante et ne souhaitez pas être dérangée, ce qui est vrai, de toute façon, et vous n'aurez à voir personne.

Il se dirigea vers la porte.

— Fermez-la à clef derrière moi. Je frapperai quatre fois. Entendu ?

— Oui. Merci. Vous êtes très aimable.

— Essayez de vous reposer. Je reviendrai vite.

Lorsqu'il fut parti, Charlotte verrouilla la porte et se mit à déambuler sans but. Finalement, elle alla dans la salle de bains. Dans d'autres circonstances, le luxe de la chambre, l'immense baignoire avec ses pieds griffus et dorés l'auraient émerveillée. Elle se lava les mains et le visage, puis arrangea ses cheveux. Il y avait une tache de sang sur sa manche. Elle mouilla son mouchoir et épongea la marque. Celle-ci ne disparut pas.

Elle avait froid. Ne trouvant rien de mieux à faire, elle sortit ses possessions de son sac et les posa sur le lit. Sa chemise de nuit, sa brosse, sa petite bouteille d'eau de rose. Un mince paquet de linge propre. Le roman qu'elle avait emporté pour lire dans le train mais qu'elle n'avait pas ouvert – *La Rue des meurt-de-faim*, le dernier livre que James lui avait envoyé. Il avait déclaré qu'il ne l'avait pas beaucoup apprécié, mais qu'il l'amuserait peut-être.

Elle détourna le regard, reportant son attention sur le manuscrit, que Howland avait placé sur la commode.

Elle se donna l'injonction de s'employer utilement. Elle s'assit à nouveau sur le lit et ouvrit le paquet prudemment. Son poids avait un côté réconfortant. À l'intérieur, elle trouva une page de titre, tapée avec soin :

LE VAMPIRE MODERNE ANGLAIS
*de G. P. Shadwell et A. Swift*

Découvrir le mot écrit fut un choc. Aucun d'eux ne l'avait prononcé, et pourtant ils devaient l'avoir eu à l'esprit, tout comme Charlotte.

Elle tourna les pages, lisant des phrases au hasard. Peu à peu, elle se sentit bercée et éprouva finalement une sorte de calme. Les premiers chapitres traitaient des légendes et des mythes. Il fallait attendre le quatrième chapitre pour que le livre aborde des questions plus pragmatiques.

> On ne peut jamais trop insister sur le fait qu'il n'est pas judicieux de poursuivre un vampire ou d'essayer de le tuer. En Angleterre, les tentatives pour éradiquer les créatures ont rarement produit des résultats favorables. On a souvent remarqué à des époques antérieures que notre coutume concernant les sorcières (et sous cette rubrique, nous devons compter les revenants de toutes sortes) était extrêmement inefficace – la pendaison, plutôt que le bûcher, constituait la méthode préférée et manquait invariablement de tuer les vampires de manière permanente. (Le feu s'avère une arme beaucoup plus efficace – non seulement il détruit le corps de la créature, mais cette dernière sera fascinée par sa chaleur et pourrait être empêchée de fuir. Plus d'une est morte en refusant simplement de renoncer à l'agréable sensation de s'immerger dans le brasier, même si leur résistance naturelle aux flammes se voit finalement vaincue et que leur corps se trouve réduit à l'état de cendres.)
>
> Une confrontation directe est donc, en général, mal avisée. Cependant, il arrive que cette situation soit inévitable. Dans le but de se défendre ou de défendre quelqu'un d'autre, lutter

> contre les créatures, voire les tuer, peut parfois se révéler nécessaire. Ce n'est pas souhaitable, ni aisé – mais c'est possible. Il faut grandement plaindre ceux qui sont conduits à une telle extrémité. Toute l'assistance que ce livre peut leur offrir se trouve au Chapitre Cinq. Les conseils dans ce chapitre, s'ils sont suivis avec précision, se montreront utiles – et puisse Dieu protéger tous ceux qui ont besoin de pareilles connaissances.

Les larmes lui montèrent aux yeux, parce qu'elle reconnut la voix de Shadwell, aussi claire que s'il était dans la chambre avec elle. Le Chapitre Cinq s'intitulait "Objets apotropaïques, moyens de dissuasion, remèdes possibles".

> Si l'on n'a jamais trouvé de remède satisfaisant, détenir un vampire – vivant – pendant un certain laps de temps s'est certainement avéré possible. Il faut souligner qu'un tel emprisonnement est un procédé difficile et incertain, et qu'il profite peu aux mortels, à moins d'avoir en vue une finalité scientifique claire. On peut maintenir le vampire en vie et conscient en le privant simplement de nourriture et en le soumettant à un certain degré de restriction physique raisonnable. Cette méthode est peu fiable, et intenable sur le long terme. Une autre solution consiste à garder le vampire dans un état d'inconscience – un sommeil qui s'apparente à la mort. Cette dernière solution peut se voir réalisée en employant un rituel pratiqué depuis longtemps en Hongrie et Silésie. Bien que primitif, ce procédé s'est révélé efficace dans nombre de cas. Tous les détails se trouvent dans l'Appendice A.

Ils ne l'avaient pas informée de cette possibilité, parce qu'ils avaient deviné exactement ce qu'elle entreprendrait.

Le rituel, apprit-elle par l'appendice, était compliqué mais pas impraticable. L'accomplir seul apparaissait peu commode – les instructions conseillaient la présence de cinq personnes, cinq hommes forts au courage reconnu, dont au moins un ayant reçu les ordres.

Charlotte sursauta lorsqu'elle entendit quatre coups frappés à la porte. Elle s'essuya les yeux puis ouvrit à Howland.

— Désolé d'avoir pris tellement de temps, s'excusa-t-il. Ils pensaient que j'étais un pauvre étranger désorienté. Ils ne doivent pas avoir beaucoup de clients qui veulent se charger eux-mêmes de leur thé.

— Non, probablement pas.

— Est-ce le livre de Shadwell ? demanda-t-il tout en posant le plateau sur la table.

— De Shadwell et d'Adeline.

— Vous avez découvert beaucoup de choses ?

— Oui.

Il versa du thé.

— Buvez, dit-il en lui plaçant une tasse entre les mains.

Il paraissait de nouveau paisible, nota-t-elle avec émerveillement. La voix posée, et pragmatique.

— Êtes-vous toujours déterminé à m'accompagner ce soir ? demanda-t-elle.

— Je ne pourrais pas vous décevoir maintenant.

Il s'installa dans l'un des nombreux fauteuils ornementés de la chambre, se versa du thé et tint la tasse serrée entre ses deux mains, sans boire.

Alors elle se souvint de quelque chose : la carte trouvée chez James. Elle la sortit de la sacoche en cuir et la lui tendit.

— Je l'ai trouvée parmi les affaires de James.

Dans un premier temps, il ne sembla pas reconnaître la carte. Puis il la lui prit des mains.

— Merci. J'avais oublié son existence.

Et, finalement, Charlotte vit qu'il était terrifié. C'était évident dans le sourire qu'il lui adressa – galant, et empli de peur réprimée.

Tout ce temps, il avait pris des risques et s'était montré téméraire, feignant d'aller très bien et d'une manière ou d'une autre conservant sa sérénité, même si ce dont il avait été témoin au club continuait de l'horrifier – quoi qu'il eût subi là-bas. Il paraissait encore plus terrorisé qu'elle. Peut-être s'imaginait-il participer à une aventure infantile, songea-t-elle – le héros imperturbablement confronté au péril et au mystère, l'un de ces gars fringants qui, assis sur un baril de poudre, pouvaient tranquillement fumer leur cigare, le type de personnage capable d'affronter ses ennemis et résolu à vendre sa peau au prix fort.

— Mon opinion de vous ne serait pas entamée si vous souhaitiez partir, articula-t-elle lentement. Vous vous êtes déjà échappé une fois.

— Non. Impossible de partir maintenant. En outre, vous êtes la seule encore en vie qui soit au courant.

Elle comprit ce qu'il voulait dire. On se sentirait si solitaire à habiter ce monde sans personne avec qui partager ces horreurs.

Elle n'était pas sûre de savoir comment le réconforter ou lui exprimer sa gratitude.

— Au moins, buvez votre thé, suggéra-t-elle.

Il acquiesça d'un hochement de tête.

— Je vais vous tracer un plan. Tout ce que je peux me rappeler des lieux. Il y fait si sombre, vous savez… difficile de s'y repérer.

Elle lui trouva du papier – le verso de l'un des poèmes de James – et il dessina rapidement. Il esquissa d'abord un carré.

— C'est l'atrium. Il est au rez-de-chaussée et monte jusqu'au deuxième étage. Un peu comme une cour intérieure. Vous avez des marches qui conduisent au premier étage, alors vous vous situez dans la galerie inférieure, un couloir qui fait le tour de l'atrium. La galerie supérieure est identique, mais un étage plus haut. Si vous vous tenez dans la galerie à l'un des étages, on peut vous entendre de l'étage inférieur ou supérieur. Puis, il y a des couloirs qui partent des galeries. De nombreuses pièces.

— Où pensez-vous que James se trouvera ?

— Peut-être au grenier. C'est là que nous étions avant.

Il ajouta un couloir qui partait du palier au deuxième étage.

— C'est ici que l'escalier mène. S'il n'est pas là, il se trouvera à la cave.

— C'est là qu'ils vous ont attrapé, n'est-ce pas ?

— Oui.

Il souleva un pied et lui montra cette étrange marque blanche qui était restée sur sa chaussure.

— L'endroit est assez obscur, plein de bidons de peinture. J'ai trébuché sur l'un d'eux.

— Pouvons-nous entrer par là ?

— C'est la seule façon d'essayer. Hors de question de passer par la porte d'entrée. La cave a une porte d'entrée dotée d'une petite fenêtre, au bas de quelques marches. Peut-être pourrions-nous forcer la serrure.

Elle étudia le plan qu'il avait dessiné.

— Quel est l'endroit le plus probable pour les membres du club ?

— La bibliothèque, répondit Howland. La porte est au premier étage, ici. Ou bien le fumoir. Ce sont les deux pièces les plus fréquentées. Il y en a d'autres au deuxième étage – des chambres privées, je crois. Elles ne sont pas occupées de manière régulière, pas depuis que le nombre de membres a chuté.

— Je ferais bien d'apprendre ce plan par cœur.

Elle le lui prit gentiment des mains.

— Qu'est-ce que vous voulez que je fasse pendant ce temps ?

Charlotte poussa le manuscrit vers lui.

— Vous pourriez lire cela, si vous n'y voyez pas d'inconvénient. Nous ferions bien d'en savoir le plus possible.

Ils lurent tous les deux en silence. Plus d'une heure s'écoula.

Howland finit par poser le manuscrit de côté et dit :

— Nous pourrions confier tout cela à Rafferty ce soir.

Il désigna d'un signe de tête les sacs de Charlotte et le paquet de papiers qu'ils avaient sauvés de Wych Street.

— De cette façon, nous n'aurons pas à revenir ici. Nous pourrons aller directement à la gare. Vous voudrez le ramener chez vous, n'est-ce pas ?

— Mais, et vous ? demanda-t-elle, reconnaissante du fait qu'il s'exprimait comme s'ils avaient une chance de réussir.

— J'imagine que je vous accompagnerai, si vous en êtes d'accord. Je pourrais être utile.

Il aurait dû se rendre à l'étranger, pas dans le Yorkshire. Mais, étant donné les circonstances, il lui sembla que le sujet ne valait pas la peine d'être débattu. Il était peu probable qu'ils parviennent même à la gare.

— Je pense que nous devrions manger quelque chose, déclara Howland. Voulez-vous que j'appelle ?

— D'accord.

Charlotte retourna dans la salle de bains. Elle but de l'eau et se lava de nouveau le visage. Elle pensa : Je vais probablement mourir ce soir. La perspective ne lui paraissait pas vraiment crédible.

Elle resta dans la salle de bains jusqu'à ce que Howland frappe doucement à la porte et lui annonce que la nourriture était arrivée.

Howland avait intelligemment choisi : de la bonne soupe chaude, du pain frais, des fruits et de la viande froide. Elle s'assit sur le lit avec le plateau, Howland dans le fauteuil de la coiffeuse, le dos tourné.

— Cela vous dérangerait-il que je garde le révolver ce soir ? demanda-t-il.

Comme si elle pouvait être d'une aide quelconque avec l'arme.

— Bien sûr que non.

— Je le porterai sur moi, alors. Je pensais juste que vous vous sentiriez peut-être plus en sécurité avec. Vous devriez quand même prendre quelque chose.

Elle hocha la tête – bien qu'elle comptât plus sur la discrétion que sur la force. (Elle se souvint de la manière dont Adeline avait manié ses armes – ce mouvement exquisément équilibré, le naturel issu d'une longue discipline. Elle ne pouvait toujours pas croire qu'on eût mis fin pour l'éternité à une telle grâce féroce.)

Howland avait terminé de manger. Il s'était agenouillé et ouvrait le sac de voyage.

— Voici, dit-il.

Il lui tendit un canif au manche gravé. Il paraissait être en argent – Adeline avait employé une arme très semblable.

— Pourrait s'avérer utile, déclara Howland. Je serais plus rassuré si vous le gardiez sur vous.

— Très bien, merci.

Elle lui prit le couteau.

— Y a-t-il autre chose dans le sac qui pourrait servir ?

Il se mit à passer méthodiquement en revue ce qu'il contenait.

— Pas grand-chose en termes d'innovations récentes, je vous préviens. Nous avons une boîte d'allumettes, trois bougies, une lanterne sourde, une seringue, une bouteille étiquetée “eau bénite” – il n’en reste pas beaucoup –, quelque chose qui ressemble à un jupon déchiré…

— Des bandages.

— Merci, oui, des bandages. Il y a aussi une bouteille de cognac, à moitié pleine, une flasque d’eau, remplie, un pot de confiture vide, de la corde, un deuxième couteau, une boîte de cartouches, également vide, une seconde boîte d’allumettes et une bible. C’est tout.

— Certaines de ces choses devraient pouvoir nous aider, déclara Charlotte.

Elle se mit à ranger les restes de leur repas.

— De combien de temps disposons-nous ?

— Il est sept heures.

Encore des heures à attendre. À présent, rien ne paraissait pire que cette inactivité forcée.

— Écoutez, dit Howland, je vais aller dans ma chambre. Je suis juste à côté et vous pourrez vous détendre. Je reviendrai à dix heures. Nous pourrons alors nous occuper des derniers préparatifs.

Lorsqu’il fut parti, elle essaya de se reposer, jusqu’au moment où rester allongée sans rien faire devint intolérable.

Alors elle se rendit encore une fois – se sentant dans un étrange état, très inhabituel – dans la salle de bains. Elle fit couler de l’eau très chaude. Il y avait des sels de bain et du savon.

Elle garda son canif avec elle, le posa par terre à côté de la baignoire après s’être déshabillée. Elle n’arrivait pas à se débarrasser complètement de l’idée qu’on les avait suivis jusqu’à l’hôtel, que leurs ennemis pourraient ébranler la porte à n’importe quel moment.

Elle s’installa dans l’eau chaude – le plus chaud et plus grand bain qu’elle ait jamais pris – et fixa la porte. Sans y réfléchir, alors qu’elle avait mal à la tête, elle avait retiré toutes ses épingles à cheveux. Sa chevelure, lourde et sensuelle, recouvrait ses épaules nues. Elle laissa les bouts tremper dans l’eau.

Des serviettes étaient disposées dans la salle de bains, prêtes à l’emploi ; elle n’avait jamais connu pareil luxe. Ni un tel luxe de temps – ces heures lui appartenaient, personne ne les lui envierait. Elle se sécha avec soin – sentimentale à présent envers ce corps qui l'avait conduite jusque-là. Elle se savait gré de sa force, qui l'avait soutenue au cours de l'épreuve de ces derniers jours et la soutiendrait encore, jusqu'au moment où sa tâche serait accomplie ou bien où elle aurait échoué.

Le miroir dans la salle de bains s'était embué – elle ne discernait qu'une image floue, un reflet indistinct de rose et blanc. Croyaient-ils qu'elle était la sœur de Howland à l'hôtel ? Ou pensaient-ils qu'elle était quelqu'un d'autre ?

Dans la chambre, elle essuya l'extrémité de ses cheveux avec la serviette, frottant avec fermeté, comme elle se rappelait qu'une personne – elle ne se souvenait pas de qui il s'agissait – s'en chargeait pour elle quand elle était enfant. Elle remarqua son visage dans la glace au-dessus de la coiffeuse. Le bain lui avait rougi les joues, comme en anticipation. Elle s'observa, et se demanda : Est-ce ainsi qu'une femme devrait se comporter dans l'attente d'un destin pareil au mien ? Suis-je courageuse ?

Enfin, elle termina de s'habiller et de se préparer. L'horloge indiquait dix heures moins cinq. Les bagages étaient prêts et elle tenait son sac à main à côté d'elle sur le lit, le couteau en argent placé dans la poche de son manteau.

Elle sursauta lorsqu'elle entendit Howland frapper, même si elle l'attendait. Elle se dirigea vers la porte et le laissa entrer sans un mot.

Ils répétèrent le parcours à l'intérieur du club une ultime fois – cave, atrium, escalier (passage rapide devant la porte de la bibliothèque), dernier étage, couloir, autre escalier, grenier.

— Nous devrions descendre, finit-elle par dire. Rafferty pourrait être en avance.

— Très bien.

Il était habillé pour sortir, chapeau et gants déjà revêtus, écharpe soigneusement nouée autour du cou.

Elle s'approcha du miroir pour mettre à son tour ses gants et son chapeau – celui d'Adeline. Elle avait laissé le sien derrière elle, dans leur départ confus de Wych Street. Elle effectuait ses gestes avec lenteur, parce que c'était la partie la plus terrible ; sa nervosité la submergeait presque. Ses mains tremblaient tellement qu'elle n'arrivait pas à placer la voilette, et le chapeau était de travers. Les gants s'avérèrent impossibles.

Howland s'avança.

— Me permettez-vous… ?

Charlotte secoua la tête et Howland tint ses mains dans les siennes, boutonnant ses gants, l'un après l'autre.

— Levez la tête, dit-il.

Elle le sentit nouer le ruban et ajuster légèrement le chapeau vers la gauche ; il recula pour examiner son travail.

— Voilà. Charmant. Il était aussi nerveux qu'elle. Allons-y, si vous voulez bien ?

Plus de raison d'attendre. Elle lui prit le bras, et ensemble ils sortirent.

## 31

James se réveilla à l'intérieur d'un cercueil. Il était allongé sur du velours et près de son visage se trouvait un couvercle de bois. À l'extérieur, il pouvait entendre des chevaux et des gens qui marchaient. Quand ceux-ci passaient non loin, il ressentait leur curiosité, un mélange d'empathie et de plaisir – on tournait toujours la tête pour regarder un corbillard. S'il hurlait, ses cris leur parviendraient-ils ? Feindraient-ils de ne pas entendre ?

Peut-être les membres du club avaient-ils un certain sens de l'humour, pour le transporter de cette façon. Ou peut-être s'agissait-il simplement d'une question de commodité : un corbillard était mobile et pratique, son but évident, et il attirerait peu de questions.

On l'avait traîné, presque inconscient, dans l'escalier qui menait aux catacombes. Ils étaient pressés, gênés d'être dehors en plein jour. En haut des marches, ils l'avaient laissé tomber sur la pierre froide. Il ne se rappelait pas avoir été placé dans la boîte.

Pendant un moment, James demeura immobile, réfléchissant aux espaces confinés. Semblables prisons vous rendaient conscients de vous-mêmes, des centimètres carrés que votre corps occupait. Impossible de remuer les bras ou les jambes ; cela ressemblait à une paralysie. On ne pouvait échapper à ses pensées.

Le cercueil chaloupa légèrement lorsque le corbillard tourna. Il se demanda s'ils avaient l'intention de le détruire sans jamais le libérer de cette prison. Il avait essayé de repousser le couvercle vers le haut, mais avait été incapable de le déplacer. Peut-être était-il toujours affaibli par l'assaut de Mould – ou peut-être avait-on altéré le cercueil pour emprisonner son espèce plus efficacement.

Il se souvint d'un aspect de l'esprit de Mould. Il avait entrevu des séries de nombres, des roues d'acier et d'argent. Il vit que Mould appréciait de passer du temps muni de papier et de crayons, à imaginer des prisons et des fléaux.

Le corbillard s'arrêta. Alors son cercueil fut soulevé, porté en haut de quelques marches, puis redescendu. Il sentait des relents de peinture. L'odeur le rendit nauséeux.

Au bas de l'escalier, le cercueil avança un peu avant d'être déposé sans ménagement sur une surface dure. Ses os s'ébranlèrent et ses dents claquèrent sous le choc. Mais il n'avait pas l'impression de se trouver par terre ; ils ne l'avaient pas laissé tomber aussi bas. Une table, peut-être ? Il entendit de nouveau des pas, s'éloignant cette fois. On l'abandonna dans le silence.

*

Ils avaient ingénieusement choisi sa punition. S'ils ne le relâchaient pas, il pourrait gésir ici pour l'éternité. Il ne savait pas s'il avait la force de se détruire lui-même : cela signifierait attenter à son propre corps, s'arracher les membres un par un. Ce serait une entreprise lente, parce qu'il n'avait pratiquement pas de place pour bouger. Le processus se révélerait terriblement douloureux, et peut-être qu'au bout du compte il ne mourrait pas.

Tandis qu'il considérait la question, il entendit des pas se rapprocher, puis le couvercle s'ouvrit d'un coup et il se retrouva aveuglé par le soudain afflux de lumière.

James plissa les yeux pour voir le visage au-dessus de lui. Mould – guindé et posé comme toujours, mais avec le début d'un œil au beurre noir, ce qui fit discrètement sourire James. Mould tressaillit à la vue de son expression.

Celui-ci dit :

— Vous vous êtes révélé singulièrement inepte dans vos tentatives de vengeance, vous ne pensez pas ?

James percevait le battement rapide du cœur de Mould.

— Vous n'avez même pas réussi à me tuer, moi, ce qui doit être plutôt embarrassant.

Et Mould leva ses deux mains en l'air, comme pour démontrer à James leur inhérente faiblesse.

James ne répondit rien, mais il s'efforça – brièvement – d'atteindre l'esprit de Mould. Le contact se révéla terrible pour tous les deux. James crut qu'il allait s'évanouir.

Mould recula, respirant fort.

— J'ai une proposition, poursuivit-il, reprenant son air compassé. Un marché.

James regarda avec insolence l'œil contusionné de Mould et ne répondit toujours rien.

— Nous avions à l'origine l'intention de vous garder ici indéfiniment, dans le but de vous étudier. Cependant, certains membres du club considèrent que l'on devrait se débarrasser de vous de façon plus définitive. D'ordinaire, j'insisterais pour suivre le premier plan. Mais, pour être franc, vous êtes plutôt encombrant, et nous courrions moins de risques si vous étiez mort. Si vous vous montrez coopérant, je requerrai que l'on vous tue immédiatement, avec un minimum de châtiments additionnels.

Il attendit, et James ne lui demanda pas ce qu'il voulait en retour.

— Le carnet, finit par dire Mould. Où est-il ?

— Si vous me laissez partir, je vous y emmènerai.

— Et que ferez-vous si je refuse ?

— Il peut rester où il est.

James eut alors une idée. Mould gardait le carnet secret, personne d'autre ne devait le lire. Il contenait des informations qui n'auraient pas dû être consignées.

— Ou bien je peux indiquer à quelqu'un d'autre où le trouver. Il réfléchit rapidement et hasarda un nom : Makeweight.

L'expression de Mould ne changea pas. Il s'accrochait aux apparences, comme si un vernis de calme pouvait constituer une défense contre James, alors que ses pensées étaient devenues si livides et agitées. James sentait son désarroi – il lui évoquait une odeur de fumée et un goût de métal, mêlés au froid d'un matin d'hiver avant l'aube.

Mould recula et dévisagea franchement James.

— Je crois bien que vous pourrirez dans cette boîte, Mr Norbury.

Et il referma le couvercle dans un claquement si tonitruant qu'il en fut douloureux, puis James entendit ses pas – précipités – traverser la pièce et remonter l'escalier.

*

Il était nécessaire de se fixer sur autre chose que sa souffrance. James pensa à Charlotte. Il se rappela leur enfance : la terrasse à l'extérieur de la bibliothèque ; les lettres dessinées de travers et au hasard sur les dalles.

Un nouveau spasme l'étreignit alors, et, impuissant, il vomit un horrible flot de sang lui brûlant la bouche et le nez. Un liquide épais et infect.

Tandis qu'il attendait, immobile, que ses frissons passent, on souleva une deuxième fois le couvercle du cercueil – bien qu'il n'eût pas remarqué de pas qui s'approchaient. Michael Bier se tenait au-dessus de lui.

— Dieu, vous avez une mine affreuse, dit-il.

Il renifla, grimaçant à la vue de la substance gluante que James avait rendue.

— Une odeur terrible aussi. L'eau bénite, je suppose. Un poison abominable, non ?

C'était exactement le même, il n'avait pas du tout changé depuis le soir où James l'avait vu la dernière fois. Enjoué, d'une beauté terne – ses yeux curieusement vides, sans une once de honte ou de culpabilité.

— J'avais envie de venir vous voir, poursuivit-il. Étant donné tous les ennuis que vous avez créés.

James ne répliqua rien, mais Bier continua comme s'il avait formulé une réponse :

— Oh, oui. Votre évasion. Elle a provoqué un effroyable bazar… Edmund était très en colère. Et bien sûr, tout était ma faute à moi.

James avait souhaité une sorte de grandeur, un ennemi digne de sa vengeance. À la place, il avait affaire à cette créature stupide et dégénérée, qui ne comprenait pas les dégâts qu'elle avait causés, ni ne s'en souciait. Mould avait raison. La mort de Christopher ne signifiait rien.

— Ils m'interdisent de sortir, vous savez, dit Michael, interrompant les pensées de James. Ils me considèrent comme un danger. C'est terriblement assommant. Et puis j'ai faim, mais il y a des règles pour apporter des Rapides ici. Ils n'aiment pas avoir trop de cadavres sur les lieux. Et vous n'êtes d'aucune utilité dans l'état où vous vous trouvez.

Il sortit un objet de sa poche. Un rouleau de velours noir, noué à l'aide d'une corde. À l'intérieur, un lot d'instruments brillants. Ils ressemblaient essentiellement à des aiguilles à tricoter.

— Avez-vous déjà vu de pareils instruments ?

— Non.

— Pas étonnant. Ils appartiennent à Mould.

Il en approcha un pour que James le regarde.

— De l'argent. Très nuisible à notre espèce. Diablement douloureux.

James se demanda s'il avait la force de s'asseoir.

— Ils seront fâchés si vous me tuez maintenant.

— Ils me pardonneront. Tout le monde me pardonne toujours, pour finir.

Il souleva l'une des aiguilles et se délecta de son éclat dans la lumière. Puis, avec une célérité surprenante, il l'enfonça d'un coup dans la gorge de James.

James ouvrit la bouche pour crier, sans y parvenir : l'argent avait oblitéré sa voix.

Michael lui sourit :

— Je vous l'avais bien dit, non ?

Avec lenteur et beaucoup de mal, James leva le bras étendu près de son flanc, puis prudemment, péniblement, extirpa l'aiguille de son cou. La douleur que le métal infligeait à ses mains était telle qu'il pouvait à peine supporter de le toucher. Michael le regarda se débattre, sans faire un geste pour l'arrêter.

— Les plaies qu'elles causent, dit Michael, ne cicatrisent pas.

Il le frappa de nouveau, avec une autre aiguille, cette fois dans l'épaule. James s'entendit émettre un son – pas un cri, mais une sorte de gargouillis.

Son attaquant marqua une pause et observa James, songeant peut-être à la question de l'argent ou à la perspective du martyre de James. Ou peut-être encore ne pensait-il à rien du tout.

— Ou bien est-ce qu'elles cicatrisent en fait ? Je ne suis pas certain, maintenant que j'y réfléchis. Je l'ai su, mais j'ai oublié. Edmund le saurait. Ensuite, je vous crèverai les yeux… nous verrons ce qui se passera.

Et il se remit à sourire. Le pire était que son triomphe n'avait rien d'adulte ni de sensé – en lieu et place, James perçut la délectation sauvage d'un enfant pervers et attardé. Il savait – le monstre qui le possédait savait – comment Michael allait l'atteindre, l'exacte puissance qu'il allait déployer. Il se sentait affaibli par le poison dans son sang et l'argent perçant ses os, mais il possédait assez de force pour entreprendre une dernière chose.

Lorsque Michael leva le bras pour le frapper de nouveau, James s'agrippa pour se redresser et bondit sur lui. Le cercueil se renversa et le choc contre le sol le fit voler en éclats.

Ils tombèrent tous les deux, ainsi que les aiguilles qui se dispersèrent sur le dallage dans un bruit de clochettes. James étendit le bras – plus rapide que Michael Bier –, en saisit une et la planta, d'un geste vif, dans la poitrine de ce dernier.

Bier n'émit aucun son. James lui avait transpercé le cœur, mais il n'était pas mort. Il avait les yeux ouverts ; il observait James. L'une de ses mains s'agita.

Aucune arme ne se trouvait dans la pièce, excepté les aiguilles éparpillées, rien que les mains de James et ce qui lui restait de son ignoble puissance. Il se força à déboutonner la chemise de Bier et à dénouer sa cravate. Il inclina légèrement la tête de l'homme, puis enfonça ses dents dans son cou.

Son sang était froid et il s'écoulait lentement. En terminer avec lui prit un certain temps, plusieurs minutes. Même lorsqu'il fut vidé de son sang, James craignait qu'il ne ressuscitât. Aussi James, au lieu de desserrer son étreinte, enfonça-t-il plus profondément ses dents et finit par employer ses mains à la tâche. Pendant les minutes qui suivirent, il cessa de se restreindre.

Enfin, il se retrouva seul, la bouche pleine de sang teinté d'argent.

Il n'éprouva aucune joie. Son désir de vengeance ne connaissait pas de répit. Les murs autour de lui étaient maculés de traces et d'éclaboussures rouges sur fond blanc. Les couleurs se brouillèrent et s'entremêlèrent.

Il aurait pu s'enfuir à ce moment-là, tenter de s'échapper. Au lieu de quoi, il resta assis dans le noir près du corps, les aiguilles d'argent dispersées sur le sol, et ne pensa à rien en particulier jusqu'au moment où – il ne savait pas combien de temps plus tard – la porte s'ouvrit et quelqu'un entra, s'arrêtant en haut de l'escalier qui menait à la cave.

C'était Edmund Bier. Dans l'obscurité, James le vit distinctement. Ses traits fins, sa pâleur, son absence de pitié. Il regarda James – dont la bouche devait être couverte de sang –, puis il baissa les yeux vers le sol et aperçut ce qui gisait là.

Avant que James eût le temps de se lever, Bier avait descendu les marches et se tenait au-dessus de lui. Il attrapa James par le col et le projeta contre le mur.

Alors que James était étendu à l'endroit où il avait atterri, Bier s'avança et le saisit de nouveau, resserrant sa prise autour de son cou. Bier allait le tuer, pensa James, ne s'en souciant qu'à peine ; il le frapperait, l'écorcherait, le déchiquetterait, jusqu'au moment où il ne resterait plus de James que des lambeaux.

Mais ce ne fut pas le cas – au lieu de cela, il desserra son étreinte et laissa James tomber à terre. Et James se surprit à rire, mais d'un rire qui ne ressemblait en rien au sien. C'était un bruit horrible, râpeux et canin. Il rit jusqu'à ce que l'hilarité le quittât, se rallongeant alors sur le sol et souhaitant sa fin arriver.

Lorsqu'il récupéra assez d'énergie pour relever la tête, Bier était parti. Makeweight l'avait remplacé. Il souleva James et le remit sur pied avec une force désinvolte.

— C'est prêt pour vous en haut, déclara-t-il, et il se mit à sourire sans discontinuer.

Treadwell attendait sur le pas de la porte, observant le désordre.

— Besoin d'un peu de ménage, hein ? dit Makeweight d'un ton railleur. Feriez bien de sortir les seaux.

Treadwell ne répondit pas.

Makeweight traîna James dans l'escalier jusqu'à une pièce qui se trouvait deux étages plus haut, une salle aux murs recouverts de livres, haute de plafond et dotée d'astucieuses échelles en bois positionnées contre les étagères.

Un seul éclairage dans cette pièce – l'une de ces bougies derrière un abat-jour vert – et deux grandes flambées. Il y avait un fauteuil vide, le dos tourné à l'un des feux – son dossier en bois maculé d'éclaboussures d'un rouge terne – et assis autour, en demi-cercle, les membres du club.

Ils étaient une quinzaine. Il ne reconnut presque aucun d'entre eux ; il aurait pu croiser la plupart dans la rue, dans sa vie antérieure, sans rien leur trouver de remarquable. Des hommes issus de la haute société, tous – à moins de compter Makeweight, qui se tenait à présent près de la porte. Des visages blêmes, des tenues conventionnelles. La majorité avait été transformée à la fleur de l'âge ; peu semblaient dépasser les quarante ans. Ils observaient James, parfaitement immobiles, et pourtant celui-ci discerna un soupir ou un sifflement, une anticipation contenue. Ils savaient ce qu'il avait fait, et ils l'attendaient. Il sentit qu'ils examinaient ses plaies, pas encore cicatrisées, et les dégâts sur ses vêtements que son combat avec Michael Bier avait causés. Ils pouvaient certainement percevoir l'odeur de sang émanant de son corps.

Makeweight traîna James jusqu'au fauteuil placé devant le feu et le jeta dedans. On ne l'attacha pas. Ils avaient dû s'apercevoir qu'il était trop faible pour s'enfuir.

Eustace Paige était assis à côté d'Edmund Bier. Paige ne regardait pas James. Il avait l'air calme, un peu las. Mais aux yeux de James, il paraissait satisfait, rassasié, tel un grand chat récemment nourri. Il devait déjà être au courant de la mort de Michael Bier.

Mould était installé tout près de la porte, un carnet à la main – le petit, celui que James avait délaissé dans les catacombes, choisissant le journal. Il le tenait très fermement.

Personne ne prit la parole immédiatement. James entendit le tic-tac d'une horloge non loin.

Edmund Bier finit par se lever.

— Messieurs, dit-il, s'adressant aux membres du club, vous connaissez tous les événements regrettables qui nous ont conduits à cette situation. L'erreur de jugement de mon frère Michael a… a maintenant été plus que largement punie.

Il appuya un doigt contre sa bouche. Il fallait se forcer à retenir certains mots, contenir la peine et les récriminations.

— Mr Norbury l'a assassiné.

Cette déclaration provoqua une légère agitation.

— Je n'ai pas grand-chose à ajouter sur le sujet. Je propose à présent que nous mettions un terme à ce déplorable épisode.

Du côté opposé du demi-cercle, un autre membre du club prit la parole – un homme de corpulence massive, aux lèvres blanches comme de la pâte à colle.

— Et qu'en est-il de votre Entreprise, Bier ?

Bier fronça les sourcils.

— Nous en discuterons plus tard, Morton. Pour l'instant, nous devons parer au plus pressé.

L'un des membres du club – au petit froncement de sourcils perpétuel et aux cheveux légèrement gris – ajouta :

— Ne faudrait-il pas attendre que les autres reviennent ?

— Non, nous n'avons pas besoin d'attendre, répondit Bier. Ils peuvent en avoir encore pour un moment. Je leur ai demandé de ramener Mr Howland vivant, si possible – réussir cette mission discrètement sera un peu plus long.

— Je ne vois pas pourquoi vous en avez envoyé autant, Bier, fit observer Morton. Cela ne représente pas un gros travail, après tout.

Un murmure d'approbation – ils étaient tous d'accord sur ce point. Bier ignora la remarque.

— Makeweight, dit-il, si vous voulez bien commencer la procédure.

Makeweight se leva de son siège à côté de Bier. Il souriait toujours. Seul au sein de son espèce, il semblait pouvoir facilement conserver cette expression.

À ce moment-là, la porte de la bibliothèque s'ouvrit doucement. C'était Treadwell, le visage inexpressif mais visiblement pressé.

— Que se passe-t-il, Treadwell ? demanda Bier.

— Les Alia, monsieur. Ils sont ici.

— Combien ? demanda à son tour Mould.

— Cinq. Price est avec eux.

— Laissez-la entrer, Bier, cria l'homme aux cheveux gris. Voyons ce qu'elle veut.

— Ici ? dit Morton. Et les règles, alors, messieurs ? C'est tout à fait irrégulier d'autoriser la présence de femmes ici.

— Ce n'est pas ce que j'ai entendu dire, répliqua un autre membre du club, avec un rire grivois.

— Oh, la gouvernante de Burke ne compte pas, répondit Morton.

Makeweight sourit dans son coin. La pièce éclata en vives disputes. Certains membres du club étaient pour inviter les Alia à entrer et leur administrer une punition pour leur audace de s'inviter de cette façon. D'autres considéraient qu'autoriser la présence de personnages aussi vils était indigne de cette institution. Bier, ignorant les débats, se dirigea vers la fenêtre, écarta légèrement le rideau et regarda dans la rue.

— Est-ce au sujet de Burke, vous pensez ? demanda-t-il doucement à Mould.

Il laissa retomber le rideau.

— Sans doute. Mould avait les sourcils froncés. Peut-être auriez-vous dû leur parler. Si vous aviez expliqué à Price que le club n'était pas responsable…

— Nous n'avons guère de raisons de nous justifier auprès d'eux, Mould.

Mould poussa un soupir.

— Les autres devraient être de retour, à présent.

James entendit un fracas de coups répétés contre du bois provenant d'en bas. L'un des Alia s'était saisi du heurtoir et faisait un vacarme de tous les diables.

— Messieurs, dit Bier, je suggère que nous laissions entrer nos invités.

Applaudissements, approbation. Certains membres du club s'étaient déjà levés. Ils avaient l'air impatients, assoiffés et avides de sang.

— Qu'allez-vous faire de celui-là, alors, Bier ? cria Morton en indiquant James.

— Tuez-le maintenant, Edmund, marmonna Mould. Nous ne pouvons pas nous permettre de distraction.

— Non, répliqua Bier.

Les autres membres du club se mirent à grommeler.

— Tuez-le tout de suite, Bier – nous n'avons pas de temps à perdre, suggéra l'un d'eux – un homme grand, aux cheveux foncés et vêtu de noir.

À l'instar de Bier et de la plupart des membres, son apparence était conventionnelle. Seuls ses yeux dépareillaient le respectable ensemble – rapaces comme ceux d'un oiseau de proie. James reconnut en lui l'homme qui s'était rendu à Egerton Gardens et avait parlé à Charlotte sur le pas de la porte.

— Non, Corvish, dit Bier. Pas d'exécution hâtive. Il ne mérite pas une mort si facile. Laissez Mould l'examiner… rendre son châtiment utile.

Mould soupira.

— Je peux me débrouiller sans m'en servir comme spécimen. Étant donné les circonstances, vous feriez mieux de le tuer maintenant. Je comprends qu'après Michael…

Quoi qu'il fût sur le point de dire, le reste de sa phrase se perdit dans un râle de douleur. Bier lui avait saisi le poignet et le tenait fermement – une mesure équilibrée de la peine infligée, suffisante pour causer un hématome, insuffisante pour une fracture.

Puis il relâcha son étreinte, comme si Mould avait cessé de l'intéresser, et fit un signe de la tête en direction de Corvish.

— Attachez-le. Montez-le. L'autre pièce.

— C'est un grand risque, avertit Corvish.

— Laissez-nous son sang, au moins, dit Morton.

Un autre membre du club, aux cheveux cendrés, émit un rire bas :

— On peut toujours trouver du temps pour une saignée.

— Oui, très bien. Mais occupez-vous-en à l'étage. Nous ne pouvons pas nous autoriser de tergiverser maintenant.

— Je veux bien le faire, déclara un homme roux à la physionomie plaisamment ordinaire.

Il s'exprima comme s'il se portait volontaire pour jouer au tennis sur gazon ou participer à une partie de whist.

— D'accord Maylie. Mais dépêchez-vous.

James fut saisi sans ménagement, contraint de se tenir debout au côté de Morton-lèvres pâles. Lorsqu'il essaya de résister, Morton le gifla à deux reprises, si fort que pendant un court moment il ne put plus rien voir.

— Vous ne devriez pas avoir de difficulté, dit Bier à Maylie. Il est plutôt faible, pour quelqu'un de notre espèce.

— Assez fort plus tôt, répliqua James. Il cracha du sang et une dent. J'ai tué votre frère, et c'était très facile.

Une petite agitation – Bier sembla sur le point de parler. Mais Mould s'avança, tenant son bras contusionné contre sa poitrine.

— Ne gâchez pas votre salive, Edmund. Et, à l'adresse de James, il déclara d'un ton froid : Cela suffit.

Il sortit un objet de sa poche intérieure – un révolver.

Il tira – deux, trois fois – et James se trouva projeté en arrière, blessé et aveuglé.

Mould le surplombait et donnait des instructions :

— Attention au fauteuil là-haut. Il est neuf, ne…

Quelqu'un l'interrompit d'un rire rauque. James fut soulevé et traîné à l'extérieur.

# 32

Sur le toit, Liza dansa, sans tempo ou mélodie, une gigue sidérante qui menaçait de la faire basculer dans l'air. Les ardoises étaient froides et glissantes sous ses pieds. Elle avait laissé ses bottes cachées à quelques rues, parce qu'il valait mieux escalader pieds nus, enfoncer ses orteils à l'intérieur de chaque fente dans la pierre. Il fallait avoir la technique – si vous les enfonciez trop, la pierre s'effritait, pas assez et vous perdiez votre appui.

Elle entendit Mrs P. dans la rue en bas, en train de frapper à la porte d'entrée. Elle était là depuis un moment, à surveiller l'immeuble et attendre que les autres arrivent. Ils étaient venus de Salmon Street en petits groupes, pour qu'on ne les remarque pas. Maintenant, ils étaient tous là, Lil et Agnes et Gil et Tom Brimstone.

Quelqu'un ouvrit la porte et laissa Mrs P. et ses compagnons entrer, juste comme elle avait dit. Il était temps de bouger.

— Vous êtes lents, pas vrai ? lança-t-elle en ricanant, quand Sally et Nick et Une-Oreille finirent par atteindre le toit.

Nick lui sourit.

— Une-Oreille avait peur.

— La ferme. Faut trouver un moyen d'entrer, dit Liza, avant que Nick puisse provoquer les pleurs d'Une-Oreille.

Une-Oreille avait été inutile toute la journée, chouinant à propos d'un rêve où il avait vu la Seraph – comme si elle allait s'embêter avec un mioche comme lui.

— Attention avec les sacs, dit-elle.

Ils avaient tous un sac attaché dans le dos – celui de Liza était le plus joli, une sacoche en cuir épais que Mrs P. lui avait fixée dans le dos avec une ceinture. À l'intérieur des sacs, ils avaient des bouteilles de paraffine – faut pas les casser, l'avait prévenue Gil.

Il y avait quatre lucarnes – toutes très petites, ils auraient du mal à entrer. L'une était couverte de papier de l'intérieur. Les autres paraissaient assez ordinaires. Liza se dirigea vers la plus proche et appuya son visage contre la vitre. Elle aperçut une drôle de table en dessous. La pièce semblait vide.

— Et si Docteur Couteau est là ? dit Nick. Et qu'y attend pour te découper.

— J'ai pas peur de Docteur Couteau, répliqua Liza. J'vais entrer et après j'vous appellerai pour vous dire que j'ai pas été prise.

Elle se baissa pour examiner la lucarne de plus près. Le mieux serait de l'ouvrir aussi silencieusement que possible, plutôt que de la fracasser. Elle sortit son couteau et se mit à essayer de la forcer.

Nick grommela :

— T'es sacrément lente, c'est pas vrai. À c'rythme, on va jamais rien manger.

Liza rétorqua d'un ton sec :

— Surveille ta langue. Parce que Mrs P. disait toujours que c'était pas la peine de jurer.

— Y faut qu'tu l'glisses dans l'coin d'la vitre et qu'tu tournes, dit Nick.

Il savait ces choses. Il avait vécu avec des voleurs et d'autres malfrats dans les gorges de l'Avon avant d'être 'changé.

— C'est exactement c'que j'fais.

Mais la fenêtre refusait de s'ouvrir.

Nick lui donna un petit coup de coude.

— Laisse-moi l'faire.

— Nan.

— Allez.

— Nan, j'ai dit.

Nick lui donna un plus grand coup et ils se bagarrèrent brièvement. Elle était plus forte, mais Nick était plus rapide, et ils se tapaient dessus et se mordaient, et Sally recula et les regarda, fascinée, tandis qu'Une-Oreille pleurnichait à propos de sa blessure – il aurait vraiment dû être une fille, celui-là – et en un instant Nick se dégagea, trop vite pour que Liza puisse l'attraper. Elle tomba contre la lucarne, la vitre éclata en morceaux et son pied passa au travers.

Ils s'immobilisèrent et attendirent pour voir si quelqu'un avait entendu le bruit. Mais personne n'apparut.

Liza retira son pied de la lucarne, et d'autres morceaux de verre dégringolèrent.

— C'est d'ta faute, Nick.

— Va au diable.

Au moins ils pouvaient entrer maintenant. Le trou était assez grand, s'ils se tortillaient un peu. Liza s'y faufila – aussi rapidement que possible, le verre restant sur les rebords était coupant – et se laissa tomber à terre.

Quand elle regarda autour d'elle, elle vit la table en premier. Elle avait presque atterri juste dessus. Elle était en bois et en cette saleté d'argent, avec des trous dedans, et ses pieds étaient fixés au sol comme si quelqu'un avait peur qu'elle essaie de s'enfuir. Dessous, il y avait un plateau rempli de sciure fraîche. Il y avait aussi deux bureaux. L'un était recouvert de papiers et de livres, avec une assiette sale dessus. Elle sentait les miettes de pain et la marmelade. Sur l'autre bureau, il y avait une carafe vide et un bol d'eau à l'odeur de sang.

Des dessins et des photographies étaient punaisés partout sur les murs. Les dessins montraient des gens à qui on avait retiré la peau – tous légendés, avec des mots qui désignaient chaque morceau de leur anatomie. Les photographies montraient d'autres choses, et les gens dessus devaient être des Meurtvifs, pensa Liza – parce qu'ils n'étaient pas morts, et que ce qu'on leur avait fait aurait tué un Rapide.

— Liza ? Qu'est-ce qu'y a là-d'dans ?

C'était Nick, qui criait d'en haut.

Elle ne répondit pas. Qu'il s'inquiète encore un peu. Elle s'approcha de la table. Il y avait des sortes d'entraves qui semblaient servir à maintenir des gens allongés. L'argent causa un horrible carillon dans sa tête, lui donna froid jusque dans son ventre, dans ses os. Il y avait des chaînes, et des tiges en métal qui se refermaient comme des étaux, et qui étaient pointues.

— Liza ? cria de nouveau Nick. Qu'est-ce qu'y a là-d'dans ?

— Dépêchez-vous.

Sally se laissa glisser par le trou dans la lucarne et atterrit en douceur.

— Tout va bien, cria-t-elle à l'adresse des autres. Venez.

Le bruit d'une bagarre leur parvint d'en haut – Une-Oreille ne voulait pas descendre. À la fin, Nick le poussa et le suivit une seconde plus tard. Il regarda autour de lui en reniflant et demanda :

— C'est quoi cet endroit ?

— J'sais pas, répondit Liza. Faut y aller, d'tout' façon.

Sally fixait la table.

— C'est pour nous ça, hein ?

Nick s'approcha de la table, étendit le bras vers une des chaînes, retirant très vite sa main.

— C'est une saloperie.

Il jeta un regard à Liza, et elle sut qu'il pensait la même chose qu'elle – Docteur Couteau. Il pourrait certainement avoir des tables pareilles.

Liza poussa Une-Oreille pour passer et se dirigea vers la porte. Elle était fermée à clef. Lourde, aussi, pas comme une porte ordinaire. Faite pour empêcher les Meurtvifs d'entrer. Sans regarder, elle savait que les autres l'observaient, commençant à avoir peur.

— Nick, dit-elle – calme, comme Mrs P. serait calme –, faut qu'tu m'aides.

Nick secoua la porte deux ou trois fois, puis inspecta la serrure.

— Tu peux l'ouvrir ? demanda Liza avec impatience.

— J'crois. C'est un vieux verrou. Y-z'auraient dû prendre une serrure Bramah.

— Dépêche, dit Sally, le regardant les sourcils froncés.

Ils s'étaient tous approchés de la porte, de crainte de rester près de la table.

Nick se mit au travail, en faisant son crâneur, avec plein de moulinets, levant ses crochets dans la lumière comme s'il était un magicien.

— J'veux rentrer à la maison.

Une-Oreille semblait sur le point de se remettre à pleurer.

— Ben, tu peux pas, lui répondit Liza.

— On pourra rentrer bientôt, dit Sally.

Elle prit la main d'Une-Oreille.

— Mais faut aider Mrs Price d'abord. Et puis on pourra avoir à manger, et après on pourra rentrer. D'accord ?

Une-Oreille hocha la tête, un peu ragaillardi à la pensée de se nourrir.

Nick poussa un cri de triomphe.

— Ça y est.

— Bien, dit Liza.

— Bien ? Dis-moi qui aurait pu l'faire aussi vite que ça. Dis-moi, hein.

Liza lui jeta un regard noir.

— On est pas là pour t'écouter t'vanter. Allons-y, déjà.

La porte s'ouvrait sur un long couloir, assez sombre pour que Liza y voie distinctement. Il y avait cinq portes. Deux de chaque côté et une tout au bout. D'après ce que Mrs P. lui avait expliqué, c'était celle-là qui devait conduire à l'étage du dessous.

— C'est bon ? murmura Sally.

— Oui. Liza sortit dans le couloir. Dépêchez.

Rien d'inquiétant dans le couloir, pas comme la pièce qu'ils avaient quittée.

Se dirigeant vers la porte du fond – silencieuse, prudente, au cas où le parquet grinçait – Liza entendit soudain un bruit, aussi doux qu'une respiration. Il venait de la dernière porte sur la droite.

— Attends, marmonna-t-elle à Nick sans se retourner, puis elle s'approcha de la porte et écouta. Il y avait quelque chose là-dedans, quelqu'un qui bougeait.

Cette porte était aussi fermée à clef. Ça valait peut-être un coup d'œil. Mrs Price avait dit de rester sur ses gardes, on ne savait jamais ce que le club pouvait préparer.

— Nick, dit-elle doucement. Viens et ouvre ça.

— Pourquoi ?

— Fais-le, c'est tout. Maint'nant.

Quand il refusa, elle ajouta :

— Y a p'têt' quèque chose dedans.

— Comme quoi ?

— T'as pas faim ?

Sur ce, il se mit à l'ouvrage, plus vite que pour la porte précédente, et l'instant d'après ils étaient à l'intérieur.

Il y avait un fauteuil, avec des chaînes en métal comme sur la table dans l'autre pièce, et un homme assis dedans, et les chaînes étaient passées autour de ses poignets et de ses chevilles et de son cou, et puis il y avait aussi des gouttes de sang – rouges et argent – sur ses vêtements, à l'endroit des chaînes.

— Qu'est-ce que… commença à dire Nick, poussant Liza pour savoir ce qu'elle regardait. Quand il vit le siège, il jura et s'approcha pour mieux voir.

Les autres étaient déjà derrière eux dans l'embrasure de la porte, essayant de jeter un coup d'œil. Et ça n'allait pas, pensa Liza – ils paniqueraient à la vue de l'homme assis là.

— Fais-les reculer, ordonna-t-elle à Nick. Y vont faire du foin, sans ça.

— D'accord.

Nick repoussa Sally, et Une-Oreille aussi. Liza les entendait dans le couloir, se plaignant, tous. Ils seraient en train de se bagarrer dans une minute et elle devrait sortir pour les séparer, mais pour le moment elle se contentait de rester là et de regarder fixement.

Il était dans un très sale état, ce qui ne le rendait pas facilement reconnaissable. Mais, en même temps, il était dans un sale état aussi la dernière fois qu'elle l'avait vu.

— C'est vous, hein, dit-elle. Çui qu'est tombé du toit.

Du vomi sanguinolent recouvrait son torse, et il avait du sang aux coins de la bouche et à l'endroit des chaînes. Il devait être presque argentifié, il ne tarderait pas à mourir.

— Qu'est-ce qu'vous avez fait ? demanda Liza.

Il était peut-être trop faible pour parler. Ils l'avaient saigné, elle pouvait le sentir dans l'air, par-dessous la puanteur de l'argent. Il était incapable de se déplacer à moins d'ingurgiter du sang, et ce n'était pas elle qu'on prendrait en train de lui en donner. La douleur l'avait probablement rendu à moitié timbré. Remarquez, il semblait déjà un peu fêlé la dernière fois qu'elle l'avait vu. Devenir fou ne vous apportait rien de bon, disait Mrs P. Ceux qui perdent la boussole ne durent pas longtemps.

Clairement, il ne savait pas comment défendre sa peau, le grand bébé. Même Une-Oreille s'en tirait mieux.

De l'extérieur, Nick cria :

— On y va, alors ?

— La ferme, répliqua Liza d'un ton cassant. Restez là, j'le libère.

— Quoi ? Pourquoi ?

Elle l'ignora. On pouvait casser l'argent, si on essayait vraiment. Le problème n'était pas tant la solidité du métal que la douleur éprouvée quand on le touchait. Les chaînes, glaciales dans ses mains, lui carbonisèrent les paumes, mais elle tira dessus jusqu'à ce qu'elles cèdent, les laissant alors tomber dans un grand bruit métallique.

— Voilà, dit-elle. Vous pouvez y aller maint'nant.

Mais il ne dit toujours rien, ne levant même pas les yeux sur elle.

Elle le secoua.

— Réveillez-vous.

Rien. Il ne semblait même pas l'entendre. Bon, qu'il aille au diable, dans ce cas. Elle pourrait raconter à Mrs P. ce qu'elle avait vu, ça suffirait.

Dans le couloir, les autres attendaient. La porte qui donnait sur l'escalier n'était pas verrouillée, ce qui était déjà quelque chose. Quelque part en bas, une personne parlait.

— J'ai très faim, chouina Une-Oreille.

— On va manger bientôt, dit Sally. Elle regarda Liza : Nan ?

— 'sûr. Faut faire c'que Mrs P. nous a d'mandé, et puis on pourra aller manger.

Ils descendirent, aussi doucement que possible, prenant soin qu'on ne les entende pas, pas même le vieux Treadwell, où qu'il soit. Mrs P. avait prévenu Liza de se méfier de lui.

Le club était complètement silencieux – Liza n'entendait plus personne parler. C'était un endroit chic, plus luxueux que partout où elle avait été avant, même plus beau que chez Mr Burke, avec des tapis verts et épais et des murs verts et dorés.

— Vous avez tous des bouteilles ? demanda-t-elle.

Oui. Les bouteilles étaient remplies de paraffine qu'ils devaient répandre sur les rideaux et les tapis et les meubles, et ils avaient tous des allumettes aussi.

— Bien. Mettons l'feu à la baraque.

Ils sourirent tous – ils avaient attendu avec impatience ce moment.

— Sally, toi et Nick vous allez d'un côté, et moi et Une-Oreille…

— M'appelle pas comme ça ! s'exclama Une-Oreille.

— D'accord, répondit-elle. Fais pas ton nez.

Pas la peine qu'il soit tout hérissé.

— Moi et Bill, on ira d'ce côté. Et quand on aura fini, faudra qu'on descende doucement et qu'on voie c'qui s'passe. Mrs P. a dit d'nous rendre utiles. D'casser une croûte.

Nick lui sourit :

— N'en libère pas d'aut', Liza, puis Sally et lui décampèrent, et il ne restait plus que Liza et Une-Oreille dans le couloir.

Les premières pièces qu'ils trouvèrent étaient des salles de bains, trois d'affilée, au carrelage noir et blanc, avec d'immenses baignoires brillantes, tellement grandes qu'elle et Une-Oreille et les deux autres auraient pu tous y tenir en même temps.

— Pas grand-chose à faire flamber ici, dit-elle, en empêchant Une-Oreille de tripatouiller les robinets et en le rudoyant pour qu'ils passent dans la pièce suivante.

Celle-ci était un petit salon ou quelque chose du genre, plein à brûler. Tapis, tables, livres.

Ils répandirent de la paraffine un peu partout – Liza avertit Une-Oreille de ne pas en utiliser trop, ils devaient la faire durer. Ils en versèrent un filet sur des papiers et sur le tapis près de la cheminée, et Liza ne considéra plus comme dommage que des choses aussi chères partent en fumée, à cause du beau spectacle quand elle craqua l'allumette et que la paraffine se mit à flamber à l'instar d'un feu d'artifice. Quelle agréable chaleur montait des flammes. Et celles-ci se propagèrent tellement rapidement, aussi vite que les Meurtvifs eux-mêmes, du tapis aux fauteuils aux rideaux, une jolie bestiole filant à toute allure.

Quand le tapis s'enflamma, même Une-Oreille eut l'air un peu plus joyeux.

— Viens, dit Liza. Faut s'occuper encore de deux ou trois pièces.

Elle ouvrit la voie et les conduisit dans la pièce voisine, donnant une claque à Une-Oreille quand il gratta cinq allumettes sans réussir à en allumer une seule. C'était un bureau, tellement plein de poussière que l'air en avait le goût. Il y avait une odeur de paraffine aussi. Des gouttes noires partout sur les rideaux et les tapis, comme s'il pleuvait à l'intérieur.

— Ils vont pas sentir ? demanda Une-Oreille, sur le pas de la porte.

La fumée les avait déjà rattrapés, dans une minute elle dériverait vers le bas.

— Pas avant qu'elle s'propage.

Elle marqua une pause, écoutant pour savoir s'il y avait quelqu'un dehors, si l'alarme avait été donnée, mais elle n'entendit aucun bruit dans le couloir. Sally et Nick devaient déjà se trouver hors de portée d'oreille. Qu'est-ce que cet endroit était grand, quand on était dedans. Comme un foutu labyrinthe, presque.

Dehors sur le palier, c'était silencieux. Toujours pas un son, malgré les flammes qui se répandaient derrière eux.

— Bouge pas, dit-elle à Une-Oreille. J'vais voir c'qui s'passe.

Elle descendit le vaste escalier marche à marche sur la pointe des pieds. Elle aurait trouvé amusant de glisser sur la rampe, si elle n'avait pas dû s'occuper d'autres choses dans l'immédiat.

Au pied de l'escalier, il y avait un autre palier comme celui d'au-dessus, et un large carré dessous. On aurait dit une cour, mais à l'intérieur. En levant la tête, elle pouvait discerner Une-Oreille en train de la regarder par-dessus la rampe. Elle lui fit une grimace.

Elle entendait maintenant des voix qui venaient de derrière une porte proche. Ça devait être la bibliothèque, où Mrs P. avait dit qu'ils seraient. Elle se dirigea discrètement vers la porte, le tapis doux et souple sous ses pieds. Elle s'imagina pelotonnée sur un tapis pareil, comme un chat, bien au chaud. De plus en plus près – personne ne surveillait. Elle alla directement au trou de la serrure et y appuya son oreille.

Elle distingua une voix d'homme :

— La difficulté que vous présentez est si négligeable.

Il dit autre chose, un peu plus bas, et Liza s'efforça d'entendre.

Puis, tout à coup : un bruit derrière elle. Elle avait oublié de rester aux aguets. Idiote.

Elle se retourna pour se confronter à celui qui l'avait découverte, et il étendit le bras vers elle, trop rapide pour que Liza puisse faire autrement que de s'écarter légèrement pour échapper à sa prise.

Il portait un uniforme de domestique. Treadwell, sans doute. Elle tenta de reculer, mais il l'attrapa par le cou. Il la souleva au-dessus du sol, la tenant à bout de bras. Elle lui grogna dessus, gigota un peu, testant sa poigne, et il ne dit rien, se contentant de frapper deux fois à la porte, resserrant son étreinte alors qu'elle se débattait.

— Mr Bier, lança-t-il.

— Treadwell ? interrogea quelqu'un à travers la porte. Qu'est-ce que c'est ?

— Pardonnez l'interruption, monsieur, répondit Treadwell. Mais j'ai trouvé quelque chose que vous devriez voir.

# 33

Howland demanda à Rafferty de s'arrêter dans Regent Street. Ils accompliraient le reste du chemin à pied.

— Vous voulez que j'attende combien de temps ? s'enquit Rafferty.

Il devait savoir qu'ils ne reviendraient sans doute pas.

— Disons jusqu'à deux heures, répondit Howland. Nous devrions être sortis d'ici là.

Rafferty hocha la tête.

— Je patienterai jusque-là.

Howland le paya, pour leur course et en avance pour l'attente.

— Juste au cas où, vous savez.

— 'sûr, dit Rafferty tout en comptant l'argent. Bonne chance à vous deux.

Il les laissa partir sans aucune raillerie, ce qui était troublant. Charlotte se retourna une fois pour le regarder avant de le perdre de vue. Il avait enroulé une écharpe autour de son chapeau et donné à son cheval sa musette.

Elle se sentait calme. Partir du Langham avait été le pire moment. Maintenant tout serait bientôt fini.

— Là, dit Howland.

Ils avaient tourné à un angle de rue et se trouvaient dans Jermyn Street.

— Celui-ci.

C'était un grand immeuble de couleur pâle, un peu plus étroit qu'elle ne l'avait imaginé. Le réverbère éclairait la plaque de métal terne sur le mur. À chaque fenêtre, des stores ou des rideaux étaient hermétiquement tirés.

Si la fillette de Mrs Price leur avait dit vrai, Price et les autres devraient sûrement arriver bientôt, s'ils n'étaient pas déjà là. Charlotte ne s'attarda pas à penser à ce qu'ils devraient envisager si Mrs Price et son gang ne venaient pas. Charlotte suivit Howland, qui s'éloignait de la bâtisse, tournant dans une autre rue, puis une autre encore, et qui les conduisit finalement au dos du bâtiment – donnant sur Ormond Yard. Il y avait toujours un peu de circulation ici, même à cette heure tardive, et des gens à pied, marchant pour la plupart vers des lieux de plaisir.

— Là, dit Howland à voix basse.

La porte de derrière se trouvait au-dessous du niveau du trottoir, au bas de quelques marches. Elle ne paraissait en rien particulièrement intimidante ou remarquable.

Une rue plus loin, les cloches de l'église sonnèrent l'heure. Il était minuit.

Un instant plus tard, deux silhouettes les dépassèrent : un homme et une femme. Elle reconnut l'homme : c'était Mr Gil, le compagnon de Mrs Price sur le pont. Il portait une fleur rouge à la boutonnière ; ses chaussures étincelaient. Il arborait un large sourire. Charlotte n'avait jamais vu la femme auparavant. Ses vêtements étaient de couleur marron chocolat, noir et violet foncé, tout en plumes fatiguées et velours élimé. Il y avait de la boue sur l'ourlet de sa robe et ses gants jaune pâle étaient tachés. Des pois noirs ornaient la voilette de son chapeau. En dessous, Charlotte entrevit une sorte de pourrissement, un visage étrangement et pitoyablement disloqué.

Ils ne firent pas signe de remarquer Charlotte et Howland, même s'ils ne passèrent qu'à quelques mètres d'eux. Ils tournèrent au coin de la rue et disparurent. Howland lui serrait fort le bras. S'il n'avait pas été là, elle se serait peut-être enfuie.

Levant les yeux sur l'immeuble du club, Charlotte crut voir quelque chose – une ombre – qui bougeait sur le toit.

— La porte de la cave ? marmonna Howland.

— Oui. Allons-y.

Howland dut employer toute sa force pour fracasser le bois, ses coups de pied produisant un tel vacarme que Charlotte faillit lui crier d'arrêter.

Finalement la porte céda. Tous les deux firent halte, osant à peine remuer, et attendirent de voir si on les avait découverts.

Aucun changement. L'immeuble était toujours aussi silencieux.

Howland se ressaisit et poussa la porte. Charlotte aperçut partiellement ce qui se trouvait derrière. Un sol de pierre, des murs blanchis à la chaux. Des boîtes de peinture empilées un peu partout, exactement comme Howland le lui avait dit.

De nouveau tous les deux s'immobilisèrent, mais rien ne semblait les attendre au-delà de l'étroit carré de lumière que la porte laissait passer et qui se dessinait sur les dalles.

— Doucement, murmura Howland. Nous ne pouvons pas nous presser. Ou ils nous entendront.

Elle le suivit à l'intérieur. Il faisait froid dans la cave, comme elle s'y était attendue. Elle n'avait jamais aimé les sous-sols.

— Il n'y a personne, dit Howland.

— Non. Pouvez-vous nous éclairer ?

Howland souleva la lanterne sourde et ouvrit un peu le volet, permettant à un faible faisceau lumineux de luire.

Des crochets pendaient du plafond, d'autres étaient enfoncés dans les murs ; cela avait dû être une cuisine autrefois. Les murs étaient d'un blanc singulier et désagréable. Il y avait une forte odeur de peinture. Le sol de pierre était mouillé, donnant l'impression que l'on avait très récemment lavé les dalles.

— Regardez.

Howland s'exprima à voix basse et elle se retourna pour voir ce qu'il regardait. Quelque chose gisait sur le sol, couché sur le flanc : un cercueil, mais d'une sorte très particulière. Les côtés étaient inhabituellement épais et faits non seulement de bois – elle s'approcha, se pencha au-dessus et posa une main sur l'un des côtés –, mais aussi de métal. De l'acier, peut-être. Le cercueil devait peser incroyablement lourd. L'intérieur était doublé de velours de la couleur de raisins noirs. Un léger effluve de sang en émanait.

Howland lui prit la main.

— Venez.

Il l'éloigna, parce qu'ils savaient tous les deux qui avait dû s'y trouver.

La lanterne éclaira une éclaboussure sombre sur le sol et une autre tache rouge sur le mur blanc. La personne qui avait nettoyé la pièce avait omis quelques endroits. Howland écarta rapidement la lumière.

Au fond de la cave, des marches conduisaient à une porte. Howland s'y dirigea en premier et plaça son oreille contre le trou de la serrure. Puis il secoua la tête.

— Rien.

Il referma le volet de la lanterne sourde, obturant sa flamme.

Il essaya alors la porte et jura dans sa barbe.

— Est-ce qu'elle est fermée ? murmura Charlotte.

— Non. C'est ce qui ne me plaît pas. Restez en arrière.

Il avait sorti le révolver et le tenait bien en main lorsqu'il poussa la porte de l'épaule. Elle s'ouvrit sur du silence et de l'obscurité, mais pas du noir complet, comme Charlotte l'avait craint. Une lumière vert pâle apparut. Quelque part une très faible flamme devait brûler.

En haut des marches de la cave, elle suivit Howland dans un couloir carrelé – celui qui menait à l'atrium. Elle vit que la lumière provenait d'une bougie qui se consumait derrière un abat-jour en verre de couleur verte.

— À gauche, dit Howland très doucement.

Il avança d'un pas – puis s'arrêta de manière si inattendue qu'elle évita de peu de rentrer en collision avec lui.

Ils discernèrent des bruits de pas ; quelqu'un se déplaçait à l'étage au-dessus d'eux. Peut-être ne se dirigent-ils pas vers nous, songea-t-elle. Bien sûr que si. Encore un pas et nous serons repérés.

Puis d'autres pas, plus rapides, lourds sur le tapis moelleux au-dessus de leurs têtes. Quelqu'un se pressant. Un halètement s'ensuivit, et le son d'une personne se débattant.

Elle entendit un homme dire :

— J'ai trouvé quelque chose que vous devriez voir.

À la tonalité de la voix, Howland tressaillit. Elle n'osa pas bouger, même pour lui prendre la main. En haut, un cri étouffé.

Alors une porte s'ouvrit et se referma, et de nouveau ce fut le silence.

Howland lui toucha très légèrement le poignet. Dans la lumière gris pâle, il avait l'air malade et étrange. Ils repartirent. Craintivement, ils empruntèrent le couloir au sol carrelé noir et blanc, puis montèrent un escalier en direction du palier d'où leur étaient parvenues les voix un instant plus tôt. Au-dessus d'eux se trouvait un autre palier, un autre escalier, tout à l'identique. D'autres abat-jours verts. Si elle se tirait de là, elle en rêverait, pensa-t-elle, des marches et des lampes à l'infini.

Elle perçut alors de nouveau des voix, à travers la porte de la bibliothèque. Elle se sentait inquiète de lui tourner le dos ; chaque fois qu'elle regardait derrière elle, elle s'imaginait la voir s'ouvrir et quelqu'un y passant la tête. Ils continuèrent d'avancer rapidement.

Ils atteignirent le second palier. Un couloir s'éloignant de l'atrium et un nouvel escalier les mèneraient au grenier.

— Nous y sommes presque, murmura Howland.

Il avança d'un pas et s'immobilisa brusquement.

Une lumière jaune vacillait à proximité. Elle venait du couloir qu'ils devaient emprunter. De la fumée émanait des pièces situées un peu plus loin.

— Attendez ici.

Howland fila dans le couloir en direction de la lumière. Dans le silence, Charlotte entendit un son ressemblant à un grondement sourd, au crépitement de flammes.

Elle s'apprêtait à lui emboîter le pas, lorsqu'il revint, à bout de souffle, sentant la fumée.

— Vous n'êtes pas blessé ?

— Pas roussi, je promets, répondit-il. Quelques pièces sont en feu, et il se répand vite.

— Pouvons-nous monter ?

— Si nous nous dépêchons.

Elle traversa le palier à la suite de Howland – ils couraient presque à présent, se souciant moins d'être découverts.

D'en dessous, dans les profondeurs de la maison, leur parvint le son d'un rire, qui devint peu à peu un long hurlement.

Et d'autres bruits, plus effrayants. Des pas pressés, se rapprochant. Quelqu'un d'éperdu qui descendait en trombe du grenier, sans se préoccuper du tapage.

Tout au bout du couloir, une silhouette apparut précipitamment, puis s'arrêta d'un coup. Elle les avait déjà repérés.

La lumière de l'une des bougies derrière un abat-jour vert éclaira son visage. Un homme à l'air si ordinaire, songea Charlotte, représentant leur arrêt de mort.

L'étranger se rapprocha. Petit, environ cinquante ans, peut-être – au visage compassé, avec une moustache gris souris. Une marque sur le visage, comme si on l'avait frappé récemment. Son expression était changeante, humaine. Elle ouvrit la bouche pour crier à Howland qu'il s'agissait d'un simple être humain, qu'ils pouvaient se débrouiller pour le…

Le coup de feu éclata si fort, de manière si parfaitement inattendue, qu'elle ne comprit pas tout de suite ce qu'il pouvait signifier. Lorsqu'elle s'immobilisa, déroutée, Howland la poussa rudement sur le côté, pour s'effondrer une seconde plus tard, s'affaissant sur le tapis avant qu'elle ne pût l'attraper et le retenir debout.

L'homme s'avança lentement vers Charlotte, pistolet à la main.

Howland ne bougeait pas. Il la regarda et, malgré son visage convulsé par la douleur, ses yeux s'exprimaient clairement : elle comprit alors ce qu'elle devrait faire. Rapidement – elle ne se savait pas capable d'une telle célérité –, elle tendit la main vers la poche de manteau de Howland et y prit l'arme.

L'étranger tira de nouveau et rata – elle n'arrivait pas à voir s'il avait manqué sa cible de près ou non. Il avança encore d'un pas et la considéra la tête penchée d'un côté. L'effet ressemblait désagréablement au regard d'un oiseau. Il posa les yeux sur le révolver qu'elle tenait avec précaution des deux mains. Elle avait trouvé la détente et n'osait pas bouger les doigts, au cas où elle tirerait par accident.

— Vous devez être la sœur, dit l'étranger.

Charlotte ne répondit rien.

— Je crains que vous ne perdiez votre temps. Ce serait plus charitable de le laisser brûler.

Le pistolet constituait un poids hostile. Elle avait peur qu'il puisse lui échapper.

Ils se dévisagèrent.

— Bien, alors. L'homme avait toujours son arme pointée directement sur elle. Que proposez-vous maintenant ?

— Si vous ne vous dépêchez pas, toute la maison sera en flammes avant que vous ne puissiez donner l'alarme.

— Et votre frère mourra.

— Alors vous feriez mieux de me laisser passer.

Elle vit ses lèvres se contracter lorsqu'il jeta un coup d'œil sur le révolver qu'elle tenait.

— Sinon vous tirerez, je suppose ?

À ce moment-là, assez soudainement, son expression changea. Il avait levé la tête vers le haut. Malgré elle, Charlotte suivit son regard.

Il lui fallut une seconde ou deux supplémentaires pour comprendre ce qu'elle voyait : quelque chose marchait à quatre pattes sur le plafond.

C'était une enfant. Une fillette au visage taché de suie. Si elle avait été propre, elle aurait été jolie – elle avait des cheveux dorés avec des anglaises et de larges yeux bleus. Elle observait la scène, la tête penchée en arrière et le visage à l'envers. Puis elle se laissa tomber au sol.

— C'est bon, cria-t-elle. Y sont des Rapides.

Une bousculade, et deux silhouettes apparurent derrière les rampes, deux petits garçons aux visages morts. L'un était roux ; l'autre avait une main pressée contre un côté de sa tête, comme s'il avait mal à l'oreille. Ils possédaient une sorte de vivacité que Charlotte avait vue auparavant chez des animaux sauvages – le rat et l'hermine –, mais jamais chez des êtres humains.

— On peut les prendre, dit le roux, avant d'descendre.

— Et si Treadwell revient ? demanda l'autre garçon, sans retirer sa main de sa tête.

— J'veux celle-là, déclara la fillette en les ignorant et pointant son doigt vers Charlotte.

— Pourquoi tu choisirais ? Le roux s'approcha en hâte, désireux de se bagarrer.

Charlotte dit doucement à l'étranger :

— Ce ne sont pas des amis à vous.

— À l'évidence.

Il s'était déplacé vers le bout du couloir, et ils se tenaient maintenant côte à côte.

— Suggérez-vous que nous collaborions ?

— Oui.

— Combien de cartouches avez-vous ?

— Je ne sais pas – elle peinait à tenir le pistolet fermement –, combien y en a-t-il habituellement ?

Il soupira.

— Essayez au moins d'en atteindre un.

Il leva son révolver et tira, visant la fillette. Elle s'écarta précipitamment, en le maudissant. L'autre garçon s'avançait vers Charlotte et regardait Howland derrière elle, toujours recroquevillé à terre.

Ce sont des enfants, pensa-t-elle ; même si cela ne les tue pas, ce sera douloureux, tout autant que s'ils étaient vivants. Mais elle l'avait vu faire, et lever son arme et tirer n'avait finalement pas grande importance.

Elle s'était attendue à une secousse et à un bruit tonitruant, et si le coup l'effraya en effet, elle ne lâcha malgré tout pas le pistolet. Le garçon roux fut projeté en arrière et hurla. Elle l'avait touché.

À côté d'elle, l'étranger tira de nouveau et blessa la fillette au visage. Elle cria et tomba en arrière, recouvrant ses yeux de ses mains. Le garçon à une oreille ignora la détresse de ses compagnons et commença à s'approcher lentement de Charlotte.

— Tuez-les maint'nant ! ordonna la fillette.

Sa voix était posée, en dépit du sang sur son visage et ses mains et de son œil réduit à de la bouillie sanguinolente. Charlotte la dévisagea malgré elle – l'orbite remplie de noir, qui dardait un regard sorti du néant.

La fillette avait beau leur avoir lancé un ordre, les deux autres enfants paraissaient être devenus plus méfiants ; ils ne souhaitaient plus trop s'approcher.

L'étranger avança d'un pas.

— Savez-vous qui je suis ?

— Not' p'tit-déjeuner ! lança l'un des garçons d'un ton railleur. L'autre rit.

— Je suis Docteur Couteau. Vous avez entendu parler de moi, n'est-ce pas ?

— C'est pas vous, se moqua la fillette.

Avec dextérité, tenant toujours son révolver, l'étranger remonta ses deux manches, révélant la présence de deux sangles autour de ses poignets – Charlotte entraperçut une pointe aiguisée et des roues métalliques.

— Essayez voir, dit-il.

À l'étonnement de Charlotte, les enfants reculèrent.

— V'nez, marmonna le garçon roux à l'adresse de ses compagnons. Qu'est-ce qu'on en a à faire d'ceux-là ? Ce s'ra plus drôle en bas.

Ils le suivirent en direction de l'escalier. Au bout de quelques pas, le garçon se retourna.

— Vous mourrez rôtis ici, d'toute façon, cria-t-il, la voix pleine de cruauté. Puis les trois filèrent vers le bas, sautant quatre ou cinq marches à chaque enjambée. Ils se déplaçaient de manière horrible, anormalement agiles. Le regard de l'étranger ne les lâcha pas jusqu'au moment où ils disparurent dans l'obscurité.

La lanterne sourde gisait près des pieds de Charlotte, où Howland l'avait fait tomber. Avant que l'étranger ne puisse se retourner vers elle, elle la saisit et le frappa aussi fort qu'elle pouvait. Il tomba en avant et ne bougea plus.

Au début, elle crut qu'elle l'avait tué. Mais il respirait toujours. On le découvrirait assez vite ; quelqu'un s'occuperait de lui. L'important était Howland. Elle s'avança vers lui en chancelant un peu, s'accroupit et lui toucha délicatement l'épaule.

— Mr Howland ?

Il était blême, mais il ouvrit les yeux et hocha la tête.

— Êtes-vous… est-ce grave ?

— Non, répondit-il.

— Pouvez-vous bouger ?

— Oui… je crois.

Elle l'aida à se relever lentement. Il prit appui sur son épaule, pesant assez péniblement.

— Jambe gauche. Éraflée, je crois… choqué, plus qu'autre chose…

Elle retira l'écharpe qui lui enveloppait le cou.

— Laissez-moi vous la nouer.

Elle serra l'écharpe aussi fort que possible autour de sa jambe. Cela arrêterait au moins le saignement.

— Pensez-vous pouvoir descendre ?

— Pas encore, répondit-il. Il reste une tâche à accomplir.

— Vous êtes sûr ? Vous y arriverez ?

— Absolument.

Il lui agrippait durement le poignet, peinant encore à se tenir debout.

Un cri en provenance de l'étage inférieur. Un long sanglot étouffé. Quelque chose tomba et vola en éclats.

Ils se dirigèrent, chancelant à moitié, vers la porte qui donnait sur l'escalier du grenier. Au pied des marches, Howland s'arrêta.

— Allez-y, dit-il, tout en baissant les yeux vers sa jambe. J'attendrai ici. Je peux crier si le feu s'étend trop loin.

— Vous feriez bien de le garder.

Elle lui tendit le révolver.

— Non.

— Mais si. Vous êtes blessé.

Elle prit une inspiration ; sa gorge souffrait déjà de la fumée. Les cris d'en bas s'intensifiaient.

— Soyez prudente, alors – un grand fracas qui ressemblait à du bois de charpente en train de s'effondrer l'interrompit. Dépêchez-vous.

Le grenier était silencieux, le vacarme du chaos en dessous lui parvenait en sourdine. L'odeur de fumée n'était pas encore arrivée aussi loin. Même ici, il y avait des bougies, dont les flammes vacillaient dans le courant d'air. La porte à sa gauche était entrebâillée. Elle entra, sans réfléchir et avec témérité.

La pièce était vide, hormis un fauteuil. Un homme y était assis, la tête penchée. Elle l'avait trouvé.

Il avait les yeux fermés. Dans la faible lumière verte qui venait du couloir, ses traits paraissaient bordés d'argent – luisant aux coins de sa bouche, brillant comme des larmes sous ses paupières. Les plaies sur ses poignets lui firent retenir son souffle. L'endroit sentait le sang et le vomi.

— James, dit-elle.

Il ouvrit les yeux. Il était si pâle, comme s'il ne lui restait plus du tout de sang. Cela lui demanda un effort, mais elle s'approcha de lui et plaça ses mains entre les siennes.

— James, je suis là.

Elle se demanda s'il pouvait parler. Le siège – elle n'aimait pas le regarder – semblait conçu pour entraver ou torturer son occupant ; des chaînes se trouvaient par terre entre ses pieds. Il avait dû les casser pour se libérer avant de perdre ses forces.

— Nous devons partir, lui dit-elle. C'est dangereux ici. Peux-tu te lever ?

— Charlotte, finit-il par susurrer.

Ses yeux étaient remplis de larmes. Elle l'embrassa sur le front.

— Appuie-toi sur moi. Il faut que nous descendions.

Il ne bougea toujours pas.

— James, tu es malade. Mais tu peux guérir, j'en suis certaine. Je trouverai un moyen. Mais nous devons sortir d'ici tout de suite, l'immeuble est en feu.

Il parla à grand-peine :

— Il faut que tu me laisses.

— Je ne t'abandonnerai pas ici. Elle relevait déjà la manche de sa robe. Si tu as besoin de cela, alors prends.

Mais il secoua la tête.

— Il le faut, James. Bois maintenant. Nous devons partir.

Elle avait encore le canif en argent que Howland lui avait donné. La lame était petite mais très tranchante. Elle avait dénudé son bras jusqu'au coude. Presque rien ne se voyait à l'endroit où James l'avait meurtrie auparavant. Elle discernait la marque uniquement parce qu'elle savait qu'elle se trouvait là. Rapidement, avant de pouvoir penser à la peine qu'elle allait s'infliger, elle passa la lame sur sa peau, rouvrant la blessure.

Du sang frais accompagna la douleur. Elle tendit le poignet vers lui.

— S'il te plaît, James.

Il la regarda fixement, le visage si distant et vide. Il hésita – malgré elle, elle se sentit soulagée –, puis il se saisit de son poignet et le souleva jusqu'à sa bouche.

Elle compta. Trente secondes, une minute. Un petit temps.

— James, cela suffit.

Il ne s'arrêta pas.

— James. Assez. Il faut y aller.

Mais il resserra son étreinte. Il s'abreuvait plus qu'avant.

Dans sa panique, Charlotte leva le canif et le lui planta dans la main, le prenant par surprise. Elle dégagea son poignet.

Il s'affala en arrière dans son siège, tremblant, confus. Il refusait de croire ce qu'il avait fait, songea-t-elle.

— Ce n'est pas grave, dit-elle. Tout va bien.

Il s'essuya les lèvres. C'était le sien, pensa-t-elle, soudain horrifiée – c'était son sang dans sa bouche, son sang sur les bouts de ses doigts qu'il léchait.

Hâtivement, presque honteuse, elle redescendit sa manche.

— Lève-toi, ordonna-t-elle. Viens.

Il était suffisamment fort à présent ; le sang agissait vite. Il se mit debout, finalement, lentement et maladroitement, les yeux baissés.

— Appuie-toi sur moi.

Alors il prit appui sur elle, de tout son poids – si lourd et froid qu'elle avait l'impression de supporter une statue tombée de son socle – et, à petits pas, ils se rendirent dans le couloir.

Howland était assis en bas des marches. Quand il les vit, il se leva à son tour – avec difficulté, retenant une exclamation de douleur.

— Il va bien, cria Charlotte. Faible. Il faut…

Elle s'interrompit. Ils avaient trop tardé.

Les flammes montaient maintenant le long du mur – rouge orangé, accompagnées de fumée noire. La chaleur était tangible : elle les repoussa, leur brûlant le visage. À leur gauche, la rampe s'était embrasée. Tandis qu'ils regardaient, un tableau accroché au mur s'enflamma, dégageant une odeur infâme d'huile brûlée.

Ils ne virent aucun signe de l'homme qui les avait attaqués, ni des enfants.

— Venez vite, les pressa Howland, et Charlotte tira James par la main.

Il fixait l'incendie. Le feu était sur le point d'atteindre l'escalier. Une minute supplémentaire, et il n'y aurait plus moyen de descendre au premier étage.

Soudain, d'un ton brusque, Howland lança un avertissement. Mais avant que Charlotte ne comprît ce qu'il voulait dire, James avait déjà tendu les mains vers elle et éteint la braise qui était tombée sur ses cheveux.

Elle vit Howland crier quelque chose et devina, plutôt qu'elle n'entendit, ce qu'il hurlait : "Courez." Ils descendirent en trombe, les flammes crépitant derrière eux. Il n'y avait quasiment plus d'air. Sur le palier du dessous, Charlotte s'accroupit, avec James qui continuait de s'appuyer sur elle. La fumée la faisait pleurer et elle étouffait, pouvant à peine avancer. Le feu les suivait, plus rapide maintenant. Traverser le palier semblait presque impossible.

Elle trébucha sur quelque chose et faillit tomber.

— Ne… dit Howland en toussant, ne regardez pas.

C'était le corps d'un enfant. Se sentant défaillir, elle s'avança vers la rampe. Les cris se rapprochaient à présent. Charlotte discernait occasionnellement des silhouettes, hommes et femmes, s'agitant derrière le rideau de flammes et de fumée. Elle aperçut la femme qu'ils avaient croisée à l'extérieur : elle n'avait plus sa voilette, du sang coulait de ses yeux, recouvrant tout son visage, et ses cheveux brûlaient tandis qu'elle s'agrippait à un attaquant. Charlotte vit les flammes enveloppant la femme s'étendre et embraser l'homme de grande taille, aux lèvres pâles, qui la tenait ; ni l'un ni l'autre ne paraissaient se rendre compte ou se soucier du fait que leurs vêtements étaient en train de prendre feu.

Cette descente, terrible épreuve exigeant à la fois célérité et discrétion, avait un aspect étrange et irréel. Charlotte avait l'impression d'être en proie à de la fièvre. Les formes lui apparaissaient proches, puis devenaient très distantes dans la fumée qui se déployait. Les gens couraient partout – Charlotte était incapable de dire s'ils essayaient de sauver l'immeuble, ou de s'échapper, ou bien s'ils ne pensaient qu'à tuer. James continuait de s'appuyer sur elle, de plus en plus lourd ; elle luttait pour ne pas tomber en avant et pour éviter qu'ils ne basculent tous les deux jusqu'en bas des marches. Howland, qui marchait maintenant derrière eux, avait également l'air de peiner, mais elle ne pouvait pas se retourner pour s'assurer qu'il arrivait à les suivre.

Ils étaient sur le palier du premier étage ; il n'y avait plus beaucoup de distance à parcourir. Juste au moment où elle pensa qu'ils pourraient profiter de la confusion pour se faufiler sans être découverts, deux silhouettes passèrent près d'eux. L'une s'arrêta et se retourna pour regarder la petite procession : deux hommes blessés et une femme épuisée. C'était un homme au visage jeune, un membre du club peut-être. Il avait une entaille sanglante sur le front, près de son œil gauche. Tandis qu'il fixait Charlotte, elle vit la plaie commencer à se refermer.

— Laissez… tranquilles… marmonna James.

Mais l'homme avait oublié son objectif, il s'approchait d'eux ; impossible de s'échapper. Il y avait du sang sur ses mains et ses cheveux.

— Laissez-les, ordonna quelqu'un.

Ni James ni Howland. La voix provenait du palier, derrière eux – froide et claire, s'entendant facilement par-dessus le bruit et les cris.

— Laissez-les, je vous dis, Maylie. Je m'en occupe.

L'homme ne se trouvait qu'à quelques mètres. Il se tenait debout, comme insensible au feu même si les flammes crépitaient tout près de ses chevilles. Il était grand et de forte carrure, à moitié dissimulé par la fumée. Les yeux lui piquaient, remplis de larmes – elle pouvait juste discerner des cheveux foncés et une mine sévère.

— Laissez-les, répéta-t-il pour la troisième fois.

L'homme qu'il avait appelé Maylie s'immobilisa et se retourna pour protester. Ce qu'il disait était difficilement audible, il n'y avait pratiquement plus d'oxygène à présent, et les hurlements continuaient. L'autre homme répondit quelque chose. Maylie sembla hésiter, puis hocha la tête. Il dépassa Charlotte et les autres, dépassa l'autre membre du club, et disparut en haut, indifférent à l'air brûlant et à la fumée qui avait presque obscurci les pièces de l'étage supérieur.

L'étranger regarda James. Il prononça des paroles que Charlotte ne put entendre, puis étendit les bras en direction de James, sur quoi elle recula et lui cria dessus, sachant à peine ce qu'elle disait.

L'homme arracha James à son étreinte comme si cela ne lui demandait aucun effort. Il passa son bras autour de ses épaules et indiqua du doigt la porte du club, en vue maintenant, bien qu'à moitié cachée derrière l'écran de fumée grise.

D'en haut leur parvint alors un bruit sec de craquement : le toit était sur le point de céder. Charlotte se dirigea vers Howland et l'aida à rejoindre l'escalier.

Elle vit James jeter un regard sur l'homme qui le maintenait debout.

— Paige… dit-il d'une voix faible.

— Oui.

Le visage de l'homme ne révéla rien.

— Allez.

Il les conduisit en avant, Charlotte et Howland peinant dans son sillage. Elle toussait désespérément à présent, la gorge en feu, les yeux inondés de larmes.

Un dernier escalier – l'atrium – la porte d'entrée. Ils étaient dehors.

# 34

Liza avait tout gâché. Les membres du club sauraient que les autres se trouvaient en haut avant que le feu ait une chance de se propager. Qu'est-ce que dirait Mrs P. ?

La bibliothèque était une grande salle – les étagères remplies de livres si bien rangés qu'ils avaient l'air d'avoir été faits sur mesure, tous recouverts de cuir vert qui paraissait encore flambant neuf. Mrs P. se tenait près de la cheminée et ne tourna pas la tête quand Treadwell et Liza entrèrent. Gil était debout à côté d'elle, Agnes et Lil un peu plus à l'écart. Ils n'avaient probablement jamais vu une telle pièce, tout comme Liza. Tom Brimstone – avec ses dents spécialement polies pour l'occasion – était dans le coin, regardant tout d'un air pensif.

Il y avait un homme assis en face de Mrs P. Il était jeune et avait des cheveux clairs, il paraissait snob et eut un rictus quand il aperçut Liza. Ça devait être Bier. Tout le monde disait que le patron du club était un salaud prétentieux. Et il y en avait d'autres comme lui, assis et debout, tous des hommes de la haute. Pas mal étaient placés entre la bande de Salmon Street et la porte.

Treadwell lui lâcha le cou et la poussa en avant, vers le milieu de la salle.

— Qu'est-ce que vous avez là, Treadwell ? demanda Bier.

— J'ai trouvé cette chose en train d'écouter à la porte.

— L'une de vos sales gosses, Price ?

Mrs Price ne répondit pas.

Alors Bier dit :

— Mould.

Un homme s'approcha, se tenant aussi éloigné que possible de la bande de Salmon Street.

— Oui ?

C'était clairement un Rapide. Dégoûtant.

— Rentrez chez vous, voulez-vous ?

Bier ne se donna même pas la peine de le regarder.

— Nous n'aurons plus besoin de votre assistance dorénavant.

Mould fixa Bier et les autres. Il paraissait former des pensées, mais Bier se contenta de secouer la tête. Un des membres du club – visage jeune, cheveu roux – dit :

— Fermez la porte, Mould, voulez-vous, quand vous sortirez ?

Mould partit, et la plupart des messieurs rirent à cause de ses pensées, vexé qu'il était d'avoir été renvoyé de la sorte.

— Treadwell, ajouta Bier, vous feriez bien de vous assurer qu'il n'y a pas d'autres enfants sur les lieux.

Treadwell sortit à son tour, et la porte se referma.

Un des hommes du club – gros, lèvres blafardes – posa alors son regard sur Liza et renifla.

— Bier, déclara-t-il, cela pue, on dirait bien une odeur de fumée.

— De fumée ? répéta Bier, se retournant brusquement pour dévisager Liza.

Les hommes du club s'étaient arrêtés de parler. Ceux qui étaient assis se levèrent rapidement, y compris Bier. Puis Bier fronça les sourcils et dit :

— Messieurs…

Mrs P. s'était avancée, Lil et Agnes aussi, et Brimstone avait levé la tête, un peu plus réveillé. Gil avait enlevé ses gants – les garder propres était toujours un sujet de chicanerie. Mrs P. regarda alors Liza et n'eut même pas besoin d'ouvrir la bouche : Liza comprit – elle lui disait c'est “maintenant”.

Elle se mit alors à crier de délectation, enchantée d'entendre sa voix frapper contre les piliers de marbre et le plafond doré, et tous commencèrent à rire, Gil et Agnes et ces messieurs – ils s'esclaffaient tous, renversant la tête en arrière, dents luisantes. Tout le monde riait, sauf Mrs P. et Bier. Ils étaient peut-être tous les deux préoccupés par quelque chose, mais il n'y avait plus de temps à perdre.

Ça devait être drôle, pensa-t-elle, de voir tous ces gens – pas grand-chose à regarder en fait, rien d'inhabituel à moins de prêter attention – déterminés à s'écharper entre eux. Ça devait paraître hideux et étrange, à moins d'avoir ses propres pensées rougies par la soif du sang, oblitérant le reste du monde.

Elle bondit en avant, ses pieds nus atterrissant avec aise et assurance sur le sol en bois ciré, et ses ongles longs s'en prirent au visage d'un homme du club, s'enfonçant dans la chair, une substance molle et gluante qui se délitait sous ses doigts et la ravissait, tandis que ses oreilles s'emplissaient du bruit de son propre rire.

Quand elle revint à elle, elle ne se trouvait plus dans la bibliothèque. Ses mains collaient et elle n'avait pratiquement plus soif. Les lieux brûlaient bien comme il fallait maintenant, remarqua-t-elle. Elle ne s'était pas si mal débrouillée.

Le seul problème : les autres enfants étaient peut-être morts. Elle avait uniquement vu Nick, passant près d'elle au pas de course et hurlant des sottises à propos de Docteur Couteau.

Quelque part au-dessus un bruit de bois qui volait en éclats et un gros "boum" retentirent, et elle se balança d'avant en arrière de plaisir. Elle était perchée sur la rampe, prête à sauter de face – ou de dos, peut-être, jusqu'à l'étage inférieur – et regardait un des messieurs s'attaquer à Lil qui avait les cheveux en feu. Elle lui griffait les yeux, tout agitée – une seconde de plus, et elle les lui arracherait. C'était dur pour les hommes, songea Liza, d'avoir pour règle de garder des ongles courts.

Puis Gil apparut précipitamment, tout dépenaillé et noir de suie, et d'une humeur terrible. Il avait perdu son chapeau, et quelqu'un lui avait entaillé le visage.

— Elle est où ?

Liza sauta par terre et demanda :

— Qui ? et puis elle gloussa, encore un peu abêtie par le sang.

Gil la frappa, plus fort que Mrs P. ou n'importe qui l'avait jamais frappée depuis qu'elle était devenue Meurtvif.

— Elle est où, espèce de petite garce ?

Il voulait dire Mrs P. Bien sûr, il ne se souciait jamais de savoir où les autres avaient pu passer.

— J'sais pas, répondit Liza.

Elle avait chancelé quand il l'avait frappée mais elle n'était pas tombée. Elle était contente d'elle pour ça.

— Elle était dans la bibliothèque avec le grand gars, Makeweight.

Gil jura de nouveau, employant la sorte de langage qui n'était pas nécessaire, comme Mrs P. disait. Et il décampa dans la fumée qui s'échappait de la bibliothèque. Elle lui cracha dans le dos tandis qu'il disparaissait.

Elle entendit alors quelqu'un dire : "Liza", d'une voix basse.

C'était Agnes, par terre, près du mur, recroquevillée sous sa cape. Agnes demanda :

— Lil est où ?

— J'sais pas, répondit Liza. J'crois qu'elle s'est enfuie dehors.

Agnes risquait d'être fâchée si Liza lui disait la vérité. Surtout si Liza lui révélait qu'elle n'avait pas aidé Lil quand elle était en feu.

— Qu'est-ce qui s'passe là-d'dans ? Et elle pointa du doigt la bibliothèque, parce qu'Agnes paraissait un peu confuse, comme si elle pouvait ne pas comprendre de quoi Liza parlait.

— Faut qu'tu partes maint'nant, Liza.

Agnes s'exprimait comme si elle était blessée quelque part. Oui, sous la cape elle était toute déchiquetée. Quelle bouillie. Liza s'en serait aperçue avant, seulement elle sentait tellement le sang que c'était difficile de le remarquer sur d'autres gens.

— Prends les aut' et file, dit Agnes en haletant.

Liza avait peur qu'Agnes lui demande où les autres étaient, mais elle ne lui posa pas la question. Elle regarda autour d'elle et cligna des paupières, mais Liza ne pensait pas qu'elle pouvait voir, ses yeux étaient bizarres.

— T'es sûre que t'as pas vu Lil ? ajouta-t-elle.

— Nan.

— Bon. Décanille d'tout' façon. Comme une bonne p'tite fille.

— Mais, et Mrs P. et le reste ? J'croyais…

Agnes lui montra les crocs – Agnes, qui ne se fâchait jamais comme les autres.

— Fiche le camp, dit-elle.

Elle ferma les yeux et sa tête retomba en arrière.

Liza s'agenouilla et la secoua, et cria, et lui donna de gros coups de pied, mais Agnes ne bougeait plus. Ils l'avaient pratiquement tranchée en deux. Son cou était tailladé jusqu'à l'os, ce qui n'était pas des manières de traiter une vieille dame.

Trouve Mrs P., pensa Liza. Elle saura quoi faire. Elle retourna dans la bibliothèque.

La pièce était démolie. Quelqu'un avait fait tomber tous les livres des murs et en avait balancé au feu, la lampe était fracassée.

C'était silencieux ici aussi. Juste le crépitement des flammes qui dansaient. Liza n'aimait pas ça. Tout le monde semblait avoir fui.

Oh, attends – pas tout le monde. Il y avait le grand type. Makeweight le salaud, et il se déplaçait en vitesse entre les étagères – il l'avait vue.

Il était tout lacéré, et il tenait un bonnet, et ça avait l'air sacrément étrange entre ses mains. Mais c'était le bonnet de Mrs P., et la chemise de Makeweight était déchirée, son manteau avait disparu, et il avait du sang sur ses bras jusqu'au-dessus des coudes, et il essayait de retirer quelque chose d'entre ses dents avec sa langue.

Liza fit volte-face et se précipita vers la porte, plus rapide que le feu, et se retrouva sur le palier.

Makeweight la poursuivait, un large sourire aux lèvres. Elle était de nouveau près de la rampe. Le sol noir et blanc en dessous, pas le temps de réfléchir. Elle sauta.

Pas un trop grand saut, mais elle atterrit mal. Se blessa. Pas le temps d'y penser pour l'instant.

Cours, Liza, se dit-elle, essayant de prétendre que c'était la voix de Mrs P. La porte d'entrée était déjà ouverte, à moitié arrachée de ses gonds. Trois grandes enjambées, et elle était libre. Pieds nus sur le trottoir.

Dehors, il y avait plein de Rapides venus regarder et Liza se faufila entre eux aussi rapidement que possible. Derrière elle, le club gémissait comme un être vivant en feu.

Au coin de la rue, elle s'arrêta et jeta un coup d'œil en arrière. Les flammes dansant gaiement le long du toit avaient commencé à se propager à l'immeuble voisin. Elle était couverte de brûlures, s'aperçut-elle, fondant presque en larmes – sa peau et ses pieds lui faisaient mal. Ses mains étaient noires et rouges, des cendres et du sang remplissaient ses lignes de paume.

Elle prit une pierre de la chaussée et la jeta aussi fort que possible contre la façade du club. Elle fracassa une des vitres du haut.

De la fumée gris-noir et une vive lueur enflammée s'en échappèrent soudainement. La foule n'aima pas ça – des gens s'exclamèrent et reculèrent en jouant des coudes, essayant d'échapper à la chaleur et aux tessons de verre qui volaient.

Liza se retourna, et se mit à courir.

# Cinquième partie

# 35

Mould n'était pas mort. Pendant environ une minute, tandis qu'il gisait impuissant sur le trottoir, reprenant son souffle et regardant le club englouti par les flammes, ce fut tout ce à quoi il pouvait penser.

Peu à peu, il prit conscience d'autres choses. Il souffrait considérablement ; son bras était probablement cassé. Il était également frigorifié et trempé par la pluie. Il avait perdu connaissance dès qu'il avait quitté le club – un miracle qu'il ne se soit pas retrouvé piétiné.

Au-dessus de lui, la charpente cédait et tout l'immeuble paraissait sur le point de s'écrouler. On avait appelé la brigade des pompiers ; une foule s'était assemblée. Déjà, certains avaient commencé à le fixer – il devait constituer un singulier spectacle, blessé et couvert de suie.

— Ça va ? demanda quelqu'un.

Mould se releva. Il peina à garder son équilibre et bouger lui faisait mal.

— Oui, répondit-il. Merci.

L'homme hocha la tête, visiblement préoccupé par la scène de destruction qui se déroulait devant eux.

— Terrible, dit-il, avec une certaine satisfaction. Tout ce gâchis. Vraiment navrant.

De nouvelles personnes avaient maintenant rejoint la foule, bavardant et tendant le doigt. D'où étaient-ils venus si rapidement, et à cette heure de la nuit ? Certains étaient des messieurs bon teint, en quête de divertissement de quelque ordre. D'autres, d'apparence moins salubre, avaient pu se déverser en masse d'une taverne proche, avides d'assister aux ravages.

Un cri collectif – ou un soupir de plaisir – s'éleva tandis que les flammes se propageaient, passant du toit du club à l'immeuble voisin.

L'homme qui s'était adressé à Mould plus tôt, cria :

— Il y a des gens à l'intérieur !

Les doigts pointés et les cris se multiplièrent ; d'aucuns affirmaient qu'ils voyaient des silhouettes dansantes se détacher contre les flammes, d'autres répétaient que l'immeuble était vide. Des insultes fusèrent, restant pourtant globalement plutôt affables, même s'il n'était pas exclu qu'une bagarre se déclenche sous peu. Certains avaient clairement bu.

Mould entendit du verre se briser, suivi d'une explosion et d'une violente exhalaison de fumée et de flammes. La foule recula, hurlant à tue-tête – quelle chaleur, quel bruit. Les gens avaient peur et étaient ravis en même temps.

Il devait trouver refuge, il le savait. Mais il était difficile de détacher les yeux des flammes et, malgré lui, il regarda, abasourdi et abêti, pendant quelques minutes de plus tandis que ses espoirs et ceux d'Edmund se réduisaient en cendres devant lui. L'étendue de leur ruine le laissa bizarrement calme.

Il réfléchit à un plan, une solution, une nouvelle entreprise, et pour la première fois il ne put penser à rien.

Son périple pour retourner chez lui fut long et épouvantable. Il peina à trouver un cab sous la pluie, il dut lutter pour s'éviter l'humiliation de perdre conscience dans la voiture et subir l'ultime indignité d'avoir à demander l'aide du cocher pour descendre de la calèche à son arrivée. L'homme jeta un coup d'œil à son bras blessé et à son visage contusionné et empocha l'argent sans rien dire, pas une parole d'intérêt ou de curiosité. Puis il repartit dans son véhicule brinquebalant, laissant Mould seul.

L'aurore n'allait sans doute pas tarder. C'était l'un des aspects qu'il avait toujours détestés dans ses rapports avec le club. Ses membres ne se souciaient ni des heures ni des saisons ; leur être associé vous faisait perdre votre propre notion du temps, si bien qu'il se retrouvait à s'effondrer au lit à l'aube, épuisé et incapable de s'endormir, ou à prendre son petit-déjeuner à sept heures du soir. Depuis des années, il vivait dans un état morne et continuel de semi-fatigue, jamais totalement exténué, jamais frais et en forme.

Il ouvrit la porte en hâte et entra en boitant. Lorsqu'il monta les marches, il craignit de tomber et crut apercevoir une silhouette sur le palier, l'observant à travers les montants de la rampe. L'un des enfants morts.

En haut, sa chambre était froide et humide. Il alluma le gaz, se servit du cognac et se dirigea vers le bureau avec son verre.

Il ne souhaitait pas examiner son bras tout de suite. Il s'assit au bureau et vida son verre, puis le remplit de nouveau.

Il sentit son esprit s'éclaircir. Le cognac lui apporta un peu de chaleur, assez d'énergie pour qu'il se rendît compte que cette quiétude hébétée ne durerait pas toujours.

Encore un moment, pensa-t-il. Je me reposerai cinq minutes de plus, et puis j'agirai. Il grelottait.

Il aurait peut-être dû quitter le club plus tôt, comme Edmund le lui avait commandé. Mais il avait craint pour ses notes – et si la gamine avait mélangé ou détruit ses papiers avant que Treadwell ne l'eût attrapée ? Bien sûr, son inquiétude ne lui profita en rien. Les livres et les photographies avaient toutes déjà disparu, l'occasion de récupérer quelque chose du grenier était passée.

La bibliothèque se trouvait dans un état encore pire. Il y avait découvert Edmund, couvert de sang mais miséricordieusement indemne. Il semblait las mais tranquille, apparemment insensible au chaos autour d'eux.

— Mould, dit-il. Je croyais que vous étiez rentré chez vous. Êtes-vous là pour sauver les livres ?

Les flammes devenaient plus féroces ; dans un court laps de temps, elles envelopperaient la pièce. Ces magnifiques volumes, avec leurs reliures couleur feuille de vigne et leurs tranches dorées ou noires – ils ne seraient bientôt plus. La merveilleuse odeur des lieux, ses effluves de papier et d'humidité, s'était déjà volatilisée.

Assis dans le silence de sa chambre, Mould ne pouvait oublier ce qu'il avait vu : l'endroit commençant à brûler, les pages se cornant avec langueur, telles des fleurs sur le point d'éclore. Le papier exhalant de la fumée à l'instar d'un fantôme en partance.

Il avait été saisi d'un désir désespéré de se précipiter vers les étagères, d'empiler les livres dans ses bras et de les jeter par la fenêtre, pour d'une certaine façon en épargner autant que possible. Mais Edmund était là, immobile à côté. Il ne paraissait pas comprendre ce qui se passait.

Mould lui avait crié dessus, lui disant qu'ils devaient fuir. Il n'avait pas semblé l'entendre.

Il était encore en bas, avait pensé Mould. Dans sa tête, Edmund se tenait au-dessus du corps de son frère. Il n'avait pas été le même depuis qu'il était remonté de la cave.

Mould avait attrapé Edmund par l'épaule, tenté de lui faire reprendre ses esprits, essayé de le mener vers la porte – alors Edmund lui avait saisi le bras, l'avait serré et tordu.

Le poignet de Mould se démit, la peau se déchira, et il éprouva une douleur soudaine et affreuse. L'os était fracturé. Edmund le repoussa et le fit tomber.

Il ne dit pas un mot. Même à ce moment-là, il avait l'air de se rendre à peine compte de la présence de Mould.

Le temps que Mould se redressât, Edmund était parti, et il se trouva seul dans la bibliothèque en feu.

Les cris avaient cessé. Il ne pouvait plus discerner que le bruit de l'incendie. Il était peut-être le dernier encore en vie à l'intérieur de l'immeuble.

À l'extérieur de la bibliothèque, il découvrit le palier désert. Il n'y avait pas le temps pour réfléchir. Il descendit d'un pas chancelant – toussant et aveuglé par la fumée –, puis s'élança désespérément vers la porte d'entrée.

Il s'échappa de très peu. Quelques minutes supplémentaires, et il n'aurait pas pu atteindre la porte.

Edmund avait dû quitter le club avant lui. L'escalier conduisant au deuxième étage n'était plus praticable depuis que Mould avait fui. Edmund ne se serait sans doute pas attardé.

Faites que ce soit vrai, pensa-t-il alors, seul chez lui. Que je ne l'aie pas abandonné à la mort.

D'ordinaire, il aurait pris son carnet et y aurait consigné des notes. La perte de son journal l'étreignit de nouveau – son ami silencieux, enterré sous le cimetière de Kensal Green. Combien de mois de recherches faudrait-il pour le retrouver ?

Il répugnait à bouger, même pour se verser encore du cognac ou retirer ses vêtements souillés, jusqu'au moment où il discerna un son provenant d'en bas. On sonnait à la porte.

Sa fenêtre refusa d'abord de s'ouvrir. Il y parvint finalement en tirant dessus de la main gauche, si fort qu'il faillit tomber à la renverse. Il se pencha à l'extérieur et regarda en bas. Quelqu'un attendait dans la rue, à moitié visible dans la lumière du petit jour – un homme, les yeux levés vers lui.

— Edmund, dit-il – un murmure ; sa gorge était toujours sèche et douloureuse à cause de la fumée.

Le visage d'Edmund se trouvait dans l'ombre, trop loin pour que Mould parvînt à déchiffrer son expression. Mais cela importait peu, parce qu'il était là, sain et sauf.

— Attendez, dit-il. Je descends.

Sur le pas de la porte, Edmund apparut à Mould comme il l'avait vu la dernière fois, hormis une entaille sur son visage qui cicatrisait déjà.

Il regarda Mould, puis son bras, que celui-ci tenait d'un geste protecteur près de sa poitrine.

— Est-ce très grave ? demanda-t-il.

— Il guérira, répondit Mould.

La faiblesse humaine impatientait les membres du club. Même Edmund ne comprendrait pas ce que cette blessure signifiait. (Il avait toujours l'habitude de penser de la sorte, séparant Edmund du reste, comme s'il existait une cruciale distinction.)

— Entrez. À l'abri du froid.

Edmund entra et referma la porte derrière lui.

— Qui s'en est sorti ? interrogea Mould.

— Juste Corvish. Et Makeweight, bien sûr.

Mould lutta pour garder une contenance.

— Personne d'autre ?

— Non, dit Edmund. Et les Alia sont tous morts, apparemment. Arrêtez, Mould, c'est épouvantable.

Il avait dû sentir le désespoir qui s'emparait de Mould, et il paraissait assez dégoûté. Mould fit un effort, contraignant son esprit à reprendre le dessus.

— Savez-vous si certaines choses ont pu être sauvées ?

— Il y avait cette foule. Vous connaissez les Rapides. Je doute qu'ils gardent intact quelque objet de valeur.

— Ah.

— Je vous achèterai de nouveaux livres. Pas besoin de prendre des airs de tragédie.

C'était affreux, irréel. Il ne semblait tout simplement pas intéressé – ni par la destruction du club ni par l'anéantissement de leurs espoirs.

— L'important est que Makeweight a vu Norbury s'échapper, poursuivit-il. Howland se trouvait là. Et il y avait aussi une femme avec lui – la sœur, vraisemblablement.

— Comment ont-ils pu trouver le moyen de sortir ?

— Paige les a aidés.

— Paige ?

— Ne vous inquiétez pas, Corvish s'est occupé de lui. Il ne nous posera plus de problèmes. Ce qui compte est que nous trouvions Norbury avant qu'il ne réussisse à quitter Londres.

Il s'égarait, il n'était plus animé que par des idées de vengeance. Mould avait cru que la nuit n'apporterait pas d'autres horreurs, qu'ils ne pouvaient rien perdre de plus. Mais maintenant il s'apercevait qu'une part d'Edmund avait disparu – son esprit raffiné, sa poursuite d'un idéal supérieur.

La douleur dans le poignet de Mould empirait ; il avait mal à la tête. Il s'adossa au mur, embarrassé par sa faiblesse.

Edmund l'observa et ne fit aucun effort pour l'assister.

— Il faut que vous m'aidiez, dit-il. J'ai besoin de vous pour accomplir une tâche.

— Ce dont j'ai besoin, c'est d'un médecin, Edmund…

— Plus pour longtemps.

En dépit des violences de la nuit, il était propre, chemise et col irréprochables. Pas une marque, pas une traînée de sang. Il se tenait à côté de Mould, et celui-ci imagina avec quelle facilité Edmund pourrait le tuer et s'en aller sans une trace du crime sur lui.

— Ce sera une récompense pour vous, également. Vous avez suffisamment attendu.

Il posa les yeux sur Mould, et Mould se vit dans le regard d'Edmund – terne, sec, entre deux âges, faible.

— Peut-être trop. Votre bras ne vous fera plus souffrir. Pas autant, en tout cas.

— Vous avez faim. Vous ne pourrez pas vous arrêter.

— Bien sûr que si. Et c'est ce que vous voulez, n'est-ce pas ? Je vous ai promis que ce serait moi qui m'en chargerais.

Mould tressaillit.

— Je voulais… J'ai toujours pensé que ce serait vous.

— Eh bien, alors. Laissez-moi payer ma dette.

Il était possible de dire non. Même à ce moment-là, il aurait pu refuser. Mais s'il refusait, Edmund pourrait aisément le tuer – ou peut-être le forcer sans son consentement. Ils savaient maintenant que c'était possible, et qui devait-on remercier pour cela, sinon Mould ?

À la fin, il dit simplement :

— D'accord. Mais s'il vous plaît, faites vite.

— Bien, répondit Edmund. Penchez la tête… non, de l'autre côté. Voilà. Essayez de ne pas bouger.

L'existence de Mould se termina dans une confusion déplorable, la conscience lointaine que ses genoux cédaient, qu'il s'affalait vers l'avant en poussant un cri d'affliction. Edmund le retenait.

Son ultime pensée humaine consista en un serrement de cœur devant le manque de sollicitude dans les yeux d'Edmund. Celui-ci avait l'air de s'ennuyer un peu. Il comptait dans sa barbe. Mould entendit "un, deux", et ce fut tout. La douleur le ravit férocement, avec la fougue d'un amant.

# 36

Elle voulut rentrer directement à la maison, mais Mrs P. aurait dit : Non. Réfléchis, petite. Attends un peu. Elle jugea que c'était un bon conseil, même si elle faisait seulement semblant, alors Liza ne retourna pas à Salmon Street avant quelques heures. Si d'autres avaient survécu, ils seraient peut-être là aussi, d'ici là.

La clef de Liza – elle était la seule des enfants qui avait le droit d'en avoir une – pendait toujours à un lacet autour de son cou. Mais elle n'en eut finalement pas besoin, parce que quand elle arriva, la porte de la boutique était grande ouverte.

Elle cria "y a quelqu'un ?", mais personne ne répondit. Et la maison était affreusement en bazar. Ils ne l'avaient pas laissée comme ça. Elle se souvenait qu'Agnes leur avait dit de s'assurer que tout était rangé avant de partir. Quelqu'un d'autre était venu, avait tout retourné et fouillé. Des gens du club, probablement. Donc elle ne pouvait pas rester, même pas là. Elle attendrait un peu, pour voir si quelqu'un d'autre arrivait, et puis elle s'en irait.

Ça semblait bizarre, tout ce silence à Salmon Street. Elle n'aimait pas trop, décida-t-elle. Il n'y avait rien de mieux à faire pendant qu'elle attendait, alors Liza rangea, l'oreille aux aguets et l'œil sur le qui-vive, en cas de visites, et quand elle finit c'était le petit matin. Elle ne savait pas trop comment s'occuper ensuite.

Alors un coup retentit à la porte. Liza s'approcha discrètement de la fenêtre, la seule qui n'était pas peinte pour qu'on puisse voir dehors. Elle espérait que ce soit Mrs P., revenue indemne, après tout. Mais c'était seulement Tom Brimstone.

— Vous voulez quoi ? demanda Liza, quand elle ouvrit la porte.

— Mrs P. est là ? Brimstone avait une odeur de sang et de crasse, tout mêlés. Vieux bonhomme dégoûtant, l'appelait Lil.

— Nan, répondit Liza.

— Elle est morte ?

— J'sais pas. P't-être.

— Et l'reste ?

— J'sais pas.

Il regarda derrière elle, essayant de voir si elle mentait ou pas.

— Y en a pas un seul qu'est revenu ?

— Que moi.

— Et comment tu t'es débrouillée toi, alors, Miss Liza ?

— J'ai couru.

Tom Brimstone dit :

— Eh ben, laisse-moi entrer, tu veux ? J'suis vanné.

Elle le laissa entrer, à contrecœur. Il s'assit à la table, enleva ses chaussures et se mit à se frotter les pieds, l'un après l'autre.

— J'marche depuis des heures. J'pensais qu'y m'poursuivaient.

— Y sont morts, pour la plupart. Dans l'incendie et tout ça.

— L'plan a marché alors. En un sens.

Il leva un pied vers son visage et le renifla, comme s'il reniflait un poisson pour savoir s'il était frais ou pas. C'était une de ses manières dégoûtantes.

— On est foutus, tu sais. Si Mrs P. est plus là.

Il baissa son pied. Il devait être tout mouillé à travers sa chaussette, parce qu'il y avait un trou dans sa chaussure – un immense trou.

— Elle est p'têt' pas morte.

— Elle s'rait déjà rev'nue, dit Brimstone. Nan, y l'ont écharpée. Et maint'nant, on est complètement foutus.

Il remit ses chaussures et sortit une flasque qu'il portait toujours sur lui – Liza l'avait déjà vue, un objet brillant en étain qu'il avait dû chiper de quelque part. Il y avait du cognac dedans – le cognac allait très bien avec le sang, lui avait expliqué Gil une fois, si on peut s'en procurer.

— T'as un verre ? demanda Brimstone en ouvrant sa flasque.

Elle lui en apporta un, et il découvrit ses poignets – assez crasseux aussi – et s'entailla rapidement avec un de ses ongles, se faisant saigner. C'était une bonne astuce. Brimstone laissa le sang dégouliner, rouge comme les cerises que Liza se rappelait, de jolies petites perles gouttant dans le verre. Il y versa un peu de cognac, et puis un peu plus, pour le mélanger avec le sang.

— Pourquoi ? demanda Liza quand il eut fini sa mixture et se mit à boire.

— Pourquoi quoi ?

— Pourquoi on est sacrément foutus ?

— Pas d'jurons, Miss.

Brimstone renifla fort. Il s'ébrouait de cette façon quand il essayait d'être désagréable, c'était sa manière de faire semblant de rire.

— Mais, pourquoi ?

Brimstone arrêta de s'ébrouer.

— C'était quèque chose, Mrs P. Tu sais qu'on s'chicotait d'temps en temps et qu'elle m'foutait dehors et m'disait de pas rev'nir.

Liza gloussa, lui rendant sa pièce pour ses reniflements. Elle se souvenait de quand Mrs P. avait jeté Brimstone dehors dix ans plus tôt, et il avait eu l'air bien stupide, avec sa paille au cul.

Brimstone dit :

— La ferme, espèce d'idiote.

Elle lui fit une grimace, mais il ne remarqua pas. Il avait déjà recommencé à parler. Il aimait s'entendre, c'était tout Brimstone.

— Mais j'avais du respect pour c'te femme, quand même. C'était Mrs Price qui nous protégeait, tu sais. Y nous embêtaient moins après son arrivée, pasqu'y zavaient peur. Pasqu'elle savait bien s'organiser. Y-z-avaient pas l'habitude de ça chez notre espèce. Et elle planifiait tout, comme pour hier.

— Mais ça a mal tourné, répliqua Liza.

— Ouais. Et maint'nant on est foutus.

— Y va s'passer quoi ?

— Ben, p't'êt' qu'avec l'incendie et tout ça, y aura plus d'club pendant un moment. Mais y aura plus ça non plus.

Et d'un geste de la main, il désigna Salmon Street, la petite pièce que Liza venait de ranger.

— Ce s'ra comme avant.

Agnes avait raconté une fois que Tom Brimstone avait été Meurtvif depuis plus longtemps que tous les autres et se rappelait un tas de choses. Et où qu'il allait, ses souvenirs le démangeaient comme des puces.

— On s'débrouillera, ç'la dit, mais ça s'ra pas pareil. Il marqua une pause. T'as une d'mi-couronne pour un vieil homme ?

— Nan.

Il regarda autour de lui. Il cherchait l'endroit où Mrs P. cachait l'argent.

— C'est pas votre argent, ajouta Liza.

— C'est pas l'tien non plus.

— Si. Elle et moi, on avait l'intention de d'venir des associées. Alors, vlan.

Brimstone renifla et jura, et puis il se leva, rangea sa flasque et se dirigea vers la porte.

— Et la boutique et tout ça ? demanda Liza.

Il haussa les épaules d'un air mauvais.

— Foutue. Et tout l'reste, c'est fini.

— Mais…

Pas la peine de discuter, parce qu'il était déjà sorti d'un pas raide, claquant la porte et laissant une odeur nauséabonde derrière lui.

Elle pensa à jurer à son tour et à lancer un objet contre la porte, mais elle venait de mettre de l'ordre et c'était toujours la maison de Mrs P., et Mrs P. n'appréciait pas quand on utilisait des jurons.

C'était silencieux comme tout, avec Brimstone parti. Ce n'était pas tant que les autres lui manquaient, seulement elle n'aimait pas l'idée d'être la seule qui restait. Et puis elle se sentait fatiguée, elle avait froid, et dehors il y avait déjà une horrible lumière grise. Elle pouvait s'en apercevoir même à travers les fenêtres peintes en noir. Du papier était collé par-dessus la peinture pour laisser entrer aussi peu de lumière que possible. Lil et Agnes avaient accroché des images prises dans un magazine, de belles dames avec des habits dernier cri, au visage rose et à la taille fine. Mrs P. avait ajouté un portrait de la reine, parce qu'elle l'avait toujours bien aimée. Tout aurait disparu sous peu.

Elle alluma le feu. Mrs P. l'avait préparé, pour quand ils reviendraient. Elle n'avait dit qu'à Liza où elle rangeait les allumettes. Liza s'assit près des flammes, sur le tapis de chiffon qu'Agnes avait fabriqué. Chaque fois qu'ils dînaient à la maison et qu'il restait de bons vêtements, Mrs P. les vendait. Quand ils ne valaient pas la peine d'être vendus, Agnes les gardait et les déchirait pour en faire des essuie-meubles ou bien des tapis, et rapidement chaque pièce eut son tapis.

Liza s'allongea, même si Mrs P. disait tout le temps : "Ne vous couchez pas devant la cheminée – si une braise roule par terre, vous prendrez feu." Elle songea alors que ce serait peut-être une bonne chose, en un sens. Ils avaient eu des briques chaudes quand elle était petite et encore une Rapide, et qu'elle partageait son lit avec ses sœurs et son frère. Un vieux jupon enveloppait la brique, et il fallait se battre les nuits froides, repousser les autres pieds, si vous vouliez pouvoir la toucher. Elle brûlait vos orteils mais de manière agréable.

À ce moment-là, elle se recroquevilla, aussi près de la flambée qu'elle l'osa. Elle pleura un peu alors, comme l'espèce d'idiote que Brimstone lui avait dit qu'elle était, et puis elle s'endormit.

Quand elle se réveilla, le feu était mort et la nuit tombait. Elle se leva, essuya sa robe et s'arrangea les cheveux. Mrs P. ou Lil ou Agnes les lui tressait d'ordinaire, mais elle savait le faire toute seule. Ses mains et son visage étaient encore couverts de sang et poisseux, même si elle avait léché tout ce qu'elle pouvait. Sa robe avait aussi des traces de sang – c'était aussi bien qu'elle ait porté sa plus vieille, celle qu'elle avait sur elle quand elle avait rencontré Mrs P. Elle était toute rapiécée et miteuse maintenant, mais elle ne l'avait jamais jetée. Agnes disait que tout le monde gardait des choses de ce genre. Il y avait Mrs P. et son bonnet, ou Gil et son chapeau en peau de castor.

Elle ressortit, se dirigea vers la pompe et prit de l'eau. Puis elle entra dans la cuisine et se lava du mieux qu'elle put, grelottant sous l'eau froide. Imagine être complètement plongée dedans, avait l'habitude de dire Nick. Ce serait horrible, non ? Pas si elle était chaude, répliquait toujours Sally. Imagine si elle était carrément bouillante, pense comme ça serait bien alors.

Elle seule connaissait le secret de la boîte à argent. C'était l'argent de Mrs P., même si pas la totalité, juste la réserve d'urgence – des billets de banque et des lutins, comme Gil appelait les souverains, et des schillings aussi, toutes les sortes d'argent que vous vouliez. Il logeait sous l'évier, dans une boîte en fer-blanc avec des dragons rouge vif dessus, qui contenait du thé avant. La caisse avait la taille des bibles d'église dont Liza se souvenait de l'époque où elle était très petite : elle croyait que peut-être si vous vous comportiez mal, ils vous taperaient sur la tête avec, et que vous vous écrouleriez, tués net. Elle n'avait jamais vu la boîte ouverte. Elle ne cliqueta pas quand elle la souleva. À l'intérieur, il n'y avait que du papier – des billets, ce qui était bien, plus facile à transporter, même si elle devrait faire attention pour les dépenser, parce que les gens lui demanderaient comment une gamine de sa sorte pouvait se procurer des billets de banque.

Elle passa une robe propre et prit les bonnes chaussures de Sally, celles en cuir qu'elle avait mises de côté. Elles étaient un peu petites, mais elles lui évitaient d'avoir froid aux pieds, ce qui était déjà quelque chose. Et elle attrapa son joli manteau bleu.

Dehors, il faisait suffisamment sombre. Elle se débrouillerait sans problème. Elle sortit, verrouilla la porte et passa la clef autour de son cou. On ne savait jamais, il se pourrait qu'elle revienne un jour.

*

Elle se mit à déambuler, sans but véritable, à travers la ville. S'il y avait des hommes du club dans les environs, elle ne les vit pas. Elle croisa d'autres êtres de son espèce, mais ils l'évitaient. Ils devaient avoir entendu des rumeurs sur ce qui s'était passé – ils étaient tous effrayés, suspicieux. Une fois, deux brutes l'avaient pourchassée, ils ne pouvaient pas être morts depuis plus de dix ans à eux deux. Ils lancèrent des pierres et crièrent : "T'es la fille à Mrs Price, hein ? Elle est partie où, hein, et son argent, il est où ?"

Elle dépensait l'argent avec parcimonie, parce qu'il faudrait qu'il dure. Mais c'était agréable de s'offrir un lit de temps en temps quand il faisait froid. Il y avait des endroits où vous pouviez payer pour dormir avec plein d'autres gens, trente Rapides par chambre. Ils faisaient du vacarme, et parfois le bruit et la puanteur de leurs pensées étaient tellement atroces qu'elle songeait à les tuer tous pour ne pas devenir folle, mais il n'y avait pas d'autre solution, elle serait terriblement malheureuse dehors dans le froid.

La plupart la regardaient bizarrement, à cause du fait qu'elle était jeune, mais ils avaient assez de jugeote pour la laisser tranquille et ne pas toucher à la boîte qu'elle transportait, même si Nick avait toujours dit que beaucoup de pensions étaient dangereuses, parce que les pauvres recelaient souvent des choses. Personne ne faisait trop d'histoires dans ces lieux si vous alliez discrètement la nuit dans le lit de quelqu'un d'autre et que vous preniez une gorgée ou deux – pas trop pour ne pas laisser un corps, rien qui puisse attirer l'attention.

Cela étant, Liza tomba sur une femme un jour dans Lower Keat Street, qui le lui demanda. Elle avait un visage osseux de rat, et elle était agitée de mouvements brusques comme une marionnette quand elle bougeait. Elle avait aussi des yeux horribles, tout tristes. Ses pensées donnèrent à Liza des haut-le-cœur, mais elle avait dit : "S'il te plaît, s'il te plaît prends-en." Elle ne tournait probablement pas rond. Liza s'en moquait pas mal, c'était un repas. Et c'était une marque de gentillesse, en même temps – comme la Seraph le ferait.

Elle avait filé après, et n'était pas retournée là-bas, au cas où ils la reconnaîtraient. Cette dame était trop généreuse pour son propre intérêt.

Une fois, des années plus tard – bien plus tard –, elle se trouvait dans Hyde Park en train de regarder une grande foule se former et les troupes passer. Une guerre ou une autre venait de se terminer, avait entendu dire Liza, même si personne n'était capable de l'expliquer clairement, et qu'aucun des Meurtvifs qu'elle croisa ne s'en préoccupait ou comprenait beaucoup mieux qu'elle. Elle avait beau craindre les rassemblements, elle restait parce qu'on pouvait casser une croûte et ficher le camp sans être vu, et que c'était beaucoup plus pratique quand on était seul. Elle observait la foule quand elle crut apercevoir Gil Grand Seigneur, de l'autre côté du défilé, qui la dévisageait. Il était gris et ratatiné, pas aussi enjoué qu'avant, presque nerveux. Mais elle regarda de nouveau et ce n'était pas lui du tout, même pas un Meurtvif. Elle s'était mise à voir des gens comme ça – Gil ou Mrs P. ou Nick ou Sally, et même un jour Une-Oreille. Elle continuait de guetter les hommes du club – surtout Makeweight, à cause de ce qu'il avait fait à Mrs P. –, mais elle n'en avait jamais croisé. On disait qu'ils étaient tous morts ou dispersés. Les Meurtvifs à Londres n'étaient plus comme autrefois.

La ville non plus. Des rues avaient disparu – parfois les gens oubliaient qu'elles avaient même existé. Salmon Street fut détruite et remplacée par une nouvelle voie avec des maisons. Des familles de Rapides y vivaient maintenant, des employés et leurs femmes, où Liza et les autres avaient habité. Ça ne s'arrêtera jamais, songea-t-elle, ces changements constants. Il n'y a que moi qui reste.

Elle pensa que ce serait une bonne idée de trouver un endroit pour se cacher, où il pourrait y avoir d'autres gens comme elle. Elle n'avait eu personne avec qui jouer depuis le club : il n'y avait plus aucun Nick ou Sally ou même Une-Oreille au monde.

Peu à peu, elle se rendit compte qu'elle n'aimait pas trop s'éloigner. Des choses se passaient tout le temps, et à une ou deux reprises elle s'était perdue. Un de ces gros bus à moteur qui déboulaient avait failli la percuter, et un homme avait eu le culot de s'esclaffer.

Elle le suivit pendant longtemps après coup, avec l'intention de le lui faire payer. Comment pouvait-on être aussi stupide, rire d'un Meurtvif. Elle descendit derrière lui dans le métro. Elle y avait été quelquefois – c'était commode d'avoir un endroit à l'abri du soleil comme ça, presque aussi bien que les arches du quartier d'Adelphi, au bon vieux temps. Mais il fallait être prudent parce que deux ou trois stations possédaient leurs propres Meurtvifs, qui n'aimaient pas qu'on marche sur leurs platebandes.

Son homme entra à l'arrêt Down Street. C'était tranquille à cette heure de la nuit, et Liza l'attrapa facilement pendant qu'il attendait le train. Il n'avait pas beaucoup de sang, mais assez pour la rendre pompette, et elle termina rapidement avant de le pousser sur les rails. Il s'affala dans un bruit sourd, de face. Le train arriverait et c'en serait fait de lui ; ils ne remarqueraient jamais les marques qu'elle avait laissées une fois que les roues l'auraient écrabouillé.

Elle eut une idée : Hé, ce serait pas un bon endroit pour habiter ? Quel lieu plus parfait ?

Il faisait suffisamment chaud, et il n'y avait pas de soleil, et les Rapides ne cessaient pas d'aller et venir, pressés et insouciants.

Elle resta, et au bout d'un moment elle se trouva des amis – des gamins égarés qui s'étaient éloignés de leurs parents ou de leurs nourrices. Ils apprenaient vite, et maintenant il y avait des jeux – ils pourraient s'amuser éternellement, ils ne vieilliraient jamais. Un jour, peut-être, elle remonterait, pour voir si Makeweight se trouvait toujours dans les parages et venger Mrs P. pour ce qu'il lui avait fait. Pour l'instant, il valait mieux attendre.

Elle entendit dire que Down Street avait une réputation – moins de gens continuaient de l'utiliser. Ce n'était pas grave, vraiment, on pouvait organiser des courses entre les arrêts, en faisant des glissades sur les rails, si on avait envie d'une distraction différente. Les trains roulaient plus vite qu'elle, mais ils mettaient plus de temps à accélérer. C'était un jeu, d'une certaine manière. Si vous étiez lents, vous étiez morts. Parfois, Liza se demandait comment ce serait.

Et puis un jour, Down Street ferma. Ils furent plus heureux là, après – pas besoin de se cacher parmi les Rapides, et ils se trouvaient au calme et au chaud. Il y avait d'autres endroits où aller, si on voulait. Il y avait l'arrêt Brompton Road, mort comme Down Street. Ou les stations vivantes, regorgeant de Rapides. Des accidents ici ou là n'attiraient pas beaucoup l'attention.

Elle guettait Makeweight, mais elle ne le vit jamais. Ni aucun des autres non plus. Elle ne savait même pas si le club fonctionnait toujours. Ils n'étaient pas nombreux à part le gang de Liza et quelques vagabonds, et Liza était leur chef. Elle décida de ne pas bouger et de s'amuser. Et elle demeura longtemps sous terre.

# 37

Lorsqu'ils atteignirent Regent Street, ils cessèrent de courir. Ils étaient sales et essoufflés à cause de la fumée ; Howland devait prendre appui sur l'épaule de Charlotte pour se maintenir debout. James tremblait, le visage fermé et inexpressif.

Rafferty les inspecta un par un, fixant un regard particulièrement circonspect sur James, et rangea sa pipe.

— Langham, c'est ça ?

— Oui, répondit Charlotte.

— Non, dit Howland.

— Mais il faut que nous y retournions. Votre jambe…

— Ce n'est pas si grave. Ils nous rattraperont si nous nous arrêtons.

Il reprit avec peine sa respiration.

— Nous devons continuer.

— D'accord.

Elle se tourna vers Rafferty.

— S'il vous plaît, conduisez.

— Quoi ?

— Nous voulons que vous nous conduisiez, s'il vous plaît. N'importe où, juste loin d'ici. Changez de direction aussi souvent que possible.

Il soupira.

— Montez, alors. Dans sa barbe, il marmonna une malédiction sur sa propre folie.

Elle poussa doucement James en direction du véhicule.

— Vite, James.

C'était comme si elle pouvait encore lui donner des ordres, comme s'ils étaient de nouveau des enfants.

— Nous devons y aller.

Au début, il ne bougea pas, et elle craignit qu'il ne refusât – mais finalement il s'exécuta, montant dans la voiture sans croiser son regard. Elle avait une envie absurde de l'attraper par les épaules et de le secouer, pour qu'il vît que c'était bien elle, qu'elle était là maintenant pour prendre soin de lui. Dans le fiacre, il tourna la tête vers la fenêtre.

Alors même que la voiture s'ébranlait, Charlotte aperçut un homme passer à côté d'eux, grand et mince, une trace de cendres sur la tempe droite. C'était Corvish. James était penché en avant sur son siège, observant l'homme sans bouger, dans une pose de vigilance désespérée.

Corvish fit volte-face, comme s'il sentait leur accablement. Il pressa le pas vers la calèche, mais Rafferty l'avait vu, grâce à Dieu, et avait déjà forcé le cheval à trotter. Ils s'éloignèrent dans un bruit de ferraille et de sabots. Rafferty tourna dans deux rues, les emportant rapidement dans un quartier plus animé de la ville.

Charlotte ouvrit un peu la fenêtre et cria à Rafferty :

— Il faut que nous continuions à nous déplacer le plus vite possible, il pourrait y en avoir d'autres.

Rafferty grommela une réponse – peut-être qu'il n'avait pas besoin de Charlotte pour lui dire ce qu'il avait à faire. Elle referma la fenêtre.

— Que lui est-il arrivé ? demanda soudain Howland. L'homme qui nous a aidés ?

— Je ne sais pas, répondit Charlotte.

Il avait disparu aussitôt qu'ils étaient sortis du club, si discrètement qu'elle ne l'avait pas vu partir. Ils n'avaient pas eu l'occasion de le remercier.

Pendant un moment ils roulèrent en silence. James, assis à côté d'elle, si immobile qu'il aurait pu être endormi, mais il avait les yeux ouverts, scrutant les rues obscures. Le sang qu'elle lui avait donné n'avait peut-être pas suffi pour lui rendre toutes ses forces. Elle s'en félicitait. Il lui revint à l'esprit qu'elle avait laissé les cruelles chaînes d'argent par terre dans le club, et elle n'avait rien d'autre sous la main qui lui permît de le retenir, en cas de nécessité. Howland avait les paupières closes. Il était crispé et figé par la douleur.

Son sac à main se trouvait sur le siège où elle l'avait laissé des heures plus tôt. Le sac de voyage était aussi dans la voiture. Bénissant la prévoyance qui l'avait conduite à le garder à portée de main, plutôt qu'attaché sur le toit avec les autres bagages, elle l'ouvrit et se mit à chercher l'eau. Il était difficile de discerner le contenu du sac dans la lumière incertaine qui provenait des lampadaires de la rue et éclairait la calèche de manière intermittente. Elle dut finalement s'agenouiller sur le sol entre les sièges.

Elle entendit alors James bouger – il s'était tourné vers elle.

— Tiens-toi tranquille, dit-elle, calme comme on peut l'être parfois dans les pires instants. Repose-toi. Nous retournerons bientôt à la maison.

Il ne répondit rien mais ne bougea plus, et elle se remit à s'occuper du sac de voyage. Ses mains s'agitaient fébrilement ; elle peinait à faire le tri parmi les objets qui étaient à l'intérieur.

— Vous avez trouvé quelque chose ? marmonna Howland.

— Du cognac, et de l'eau.

La calèche chaloupa soudain, et elle faillit perdre l'équilibre et laisser tomber les deux bouteilles. Elle se releva non sans mal, puis se déplaça du côté de Howland.

— Tenez, dit-elle.

Elle souleva la bouteille jusqu'à sa bouche et l'aida à boire un peu de cognac, suivi d'eau.

La prochaine tâche était la jambe, pensa-t-elle. Elle avait les mains sales, elle les essuya du mieux qu'elle put sur un mouchoir trempé de cognac. Puis elle s'agenouilla de nouveau et défit délicatement le bandage de fortune. Il était imbibé de sang.

Elle se mordit la lèvre et procéda avec des gestes fermes. Sa détresse n'aiderait pas Howland. Dans la lumière fugace des réverbères, elle distingua une éraflure rouge, telle une trace de peinture écarlate barbouillée avec les doigts. Elle ne pouvait pas dire si la blessure était profonde ou non. Celle-ci continuait de saigner. Elle nettoya la plaie de son mieux en enlevant le sang séché. Puis elle l'enveloppa d'une bande propre.

Howland avait les yeux fermés et un air fiévreux qui lui déplaisait. Il paraissait essayer de rester tranquille, mais la douleur l'empêchait clairement de se reposer.

— Nous devrions nous arrêter, dit-elle. Trouver un médecin…

— Non. Nous devons continuer. Partir.

En face, James observait fixement l'écharpe rouge de sang que Charlotte avait laissé tomber sur le sol.

— S'il te plaît, non, le pria-t-elle. S'il te plaît, James. Encore juste un peu de temps…

Avec une soudaineté alarmante, James étendit le bras et se saisit du cache-col, avant de s'effondrer à nouveau sur son siège. Elle détourna les yeux.

— Reposez-vous, dit-elle doucement à Howland. Ou je demanderai à Rafferty de nous conduire directement à l'hôpital.

Il sembla sourire brièvement à ces mots puis referma les yeux. Elle vit la douleur quitter son visage – il s'était évanoui.

James tenait l'écharpe contre sa bouche. Elle regarda vers la fenêtre, les réverbères qui défilaient. Le monde semblait réduit à la calèche, à eux trois, à cette unique nuit.

Elle déclara :

— Nous prendrons le train dès que possible, nous serons bientôt de retour dans le Yorkshire, et à ce moment-là je pourrai m'occuper de toi. Tout ira bien. Tu ne crois pas ?

Elle se sentait si fatiguée à présent et écœurée par le sang de Howland qui lui maculait les mains, et James avait laissé retomber le cache-col sur le sol de la calèche.

Elle continua de parler, comme on discourait pour distraire un enfant de la douleur ou de la peur.

— Tu n'es pas retourné à la maison depuis un moment, n'est-ce pas ? C'est le printemps maintenant, évidemment. Le cerisier est en fleur. Et il y a des jonquilles.

James remua et elle haussa la voix :

— Mais tu n'as jamais aimé les jonquilles, si ? Elles te faisaient éternuer.

Il s'apprêta à se lever, et elle dit d'un ton plus brusque :

— Non, James, pas encore. Nous n'y sommes pas. Ce ne sera plus long.

Elle le vit lutter un peu. Au bout d'un petit moment, il baissa la tête. Il n'avait plus d'énergie.

— Tout ira bien, répéta-t-elle. Nous allons rentrer. Tu récupéreras.

— Continue à me raconter, lui demanda-t-il.

Alors elle reprit. Elle lui décrivit les lieux d'autrefois : le jardin de statues recouvertes de mousse, le grand hêtre cuivré qu'ils adoraient tous les deux, les ombres des nuages sur les vastes pelouses laissées à l'abandon. Elle lui parla du vieux monde étrange qu'ils avaient partagé, les meubles enveloppés de draps pour les protéger de la poussière, la bibliothèque silencieuse et accueillante. Elle évoqua les soirs d'été où ils s'asseyaient dehors, pieds nus sur la terrasse, et regardaient le soleil se coucher sur les jardins. Elle lui rappela l'odeur verte de l'air au printemps, et gris foncé à l'automne, et la manière dont les matins d'avril le brouillard se dissipait lentement, laissant une brume bleue dans son sillage.

Elle parlait tout en serrant fort la main de Howland, et James ferma les yeux et écouta sans bouger.

Elle finit par se taire, espérant que le danger était passé.

James rouvrit les yeux mais ne remua pas. Ensemble, ils regardaient Londres défiler à travers la fenêtre, et la lumière du soleil qui reprenait ses droits sur la ville.

Il parla finalement à son tour, de la même voix terne qu'il avait eue au club :

— Tu aurais dû m'abandonner.

Après quoi, il retomba dans le silence. Il se mordit la main, si fort que du sang aurait dû jaillir.

Le brouillard envahissait toujours les rues lorsqu'ils arrivèrent enfin à la gare de King's Cross. Le matin se levait lentement, pâle et réticent.

Elle réveilla Howland le plus doucement possible. Elle fut soulagée de le voir ouvrir les yeux. Dehors, King's Cross se réveillait également. Elle perçut ce même empressement qui l'avait effrayée plus tôt : ces gens étaient si vivants et si indifférents à leur sort. S'apercevoir que l'existence se poursuivait comme d'habitude la réconforta. C'est ce qui arrive avec des événements terribles, songea-t-elle : ils vous réconcilient avec le banal. Elle ne se plaindrait plus jamais de s'ennuyer.

Rafferty les aida à sortir de la calèche sans qu'ils le lui demandent, descendit les bagages et hocha la tête lorsque Charlotte le remercia. Quand elle paya, il battit des cils à la vue de la somme – généreuse, même en tenant compte de tout ce qu'il avait fait.

Il lui tendit le sac de voyage – elle l'avait presque oublié –, puis s'éloigna sans un mot.

— Viens, dit-elle à James. Ne t'éloigne pas.

Dans leur précipitation entre le bureau de réservation et le train, il y eut peu de temps pour réfléchir. Elle ne put penser à loisir qu'une fois qu'ils se retrouvèrent dans l'intimité de leur compartiment de première classe. Même alors, se détendre fut impossible. Il restait trois minutes avant le départ du train. Charlotte s'assit près de la porte, de peur que d'autres voyageurs ne choisissent leur compartiment ou que des observateurs au milieu de la foule ne les repèrent. Ils pourraient saisir l'occasion, pensa-t-elle, de se hisser dans le train tandis qu'il démarrait. Mais elle eut beau regarder avec inquiétude, sursautant à chaque pas qui approchait, personne d'autre n'entra dans leur compartiment.

Un sifflet retentit – si puissant qu'elle en eut mal aux oreilles – et finalement le train s'ébranla ; elle aperçut de la fumée qui flottait derrière la vitre. Elle s'imagina entendre des cris lorsqu'ils commencèrent à s'éloigner – un brouhaha sur le quai, quelqu'un qui hurlait. La gare était maintenant derrière eux, ils n'avaient plus rien à craindre.

Vaguement, elle se rendit compte qu'elle était en passe de pleurer, et cela la mit en colère contre elle-même, parce que ce n'était pas le moment. Elle ne pouvait toujours pas se permettre de se relâcher. Il y avait James, voûté dans un coin du compartiment, la fixant comme s'il ne la reconnaissait pas. Et Howland, assis en face d'elle. Dans la lumière matinale, il avait une mine affreuse, pire encore que le premier soir où ils s'étaient rencontrés, dans Wych Street.

— Nous avons réussi à nous échapper, marmonna Howland.

— Oui. Nous pouvons nous reposer maintenant.

Le train accélérait ; bientôt ils seraient complètement sortis de Londres. Il lui semblait ne pas avoir vu de champs depuis longtemps. Ce serait une belle journée ; le soleil réchauffait déjà le compartiment. James s'était écarté de la fenêtre. Elle songea à tirer le store, puis se dit que ce serait peut-être plus prudent de laisser la lumière entrer. Penser en ces termes à James ne lui paraîtrait jamais comme il faut.

— James, appela-t-elle.

Il ne la regarda pas.

— James, je vais voir si je peux faire quelque chose de plus pour Mr Howland. Il y aura du sang. Tu pourras le supporter ?

Il tourna la tête vers elle.

— Tu ne dois pas lui faire de mal. Tu comprends ?

Elle ne s'était pas attendue à une réponse de sa part, mais, avec peine, il parla :

— Ne me laisse plus faire de mal à personne.

— J'y veillerai.

Si seulement elle n'était pas une telle lâche, elle l'étreindrait.

— Tout ira bien, dit-elle. Simplement, ne regarde pas.

Il détourna les yeux. Charlotte se déplaça du côté de Howland, lui donna encore du cognac et s'occupa de sa blessure. Quand elle eut terminé, il la laissa nettoyer son visage et en retirer la suie. Il avait de la fièvre.

Charlotte trempa le mouchoir dans le reste de l'eau froide et le posa sur son front, puis elle le fit s'allonger et essayer de se reposer.

Elle était épuisée, la soif lui desséchait la langue et lui donnait un goût horrible dans la bouche, et le mouvement du wagon la rendait nauséeuse. Elle ne ferma pas les yeux. Elle se sentait si fatiguée qu'elle n'osait battre des paupières, de crainte de s'endormir. La campagne défilait maintenant derrière leur fenêtre. Elle contempla, immobile, le vert et marron doré des champs déserts.

Elle glissa peut-être dans un demi-sommeil malgré elle, parce que l'arrivée à York la prit par surprise. Elle eut du mal à les faire tous descendre du train en temps et en heure.

À son grand soulagement, James la suivit sans résistance, et elle put confier les bagages au porteur et consacrer son attention à Howland, dont la fièvre avait empiré.

La gare semblait transformée, même si tout était exactement pareil que quelques jours plus tôt – le toit élevé et en arche, les bourrasques de vent, la courbe du quai qui dissimulait à la vue le train en partance. Tellement plus d'espace qu'à Londres, pensa-t-elle. Bien moins de gens à bousculer et dévisager. Le soleil frappait à travers la vitre.

— J'ai toujours voulu visiter… marmonna Howland.

Il avait besoin d'être examiné immédiatement. Aiskew serait trop loin – il y avait plus de huit kilomètres de trajet. Mieux valait l'emmener chez un médecin avant tout.

La gare était si animée à cette heure. Garder James ici, en public, où il pourrait si facilement perdre son sang-froid, était une folie.

— James, dit-elle, nous allons à la maison, mais nous devons d'abord emmener Mr Howland chez le médecin. Et si besoin est, si tu as faim alors, je m'en occuperai. Tu comprends ?

Se porter volontaire une fois de plus ne pourrait guère s'avérer néfaste. Si cela l'empêchait d'attaquer un étranger innocent ou Howland – si faible, et exhalant toujours une odeur de sang – le sacrifice valait la peine.

— Peux-tu patienter jusque-là ? demanda-t-elle. Peux-tu attendre sans t'en prendre à quelqu'un ?

James acquiesça d'un hochement de tête.

— Bien, dit-elle. Viens.

Plus tard, elle s'étonnerait d'avoir réussi à les emmener tous au cabinet du médecin. La nécessité l'avait enhardie et rendue extrêmement déterminée – elle s'était renseignée, avait donné des pourboires, loué une calèche (Howland étant trop faible pour s'en charger) et, d'une manière ou d'une autre, les avait conduits jusque-là sans encombre.

Elle dut aider Howland à descendre de voiture.

— Ce n'est plus très loin, dit-elle. Nous pouvons patienter à l'intérieur.

Mais il secoua la tête.

— Vous devez rester avec lui.

— Je ne peux pas vous laisser ici, répliqua-t-elle.

— Je me débrouillerai. Allez-y. Mettez-le à l'abri.

Il avait raison, constata-t-elle.

— Je reviendrai bientôt, lui dit-elle. Suivez leurs conseils.

— Bien sûr. Soyez prudente.

Elle tourna les talons – mieux valait ne pas jeter de regard en arrière – et rejoignit la calèche, se détestant. James attendait toujours, les yeux passivement rivés sur la fenêtre.

— Tu te sens bien ? demanda-t-elle.

Il la fixa.

— Où sommes-nous ?

— À York, répondit-elle. Tu ne te souviens pas ? Nous sommes venus ici il y a longtemps. Mrs Chickering nous a emmenés voir la cathédrale, et puis nous sommes allés boire du thé. Regarde, nous passons devant, tu peux voir…

— Où allons-nous ?

— À la maison. Est-ce que tu vas un peu mieux ?

Il avait l'air déjà en partie remis, pensa-t-elle. Son visage avait retrouvé quelques couleurs.

Il dit :

— Pourquoi m'as-tu amené ici ?

— Pour que tu sois en sécurité.

— Pour combien de temps ?

— Je ne sais pas. Jusqu'à ce que tu ailles bien.

— J'ai besoin de quelque chose. Tu as dit…

— Je sais.

Elle le laissa prendre ce qu'il voulait, se soumettant en silence, la tête tournée, regardant la rivière Ouse par la fenêtre, la cathédrale loin derrière eux. Il fut rapide cette fois ; en une minute environ, il avait terminé.

— Ils me pourchasseront, dit-il. Il avait l'air déjà plus alerte. S'il y en a qui ont survécu.

— Alors nous nous cacherons.

— Comme autrefois.

— Oui.

Elle se déplaça sur son siège dans l'intention de lui tenir la main, puis s'aperçut qu'elle s'était écartée de lui.

*

East Lodge, lorsqu'ils y parvinrent enfin, était exactement comme elle l'avait laissé : vide, propre et bien rangé. Il était juste après midi ; il restait plusieurs heures avant le soir. Elle conduisit James en haut dans sa chambre, la sienne depuis qu'ils avaient emménagé à East Lodge avec Mrs Chickering. Leur grand-tante l'avait toujours gardée prête pour lui ; elle aimait imaginer que James pourrait rentrer n'importe quand. Une mouche bourdonnait quelque part. Pour le reste, les lieux étaient silencieux. James se tint debout, les yeux fixés sur Charlotte, jusqu'à ce qu'elle lui dît de s'allonger sur le lit et de se reposer. Il lui obéit, sans retirer son manteau ou ses chaussures.

Puis elle se rendit dans la salle de bains et se lava, se frottant les mains et le visage et se récurant les ongles pour se défaire de la saleté de Londres. Elle passa une robe propre et alla chercher de l'eau à boire. Elle n'avait pas faim, ce qui était étrange, pensa-t-elle. Elle n'avait pas mangé de véritable repas depuis longtemps.

Elle avait froid dans ses vêtements propres et se sentait plus faible, plus fatiguée qu'avant. Elle alla dans la salle à manger, sortit le livre d'Adeline et de Shadwell de ses bagages et le posa ouvert sur la table, puis se mit à relire ce qu'ils avaient écrit.

Aucun son ne lui parvenait d'en haut. Elle interrompait sa lecture régulièrement, s'attendant à entendre le bruit de ses pas. Sa passivité silencieuse était-elle une forme de punition qu'il s'infligeait ? Ou bien avait-elle atteint son objectif en lui offrant juste assez de sang pour le maintenir en vie ?

Au bout d'un quart d'heure, elle eut l'impression d'avoir compris l'essentiel de ce qu'elle avait lu. Elle trouva une enveloppe et prit des notes au dos. Réduit aux étapes pratiques, le processus avait presque l'air d'une recette – "premièrement, attrapez votre monstre". Ne pleure pas maintenant, se dit-elle.

Elle prépara du thé. Parce qu'il lui semblait qu'elle ferait bien de se nourrir, même si l'idée lui soulevait le cœur, elle beurra du pain rassis et le posa sur une assiette. Elle mangea seule dans la salle à manger, et lorsqu'elle eut fini elle monta dans la chambre de James et le regarda dormir pendant un petit moment.

Au bout d'une heure environ, elle redescendit et commença ses préparatifs.

*

Quand elle alla le chercher, James était assis sur le lit en train de l'attendre.

— Allons voir la bibliothèque, suggéra-t-elle.

Il avait perdu ses gants et son chapeau à Londres. Il la laissa lui en trouver de nouveaux et demeura immobile pendant qu'elle les lui mettait. Il ne lui demanda pas pourquoi elle emportait le sac de voyage avec elle.

Ils se rendirent au manoir en empruntant l'ancien chemin, à travers le domaine. Le bâtiment ne leur apparut qu'une fois qu'ils eurent emprunté l'allée d'ifs, qui avaient envahi la tonnelle.

Elle possédait la clef pour les portes-fenêtres de la bibliothèque ; ils n'avaient pas besoin de se donner le mal de passer par la maison plongée dans la pénombre. De la poussière partout – elle pouvait voir ses empreintes de pied, datant de ses visites antérieures. Elle était la seule à avoir été dans cette pièce depuis un certain temps.

James la suivit à l'intérieur, obéissant. Il se laissa conduire sans regarder autour de lui. Il ne paraissait pas du tout reconnaître la pièce.

— Tu te souviens ? demanda-t-elle.

La porte du cabinet secret s'ouvrit en douceur, même si personne ne l'avait utilisée depuis longtemps. À l'intérieur, il y avait toujours des plumeaux, laissés là il y avait un moment.

Elle en prit un et essuya le sol. Maintenant il pouvait s'asseoir. Elle s'agenouilla à côté de lui et lui expliqua ce qu'elle allait entreprendre. Elle ignorait ce qu'il entendait ou comprenait, mais elle ne pouvait pas agir avant de lui dire. Elle ne voulait pas qu'il pensât qu'elle se montrait inutilement cruelle.

Elle avait de l'eau bénite et une seringue, ce qui devait lui permettre de le maîtriser sans trop de difficulté. Il était toujours faible. En outre, il s'évertuait peut-être à ne pas résister.

Elle plaça le couteau sur son poignet et coupa. Au début, elle éprouva de la réticence à appuyer suffisamment. “Le sang doit couler par terre, disait le livre, et sceller toute voie de sortie.” Il lui restait assez peu de sang à perdre. Il s’agita lorsque la lame toucha sa peau, mais n’essaya pas de se lever ou de crier. “Vous serez obligé d’inciser à plusieurs reprises, disait encore le livre, à cause de la cicatrisation accélérée, caractéristique des morts-vivants.”

L’incision se referma en effet, la peau cicatrisant sous ses yeux, et elle l’entailla une nouvelle fois, puis une autre encore, et le laissa saigner jusqu’à ce que le sang se tarît. Elle n’avait pas de main libre pour s’essuyer les yeux, et ses larmes coulèrent par terre entre leurs pieds, éclaboussant ses chaussures.

Elle attrapa ensuite le marteau, ainsi que les deux longs clous en fer, et les lui enfonça dans chaque pied.

La vieille cachette s’avéra un bon endroit – elle y avait réfléchi ; elle avait souhaité qu’il se trouvât aussi en sécurité que possible. Il aurait chaud et serait au sec, et introuvable si quelqu’un le cherchait. Elle lui assura qu’il serait en sécurité, il pourrait dormir jusqu’à ce qu’elle revienne pour le soulager, et elle serait bientôt de retour, elle le lui promit.

— Avant même que tu ne t’en aperçoives, je serai de nouveau ici, dit-elle.

Elle s’était toujours efforcée de ne pas lui mentir. Elle espérait qu’il la croirait maintenant. Elle lui enjoignit de rester en sûreté.

Il était trop faible pour s’écarter d’elle ou témoigner sa répugnance lorsqu’elle lui toucha les mains, lui remit ses gants et son chapeau, et redescendit ses manches pour dissimuler les marques qu’elle avait laissées. Elle l’embrassa sur le front, lui ferma les yeux et dispersa du sel à ses pieds comme le livre le dictait. Puis elle l’enferma à l’intérieur.

## 38

La jambe arriva en août – expédiée de Londres, par un spécialiste en la matière. Elle était en bois de saule et acier, fixée avec un harnais de cuir, la meilleure prothèse disponible dans un si court délai.

— C'est mieux que le fauteuil roulant, de toute manière, dit Arthur.

Ils détestaient tous les deux le fauteuil, son poids grinçant, sa façon de cahoter à la moindre occasion.

Charlotte attendit à l'extérieur de la chambre d'Arthur – le petit salon, où un lit avait été installé –, tandis que le médecin lui montrait comment la jambe se maniait et l'aidait à se rhabiller. Elle avait offert son assistance, mais il lui avait répondu qu'il préférait qu'elle ne regardât pas.

Après le départ du médecin, elle entra. Arthur était assis sur le lit – les yeux brillants, ébauchant un sourire.

— J'ai l'impression de porter une armure, déclara-t-il.

— Je suppose que c'est le sentiment normal, répondit Charlotte.

— S'il vous plaît, ne pleurez pas.

— Je ne pleure pas.

— Devrais-je me lever ? Essayer ?

Elle était sur le point de s'approcher pour l'aider – mais il s'était déjà penché en avant et avait commencé à pousser sur ses bras pour se redresser.

— Voilà. Il était debout, se tenant prudemment en équilibre, appuyé contre la commode. Qu'en pensez-vous ?

— C'est bien, dit-elle.

Il tenta d'avancer d'un pas.

— J'avais un oncle qui avait perdu une jambe dans la guerre de Sécession. Il en était extrêmement fier. Quand nous étions enfants, il nous en parlait tout le temps. Il avait conservé le boulet de canon responsable – il avait la taille d'un pamplemousse. Ils n'avaient plus de chloroforme, racontait-il toujours, si bien que…

— S'il vous plaît, non.

— Je suis désolé.

— Comment vous sentez-vous ? Est-ce que bouger vous fait mal ?

Il étira la jambe avec précaution.

— Pas de problème pour le moment, en réalité. Moins lourd que je ne le pensais. Mais, vous savez, je m'en procurerai une nouvelle quand je serai de retour chez moi.

C'était tout à fait naturel qu'il parlât de chez lui de la sorte, songea-t-elle. Il n'avait aucune raison de rester à Aiskew maintenant qu'il avait récupéré.

— Vous pensez que vous en obtiendrez une meilleure là-bas ? demanda-t-elle.

— Très probablement. Mon oncle proclamait : "Quand il s'agit de jambes, achetez américain."

Elle sourit malgré elle.

— Je préfère cela, dit-il.

Le voir à nouveau debout lui procurait un inexprimable soulagement. En dépit du médecin de York et du chirurgien qui avait amputé Arthur – il n'y avait pas d'autre choix, le sang empoisonné s'étant trop étendu –, elle avait craint pendant un temps qu'il meure. Et cela aurait été sa faute s'il était mort : elle aurait dû se rendre compte plus tôt que son état s'était aggravé. Le médecin avait dit que son infection était le résultat d'une remarquable malchance et lui avait posé un certain nombre de questions délicates sur le lieu où, précisément, il avait été blessé.

Se sentant coupable et inquiète, elle l'avait soigné, avait nettoyé sa plaie, lui avait apporté de la nourriture et préparé du thé. Elle l'avait vu abasourdi, délirant de fièvre, comprenant à peine ce qu'il lui était arrivé. Il avait éprouvé de la colère par la suite – l'injustice, la terrible infortune. Elle l'avait regardé souffrir et avait fait ce qu'elle avait pu.

Au pire moment pour Arthur, Charlotte lui avait parlé avec désespoir, anxieuse de le convaincre. Épuisée et bouleversée, elle n'était pas sûre de savoir ce qu'elle lui avait dit, peut-être qu'il était toujours lui-même, quelqu'un qui comptait, quelqu'un d'absolument indispensable – qu'elle ne pouvait pas supporter ce monde sans lui.

La douleur l'étreignait très souvent. Il avait le sentiment que sa jambe était toujours là, lui expliqua-t-il, parfois elle lui faisait mal. D'autres fois, il ressentait simplement des démangeaisons, une sensation de chaud ou de froid, ou bien d'être enveloppé dans du coton.

Lorsqu'il put de nouveau sortir, elle le conduisit dans le jardin d'East Lodge et l'installa au soleil. Et quand il eut confiance dans sa nouvelle jambe, elle le fit marcher, comptant chaque pas. Il paraissait toujours hésitant, ne se fiant pas totalement à la résistance du bois. Il peinait à se déplacer, l'épaule gauche plus haute que la droite. Lorsqu'il fatiguait, ils s'asseyaient sur le banc du jardin.

Il admirait les arbres autour de lui, ainsi que les roses qu'elle adorait et soignait. Elle pensait qu'il souffrait peut-être mais refusait de le lui dire, et pour le distraire elle récitait les noms des différents pommiers – golden delicious, reine des reinettes, northern spy. Quand il l'interrogeait sur les roses, elle lui en déclamait aussi les noms – gloire de Dijon, rose chou, félicité et perpétue.

— C'est joli ici, constata-t-il.

— Il faudrait tailler un peu, répliqua-t-elle. J'ai été négligente ces derniers temps.

— Vous vous occupez de tout ?

— Presque. Le bêchage, le désherbage, ce type de tâches. Ou, plutôt, je m'en occupais avant.

Le jardin apparaissait négligé, c'était vrai, mais rien en comparaison des terres proprement dites du domaine, lui dit Charlotte, lesquelles étaient devenues aussi sauvages que l'on pouvait le souhaiter, plus sauvages, en vérité, que n'importe qui pouvait le souhaiter. Certains des sentiers qu'elle avait empruntés avec James étaient aujourd'hui complètement envahis par les mauvaises herbes.

— Que va-t-il arriver à ces terres maintenant ? demanda Arthur.

— Je ne sais pas.

Que pouvait-il en advenir désormais ?

— Je pourrai vous emmener découvrir le reste, si vous voulez. On ne peut même pas entrevoir le manoir d'ici. Nous pourrions aller nous y promener quand vous irez mieux.

— Je crois que mon état ne s'améliorera pas plus dorénavant.

Elle ne sut quoi répondre. Il avait l'esprit lucide maintenant, il ne souffrait plus de l'effet des médicaments ni n'était désorienté par la douleur, et elle n'arrivait pas à trouver les mots justes.

— Ne vous inquiétez pas, poursuivit-il, je vais bien.

— Ce qui vous est arrivé est douloureux. Mais j'espère que vous n'avez pas l'impression de… Je ne sais pas… d'être diminué.

— Eh bien, à dire vrai, je suis, de fait, diminué.

— Vous retrouverez vos forces. Vous vous sentirez bientôt comme avant.

Elle détestait le voir essayer d'ébaucher ce triste sourire.

— Dommage pour mon charme, c'est tout.

S'il n'avait pas conscience qu'il était un homme que l'on regardait encore avec plaisir, le type d'homme auquel les femmes jetteraient un coup d'œil puis qui, entre elles, s'adresseraient des sourires signifiant : "Ma chère, je sais" – eh bien, s'il ne se rendait pas compte de cela, alors elle ne pouvait guère l'éclairer.

— Voulez-vous que je vous lise quelque chose ? demanda-t-elle. Vous pourriez vous asseoir sur le banc et vous reposer.

— D'accord. Avez-vous des lectures légères ?

— Des tas.

Elle avait apporté des piles de journaux et de magazines – certains qu'elle avait achetés elle-même, d'autres que l'une des infirmières de Mrs Chickering avait laissés en partant. Elle avait pris l'habitude de lui lire quand il souffrait ou qu'il ne pouvait pas dormir.

À présent, elle lisait des articles ici et là, glanés dans les premiers magazines qui se trouvaient sous la main : des annonces de fiançailles, des notices sur la mode (ni l'un ni l'autre n'aimait beaucoup les nouveaux styles de manches qui se généralisaient), un long entretien avec une actrice célèbre. Howland la laissait parler sans l'interrompre ; elle n'était même pas sûre qu'il écoutait.

— "… Mr et Mrs Kendal partagent la même opinion de l'Amérique, elle représente le pays d'aujourd'hui, le pays de l'avenir", lut-elle. Elle posa le magazine. Qu'en pensez-vous ?

— Vous partez bientôt, n'est-ce pas ? demanda-t-il. En quête d'un remède.

Elle ne fut pas surprise. Elle s'était habituée à ses questions abruptes.

— À un moment ou à un autre. Mais pas avant que vous ne vous sentiez mieux.

— Je veux vous accompagner.

— Eh bien, ce n'est pas possible.

— Pourquoi pas ? Vous ne croyez pas que je pourrais me rendre utile ?

— Ce n'est pas la raison, évidemment. Mais vous devez rentrer chez vous. Votre famille s'inquiétera.

Et elle prit un autre magazine.

— Cela dit ici que Lady Colin Campbell est la seule femme de Londres qui reçoit des pédicures. Comment pensez-vous qu'ils ont bien pu découvrir ce fait ?

— Laissez-moi venir avec vous. Je peux aider, vous savez.

Elle se rendit compte qu'il s'efforçait de refouler son amertume. Elle le voyait lutter ainsi quotidiennement, depuis des semaines.

— Nous pourrions être de nouveau frère et sœur, suggéra-t-il.

— Absolument pas.

— Ou mariés.

Elle garda le silence.

— Nous pourrions, vous savez.

— Vous voulez dire un nouveau faux-semblant ?

— Non.

Elle était assise près de lui – par nécessité, parce que le banc n'était pas large (bien que pittoresque, disait tout le monde) – et maintenant, elle avait l'impression qu'il se trouvait partout. Même si elle regardait fixement droit devant elle, il était là, une présence chaleureuse et tenace à la périphérie.

— Nous pourrions être de bons amis, poursuivit-il. Nous pourrions veiller l'un sur l'autre.

Il lui prit la main et, comme par hasard, à ce moment-là, les journaux et magazines empilés entre eux deux glissèrent du banc et, au gré de la brise, se dispersèrent dans le jardin.

— Oh. Désolé, dit-il. Désolé…

Et elle se mit à son tour à s'excuser, lui intimant de rester assis. Mais il refusa d'écouter et, ensemble, ils pourchassèrent les magazines et les journaux dans tout le jardin, puis, quand ils eurent récupéré la plupart, ils se rassirent tous les deux, à bout de souffle.

— C'est ma faute, dit Howland.

L'exercice lui avait fait du bien, pensa-t-elle, il avait repris des couleurs.

Un journal, emporté par la brise, avait atterri sur les branches de l'un des marronniers d'Inde à l'extérieur du jardin. Il s'agitait gaiement, tel un drapeau.

— Je suis sérieux, vous savez.

Charlotte aperçut les métamorphoses de son visage lorsqu'il cessa de sourire. Il était toujours pâle, encore malade.

— Ce n'est pas une bonne idée.

— Pourquoi pas ?

— Dans quelques mois, vous verrez pourquoi. Vous pourrez rentrer et vous concentrer sur votre rétablissement. Aujourd'hui vous paraîtra loin.

Il pourrait épouser la fille d'un millionnaire – née à New York et achetant ses habits à Paris – et être heureux.

— Je vous suis reconnaissante, mais ce n'est pas la peine de me proposer votre assistance. Je me débrouillerai.

— Je sais que vous vous débrouillerez. Mais laissez-moi vous aider. Nous n'avons pas besoin d'échanger de grandes promesses ou de nous déclarer l'un à l'autre. Je n'ai pas l'impression qu'il me reste une once de romantisme à l'heure actuelle, et j'imagine que c'est pareil pour vous. Je ne vous demanderai rien d'autre que de perpétuer notre relation présente. D'être amis. Vous comprenez ?

— Oui.

— Je pense simplement que nous devrions rester ensemble. C'est plus sûr, et d'une.

À la suite de leur échappée, elle avait secrètement cherché dans tous les journaux du jour s'ils mentionnaient le club, mais rien n'avait défrayé la chronique, hormis quelques annonces succinctes. Mis à part la destruction presque complète de l'immeuble abritant le club, le reste de la rue avait en majeure partie réchappé de l'incendie. Charlotte trouvait étrange le fait qu'un si grand désastre ait attiré si peu d'attention. Elle ne pouvait que supposer que l'influence du club perdurait. Corvish avait fui : d'autres avaient pu aussi s'en sortir. Mais jusque-là, ils n'avaient vu aucun signe d'eux. Peut-être leur chance continuerait-elle.

— Il y a d'autres raisons, également, poursuivit Howland. Shadwell disait que certaines personnes perdent la raison, parmi celles qui ont vécu la sorte d'épreuve que nous avons traversée. Nous n'avons que nous deux à qui nous confier.

— Mais…

— Écoutez, fondamentalement, désirez-vous que je reste avec vous ?

— Bien sûr, répondit Charlotte.

Ce n'était guère la question. Il refusait – ou était véritablement incapable – de comprendre ce que sa bonté imméritée signifiait, combien cette obligation serait lourde, si elle acceptait.

— Eh bien, alors. Il paraissait ravi. C'est le principal. Je ne veux pas – ce que je veux dire est que, si vous souhaitez que je vous promette de vous rendre votre liberté, au cas où la situation tourne mal, tout ce que vous voulez, je le jure. Je signerai n'importe quoi – vous pourrez toujours agir à votre guise. Je ne veux pas vous rendre les choses plus compliquées. Je pense juste que c'est une bonne idée.

Il envisageait comment les événements pourraient mal se terminer, songea-t-elle. Imaginait l'organisation de funérailles et la répartition des biens matériels. Il souhaitait veiller sur elle, avoir le droit de la protéger, et qu'elle ne se retrouve pas seule au monde, sans personne pour réclamer son corps ou s'occuper de ses restes, si sa quête devait échouer.

C'était un plan généreux, mais il y avait tant d'objections qu'il était difficile de décider laquelle exprimer en premier. Finalement, Charlotte demanda :

— Que dirait votre mère ?

— Elle aura une ou deux remarques à faire, très probablement. Mais elle finira par vous apprécier.

Il haussa les épaules.

— Je vous demande juste d'y réfléchir, vous voulez bien ?

— Entendu, répondit-elle. Oui.

— Vous considérerez ma proposition ? Vraiment ? Bien, alors. Prenez autant de temps qu'il vous faut pour décider, évidemment.

Puis il vit clairement à son visage que ce n'était pas du tout ce qu'elle voulait dire, et que "oui" était son ultime réponse.

— Oh, je comprends. Bien.

Il semblait à la fois gratifié et surpris – et elle perçut également, sous-jacent, son soulagement. Peut-être craignait-il la solitude du secret autant qu'elle. Porter les souvenirs des quelques mois passés s'avérerait un lourd fardeau, après tout.

*

Peu de temps après, Arthur suggéra qu'ils rendent une dernière visite au manoir d'Aiskew. Elle avait accepté. Mais maintenant, tandis qu'ils approchaient de la demeure, elle se sentait plus réticente. Elle faillit presque lui demander de faire demi-tour.

— C'était plus joli quand nous vivions ici, lui dit-elle, s'évertuant à paraître sereine. Tout est devenu si sauvage…

— C'est toujours charmant, répliqua Arthur. À sa manière.

— Nous ne sommes pas obligés d'y aller maintenant, vous savez. Aucune raison pour que ce soit aujourd'hui. Et ce n'est pas comme s'il allait pouvoir nous entendre.

— Mais pourriez-vous partir sans y retourner ? Une dernière fois ?

— Non.

Ils devaient s'en aller dans trois jours. Ils avaient réservé leur traversée vers la France et réussi à finaliser la longue et complexe organisation d'un mariage clandestin. Ils s'étaient rendus jusqu'à la côte pour éviter tout possible commérage. La cérémonie se déroula à la hâte, et plus tard Charlotte ne se souvint clairement que de quelques détails de la journée – les mouettes criant à l'extérieur de l'église, les nuages bleu sombre s'amassant au-dessus du port. Ils se promenèrent sur la plage et ramassèrent des coquillages, puis ils retournèrent à Aiskew, les poches pleines de sable. Après quoi, Arthur se comporta exactement de la même manière avec elle – ou peut-être un rien plus obligeant.

Maintenant tout le reste était prêt. Cette ultime visite au manoir était la toute dernière tâche à accomplir.

Ils traversèrent le domaine d'une allure paisible, comme pour savourer ce jour, la fraîcheur d'un matin d'octobre, Arthur s'appuyant sur le bras de Charlotte. Il n'avait pas encore parcouru une si grande distance depuis sa guérison, et il avait maintenant engrangé plus de mille pas, chacun d'eux représentant une victoire.

Les lapins étaient toujours là, plus téméraires que jamais. Lorsque Charlotte et Arthur quittèrent le sentier, ils croisèrent un majestueux corbeau, qui s'éloigna légèrement d'eux en sautillant puis s'éleva dans les airs en émettant un croassement mélancolique. Hormis cela, le silence régnait ; il semblait ne plus y avoir aucune créature au monde en dehors d'eux.

— La jambe devient plus confortable, dit Arthur quand ils s'engagèrent dans l'allée d'ifs. Il ne leur restait plus que quelques mètres jusqu'à la bâtisse maintenant.

— Je suis contente. J'imaginais que ce serait le cas – à force d'entraînement, vous savez.

Ils entrèrent dans la bibliothèque par les portes-fenêtres, de la même manière que Charlotte en était sortie la dernière fois. Ils durent écarter les rideaux poussiéreux avant de franchir le seuil ; la pièce était silencieuse, froide et obscure. Charlotte fit le tour des fenêtres, ouvrant les tentures rouges et or pour laisser le soleil d'automne darder ses rayons.

Arthur toussa.

— Ne vous apprêtiez-vous pas à louer cet endroit ?

— Nous n'en étions pas encore là. James avait toujours l'intention de…

Une pause. Puis Arthur demanda :

— Où est-il ?

Se rendre compte qu'aux yeux d'un étranger le cabinet secret s'avérait pratiquement indétectable la réconforta. James se trouvait en parfaite sécurité.

— Ici, dit-elle à Arthur. Il est ici.

— Derrière les étagères ?

— Oui. Voilà le ressort.

Elle lui montra. *Les Champignons des îles Britanniques, vol. II.*

— Si vous poussez fort en haut, la porte s'ouvre.

— Devrions-nous vérifier s'il est encore à l'intérieur ?

— Non. La porte est solide – il faudrait la briser pour s'extraire de l'intérieur. En outre – elle indiqua d'un geste le sol poussiéreux –, il n'y a pas d'empreintes de pas.

Elle répugnait aussi à ce qu'il voie la preuve de ce qu'elle avait fait, si nécessaire que cela eût été. Dans sa hâte, elle avait laissé tomber son couteau. Il serait toujours là, à ses pieds – il aurait l'air d'être la victime d'un meurtre.

— Vous n'avez pas entendu l'ancienne légende concernant les chouettes, alors ?

— Les chouettes ?

— Oui. Shadwell me l'a racontée.

Il paraissait regretter d'avoir mentionné le sujet.

— Il est écrit quelque part qu'ils peuvent se métamorphoser en chouettes. Shadwell n'accordait pas beaucoup de crédit à cette idée, me semble-t-il.

— Vous y croyez ?

— Non. J'ai vu des choses improbables récemment, mais il y a des limites.

— Oui.

Elle appuya une main sur les livres. James se trouvait toujours là, piégé derrière du papier et du bois.

— Il ne ressent rien, n'est-ce pas ?

— Non. C'est comme si l'on dormait, d'après le livre. Un sommeil plus profond, simplement. Il ne peut pas nous entendre.

Howland hocha la tête, mais il s'approcha des étagères à son tour et plaça sa main contre le dos des livres, légèrement au-dessus de celle de Charlotte. Il posa doucement son autre main sur l'épaule de Charlotte – avec une délicatesse qui avait déjà commencé à l'irriter un petit peu. Elle n'avait pas besoin d'autant d'attention ; elle ne tressaillirait pas sous l'effet d'une caresse si légère.

— Je vous attends à la porte, dit-il.

Elle acquiesça d'un signe de tête. C'était gentil, parce que s'il était resté elle aurait pu éprouver de la gêne. Plus rien ne l'empêcha alors d'appliquer son front contre les livres, tout en enfonçant ses deux mains dans leurs reliures de cuir craquelé, et promettant qu'elle reviendrait.

*

Pendant la traversée de la Manche, elle laissa Arthur dormir et se promena sur le pont. Le trajet de York à Folkestone s'était révélé ardu – ils avaient considéré plus sûr de ne pas passer par Londres et d'emprunter un chemin plus long.

Ils avaient voyagé sous différents noms et fait leur possible pour dissimuler leur apparence. Charlotte ne savait pas bien si ces précautions étaient nécessaires. Mais ils avaient pris l'habitude d'user de discrétion et de se prémunir contre la peur. Le détour coûtait cher – mais Arthur avait tout arrangé, souri à ses appréhensions et organisé les choses avec une extravagance qui l'avait presque alarmée.

Pour se rendre à Folkestone, Charlotte avait emporté le chapeau à voilette d'Adeline, et maintenant quand elle respirait, elle pouvait discerner l'odeur de tabac et de parfum sous les effluves salés de la mer.

Elle avait scruté le visage des autres passagers pendant qu'ils montaient à bord. D'après ce qu'elle avait pu déterminer, il n'y avait pas de danger pour le moment.

Il leur restait au moins une heure avant d'atteindre Boulogne et, même si elle était trop agitée pour rester assise ou se reposer, elle se sentait revigorée par ce bref répit dépourvu d'angoisse. Elle appréciait l'espace et la quiétude, la sensation de l'air marin sur son visage.

La terre d'Angleterre s'était depuis longtemps perdue dans le brouillard. Elle n'avait pas remarqué l'instant où celle-ci avait finalement disparu, et elle s'en réjouissait : il aurait été affreux de regarder en arrière et de penser : Et voilà, le dernier petit bout visible.

À présent les nuages s'étaient dispersés, et elle pouvait voir un peu plus loin vers l'horizon, là où la France apparaîtrait bientôt. Elle n'avait jamais été sur un bateau avant ; elle s'aperçut qu'elle aimait l'impression. Il y avait peu, elle aurait été craintive – s'inquiétant du mal de mer, ou d'un naufrage, ou d'une dizaine d'autres malheurs – mais il semblait alors que l'appréhension de ce type d'infortunes l'avait désertée.

Elle se penchait par-dessus la rambarde, fixant l'eau, lorsqu'elle entendit quelqu'un s'adresser à elle – une voix masculine, basse et agréable, avec un accent qu'elle ne reconnut pas, peut-être un mélange de plusieurs accents.

— Bonsoir, Miss Norbury.

Surprise, elle se retourna et se trouva confrontée à un étranger, un homme filiforme au teint cireux, enveloppé dans un long manteau marron en velours. Il était accompagné d'une fillette, un tant soit peu mieux habillée que lui, le visage ceint d'anglaises sautillantes.

— Bonsoir, répondit Charlotte en regardant autour d'elle.

Cette partie du steamer était assez déserte. Si elle hurlait ici, il se pourrait que personne ne l'entende.

Il sortit un objet de sa poche : un oignon. Il le tint en l'air, tel un talisman suranné. Elle pensa à la boutique de Wych Street, au panneau au-dessus de la porte.

— Vous ne savez pas qui je suis.

— Non.

— Mais vous avez entendu parler de mon commerce, je crois.

Elle pensa reconnaître, sans en être sûre, un accent cockney. Il s'exprimait comme une personne native d'un millier de villes.

— Je m'occupe de bibliothèques.

— La Bric-à-Brac.

Il acquiesça d'un hochement de tête.

— C'est moi. Nous. Nous sommes un petit nombre.

Il indiqua la fillette d'un mouvement du menton.

— Elle aussi, quand elle sera plus grande.

L'enfant garda le silence, mais elle fixa Charlotte, ni timide ni effrontée.

— Certains d'entre nous se sont rendus à Wych Street. Shadwell insistait toujours pour me faire part de ses consignes, au cas où quelque chose arriverait. J'ai agi comme il me l'a demandé, et je me suis occupé de son enterrement et de celui de Miss Swift.

— Merci, dit-elle.

— De leur incinération, en réalité. Je sais que beaucoup n'approuvent pas, mais Shadwell était catégorique. Une mesure de simple sécurité, compte tenu de la situation.

— De simple sécurité ? Pourquoi ?

— Eh bien, tous les deux avaient été mordus, voyez-vous. Cela fait partie du métier.

— Que voulez-vous dire ?

— Cela signifie qu'il y a une chance qu'ils reviennent. Pas comme les créatures, vous comprenez, mais juste… qu'ils reviennent. Un petit peu. Une sorte de demi-sommeil, vous voyez ? Cela ne dure pas longtemps, mais c'est une sale affaire, quand cela se produit.

— Cela arrive-t-il systématiquement ?

— Non. Mais Shadwell n'était pas du type à prendre des risques.

Il regarda alors la fillette, qui avait mis son pouce dans sa bouche.

— Moi non plus, d'ailleurs. Il faut avoir un plan, si vous êtes quelqu'un de notre espèce.

Sa main se déplaça vers son poignet. Elle se demanda s'il avait connaissance de la marque qu'elle avait eue à cet endroit autrefois. Ce n'était pas la peine de se tourmenter maintenant. Elle garderait ses pensées pour elle.

— Les livres, dit-elle. Est-ce la raison de votre présence ici ?

— Oui.

Elle avait étudié chacun des volumes qu'elle avait sauvegardés et découvert un symbole désuet inscrit sur toutes les couvertures – une fleur dans une bouteille. Elle avait décidé qu'il devait s'agir de l'insigne de la bibliothèque.

— Nous avons placé les livres en sécurité en Angleterre, l'informa-t-elle. Si vous me donnez une adresse, je peux vous les faire expédier.

— Bien. Merci.

Il lui tendit un morceau de papier, une carte toute pliée.

— Vous pouvez les envoyer là.

Elle opina du chef et rangea la carte.

— Je m'assurerai que cela soit fait. Nous possédons des notes qu'ils ont prises et d'autres documents, vous les voulez aussi ?

Il secoua la tête.

— Juste les livres. Merci. La Bric-à-Brac a une dette à votre égard. La boutique a été cambriolée, peu de temps après l'incendie du club. Si vous n'aviez pas sauvegardé les livres, ils auraient disparu.

— Il y a une chose de plus. J'ai un autre livre, celui d'Adeline et de Shadwell, celui qu'ils ont écrit. Il est sur le bateau. Le voulez-vous également ?

Peut-être serait-ce le domicile le plus sûr pour le manuscrit. Mais l'homme de la Bric-à-Brac secoua de nouveau la tête.

— Nous en possédons déjà un exemplaire. Confié par la mère de Miss Swift.

Elle avait pensé à la mère d'Adeline dans les mois qui avaient suivi leur départ de Londres. Elle espérait que Rafferty lui avait rendu visite, pour lui faire part des nouvelles. D'une manière ou d'une autre, elle était certaine qu'il s'était acquitté de cette tâche.

— Comment va-t-elle ?

— Elle tient le coup, aussi bien que possible, répondit l'homme de la Bric-à-Brac. Étant donné les circonstances. Pour ce qui est du manuscrit, gardez votre exemplaire. Ils devaient vous tenir en haute estime pour vous l'avoir laissé.

— Mais que devrais-je en faire ?

— Vous trouverez une idée.

— Où irez-vous ensuite ? demanda Charlotte.

L'homme secoua la tête.

— Ça ne fonctionne pas comme ça, Miss Norbury. Vous savez seulement quand la bibliothèque vient dans votre région du monde, pas où elle va après. Tenez – il prit un crayon et un autre bout de papier, puis dessina rapidement –, prenez ça. Quand vous le verrez, vous saurez que c'est nous.

Une fleur à cinq pétales, emprisonnée dans ce qui ressemblait à une bouteille de vin. Il l'avait esquissée sans lever une seule fois son crayon du papier.

— Merci, dit-elle en le rangeant précautionneusement.

*

Elle ne revit pas l'homme de la Bric-à-Brac. Sa fille et lui avaient dû s'esquiver dès que le bateau avait abordé à Boulogne. Lorsqu'elle raconta la rencontre à Arthur, elle ne mentionna pas ce qu'elle avait appris au sujet de la morsure des morts-vivants. Il avait suffisamment de sources d'inquiétude pour le moment.

Les premières semaines se révélèrent aussi difficiles qu'elle l'avait craint. Ils arrivèrent à Paris, à la recherche d'un nom mentionné dans le livre de Shadwell et d'Adeline, un homme qui pourrait peut-être les aider. Mais ils peinèrent à le localiser ; ils n'étaient même pas certains qu'il habitait encore dans la capitale.

Arthur souffrait – il avait mal au dos quand il restait debout trop longtemps, et la jambe lui irritait la peau et le gênait ; il ne pouvait pas toujours supporter de la porter plusieurs heures d'affilée. En France, il était agité par des rêves toutes les nuits, comme il ne l'avait pas été auparavant – il se réveillait souvent en hurlant de douleur ou de rage. Des personnes se plaignirent du bruit ; ils durent changer deux fois d'hôtel.

Charlotte avait ses propres cauchemars, qu'elle faisait depuis le Yorkshire, mais ils ne la réveillaient pas. Rien ne parvenait à la réveiller, parfois, jusqu'au moment où Howland la secouait par l'épaule à neuf ou dix heures du matin, l'appelant comme si elle se trouvait loin. À son réveil, elle s'apercevait qu'elle avait pleuré, ne se rappelant rien de ses rêves, hormis une tristesse profonde et inexorable.

La première nuit dans leur troisième hôtel, elle entendit de nouveau Arthur crier dans son sommeil et alla le voir. Lorsqu'il lui ouvrit la porte (ils avaient leur code de quatre coups, le même que celui qu'ils avaient utilisé au Langham), il tremblait. Sans un mot, elle le reconduisit au lit et l'enveloppa dans les couvertures.

Il n'eut pas besoin de lui demander de rester : il aurait été cruel de le laisser seul. Il y avait assez de place pour deux. Elle pensa, non pour la première fois, qu'en tant que sa femme, elle aurait dû pouvoir lui prodiguer plus de réconfort qu'elle ne lui en apportait. Il était allongé contre elle, sa tête posée sur son épaule, et semblait s'être rendormi.

Peut-être qu'après tout, ces autres choses qu'il aurait été en droit d'attendre ne lui manquaient pas. Il ne cherchait pas de plaisir ailleurs, mais il était possible qu'il le fasse une fois complètement rétabli. Elle ne soulèverait aucune objection ; elle était persuadée qu'il se montrerait attentionné et plein de tact, parce qu'il se souciait constamment de son bien-être.

C'était presque l'hiver à présent. Leur arrivée à Paris avait beau remonter à plusieurs mois, elle pensait qu'il partageait sans doute son sentiment actuel : être touché s'avérait compliqué. Tout désir avait été mis en sourdine. Il y avait des moments où les moindres de ses envies semblaient l'avoir désertée, où elle ne pouvait se convaincre ni de manger, ni de boire ou de prendre un bain, où son seul souhait consistait à demeurer étendue paisiblement dans l'obscurité.

Ils s'appliquèrent à conserver une raison d'être. Ils examinèrent des cartes, discutèrent de noms et de possibilités. Ils finirent par localiser l'homme qu'ils recherchaient – un professeur allemand qui vivait à Paris. Ils le découvrirent dans une affreuse petite chambre, située dans l'un des pires quartiers de la ville, une pièce où s'entassaient des monceaux de livres, et rien d'autre. L'endroit rappela Wych Street à Charlotte, malgré l'air plus glacial ici. Le professeur n'avait pas de feu. Il portait son pardessus à l'intérieur. Charlotte soupçonna qu'il ne portait pas de chemise dessous. Sa barbe était négligée, son haleine infâme, et il exigea d'eux de lui verser vingt francs avant même de les inviter à s'asseoir. Lorsqu'ils essayèrent de lui parler en allemand, il répondit sèchement en anglais.

Elle avait lu tout ce que Shadwell avait écrit concernant le professeur, la curiosité intellectuelle qui l'avait poussé à conduire de nombreuses études singulières et à développer des pratiques peu recommandables, qui avaient fini par lui valoir d'être banni à perpétuité de son propre pays. Même aujourd'hui, il poursuivait ses curieuses études, disait-on. Il avait l'air d'un homme qui avait conscience d'être condamné.

Lorsque Charlotte expliqua pourquoi ils étaient venus le voir, il leur dit de rentrer chez eux.

— Un beau jeune couple, déclara-t-il. Trop jeune pour penser à de telles choses.

Puis il regarda le poignet de Charlotte, comme s'il pouvait y discerner les blessures disparues, sous son gant.

— Ou bien est-il trop tard ?

Elle ne répondit pas, et il opina du chef comme s'il comprenait.

— Eh bien, dans ce cas, continua-t-il. J'ai peu de connaissances dans ce domaine particulier. Mais je peux vous donner des noms. Peut-être d'autres personnes peuvent-elles vous aider.

— Pensez-vous que nous ayons une chance quelconque ? demanda Arthur.

Il secoua la tête.

— Je renoncerais si j'étais vous. Mais je suppose que vous ne pouvez pas.

Il haussa les épaules et gloussa.

— Et qui suis-je, de toute manière, pour vous dire d'abandonner ?

Il griffonna un nom sur un bout de papier.

— C'est le mieux que je puisse faire pour vous.

Puis il se leva – gauchement. Il était vieux, et son corps avait déjà commencé à se retourner contre lui.

— Une dernière question. Que savez-vous de ces créatures ?

Il prit un livre sur les étagères.

— Vous avez une connaissance pratique, cet aspect au moins est clair. Mais la théorie… ?

— Pas grand-chose, répondit Charlotte. Même si Mr Shadwell nous en a appris un peu.

— Eh bien, ce n'est pas mal. C'est un gars intéressant. Qui se trompe sur de nombreux sujets. J'apprécierais de le rencontrer.

Il la regarda de plus près.

— Ah. Trop tard ? Je suis désolé. C'est le destin habituel des gens de notre profession. Il ajouta, avec une pointe d'avidité : Que sont devenus ses livres ?

— Ils sont entre de bonnes mains, répondit Charlotte.

— J'espère.

Il lui tendit le papier.

— Bon, ce nom constitue votre meilleur espoir, je crois. Je crains que vous ne deviez continuer à voyager ; la plupart des experts – pardonnez-moi une petite fierté nationale – sont allemands. Ou très occasionnellement hollandais.

Il tourna les yeux vers Arthur.

— Je vous le répète, vous feriez mieux de rentrer. Ramenez ce charmant jeune homme chez lui, et donnez-lui un enfant avec qui jouer – plein d'enfants – et oubliez cette histoire.

— Nous ne pouvons pas renoncer, répondit-elle.

— Il s'agit d'une personne que vous aimez, alors, dit le professeur. Je suis désolé.

*

Après coup, ils ne retournèrent pas à l'hôtel. Ils se réjouissaient trop d'être dehors, loin du désagréable appartement du professeur. Ils se rendirent à la place aux Champs-Élysées et se promenèrent lentement, s'arrêtant de temps en temps pour qu'Arthur se repose. Au bout de dix minutes de déambulation, ils découvrirent un spectacle en cours : un théâtre miniature, un petit public d'enfants, un homme avec un accordéon, une pancarte proclamant *Théâtre guignol*.

Ils échangèrent un regard, et Howland haussa les épaules. Il semblait ne pas y avoir de mal à profiter de la représentation. Ils n'avaient pas d'autres engagements et se sentaient tous les deux trop fatigués pour envisager un autre effort physique aujourd'hui.

Elle était contente de le voir s'intéresser à quelque chose de nouveau. Jusqu'alors, elle n'avait pas retrouvé beaucoup de cette ancienne curiosité décontractée dont il avait fait preuve lorsqu'ils venaient de se rencontrer et qu'il lui avait raconté comment il avait voyagé à travers l'Europe.

À présent, il admirait les cabrioles des marionnettes et riait en chœur avec les enfants. Elle avait du mal à se concentrer et peinait à suivre l'intrigue de la pièce. Mais elle prenait plaisir à regarder son visage.

Ce fut par pur hasard qu'elle aperçut l'homme en train de les observer de derrière les arbres. Son œil avait été attiré par une branche qui se balançait dans la brise – puis elle discerna une présence immobile à travers les feuilles vertes, une silhouette vêtue de noir.

— Arthur, dit-elle à voix basse. Vous voyez ? Là-bas.

Les marionnettes lancèrent une absurdité – le public s'esclaffa.

— Oui, répondit Arthur. Je le vois.

Un homme, menu et d'âge mûr, bien habillé, avec une moustache grise soigneusement coupée. Il vit qu'ils l'avaient repéré et il se retourna. Il tenait son bras droit près de son torse, comme quelqu'un protégeant une blessure. Il s'écarta des arbres, rejoignit le sentier et marcha calmement dans la direction opposée. Malgré la journée ensoleillée, il portait un parapluie à pommeau d'ivoire – qu'il serrait, comme s'il craignait que l'on puisse le lui arracher.

— Pensez-vous… commença-t-elle à dire.

L'expression d'Arthur constituait une confirmation suffisante. Ils filèrent, reprenant leur chemin en sens inverse. Arthur avançait avec difficulté et marmonna qu'elle devrait l'abandonner si leur poursuivant se rapprochait. Elle pouvait courir plus vite. Elle lui dit d'un ton sec de ne pas être aussi stupide et l'aida. Ils ne regardèrent pas en arrière et ne parlèrent pas jusqu'au moment où ils attrapèrent une calèche et s'éloignèrent sans encombre au milieu de la circulation.

— J'ai pu l'imaginer, suggéra-t-elle.

Arthur secoua la tête mais ne répondit pas.

*

Après les terribles premiers mois, c'était comme si son deuil de James avait été morcelé, lui parvenant à des moments étranges et inattendus. Elle se représentait de petites boîtes noires arrangées pour elle par un admirateur, à l'instar de présents. Elle pouvait se sentir parfaitement normale, en train de petit-déjeuner, et baisser simplement les yeux pour le découvrir, un petit paquet noir, telle une ration de tristesse inéluctable. Elle prit conscience qu'aussi longtemps qu'elle vivrait, elle n'en aurait jamais fini. Elle serait vieille, songea-t-elle, perdant complètement la mémoire, et alors qu'elle regarderait autour d'elle, elle tomberait soudain sur cette douleur familière, disposée là pour elle, dans l'attente qu'elle l'aperçoive.

Le professeur avait eu raison : la majorité des experts étaient allemands. Les autres personnes auxquelles ils parlèrent en France le leur confirmèrent. (Ces contacts formaient un étrange mélange : une vieille marquise usée, un clown célèbre, une famille anglaise vivant à Orléans, tous avides de les aider dès qu'ils mentionnaient les noms d'Adeline et de Shadwell.)

Un voyage en Allemagne paraissait inévitable. Charlotte avait dit clairement à Arthur qu'il n'était en aucune façon obligé de l'accompagner – ce serait probablement dangereux et fatigant, et il trouverait le voyage éprouvant. Il affirma que ce ne serait pas un problème ; bien évidemment, il l'accompagnerait. N'était-ce pas toute la raison de leur mariage, qu'ils se serrent les coudes ?

Elle ne pourrait jamais lui revaloir ce qu'il avait fait pour elle. Elle réfléchissait, parfois, à la manière d'améliorer la situation – elle s'efforçait toujours de se montrer une compagne agréable. Il ne semblait pas la considérer totalement ennuyeuse. Mais il méritait plus.

Plusieurs semaines après avoir vu l'homme dans le parc, un autre poursuivant les alarma, un homme de grande taille, d'une grosseur obscène, impeccablement vêtu, avec une curieuse cicatrise argentée près de l'œil. Ils l'avaient aperçu trois jours plus tôt au Louvre, dans la Grande Galerie, feignant d'admirer l'ouvrage d'une copiste. Il leva les yeux sur eux et sourit lorsqu'ils entrèrent, comme s'il les attendait.

Il n'y avait pas d'autre recours que de fuir. Aussi l'esquivèrent-ils, au milieu de la foule et des tableaux – ne devant leur évasion qu'à la bonne fortune. Arthur le connaissait de l'époque où il avait fréquenté le club. Il dit que l'homme était à craindre. Il refusa de lui en révéler davantage.

Par la suite, ils se montrèrent encore plus prudents. Le mieux semblait de partir aussitôt pour l'Allemagne. Ils se rendirent à la gare du Nord en prenant toutes les précautions, prêts à chaque instant à subir une attaque. Ils accumulaient peu à peu un petit stock d'armes pour compléter celles qu'ils avaient emportées avec eux de Wych Street. L'eau bénite se révéla l'élément le plus difficile à obtenir.

Quittant Paris, ils réservèrent un compartiment dans un wagon-lit de première classe – un *coupé-lits-toilette** si luxueux que Charlotte eut du mal à prendre la chose au sérieux. Il y avait une salle de bains privée et des dorures, et les trois sièges se transformaient tous en couchettes quand on les tirait. Au cours de leurs voyages, elle avait observé qu'Arthur acceptait un tel luxe comme une évidence, même s'il était capable de s'en priver sans se plaindre si nécessaire.

Ils s'étaient mis à étudier ensemble le manuscrit d'Adeline et de Shadwell. Le soir, ils dépliaient les trois couchettes et étalaient les feuilles sur celle du milieu, débattant d'itinéraires futurs ou de la nature des morts-vivants.

Ils empruntèrent un chemin très lent et détourné pour aller en Allemagne – tant pour se donner le temps de se rétablir que pour échapper à leurs poursuivants. Lorsqu'ils estimèrent finalement que la situation était sûre, ils se rendirent à Berlin et reprirent leurs investigations. Comme à Paris, il leur fallut plusieurs mois pour trouver quelqu'un disposé à leur parler – plus longtemps pour trouver une personne qui pouvait les aider. Ils finirent par localiser l'homme qu'ils cherchaient. Ils se rencontrèrent dans un café, qui n'avait pas l'air ouvert de l'extérieur et où les quelques clients évitaient soigneusement de se regarder. L'homme ne resta pas longtemps et refusa qu'ils lui révèlent leurs noms. Il suait, une véritable boule de nerfs. Il leur dit qu'en Italie des remèdes miraculeux avaient parfois porté leurs fruits. Les créatures étaient connues dans ce pays depuis de nombreuses années, depuis presque aussi longtemps qu'en Angleterre. Ils devraient aller à Rome, suggéra-t-il ; ils savaient comment s'y prendre là-bas.

Ce soir-là, ils dînèrent à l'hôtel, partageant une assiette de *pfannkuchen* – des petites boules moelleuses de pâte frite, fourrées à la confiture de framboise et saupoudrées de sucre glace qui collait aux doigts. Un plat local, leur expliqua leur serveur. Arthur était content – il se montrait, découvrit-elle, avide d'acheter n'importe quoi brandi comme une spécialité de la région. Elle n'aurait pour rien au monde sapé son enthousiasme – à son regard extrêmement attentif, il paraissait guérir intérieurement, ce qui était bien. La jambe ne lui causait pas autant de soucis qu'elle l'avait craint – dans certaines circonstances, elle s'avérait même présenter un avantage. Les femmes, en particulier, témoignaient souvent de la compassion à ce bel homme, blessé de guerre.

Tandis qu'ils mangeaient, Charlotte se rendit compte que presque un an s'était écoulé depuis qu'ils avaient quitté l'Angleterre.

Arthur lança, sans préambule :

— Parlez-vous italien, ne serait-ce qu'un peu ?

— Non, répondit Charlotte.

— Moi non plus. Malgré tout, je pense qu'à nous deux nous pourrions en apprendre suffisamment pour nous débrouiller.

— Nous ne sommes pas obligés d'y aller. Je veux dire, vous n'êtes pas obligé.

— Vous avez dit pareil à Paris, répliqua Arthur. Et je vous ai donné tort là-bas aussi.

— J'avais raison. Je me suis juste laissé convaincre.

— Eh bien, laissez-moi vous convaincre une nouvelle fois. Nous irons à Rome. Mère voulait que j'y aille de toute façon – elle m'a demandé de lui envoyer des perles de verre et d'autres choses.

— N'est-ce pas Florence, s'interrogea Charlotte, pour les perles de verre ?

— Vous savez, je ne suis pas certain. Où est le guide Bradshaw ?

— En haut. Où d'autre ?

Elle fut soudain frappée de s'apercevoir à quel point sa présence la ravissait. Elle souhaitait tant le rendre heureux.

— Nous pourrions monter maintenant, suggéra-t-elle. Nous pourrions… nous retirer tôt.

À son grand soulagement, il la comprit. Mais il secoua la tête.

— Je vous l'ai dit. Je n'exigerai pas cela de vous.

Ils gardèrent le silence pendant quelques minutes. Elle avait été idiote. Elle s'était imaginé qu'étant donné les circonstances il ferait moins la fine bouche. Parce que d'autres liaisons se révéleraient difficiles – peut-être dangereuses, aussi – elle avait pensé qu'elle s'avérerait mieux que rien.

— Vous n'avez pas besoin d'épargner mes sentiments, finit-elle par répondre.

— Que voulez-vous dire ?

Elle secoua la tête à son tour. Son bref accès de rage ridicule s'était enflammé comme du papier et était maintenant passé. Elle n'aurait pas dû s'irriter de sa bienveillance.

Il continuait de la dévisager – sans colère, mais d'un regard ferme et clair.

— Vous savez ce que vous avez fait pour moi, ce que nous avons traversé, dit-il. Nous formons une famille, vraiment. N'est-ce pas ?

— Oui, c'est vrai.

— Exactement. Et je ne vous laisserai pas vous offrir en martyre à cause d'une absurde notion de gratitude.

— Non, mais…

— Mais, un point c'est tout, entendu ?

Ils parlaient tous les deux à voix très basse.

— Voilà mon objection. Autrement, je dirais oui. Tout de suite.

— Tout de suite ?

Il se leva.

— Oui, absolument. Si vous voulez le savoir, je pense que vous êtes fantastique. Même si vous tenez tant à me témoigner votre fichue reconnaissance.

Un instant, elle pensa qu'il allait peut-être l'embrasser – ils avaient, dans le passé, échangé des baisers, par souci des apparences –, mais ce ne fut pas le cas. Il la regarda à peine, en fait, avant de se retourner et de monter. Elle le laissa partir – se mettre debout à ce moment-là lui aurait coûté des efforts. Troublée, elle constata qu'il était parvenu à susciter en elle une sensation non désagréable de faiblesse : des fourmillements dans les jambes. Et plus haut.

*

À Rome, ils découvrirent que des dangers supplémentaires les attendaient. Ils ne revirent pas les hommes du club, mais leurs ennemis n'avaient pas abandonné leur poursuite – plutôt, ils l'avaient confiée à d'autres, à des étrangers qui connaissaient bien la ville.

Cette fois, ils durent leur évasion à de la pure chance. Ils échappèrent à un cheveu près et se cachèrent pendant plusieurs semaines avec deux très vieilles nonnes, qui refusaient d'écouter leurs explications et feignaient obstinément de ne pas comprendre l'anglais. Lorsque les conditions redevinrent sûres, ils quittèrent précipitamment la ville, s'arrêtant à peine pour collecter leurs bagages. Ce fut après cela qu'Arthur insista pour que Charlotte se munît d'un révolver – il fit confectionner un petit sac à main pour elle, spécialement conçu pour abriter l'arme.

Ils partirent vers le nord. Ils se trouvaient dans une situation pire, à certains égards, qu'un an plus tôt. À l'époque, ils avaient eu de nombreuses pistes à suivre, aujourd'hui il n'en restait aucune. Des charlatans leur avaient menti et d'éminents professeurs leur avaient ri au nez. Ils avaient pratiquement épuisé l'Europe. Tôt ou tard, ils n'auraient plus nulle part où essayer. Ils devraient décider de laisser James dormir pour l'éternité ou bien de rentrer et de prendre des mesures pour mettre un terme à son existence.

Arthur leur loua une maison à quelques kilomètres de Pérouse, un lieu tranquille pour se poser et récupérer. Ils en avaient tous les deux besoin. Pendant une semaine, Charlotte ne fit pas grand-chose.

Elle s'installait dans sa chambre, et Arthur ne parvenait à l'intéresser à rien, jusqu'au moment où il lui apporta les papiers de James, qu'elle avait si longtemps transportés à travers l'Europe.

Elle s'appliqua à les trier – ils s'étaient lamentablement mélangés. Il y avait également d'autres documents : un cahier qui contenait des observations de la main d'Adeline et ressemblait à un journal ; les notes de Shadwell pour *Le Vampire anglais moderne*. Elle s'occupa un petit moment à se demander si, rassemblées, ces remarques éparses et ces feuilles pourraient donner quelque chose de cohérent, un récit façonné à l'image d'une mosaïque. Cela ne fonctionnait pas, conclut-elle. C'était plein de trous et d'incohérences ; les pages ne formaient pas un tout harmonieux.

Arthur – heureux de la voir de nouveau alerte – dit :

— Nous devrions publier ces écrits, je suppose. Les poèmes de votre frère, je veux dire. Nous serons peut-être obligés de les éditer à compte d'auteur. Mais cela le réjouirait, n'est-ce pas ?

— Cela lui aurait fait plaisir, oui.

Elle n'avouerait jamais à Arthur ni à personne d'autre qu'elle n'avait pas aimé les poèmes. Elle ne se fiait pas à son propre jugement en la matière ; il était possible qu'ils fussent meilleurs qu'elle ne le pensait. Le plus long était intitulé *Déméter* et lui avait paru plutôt ardu. Elle avait persévéré jusqu'à…

*Ils errèrent sur le rivage au sein de l'obscurité,*
*La dame et le monstre, et ils parlèrent*
*Tels des amis de longue date. Elle se pencha*
*Pour entendre ses paroles, sans s'inquiéter de conserver*

– avant d'abandonner sa tentative pour de bon. C'était si pesant et lugubre, aucune trace de son humour, de son intelligence espiègle. Il lui avait dit qu'il écrivait une pièce, mais elle n'avait pas trouvé signe d'un manuscrit.

Pendant deux semaines, ni Charlotte ni Arthur ne mentionnèrent la nécessité de quitter l'Italie dans un certain temps. Leur petite maison était un lieu agréable où reprendre des forces. Lorsque Charlotte se résolut de nouveau à sortir, elle découvrit des orangers et une douce brise. Ils n'avaient pas de voisins immédiats, mais le propriétaire du domaine à huit cents mètres de là élevait des paons ; leurs cris étaient audibles à travers champs. Parfois les oiseaux s'égaraient dans le jardin de Charlotte et d'Arthur, et ces derniers les observaient. Elle avait oublié le plaisir de marcher pieds nus sur la pierre chaude.

Elle restait au soleil autant qu'elle le pouvait, à boire du thé, enveloppée dans des couvertures. Ils aspiraient tous les deux à avoir très chaud, constata-t-elle. Elle en prit note – il s'agissait peut-être bien d'un effet secondaire de la proximité avec les créatures. En fait, elle s'était mise à penser que ses observations pourraient s'avérer utiles un jour. À ce stade, ils avaient voyagé dans plus de pays que Shadwell et Adeline ; on leur avait raconté des histoires que leurs amis n'avaient peut-être pas entendues. Ils avaient tous les deux lu autant que possible, par nécessité. Mais les détails s'embrouillaient dans l'esprit de Charlotte – la nuit, elle se demandait s'il s'agissait du *pontianak* ou du *vrykolakas* qui était inhumé en terre non consacrée, si c'étaient les chats ou les chiens qui s'enfuyaient à leur vue. Elle n'arrivait pas à dormir ces nuits-là, ne se souvenant que de la consigne sur laquelle toutes les autorités s'accordaient : méfiez-vous de la solitude, méfiez-vous du noir et des endroits isolés.

Ce fut au cours de ces semaines de beau temps qu'elle se donna à lui pour la première fois, une nuit après que la servante qu'ils avaient engagée pour cuisiner et nettoyer fut rentrée dans son village, alors qu'ils s'étaient tous les deux retirés pour le reste de la soirée.

Il lisait au lit et leva les yeux d'un air interrogateur quand elle entra.

— Tout va bien ?

— Oui.

— Ah.

Et béni ou maudit fût-il pour sa capacité à pénétrer si aisément ses pensées.

— Je vous l'ai dit, lui répéta-t-il. Pas de gratitude.

— Ce n'en est pas, répliqua Charlotte tout en rougissant, et plutôt agacée.

— Vraiment ?

— Évidemment que non. Ne soyez pas ridicule.

— Bon.

Il se redressa et la dévisagea.

— Déplacez-vous. Laissez-moi m'asseoir.

— Vous avez réellement réfléchi à la chose ?

— Oui.

— Depuis combien de temps ?

— Assez longtemps.

Il ferma son livre. À l'instant où il étendit les bras vers elle, la raison de Charlotte se délita – "Ah, mon Amérique" – et le livre glissa, tombant à terre dans le plus doux des bruits.

Pour commencer, comme elle l'avait craint, le désirer ne paraissait pas suffire.

Mais Arthur, assis à ses côtés, se pencha pour la regarder dans les yeux, avec une expression aussi comiquement lugubre que la sienne, sans doute, et ils se mirent tous les deux à rire malgré eux.

— Je suis désolée. J'ai bien peur d'être tout à fait incompétente, dit-elle.

— Non, répondit Arthur, de nouveau sérieux.

Le fait que lui aussi pouvait avoir des raisons de douter de soi ne lui vint à l'esprit que beaucoup plus tard. Il devait avoir pensé à sa blessure, même s'il ne l'évoqua pas.

Au bout d'un moment, ils surent s'y prendre – tellement bien, qu'il lui mit la main sur la bouche, alarmé, lorsqu'elle poussa des cris. Tous les deux se souvinrent alors, en même temps, qu'ils se trouvaient seuls dans la maison ; ils pouvaient être aussi bruyants qu'ils le voulaient. Elle sentit ses lèvres contre les siennes, souriant dans le noir.

Après coup, il parut si content de lui, si gai. Le matin, ils prirent leur café dehors, sur la terrasse. Il lui apporta une orange de la cuisine ; alors qu'ils étaient installés au soleil, il la lui éplucha avec son canif, puis la regarda lécher le jus sur ses paumes quand elle eut terminé de la manger.

Parfois elle pensait à tout ce qu'il avait représenté pour elle. Tant de changements dans une période si courte. Et absolument pas dans le bon ordre. Elle ne comprenait pas vraiment comment cela pouvait fonctionner. (Mais cela fonctionne, dirait probablement Arthur. N'est-ce pas suffisant ?)

*

Ils s'accordèrent une semaine supplémentaire dans leur maison près de Pérouse avant de reconnaître qu'ils se remettaient tous les deux, mentalement et physiquement, ce qui signifiait qu'il était temps d'envisager leur prochaine destination.

— Nous pourrions essayer d'explorer des pays plus lointains, suggéra Arthur un soir au dîner.

— Hors d'Europe ?

Elle avait voulu le proposer, mais ne s'était pas résolue à le faire.

— Eh bien, on trouve certainement les créatures partout, selon mes lectures.

Elle avait vu une photographie de sa famille. Il avait dit qu'ils ne ressemblaient absolument pas au cliché et qu'ils formaient en réalité un groupe beaucoup plus enjoué, comme elle le constaterait un jour par elle-même. Ils étaient au courant du mariage, et Charlotte se demandait s'ils la détestaient parce qu'elle le retenait loin d'eux.

— Ou nous pourrions rester ici, poursuivit-il. Réfléchissez-y. Nous pourrions élever des enfants ici, leur donner des oranges à manger. Vous pourriez être leur gouvernante, je pourrais travailler au jardin.

Elle soupira.

— Non ?

— Peut-être pourrons-nous nous arrêter bientôt, répondit-elle. Mais il y a cet homme dont on nous a parlé à l'université de Buda-Pest…

— Eh bien, allons à Buda-Pest alors.

Elle adorait sa manière de dire cela, comme s'il suggérait d'aller à une demi-heure de distance en calèche. Il avait le don de rendre les choses possibles.

— D'accord, acquiesça-t-elle.

Cependant ils restèrent une semaine de plus, durant laquelle ni l'un ni l'autre ne mentionnèrent leur départ, durant laquelle, aussi, il fit tellement beau qu'ils passèrent la plupart de leur temps en haut ou dans le jardin, et durant laquelle, finalement, tous les deux mirent leur lecture de côté et laissèrent livres et papiers en paix.

La compatibilité particulière du climat britannique avec les morts-vivants n'est admise, depuis fort longtemps, que par les créatures elles-mêmes. Hormis William de Newbury, peu de nos historiens leur ont accordé beaucoup d'attention. Le vampire anglais se dissimule si bien, en fait, que le terme même de "vampire" constitue pratiquement une nouveauté dans ce pays – âgé de deux siècles à peine. Son étymologie n'a jamais été établie de manière satisfaisante – le mot pourrait venir du grec ou de l'hébreu, du hongrois ou du turc. Il est possible qu'aucun peuple ne souhaite le revendiquer dans sa propre langue. Ce qui pourrait se révéler avisé, car quand on a affaire aux morts-vivants, ce mot se transforme en arme. La créature s'abrite dans le silence. Le vampire règne en maître sur l'énoncé, pouvant dominer sa victime de sorte que, même si celle-ci survit, elle se trouvera dans l'incapacité de nommer la créature qui l'a attaquée ou d'évoquer clairement son calvaire. À l'instar du Cyclope rendu aveugle, la victime ne peut décrire son assaillant que comme "Personne".

Pourtant, en dépit de cela, on lui a attribué un nom. Plus encore, nous le connaissons bien – du moins, d'une certaine façon. Hélas, jusqu'à aujourd'hui il a échappé avec succès aux brillantes lumières inquisitrices de la science : aucun homme éduqué, ayant aperçu la créature, n'admettrait croire en lui. Cependant, en évitant cette menace, le vampire a sous-estimé un autre péril. Des récits à son sujet ont vu le jour. Des romans, des poèmes, des opéras se sont emparés de lui. Lentement, tel un rêve envahissant, il a migré des contes populaires à moitié oubliés pour s'insinuer dans la culture générale. Le nom a beau ne désigner qu'un être de fiction, la créature s'est vu malgré tout attribuer un nom. Je crois que le vampire commence peut-être à suspecter ce danger (voir la plaquette d'A. Mould, "Le Vampire au XIXe siècle"), mais il est maintenant trop tard.

Que ceux opprimés par cet assaillant qui frappe en silence et dépouille ses victimes de leur sang, de leur soi, de leur parole, se rappellent cette victoire – celle d'un simple mot. Évoquer ces choses est périlleux ; c'est en même temps de la plus haute importance. Les incrédules – et combien il est difficile de croire sans voir – peuvent du moins lire davantage au sujet de ce qu'ils considèrent comme une légende. Si jamais le lecteur se retrouvait un jour face à face avec l'une de ces créatures (et chaque homme et femme devrait prier pour qu'une telle rencontre lui soit épargnée), il sera toutefois averti – sous une forme certes vague et pétrie de mythe, mais néanmoins persistante. Et peut-être alors ce lecteur, tout en dénigrant sa propre folie, se méfiera-t-il malgré tout de ces personnes qui provoquent en lui un malaise insidieux, qu'il ne peut vraiment s'expliquer. C'est dans cet espoir que ce livre est écrit.

G. P. Shadwell et A. Swift, *Le Vampire anglais moderne*

# 39

Il réfléchit méthodiquement à la situation. Il s'appelle Arthur Howland. Il a soixante-dix-sept ans, il aime une femme depuis un demi-siècle et, maintenant, comme il l'a promis un jour, il la ramène chez elle pour mourir.

Ils possèdent assez d'argent pour voyager en première classe, New York-Liverpool. Charlotte, si elle l'avait su, aurait détesté : les extravagances, de n'importe quel ordre, ont toujours représenté une source d'inquiétude pour elle. Cependant, aujourd'hui, il ne s'agit pas d'une extravagance mais d'une nécessité, de même que l'infirmière à leur service qui les accompagne. Elle est discrète et bien formée, et se montre bienveillante à l'égard de Charlotte. Il est injuste d'éprouver du ressentiment à son encontre à cause de cette bienveillance, ou parce que Charlotte a besoin que quelqu'un la traite ainsi avec bienveillance. Il n'est pas juste de lui en vouloir pour son tact et son bon sens. Charlotte aurait déclaré que la femme faisait simplement son travail. Arthur la paie bien et lui parle le moins possible.

Quand la plupart des passagers dînent, ils se promènent parfois sur le pont supérieur. Il a une canne à présent et marche avec une nouvelle jambe – son dernier nouveau pied, celui qu'il a déjà dans la tombe, plaisante-t-il. C'est une pièce d'ingénierie légère et astucieuse. En "duralumin", expliqua-t-il à Charlotte lorsqu'il la reçut, feignant, comiquement, d'en faire l'article. Elle sourit un peu, peut-être parce que lui souriait. Ou peut-être avait-elle vraiment saisi la plaisanterie.

Maintenant, elle s'appuie sur son bras, d'un air désapprobateur. À trois reprises aujourd'hui elle l'a appelé James.

— Où est-il ? demande-t-elle un soir.

— Qui, mon amour ? dit Arthur, mais elle refuse de répondre.

Parfois elle se méfie de lui ; d'autres fois elle parle pendant plusieurs heures d'affilée, indistinctement. Arthur n'est pas certain qu'elle se comprenne elle-même. Il ne sait pas quelle part d'elle demeure intacte. Il hoche la tête et rajuste son châle.

Il lui achète des châles magnifiques. De fait, elle porte des habits plus chers aujourd'hui qu'elle n'en a porté de toute son existence, quand elle pouvait composer sa propre garde-robe. Elle disait toujours que c'était un gâchis de dépenser de l'argent sur des robes élégantes, qu'elle n'était pas assez jolie pour justifier de telles folies. Il n'a jamais réussi à la convaincre du contraire. À présent, il ne peut s'empêcher de sélectionner les vêtements les plus luxueux et les plus chauds pour elle. Peut-être la sensation de la soie et du cachemire lui procure-t-elle une espèce de plaisir. Il choisit des couleurs riches, des coupes à la fois simples et nobles.

Parfois elle pleure lorsque l'infirmière vient le soir la laver et la déshabiller. Si elle en a la force et est d'une de ses humeurs massacrantes, elle lui lance des insultes, essaie de la griffer de ses ongles qu'on lui a coupés court.

— J'ai tué un démon, un jour, Miss, déclare-t-elle un soir à l'infirmière. Je lui ai cloué les pieds au sol.

— Eh bien, imaginez ça. Voulez-vous que je vous brosse les cheveux maintenant ?

— J'ai tué un démon, espèce de sale truie stupide, et je jure que je ne ferai qu'une bouchée de vous.

— Tout ce que vous direz, Mrs Howland, répond l'infirmière.

Charlotte lui jette un pot de crème de beauté au visage. Il s'écrase contre le mur et se brise.

L'infirmière ramasse le verre et nettoie les dégâts. Arthur s'approche de Charlotte et l'éloigne des tessons.

— Ma chérie, viens t'asseoir avec moi.

Charlotte le suit docilement.

— Cet endroit est terrible, dit-elle.

— Je sais, mon amour.

Parfois ils sortent sur le pont et regardent la mer. Ils naviguent au milieu des nuages ; il y a rarement des couchers de soleil à admirer, seulement de l'eau grise et une brise constante.

Ils retournent à Aiskew. Ce qu'ils envisageront une fois là-bas, Arthur n'en est pas sûr.

Il ne se rappelle que lointainement l'homme qui l'a sauvé. Il s'est écoulé tellement de temps depuis. On imagine beaucoup de choses quand on a peur. Il y a des jours, et des semaines, où Arthur ne croit pas avoir perçu la moindre humanité dans ces yeux.

Rentrer après si longtemps ne présente probablement pas de danger. Ils n'en sont pas complètement certains. Des années plus tôt, ils recevaient des nouvelles intermittentes – de la Bric-à-Brac, d'autres personnes aussi. À cette époque, retourner là-bas était toujours périlleux. Puis, pendant un temps, ce fut le silence, et Arthur craignait le pire. Mais le mois dernier, un message laconique lui parvint, portant le signe : la fleur à cinq pétales enfermée dans sa bouteille. Le mot était une réponse à une demande qu'il avait formulée près de vingt ans plus tôt. Il disait : "OK – revenez si vous voulez", et rien de plus. Il ne pense pas qu'il s'agisse d'un piège.

Charlotte annonce :

— J'aimerais mourir en Angleterre.

Elle s'exprime clairement, comme si elle formulait son envie d'une tasse de thé. Ils croisent une famille distinguée et un couple qui se promène, et les gens aimables les regardent fixement. La fille de la famille distinguée a l'air horrifié, comme si l'avenir se dépliait soudain devant elle.

— Tout ce que tu voudras, mon amour, répond-il.

Il y a des jours où elle lui sourit, et des nuits où il n'est pas dérangé par des rêves. Il a découvert que les attentes diminuent avec l'âge ; on se sent reconnaissant pour une bonne nuit de sommeil, une digestion sereine. Il a des soucis avec sa nouvelle jambe. Il en a éclusé plusieurs. Lorsqu'il dut se débarrasser de la première, celle qu'il avait achetée en Angleterre, ils avaient parlé de l'enterrer dans le jardin : finalement il la garda dans le bureau, même si ni sa mère ni Charlotte ne trouvaient que c'était de bon goût.

Au cours de la traversée, Charlotte connaît de plus en plus de mauvais moments. Les soirs où Charlotte se bat contre eux, Arthur dit à l'infirmière de partir et s'assoit avec elle jusqu'à ce qu'elle s'endorme. La femme (qui sait où sont ses intérêts, aurait proclamé Charlotte) ne lui dit pas – à l'instar des médecins – qu'il doit se montrer ferme avec Charlotte, mais se contente de hocher la tête et de sortir. Il a le sentiment qu'elle le méprise.

Charlotte est effrayée et en colère ; elle ne comprend pas ce qui s'est passé, ni où elle se trouve. Et elle souffre. C'est un cancer, a déclaré le médecin. Son corps et son esprit l'ont lâchée l'un après l'autre. Bientôt, pense Arthur, elle mettra tous les deux de côté.

Elle n'a jamais eu foi en ces idées, mais il l'imagine continuer ailleurs, malgré tout. S'il considère cette vision de trop près, il discerne des reliques des leçons qu'on lui a enseignées au catéchisme – des nuages, la lumière du soleil, de la musique. Le paradis qu'il conçoit pour elle est rudimentaire, bien trop vague pour que Charlotte y soit véritablement heureuse. Dans les pensées d'Arthur, elle secoue la tête, légèrement amusée par l'état des lieux, puis elle s'affaire, se met au travail – à jardiner, peut-être. Il se représente des bleuets qui poussent.

Quand Charlotte est calme, ou lasse, ou encore fatiguée par les médicaments que l'infirmière lui administre, il lui fait la lecture. Le livre qu'il choisit n'a pas grande importance ; si elle est de bonne humeur, elle sourit au son de sa voix.

La situation empire ; il sort un exemplaire usé de *Sherlock Holmes* – une épaisse anthologie qui l'a accompagné dans ses voyages. C'était l'un des quelques livres qu'ils appréciaient tous les deux. Hormis pour leur travail, ils lisaient rarement les mêmes choses : la fiction ne l'intéressait pas beaucoup, même s'il se plongeait occasionnellement dans un roman d'aventures pour passer le temps. Elle lisait lentement, sélectionnant les ouvrages avec soin, les considérant d'un œil anxieux. De temps en temps elle en refermait un, l'écartait d'elle et disait : "Donne-le à quelqu'un, Art, je n'irai pas plus loin." Il se rendit peu à peu compte que ce n'était pas qu'elle ne comprenait pas ces livres, mais qu'elle les comprenait trop bien, et que parfois ils l'effrayaient. Lorsqu'elle en trouvait un à son goût, elle lisait intensément, entrant doucement dans chacun comme dans un étang profond. S'il l'interrompait alors, il la voyait lever la tête d'un air hébété, comme si ses oreilles étaient encore pleines d'eau, le regard aussi étrange que celui d'une sirène.

Un an plus tôt, alors que sa maladie l'avait déjà beaucoup diminuée, elle eut un accès de rage, et les livres, entre autres, en souffrirent. À l'intérieur de dizaines de couvertures, elle essaya d'écrire son nom. Il ne pouvait pas supporter de les regarder.

À présent il lit *Sherlock Holmes*, et par moments cela apaise Charlotte.

Un soir, il lit d'une voix forte – avec une pointe d'humour macabre –, s'attendant à ce qu'elle ne comprenne pas :

— "Balivernes, Watson, balivernes ! Qu'avons-nous à faire avec des cadavres vivants qu'on ne peut retenir dans leur tombe qu'en leur enfonçant un pieu en plein cœur ? C'est de la pure démence."

Elle lève la tête et, d'un ton sévère, dit :

— Bêtises, Arthur.

Elle n'a pas parlé intelligiblement depuis plusieurs jours. Il tourne la page et répond :

— Très juste, mon amour. Veux-tu que j'essaie un autre récit ?

Il a commencé par la fin du livre : ils remontent le temps, vers les premières nouvelles.

La veille de leur arrivée, ils en sont au "Problème final". Il lit posément. À un moment, il s'interrompt, se demandant si elle dort. Elle pose son regard sur lui – ni fâchée ni en pleurs aujourd'hui, l'air seulement perdu. Et il n'y a rien à dire, aussi continue-t-il et termine l'histoire :

— "… lui que je considérerai toujours comme le meilleur et le plus avisé des hommes qu'il m'ait été donné de connaître."

Elle dort sûrement maintenant. Mais, non – elle lève les yeux vers lui ; ils sont limpides.

— Arthur, dit-elle, comme si elle répondait à une question. Sa tête sombre en avant.

L'infirmière est ailleurs. Il recouvre Charlotte d'un châle et en étend un autre par-dessus pour qu'elle n'ait pas froid. Elle est somptueusement drapée, comme une impératrice. Sa bouche se détend.

Il décide de marcher un peu sur le pont. Il saisit souvent l'occasion de se dépenser quand elle dort. Il lui manque lorsqu'elle se réveille ; s'il n'est pas là, elle se mettra en colère. L'infirmière leur témoignera à tous deux une patience brusque.

Ses réflexions s'éloignent de lui en dansant, par-delà la proue du navire. Il les laisse courir, jouit de l'air pur aux effluves de sel.

Lorsqu'il retourne à la cabine, l'infirmière est là, en train de patienter. Elle croise les mains et, d'un ton grave et professionnel, dit (comme s'il était besoin de dire quoi que ce soit, comme si l'immobilité de Charlotte ne suffisait pas) : Mr Howland…

*

Si elle n'a pas pu mourir en Angleterre, elle y sera au moins enterrée. Il organise tout – c'est l'une des compétences qu'il n'a pas perdues, sa capacité à faire que les hommes et les circonstances coopèrent, que les choses soient rapidement arrangées. L'argent et le charme ne l'ont pas déserté, même si l'argent s'est trouvé en péril plus d'une fois. Ce début de siècle a été terrible.

Il a découvert, en lisant, une information que ni Adeline ni Shadwell ne leur avaient transmise : le fait que ceux qui se sont vu mordre par les créatures au cours de leur existence peuvent expérimenter une sorte de réanimation rudimentaire après la mort. À sa surprise, Charlotte n'avait montré aucun étonnement ; elle avait entendu un bruit qui courait concernant cette possibilité il y avait longtemps, de la bouche de l'homme de la Bric-à-Brac. Évidemment, elle ne lui avait pas dit auparavant ; elle n'avait pas voulu l'inquiéter à propos d'une éventualité lointaine. Mais elle insista – elle exigea qu'il le lui jure – pour que son corps soit brûlé. Il tient sa promesse à cet égard. Il pense que le plus vite serait le mieux. Il trouve un crématorium à Liverpool.

La pièce où la crémation a lieu n'exhale aucune odeur, excepté celle de fleurs – non des lys, mais des fleurs au parfum aussi lourd, qui lui irrite le fond de la gorge. Tout paraît avoir été recouvert d'une couche de vernis brillant – le chagrin ne saurait s'y accrocher, songe-t-il. Pas de danger de voir des revenants traîner ici.

Il est le seul à la pleurer ; ce sont des funérailles discrètes. Pour cette raison, il ne peut se tourner vers quelqu'un lorsqu'il lui semble entendre une main frapper contre le bois, paume à plat sur le couvercle du cercueil, tandis que la boîte disparaît finalement. Impossible de demander si le bruit est réel ; il décide qu'il n'a pu que l'imaginer.

À l'extérieur, après, il croit apercevoir un visage qu'il reconnaît, regarde de nouveau et ne voit personne. Des peurs infondées, se dit-il. Mais il n'est pas certain – la vie que Charlotte et lui ont partagée l'a rendu sensible aux moindres signes d'avertissement. Il emprunte une route sinueuse pour se rendre à York, voyageant sans but apparent jusqu'à ce qu'il soit sûr qu'on ne le suit pas.

Il se rend à York parce que c'est l'autre partie de sa promesse. Il doit aller au manoir d'Aiskew.

Ils ne se sont jamais mis d'accord sur ce qu'ils entreprendraient à leur retour. Après tout ce qu'ils ont traversé, elle ne pouvait se résoudre à parler de ce qu'elle avait fait. Parfois il lui disait qu'elle n'aurait pas pu se montrer plus charitable ; James n'avait sans doute pas souffert. Elle en convenait.

Maintenant, il doit y mettre un terme. Le manoir sera vendu après sa mort ; Charlotte et lui n'ont pas d'enfants à qui le léguer, et la famille du frère d'Arthur ne mérite pas qu'on lui laisse un tel fardeau.

Il engage un chauffeur, sans se soucier de la dépense, et lui demande de l'amener à Aiskew par un chemin détourné. Ils parlent de voitures, de guerre. C'est un jeune homme plaisant, qui connaît bien son affaire.

La conduite manque à Arthur. La voiture qu'il possédait chez lui – si ingénieusement modifiée, une compagne si fidèle au cours des années passées – se trouve aujourd'hui remisée. Arthur lui a laissé une rente dans son testament (plus rien, désormais, ne surprend son avocat) ; elle sera prise en charge. Il ne peut pas supporter l'idée qu'on la néglige après sa mort.

Il séjournera à Aiskew – il y a une auberge dans le village, assez confortable. Tout régler prendra un certain nombre de jours. Il a l'intention de ne rien négliger ; il ne prévoit pas de revenir.

Il arrive au village le soir. Celui-ci lui semble beaucoup plus grand que cinquante ans plus tôt – il n'arrive pas à se persuader qu'il y a déjà été. Il ne dort pas bien. La chambre sent la nourriture, et une sensation de démangeaison dans sa jambe gauche le réveille au milieu de la nuit. Le matin, il va à pied au manoir d'Aiskew.

Le haut portail noir, les grilles surmontées de pointes et les torsades de métal qui délimitent le domaine lui donnent l'impression d'être un intrus. Mais tout lui appartient maintenant. En fait, il est propriétaire depuis un certain temps, car Charlotte a insisté pour prendre les mesures nécessaires dès que sa santé a commencé à décliner.

Il emprunte le long chemin, celui qui court à travers champs. Des moutons noirs paissent et, derrière eux, il y a le saut-de-loup. Il distingue le hêtre roux, ses feuilles s'agitant dans la brise, et sait dans quelle direction se trouve East Lodge. Il s'y rendra en dernier, voir ce que le jardin de Charlotte est devenu.

Il s'était attendu au silence, à la même quiétude que quand il se promenait sur les terres avec Charlotte, qu'il était toujours faible et souffrant, s'appliquant à ne pas montrer combien chaque pas lui coûtait.

À la place, il découvre de l'agitation, des voix d'hommes – des instructions, des bavardages, des rires occasionnels. Ce sont les ouvriers embauchés pour mettre de l'ordre dans les lieux. Il ne pensait pas qu'ils arriveraient avant demain.

Lorsqu'il atteint la façade de la demeure, il croise deux hommes, se débattant avec une statue. Il les arrête, explique qui il est.

La statue est l'une de celles dont Charlotte lui a parlé, celles qu'elle adorait quand elle était enfant – un soldat romain de l'Antiquité, à l'expression sévère, coiffé d'un casque haut. De la mousse jaune desséchée lui pousse sur les yeux. Il dit aux hommes de la replacer exactement où ils l'ont trouvée.

Ils opinent du chef – échangeant des regards qui signifient : Espèce de vieux gaga, fouineur de Yankee – mais tandis qu'ils s'apprêtent à rebrousser chemin, la statue leur échappe (chaque ouvrier blâme l'autre), et le soldat s'écrase contre la pierre. Les dommages sont instantanés et irréparables.

— Pas si grave que ça, déclare l'un des ouvriers d'un ton conciliant. C'est qu'la tête qu'est cassée, et un bras…

Il leur dit de la laisser. Non, ne la touchez pas. Plus la peine de la bouger. Il se détourne, ignore les excuses de l'homme, fait le tour du manoir en direction des portes-fenêtres de la bibliothèque. Le sac qu'il porte lui donne mal au bras. Il a vu les hommes le regarder d'un air étrange. Il n'est pas sûr d'avoir assez de force pour ce qui est à venir.

Les fenêtres de la bibliothèque ont été brisées – des garçons du village, probablement. Il entre. Des cailloux et des bris de verre sont éparpillés sur le tapis. Les personnes responsables étaient très déterminées : presque toutes les vitres ont éclaté. Des pages déchirées jonchent le sol. Bien sûr la pluie a dû pénétrer, des livres auront été détruits. Le papier peint s'est abîmé par endroits également. Les draps qui recouvrent les meubles sont agités par le vent.

Il se dépêche à présent – pressé de découvrir le pire, impatient d'en finir, quelle que soit l'issue. Il traverse la bibliothèque, trouve *Les Champignons des îles Britanniques, vol. II*, appuie sur le levier caché. La porte s'ouvre lentement, dans un grincement métallique.

Arthur ne peut pas, pendant un instant, se résoudre à s'approcher, à s'assurer de ce qu'il voit. Son cœur – pas aussi solide qu'avant – se met soudain à battre la chamade, l'obligeant à haleter.

Deux clous sont plantés dans les lattes du parquet. Un couteau gît non loin, sa lame tachée et émoussée, mais la prison est vide, le vampire a disparu.

# REMERCIEMENTS

Pour ma description du discours d'Oscar Wilde à la première de *L'Éventail de Lady Windermere*, je me suis inspirée du compte rendu contemporain de George Alexander, tel que Richard Ellman l'a évoqué dans sa biographie de Wilde.

Merci à mon agente, Jenny Hewson, pour sa gentillesse, son aide infatigable et ses sages conseils au cours de l'écriture de ce livre. Son soutien tout au long de cette aventure s'est avéré inestimable.

J'aimerais également remercier Peter Straus, Stephen Edwards, Laurence Laluyaux, Eleanor Simpson et Zoe Nelson à Rogers, Coleridge et White. Je suis aussi reconnaissante à mes éditeurs, Alex Bowler et Noah Eaker, pour leur dévouement et leurs conseils avisés au cours du processus de révision – merci d'avoir rendu cette étape si plaisante.

Merci à tout le monde chez Random House au Royaume-Uni, aux États-Unis et au Canada, en particulier Ruth Waldram, Tom Drake-Lee, Lara Hinchberger et Maria Braeckel. C'est un privilège de travailler avec une équipe composée de personnes si douées et enthousiastes.

J'ai commencé ce livre alors que j'étudiais l'écriture créative – merci à mes condisciples pour vos remarques intelligentes et utiles. Merci aussi à mes professeurs, Giles Foden, Trezza Azzopardi, Lavinia Greenlaw et Rachel Hore. Et merci à Anjali Joseph, pour son coup de main.

Merci à Rod, Gran, Rachel et Jack, et au reste de ma famille, qui ont patiemment suivi ce livre au cours de son long cheminement jusqu'à sa publication.

Merci Amie et Grace, pour avoir été si formidables.

Merci maman et papa, pour votre amour et encouragement, pour m'avoir apporté des centaines de livres et des milliers de tasses de thé, pour avoir rendu la chose possible.

OUVRAGE RÉALISÉ
PAR L'ATELIER GRAPHIQUE ACTES SUD
REPRODUIT ET ACHEVÉ D'IMPRIMER
EN MAI 2021
PAR NORMANDIE ROTO IMPRESSION S.A.S.
À LONRAI
POUR LE COMPTE DES ÉDITIONS
ACTES SUD
LE MÉJAN
PLACE NINA-BERBEROVA
13200 ARLES

DÉPÔT LÉGAL
1re ÉDITION : JUIN 2021

N° impr. : 2101912
*(Imprimé en France)*